护士执业资格考试同步辅导丛书

基础护理学笔记

（含法律法规与护理管理、护理伦理、人际沟通）

（第二版）

主　编　黄惠清

副主编　潘如萍　黄秋杏　肖继红

编　者（以姓氏汉语拼音排序）

陈丽峰　冯新华　古海荣　黄碧化

黄惠清　黄秋杏　李　桃　李艳玲

李燕飞　潘如萍　潘　燕　肖继红

钟雪莲

科学出版社

北京

内 容 简 介

　　本书围绕基础护理学的基本理论、基本知识及基本技术操作编写,承袭第一版优势,以 2011 年最新版护士执业资格考试大纲为指导,对结构和内容进行了必要的调整:从"三栏一框"精简为"两栏一框"——考点提纲栏、模拟试题栏和锦囊妙"记"框。其中考点提纲栏部分根据最新考纲在疾病护理中增加了护理问题,同时加大了与护理相关的社会人文知识等内容的比例;模拟试题栏部分由四个模块调整为专业实务和实践能力两个模块,含 A1、A2、A3、A4 型题,题量丰富。书后附模拟试题一套,供学生自我检测。

　　本书可供护理专业学生、临床护士、社区护士备考使用,同时也可作为护理专业自学考试、专升本考试、成人高考及在校生学习期间的参考资料。

图书在版编目(CIP)数据

基础护理学笔记 / 黄惠清主编 . —2 版 . —北京:科学出版社,2011.9
(护士执业资格考试同步辅导丛书)
ISBN 978-7-03-032252-4

Ⅰ. 基… Ⅱ. 黄… Ⅲ. 护理学-资格考试-自学参考资料 Ⅳ. R47

中国版本图书馆 CIP 数据核字(2011)第 177846 号

责任编辑:许贵强 / 责任校对:张怡君
责任印制:刘士平 / 封面设计:范璧合

科 学 出 版 社 出版
北京东黄城根北街 16 号
邮政编码:100717
http://www.sciencep.com

骏 杰 印 刷 厂 印刷
科学出版社发行　各地新华书店经销

*

2010 年 1 月第 一 版　　开本:787×1092　1/16
2011 年 9 月第 二 版　　印张:17
2011 年 9 月第六次印刷　　字数:529 000
印数:21 001—28 000

定价:32.00 元

(如有印装质量问题,我社负责调换)

第二版前言

"护士执业资格考试同步辅导丛书"（第二版）包括《内科护理学笔记》《外科护理学笔记》《儿科护理学笔记》《妇产科护理学笔记》《基础护理学笔记》共 5 册，是以 2011 年全国护士执业资格考试大纲为指导，在承袭第一版教材优势的基础上，对结构和内容进行了调整后修订而成。

在编写结构方面，本丛书根据最新考纲高度概括的特点，将第一版"三栏一框"的编写格式精简为"两栏一框"：①考点提纲栏：以考试大纲为依据，摒弃了一般辅导书中繁琐的文字叙述，采用提纲挈领的编写格式，提炼教材精华，辅以助记图表，降低学习难度；同时，将常考的关键字词加粗标出，对重要的知识点在加粗的基础上标注星号，以凸显历年高频考点内容，强化记忆。②模拟试题栏：涵盖考试大纲知识点，从专业实务和实践能力两方面对应考纲进行命题，避免试题与实际考试题型脱节的情况，题型全面，题量丰富，帮助考生随学随测，提升应试能力。③锦囊妙"记"框：通过趣味歌诀、打油诗和顺口溜，帮助考生巧妙、快速地记忆知识点。

根据最新考纲中考试范围的变动，新版丛书在内容上进行了补充调整，以便更完善地覆盖考点：①在考点提纲栏部分增加了精神病患者的护理、中医护理。②在疾病护理中增加了护理问题，同时加大了与护理相关的社会人文知识内容的比例等。③在模拟试题栏部分，将四个模块的命题格式调整为专业实务和实践能力两个模块。书后附模拟试卷一套，供学生进行自我检测。

本丛书第二版可以有针对性地帮助考生进行考前系统复习，有效提高使用者参加护士执业资格考试的通过率，是临床护士、社区护士顺利通过护士执业资格考试的好帮手；同时，也可作为护理专业自学考试、专升本考试、成人高考及在校生学习期间的参考资料。

本丛书在编写过程中得到了广州医学院护理学院、广州医学院第三附属医院、广东省新兴中药学校、广东省江门中医药学校、广东省珠海市卫生学校、浙江省桐乡市卫生学校、其他各位编者所在单位及科学出版社卫生职业教育出版分社的大力支持和帮助，在此深表感谢！编写期间参考了大量国内相关书籍和教材，一并向相关编者致以谢意。

受编者水平所限，本丛书难免在内容上有所疏漏，在文字上有欠妥之处，恳请广大读者不吝赐教和指正，以促进本丛书日臻完善。

编　者

2011 年 7 月

第一版前言

　　"护士执业资格考试同步辅导丛书"是以全国护士执业资格考试大纲为指导,以科学出版社及其他出版社出版的中、高等(包括本科、大专、中专)护理专业内科护理学、外科护理学、儿科护理学、妇产科护理学、基础护理学教材内容为基础,结合编者多年来全国护士执业资格考试辅导的成功经验组织编写,本着"在教材中提炼精华,从零散中挖掘规律,到习题中练就高分,从成长中迈向成功"的宗旨,为考生顺利通过护士执业资格考试助一臂之力。

　　"护士执业资格考试同步辅导丛书"包括《内科护理学笔记》、《外科护理学笔记》、《儿科护理学笔记》、《妇产科护理学笔记》、《基础护理学笔记》共5本。编写内容涵盖了考试大纲要求的知识点,采用"三栏一框"的编写格式:①护考目标栏:以国家护士执业资格考试大纲为依据,明确考点,使学生对需要掌握的内容做到心中有数。②考点提纲栏:以考试大纲为依据,采用提纲挈领、助记图表等形式,摒弃了一般教材和考试指导中烦琐的文字叙述,提炼教材精华,在重要的知识点前标注1~2个星号,凸显历年高频考点;常考的关键字词加黑标出,强化记忆。③模拟试题栏:涵盖考试大纲知识点,其中《内科护理学笔记》、《外科护理学笔记》、《儿科护理学笔记》、《妇产科护理学笔记》从基础知识、相关专业知识、专业知识三方面,《基础护理学笔记》围绕专业实践能力,对应考点提纲进行命题,避免一般教材章节后试题与实际考试题型脱节的情况,题型全面,题量丰富,帮助考生随学随测,强化记忆,提升应试能力。④锦囊妙"记"框:通过趣味歌诀、打油诗和顺口溜等形式,帮助考生巧妙、快速地记忆知识点。

　　根据国家最新颁布的《护士条例》及《护士执业资格考试办法》规定,护理专业毕业生在拿到毕业证当年即可参加国家护士执业资格考试。本丛书可以有针对性地帮助考生进行考前系统复习,有效地提高考生参加国家护士执业资格考试的通过率,是临床护士、社区护士顺利通过国家护士执业资格考试的好助手;同时,也可作为护理专业自学考试、专升本考试、成人高考及在校生学习期间的参考资料。特别需要提出的是,尽管目前的护考不考X型题,为保证本丛书覆盖知识点的完整性,再现往年真题的风貌,本丛书仍保留了X型题,供老师和同学们参考借鉴。

　　本丛书在编写、审定过程中,得到了广州医学院护理学院、广州医学院第三附属医院、新兴中药学校、江门中医药学校、南方医科大学南方医院、各位编者所在单位及科学出版社卫生职业教育出版分社的大力支持和帮助,在此深表感谢!编写期间参考了大量国内相关书籍和教材,一并向相关编者致以谢意。

　　受编者水平所限,本丛书难免在内容上有所疏漏,在文字上有欠妥之处,恳请广大读者不吝赐教和指正,以促进本丛书日臻完善。

编　者

2009 年 9 月

目 录

第1篇 基础护理知识与技能

第2篇　法律法规与护理管理

第3篇　护理伦理

第4篇　人际沟通

第1篇　基础护理知识与技能

第1章　护理程序

第1节　护理程序的概念

★一、概念

护理程序是以促进和恢复患者健康为目标所进行的一系列有目的、有计划的护理活动，是一个**综合的、动态的、具有决策和反馈功能**的过程，对护理对象进行**主动、全面的整体护理**，使其达到最佳健康状态。护理程序是一种科学的确认问题、解决问题的工作方法和思想方法。

二、理论基础

护理程序的理论基础来源于系统论、人的基本需要层次论、信息交流论和解决问题论等。**系统论组成了护理程序的框架**；人的基本需要层次论为评估患者的健康状况、预见患者的需要提供了理论依据；**信息交流论赋予护士与患者交流的能力和技巧的知识**，从而确保护理程序的最佳运行；解决问题论为确认患者的健康问题、寻求解决问题的最佳方案及评价效果奠定了方法论的基础。各种理论相互关联，互相支持。

第2节　护理程序的步骤

★护理程序可分为五个步骤，即**护理评估、护理诊断、护理计划、实施、评价**。

一、护理评估

评估是护理程序的开始，并贯穿于整个护理过程之中。

1. 收集资料的目的
 - (1)为正确确立护理诊断提供依据。
 - (2)为制订合理护理计划提供依据。
 - (3)为评价护理效果提供依据。
 - (4)积累资料，供护理科研参考。

★2. 资料的类型
 - (1)**主观资料**：即患者的主诉，包括患者所感觉的、所经历的以及所看到的、听到的、想到的内容的描述，如头晕、麻木、乏力、瘙痒、恶心、疼痛等。
 - (2)**客观资料**：是护士经观察、体检、借助其他仪器检查或实验室检查等所获得的患者的健康资料，如黄疸、发绀、呼吸困难、颈项强直、心脏杂音、体温 39.0℃等。

★3. 资料的来源

(1)直接来源:**健康资料的直接来源是患者本人。**

(2)间接来源
- 1)患者的家属及其他与之关系密切者,如亲属、朋友、同事、邻居、老师、保姆等。
- 2)其他卫生保健人员,如与患者有关的医师、营养师、理疗师、心理医师及其他护士等。
- 3)目前或既往的健康记录或病历,如儿童预防接种记录、健康体检记录或病历记录等。
- 4)医疗、护理的有关文献记录。

4. 资料的内容
- (1)一般资料。
- (2)过去健康状况。
- (3)生活状况和自理程度。
- (4)护理体检。
- (5)心理社会状况。

★5. 收集资料的方法:主要有四种,包括观察、护理体检、交谈(询问病史)、查阅

(1)观察:利用感官或借助简单诊疗器具,系统地、有目的地收集患者的健康资料的方法。常用的观察方法如下

- 1)**视觉观察:**护士通过视觉观察患者的精神状态、营养发育状况、面容与表情、体位、步态、皮肤、黏膜、舌苔、呼吸方式、呼吸节律与速率、四肢活动能力等。
- 2)**触觉观察:**护士通过手的感觉来判断患者某些器官、组织物理特征的一种检查方法,如脉搏、皮肤的温度与湿度、脏器的形状与大小,以及肿块的位置、大小与表面硬度等。
- 3)**听觉观察:**护士运用耳朵辨别患者的各种声音,如患者谈话时的语调、呼吸的声音、咳嗽的声音、喉部有痰的声音、器官的叩诊音等,也可借助听诊器听诊心音、肠鸣音及血管杂音等。
- 4)**嗅觉观察:**护士运用嗅觉来辨别发自患者的各种气味,如来自皮肤黏膜、呼吸道、胃肠道、呕吐物、分泌物、排泄物等的异常气味,以判断疾病的性质和变化。

(2)护理体检:护士通过视诊、触诊、叩诊、听诊和嗅诊等方法,按照身体各系统顺序对患者进行全面的体格检查。

(3)交谈:护士通过与患者的交谈可以收集有关患者健康状况的信息,取得确立护理诊断所需的各种资料,同时取得患者的信任

- 1)安排合适的环境:交谈环境应安静、舒适,光线和温度适宜。
- 2)说明交谈的目的和所需要的时间。
- 3)引导患者抓住交谈的主题:针对交谈主题要有准备、有计划地进行,护士应事先了解患者的资料,**准备交谈提纲**,按顺序引导患者交谈。一般先从主诉、一般资料开始,再引向过去健康状况及心理社会情况等;患者叙述时,要注意倾听,**不要随意打断或提出新的话题**,要有意识地引导患者抓住主题,对患者的陈述或提出的问题,应给予合理的解释和适当的反应,如点头、微笑等;交谈完毕,应对所交谈内容作一小结,并征求患者的意见,**向患者致谢。**

(4)查阅:包括查阅患者的医疗与护理病历及各种辅助检查结果等。

★6. 资料的整理与记录
- (1)资料的整理:将收集的资料进行分类整理,并检查有无遗漏。
- (2)记录
  - 1)收集的资料要**及时记录**。
  - 2)**主观资料的记录应尽量用患者自己的语言**,并加引号。
  - 3)**客观资料的记录应使用医学术语**。描述应具体、确切,能正确反映患者的健康问题,避免护士的主观判断和结论。

二、护理诊断

1. **护理诊断的概念**:是关于个人、家庭或社区对现存的或潜在的健康问题或生命过程反应的一种临床判断,是护士为达到预期目标(预期结果)选择护理措施的基础,而预期目标(预期结果)是由护士负责制订的。

2. **护理诊断的组成**:由名称、定义、诊断依据以及相关因素四部分组成

- (1) **名称**:是对护理对象健康问题的概括性描述。分为以下类型
  - 1) **现存的**:指护理对象目前已经存在的护理问题,如清理呼吸道无效、体温过高、体液不足等。
  - 2) **潜在的(危险的)**:指目前未发生,但危险因素存在,若不采取护理措施,就极有可能发生的问题,如有感染的危险、有皮肤完整性受损的危险、有体液不足的危险等。
  - 3) **健康的**:指护理对象从特定的健康水平向更高的健康水平发展的描述,如母乳喂养有效、执行治疗方案有效等。
- (2) **定义**:是对护理诊断名称的一种清晰、正确的描述,并以此与其他护理诊断相鉴。
- (3) **诊断依据**:是作出该护理诊断时的临床判断标准,即诊断该问题时必须存在的相应的症状、体征和有关的病史。可分为
  - 1) **必要依据**:即做出某一护理诊断所**必须具备的依据**。
  - 2) **主要依据**:即做出某一护理诊断**通常需具备的依据**。
  - 3) **次要依据**:即对做出某一护理诊断**有支持作用**,但不一定必须存在的依据。
- (4) **相关因素**:是指影响健康状况、引起健康问题的直接因素、促成因素或危险因素。

★3. **护理诊断的陈述方式**:护理诊断的陈述包括三个要素:问题(P),即护理诊断的名称、症状和体征(S);相关因素(E),多用"与……有关"来陈述。又称为 PSE 公式。

★4. **书写护理诊断时应注意的问题**
- (1) 护理诊断所列问题应简明、准确、陈述规范,应为护理措施提供方向,对相关因素的陈述必须详细、具体、容易理解。
- (2) **一个护理诊断针对一个健康问题。**
- (3) 避免与护理目标、护理措施、医疗诊断相混淆。
- (4) 护理诊断**必须是以收集到的资料作为诊断依据。**
- (5) 确定的问题**必须是用护理措施能解决的问题。**
- (6) 护理诊断不应有容易引起法律纠纷的描述。

5. **护理诊断与医护合作性问题的区别**:医生和护士共同合作才能解决的问题属于合作性问题,多指**由于脏器的病理生理改变所致的潜在并发症**。陈述方式为:**"潜在并发症:……"。**合作性问题的护理重点是病情监测,护士若发现患者病情变化,应及时报告医生,并与医生合作,共同处理。

6. **护理诊断与医疗诊断的区别与联系**
- (1) **研究的对象不同**:前者是对个体、家庭或社区的健康问题或生命过程反应的判断;后者是对个体病理生理变化的临床判断。
- (2) **描述的内容不同**:前者的描述随患者的反应变化而变化;后者在病程中保持不变。
- (3) **决策者不同**:前者是护理人员,后者是医疗人员。
- (4) **职责范围不同**:前者属于护理职责范围内,后者属于医疗职责范围内。

锦囊妙记

护理诊断陈述方式:现存、潜在 E 必在,发现 S 已现存。

三、护理计划

制订护理计划的目的是为了使患者得到个性化的护理,保持护理工作的连续性,促进医护人员的交流,并有利于评价。一般分四个步骤进行。

1. 设定优先次序:根据所收集的资料确定的多个护理诊断,**按轻、重、缓、急设定先后次序**,使护理工作能够高效、有序地进行

★(1)排序原则
1)优先解决直接危及生命,需立即解决的问题。
2)按马斯洛人类基本需要层次论,优先解决低层次需要,再解决高层次需要。
3)在不违反治疗、护理原则的基础上,可优先解决患者主观上认为重要的问题。
4)优先解决现存的问题,但不要忽视潜在的问题。

★(2)排列顺序
1)**首优问题**:直接威胁护理对象的生命,需要立即采取行动的问题。
2)**中优问题**:不直接威胁护理对象的生命,但能造成躯体或精神上的损害的问题。
3)**次优问题**:人们在应对发展和生活中的变化所产生的问题,在护理过程中,可稍后解决。

★2. 设定预期目标(预期结果):预期目标是指患者在接受护理后,期望其能够达到的健康状态,即最理想的护理效果

★(1)陈述方式:由四个部分组成,即主语、谓语、行为标准、条件状语
1)**主语指护理对象或护理对象的一部分**,如患者、患者的体温、患者的皮肤等,可省略。
2)谓语指护理对象能够完成的行为,此行为**必须是能够观察到的**,如行走、学会、做到、保持等。
3)行为标准指护理对象完成此行为的程度,包括时间、**距离、速度、次数**等,如 2 天、50m、1500ml 等。
4)条件状语指护理对象完成此行为必须具备的条件,如拄拐杖、搀扶等。

(2)目标的分类
1)远期目标:指需较长时间才能实现的目标。
2)**近期目标**:指需较短时间就能实现的目标,**一般少于 7 天**。

★(3)陈述目标的注意事项
1)目标陈述的应是护理活动的结果,主语应是患者或患者身体的一部分。
2)目标陈述应简单明了,切实可行,属于护理工作范围。
3)目标应具有针对性,一个目标针对一个护理诊断。
4)目标应有具体日期,可观察和测量。
5)目标应与医疗工作相协调。

3. 设定护理计划(制订护理措施):护理措施是护士为帮助患者达到预期目标所采取的具体方法、行为、手段,是确立护理诊断与目标后的具体实施方案

(1)护理措施的内容包括:护理级别、饮食护理、病情观察、基础护理、检查及手术前后护理、心理护理、功能锻炼、健康教育、医嘱执行、对症护理等。医嘱应当清楚、明确,专为适合某个患者的护理需要而提出,不应千篇一律如同常规。重点放在促进健康,维持功能正常,预防功能丧失,满足人的基本需要,预防、减低或限制不良反应。

(2)护理措施的类型
1)依赖性的护理措施:即**护士遵医嘱执行**的具体措施,如注射、发药、输液等。
2)独立性的护理措施:即**护士在职责范围内,根据所收集的资料,经过独立思考、判断所决定的措施**,如健康教育、卫生宣教、防压疮等。
3)协作性的护理措施:即**护士与其他医务人员之间合作完成的护理活动**,如饮食护理、康复锻炼、检查等。

3. 设定护理计划(制订
护理措施)(续) ┤★(3)制订护理措施的
注意事项 ┤

1)护理措施应充分利用现有的设备、经济实力和人力资源。
2)护理措施应针对护理目标。
3)护理措施应符合实际,体现个体化的护理。
4)护理措施内容应具体、明确、全面。
5)护理措施应保证患者的安全,促使患者积极参与。
6)护理措施应有科学的理论依据。
7)护理措施应与医疗工作相协调。

4. 计划成文:将护理诊断、护理目标、护理措施等按一定的格式书写成文,即构成护理计划。

四、实施

实施是为达到护理目标而将计划中的各项措施付诸行动的过程。

1. 实施的步骤 ┤

(1)准备:包括进一步熟悉和理解计划,分析实施所需要的护理知识和技术,预测可能发生的并发症及其预防措施,合理安排、科学运用时间、人力、物力。

(2)执行计划:在执行计划时,**护理活动应与医疗密切配合,与医疗工作保持协调一致**;要取得患者及家属的合作与支持,并在实施中进行健康教育,以满足其学习需要。熟练运用各项护理技术,密切观察实施后患者的生理、心理状态,了解患者的反应及效果,有无新的问题出现,并及时收集相关资料,以便能迅速、正确地处理新出现的健康问题。

(3)记录:在实施中,护士要把各项护理活动的内容、时间、结果及患者的反应及时进行完整、准确的文字记录,称为护理记录或护理病程记录。护理记录可以反映护理活动的全过程,利于了解患者的身心状况,反映护理效果,为护理评价做好准备。

2. 实施方法 ┤

(1)分管护士直接为患者提供护理。
(2)与其他医务人员之间合作完成护理措施。
(3)指导患者及家属共同参与护理。

五、评价

评价是将患者的健康状况与预期目标进行有计划的、系统的比较并做出判断的过程。通过评价,可以了解患者是否达到了预期的护理目标。**评价虽然是护理活动的最后一步,但评价实际上是贯穿于护理活动的全过程之中。**

1. 评价方式 ┤

(1)护士进行自我评价。
(2)护士长、护理教师、护理专家的检查评定。
(3)护理查房。

★2. 评价内容 ┤

(1)护理过程的评价:评价护士在进行护理活动中的行为是否符合护理程序的要求。

(2)**护理效果的评价:是评价中最重要的方面。最主要的是确定患者健康状况是否达到预期目标。**

(3)评价目标实现程度:护理目标实现的程度一般分为 ┤
1)目标完全实现。
2)目标部分实现。
3)目标未实现。

(4)评价步骤 ┤
1)收集资料:收集患者各方面的资料进行分析。
2)判断护理效果:将患者的反应与预期目标比较,来衡量目标实现情况。
3)分析原因:分析目标未完全实现的原因。
★4)修订计划:对已经完全实现的目标及解决的问题,可以停止原来的护理措施;对仍旧存在的护理问题,修正不适当的护理诊断、预期目标或护理措施;对患者新出现的问题,重新完成收集资料、做出护理诊断、制订预期目标及护理措施,进行新的护理活动,使患者达到最佳的健康状态。

第3节　护理病案的书写

在应用护理程序的过程中,患者的有关资料、护理诊断、预期目标、护理措施、效果评价等,均应以书面形式进行记录,由此构成护理病案。内容包括:

1. 患者入院护理评估单

2. 护理计划单

★3. 护理记录单:可采用 PIO 格式进行记录
- P(problem):患者的健康问题。
- I(intervention):针对患者的健康问题所采取的护理措施。
- O(outcome):经过护理后的效果。

4. 住院患者护理评估单

5. 患者出院护理评估单:患者出院护理评估单包括两大内容

★(1)健康教育
- 1)针对所患疾病制订的标准宣教计划。
- 2)与患者一起讨论的有益或有害的卫生习惯。
- 3)指导患者主动参与并寻找现存的或潜在的健康问题。
- 4)出院指导:针对患者现状,提出其在生活习惯、饮食、服药、功能锻炼、定期复查等方面的注意事项。

(2)护理小结:是患者住院期间,护士进行护理活动的概括性记录,包括护理目标是否达到、护理问题是否解决、护理措施是否落实、护理效果是否满意等。

模拟试题栏——识破命题思路,提升应试能力

一、专业实务

A₁型题

1. 有关"护理程序"概念的解释哪项不妥
- A. 以促进和恢复患者的健康为目的
- B. 是一系列有目的、有计划的护理活动
- C. 是一个综合的、动态的、具有决策和反馈功能的过程
- D. 对护理对象进行被动、全面的整体护理
- E. 是一种科学的确认问题、解决问题的工作方法和思想方法

2. 护理程序的理论框架是
- A. 系统论
- B. 方法论
- C. 信息交流论
- D. 解决问题论
- E. 人的基本需要层次论

3. 赋予护士与患者交流的能力和技巧的知识,并且确保护理程序最佳运行的理论是
- A. 系统论
- B. 方法论
- C. 信息交流论
- D. 解决问题论
- E. 人的基本需要层次论

4. 护理程序分可为五个步骤,正确的是
- A. 评估→诊断→计划→实施→评价
- B. 估计→诊断→计划→实施→评价
- C. 评估→诊断→计划→过程→评价
- D. 估计→诊断→计划→过程→评价
- E. 评价→诊断→计划→实施→评价

5. 护理诊断指出护理方向,有利于
- A. 收集客观资料
- B. 制订护理措施
- C. 实施护理措施
- D. 进行护理评估
- E. 修改护理计划

解析: 护理诊断是关于一个人生命过程中的生理、心理、社会文化、发展及精神方面所出现的健康问题反应的说明,目的是为了制订、实施护理计划以解决患者现存的或潜在的健康问题,故本题答案为 B。

6. 护理诊断的陈述方式中,**不包括**的要素是
- A. 护理问题
- B. 症状
- C. 体征
- D. 发病机制
- E. 相关因素

7. 属于医护合作性问题的是
- A. 皮肤完整性受损:压疮,与局部组织长期受压有关
- B. 胸痛:与心肌缺血有关
- C. 潜在并发症:肠梗阻
- D. 家庭应对效能低
- E. 清理呼吸道无效:与无力咳嗽有关

8. 潜在的(有危险的)护理诊断,常用的书写格式是
  A. PSE 公式   B. PE 公式
  C. SE 公式   D. PS 公式
  E. P 公式

9. 护理诊断可采用 PSE 公式陈述,其中"E"指的是
  A. 护理问题   B. 症状和体征
  C. 主要依据   D. 相关因素
  E. 名称

10. 护理诊断与医护合作性问题区别的关键在于
  A. 是否能通过护理措施干预和处理
  B. 是否单纯由医疗人员完成
  C. 是否属于潜在的并发症
  D. 诊断名称是否为疾病名称
  E. 诊断名称是否是某种症状

11. 护理计划的制订主要应针对
  A. 医疗诊断   B. 护理诊断
  C. 检查结果   D. 现病史
  E. 患者身体状况

12. 属于护理程序计划阶段内容的是
  A. 分析资料   B. 提出护理诊断
  C. 确定护理目标   D. 实施护理措施
  E. 评价患者反应

解析:制订护理计划包括①设定护理诊断顺序;②设定预期目标;③制订护理措施;④计划。故本题答案为C。

13. 下列哪项**不符合**确定护理诊断优先次序的原则
  A. 优先解决直接危及生命,需立即解决的问题
  B. 按马斯洛人类基本需要层次论
  C. 先解决高层次需要,再解决低层次需要
  D. 在不违反治疗、护理原则的基础上,可优先解决患者主观上认为重要的问题
  E. 优先解决现存的问题,但不要忽视潜在的问题

14. 关于护理目标的陈述,**不正确**的是
  A. 护理目标应与医疗工作相协调
  B. 陈述目标时主语应是护士或患者
  C. 每个目标都应有具体日期
  D. 一个目标针对一个护理诊断
  E. 目标应切实可行,属于护理工作范围

15. 制订护理措施时,**不正确**的是
  A. 护理措施应符合实际
  B. 护理措施应体现个体差异
  C. 护理措施应依据护士的经验制订

  D. 护理措施应考虑到患者的安全
  E. 护理措施应与其他医务人员的措施相协调

16. 实施护理措施时,正确的是
  A. 对利于疾病转归的措施无需征求患者及家属意见
  B. 应重点观察患者的心理反应
  C. 应根据护士的时间安排患者的健康教育
  D. 应教会患者掌握各项护理技术
  E. 应该与医疗工作密切配合,保持协调一致

17. 有关评价,叙述错误的是
  A. 评价虽然是护理活动的最后一步,但实际上贯穿护理活动的全过程
  B. 进入评价阶段就意味着护理程序的结束
  C. 通过评价可发现新问题,做出新诊断和新计划
  D. 通过评价可对以往的护理计划进行相应修改
  E. 评价是将患者的健康状态与预定目标进行比较并做出判断的过程

A₂型题

18. 患者,男性,76 岁。患慢性支气管炎 12 年,近日因受凉后咳嗽加重,咳黄色黏痰,主诉气促,为进一步治疗收入院。护士为患者进行入院护理评估,**不属于**收集资料目的的是
  A. 为正确确立护理诊断提供依据
  B. 为制订合理护理计划提供依据
  C. 为正确诊断和治疗疾病提供依据
  D. 为评价护理效果提供依据
  E. 积累资料,供护理科研参考

19. 患者,女性,28 岁。因急性心肌炎入院。护士为其进行护理评估时,下列哪项**不属于**收集资料的内容
  A. 患者的民族、职业、文化程度
  B. 患者的生活方式及自理程度
  C. 患者家庭成员的婚育史
  D. 患者的家庭关系、经济状况
  E. 患者的家族史、过敏史

20. 患者,女性,19 岁。因大叶性肺炎入院。患者意识清醒,语言表达准确,护士收集资料的主要来源是
  A. 患者本人   B. 患者母亲
  C. 文献资料   D. 患者的病历
  E. 其他医护人员

21. 患者,女性。因头痛、头晕,测量血压 160/110mmHg 收入院,护士为其进行入院护理评估,确定为主观资料的是
  A. 患者的感受

B. 实验室检查结果

C. 护士用手触摸到的感受

D. 护士用眼睛观察到的资料

E. 对其进行身体检查得到的资料

22. 患者,男性,35 岁。因严重脑外伤住院。下列哪项**不属于**收集资料中的社会状况

  A. 与亲友的关系 B. 经济状况

  C. 对康复有无信心 D. 工作环境

  E. 社会支持系统状况

23. 患者,男性,50 岁。诊断:膀胱癌。评估患者时应特别询问的信息是

  A. 是否有家族史

  B. 是否经常饮酒

  C. 是否长期接触化工染料

  D. 是否有膀胱结石史

  E. 是否有外伤史

24. 患者,女性,54 岁。患肝硬化 6 年,1 小时前呕血约 600ml,感觉心慌乏力就诊。查体:精神委靡,皮肤干燥,身高 156cm,体重 45kg,体温 36.7℃,脉搏 108 次/min,呼吸 24 次/min,血压 80/60mmHg,护士确定护理诊断为"循环血容量不足:血压 80/60mmHg,与呕血有关",其中属于 P 的是

  A. 循环血容量不足 B. 与呕血有关

  C. 血压 80/60mmHg D. 与肝硬化有关

  E. 心慌乏力

25. 患者,女性,27 岁。诊断:毒性弥漫性甲状腺肿大(Graves)。患者甲状腺肿大 1 年,伴消瘦、易疲劳、失眠、心悸、怕热及体重下降明显入院。查体:心率 110 次/min,血压 130/80mmHg,护士确定护理诊断为"营养失调:消瘦,与 Graves 病有关",其中属于 S 的是

  A. 营养失调

  B. 营养失调:低于机体需要量

  C. 消瘦

  D. 与 Graves 病有关

  E. 与甲状腺肿大有关

26. 患者,男性,70 岁。现术后 8 小时,仍未排尿,主诉下腹胀痛。查体见下腹膀胱区隆起,耻骨联合上叩诊呈实音。该患者目前主要的护理问题是

  A. 下腹疼痛 B. 潜在呼吸道感染

  C. 体液过多 D. 尿潴留

  E. 有皮肤完整性受损的危险

27. 患者,男性,61 岁。近 1 周食欲减退、呕吐、疲乏无力,尿黄。自昨日起烦躁不安,呼气中有氨臭味,巩膜、皮肤黄染,皮肤见散在瘀斑,肝未扪及,腹水征阳性。目前患者最主要的护理问题是

  A. 体液过多

  B. 活动无耐力

  C. 皮肤完整性受损

  D. 营养失调:低于机体需要量

  E. 潜在并发症:肝性脑病

28. 患者,男性,47 岁。有肝硬化病史 7 年,2 小时前突然出现恶心、呕吐,呕出咖啡色液体 1500ml,伴头晕、心慌,急诊收住院。查体:体温 37.9℃,脉搏 118 次/min,呼吸 22 次/min,血压 85/50mmHg,急性面容,面色苍白,四肢厥冷,腹部平软,肝肋下未及,脾肋下 2.5cm。患者目前存在的最主要的护理问题是

  A. 体温升高 B. 体液不足

  C. 活动无耐力 D. 有窒息的危险

  E. 有受伤的危险

29. 患者,男性,28 岁。因咳嗽,呼吸困难,以"肺炎球菌肺炎"收入院,患者主诉头痛、恶心、食欲差、全身无力。查体:体温 39.5℃,脉搏 112 次/min,呼吸浅快,口唇指端发绀。患者目前存在的首要护理问题是

  A. 舒适的改变:头痛 B. 气体交换受损

  C. 活动无耐力 D. 体温过高

  E. 有窒息的危险

30. 患者,女性,23 岁。与同学聚餐,餐后 2 小时出现上腹部剧痛,伴恶心、呕吐 4 次,急诊入院。查体:体温 37.9℃,血压 110/75mmHg,血白细胞计数 $16.5×10^9$/L。患者目前首优的护理问题是

  A. 焦虑   B. 体液不足

  C. 体温升高 D. 疼痛

  E. 潜在并发症:休克

31. 患者,男性,55 岁。有发作性心前区疼痛史 1 年,因工作繁忙,未就诊治疗。1 小时前,因与他人争执继而发生持续性心前区压榨性疼痛,急诊入院。诊断:冠心病,急性广泛前壁心肌梗死。患者面色苍白,出冷汗,烦躁不安,有濒死感。医嘱:绝对卧床休息。护士评估患者后,列出下列护理诊断,排在首位的是

  A. 潜在并发症:有发生压疮的危险

  B. 胸痛:与心肌缺血有关

  C. 恐惧:对心肌梗死可能致死感到恐惧

  D. 知识缺乏:缺乏有关冠心病预防的知识

E. 进食、如厕、卫生自理缺陷：与心肌梗死后24小时内绝对卧床休息有关

32. 患者，女性，70岁。因急性心肌梗死入院，遵医嘱绝对卧床休息，现4天未排大便，感到腹胀不适。陈述正确的护理诊断是
  A. 便秘：由于卧床导致
  B. 便秘：腹胀，与活动减少有关
  C. 腹胀：与卧床有关
  D. 腹胀：由便秘引起
  E. 活动减少：引起便秘

33. 患者，男性，37岁。诊断：直肠癌。近期便血频繁，身体虚弱。护士为其确定的护理诊断，陈述正确的是
  A. 身体虚弱：便血所致
  B. 体液不足：与便血丢失体液有关
  C. 排泄形态改变：便血
  D. 直肠癌：与便血有关
  E. 有营养失调的危险：与便血有关

34. 患儿，6岁。因咳嗽，咳黏液痰3天就诊。查体：双肺呼吸音粗，胸部X线片示双肺纹理粗。门诊以"急性支气管炎"收入院。护士确定患者的主要护理问题为"清理呼吸道无效"，其主要依据是
  A. 咳黏液痰　　　B. 咳嗽
  C. 双肺纹理粗　　D. 急性支气管炎
  E. 双肺呼吸音粗

35. 患者，男性，48岁。行胆囊切除术，手术过程顺利，返回病房，护士为其制订护理计划，描述完整准确的护理目标是
  A. 使患者3天内下床活动
  B. 护士协助患者下床活动
  C. 患者在帮助下能下床活动
  D. 3天内借助支撑物下床活动
  E. 患者能下床活动

解析：护理目标的陈述由四个部分组成：主语、谓语、行为标准、条件状语。主语指护理对象，可以省略；谓语指护理对象能完成的可观察到的行为；行为标准指护理对象完成此行为的程度；条件状语指护理对象完成此行为必须具备的条件。选项A、E缺乏条件状语；A、B主语不正确；C、E缺乏行为标准；只有D叙述完整。

36. 患者，男性，53岁。诊断：高血压。护士在入院护理评估时收集到以下资料：患者大学学历，已婚，

与父母和妻子同住，是家庭主要经济支柱。平时工作忙，压力大，有吸烟酗酒习惯，身高172cm，体重86kg，血压156/112mmHg，护士为其制定护理计划，确定护理目标，正确的是
  A. 3天内患者血压恢复正常
  B. 使患者1周后体重下降0.5kg
  C. 患者调换工作岗位，减轻压力
  D. 出院时教会患者测量血压
  E. 2天后患者能说出戒烟戒酒的重要性

37. 患者，女性，72岁。因急性肺炎入院，有糖尿病史20年，消瘦，体质虚弱，体温39.2℃，脉搏116次/min，呼吸26次/min，入院后卧床休息，护士为其制定护理计划，制定护理目标，属于近期目标的是
  A. 3天内患者体温恢复正常范围
  B. 1周后患者能自行下床活动
  C. 住院期间患者不发生压疮
  D. 出院时患者学会正确皮下注射胰岛素
  E. 10天内患者能制订正确的糖尿病饮食菜谱

38. 患者，女性，70岁。现胃大部切除术后第3天，体温39.5℃。在护理患者的过程中，属于独立性护理措施的是
  A. 遵医嘱发退热药
  B. 开放静脉通道，抗生素静脉输液
  C. 检查血常规，看白细胞数量
  D. 酒精拭浴
  E. 通知营养科调整患者饮食

解析：依赖性护理措施指护士遵医嘱执行的具体措施；独立性护理措施指护士在职责范围内，根据所收集的资料，经过独立思考、判断所决定的措施；协作性护理措施指护士与其他医务人员之间合作完成的护理活动。选项A、B属于依赖性护理措施；C、E属于协作性护理措施；D属于独立性护理措施。

39. 患者，女性，31岁。急性上呼吸道感染。测量体温39℃，医嘱即刻肌内注射复方氨基比林2ml。护士执行此项医嘱属于
  A. 非护理措施　　　B. 独立性护理措施
  C. 协作性护理措施　D. 依赖性护理措施
  E. 预防性护理措施

40. 患者，男性，45岁。因"中耳炎"入院，入院后遵医嘱给予对症抗炎输液治疗，患者下肢瘫痪，生活

不能自理。下列属于协作性护理措施的是

A. 为缓解患者便秘,为其进行灌肠

B. 遵医嘱给予对症抗炎输液治疗

C. 对患者及家属进行健康教育

D. 协助患者完成日常生活需要

E. 协助患者完成各项检查

41. 患者,女性,58 岁,诊断:高血压。患者向护士反映病室人员嘈杂,影响休息。针对该问题,护士采取最适当的护理措施是

A. 提供安眠药

B. 做好心理护理

C. 把治疗和护理全部集中在早晨进行

D. 病室的桌椅钉上橡皮垫

E. 向其他患者及家属宣教保持病室安静的重要性,共同创造良好的休养环境

解析:该患者休息不好主要是医院的物理环境嘈杂导致的,护理措施应首要解决环境的问题,做好其他患者的宣教工作,保持病室的安静。

42. 患者,男性,17 岁,以"左下肢骨折"收入院,入院后行左下肢牵引术,护士为其制定护理措施,其中**不妥**的是

A. 每 1 小时观察趾端皮肤颜色和温度

B. 每 2 小时翻身

C. 用 30%乙醇进行受压局部皮肤按摩

D. 训练患者床上排尿

E. 指导患者进行患肢功能锻炼,每天 3 次,每次 1 小时

解析:护理措施应切实可行,保证患者安全,并与医疗措施相协调,患者左下肢骨折,行牵引术,每次患肢功能锻炼 1 小时,不符合患者病情,故答案是 E。

43. 患者,女性,38 岁。手术后第二天,护士采用 PIO 格式为其进行护理记录,"I"指

A. 健康问题　　　B. 护理措施

C. 护理评价　　　D. 护理效果

E. 护理评估

A₃/A₄ 型题

(44,45 题共用题干)

患者,男性,58 岁。因转移性右下腹疼痛 20 小时伴发热、恶心、呕吐,以"急性阑尾炎"收入院。入院时患者呈急性面容,搀扶入病房。查体:体温

38.9℃,右下腹压痛、反跳痛。

44. 属于主观资料的是

A. 右下腹疼痛

B. 呕吐

C. 体温 38.9℃

D. 右下腹压痛、反跳痛

E. 急性面容

45. 对该患者,陈述正确的护理诊断是

A. 急性阑尾炎

B. 疼痛　炎症引起

C. 恶心、呕吐　疼痛导致

D. 组织灌注量不足　因为呕吐

E. 体温过高:体温 38.9℃,与炎症有关

(46~49 题共用题干)

患者,男性,32 岁。初步诊断"乳腺肿块"。为进一步明确诊断,确定治疗方案,收入院。责任护士运用护理程序的工作方法护理该患者。

46. 贯穿于护理活动全过程的是

A. 护理评估　　　B. 护理诊断

C. 护理计划　　　D. 护理措施

E. 护理效果

47. 收集资料时**不合适**的交谈环境是

A. 绝对的隐蔽、无干扰

B. 适宜的光线、通风良好

C. 合适的温度和湿度

D. 门口悬挂"请勿打扰"提示牌

E. 室内放置鲜花

48. 收集资料时,不利于患者抓住交谈主题的是

A. 事先了解患者资料

B. 准备交谈提纲

C. 从主诉开始引导话题

D. 解释患者的提问

E. 随意提出新话题

49. 正确记录患者资料的方法是

A. 收集完毕及时记录

B. 主观资料按患者陈述记录,不要加以修改

C. 客观资料不要以医学术语记录

D. 主观资料护士可以结合自己的判断

E. 客观资料应结合护士的主观判断

(50~52 题共用题干)

患者,男性,76 岁。慢性支气管炎 24 年,主诉发热、咳嗽,咳黄色黏痰 5 天,自觉咳嗽无力,痰液黏稠不易咳出。吸烟 40 年,20 支/天,难以戒除。查体:

精神委靡,皮肤干燥,体温38.7℃,肺部听诊可闻及干、湿啰音。

50. 属于主观资料的是
  A. 皮肤干燥　　　　B. 痰液黏稠
  C. 体温38.7℃　　　D. 无力咳嗽
  E. 肺部干、湿啰音

51. 根据患者的状况,陈述正确的护理诊断是
  A. 清理呼吸道无效:与呼吸道炎症、痰液黏稠、咳嗽无力有关
  B. 体温过高:体温38.7℃　呼吸道炎症导致
  C. 活动无耐力　因呼吸道炎症,氧供应减少引起
  D. 知识缺乏
  E. 组织灌注量不足　与发热、皮肤干燥有关

52. 针对你确定的护理诊断,正确的预期目标是
  A. 患者3天内体温下降
  B. 患者3天内炎症控制,能自行咳出痰液
  C. 指导患者叙述有关呼吸道疾病的预防保健知识
  D. 患病期间得到良好休息,体力得以恢复
  E. 遵医嘱静脉输液,增加患者组织灌注

(53~55题共用题干)

患者,男性,65岁。高血压病史30年,因情绪激动,后感呼吸急促,左胸部剧烈疼痛,以"急性心肌梗死"收入院。

53. 病区护士接待患者入院后,运用护理程序的工作方法,给患者实施整体护理,其第一个步骤要做的是
  A. 护理评估　　　　B. 护理计划
  C. 护理实施　　　　D. 护理评价
  E. 护理诊断

54. 针对该患者,护士提出的护理诊断,陈述正确的是
  A. 胸痛:与心肌缺血缺氧有关
  B. 情绪激动:与心肌梗死有关
  C. 冠心病:与高血压有关
  D. 呼吸急促:疼痛引起
  E. 心肌梗死:与高血压病史、情绪激动有关

解析:护理诊断的陈述包括三个要素:问题(P),即护理诊断的名称,是对护理对象健康问题的概括性描述;症状和体征(S);相关因素(E),多用"与……有关"来陈述。本题选项中C、E属于医疗诊断;B因果倒置;D相关因素陈述不当。

55. 针对该护理诊断,护士采取的护理措施中,属于依赖性护理措施的是
  A. 通知营养科调整患者饮食
  B. 遵医嘱应用止痛药物
  C. 嘱患者卧床休息
  D. 观察吸氧后的病情变化
  E. 稳定患者情绪,进行心理护理

解析:依赖性护理措施指护士遵医嘱执行的具体措施。

二、实践能力

A₁型题

56. 贯穿于护理活动全过程的是
  A. 护理评估和护理诊断
  B. 护理诊断和护理计划
  C. 护理计划和护理评价
  D. 护理诊断和护理评价
  E. 护理评估和护理评价

57. 属于主观资料的是
  A. 面色苍白　　　　B. 颈项强直
  C. 呼吸困难　　　　D. 皮肤瘙痒
  E. 心脏杂音

58. 属于客观资料的是
  A. 肢体麻木　　　　B. 肢端肥大
  C. 恶心呕吐　　　　D. 心悸头晕
  E. 浑身无力

59. 护理程序中直接影响护理诊断确定的步骤是
  A. 护理评估　　　　B. 护理计划
  C. 护理实施　　　　D. 护理评价
  E. 护理过程

60. 健康资料的直接来源是
  A. 患者　　　　　　B. 亲属
  C. 朋友　　　　　　D. 同事
  E. 保姆

61. 护理评价中最重要的是
  A. 护理目标的评价　B. 护理措施的评价
  C. 护理过程的评价　D. 护理效果的评价
  E. 护理内容的评价

62. 采用PIO格式进行护理记录时,"O"指的是
  A. 护理问题　　　　B. 护理措施
  C. 护理评价　　　　D. 护理结果
  E. 护理评估

63. 护理病案**不包括**
    A. 患者入院护理评估单　　B. 护理计划单
    C. 健康教育计划单　　　　D. 检验报告单
    E. 护理记录单

A₂型题

64. 患儿,2岁。因急性肠炎入院。平时由保姆照顾。此时收集资料的主要来源是
    A. 患儿的母亲　　　　B. 患儿自己
    C. 患儿的病历　　　　D. 文献资料
    E. 患儿的保姆

65. 患儿,3岁,急性肺炎入院。护士为其进行入院护理评估,收集资料的间接来源,**不包括**
    A. 患者的家属及其他与之关系密切者
    B. 目前或既往的健康记录或病历
    C. 其他卫生保健人员
    D. 医疗、护理的有关文献记录
    E. 患儿本人

66. 患者,女性,56岁。因发热、咳嗽3天诊断为"慢性支气管炎急性发作"收入院。护士为其进行入院护理评估,确定为客观资料的是
    A. 患者的感受　　　　B. 患者听到的
    C. 患者想到的　　　　D. 护士想到的
    E. 护士测量到的

67. 患者,女性,45岁。因淋雨后,发热、咽痛、咳嗽,感觉头晕、头痛、恶心等不适,诊断为"肺部感染"收入院。护士进行护理评估时,收集到以下资料,属于客观资料的是
    A. 咽喉部充血　　　　B. 头晕、头痛
    C. 不想吃饭　　　　　D. 感到恶心
    E. 睡眠不好、多梦

68. 患者,男性,50岁。患肝硬化3年,1小时前呕血800ml,患者主诉心慌乏力。体检:精神委靡,皮肤干燥,体温36.5℃,脉搏120次/min,呼吸24次/min,血压80/60mmHg。属于主观资料的是
    A. 心慌乏力　　　　　B. 皮肤干燥
    C. 脉搏120次/min　　D. 呕血800ml
    E. 体温36.5℃

69. 护士评估新入院患者,在与患者交谈中,希望了解更多患者对其疾病的真实感受和治疗的看法。此时,最适合采用的交谈技巧是
    A. 认真倾听　　　　　B. 仔细核实
    C. 及时鼓励　　　　　D. 封闭式提问
    E. 开放式提问

70. 某老年病区护士,采用交谈法进行护理评估,其中不能展开有效而切题的交谈情形是
    A. 安排安静的交谈环境
    B. 事先说明交谈的目的
    C. 交代交谈所需的时间
    D. 交谈中打断患者的表达
    E. 按准备的提纲交谈

71. 患者,女性,35岁。因慢性贫血入院。护士收集资料时选用的方法哪项**错误**
    A. 查阅实验室检查结果
    B. 与患者进行交谈
    C. 对患者进行身体检查
    D. 与患者的家属沟通
    E. 凭护士的主观感觉

72. 患者,男性,71岁。因"呼吸窘迫综合征"入院。护士系统地运用视、触、叩、听、嗅等评估手段和技术收集资料,其中通过触觉观察获得的资料是
    A. 意识状态　　　　　B. 心律
    C. 脉搏的节律　　　　D. 皮肤的颜色
    E. 叹气样呼吸

73. 患者,男性,20岁。以"急性阑尾炎"收住院。入院时护士给予查体发现患者右下腹腹肌紧张,有压痛、反跳痛,收集上述资料的方法属于
    A. 视觉观察法　　　　B. 触觉观察法
    C. 听觉观察法　　　　D. 嗅觉观察法
    E. 味觉观察法

74. 患者,女性,36岁。因夜间阵发性呼吸困难5天,诊断为"二尖瓣狭窄"收入院。入院护士发现患者呈"二尖瓣面容",收集上述资料的方法属于
    A. 听觉观察法　　　　B. 触觉观察法
    C. 视觉观察法　　　　D. 嗅觉观察法
    E. 味觉观察法

75. 患者,男性,59岁。诊断:肝硬化。护士为其入院评估,收集资料时,通过听觉观察获得的资料是
    A. 呼吸急促　　　　　B. 脾脏肋下2cm
    C. 肠鸣音亢进　　　　D. 呕吐物呈血性
    E. 口唇发绀

76. 患者,女性,70岁。腹部手术后第3天,护士在观察病情时获得资料:患者的肠鸣音每分钟4次。护士收集资料的方法属于
    A. 视觉观察法　　　　B. 听觉观察法
    C. 触觉观察法　　　　D. 嗅觉观察法
    E. 味觉观察法

77. 患者,女性,75 岁。诊断:糖尿病。护士在巡视病房时发现其呼出的气体有烂苹果味。护士收集资料的方法属于
    A. 视觉观察法　　　B. 触觉观察法
    C. 听觉观察法　　　D. 嗅觉观察法
    E. 味觉观察法

A₃/A₄ 型题

(78～80 题共用题干)

　　患者,男性,50 岁。因腹痛、腹泻伴发热、恶心、呕吐,以"急性胃肠炎"收住院。入院时患者呈急性面容,精神委靡,主诉:口渴、咽干、乏力。查体:体温 38.1℃,粪便呈水样。

78. 属于客观资料的是
    A. 水样粪便　　　B. 恶心
    C. 口渴　　　　　D. 腹痛
    E. 咽干

79. 对该患者,首先应解决的护理问题是
    A. 精神委靡
    B. 疼痛
    C. 焦虑
    D. 发热:体温 38.1℃
    E. 体液不足

80. 护士记录该患者的资料时,**错误**的是
    A. 收集完毕及时记录
    B. 主观资料的记录只能用患者自己的语言
    C. 客观资料的记录尽量使用医学术语
    D. 主观资料的记录不应带有护士的主观臆断
    E. 客观资料的记录应避免护士的主观判断

(81～83 题共用题干)

　　患者,女性,68 岁,身高 160cm,体重 56kg,患 2 型糖尿病 15 年,皮下注射胰岛素控制血糖。入院时大汗淋漓、高热、呼出气体呈烂苹果味。住院治疗 1 周后,血糖控制在正常范围。

81. 患者"呼出气体呈烂苹果味",收集此资料的方法属于
    A. 视觉观察法　　　B. 触觉观察法
    C. 听觉观察法　　　D. 嗅觉观察法
    E. 味觉观察法

82. 患者认为出院后不需监测血糖,此时患者的主要护理问题是
    A. 感染的危险　　　B. 知识缺乏
    C. 潜在的血糖升高　D. 食欲下降
    E. 不合作

83. 患者病情好转准备出院,护士确定给患者进行健康教育的内容**不包括**
    A. 正确检测血糖的方法
    B. 减轻体重的方法
    C. 皮肤护理
    D. 正确进行皮下注射胰岛素
    E. 糖尿病饮食

参考答案

1～5 DACAB　6～10 DCBDA　11～15 CCCBC

16～20 EBCCA　21～25 ACCAC　26～30 DEBBD

31～35 BBBAD　36～40 EADDE　41～45 EEBAE

46～50 AAEAD　51～55 ABAAB　56～60 EDBAA

61～65 DDDEE　66～70 EAAED　71～75 ECBCC

76～80 BDAEB　81～83 DBB

第2章 医院和住院环境

考点提纲挈——提炼教材精华，突显高频考点

第1节 概　述

一、医院的任务

★医院的任务是医疗、教学、科研、预防保健、指导基层和计划生育，其中以**医疗为中心任务**。

二、医院的种类

★1. 按分级管理划分为一、二、三级医院
- (1)**一级医院**：是直接向一定人口的社区提供预防、医疗、保健、康复服务的基层医院、卫生院。如**农村乡、镇卫生院，城市街道医院等**。
- (2)**二级医院**：是向多个社区提供综合临床卫生服务和承担一定教学、科研任务的地区性医院。如区、**县医院**和一定规模的厂矿、**企事业单位的职工医院**等。
- (3)**三级医院**：是向几个地区提供高水平专科性医疗卫生服务和执行高等教学、科研任务的区域性以上的医院。如**全国、省、市直属的市级大医院，医学院校的附属医院**等。

2. 按收治范围划分为综合性医院、专科医院等。

3. 按特定任务划分为军队医院、企业医院等。

4. 按所有制和经营目的划分为全民、集体、个体制医院等。

第2节 门　诊　部

一、门诊的护理工作

★1. 预检分诊：负责接待答疑，先预检分诊，再指导患者挂号就诊。

患者病情突然变化，若需要抢救者，送急诊室处理，否则安排提前就诊。

(1)开诊前:备齐各种检查器械及用物;环境准备。

(2)开诊后:**按先后顺序叫号就诊**;整理初、复诊病案和检验报告等。

★ 2. 安排候诊和就诊

(3)**根据病情测量体温、脉搏、呼吸、血压,并记录**。

(4)**观察病情:如遇剧痛、高热、呼吸困难、出血、休克等患者,应立即安排提前就诊或送急诊室处理;对病情较严重者或年老体弱者适当调整就诊顺序。**

(5)门诊结束后:回收门诊病案,整理、消毒环境。

3. 健康教育:可以采取口头、图片、板报、影视、宣传小册子等方式。

4. 治疗工作:**按医嘱及时完成**。

★ 5. 消毒隔离:**传染病或疑似传染患者,应分诊到隔离门诊并作好疫情报告**。

6. 保健门诊的护理工作:做好健康体检、疾病普查、预防接种、健康教育与咨询等工作。

二、急诊的护理工作

★ 1. 预检分诊:做到**一问、二看、三检查、四分诊;遇有危重患者应立即通知值班医生和抢救室护士;遇有意外灾害事件应立即通知护士长和医务部;遇有法律纠纷、交通事故、刑事案件等应立即报告医院的保卫部门或公安部门;请家属或陪送者留下。**

★ 2. 抢救工作

(1)急救物品准备:**做到"五定",即定数量品种、定点安置、定人保管、定期消毒灭菌及定期检查维修,使急救物品完好率达到100%。**

(2)配合抢救

1)医生未到之前,护士应根据患者病情作出判断,给予紧急处理,如测血压、止血、给氧、吸痰、建立静脉通道、进行胸外心脏按压和人工呼吸等。医生到达后,立即汇报抢救情况,积极配合抢救,正确执行医嘱,密切观察病情的动态变化。

2)做好抢救记录:记录患者和医生到达的时间、抢救措施落实的时间、执行医嘱的内容和病情的动态变化。

3)严格执行查对制度:**在抢救过程中,凡为口头医嘱必须向医生复述一遍,双方确认无误后方可执行,抢救完毕,请医生及时补写医嘱与处方**;各种急救药品的空安瓿要经两人查对、记录后再弃去;输液瓶、输血袋等用后要统一放置,以便查对。

★ 3. 留观室:收治需要进一步观察或治疗的患者,留观时间一般为**3~7**天。留观室的护理工作有

(1)入室登记,建立病历,书写病情报告。

(2)密切观察,正确执行医嘱,加强临床护理和心理护理。

(3)做好患者及家属的管理。

第 3 节   病　　区

一、病区的设置和布局

1. 每个病区设 30~40 张病床为宜。

★ 2. 两床之间应设床帘,距离不少于 **1m**。

锦囊妙记

医生未到之前护士可以做的措施,一般不涉及用药,因为护士没有处方权。如用0.9%氯化钠建立静脉通道可以,其他溶液或加入药物则不可以。

二、病区的环境管理

★1. 物理环境

(1)安静:病区应避免噪声,保持安静

　　1)噪声的强度:病区白天较理想的声音为 **35～40dB**;在 50～60dB 时,会影响休息与睡眠;在 90dB 以上,会出现头疼、耳鸣、失眠等症状;在 120dB 以上,可致永久性失聪。

　　2)护理措施:①做到四轻,即说话轻、走路轻、操作轻、开关门轻;②病室的门、窗、桌、椅脚应钉上橡皮垫;③推车的轮轴应定期检查,并注润滑油;④加强患者、家属和陪护人员的管理。

(2)整洁:护理单元、患者、工作人员均应保持整洁。

(3)温度和湿度:一般病室适宜的温度为 **18～22℃**;婴儿室、手术室、产房等以 **22～24℃** 为宜;病室相对湿度以 **50%～60%** 为宜

　　1)**室温过高时,机体散热受到影响,患者感到烦躁,呼吸、消化均受干扰;室温过低时,冷刺激可使患者肌肉紧张,易受凉。**

　　2)**湿度过高时,细菌容易繁殖,可增加院内感染的发生率,机体蒸发作用减弱,患者感觉闷热,尿液排出增多,加重了肾脏负担;湿度过低时,可致口干舌燥、咽痛、烦渴等,对气管切开、呼吸道感染、急性咽喉炎的患者尤为不利。**

(4)通风,通风可以调节室内温度、湿度,增加氧含量,降低二氧化碳的含量,降低空气中微生物的密度;病室应定时开窗通风,每次 30 分钟左右。

(5)光线:光线充足可使患者感到愉悦,并利于病情观察和诊疗、护理工作的进行;光线不足可出现眼睛疲劳、头痛、视力受损,发生意外等;应避免阳光直射眼睛,防止引起目眩;午睡时可用窗帘遮挡光线,晚睡时采用地灯或罩壁灯;破伤风患者病室光线宜暗。

(6)装饰:病室装饰应简洁、美观,医院装饰应根据需求选用不同色彩。病室一般采用白色、浅绿色、浅蓝色等。

(7)安全

　　1)避免各种原因所致躯体损伤:防止跌倒、坠床、烫伤、触电等机械性损伤;同时防止化学性、生物性等损伤;**提醒装有起搏器的患者避免靠近微波设备**;在使用 X 线及其他放射性物质做诊断或治疗时,要对在场人员采取保护措施。

　　2)预防院内感染。

　　3)避免医源性损伤。

2. 社会环境
(1)建立良好的护患关系。
(2)建立良好的群体关系。

三、铺床法

1. 备用床

★(1)目的:保持病室整洁、美观,准备接收新患者。

(2)操作要点:移开床旁桌距床约 **20cm**,移床旁椅至床尾正中,距床尾约 **15cm**;枕头开口背门。

(3)注意事项

　　1)病室内如有患者进行治疗、护理或进餐应暂停铺床。

　　2)操作中,动作要轻、稳,以免尘土飞扬。

　　★3)遵循节力原则
　　　　①备齐物品,按顺序放置。
　　　　②能升降的床,将床升至便于操作的高度。
　　　　③**身体尽量靠近床边,上身保持直立,两膝稍弯曲以降低重心,两脚左右或前后分开,以扩大支撑面**
　　　　④操作中使用肘部力量,动作要平稳连续。
　　　　⑤避免多余的动作和走动。

2. 暂空床
　★(1)目的:保持病室整洁;迎接新患者;供暂时离床的患者使用。
　(2)操作要点:将床头盖被向内反折1/4,再扇形三折于床尾;根据病情加铺橡胶单、中单,其上端距床头 45～50cm。

3. 麻醉床
　★(1)目的:便于接受、护理麻醉手术后患者,保护床铺用物不被血渍或呕吐物等污染,保证患者安全、舒适,预防并发症。
　(2)操作要点
　　1)铺床前备好麻醉护理盘、输液架及其他急救器械,如氧气、吸痰器、心电监护仪等。
　　2)根据手术部位在床中、床头或床尾铺橡胶单、中单。
　　3)将盖被纵向扇形三折于离门远的一侧床边,开口向门。
　　4)枕头横立于床头,开口背门。
　　5)将麻醉护理盘放置于床旁桌上,床旁椅放于盖被折叠的同侧,输液架置于床尾。

4. 卧有患者床更换床单法
　(1)方法
　　1)侧卧换单法:适用于病情允许翻身侧卧者。
　　2)仰卧换单法:适用于病情不允许翻身侧卧者。
　★(2)注意事项
　　1)操作前评估患者的病情、意识、活动能力、有无引流导管、伤口、牵引等。
　　2)保证患者舒适、安全,动作轻、稳,减少过多的翻动和暴露患者,以防疲劳及受凉。必要时使用床档,以防止变换体位时患者坠床。
　　3)操作中注意节力原则,两人配合时,动作应协调一致。
　　4)操作中应注意观察患者情况,与患者保持适当的沟通,发现病情变化,立即停止操作,采取相应措施。

模拟试题栏——攻破命题思路,提升应试能力

一、专业实务

A₁型题

1. 医院的任务**不包括**
   A. 医疗工作　　　　B. 教学
   C. 科学研究　　　　D. 预防保健和指导基层
   E. 制定卫生政策

2. 医院的中心任务是
   A. 医疗　　　　　　B. 科研
   C. 教学　　　　　　D. 卫生宣教
   E. 预防保健

3. 医院按收治范围分,可分为
   A. 一级医院、二级医院和三级医院
   B. 军队医院和地方医院
   C. 综合性医院和专科医院
   D. 全民医院、集体医院和民营医院
   E. 非营利性医院和营利性医院

4. 一级医院指的是
   A. 农村乡、镇卫生院和城市街道医院
   B. 为诊治专科疾病而设置的医院
   C. 全国、省、市直属的市级大医院
   D. 医学院的附属医院
   E. 一般市、县医院及市级大医院

5. 属于二级医院的是
   A. 乡卫生院　　　　B. 镇卫生院
   C. 城市街道卫生院　D. 县医院
   E. 医学院的附属医院

锦囊妙记

铺麻醉床法:被纵折口向门、枕横立口背门、椅放折被同侧。

6. 三级医院指的是
   A. 全国、省、市直属的市级大医院和医学院的附属医院
   B. 一般市、县医院及市级大医院
   C. 为诊治专科疾病而设置的医院
   D. 农村乡、镇卫生院和城市街道医院
   E. 具有特定任务及特定的服务对象的医院

7. **不属于**预检分诊的内容是
   A. 询问病史　　　　B. 观察病情
   C. 初步判断　　　　D. 科普宣教
   E. 分诊指导

8. 门诊要做好隔离消毒最主要是因为
   A. 是公共场所　　　B. 患者集中、病种复杂
   C. 危重患者多　　　D. 人群流量大
   E. 医务人员工作量大

9. 急救物品和各种抢救设备做到"五定"，**不包括**
   A. 定点安置、定人保管　　B. 定数量、品种
   C. 定期消毒、灭菌　　　　D. 定期使用
   E. 定期检查维修

10. 口头医嘱的执行方法是
    A. 护士立即执行
    B. 向医生复诵一遍无误后执行
    C. 复诵一遍即执行
    D. 记录于医嘱单上护士再执行
    E. 口头医嘱不必记录在医嘱单上

11. 抢救患者时**不需要**记录的时间是
    A. 患者到达的时间　B. 医生到达的时间
    C. 家属到达的时间　D. 用药时间
    E. 给氧时间

12. 抢救过程用过的空安瓿应
    A. 吸药液后丢弃　　B. 吸药液检查后丢弃
    C. 两人核对后丢弃　D. 待患者病情好转后丢弃
    E. 抢救结束后丢弃

13. 卧有患者床更换床单法，操作**错误**的是
    A. 松开床尾盖被，协助患者卧于床的一边
    B. 松开近侧各层床单及橡胶单，一起卷入患者身下
    C. 扫干净床垫上的碎屑
    D. 按顺序更换大单、中单
    E. 协助患者仰卧，更换被套和枕套

14. 病区物理环境的要求中，不宜强求的是
    A. 物品整洁　　　　B. 安静
    C. 美观、舒适　　　D. 安全
    E. 不留家属陪住

15. 病室通风的目的**不包括**
    A. 调节室内温度、湿度
    B. 增加氧含量
    C. 降低二氧化碳的含量
    D. 避免噪声的刺激
    E. 降低空气中微生物的密度

16. 属于医源性损伤的是
    A. 患者住院期间发生病情变化
    B. 患者住院期间洗澡不慎摔倒
    C. 患者住院期间发生意外事件
    D. 蚊虫叮咬感染
    E. 因护士无菌观念不强造成患者感染

17. 白天病区较理想的声音强度为
    A. 35～40dB　　　　B. 40～45dB
    C. 45～50dB　　　　D. 50～55dB
    E. 55～60dB

18. 病室适宜的温度为
    A. 18～22℃　　　　B. 20～22℃
    C. 22～24℃　　　　D. 24～26℃
    E. 26～28℃

19. 每间病室两床之间的距离不少于
    A. 50cm　　　　　　B. 60cm
    C. 1m　　　　　　　D. 2m
    E. 4m

20. 铺暂空床的目的是
    A. 使患者安全、舒适
    B. 方便患者治疗护理
    C. 预防并发症
    D. 保持病室整洁，迎接新患者住院
    E. 保持病室整洁，准备接受新患者

A₂型题

21. 护士王某，刚被分配到门诊做导医，对前来就诊的患者，她首先应进行的工作是
    A. 健康教育　　　　B. 卫生指导
    C. 预检分诊　　　　D. 查阅病案
    E. 心理安慰

22. 患者，上呼吸道感染，挂号后于诊室外候诊，候诊室护士负责管理和组织患者候诊，其工作范畴**不妥**的是
    A. 随时观察患者病情变化
    B. 根据病情测量生命体征记录于候诊卡上
    C. 候诊者多时，协助医生诊治
    D. 收集整理各种检验报告

E. 按先后顺序叫号就诊

23. 林护士在候诊室巡视时发现一患者精神不振,询问病情,患者主诉肝区隐痛,疲乏,食欲差,双眼巩膜黄染。检查:尿三胆(＋＋)。林护士应如何处理?
    A. 安排提前就诊　　　B. 将患者转隔离门诊诊治
    C. 转急诊室诊治　　　D. 给患者测量生命体征
    E. 安慰患者,不要着急,耐心等候诊治

24. 患者,男性,70岁。因呼吸困难,不能平卧,家属给患者吸氧后前来就诊,护士应
    A. 安排患者到隔离门诊就诊
    B. 安排患者提前就诊
    C. 认真做好心理护理
    D. 让患者按挂号顺序就诊
    E. 耐心做好卫生宣教

25. 患者,男,32岁。一侧下腹部剧烈疼痛,并伴有恶心、呕吐,门诊护士应
    A. 按挂号顺序就诊　　B. 立即送抢救室抢救
    C. 送急诊室就诊　　　D. 安排到隔离门诊就诊
    E. 做好疫情报告

26. 患者,67岁。因心前区疼痛前来就诊,门诊护士在巡视候诊患者时发现该患者皮肤苍白、四肢湿冷、发绀,询问无应答,门诊护士对该患者应
    A. 按挂号顺序就诊　　B. 立即送抢救室抢救
    C. 送急诊室就诊　　　D. 安排到隔离门诊就诊
    E. 做好疫情报告

解析:候诊室护士应随时观察候诊患者的病情,如遇高热、剧痛、呼吸困难、出血、休克等患者,应立即安排提前就诊或送急诊室处理。

27. 患儿,5岁。因发热、出皮疹前来门诊就诊,体查时发现皮疹躯干部位较多,四肢少,呈向心性分布,该护士应
    A. 按挂号顺序就诊　　B. 立即送抢救室抢救
    C. 送急诊室就诊　　　D. 安排到隔离门诊就诊
    E. 做好疫情报告

解析:患儿发热、皮疹呈向心性分布,患儿疑患水痘,因此要隔离。

28. 护士小李,在急诊室负责预检分诊,当遇有意外灾害事件时她应立即
    A. 实施抢救　　　　　B. 通知护士长和医务部
    C. 通知科主任　　　　D. 报告保卫部门
    E. 通知值班医师及抢救室护士

29. 某急诊预检护士,上班时遇有危重患者前来就诊,应立即通知
    A. 值班医生和抢救室护士　　B. 总值班
    C. 医务科　　　　　　D. 护士长
    E. 家属

30. 患者,男性,28岁,建筑工人。因不慎失足坠楼造成重伤,配合抢救时,在医生未到之前,护士给予紧急处理,其中**不包括**
    A. 测血压、呼吸、脉搏　　B. 静脉输入药物
    C. 吸痰、吸氧　　　　D. 止血、配血
    E. 进行人工呼吸、胸外心脏按压

31. 患儿,6岁,因溺水,心跳、呼吸骤停,送急诊室,护士**不需**实施的措施是
    A. 开放气道　　　　　B. 人工呼吸
    C. 配血　　　　　　　D. 做好抢救记录
    E. 胸外心脏按压

32. 急诊室的护士张某,在处理昏迷患者时,**不正确**的做法是
    A. 在医生未到现场前,先建立静脉通道
    B. 医生到达后立即报告处理情况及病情
    C. 抢救中使用的药品的空瓶直接丢弃
    D. 执行医生的口头医嘱时,向医生复诵一遍,双方确认无误后执行
    E. 做好抢救记录

33. 护士小王在参与抢救失血休克的患者时,在执行口头医嘱时应注意
    A. 听清医嘱立即执行
    B. 听到医嘱后直接执行
    C. 问清楚后再执行
    D. 听到医嘱应简单复述一次
    E. 重复一次,确认无误后执行

34. 患者,女性,恶性肿瘤住院化疗,下列护理措施中**不妥**的是
    A. 病室应安静　　　　B. 室温应保持在16℃
    C. 定期消毒病室　　　D. 严格控制探视
    E. 适当户外活动

35. 护士小周,在手术室工作,工作中调节最适宜的温度与相对湿度是
    A. 15～16℃,30%～40%
    B. 16～18℃,40%～50%
    C. 18～20℃,40%～50%
    D. 20～22℃,50%～60%
    E. 22～24℃,50%～60%

36. 护士小冯,为保持病区环境整洁,下列措施**不妥**

的是

A. 病室陈设齐全,整洁、舒适

B. 被服、衣裤定时更换

C. 患者皮肤、口腔、头发保持清洁

D. 治疗后用物及时撤去

E. 排泄物、污染物每天定时清除

37. 患者,男性,25 岁。阑尾炎后第 3 天,被安置在普通病房,病房的温度和湿度应保持在

　　A. 12～14℃,20%～30%

　　B. 16～18℃,25%～35%

　　C. 16～20℃,35%～45%

　　D. 18～22℃,50%～60%

　　E. 22～26℃,50%～60%

38. 患者,男性,18 岁。因急性肾盂肾炎,前来就诊,患者在病室休息时觉得烦躁、倦怠、头晕、食欲不振,可能的原因是

　　A. 病室内湿度过低　　B. 病室内湿度过高

　　C. 室内温度过低　　　D. 病室通风不良,空气污浊

　　E. 室内温度过高

39. 某破伤风患者,神志清楚,全身肌肉阵发性痉挛、抽搐,所住病室环境下列哪项**不符合**病情要求

　　A. 室温 18～20℃　　　B. 相对湿度 50%～60%

　　C. 门、椅脚钉橡皮垫　　D. 保持病室光线充足

　　E. 开门关门动作轻

解析: 因微小的光线和声响都可能引起破伤患者全身肌肉抽搐,所以破伤风患者病室光线宜暗,开门、关门、走路动作轻,以减少声音的刺激。

40. 为了减少儿童的恐惧感,儿科护士服适宜采用的颜色是

　　A. 粉色　　　　　　B. 紫色

　　C. 白色　　　　　　D. 蓝色

　　E. 灰色

41. 某医院护理部,为了给住院患者创造适宜休养的环境,要求各病区执行的措施中,正确的是

　　A. 中暑者,室温保持在 4℃左右

　　B. 儿科病室,冬季室温保持在 22～24℃

　　C. 产后休息室应保暖,不能开窗,以防产妇受凉、感冒

　　D. 气管切开者,室内湿度保持在 20%

　　E. 破伤风患者,室内光线应充足

42. 患者,男性,62 岁,退休干部,心脏装有起搏器。护士应提醒该患者特别要注意

　　A. 避免接触 X 线　　　B. 避免跌倒

　　C. 避免靠近微波设备　　D. 避免接触化学试剂

　　E. 避免乘坐飞机

43. 护士小林,在铺备用床时,下列操作**不正确**的是

　　A. 移开床旁桌、椅

　　B. 视情况翻转床垫

　　C. 铺大单,先床头,后床尾

　　D. 套被套,折被筒齐床沿

　　E. 枕横立于床头,开口背门

44. 护士小梁,在铺备用床时,移开床旁桌距床约

　　A. 10cm　　　　　　B. 15cm

　　C. 20cm　　　　　　D. 25cm

　　E. 30cm

45. 患者,男性,45 岁,肺炎,患者入院时护士需要为其准备

　　A. 备用床　　　　　　B. 暂空床

　　C. 麻醉床　　　　　　D. 手术床

　　E. 备用床加橡皮中单、中单

46. 护士小王,在为头部手术术后的患者铺麻醉床,操作方法错误的是

　　A. 换铺清洁被单

　　B. 将橡胶单和中单铺于床尾

　　C. 盖被纵向三折于门的对侧床边

　　D. 枕横立于床头,开口背门

　　E. 椅子置于折叠被的同侧

47. 护士小王,在为头部手术术后的患者铺麻醉床时,盖被三折于门对侧床边的目的

　　A. 使病室整洁　　　　B. 便于接受术后患者

　　C. 利用节力原则　　　D. 有利于术后观察病情

　　E. 防止患者坠床

48. 护士小李,在铺床时,**不符合**节力原则是

　　A. 将用物备齐

　　B. 按使用顺序放置物品

　　C. 铺床时身体靠近床沿

　　D. 先铺远侧,后铺近侧

　　E. 下肢前后分开并降低重心

A_3/A_4 型题

(49、50 题共用题干)

　　患者,男性,65 岁。突然头晕、呕吐,怀疑脑卒中送急诊科,因暂无床位被收入急诊观察室。

49. 患者在急诊观察室的留住时间一般为

　　A. 1～2 天　　　　　B. 3～7 天

　　C. 4～6 天　　　　　D. 2～5 天

E. 5～8 天

50. 患者留观期间,护士的工作内容**不包括**
　　A. 建立病案记录病情　　B. 认真执行医嘱
　　C. 做好心理护理　　D. 指导患者的功能锻炼
　　E. 做好家属的管理工作

(51～53 题共用题干)

　　患者,男性,50 岁。因重症肌无力、呼吸肌麻痹行气管切开,护士在护理该患者时应注意

51. 病室温度应保持在
　　A. 13～15℃　　　　B. 14～16℃
　　C. 18～22℃　　　　D. 24～26℃
　　E. 26～28℃

52. 病室湿度应保持在
　　A. 50%～60%　　　B. 45%～55%
　　C. 35%～45%　　　D. 30%～40%
　　E. 20%～30%

53. 病室白天的噪声应保持在多少分贝以下
　　A. 120dB　　　　　B. 90dB
　　C. 600dB　　　　　D. 50dB
　　E. 40dB

(54～56 题共用题干)

　　患者,男性,26 岁,因为急性阑尾炎入院。

54. 该患者送手术室行阑尾炎切除术后,护士应为其准备
　　A. 备用床　　　　　B. 暂空床
　　C. 麻醉床　　　　　D. 抢救床
　　E. 手术床

55. 麻醉护理盘内的物品**不包括**
　　A. 开口器　　　　　B. 舌钳
　　C. 吸痰导管　　　　D. 输氧导管
　　E. 吸水管

56. 铺床的目的哪项**不妥**
　　A. 便于接受和护理患者
　　B. 保持病室整洁
　　C. 预防并发症
　　D. 使患者安全、舒适
　　E. 方便患者离床活动

(57、58 题共用题干)

　　患者,女性,55 岁。甲状腺肿大择期手术。入院第 1 天,因地滑不慎在洗手间滑倒,前臂和肘部表皮有擦伤。

57. 上述情况属于
　　A. 机械性损伤　　　B. 医源性损伤
　　C. 化学性损伤　　　D. 物理性损伤

E. 生物性损伤

58. 避免上述情况发生的有效措施为
　　A. 设呼叫系统
　　B. 患者下床时,给予搀扶
　　C. 尊重、关心患者
　　D. 洗手间地面铺设防滑材料,设警示牌
　　E. 加强职业道德教育

二、实践能力

A₁ 型题

59. 对病室空气相对湿度要求较高的患者是
　　A. 急性肺炎　　　　B. 急性胃炎
　　C. 急性阑尾炎　　　D. 急性肾炎
　　E. 风湿性心脏病

60. 需准备麻醉床的患者是
　　A. 外科准备新入院的患者
　　B. 行胆囊造影的患者
　　C. 腰椎穿刺术后患者
　　D. 肠梗阻待手术的患者
　　E. 膀胱镜术后的患者

61. 以下关于病室温度的说法**不正确**的是
　　A. 室温过高不利于体热散发
　　B. 室温过高干扰呼吸功能
　　C. 室温过高干扰消化功能
　　D. 室温过低使肌肉松弛
　　E. 环境温度舒适感因人而异

A₂ 型题

62. 患者,60 岁。高血压,夜间患者入睡时,护士小李指导患者选择适宜的灯光为
　　A. 地灯　　　　　　B. 日光灯
　　C. 白炽灯　　　　　D. 床头灯
　　E. 紫外线灯

63. 患者,40 岁,矿工,工龄 18 年。近日咳嗽,感胸痛,呼吸困难,X 线检查可见肺部有大片阴影,怀疑"矽肺"。为进一步诊治,指导该患者应转去的医院是
　　A. 职业病医院　　　B. 综合医院
　　C. 企业医院　　　　D. 全民所有制医院
　　E. 一级医院

64. 患者,女,35 岁。因车祸而致右下肢外伤,伤口大量出血,被送入急诊室,在医生未到之前,值班护士首先应
　　A. 详细询问发生车祸的原因
　　B. 通知病房,准备床单位

C. 止血、测血压、配血、建立静脉通道

D. 注射镇痛剂

E. 安抚其情绪

解析:及时做好建立静脉通路、吸氧、配血等准备,可赢得宝贵的抢救时间。

65. 患者,70 岁。因呼吸功能衰竭行气管切开术,尤其需注意病室的环境
- A. 保持安静
- B. 调节适宜的温度和湿度
- C. 加强通风
- D. 合理采光
- E. 适当绿化

66. 小杨是责任护士,为保持病区环境安静,她采取下列措施哪项**不妥**
- A. 推平车进门,先开门后推车
- B. 穿软底鞋
- C. 轮椅定时注润滑油
- D. 和患者讲话时附耳细语
- E. 病室门钉上橡胶垫

67. 在门诊候诊室,护士给患者进行健康教育,其采用的方式,哪项不妥
- A. 口头宣教
- B. 图片
- C. 板报
- D. 宣传小册子
- E. 广播

68. 患者,急性呼吸道感染,护士将该患者的病室相对湿度调节为 40%,患者可能会出现
- A. 呼吸道黏膜干燥
- B. 头晕
- C. 闷热难受
- D. 烦躁不安
- E. 疲劳及全身不适

69. 为了利于观察病情,护士在护理患者的时候应做到
- A. 病室内光线充足
- B. 病室内放花卉
- C. 提高病室温度
- D. 室内定时通风
- E. 注意室内色调

解析:室内明暗度,可影响患者的舒适度;充足的光线,可使患者愉悦,且有利于观察病情。

70. 患者,女,40 岁。因为胆囊炎刚刚住院,性格内向,不爱说话,作为主管护士,如何指导和帮助患者适应病区这一特殊的社会环境
- A. 引导患者建立良好的护患关系及群体关系
- B. 预防和消除一切不安全因素
- C. 消除导致患者躯体损伤的因素
- D. 避免患者医院内感染

E. 做到医院园林化、病房家庭化

A₃/A₄ 型题

(71、72 题共用题干)

患者,女性,68 岁。胃癌,送手术室行胃大部分切除术,病区护士为该其准备麻醉床。

71. 护士在铺床时,**不符合**节力原则的是
- A. 备齐用物,按序放置
- B. 身体靠近床沿
- C. 上身前倾,两膝直立
- D. 下肢稍分开,保持稳定
- E. 使用肘部力量,动作轻柔

解析:用物准备齐全,按使用顺序放置,可减少取物时往返费时费力。铺床时身体靠近床边,上身保持直立,两腿前后分开稍屈膝,以扩大支撑面,且身体重心降低,增加稳定度,上臂尽可能保持垂直,以缩短重力臂,达到节力的原则。

72. 住院治疗期间,为了避免患者医源性损伤,尤其应该加强对医护人员的
- A. 职业道德教育
- B. 专业知识教育
- C. 心理素质教育
- D. 人文知识教育
- E. 法律知识教育

(73、74 题共用题干)

患者,男性,60 岁,1 周前因肺炎入院。该患者有高血压病史 10 余年。吴先生所住病室靠近马路,现马路正在扩建,昼夜机器轰鸣,吴先生感眩晕、恶心、失眠等症状加重,血压升高。

73. 该患者出现以上症状可能是因为
- A. 室内温度过高
- B. 室内通风不佳
- C. 室内采光不佳
- D. 室内湿度过高
- E. 长期噪声的影响

74. 护士应该帮助该患者
- A. 更换病室
- B. 调节室内温度
- C. 调节室内光线
- D. 经常开窗通风
- E. 室内摆放鲜花

参考答案

1~5 EACAD　6~10 ADBDB　11~15 CCBED
16~20 EAACE　21~25 CCBBC　26~30 BDBAB
31~35 CCEBE　36~40 EDDDA　41~45 BCECB
46~50 BBDBD　51~55 CAECE　56~60 EADAC
61~65 DAACB　66~70 DEAAA　71~74 CAEA

第3章 入院和出院患者的护理

╔═══════════════════════════════════════╗
考点提纲栏——提炼教材精华,突显高频考点
╚═══════════════════════════════════════╝

第1节 入院患者的护理

一、住院处的护理

1. 办理入院手续
   - (1)患者或家属持**医生签发的住院证**到住院处办理入院手续。
   - (2)住院处立即电话通知病区准备接收新患者。
   - (3)危、急、重症患者应先护送入院,后补办入院手续。

2. 卫生处置
   - (1)**对危、急、重症患者及即将分娩者可酌情免浴。**
   - (2)**对传染病或疑似传染病患者,应送隔离室处置。**
   - (3)贵重物品和患者换下的衣服交家属带回或暂时存放在住院处,传染病患者的衣物应消毒处理后再存放。

3. 护送患者入病区:护送时注意安全和保暖;**★不中断输液或吸氧**;外伤者注意卧位;与病区护士做好病情和物品的交接。

★二、患者入病区后的初步护理

1. 一般患者的护理
   - (1)准备床单位:病区护士接到住院处通知后,备齐所需用物,**将备用床改暂空床**,酌情加铺橡胶单和中单。对传染病患者应安置到隔离病室。
   - (2)迎接新患者。
   - (3)通知医生诊察患者。
   - (4)测量生命体征及体重并记录。
   - (5)入院介绍及指导。
   - (6)按顺序排列住院病历:**体温单**、医嘱单、入院记录、病史和体格检查单、病程记录、各种检验检查报告单、护理记录单、住院病历首页、门诊或急诊病历。
   - (7)填写有关表格:用蓝笔或黑笔逐页填写住院病历眉栏;用红笔在**体温单 40～42℃横线之间**相应时间栏内纵行填写入院时间;填写入院登记录表、诊断小卡、床尾卡等。
   - (8)正确执行各项医嘱,通知配膳室为患者准备膳食。
   - (9)进行入院护理评估,填写入院护理评估单。

2. 急诊患者的护理
   - (1)准备床单位:病区护士酌情将患者安置在危重病室或抢救室,**按需加铺橡胶单和中单,如为急诊手术患者应备好麻醉床。**
   - (2)做好抢救准备:备好急救器材和药品,通知医生作好抢救准备。
   - (3)认真进行交接:认真与护送人员进行交接,对语言障碍、意识不清的患者或婴幼儿等,需暂留陪送人员,以便询问病史。
   - (4)配合抢救:密切观察病情变化,积极配合抢救,并作好护理记录。

三、分级护理

一般将护理级别分为四级,即特别护理、一级护理、二级护理、三级护理(表3-1)。

★表3-1　分级护理

护理级别	适用对象	护理内容
★特别护理	病情危重,需随时观察和抢救的患者,如严重创伤、**器官移植**等复杂疑难的大手术后、**大面积烧伤**以及某些严重的内科疾患者	①专人24小时护理,严密观察生命体征及病情,制订护理计划,执行各项诊疗及护理措施,填写特别护理记录单 ②备齐急救药品及用物 ③做好基础护理,严防并发症,确保患者安全
★一级护理	病情危重,需绝对卧床休息的患者,如各种大手术后、休克、昏迷、瘫痪、高热、大出血、肝或肾衰竭、早产儿等患者	①每15～30分钟巡视患者1次,观察病情和生命体征,制订护理计划,执行各项诊疗及护理措施,填写特别护理记录单 ②按需准备急救药品及用物 ③做好基础护理,严防并发症,满足患者身心需要
二级护理	病情较重,生活不能自理的患者,如大手术后病情稳定、年老体弱、慢性病不宜多活动的患者	①每1～2小时巡视患者1次,了解病情动态和心理状态 ②按护理常规进行护理 ③给予生活及心理支持
三级护理	病情较轻、生活基本能自理,如一般慢性病、疾病恢复期、手术前准备阶段等患者	①每日巡视患者2次 ②按护理常规进行护理 ③给予健康教育

第2节　出院患者的护理

一、出院前的护理

1. 通知患者及家属。

2. 办理出院手续 ⎰ (1)护士填写出院通知单,整理病历。
　　　　　　　　⎨ (2)指导患者或家属到住院处办理出院手续。
　　　　　　　　⎱ (3)患者出院后如需继续服药,护士凭处方领取药物,交给患者并指导用药。

3. 出院指导:如饮食、休息、用药、功能锻炼、复查等方面的注意事项。

4. 征求意见。

5. 协助患者整理用物,护送患者出院。

二、有关文件的处理

1. 填写出院时间:用红笔在体温单**40～42℃横线之间**相应时间栏内,纵行填写出院时间。

2. 注销各种卡片。

3. 整理出院病历:出院病历的排列顺序:**住院病历首页**、出院(或死亡)记录、入院记录、病史和体格检查单、病程记录、各种检查检验报告单、护理记录单、医嘱单、**体温单**。

3. 填写患者出院登记本。

★三、床单位的处理

1. 撤下病床各层污单,放入污衣袋,送洗衣房处理。

2. 床垫、床褥、棉胎、枕芯用紫外线灯照射消毒或在日光下暴晒**6小时**;病床及床旁桌椅用消毒溶液擦拭;脸盆、痰杯用消毒溶液浸泡。

3. 病室开窗通风。

4. 铺备用床,准备迎接新患者。

5. **传染病患者的病室及床单位**,需按传染病终末消毒法处理。

10. 患者，男性，30 岁。因下肢骨折入院，患者入院后的初步护理**不包括**
    A. 准备床单位
    B. 介绍入院须知
    C. 准备急救药品及用物
    D. 测量生命体征
    E. 通知医生

11. 患者，男性，65 岁。诊断"急性左心衰竭"入院，患者极度呼吸困难，面色发绀。住院处护士应首先
    A. 办理住院手续　　B. 立即护送患者入病区
    C. 收集健康资料　　D. 进行卫生处置
    E. 介绍医院的规章制度

12. 患者，女，25 岁，孕 40 周，临产。办理入院手续后需入住产科病房，护士针对该患者给予的处理措施，**不妥**的是
    A. 由住院处护士护送患者入病区
    B. 与病区值班护士做好病情及物品的交接
    C. 患者换下的衣服和贵重物品交家属带回家
    D. 先沐浴，再送入病区，防止交叉感染
    E. 立即通知病区护士做好接收新患者的准备

13. 患者，女，70 岁。因糖尿病酮症酸中毒急诊入院，急诊室已给予输液、吸氧，现准备用平车送入病房，护送途中护士应注意
    A. 拔管暂停输液、吸氧
    B. 继续输液、吸氧，避免中断
    C. 暂停吸氧，输液继续
    D. 暂停输液、继续吸氧
    E. 若酸中毒严重应暂停护送，症状好转后再送入病房

14. 患者，13 岁。因骑自行车跌倒导致下肢骨折，住院处护士用平车护送患者入病区，应特别注意的是
    A. 心理安慰　　B. 安全教育
    C. 受伤肢体卧位　　D. 保持呼吸道通畅
    E. 推车时要平稳

15. 患者，女，65 岁。因外伤性休克入院，入院后护士首先应
    A. 填写各种卡片
    B. 通知医生，配合抢救，测量生命体征
    C. 询问病史，评估发病过程
    D. 通知营养室，准备膳食
    E. 填写病历中有关眉栏

16. 呼吸内科护士王某，接到住院处通知，有位慢性支气管炎患者即将入院，护士首先应
    A. 安排床位，将备用床改为暂空床
    B. 迎接新患者
    C. 填写入院病历
    D. 通知值班医生
    E. 通知营养室，准备膳食

17. 一般患者入院进病房后，护士首先要
    A. 测量生命体征　　B. 接待患者，自我介绍
    C. 通知医生　　D. 介绍医院规章制度
    E. 填写病历中有关眉栏

18. 患者，男性，20 岁。因大叶性肺炎入院，入院时护士将其入院时间填写在体温单
    A. 39～40℃ 之间，相应时间格内用红笔纵行填写
    B. 40～41℃ 之间，相应时间格内用蓝笔纵行填写
    C. 40～42℃ 之间，相应时间格内用红笔纵行填写
    D. 40～42℃ 之间，相应时间格内用蓝笔纵行填写
    E. 38～42℃ 之间，相应时间格内用红笔纵行填写

19. 护士为某新入院患者填写护理病历，并按顺序排列住院病历，放在病历首页的是
    A. 体温单　　B. 医嘱单
    C. 入院记录　　D. 病史和体格检查单
    E. 住院病历首页

20. 患者，男性，13 岁。因白血病入院，进行骨髓移植术后 1 天，护士巡视患者的时间为
    A. 24 小时专人护理
    B. 每 15～30 分钟巡视 1 次
    C. 每 30～60 分钟巡视 1 次
    D. 每 1～2 小时巡视 1 次
    E. 每日巡视 2 次

21. 患者，女性，71 岁。因肺炎入院，主诉咳嗽，痰多，已按医嘱给予抗生素静脉输液，患者卧床休息，护士巡视患者的时间宜为
    A. 24 小时专人护理
    B. 每 15～30 分钟巡视 1 次
    C. 每 30～60 分钟巡视 1 次
    D. 每 1～2 小时巡视 1 次
    E. 每日巡视 2 次

22. 患者，男性，42 岁。因外伤入院，昏迷不醒，护士

在护理工作中需特别注意的是

A. 保暖　　　　　B. 按时服药

C. 做好基础护理　D. 准确执行医嘱

E. 保持呼吸道通畅

23. 护士小李,为某出院患者整理病历,应排列在最后的是

A. 出院或死亡记录单

B. 病史和体格检查单

C. 各种检查及检验报告单

D. 体温单

E. 护理记录单

24. 患者,男性,41岁。因慢性支气管炎入院,经治疗后病情平稳,拟近日出院,对患者应给予的护理是

A. 每30分钟巡视1次

B. 给予卫生保健指导

C. 填写特别护理记录单

D. 备好抢救药物和用物

E. 给予生活上的协助

25. 患者,男性,53岁。因上呼吸道感染入院,经治疗后痊愈,医生同意出院。出院护理**错误**的一项是

A. 协助办理出院手续

B. 热情护送出院

C. 征求患者意见

D. 介绍出院后有关注意事项

E. 停止注射药物,继续服用口服药

26. 患者,女性,64岁。诊断:糖尿病。患者出院后,护士对其床单元的处理**不妥**的是

A. 床单、被套等撤下送洗

B. 被褥暴晒6小时

C. 床、床旁桌、椅用洗涤剂擦拭

D. 脸盆、痰杯用消毒溶液擦拭

E. 铺备用床

27. 患者,女性,50岁。因急性支气管炎痊愈出院,护士对其使用的棉胎应

A. 送洗衣房清洗

B. 含氯消毒剂喷洒消毒

C. 日光暴晒6小时

D. 乳酸熏蒸法消毒

E. 紫外线照射2小时

28. 患者,男性,59岁。因脑血管意外导致右侧肢体瘫痪,现需用轮椅运送患者,操作方法**不正确**的是

A. 上下轮椅时,椅背与床尾平齐

B. 车闸应制动

C. 护士应站于轮椅侧边

D. 患者应尽量向后靠

E. 可给患者系上安全带

29. 患者颈椎骨折,护士使用平车运送,其操作方法**不妥**的是

A. 将患者头部放于平车大轮端

B. 将患者头侧向护士,便于观察

C. 下坡时,患者头部在平车后端

D. 进门时,不可用平车撞门

E. 保持输液管通畅

30. 患者,男性,62岁,肝癌晚期,出现腹水,现需做B超检查,护士采用平车运送患者,两人搬运患者至平车,方法正确的是

A. 甲托背部、乙托臀部

B. 甲托头、肩部,乙托臀部

C. 甲托颈、腰部,乙托小腿和大腿

D. 甲托颈、肩、腰部,乙托臀、腘窝处

E. 甲托头、背部,乙托臀和小腿

31. 某病区护士小李,用平车运送患者,协助患者从病床向平车挪动时正确的顺序是

A. 下肢、臀部、上身　B. 上身、下肢、臀部

C. 上身、臀部、下肢　D. 臀部、上身、下肢

E. 臀部、下肢、上身

32. 护士采用平车运送患者,上下坡时,患者头部应在高处一端的主要目的是

A. 避免血压下降　　B. 避免呼吸不畅

C. 避免头部充血不适　D. 防止坠车

E. 有利于与患者交谈

A3/A4型题

(33～36题共用题干)

患者,女,40岁。因急性阑尾炎入院,经手术治疗后,痊愈,医嘱明日出院

33. 护士接到医嘱后,首先应做的是

A. 通知患者及家属做好出院准备

B. 通知患者办理出院手续

C. 填写患者出院护理评估单

D. 征求患者意见

E. 给予患者健康指导

34. 护士整理患者的出院病历时,放在首页的是

A. 体温单　　　　B. 护理记录单

C. 病史首页　　　D. 住院病历首页

E. 手术记录首页

35. 护士给予患者出院护理,其中**错误**的是
    A. 通知患者及家属做好出院准备
    B. 凭医生处方领取患者出院后须服用的药物
    C. 协助患者整理用物
    D. 介绍出院后注意事项
    E. 停止用药

36. 患者出院后,其床单位的处理,**错误**的是
    A. 被服及时送洗衣房清洗
    B. 床垫、棉胎、枕芯在日光下暴晒 6 小时
    C. 病床及床旁桌椅用消毒溶液擦拭
    D. 脸盆、痰杯用消毒溶液浸泡
    E. 铺暂空床,准备迎接新患者

(37～40题共用题干)

　　患者,50 岁。因腰椎骨折住院,需前往放射科作进一步检查,护士拟用平车运送患者

37. 护士搬运患者时,应采用的方法是
    A. 单人搬运法　　B. 挪动法
    C. 二人搬运　　　D. 三人搬运
    E. 四人搬运

38. 搬运患者时,应注意使平车头端和床尾呈
    A. 直角　　　　　B. 平行
    C. 锐角　　　　　D. 钝角
    E. 对接

39. 护士搬运患者时,操作方法正确的是
    A. 护士双臂将患者抱起,移至平车上
    B. 甲托住患者颈肩背部,乙托住臀膝部,搬运至平车上
    C. 甲托住患者头肩胛部,乙托住背臀部,丙托住膝腿部,搬运至平车上
    D. 甲托住患者头颈肩部,乙托住两腿,丙丁分别站于病床和平车两侧,紧握中单四角合力将患者搬运至平车上
    E. 协助患者将上身、下肢、臀部移向平车上

40. 护士使用平车运送患者至放射科途中,**不妥**的是
    A. 护士站于患者头端
    B. 平车上垫木板
    C. 平车上下坡时,患者头部在前
    D. 推平车时,车速宜慢
    E. 随时观察患者面色、呼吸和脉搏

二、实践能力

A₁ 型题

41. 在住院处办理完入院手续后,可**免去**沐浴的患者是

A. 慢性支气管炎患者
B. 胆结石待手术患者
C. 心力衰竭患者
D. 风湿性关节炎患者
E. 胃溃疡患者

42. 适用于一级护理的是
    A. 肾衰竭患者　　　B. 脏器移植手术后患者
    C. 年老体弱者　　　D. 严重创伤者
    E. 大面积烧伤

43. 适用于二级护理的是
    A. 大手术后的患者
    B. 肝衰竭患者
    C. 瘫痪长期卧床患者
    D. 慢性阻塞性肺气肿的老年患者
    E. 胃大部切除手术前患者

44. 单人搬运法适于
    A. 体重较轻者　　　B. 合作患者
    C. 老年患者　　　　D. 颅脑损伤者
    E. 腿部骨折者

A₂ 型题

45. 患者,男性,18 岁。因外伤后送手术室在全麻下行急诊手术,病区护士接到该患者的入院通知后,应为其准备
    A. 检查床　　　　　B. 备用床
    C. 麻醉床　　　　　D. 暂空床
    E. 抢救床

46. 患者,男性,诊断"肺结核",该患者入院时应
    A. 安置在危重病房　B. 安置在普通病房
    C. 安置在隔离病房　D. 安置在心电监护室
    E. 安置在处置室

47. 患者,男性,45 岁,诊断"急性广泛前壁心肌梗死",平车送入院,护士应将其安置在
    A. 心电监护病房　　B. 普通病房
    C. 隔离病房　　　　D. 单人病房
    E. 危重病房

48. 患儿,男性,10 岁。因肺炎入院,护士为其安排床位时应
    A. 根据患者意愿安排 B. 根据患者病情需要安排
    C. 安排在护士站旁　D. 安排在抢救室内
    E. 安排在隔离室内

49. 患者,女性,因车祸致严重颅脑损伤,全身多处骨折,生命体征波动幅度较大,需随时观察病情和实施抢救,护士应给予其

A. 特别护理　　　　B. 一级护理

C. 二级护理　　　　D. 三级护理

E. 个案护理

50. 患者,男性,50 岁。因家中起火造成全身大面积烧伤,收住烧伤外科,护士为其提供的护理级别是

A. 特别护理　　　　B. 一级护理

C. 二级护理　　　　D. 三级护理

E. 四级护理

51. 患者,女性,40 岁,胃溃疡。计划于 2 天后行胃大部分切除术,目前应对该患者实施的护理级别是

A. 特别护理　　　　B. 一级护理

C. 二级护理　　　　D. 三级护理

E. 自我护理

52. 患者,女性,诊断:高血压。经治疗后血压恢复正常,出院护理时护士给予其健康指导,不妥的是

A. 单纯普及卫生常识　　B. 给予饮食指导

C. 给予休息指导　　　　D. 给予复诊指导

E. 给予锻炼指导

53. 患者,男性,35 岁。3 天前因与朋友聚餐,酗酒后 1 小时出现上腹部刀割样疼痛,向腰背部放射,疼痛难忍,伴呕吐,呕吐物中混有胆汁,急诊入院。患者病情稳定后准备出院,护士向其做出院指导时最重要的是

A. 治疗胆道疾病

B. 注意卧床休息

C. 避免暴饮暴食和酗酒

D. 保持乐观的情绪

E. 定期复诊

54. 患者,男性,65 岁,脑血管意外后恢复期,右侧肢体活动障碍,体重 80kg,需做计算机层析成像(CT)检查,护士采用平车运送,将患者搬运至平车的方法宜用

A. 挪动法　　　　B. 一人搬运法

C. 二人搬运法　　　D. 三人搬运法

E. 四人搬运法

55. 患者,男性,25 岁,颈椎骨折,现需搬运至平车上,平车与病床的适当位置是

A. 平车头端与床尾呈直角

B. 平车头端与床头平齐

C. 平车头端与床尾呈钝角

D. 平车头端与床尾呈锐角

E. 平车头端与床尾相接

56. 患者出院了,所用的毛毯正确的处理方法是

A. 送洗衣房清洗　　B. 日光曝晒 6 小时

C. 高压蒸汽消毒　　D. 紫外线照射 1 小时

E. 乳酸熏蒸法消毒

A_3 /A_4 型题

(57、58 题共用题干)

患者,女,60 岁。因排脓血黏液便伴腹痛 1 个月,诊断"直肠癌"入院,入院后行直肠癌根治术,手术过程顺利,术后生命体征平稳,返回病房。

57. 护士应遵照医嘱给予该患者

A. 特级护理　　　　B. 一级护理

C. 二级护理　　　　D. 三级护理

E. 四级护理

58. 护士巡视该患者的时间宜为

A. 24 小时专人护理

B. 每 15～30 分钟巡视 1 次

C. 每 30～60 分钟巡视 1 次

D. 每 1～2 小时巡视 1 次

E. 每 3 小时巡视 1 次

(59、60 题共用题干)

患者,女性,38 岁,因上消化道出血而急诊入院。患者消瘦,面色苍白,烦躁不安,四肢厥冷,血压 76/48mmHg,脉搏 110 次/ min。

59. 入院护理时,护士应给予患者的首要措施是

A. 热情接待,耐心介绍环境和制度

B. 询问病史,了解护理问题

C. 置休克卧位,测量生命体征,输液,通知医生

D. 准备急救药品,等待值班医生

E. 填写各种表格,完成入院护理评估单

60. 经检查,医生怀疑患者为急性胃穿孔,需立即送手术室行"剖腹探查术",护士用平车运送患者至手术室,操作方法不正确的是

A. 根据患者体重采用单人搬运法

B. 患者头部卧于平车大轮端

C. 护士站于患者头端,观察病情

D. 运送途中继续输液、吸氧

E. 运送过程中注意保暖

参考答案

1～5 EDDAD　　6～10 DCCCC　　11～15 BDBCB

16～20 ABCAA　　21～25 DEDBE　　26～30 CCCBD

31～35 CCADE　　36～40 EEDDC　　41～45 CADAC

46～50 CABAA　　51～55 DACDB　　56～60 BBBCA

第4章　卧位和安全的护理

考点提纲栏——提炼教材精华，突显高频考点

第1节　卧　位

★一、卧位的性质

卧位分为：主动卧位、被动卧位和被迫卧位。

1. **主动卧位**：患者自主采取的卧位。
2. **被动卧位**：患者自身无改变卧位的能力，躺在被安置的卧位，如**昏迷、极度衰弱、瘫痪**等患者。
3. **被迫卧位**　患者意识清楚，有改变卧位的能力，由于疾病、治疗等原因，被迫采取的卧位，如**支气管哮喘**患者发作时，因呼吸困难而采取的端坐卧位。

二、常用的卧位

1. 仰卧位
　(1)去枕仰卧位
　　1)方法：去枕仰卧，头偏向一侧，枕头横立于床头。
　　★2)适用范围
　　　①**昏迷或全身麻醉未清醒**患者，可防止呕吐物流入气管而引起窒息或肺部并发症。
　　　②**蛛网膜下腔麻醉术或腰椎穿刺术后**患者，去枕仰卧6～8小时，以防止颅内压降低所引起的头痛。
　　　③硬膜外麻醉术后患者，垫枕平卧4～6小时，以防止低血压(硬膜外麻醉穿刺时不穿透蛛网膜，不会引起头痛，但因交感神经阻滞后，血压多受影响，故术后须平卧4～6小时，但不必去枕)。
　★(2)中凹卧位
　　1)方法：**抬高患者头胸部10°～20°，下肢抬高20°～30°**。
　　2)适用范围：**休克患者**。抬高头胸部，有利于呼吸；抬高下肢，有利于静脉回流，增加心排血量。
　(3)屈膝仰卧位：用于腹部检查或导尿术。

★2. 侧卧位
　(1)方法：**侧卧，一手放枕旁，另一手放胸前，下腿伸直，上腿弯曲**。
　(2)适用范围：**灌肠、肛门检查**；配合胃、肠镜检查；**臀部肌内注射**(下腿弯曲，上腿伸直)；与仰卧位交替预防压疮等。

★3. 半坐卧位
　(1)方法：**先摇起床头支架呈30°～50°，再摇起膝下支架**。放平时先放膝下支架，再放床头支架。
　★(2)适用范围
　　①**心肺疾患所引起呼吸困难**的患者：膈肌下降，肺活量增加；回心血量减少，减轻肺部淤血和心脏的负担。
　　②**胸、腹、盆腔手术后或有炎症**的患者：腹腔渗出液流入盆腔，**使感染局限化；防止感染向上蔓延引起膈下脓肿**。
　　③**腹部手术后**患者：减轻腹部切口缝合处的张力，减轻疼痛。
　　④**某些面部及颈部手术后**患者：减少局部出血。
　　⑤疾病恢复期体质虚弱的患者。

★4. 端坐位
- (1)方法:摇起床头支架呈70°~80°,膝下支架呈15°~20°,患者背部也可向后靠。
- (2)适用范围:**急性肺水肿、心包积液及支气管哮喘发作时**,由于极度呼吸困难,患者被迫端坐。

5. 俯卧位
- (1)方法:患者俯卧,头侧向一边,两臂屈肘放于头部两侧,两腿伸直。
- (2)适用范围
  - ①腰、背部检查,配合胰、胆管造影等。
  - ②腰、背、臀部有伤口或脊椎手术后,患者不能平卧或侧卧时。
  - ③胃肠胀气所致腹痛:可使腹腔容量增大,缓解胃肠胀气。

6. 头低足高位
- (1)方法:患者仰卧,枕头横立于床头(保护头部),床尾垫高15~30 cm。
- ★(2)适用范围
  - ①肺部分泌物引流,使痰液易于咳出。
  - ②十二指肠引流,以利于胆汁引流。
  - ③**妊娠时胎膜早破,以防止脐带脱垂。**
  - ④跟骨牵引或胫骨牵引时,利用人体重力作用作为反牵引力。

7. 头高足低位
- (1)方法:患者仰卧,枕头横立于床尾,床头垫高15~30cm。
- ★(2)适用范围
  - ①颈椎骨折进行颅骨牵引时,利用人体重力作用作为反牵引力。
  - ②预防脑水肿,减轻颅内压。
  - ③开颅手术后。

8. 膝胸位
- (1)方法:患者跪于床上,小腿平放,大腿与床面垂直,两腿稍分开,胸部贴在床面,腹部悬空,臀部抬起。
- (2)适用范围
  - ①肛门、直肠、乙状结肠的检查及治疗。
  - ②**矫正子宫后倾及胎位不正。**
  - ③产后促进子宫复原。

9. 截石位:适用于会阴、肛门部位的检查、治疗或手术;产妇分娩时。

二、更换卧位的方法

★1. 帮助患者翻身侧卧
- (1)一人法:适用于体重较轻的患者。患者仰卧,两手放于腹部,两腿屈曲,**先将患者肩、臀部移向护士侧,再移双下肢**,一手扶肩一手扶膝轻推患者转向对侧,使其背向护士。
- (2)两人法:适用于体重较重或病情较重的患者。两人站于床的同侧,一人托住患者的颈肩部和腰部,另一人托住患者的臀部和腘窝,两人同时抬起患者移向自己,然后分别扶托肩、腰、臀和膝部轻推患者转向对侧。

2. 帮助患者移向床头
- (1)一人法:将枕头横立于床头,患者仰卧屈膝双手握住床头栏杆,两脚蹬床面,护士一手托住患者肩部,一手托住患者臀部,使患者移向床头。
- (2)两人法:两人分别站于床的两侧,交叉托住患者的颈肩和臀部,同时抬起患者移向床头。也可两位护士站于床的同侧,一人托住颈肩、腰部,另一人托住臀部、腘窝,同法移向床头。

锦囊妙记

一人挪,先肩臀,后下肢,移向自己,扶肩扶膝转对侧。
两人抬,甲肩腰,乙臀腘,移向自己,肩腰臀膝转对侧。

(1)帮助患者翻身时,**不可拖拉**,以免擦伤皮肤。两人为患者翻身时,动作要协调一致,用力要平稳。

(2)根据病情及皮肤受压情况,确定翻身间隔时间。

(3)如**患者身上置有多种导管,翻身前应先将导管安置妥当**,防止脱落、扭曲等,保持引流通畅。

★3. 注意事项

(4)特殊患者
①**手术后患者翻身前,应先检查伤口敷料,先换药后翻身。**
②**颅脑手术后的患者**,头部转动过剧可引起脑疝,故一般只能卧于**健侧或平卧**。
③**颈椎和颅骨牵引的患者,翻身时不可放松牵引。**
④**石膏固定、伤口较大的患者,翻身后应注意将患处置于合适位置**,以防受压。

(5)翻身时让患者尽量靠近护士,使重力线通过支撑面保持平衡,达到节力的目的。

第 2 节　保护具的应用

一、目的

★1. 防止小儿、高热、谵妄、昏迷、躁动、危重患者等因意识不清或虚弱等原因而发生坠床、撞伤、抓伤等意外。

2. 保证治疗、护理工作的顺利进行。

二、方法

1. 床档:保护患者,**预防坠床**。安装要牢固。

★2. 约束带:主要用于**躁动**或**精神科患者**,以限制**身体或肢体活动**
(1)宽绷带:常用于固定手腕及踝部,松紧以不影响血液循环、又不能脱出为宜。
(2)肩部约束:常用于**固定双肩,限制患者坐起**。
(3)膝部约束带:用于固定膝部,限制患者下肢活动。
(4)尼龙搭扣约束带:适用于手腕、上臂、踝部、膝部等的固定。

3. 支被架:主要用于**肢体瘫痪、极度虚弱的患者及烧伤患者暴露疗法时**保暖。

★二、注意事项

1. 保护患者自尊,严格掌握保护具的应用指征。

2. 制动性保护具只能**短期使用**,须定时松解约束带(一般每 2 小时松解 1 次),要使患者肢体处于功能位置。

3. 约束带下应**放衬垫**,松紧适宜。经常**观察局部皮肤颜色**(一般每 15～30 分钟观察 1 次),必要时按摩局部,以促进血液循环。

4. 做好使用记录。

模拟试题栏——识破命题思路,提升应试能力

一、专业实务

A₁型题

1. 患者自身无改变卧位的能力,躺在被安置的卧位,属于

A. 主动卧位　　　B. 被动卧位

C. 被迫卧位　　　D. 强迫卧位

E. 自主卧位

2. 腹部手术后的患者,为减轻缝合处皮肤张力,避免疼痛,采取的最佳体位是

A. 俯卧位　　　B. 半坐卧位

锦囊妙记

一人枕横立,双手握来两脚蹬,托肩托臀移床头
二人站两侧,交叉托肩又托臀,抬起患者移床头
二人站同侧,甲颈肩腰乙臀腘,抬起患者移床头

C. 平卧位   D. 端坐位

E. 中凹位

3. 患者取被迫卧位是为了

 A. 保证安全   B. 减轻痛苦

 C. 配合治疗   D. 减少体力消耗

 E. 预防并发症

4. 对于椎管内麻醉的患者,让其采取去枕仰卧位的主要目的是

 A. 预防窒息   B. 预防肺部感染

 C. 预防颅压升高 D. 预防头痛

 E. 预防脑水肿

5. 关于腹膜炎患者采取半坐卧位的目的,下列哪项是**错误**的

 A. 使腹腔渗出物流入盆腔

 B. 减少炎症的扩散

 C. 促使感染局限化

 D. 减少毒素吸收

 E. 促使腹腔血液循环

6. 采取中凹卧位,不能帮助休克患者的是

 A. 增加心排血量 B. 改善缺氧

 C. 保持呼吸道通畅 D. 利于静脉回流

 E. 增加尿量

7. 使用约束带时应重点观察

 A. 衬垫是否垫好 B. 局部皮肤颜色有无变化

 C. 约束带是否牢靠 D. 体位是否舒适

 E. 神志是否清楚

8. 宽绷带适用的固定部位是

 A. 手腕   B. 上臂

 C. 肩部   D. 膝部

 E. 下肢

A_2 型题

9. 患者,女,45 岁。甲状腺功能亢进,手术治疗后,采取半坐卧位的主要目的是

 A. 改善呼吸困难 B. 预防感染

 C. 避免疼痛   D. 有利伤口愈合

 E. 减轻局部出血

10. 患者,女,40 岁。发热、咳嗽,右侧胸痛。自诉采取右侧卧位休息时,胸部疼痛减轻,呼吸稍通畅。此卧位性质属于

 A. 主动卧位   B. 被动卧位

 C. 被迫卧位   D. 习惯卧位

 E. 特异卧位

11. 患者,女性,56 岁。因肺心病导致呼吸困难,采用半坐卧位的原因是

 A. 减少局部出血

 B. 使患者逐渐适应体位变化,利于向站立过渡

 C. 减轻腹部切口疼痛

 D. 防止感染向上蔓延

 E. 减轻心脏负担

12. 昏迷患者采用去枕仰卧位同时头偏向一侧,其目的是

 A. 预防颅内压降低引起的头痛

 B. 预防呕吐物流入气管引起窒息

 C. 预防压疮

 D. 腹肌放松,利于检查

 E. 使患者保持舒适

13. 患者,女,29 岁,行剖宫产术,术前准备作留置导尿管术。护士在操作时应为患者安置的体位是

 A. 左侧卧位   B. 头高脚低位

 C. 去枕仰卧位 D. 屈膝仰卧位

 E. 膝胸位

14. 患者,行腰椎穿刺抽脑脊液后,护士为其安置去枕仰卧位的目的是

 A. 预防脑压过低

 B. 减轻肺部淤血

 C. 防止呼吸道并发症

 D. 增加大脑的血液循环

 E. 预防脑出血

15. 患者,48 岁。行甲状腺腺瘤切除术后第 1 天,体温 37.8℃,脉搏 88 次/min,呼吸 20 次/min。护士应帮助患者采取下列哪种体位

 A. 俯卧位   B. 去枕仰卧位

 C. 侧卧位   D. 半卧位

 E. 头低足高位

16. 患者,男性,45 岁。椎管麻醉下行胆囊切除术,术后第 2 天,无头痛等症状。护士为其安置半坐卧位,目的是

 A. 增加肺活量 B. 减少局部出血

 C. 减轻心脏负担 D. 利于向站立过渡

 E. 减轻腹部切口疼痛

17. 患者,女。因发热,下腹疼痛,白带量多,呈脓性到医院就诊,确认为盆腔炎。护士为其安置半坐卧位,目的是

 A. 减少炎性渗出 B. 促使感染局限化

 C. 减轻疼痛   D. 舒适

 E. 减轻盆腔充血

18. 某孕妇,妊娠 36 周,因阴道持续性流液 1 小时来院求诊,肛查时羊水不断从阴道流出,诊断为胎膜早破。应给其安置的卧位是
　　A. 屈膝仰卧位　　　B. 头低足高位
　　C. 头高足低位　　　D. 侧卧位
　　E. 截石位

19. 患者,女性,76 岁。体质虚弱,长期卧床。护士为其安置半坐卧位,正确的方法是
　　A. 先摇起床头支架,再摇起膝下支架
　　B. 先摇起膝下支架,再摇起床头支架
　　C. 先放平床头支架,再放平膝下支架
　　D. 床头支架和膝下支架同时摇起
　　E. 床头支架和膝下支架同时放平

20. 患者,男性,33 岁。全麻术后呕吐严重。为防止吸入性肺炎或窒息的发生,卧位应注意
　　A. 头向后倾　　　　B. 头向前倾
　　C. 头偏向一侧　　　D. 抬高头部 15°
　　E. 保持头部水平位

21. 患者,男性,54 岁。中毒性痢疾,体温 39℃,脉搏 124 次/min,血压 80/50mmHg,伴呼吸困难、出冷汗。目前患者需采取的合适卧位为
　　A. 仰卧位头偏向一侧
　　B. 头高足低位
　　C. 中凹卧位
　　D. 端坐卧位
　　E. 侧卧位

22. 患者,女性,52 岁。因交通意外致颈椎骨折,右侧面部擦伤,失血约 1000ml,经救治后病情稳定,拟行颅骨牵引治疗。患者的体位应为
　　A. 侧卧位　　　　　B. 中凹卧位
　　C. 去枕仰卧位　　　D. 头高足低位
　　E. 头低足高位

23. 患者,女性,25 岁。因颈椎骨折,行颅骨牵引治疗。护士为其采取头高足低位的目的是
　　A. 改善呼吸　　　　B. 用作反牵引力
　　C. 预防颅内压降低　D. 减轻头面部疼痛
　　E. 改善颈部血液循环

24. 患者,女性,35 岁。因重度心力衰竭取端坐位,其卧位的作用与减轻病情**无关**的一项是
　　A. 使膈下降　　　　B. 利于呼吸活动
　　C. 减少下肢血液回流　D. 减轻心脏负担
　　E. 增加心肌收缩力

25. 患者,男性,25 岁。患有躁狂型精神病。拟给予

保护具,正确的是
　　A. 对精神病患者,不必向其家人解释使用保护具的必要性
　　B. 将患者上肢伸直,系好尼龙搭扣约束带
　　C. 使用约束带,每 4 小时松解 1 次
　　D. 使用床档,防止坠床
　　E. 记录保护具使用时间

26. 患者,男性,36 岁。烧伤后采用暴露疗法,可选用的保护具是
　　A. 床档　　　　　　B. 宽绷带
　　C. 支被架　　　　　D. 肩部约束带
　　E. 膝部约束带

27. 患儿,3 岁,左上肢烫伤,Ⅱ 度烫伤面积达 10%。入院后经评估需使用保护具,下列措施**不正确**的是
　　A. 使用前需取得患者及家属的理解和同意
　　B. 属于保护性制动措施,只能短期使用
　　C. 将患者右上肢外展固定于身体右侧
　　D. 约束带下应置衬垫,且松紧适宜
　　E. 经常观察约束部位的皮肤颜色和温度

28. 患者,女性,56 岁。肺癌骨转移第 2 次入院,疗效不佳。患者现已昏迷,护士采取的措施中**不妥**的是
　　A. 使用床档　　　　B. 必要时使用牙垫
　　C. 做好皮肤清洁护理　D. 躁动时使用约束带
　　E. 定时漱口预防并发症

29. 患儿,女,4 岁。体温 39.6℃,呼吸急促,烦躁不安,以急性肺炎收住院。为保证输液,须限制患儿手腕活动,使用宽约束带应打成
　　A. 单套结　　　　　B. 双套结
　　C. 外科结　　　　　D. 方结
　　E. 滑结

30. 患者,女性。因患破伤风被安置在隔离室,表现为牙关紧闭,四肢抽搐,角弓反张。下列采取的安全措施**不妥**的是
　　A. 枕头横出床头,四肢用约束带以防撞伤
　　B. 用床档,防坠床
　　C. 纱布包裹压舌板垫于上下门牙之间防咬伤
　　D. 取下义齿,防窒息
　　E. 室内光线宜暗,安静,以减少对患者的刺激

A₃/A₄ 型题
(31～33 题共用题干)
　　患儿,男,6 岁。突然支气管哮喘发作,持续 10

小时以上,端坐呼吸,大汗淋漓,口唇发绀而急诊入院。入院后,护士为其安置端坐卧位。

31. 该患者采取的体位性质属于

A. 主动卧位　　　　B. 被动卧位

C. 被迫卧位　　　　D. 习惯卧位

E. 特异卧位

32. 安置端坐卧位的目的是

A. 使膈肌下降,减轻对心脏的压迫

B. 使胸腔扩大,有利于呼吸活动

C. 减少下肢静脉血回流,减轻心脏负担

D. 减轻水肿,改善肺循环

E. 使冠状血管扩张,改善心肌营养

33. 为防止幼儿坠床,宜用

A. 家属陪护　　　　B. 加床栏保护

C. 约束肩布　　　　D. 约束手腕和踝部

E. 注射镇静剂

(34~36 题共用题干)

患者,男,56 岁。因肝癌晚期入院治疗,入院后患者出现肝性脑病。

34. 护士将其安置为去枕仰卧位,头偏向一侧。其目的是

A. 利于观察病情

B. 便于头部固定,避免颈椎骨折

C. 引流分泌物,保持呼吸道通畅

D. 保持颈部活动灵活

E. 减轻对枕骨的压迫,防止压疮的发生

35. 入院第 3 天,患者出现烦躁不安、躁动。护士为其使用约束带,目的是

A. 保护患者,预防坠床

B. 限制身体或肢体活动

C. 避免棉被压迫肢体所致的不适

D. 烧伤患者暴露疗法时保暖

E. 协助临床诊断

36. 使用保护具时,患者的肢体应处于

A. 治疗性强迫位置　　B. 生理性运动位置

C. 容易变换的位置　　D. 患者愿意的位置

E. 保持功能的位置

二、实践能力

A₁ 型题

37. 适用于俯卧位的是

A. 肛门检查　　　　B. 胃肠胀气所致腹痛

C. 预防压疮　　　　D. 颈部手术

E. 臀部有伤口,但能侧卧

38. 心包积液、呼吸极度困难的患者应采用的体位是

A. 头高脚低位　　　　B. 端坐位

C. 半坐位　　　　　　D. 侧卧位

E. 仰卧位

39. 为患者翻身时,**不对**的是

A. 颅脑手术后,一般只卧于健侧或平卧

B. 颅骨牵引时,先放松再翻身

C. 伤口较大的患者,翻身后将患处放于适当位置

D. 两人协助翻身动作要协调

E. 不可拖拉患者,以免擦破皮肤

40. 两位护士协助患者翻身的方法中下列哪项**不妥**

A. 两护士站在患者同一侧

B. 患者仰卧,两臂放于腹部,两腿屈膝

C. 两人同时将患者抬起移近自己

D. 分别扶托患者的头、肩、臀、膝部

E. 轻推患者使其转向对侧

解析:两人协助患者翻身侧卧法适用于体重较重或病情较重的患者。方法是:护士应站在床的同侧,一人托住患者的颈肩部及腰部,另一人托住臀部及腘窝。两人同时抬起患者移向自己,分别扶住患者肩、腰、臀、膝部,将患者翻转向对侧。

A₂ 型题

41. 某颅脑手术后的患者,护士告知其家属,应注意避免头部翻转过剧,防止引起

A. 脑出血　　　　　B. 休克

C. 脑梗死　　　　　D. 脑疝

E. 脑干损伤

42. 患者,女,67 岁,体重约 42kg。某护士独自为患者翻身时,下面操作**不正确**的是

A. 让患者仰卧,两手放于腹部

B. 让患者两腿屈曲

C. 将患者两下肢移向护士侧

D. 将患者肩部移向护士侧

E. 一手扶肩一手扶膝,轻推患者,使其面对护士

43. 患者,男,57 岁。肝硬化食管静脉曲张,大出血后呼吸急促、出冷汗、脉细速、血压 70/50mmHg。护士应立即将患者的体位安置为

A. 平卧位　　　　　B. 中凹位

C. 侧卧位　　　　　D. 屈膝仰卧位

E. 头低脚高位

44. 患者,女性,40岁。颅脑术后第3天,如需更换卧位,**错误**的是
    A. 先换药,再翻身
    B. 先将导管安置妥当再翻身
    C. 两人协助患者翻身
    D. 卧于患侧
    E. 注意节力原则

解析:颅脑术后患者,头部转动过剧可引起脑疝,导致突然死亡。因此一般只卧于健侧或平卧。

45. 患者,48岁。大便带血月余,消瘦,拟行直肠镜检查。检查时应采取的卧位是
    A. 左侧卧位   B. 屈膝仰卧位
    C. 截卧位   D. 膝胸位
    E. 蹲位

46. 急诊收治了一位神志不清,口吐白沫的敌敌畏中毒的患者。为减少毒物吸收,需立即给予患者洗胃,护士应为其安置
    A. 半坐卧位   B. 坐位
    C. 右侧卧   D. 左侧卧位
    E. 仰卧位

解析:严重中毒患者,洗胃时应采取左侧卧位。

47. 某患者闻到某种花粉后,忽然出现呼吸急促、大汗淋漓、心率加快。护士应立即让他采取的卧位是
    A. 去枕平卧   B. 侧卧位
    C. 半坐卧位   D. 俯卧位
    E. 端坐卧位

48. 患者,女性,29岁。妊娠30周,产前检查发现胎位不正(臀先露)。门诊护士指导其纠正胎位,应采取
    A. 头低足高位   B. 侧卧位
    C. 截石位   D. 俯卧位
    E. 膝胸位

49. 某护士在为患者进行加压输液时,不慎使部分空气进入血管,应使患者立即采取
    A. 左侧卧位,头高脚低位
    B. 右侧卧位,头高脚低位
    C. 左侧卧位,头低脚高位
    D. 右侧卧位,头低脚高位
    E. 俯卧位

50. 某护士在为一卧床患者翻身时,其家属询问患者更换卧位间隔时间的依据,请你指出护士最合适

的解释
    A. 依患者的要求,最长不超过1小时
    B. 患者的病情及局部受压程度
    C. 护士工作时间的安排来决定
    D. 家属的意见,随时进行
    E. 皮肤疾患的程度

51. 某患者外出做B超,回病室后忽然出现胸闷气促、出汗,疑为心力衰竭。此时护士应帮助患者采用的卧位是
    A. 端坐位   B. 半坐卧位
    C. 侧卧位   D. 去枕卧位
    E. 仰卧位

52. 患儿,男,3岁。自幼面部青紫,生长发育落后,杵状指(趾),喜蹲踞,诊断为法洛四联症。20分钟前,剧烈活动后,突然发生昏厥,可能是缺氧发作。此时护士应为其安置的卧位是
    A. 平卧位   B. 俯卧位
    C. 膝胸卧位   D. 头高脚低位
    E. 头低脚高位

53. 患者,男性,65岁。诊断:胃癌。行胃大部切除术后,护士嘱患者取半坐卧位的目的是
    A. 减轻局部出血   B. 减轻肺部淤血
    C. 防止腹膜粘连   D. 减轻伤口缝合处张力
    E. 使静脉回流血量减少

54. 患儿,5岁,诊断为先天性髋关节脱位,已行股骨髁上牵引。护士应为其安置的体位是
    A. 俯卧位   B. 去枕仰卧位
    C. 侧卧位   D. 头高足低位
    E. 头低足高位

A₃/A₄型题

(55~57题共用题干)

某患者入院时心悸、气促、呼吸困难,口唇发绀、恐惧、烦躁不安。入院诊断为风湿性心脏病合并心力衰竭。

55. 为了缓解症状,应帮助患者采用的体位是
    A. 抬高床头10°~20°,抬高下肢20°~30°
    B. 抬高床头30°~50°,抬起膝下支架15°~20°
    C. 抬高床头70°~80°,抬起膝下支架15°~20°
    D. 抬高床尾15~30cm
    E. 抬高床头15~30cm

56. 由于患者烦躁不安,为防止患者受伤,应采取的保护措施是
    A. 使用绷带固定
    B. 使用肩部约束带,防止碰伤

C. 使用双侧床档,防止坠床

D. 使用双膝固定,防止坠床

E. 使用双套结固定肢体防自伤

57. 患者恐惧不安,应采取的正确护理措施是

    A. 说服指导,减少恐惧

    B. 嘱家属陪伴

    C. 通知医生前来处理

    D. 加强床旁监护,给予精神安慰和心理支持

    E. 给予镇静剂

(58~60 题共用题干)

    某患者因急性阑尾炎合并穿孔,急诊在硬膜外麻醉下,行阑尾切除术,术后用平车送患者回病室。

58. 患者回病室后应取何种体位

    A. 屈膝仰卧位 4 小时

    B. 去枕仰卧位 6 小时

    C. 中凹卧位 6 小时

    D. 侧卧位 4 小时

    E. 俯卧位 2 小时

59. 患者术后第 3 天清晨体温 38℃,并诉伤口疼痛。

护士应为其安置何种体位

    A. 仰卧屈膝位   B. 头高脚低位

    C. 右侧卧位   D. 半坐卧位

    E. 中凹卧位

60. 所置体位患者难以接受,你应如何解释并进行健康指导

    A. 此体位有利于减轻腹部切口缝合处的张力,利于愈合

    B. 此体位防止炎症扩散和毒素吸收,可减轻疼痛

    C. 此体位有利于减少回心血量,促进血液循环

    D. 此体位有利于扩大腹腔容量,防止炎症扩散

    E. 此体位可减少局部出血,有利愈合

参考答案

1~5 BBBDE 6~10 EBAEC 11~15 EBDAD

16~20 EBBAC 21~25 CDBEE 26~30 CCEBC

31~35 CBBCB 36~40 EBBBD 41~45 DEBDD

46~50 DEECB 51~55 ACDEC 56~60 CDBDA

第5章　医院内感染的预防和控制

第1节　医院内感染

★一、概念

医院内感染是指患者、探视者、医院工作人员等在医院活动期间受到病原体侵袭而引起的任何诊断明确的感染或疾病。包括在医院内的感染和在医院内获得而在医院外发生的感染。

1. 感染地点：医院内。

2. 主要判断依据：疾病潜伏期。

3. 发生人群：一切在医院活动的人群，包括患者、探视者、医院工作人员等。**主要指住院患者。**

★二、分类

1. 外源性感染：**亦称交叉感染，指病原体来自患者体外**，通过直接或间接的途径所引起的感染。

2. 内源性感染：**亦称自身感染，指病原体来自患者自身所引起的感染。**在患者体内或体表定植、寄生的**正常菌群**，正常情况下不致病，当患者健康状况不佳，免疫功能受损、正常菌群移位以及抗生素不合理应用时，可引发感染。

三、医院内感染的主要因素

1. 管理制度不健全，缺乏对消毒灭菌效果的监控。

2. 医务人员对医院内感染认识不足，未严格执行消毒隔离和无菌技术。

3. 环境污染严重，病原体来源广泛。

4. 易感人群增多。

5. 抗生素的广泛应用。

6. 介入治疗手段增多。

第2节　清洁、消毒和灭菌

★一、概念

1. 清洁：指用物理方法清除物品表面的污垢、尘埃和有机物。

2. 消毒：指用物理或化学方法清除或杀灭除芽孢外的所有病原微生物。

3. 灭菌：指用物理或化学方法杀灭所有微生物，包括致病和非致病微生物，以及细菌的芽孢。

二、消毒、灭菌的方法

1. 物理消毒灭菌法

★(1)热力消毒灭菌法

干热法：通过空气传导热力，导热较慢，需要温度较高，时间较长

1)燃烧法
- A. 用于无保留价值的物品。如污染的纸张，破伤风、炭疽、铜绿假单胞菌等特殊感染的敷料。
- B. 用于搪瓷类和金属类物品急用或无条件用其他方法消毒时，贵重器械、锐利刀剪除外。
- C. 器械可在火焰上烧灼 20 秒，搪瓷容器可倒入少量 95% 乙醇，点火燃烧至熄灭。
- D. 燃烧时须远离易燃易爆物品，中途不得添加乙醇。

2)干烤法
- A. 用于**油剂、粉剂、玻璃器皿、金属和陶瓷制品**等在高温下不变质、不损坏、不蒸发的物品。
- B. 消毒：箱温 120～140℃，时间 10～20 分钟。灭菌：箱温 160℃，时间 2 小时；箱温 170℃，时间 1 小时；箱温 180℃，时间 30 分钟。

湿热法：通过水、水蒸气及空气传导热力，导热较快，穿透力较强，需要温度较低，时间较短

★3)煮沸法
- A. 用于**不怕潮湿、耐高温**的搪瓷、金属、玻璃、橡胶类物品，**不能用于外科手术器械的灭菌。**
- B. 将物品刷洗干净，全部浸没在水中
  - ①物品的盖子或轴节应打开。
  - ②空腔导管先灌满水再放入。
  - ③大小形状相同的物品不能重叠。
  - ④玻璃类物品用纱布包好，在冷水或温水时放入，
  - ⑤橡胶类物品用纱布包好，在水沸后放入。
- C. 水沸开始计时，5～10 分钟可杀灭细菌繁殖体。如中途加入物品则在第二次水沸后重新计时。
- D. 在水中加入碳酸氢钠，配成 1%～2% 的浓度，可使沸点达 105℃，增强杀菌作用，去污防锈。
- E. 高原地区气压低、沸点低，海拔每增高 300m，煮沸时间需延长 2 分钟。

★4)压力蒸汽灭菌法：是医院使用最广、效果最可靠的首选灭菌方法
- A. 用于耐高温、耐高压和耐潮湿的物品，如手术器械、敷料、搪瓷类、玻璃类橡胶类物品及某些药品、溶液和细菌培养基等。
- B. 将物品清洗干净，擦干、打包，放入压力蒸汽灭菌器内
  - ①灭菌包不宜过大、过紧，**体积不得超过 30cm×30cm×25cm**。使用预真空压力蒸汽灭菌器时，灭菌包体积不得超过 30cm×30cm×50cm。
  - ②装物品的有孔容器，灭菌前应将孔打开，灭菌后再关上。
  - ③灭菌包放置时，要留有空隙。
  - ④布类物品放在金属、搪瓷类物品之上。
- C. 下排气式压力蒸汽灭菌器压力 103～137kPa，温度 121～126℃，时间 20～30 分钟，可达灭菌效果。预真空压力蒸汽灭菌器，压力 105kPa，温度 132℃，时间 4～5 分钟，即达灭菌效果。
- D. 灭菌物品干燥后方可取出。
- E. 可用物理、化学、生物监测法定期监测灭菌效果。**化学监测法是临床常规检测法，生物监测法是最可靠的监测法。**

1. 物理消毒灭菌法

(2)光照消毒法
- 1)日光曝晒法
  - A. 用于衣服、书籍、床垫、毛毯等的消毒。
  - B. 将物品直接放在日光下曝晒 6 小时可达消毒目的。
- 2)紫外线灯管消毒法
  - A. 用于空气和物品表面的消毒。
  - B. 保持室内温度 20～40℃，相对湿度 40％～60％。
  - C. 患者不可直视紫外线光源，可戴墨镜或用纱布遮盖双眼，用被单遮盖肢体。
  - D. 空气消毒时，先湿式清扫，停止人员走动，关闭门窗。有效照射距离不超过 2m，时间 30～60 分钟。
  - E. 物品消毒时，需将物品摊开或挂起。有效照射距离为 25～60cm，时间 20～30 分钟。
  - F. 从灯亮 5～7 分钟后开始计时。
  - G. 每 2 周用 95％乙醇擦拭灯管表面一次。
  - H. 灯管使用时间超过 1000 小时，应更换。
- 3)臭氧灭菌灯消毒法：利用臭氧的强大氧化作用而杀菌
  - A. 用于空气、医院污水、诊疗用水、物品表面的消毒。
  - B. 使用灭菌灯时关闭门窗，人员离开现场，消毒结束后 30 分钟方可进入。

(3)电离辐射灭菌法：又称冷灭菌，主要用于不耐热的物品，如橡胶、塑料、高分子聚合物(一次性注射器和输液输血器等)、精密医疗仪器、生物医学制品、节育用具及金属等的灭菌。

(4)微波消毒灭菌法：用于食品及餐具的处理、化验单据及票证的消毒、医疗药品、耐热非金属材料及器械的消毒灭菌。不能用于金属物品的消毒。

(5)过滤除菌：主要用于烧伤病房、器官移植病房或手术室等。

2. 化学消毒灭菌法

(1)使用原则
- 1)物品需洗净擦干。
- 2)根据物品的性能和微生物的特性，选择合适的消毒剂。
- 3)严格掌握消毒剂的有效浓度、消毒时间和使用方法。
- 4)消毒物品完全浸泡在消毒液中
  - ①物品的盖子或轴节应打开。
  - ②空腔导管先灌满消毒液再放入。
  - ③大小形状相同的物品不能重叠。
- 5)消毒液中一般不放置纱布、棉球等物，以免吸附消毒液而降低消毒效力。
- 6)浸泡消毒后的物品，使用前须用无菌生理盐水冲洗，以免残留消毒液刺激组织。
- 7)消毒剂应定期检测，调整浓度，进行交换，易挥发的要加盖。

(2)方法
- 1)浸泡法：用于耐湿、不耐热的物品消毒，如锐利器械、精密器材等。
- 2)擦拭法：用于桌椅、墙壁、地面等的消毒。
- 3)喷雾法：用于空气及墙壁、地面等物品的表面消毒。
- 4)熏蒸法：用于室内空气和不耐湿、不耐高温物品的消毒(表5-1)。

锦囊妙记

碳酸氢钠的使用汇总

1％～2％碳酸氢钠，用于煮沸消毒法，可提高沸点，去污防锈

1％～4％碳酸氢钠，用于口腔护理，口腔真菌感染、pH 偏酸性时选用

2％～4％碳酸氢钠，用于洗胃，敌敌畏、1605、1059、乐果等农药中毒时选用

5％碳酸氢钠，用于静脉输液，以纠正酸中毒，调节酸碱平衡

表5-1 熏蒸法

消毒剂	用法	用途
2%过氧乙酸	**8ml/m³**,加热熏蒸,30～120 分钟	空气消毒
纯乳酸	**0.12ml/m³**,加等量水,加热熏蒸,30～120 分钟	空气消毒,如手术室、换药室等
食醋	**5～10ml/m³**,加 1～2 倍热水,加热熏蒸,30～120 分钟	空气消毒,加流感、流脑病室
37%～40%甲醛	①2～10ml/m³,加 1～2 倍热水,加热熏蒸,30～120 分钟	物品消毒,如熏蒸柜内物品
	②40～60ml/m³,每 2ml 甲醛加高锰酸钾 1g,气化熏蒸,6～12 小时	
	③调节温度:52～56℃,相对湿度:70%～80%	

(2)方法

5)环氧乙烷气体密闭消毒法
- A. 用于精密仪器、医疗器械、化纤织物、皮毛、棉、塑料制品、书籍、一次性诊疗用品等的消毒灭菌。
- B. 易燃易爆,对人体有害,消毒灭菌需密闭进行。
- C. 消毒时间:6 小时。
- D. 消毒后的物品,应待气体散发后再使用。

? 化学消毒灭菌法

(3)常用的化学消毒剂

★1)过氧乙酸:灭菌剂
- A. 0.2%溶液用于手的消毒,浸泡 2 分钟。1%溶液用于体温计消毒,浸泡 30 分钟。
- B. 对金属有腐蚀性,不能浸泡金属类物品。
- C. 高温易爆炸。
- D. 易氧化分解,应现配现用,配制时注意保护眼睛、皮肤和黏膜。

★2)戊二醛:灭菌剂
- A. **2%戊二醛用于浸泡不耐热的医疗器械和精密仪器,如内镜等。**
- B. 消毒时间:20～45 分钟,灭菌时间 10 小时。
- C. 浸泡金属器械时须加入 **0.5%亚硝酸钠防锈**。
- D. 易氧化分解,应现配现用,配制时保护眼睛、皮肤和黏膜。
- E. **灭菌后的物品,在使用前应用无菌蒸馏水冲洗。**

3)甲醛:灭菌剂
- A. 37%～40%甲醛用于熏蒸消毒物品。
- B. 甲醛有致癌作用,**不宜用于空气消毒。**

★4)含氯消毒剂:高浓度为高效消毒剂,低浓度为中效消毒剂
- A. 常用含氯消毒剂:液氯、漂白粉、漂白粉精、次氯酸钠和 84 消毒液。
- B. 常用于餐具、便器、水、环境、疫源地等消毒。①浸泡或擦拭法:用于被肝炎病毒、结核杆菌、细菌芽孢污染的物品,用 0.2%含氯消毒剂,浸泡消毒 30 分钟。不能浸泡的物品可用擦拭法。②喷洒法:用于被肝炎病毒、结核杆菌污染的物品表面,用 0.2%含氯消毒剂,均匀喷洒,时间 60 分钟。③干粉消毒法:用于排泄物消毒,**将排泄物 5 份加含氯消毒剂 1 份**,搅拌后放置 2～6 小时。
- C. 性能不稳定,应现配现用。
- D. **有褪色和腐蚀作用,不宜用于金属制品、有色衣物及油漆家具的消毒。**

5)过氧化氢:高效消毒剂。常用于漱口、外科冲洗伤口。

6)碘酊:高效消毒剂
- A. 2%碘酊用于皮肤消毒,涂擦20秒后,用75%乙醇脱碘。
- B. 碘酊**不能用于黏膜消毒**。皮肤过敏者禁用。
- C. 碘对金属有腐蚀作用,不能浸泡金属器械。

7)★乙醇:中效消毒剂
- A. 75%乙醇用于皮肤消毒,也可用于浸泡锐利金属器械及体温计。
- B. 95%乙醇可用于燃烧灭菌。
- C. 易挥发,须加盖保存,并定期检测有效浓度。
- D. **不宜用于黏膜及创面消毒。**

8)★聚维酮碘(碘伏):中效消毒剂
- A. **用于皮肤、黏膜擦拭或冲洗消毒。**
- B. **用于体温计浸泡消毒,时间30分钟。**

9)苯扎溴铵酊(新洁尔灭酊):中效消毒剂。用于皮肤、黏膜消毒。

10)苯扎溴铵(新洁尔灭):低效消毒剂
- A. 用于皮肤、黏膜消毒。
- B. 有吸附作用,溶液内不可投入纱布、毛巾。
- C. 对阴离子表面活性剂有拮抗作用,如肥皂。

11)氯己定(洗必泰):低效消毒剂
- A. 用于外科洗手消毒、手术部位的皮肤消毒和黏膜消毒。
- B. 用于阴道、膀胱、伤口黏膜创面等冲洗消毒。
- C. 不可在使用肥皂或洗衣粉等阴离子表面活性剂前后使用或混合使用。

（左侧分支标签）
2. 化学消毒灭菌法 —— (3)常用的化学消毒剂

第3节　无菌技术

一、概念

无菌技术是指在执行医疗护理操作过程中,防止一切微生物侵入机体和保持无菌物品及无菌区域不被污染的操作技术和管理方法。

★二、原则

1. 环境
- (1)宽敞、清洁。**操作前半小时停止清扫及更换床单等工作,减少走动。**
- (2)治疗室**每日用紫外线灯或臭氧灭菌灯照射消毒一次。**

2. 工作人员
- (1)衣帽整洁。
- (2)修剪指甲,洗手、戴口罩。

3. 操作
- (1)面向无菌区
  - 1)**手臂保持在腰部水平以上或操作台面以上。**
  - 2)不可跨越无菌区。
  - 3)不可面对无菌区说话、咳嗽和打喷嚏。
- (2)取用无菌物品
  - 1)必须用无菌持物钳(镊)。
  - 2)**无菌物品一经取出,即使未用,也不可放回无菌容器内。**
  - 3)**无菌物品疑有污染或已污染,不可再用,应予更换或重新灭菌。**
  - 4)**一份无菌物品仅供一位患者使用,以防交叉感染。**

4. 物品管理
- 1)无菌物品和非无菌物品分别放置。
- 2)无菌物品须存放于无菌包或无菌容器内。
- 3)无菌包或无菌容器外应注明物品名称和灭菌日期,按灭菌日期先后放置。
- 4)无菌物品**在未污染的情况下可保存7天**,过期或受潮应重新灭菌。

三、无菌技术基本操作法

★1. 无菌持物钳的使用法
- (1)存放
  - 1)浸泡存放:浸泡于盛有消毒液的无菌广口有盖容器内,液面浸没钳轴节以上 **2～3cm** 或镊子的 **1/2**。
  - 2)干燥存放:放置于无菌广口有盖干燥容器内。
  - 3)每个容器只能放一把无菌持物钳。
  - 4)无菌持物钳及其容器须定期消毒灭菌
    - ①浸泡存放:一般病房**每周更换 1 次**,使用频率高的部门,如手术室、门诊换药室、注射室等,应**每日更换 1 次**。
    - ②干燥存放:**每 4～6 小时更换一次**。
- (2)使用
  - 1)无菌持物钳只能用于夹取无菌物品。不可用于夹取油纱布、换药及消毒皮肤。
  - 2)取放无菌持物钳时,须将钳端闭合,钳端不可触及容器口边缘及液面以上的容器内壁,手不可触及持物钳浸泡部位。
  - 3)使用时保持钳端向下,不可倒转向上。
  - 4)到远处夹取无菌物品时,应将无菌持物钳连同容器一起搬移。
  - 5)无菌持物钳用后立即放回容器内。

2. 无菌容器的使用法
- (1)查对:检查无菌物品的名称和有效期。
- (2)开盖:**手不可触及盖的边缘和内面**,如放置于桌面,盖的内面应朝上。
- (3)取物:无菌持物钳和无菌物品不可触及容器的边缘。
- (4)盖盖:取物后立即将容器盖盖严。
- (5)移动:应托住容器底部,手不可触及容器的边缘和内面。

★3. 取用无菌溶液法
- (1)检查:核对瓶签(溶液名称、剂量、浓度和有效期),检查瓶盖无松动,瓶身无裂缝,溶液无沉淀、混浊、变色和絮状物等,方可使用。
- (2)倒液:**标签朝上**,先倒出少量溶液冲洗瓶口,再由原处倒出溶液至无菌容器中,溶液瓶应与无菌容器保持一定距离,不可触及无菌容器。
- (3)**不可将无菌敷料堵塞瓶口倒液,也不可直接伸入无菌瓶内蘸取溶液。**
- (4)已打开的无菌溶液,如未污染可保存 **24 小时**。

4. 无菌包的使用法
- (1)检查:查看无菌包名称、灭菌日期、化学指示胶带有效,无菌包包紧、无潮湿。
- (2)在清洁、干燥、平坦处开包,**手不可触及包布的内面**。
- (3)用无菌钳取物,操作时手臂勿跨越无菌区。
- (4)已打开的无菌包,如未污染可保存 **24 小时**。
- (5)无菌包过期、浸湿或包内物品被污染,须重新灭菌。

5. 无菌盘铺法
- (1)操作时手不可触及治疗巾的内面。
- (2)治疗巾上层呈扇形折叠,**内面朝上**,**边缘朝外**。
- (3)放入无菌物品后,将上下两层边缘对齐,反折。
- (4)无菌盘应注明铺盘时间,**有效期不超过 4 小时**。

锦囊妙记

物品有效期汇总

无菌物品,未污染情况下,有效期 7 天

已开启的无菌溶液和无菌包,有效期 24 小时

铺好的无菌盘,有效期 4 小时

浸泡的无菌持物钳及容器,更换时间 1 周,使用频率高则 1 天

纱布口罩,更换时间 4～8 小时,一次性口罩则 4 小时

隔离衣,更换时间 1 天

(1)核对手套号码和灭菌日期。

★6. 戴无菌
手套法

(2)未戴手套的手不可触及手套外面,已戴手套的手不可触及未戴手套的手及另一手套的内面。

(3)戴手套后,发现手套有破损或不慎污染,应立即更换。

(4)脱手套时不可强拉手套边缘或手指部分。

第4节　隔离技术

一、隔离的概念

隔离是将传染源传播者和高度易感人群安置在指定地点和特殊环境中,暂时避免和周围人群接触。对前者采取传染源隔离,防止传染病病原体向外传播;对后者采取保护性隔离,保护高度易感人群免受感染。

二、隔离区域的设置和划分

1. 隔离区域的设置
(1)隔离区域与普通病区应分开设置,远离食堂、水源和其他公共场所。
(2)传染病区应有多个出口,使工作人员和患者分道进出。

★2. 隔离区域的划分
(1)清洁区:凡未被病原微生物污染的区域称为清洁区,如更衣室、库房、值班室、配餐室等。
(2)半污染区:凡有可能被病原微生物污染的区域称为半污染区,如病区的内走廊、化验室和医护办公室等。
(3)污染区:凡患者直接或间接接触、被病原微生物污染的区域称为污染区,如病室、浴室、厕所等。

★三、隔离消毒原则

1. 一般消毒隔离
(1)病室门口和病床挂隔离标志,门口放置浸有消毒液的脚垫、泡手的消毒液及清水、毛巾等,并挂有隔离衣。
(2)进入隔离单位必须戴口罩、帽子、穿隔离衣。
(3)穿隔离衣后,不得进入清洁区,只能在规定范围内活动。穿隔离衣前须周密计划,将所有用物备齐,将各项操作集中进行。
(4)污染物品不得放于清洁区内,任何污染物品必须先经消毒后处理。
(5)病室内物品及空气每日消毒。
(6)患者的传染性分泌物经3次培养,结果均为阴性,或确定已过隔离期,经医生开出医嘱,方可解除隔离。

2. 终末消毒处理
(1)患者的终末处理
　1)转科或出院:洗澡、更换衣服,个人用物消毒后带出。
　2)死亡:用消毒液棉球洗尸体,用消毒液棉球填塞口、鼻、耳、肛门、阴道等孔道,伤口更换敷料,用一次性尸单包裹,送传染科太平间。
(2)患者单位的终末消毒
　1)被服:放入污衣袋,注明隔离用物,先消毒再清洗。
　2)病室:关闭门窗,打开床旁桌,摊开被褥,竖起床垫,用紫外线灯消毒,也可用消毒液熏蒸或喷雾消毒。家具、地面、墙面等用消毒液擦拭消毒。

隔离区域的划分

污染区:患者活动的区域

半污染区:患者接触或使用过的物品,所涉及的区域

清洁区:患者不可能涉及的区域

四、隔离技术操作法

1. 口罩的使用
- (1)口罩应罩住口鼻,口罩的下半部应遮住下颌。
- (2)不可用污染的手接触口罩。
- (3)口罩不可挂在胸前,摘下后将**污染面向内折叠**放入小袋内。
- (3)使用纱布口罩**4～8 小时应更换**,若口罩潮湿应立即更换;若接触严密隔离的患者,则应每次更换。
- (4)使用一次性口罩不得超过 **4 小时**。

★2. 手的清洁与消毒

(1)洗手
- 1)医护人员在下列情况下应认真洗手:①进入和离开病房前;②接触清洁物品前、处理污染物品后;③无菌操作前后;④接触伤口前后;⑤上厕所前后。
- 2)方法:取肥皂液,用"六步洗手法"**搓洗双手、手腕及腕上 10cm,持续时间不少于 15 秒**,流动水冲洗,用擦手纸或毛巾擦干双手或在干手机下烘干双手。

(2)消毒手
- 1)医护人员在下列情况下必须进行手的消毒:①实施侵入性操作前;②护理免疫力低下的患者或新生儿前;③接触血液、体液和分泌物后;④接触被致病性微生物污染的物品后;⑤护理传染病患者后。
- 2)方法:
  - ①涂擦消毒法:用消毒剂依次涂擦双手。方法为:**手掌对手掌、手背对手掌、指尖对手掌,两手指缝相对互搓**,每一步骤来回**3 次**。
  - ②刷手法:用刷子蘸肥皂水,**按前臂、腕关节、手背、手掌、手指、指缝、指甲顺序刷洗,每只手刷 30 秒,用流动水冲净,再重复刷洗 1 次,共刷洗 2 分钟**。刷手时,身体应与洗手池保持一定距离,避免隔离衣污染洗手池边缘或消毒盆。**流动水冲洗时,腕部应低于肘部,使污水流向指尖**,防止水流入衣袖,避免弄湿工作服。
  - ③浸泡消毒法:**双手完全浸入消毒液的液面以下,按涂擦消毒法互相揉搓 2 分钟**。

★3. 穿脱隔离衣
- (1)穿隔离衣:取下手表,卷袖过肘→持衣领取下隔离衣→隔离衣清洁面向护士;穿左右衣袖→扣领扣→扣袖口(此时手已污染)→对齐后背边缘,折叠好→系腰带。
- (2)脱隔离衣:解腰带→解袖口,卷衣袖→消毒手→解领扣→脱左右衣袖→持衣领折好隔离衣。
- (3)隔离衣长短要合适,须全部遮盖工作服。
- (4)隔离衣的衣领和内面为清洁面,挂于半污染区时清洁面向外,挂于污染区时污染面向外。
- (5)保持隔离衣内面和衣领清洁,扣领扣时**衣袖不可触及衣领、面部和帽子**。
- (6)消毒手时,不可弄湿隔离衣,隔离衣也不可污染洗手设备。
- (7)隔离衣**每日更换**,如有**潮湿或污染,应立即更换**。

4. 避污纸的使用
- (1)取避污纸时应从上面中间抓取,**不可掀页撕取**。
- (2)避污纸用后弃于污物桶内,定时焚烧。

模拟试题栏——识破命题思路，提升应试能力

一、专业实务

A₁型题

1. 关于医院内感染的概念正确的是
   A. 医院内感染的对象是住院患者
   B. 只要在住院期间发生的感染均属于医院内感染
   C. 一定是在住院期间遭受并发生的感染
   D. 入院前处于潜伏期而入院后发生的感染
   E. 可发生在住院期间或出院后

2. 医院内感染主要发生于
   A. 门诊患者　　　　　B. 探视者
   C. 陪护家属　　　　　D. 医务人员
   E. 住院患者

3. 关于医院内感染**不妥**的是
   A. 按病原体的来源不同,可分为内源性感染和外源性感染
   D. 内源性感染又称自身感染,病原体通过直接或间接的途径传播给患者
   C. 人体寄生的正常菌群在健康不佳时,引起的感染,属于内源性感染
   D. 抗生素的不合理应用,使内源性感染的机会增加
   E. 外源性感染又称交叉感染,病原体来自于患者体外

4. 下列哪项是内源性感染
   A. 由患者传给另一患者的感染
   B. 由探访者传给患者的感染
   C. 由患者传给医务人员的感染
   D. 由医务人员传给患者的感染
   E. 患者自身的感染

5. 引起医院内感染的主要因素,**不包括**
   A. 易感人群增加　　　B. 医务人员不重视
   C. 环境污染严重　　　D. 人群免疫力普遍低下
   E. 抗生素的广泛应用

6. 能杀灭除细菌芽孢以外的所有致病微生物的方法是
   A. 清洁　　　　　　　B. 消毒
   C. 灭菌　　　　　　　D. 抑菌
   E. 抗菌

7. 与干热消毒灭菌法相比,湿热法
   A. 主要通过空气传导热力　B. 灭菌所需时间较长
   C. 灭菌所需温度较高　　　D. 导热较慢

E. 穿透力较强

8. 临床应用最广、效果最为可靠的灭菌法是
   A. 燃烧法　　　　　　B. 干烤法
   C. 煮沸消毒法　　　　D. 压力蒸汽灭菌法
   E. 浸泡法

9. 能杀灭芽孢的化学消毒剂是
   A. 过氧乙酸　　　　　B. 碘伏
   C. 苯扎溴铵酊　　　　D. 乙醇
   E. 氯己定

10. 属于中效消毒剂的是
    A. 过氧乙酸　　　　　B. 碘伏
    C. 戊二醛　　　　　　D. 84消毒液
    E. 过氧化氢

11. 易燃易爆的气体灭菌剂是
    A. 甲醛　　　　　　　B. 过氧化氢
    C. 环氧乙烷　　　　　D. 过氧乙酸
    E. 戊二醛

12. 浸泡消毒法**错误**的是
    A. 根据物品的性能选择消毒剂
    B. 严格掌握消毒剂的消毒时间
    C. 物品浸泡前洗净擦干
    D. 浸泡时器械轴节要打开
    E. 使用时在浸泡盒内夹取,直接使用

13. 关于碘酊和碘伏,正确的描述是
    A. 碘酊属于低效消毒剂,碘伏属于中效消毒剂
    B. 碘酊和碘伏都可用于皮肤和黏膜的消毒
    C. 碘酊对金属有腐蚀性,而碘伏没有
    D. 碘酊对黏膜刺激性强,而碘伏对黏膜无刺激
    E. 皮肤对碘过敏者禁用碘酊

14. 对无菌物品的描述,正确的是
    A. 放在无菌区域的物品
    B. 经过消毒处理的物品
    C. 未经灭菌处理的物品
    D. 灭菌处理后被污染的物品
    E. 经过灭菌处理而未被污染的物品

15. 防止交叉感染最重要的措施是
    A. 无菌物品应放清洁、干燥、固定处
    B. 无菌物品应定期检查
    C. 一份无菌物品只能供一位患者使用
    D. 使用无菌物品前应检查有效期

E. 未经消毒的物品与已消毒的物品应分开放置

16. 取无菌溶液瓶时，应首先核对
    A. 瓶身有无裂缝　　　B. 瓶盖有无松动
    C. 瓶签是否正确　　　D. 溶液有无变色
    E. 溶液有无沉淀

17. 关于一般消毒隔离原则，下列描述**错误**的是
    A. 隔离区周边应设有隔离标志
    B. 穿隔离衣后只能在规定的范围内活动
    C. 尽量将各种操作集中进行，以免反复穿脱隔离衣
    D. 病室及患者接触过的物品须严格消毒
    E. 患者病情稳定后可解除隔离

18. 应采用血液、体液隔离的疾病是
    A. 甲型肝炎　　　B. 乙型肝炎
    C. 脊髓灰质炎　　D. 传染性腹泻
    E. 麻疹

19. 关于传染患者的终末处理，正确的是
    A. 患者出院前洗澡更衣
    B. 协助患者整理好个人用物后带出
    C. 死亡患者用清水擦洗干净尸体
    D. 用不脱脂棉球填塞尸体七孔
    E. 用一次性尸单包裹尸体送医院太平间

A₂型题

20. 患者，女性，急性白血病，长期使用抗生素，导致菌群失调，引起肺部感染，属于
    A. 外源性感染　　　B. 交叉感染
    C. 可预防性感染　　D. 内源性感染
    E. 外科感染

21. 患者，男性，65岁。前列腺增生导致尿潴留，护士为其执行导尿术排出尿液，导尿时因插管阻力大，用力过猛不慎损伤尿道黏膜，当时引流出血性尿液。第2天患者体温38.8℃，并出现尿路感染症状，引起尿路感染的主要因素是
    A. 护士未严格执行消毒隔离和无菌技术
    B. 介入治疗手段执行不当
    C. 环境污染严重，病原体广泛存在
    D. 患者属于易感人群
    E. 管理制度不健全，医院缺乏对消毒灭菌效果的监控

22. 供应室护士采用高压蒸汽灭菌杀灭手术器械的一切微生物，包括细菌的芽孢，以确保患者手术安全，此过程称为
    A. 清洁　　　B. 消毒
    C. 灭菌　　　D. 无菌技术

23. 某患者，口腔黏膜发现"铜绿假单胞菌感染"，护士为其实施口腔护理，对擦洗口腔时使用过的棉球，最适宜的灭菌方法是
    A. 燃烧法　　　B. 干烤法
    C. 煮沸消毒法　D. 压力蒸汽灭菌法
    E. 浸泡法

24. 某患儿，脐带处理不当致感染破伤风，护士为其脐带换药，更换下来的敷料，采用燃烧法焚烧，需准备乙醇的浓度是
    A. 35%　　　B. 45%
    C. 55%　　　D. 75%
    E. 95%

25. 某骨科护士，对本科室使用的油纱条进行灭菌，宜选择的灭菌方法是
    A. 燃烧法　　　B. 干烤法
    C. 压力蒸汽灭菌法　D. 光照法
    E. 熏蒸法

26. 某肛肠外科护士，采用燃烧法消毒肛瘘患者使用过的坐浴盆，其操作方法**不妥**的是
    A. 远离氧气装置
    B. 倒入少许95%乙醇
    C. 点火燃烧
    D. 乙醇倒入过少，中途添加乙醇，以保证消毒效果
    E. 燃烧至火焰熄灭

27. 某婴儿室护士采用煮沸法消毒婴儿配乳用品时，为提高沸点，可在水中加入
    A. 0.9%氯化钠　　B. 1%～2%过氧乙酸
    C. 0.5%亚硝酸钠　D. 1%～2%碳酸氢钠
    E. 1%～3%过氧化氢

28. 某诊所护士，煮沸消毒金属器械时，在水中加入碳酸氢钠，其目的**错误**的是
    A. 提高沸点　　　B. 清洁去污
    C. 防止物品变形　D. 防锈
    E. 增强杀菌作用

29. 患者，女性，28岁。因"支气管炎"入院。现病愈出院，其床垫的消毒可采用
    A. 干烤法　　　B. 日光暴晒法
    C. 压力蒸汽灭菌法　D. 环氧乙烷灭菌法
    E. 微波消毒法

30. 某患者卧床不起。护士采用紫外线灯照射法对其病室进行空气消毒，**错误**的做法是

A. 先湿式清扫病室

B. 检查灯管使用时间,未超过 1000 小时

C. 用 75％乙醇擦净灯管表面灰尘

D. 用纱布遮盖患者双眼

E. 从灯亮 5～7 分钟开始计数消毒时间

31. 夜班护士,采用臭氧灭菌灯对治疗室进行空气消毒,消毒结束后多长时间方可进入

　A. 5 分钟　　　　　　　B. 10 分钟

　C. 30 分钟　　　　　　 D. 60 分钟

　E. 120 分钟

32. 手术室护士,使用 2％戊二醛浸泡手术刀片,为了防止刀片生锈,应在消毒液中加入

　A. 1％～2％碳酸氢钠　 B. 5％亚硝酸钠

　C. 5％碳酸氢钠　　　　 D. 0.5％亚硝酸钠

　E. 0.5％醋酸钠

33. 患者,男性,55 岁。血尿,伴尿频、尿急、尿痛等不适。医嘱:膀胱镜检查。膀胱镜消毒宜选用的方法是

　A. 2％戊二醛浸泡 10 小时

　B. 0.2％有效氯溶液擦拭 30 分钟

　C. 0.2％有效氯溶液喷洒 60 分钟

　D. 40％甲醛熏蒸 2 小时

　E. 冷灭菌

34. 患者,男性,18 岁。爬山时不慎被树枝刮伤,伤口较深。护士为其进行伤口冲洗时,选用的消毒溶液是

　A. 0.2％过氧乙酸　　　 B. 0.1％苯扎溴铵

　C. 70％乙醇　　　　　　 D. 0.1％氯胺

　E. 0.5％碘酊

35. 患儿,5 岁。急性扁桃体炎,需应用青霉素静脉输液。护士为患儿进行青霉素药物过敏试验时,正确的是

　A. 配药环境清洁,操作前 10 分钟禁止人员走动,避免尘土飞扬

　B. 面向操作台,两手下垂,身体尽量靠近操作台,以便于操作

　C. 从无菌容器取出 2 块无菌纱布,其中 1 块未使用,应及时放回无菌容器内,以免浪费

　D. 操作时,不可跨越无菌区

　E. 注射完毕,确定药液没有污染,可更换注射针头,用余液为另一位患儿注射

36. 护士李某,负责病区内无菌物品的管理工作,其工作方法**错误**的是

A. 将无菌物品和非无菌物品分别放置

B. 所有无菌物品存放于无菌包或无菌容器内

C. 将刚过期的无菌包放在显眼处,提示其他护士尽快使用

D. 所有无菌容器外注明物品名称和灭菌日期

E. 所有无菌物品按照灭菌日期先后顺序放置,先灭菌的物品先用

37. 24cm 长的无菌持物镊浸泡于盛有 2％戊二醛的无菌容器内,其液面应浸泡镊子的高度为

　A. 9cm　　　　　B. 11cm　　　　　C. 12cm

　D. 13cm　　　　　E. 14cm

38. 有把长 10cm 的无菌持物钳,其轴节位于前端 3cm 处,浸泡于盛有 2％戊二醛的无菌容器内,其液面应浸没钳的长度为

　A. 2cm　　　　　　　　B. 4cm

　C. 6cm　　　　　　　　D. 7cm

　E. 8cm

39. 某门诊注射室护士,需频繁使用无菌持物钳夹取无菌物品,其使用方法正确的是

A. 用于夹取任何无菌物品

B. 使用时保持钳端向上,不可跨越无菌区

C. 到远处夹取无菌物品时,速去速回

D. 避免无菌持物钳前端触及无菌容器口边缘及液面以上的容器内壁

E. 无菌持物钳及其容器每周消毒 1 次

40. 护士使用无菌持物钳夹取无菌物品时,应注意保持持物钳无菌,**错误**的使用方法是

A. 浸泡于盛有消毒液的广口有盖容器内

B. 液面浸没无菌持物钳轴节以上 2～3cm

C. 每个容器只能放 1 把无菌持物钳

D. 无菌持物钳及其容器每周灭菌 1 次

E. 无菌持物钳干燥存放时,每 12 小时更换 1 次

41. 某手术室巡回护士,打开无菌持物钳及其容器,干燥存放使用,其有效使用时间为

　A. 2 小时　　　　　　　B. 4 小时

　C. 12　　　　　　　　　D. 24 小时

　E. 7 天

42. 呼吸内科护士,给患者进行肌内注射时,使用小剂量、单包装的碘伏消毒液消毒皮肤,消毒液开启后有效期为

　A. 4 小时　　　　　　　B. 24 小时

　C. 1 天　　　　　　　　D. 7 天

　E. 14 天

43. 患者,女性,20 岁。急性阑尾炎切除术后,护士从无菌容器中夹取酒精棉球,为其消毒手术切口,操作正确的是
    A. 打开无菌容器,手可触及容器的外面及边缘
    B. 将盖的内面朝下放于操作台面上
    C. 用一手固定无菌容器的外面及边缘
    D. 另一手持无菌持物钳夹取酒精棉球,持物钳可触及容器的内面及边缘
    E. 取出酒精棉球后立即将无菌容器盖盖严

44. 护士王某,打开无菌储槽,取出无菌纱布,已开启的储槽有效时间是
    A. 2 小时   B. 4
    C. 12 小时   D. 24 小时
    E. 7 天

45. 护士给患者换药时,使用无菌治疗碗存放无菌棉球和镊子,使用方法**错误**的是
    A. 手不可触及治疗碗边缘
    B. 用手托住治疗碗的底部
    C. 手不可触及治疗碗的内面
    D. 放入棉球时,无菌持物钳不可触及治疗碗的内面
    E. 放入镊子时,镊子钳端应朝下

46. 护士需要从 500ml 瓶装乙醇中,倒出少许乙醇,消毒患者用过的体温计,其操作方法正确的是
    A. 将无菌棉签伸入瓶内直接蘸取
    B. 将无菌纱布堵塞于瓶口直接倒出
    C. 将乙醇倒入干燥的无菌容器内
    D. 倒溶液时瓶签朝下
    E. 将不慎倒出的过多乙醇,倒回瓶内

47. 护士为气管切开患者吸痰,取用无菌生理盐水时,先倒出少许溶液至弯盘内,其目的是
    A. 冲洗瓶口   B. 冲洗无菌容器
    C. 检查溶液的颜色   D. 检查溶液有无污染
    E. 检查溶液有无浑浊

48. 患儿,男性,11 岁。体育课跑步摔倒,膝部皮肤擦伤。护士取用无菌生理盐水为其冲洗伤口,操作中**不妥**的是
    A. 核对瓶签
    B. 检查瓶盖无松动,瓶身无裂缝,溶液无沉淀、浑浊及变色
    C. 倒液时,标签朝下
    D. 先倒出少量溶液冲洗瓶口,再由原处倒出溶液至无菌容器中

49. 护士给患者吸痰时,需要从无菌包内取出一只无菌治疗碗,放无菌盘内,用于盛无菌生理盐水,正确的取用方法是
    A. 先检查无菌包的名称和灭菌日期
    B. 将无菌包放在宽敞的无菌区域打开
    C. 解开系带卷放于包布一角上方
    D. 用手托住无菌治疗碗的底部,放入无菌盘
    E. 包内物品一次未用完,剩余物品不可再用

50. 护士倒无菌生理盐水时,不慎把放在旁边的一个无菌包弄湿,应该
    A. 把无菌包烘干后使用
    B. 把无菌包内物品 4 小时内用完
    C. 把无菌包重新灭菌
    D. 在最短时间内用完无菌包内物品
    E. 除去无菌包的外层包布,继续使用

51. 护士打开无菌包,取出一张治疗巾,包内还有三张无菌治疗巾,护士处理**错误**的是
    A. 按原折痕折好无菌包
    B. 用"一"字法扎好细带
    C. 注明开包日期、时间
    D. 注明 24 小时后失效
    E. 注明 4 小时后失效

52. 护士给患者执行青霉素药物过敏试验,配制皮试液前,需铺无菌盘,操作**错误的**是
    A. 用无菌持物钳夹取治疗巾
    B. 手不可触及治疗巾的内面
    C. 治疗巾上层呈扇形折叠,边缘朝内
    D. 避免潮湿和暴露过久
    E. 放入无菌物品后,将上下两层边缘对齐,反折

53. 患者,女性,32 岁。护士为其执行留置导尿管术,操作时戴无菌手套方法正确的是
    A. 戴手套前,不一定要洗手,但一定要修剪指甲
    B. 戴手套前,先检查手套的号码和有效期
    C. 取出滑石粉,用后放回袋内
    D. 未戴手套的手可触及手套的外面,已戴手套的手可触及另一手套的内面
    E. 戴好手套后两手应置于胸部以上水平

54. 护士为患者实施导尿术后,脱手套时,**错误**的是
    A. 手套内面为清洁面
    B. 手不可触及手套的外面
    C. 拉住手套的边缘或手指部分,用力把手套拉出

D. 用戴手套的手捏住另一手套腕部外面,翻转脱下

E. 用已脱手套的手指插入另一手套内,将其翻转脱下

55. 手术室器械护士,在手术过程中发现无菌手套中指被缝针刺破,正确的处理方法是
　　A. 用无菌纱布将破裂处包好
　　B. 用胶布粘贴破裂处
　　C. 用碘酊棉球擦拭手套破裂处
　　D. 再加戴一副手套
　　E. 更换手套

56. 某感染病区护士,做了如下工作,其中违反了隔离原则的做法是
　　A. 隔离单位贴上醒目的标记
　　B. 病室门口放置泡手的消毒液和清水
　　C. 脚垫用消毒液浸湿
　　D. 进入隔离单位戴口罩、帽子、穿隔离衣
　　E. 病室内物品及空气每周消毒1次

57. 护士为患者进行肌肉注射操作前,用"六步洗手法"洗手,错误的是
　　A. 用肥皂液洗
　　B. 范围是双手、手腕及腕上10cm
　　C. 用流动水冲
　　D. 上持续时间不少于15秒
　　E. 用避污纸擦干手

58. 护士小李,接触麻疹患儿后,用刷手法消毒双手,正确的方法是
　　A. 刷洗范围应在污染范围内
　　B. 流动水冲洗时,腕部应高于肘部
　　C. 洗手时,身体靠近洗手池,省力
　　D. 双手共刷洗2分钟
　　E. 刷手毛刷可重复使用

59. 患者,男性,29岁。诊断:流行性出血热。护士对其床头柜进行消毒应用
　　A. 日光暴晒6小时
　　B. 臭氧灭菌灯照射30分钟
　　C. 用84消毒液擦拭5分钟
　　D. 用含有效氯0.2%的消毒液浸泡30分钟
　　E. 用含有效氯0.2%的消毒液喷洒60分钟

60. 患者,男性,36岁。诊断:乙型肝炎,住感染病区。对其看过的书,家属要求带回家,合适的消毒方法是
　　A. 压力蒸汽灭菌　　B. 40%甲醛熏蒸法

C. 过滤除菌　　D. 0.2%过氧乙酸擦拭
E. 0.05%液氯喷洒

61. 患者,女性,43岁。诊断:甲型肝炎。经治疗痊愈出院,护士对其使用过的票证和钱币进行消毒,合适的方法是
　　A. 压力蒸汽灭菌　　B. 0.05%液氯喷洒
　　C. 0.2%过氧乙酸擦拭　D. 3%氯胺浸泡
　　E. 微波消毒

62. 患者,男性,40岁。诊断:肺结核,住感染病区。护士对其使用的体温计每日进行消毒,正确的消毒方法是
　　A. 煮沸消毒　　B. 2%碘酊擦拭
　　C. 0.1%氯己定浸泡　D. 1%过氧乙酸浸泡
　　E. 微波消毒

63. 某感染科护士,护理患者时,需要穿脱隔离衣,错误的是
　　A. 隔离衣全部遮盖其工作服
　　B. 穿脱隔离衣时,污染的手不接触衣领及隔离衣内面
　　C. 隔离衣每日更换1次,潮湿时挂病房走廊晾干
　　D. 隔离衣挂在病房走廊时,清洁面应向外
　　E. 隔离衣有破洞不可使用

64. 患者,男性,50岁。住感染病区,护士为患者关灯,需使用避污纸,正确的方法是
　　A. 从页面中间抓取　　B. 掀页撕取
　　C. 戴手套后撕取　　D. 用镊子夹取
　　E. 随意撕取

A₃/A₄ 型题

(65～67题共用题干)

患者,男性,28岁。诊断:急性阑尾炎,需急诊行"阑尾切除术"。现采用预真空压力蒸汽灭菌法对手术物品进行灭菌。

65. 其灭菌时间需
　　A. 2分钟　　B. 3分钟
　　C. 5分钟　　D. 10分钟
　　E. 15分钟

66. 灭菌时应注意
　　A. 由于时间紧急,物品可不必清洗,直接消毒
　　B. 灭菌物品体积不可超过50cm×50cm×30cm
　　C. 存放灭菌物品的有孔容器,灭菌前应将孔打开,灭菌后关上
　　D. 灭菌包之间应留有空隙,布类物品应放于金属物品和搪瓷物品之下

E. 灭菌后,物品可立即取出使用

67. 灭菌时临床常规的监测方法是
   A. 留点温度计监测法　B. 化学指示胶带监测法
   C. 物理监测法　　　　D. 生物监测法
   E. 菌株监测法

(68～70 题共用题干)

患者,女性,52 岁。"宫颈癌"根治术后 2 周。患者拟行化疗,选择经臂围静脉的中心静脉穿刺(PICC)。

68. 一次性 PICC 穿刺包的消毒灭菌宜选择
   A. 压力蒸汽灭菌法
   B. 微波消毒灭菌法
   C. 环氧乙烷气体密闭消毒灭菌法
   D. 紫外线照射消毒法
   E. 化学灭菌剂浸泡法

69. 进行穿刺部位皮肤消毒时应选择
   A. 0.2%过氧乙酸　　B. 0.1%氯己定
   C. 95%乙醇　　　　 D. 0.5%碘伏
   E. 2%碘酊

70. 在穿刺过程中,护士怀疑手套被污染,正确的处理方法是
   A. 立即更换手套
   B. 加戴一只手套
   C. 用无菌纱布包裹被污染处
   D. 用 75%乙醇涂擦被污染处
   E. 尽快完成穿刺操作

(71、72 题共用题干)

患者,女性,74 岁。无自主呼吸,行气管切开术,并使用人工呼吸机辅助呼吸。

71. 人工呼吸机的雾化器和螺纹管应定期消毒,常用的方法是
   A. 消毒液浸泡　　　B. 压力蒸汽灭菌
   C. 甲醛熏蒸　　　　D. 环氧乙烷灭菌
   E. 过滤除菌

72. 准备的吸痰盘有效时间为
   A. 2 小时　　　　　B. 3 小时
   C. 4 小时　　　　　D. 5 小时
   E. 6 小时

(73～76 题共用题干)

患者,男性,43 岁。诊断:破伤风。护士为该患者进行伤口换药。

73. 换药后,敷料的处理方法正确的是
   A. 焚烧法　　　　　B. 熏蒸法
   C. 紫外线消毒　　　D. 高压蒸汽灭菌

E. 电离辐射灭菌法

74. 操作后,消毒双手的方法正确的是
   A. 用"六步洗手法"搓洗双手,持续时间 15 秒
   B. 用"六步洗手法"搓洗双手后,用流动水冲洗干净
   C. 用流动水冲洗双手 2 分钟,冲洗时腕部应高于肘部
   D. 用刷子蘸肥皂液,按指甲、指缝、手掌、手背、腕关节、前臂顺序刷洗 2 分钟
   E. 用刷子蘸肥皂液,按前臂、腕关节、手背、手掌、指缝、指甲顺序刷洗 2 分钟

75. 操作后脱下的隔离衣,处理正确的是
   A. 污染面向内挂于衣橱内
   B. 污染面向内挂于病区走廊
   C. 污染面向外挂于衣橱内
   D. 污染面向外挂于病区走廊
   E. 污染面向内挂于病室内

76. 患者病愈出院后,患者单位的终末消毒不妥的是
   A. 将被服放入污衣袋,先清洗再消毒
   B. 病单消毒时,摊开被褥,打开床旁桌
   C. 病室空气消毒时,关闭门窗
   D. 病室空气消毒后,开窗通风
   E. 用漂白粉溶液擦拭家具、地面和墙面

(77～80 题共用题干)

患者,女性,37 岁。诊断:肺结核。住感染病区。护士为其实施晚间护理。

77. 护士佩戴口罩时,要让口罩紧贴面部和完全覆盖
   A. 口腔和鼻子　　　B. 口腔和下颌
   C. 口鼻和下颌　　　D. 口腔
   E. 鼻子

78. 护士使用口罩的方法,错误的是
   A. 口罩应罩住口鼻
   B. 使用纱布口罩应 4～8 小时更换
   C. 不可用污染的手接触口罩
   D. 口罩取下后,将污染面向外折叠,放入小袋内
   E. 使用过程中有污染或潮湿应立即更换

79. 护士穿隔离衣时,手何时开始被污染
   A. 取隔离衣时　　　B. 穿隔离衣时
   C. 系领扣时　　　　D. 系袖扣时
   E. 系腰带时

80. 护士操作完毕,脱隔离衣的正确步骤是
   A. 刷手,解袖扣,解领扣,脱衣袖,解腰带,脱去隔离衣
   B. 解袖扣,刷手,解领扣,脱衣袖,解腰带,脱去

隔离衣

  C. 解袖扣,刷手,解领扣,解腰带,脱衣袖,脱去
   隔离衣

  D. 刷手,解袖扣,解腰带,解领扣,脱衣袖,脱去
   隔离衣

  E. 解腰带,解袖扣,刷手,解领扣,脱衣袖,脱去
   隔离衣

二、实践能力

A₁型题

81. **不适用**于燃烧法灭菌的是
  A. 污染的纸张
  B. 气性坏疽患者用过的敷料
  C. 手术刀片
  D. 血管钳
  E. 坐浴盆

82. 干烤法灭菌**不适合**用于
  A. 纤维织物   B. 滑石粉
  C. 玻璃器皿   D. 金属器械
  E. 凡士林

83. **不适宜**用煮沸消毒法消毒的是
  A. 搪瓷药杯   B. 玻璃量杯
  C. 灌肠筒   D. 橡胶管
  E. 纤维胃镜

84. 高压蒸汽灭菌法**不适用**于
  A. 玻璃类制品 B. 棉纱敷料
  C. 塑料、尼龙类制品 D. 金属器械
  E. 搪瓷类物品

85. **不适宜**微波消毒的物品是
  A. 牛奶   B. 塑料奶嘴
  C. 化验单据 D. 肛表
  E. 搪瓷碗

86. **不适宜**电离辐射灭菌的是
  A. 一次性输液器 B. 空气
  C. 宫内节育器 D. 白蛋白
  E. 橡胶管

87. 臭氧灭菌灯适合消毒
  A. 化验单据   B. 橡胶管
  C. 牛奶   D. 手术室空气
  E. 医院污水

88. 高温下易爆炸的化学消毒剂是
  A. 过氧乙酸   B. 戊二醛
  C. 甲醛   D. 碘酊
  E. 含氯消毒剂

A₂型题

89. 患者,女性,25 岁。产后 28 天,防保科护士进行
  产后访视,并指导产妇对婴儿使用过的玻璃奶瓶
  和塑料奶嘴采用煮沸法消毒,正确的方法是
  A. 煮沸前物品一定要洗净擦干
  B. 玻璃奶瓶在水沸后放入
  C. 塑料奶嘴在冷水时放入
  D. 水沸后,若加入其他物品,需等再次水沸后计时
  E. 煮沸 2~3 分钟可达到消毒效果

90. 护士小李在某高原地区卫生站工作,对患者使用
  过的物品采用煮沸消毒时,海拔每增加 300m,
  需延长消毒时间
  A. 2 分钟   B. 4 分钟
  C. 6 分钟   D. 8 分钟
  E. 10 分钟

91. 某口腔科护士,对本科室使用过的器械采用干烤
  法消毒时,调节烤箱工作参数正确的是
  A. 箱温 100~120℃,时间 10~20 分钟
  B. 箱温 120~140℃,时间 30 分钟
  C. 箱温 120~140℃,时间 10~20 分钟
  D. 箱温 160~180℃,时间 20 分钟
  E. 箱温 180℃,时间 30 分钟

92. 某门诊护士,使用手提式压力蒸汽灭菌器灭菌换
  药器械和敷料,调节工作参数正确的是
  A. 压力 103kPa,温度 121℃,时间 4~5 分钟
  B. 压力 103kPa,温度 132℃,时间 4~5 分钟
  C. 压力 103kPa,温度 121℃,时间 20~30 分钟
  D. 压力 205kPa,温度 132℃,时间 20~30 分钟
  E. 压力 205kPa,温度 132℃,时间 4~5 分钟

93. 某供应室护士,采用预真空压力蒸汽灭菌器消毒
  各类手术包,调节工作参数正确的是
  A. 压力 103kPa,温度 121℃,时间 4~5 分钟
  B. 压力 105kPa,温度 132℃,时间 4~5 分钟
  C. 压力 105kPa,温度 121℃,时间 20~30 分钟
  D. 压力 205kPa,温度 132℃,时间 20~30 分钟
  E. 压力 205kPa,温度 132℃,时间 4~5 分钟

94. 供应室护士,采用压力蒸汽灭菌法消毒时,应注
  意检测灭菌效果,最可靠的监测法是
  A. 留点温度计监测法 B. 化学指示胶带监测法
  C. 化学指示卡监测法 D. 化学指示管监测法
  E. 生物监测法

95. 天气潮湿,校医室护士指导住校学生对毛毯、棉被
  等进行日光暴晒消毒,为达到消毒效果,应暴晒

A. 2 小时　　　　　　B. 3 小时

C. 4 小时　　　　　　D. 5 小时

E. 6 小时

96. 护士小王,采用紫外线灯管对病区治疗室进行消毒空气,应选择的有效距离和时间是

　　A. 25～60cm,5～10 分钟

　　B. 25～60cm,10～20 分钟

　　C. 25～60cm,20～30 分钟

　　D. 1～2m,30～60 分钟

　　E. 2～3m,30～60 分钟

97. 某消化内科护士,采用紫外线灯管对病室内病床、床旁桌、椅等物品进行消毒时,应选择的有效距离和时间是

　　A. 25～60cm,5～10 分钟

　　B. 25～60cm,10～20 分钟

　　C. 25～60cm,20～30 分钟

　　D. 1～2m,30～60 分钟

　　E. 2～3m,30～60 分钟

98. 某门诊换药室护士,下班前对换药室进行空气消毒,不适宜选用的化学消毒剂是

　　A. 过氧乙酸　　　　B. 纯乳酸

　　C. 甲醛　　　　　　D. 食醋

　　E. 含氯消毒剂

99. 患者,女性,因骑自行车不慎摔伤,到医院门诊进行伤口清创缝合。术毕,护士对其使用过的缝针、组织剪进行消毒处理,最适宜的方法是

　　A. 压力蒸汽灭菌法　B. 浸泡法

　　C. 燃烧法　　　　　D. 熏蒸法

　　E. 煮沸法

100. 患者,女性,诊断"乳腺纤维腺瘤"。拟在妇科门诊手术室行"乳腺纤维腺瘤切除术",其手术中使用的血管钳、持针钳等器械,最适宜的灭菌方法是

　　A. 燃烧法　　　　　B. 干烤法

　　C. 压力蒸汽灭菌法　D. 煮沸消毒法

　　E. 浸泡法

101. 护士小王,选用纯乳酸对外科门诊小手术室进行熏蒸法空气消毒,该小手术室长 5m,宽 4m,高 3m,应取用纯乳酸的量是

　　A. 0.12ml　　　　　B. 0.72ml

　　C. 1.2ml　　　　　D. 7.2ml

　　E. 72ml

102. 某流感病室,长 5m,宽 4m,高 3m,护士对其采用熏蒸法空气消毒,应选用的消毒液及液量是

A. 过氧乙酸,480ml　B. 食醋,300ml

C. 食醋,30ml　　　D. 纯乳酸,7.2ml

E. 纯乳酸,0.72ml

103. 护士使用肥皂液给烧伤患者清洗皮肤,若肥皂液未清洗干净,局部皮肤消毒不宜选用的消毒剂是

　　A. 乙醇　　　　　　B. 氯己定

　　C. 甲醛　　　　　　D. 碘酊

　　E. 碘伏

104. 护士王某,在外科门诊换药室工作,其使用无菌持物钳夹取物品,正确的是

　　A. 取凡士林纱布

　　B. 把待消毒的治疗碗放入浸泡池

　　C. 取无菌治疗巾

　　D. 拔出患者伤口引流条

　　E. 夹碘伏棉球消毒缝合切口

105. 某急诊科护士,17:30 接班后,检查治疗室及抢救室内物品的使用状况,不可继续使用的物品是

　　A. 当天 9:00 打开后按原折痕包好的无菌包

　　B. 当天 13:50 铺好的无菌盘

　　C. 上班护士 17:00 取出,放治疗车上未使用的治疗碗

　　D. 当天 2:30 开启使用的棉签

　　E. 昨天 21:30 开启使用的无菌生理盐水

106. 在护理患者时,护士应进行卫生洗手的情况,下列哪一项错误

　　A. 接触传染病患者后　B. 接触清洁物品前

　　C. 接触伤口后　　　　D. 上厕所前

　　E. 处理污染物品后

107. 在护理患者时,护士必须进行手消毒的情况,下列哪一项除外

　　A. 护理传染病患者后

　　B. 护理免疫力低下的患者前

　　C. 实施侵入性操作前

　　D. 接触患者血液、体液或分泌物后

　　E. 处理污染物品后

108. 某学生因发热、食欲减退、恶心、呕吐 3 天,伴巩膜黄染,怀疑肝炎,就诊住院。护士告知其同宿舍学生,对宿舍内家具,如床、桌、椅等进行消毒,可采用的方法哪项除外

　　A. 擦拭法　　　　　B. 熏蒸法

　　C. 喷雾法　　　　　D. 浸泡法

　　E. 光照法

109. 患儿,2 岁。诊断:痢疾。住院后,护士告知家属,对患儿在家使用过的便器进行消毒,正确的方法是
    A. 0.2%含氯消毒剂浸泡 30 分钟
    B. 0.05%含氯消毒剂喷洒 30 分钟
    C. 0.2%过氧乙酸熏蒸 30 分钟
    D. 2%过氧乙酸喷洒 30 分钟
    E. 2%戊二醛浸泡 30 分钟

110. 患者,男性,31 岁。诊断:肺结核,住感染病区。护士告知患者不能进入的区域是
    A. 病房   B. 医护值班室
    C. 医护办公室   D. 化验室
    E. 患者卫生间

111. 患儿,5 岁。诊断:水痘。护士告知其家长隔离区域的划分,属于半污染区的是
    A. 治疗室   B. 病区内走廊
    C. 配餐室   D. 药房
    E. 患者浴室

112. 患者,女性,23 岁。诊断:甲型肝炎,住感染病区。护士告知家属,探视患者时应穿隔离衣,穿脱隔离衣时被视为清洁部位的是
    A. 衣领   B. 袖口
    C. 腰部以上   D. 腰部以下
    E. 胸部以上

A3/A4 型题

(113、114 题共用题干)

患儿,男性,7 岁。诊断:细菌性菌痢。入院治疗,护士给家属进行健康教育。

113. 家属接触患儿后,可采用浸泡法进行手消毒,正确的方法是
    A. 用 75%乙醇浸泡 2 分钟
    B. 用 75%乙醇浸泡 30 分钟
    C. 用 0.2%过氧乙酸浸泡 2 分钟
    D. 用 0.2%过氧乙酸浸泡 30 分钟
    E. 用 2%过氧乙酸浸泡 2 分钟

114. 患儿排出的粪便,需经消毒处理后,方能排入污水管道,正确的消毒方法是
    A. 粪便 5 份加漂白粉 2 份,搅拌后放置 1 小时
    B. 粪便 5 份加漂白粉 1 份,搅拌后放置 1 小时
    C. 粪便 5 份加漂白粉 2 份,搅拌后放置 30 分钟
    D. 粪便 5 份加漂白粉 1 份,搅拌后放置 3 小时
    E. 粪便 5 份加漂白粉 2 份,搅拌后放置 2 小时

(115、116 题共用题干)

某学校校医室,发现近日学生由于发热、流涕、咳嗽等症状就诊的人数增多,为避免流感在校园内流行。

115. 护士对学生宿舍进行空气消毒,正确的方法是
    A. 2%过氧乙酸熏蒸   B. 食醋熏蒸
    C. 甲醛熏蒸   D. 纯乳酸熏蒸
    E. 紫外线灯照射消毒

116. 护士指导学生勤洗手可有效预防流感流行,采用最简单有效的洗手方法是
    A. 流动水,六步洗手法 B. 外科刷手法
    C. 隔离技术刷手法   D. 消毒液浸泡法
    E. 快速手消毒液涂擦法

(117~119 题共用题干)

患者,男性,26 岁。诊断:病毒性肝炎。

117. 入院指导时,护士告知患者可自由活动的区域,错误的是
    A. 病区外走廊   B. 配餐室
    C. 病室   D. 厕所
    E. 浴室

118. 住院期间家属每天从家里给患者送餐,护士指导家属对该患者的餐具进行消毒,正确的方法是
    A. 煮沸消毒法   B. 压力蒸汽灭菌法
    C. 紫外线照射消毒法 D. 含氯消毒剂浸泡法
    E. 2%过氧乙酸熏蒸法

119. 住院期间,患者需寄出信件,对其信件正确的消毒方法是
    A. 0.05%含氯消毒液,喷洒 3 分钟
    B. 0.05%含氯消毒液,喷洒 60 分钟
    C. 0.02%含氯消毒液,浸泡 30 分钟
    D. 0.02%含氯消毒液,擦拭 30 分钟
    E. 0.2%含氯消毒液,擦拭 30 分钟

参考答案
1~5 EEBED   6~10 BEDAB   11~15 CEEEC
16~20 CEBAD   21~25 BCAEB   26~30 DDCBC
31~35 CDABD   36~40 CCCDE   41~45 BDEDD
46~50 CACAC   51~55 ECBCE   56~60 EEDEB
61~65 EDCAC   66~70 CBCDA   71~75 ACAEB
76~80 ACDDE   81~85 CAECD   86~90 BEADA
91~95 CCBEE   96~100 DCCBC
101~105 DBBCC   106~110 AEDAB
111~115 BACDB   116~119 ABDE

第6章 患者的清洁护理

第1节 口腔护理

特殊口腔护理适用于**禁食、昏迷、高热、鼻饲、大手术后及口腔有疾患**等患者,每日进行口腔护理**2~3次**。

一、目的

1. 保持口腔清洁、湿润、舒适,预防口腔感染。
2. 防止口臭、口垢,增进食欲。
3. 观察口腔黏膜、舌苔变化及有无特殊口腔气味。

★二、常用的漱口溶液(表6-1)

表6-1 常用的漱口溶液

选用漱口溶液	作用	口腔 pH 值
0.9%氯化钠溶液	清洁口腔,预防感染	中性
朵贝尔溶液(复方硼酸溶液)	**轻度抑菌,清除口臭**	**中性**
0.02%呋喃西林溶液	清洁口腔,广谱抗菌	中性
1%~3%过氧化氢溶液	抗菌除臭,用于口腔感染、有出血者	偏酸性
1%~4%碳酸氢钠溶液	**碱性溶液,用于真菌感染**	**偏酸性**
2%~3%硼酸溶液	酸性防腐剂,清洁口腔,抑菌	偏碱性
0.1%醋酸溶液	**用于铜绿假单胞菌感染**	**偏碱性**

三、操作要点

1. 体位:侧卧或仰卧、头偏向护士一侧。
2. 漱口:擦洗前后漱口,用温开水。
3. 擦洗顺序:牙齿外侧面(左侧→右侧)→牙齿内侧面、上下咬合面及颊部(左侧→右侧)→硬腭、舌面及舌下。
4. 观察口腔 擦洗前后观察,口腔黏膜如有溃疡,擦洗后可涂锡类散、冰硼散或西瓜霜,口唇干裂可涂液状石蜡。

口腔擦洗顺序:由外至内,由上至下,由左至右。

★四、注意事项

1. **擦洗动作**:要轻柔,防止损伤黏膜及牙龈,**特别对凝血功能较差的患者。**

2. **昏迷患者:禁忌漱口** { (1)需用开口器时,应从臼齿处放入,对牙关紧闭者不可使用暴力。
(2)擦洗时棉球不可过湿,防止患者将溶液吸入呼吸道。
(3)血管钳须夹紧棉球,**每次1个**,防止棉球遗留在口腔内。

3. **长期应用抗生素者:**注意观察口腔黏膜有无真菌感染。

4. **活动义齿:**用冷水冲洗干净,待患者漱口后戴上 { (1)暂时不用的义齿,**浸于清水中备用**,每日更换清水。
(2)义齿不可浸在乙醇或热水中,以免变色、变形和老化。

第2节 头发护理

一、床上梳发

1. **梳发:短发**从发根梳至发梢。**长发**将头发分成两股,**从发梢逐段梳理至发根**,避免强行牵拉。

2. **头发纠结成团:**用**30%乙醇**湿润后再梳理。

二、床上洗发

1. 目的 { (1)按摩头皮,促进头皮血液循环和头发生长、代谢。
(2)除去污秽和脱落头屑,保持清洁、舒适。
(3)维护患者自尊、自信,建立良好护患关系。
(4)预防和灭除虱、虮。

2. 操作要点 { (1)室温:24℃左右
(2)水温:**40～45℃**。
(3)体位:斜角仰卧,双眼遮盖纱布,两耳塞棉球。
(4)洗发:发际→头顶→枕后,用指腹揉搓。
(5)干发:用热毛巾擦干面部,用大毛巾擦干头发,必要时用电吹风吹干头发。

3. 注意事项 { (1)随时观察病情变化,如发现患者面色、脉搏、呼吸异常应立即停止操作。
★(2)身体极度虚弱的患者不宜床上洗发。
(3)注意保暖,及时擦干头发,以免着凉。
(4)防止污水溅入眼、耳内,避免沾湿衣服及床单。
(5)洗发时间不宜过长,以免引起头部充血、疲劳,造成患者不适。

三、头虱及虮灭除法

★1. 常用灭虱药液 **30%含酸百部酊**,用百部酊 **30g** 加 **50%乙醇 100ml**,加 **100%乙酸 1ml**,装入瓶中加盖盖严,**48小时**后即可使用。

2. 操作要点 { (1)防护:穿隔离衣,戴手套。
(2)方法:用纱布蘸百部酊将头发分层擦遍,反复揉搓10分钟,包裹头发。
(3)时间:24小时。

★3. 注意事项 { (1)防止百部酊药液沾污患者面部及眼部。
(2)用药后注意观察患者局部及全身的反应。
(3)严格执行隔离制度,防止感染发生。

第3节 皮肤护理

一、淋浴和盆浴

1. 室温调节在24℃左右,水温调节至**40～45℃**。

2. 沐浴应在**饭后1小时**后进行,以免影响消化。

3. 浴室不宜闩门,可在门外挂牌示意,以便发生意外时能及时入室处理。

4. 防止患者受凉、晕厥、烫伤、滑倒等意外情况发生。

★5. **妊娠7个月以上的孕妇禁用盆浴**,衰弱、创伤、患心脏病需卧床的患者,不宜淋浴和盆浴。

6. 传染患者沐浴,应根据病种、病情按隔离原则进行。

二、床上擦浴

1. 目的
- (1)去除污垢,保持清洁、舒适。
- (2)促进皮肤血液循环,增进其排泄功能。
- (3)观察全身皮肤有无异常。
- (4)活动肢体,使肌肉放松。

2. 操作要点
- (1)室温:24℃左右。
- (2)水温:**50～52℃**。
- (3)擦洗方法:湿毛巾涂浴皂擦→湿毛巾擦→较干湿毛巾擦→浴巾擦干。
- (4)擦洗顺序:脸和颈部→双上肢→胸腹部→颈背臀部→双下肢→双足→会阴部。
- ★(5)按摩:用**50%乙醇**,按摩背部和受压部位。
- ★(6)穿脱衣服
  - 1)脱衣服:先脱近侧,后脱远侧;如肢体有外伤则先脱健侧,后脱患侧。
  - 2)穿衣服:先穿远侧,后穿近侧,如肢体有外伤则先穿患侧,后穿健侧。

3. 注意事项
- (1)应遵循节力原则。护士两腿稍分开,降低身体重心,端水盆时,尽量将水盆靠近身体,减少体力消耗。
- (2)注意擦净腋窝、腹股沟等皮肤皱褶处。
- (3)防止患者受凉,注意遮挡,保护患者自尊。
- ★(4)观察病情变化及全身皮肤情况,如患者出现寒战、面色苍白等,应立即停止操作,给予适当处理。

第4节 压疮的预防和护理

一、概念

压疮是由于身体局部组织长期受压,血液循环障碍,持续缺血、缺氧、营养不良而导致局部组织溃烂和坏死。

穿脱衣服方法:无外伤,把容易做的动作让给远侧肢体。

有外伤,把容易做的动作让给受伤肢体。

二、压疮发生的原因

1. 造成压疮的三个主要物理力：压力、摩擦力和剪切力
   ★(1)**垂直压力是造成压疮的最主要因素**：卧床患者长时间不改变体位，局部组织持续受压 **2 小时以上**，即可引起组织不可逆损害。
   ★(2)**剪切力是由两层相邻组织表面间的滑行，产生进行性的相对移位所引起的，由摩擦力和压力相加而成。如患者取半坐卧位时，可使身体下滑，产生剪切力。**

2. 理化因素刺激：皮肤经常受到汗液、尿液、各种渗出液、引流液等刺激。

3. 全身营养不良或水肿：**营养不良是导致压疮的内因**，常见于年老体弱、水肿、长期发热、昏迷、瘫痪及恶病质的患者。

4. 受限制的患者：使用石膏绷带、夹板及牵引时，松紧不适，衬垫不当。

★三、压疮的好发部位

好发于经常受压和缺乏脂肪组织保护、无肌肉包裹或肌层较薄的骨隆突处。

1. 仰卧位：枕骨隆突处、肩胛、肘部、脊椎体隆突处、骶尾部、足跟。**骶尾部最易发生压疮。**

2. 侧卧位：耳郭、肩峰、肋骨、髋部、膝关节内外侧、内外踝等。

3. 俯卧位：面颊、耳郭、肩峰、肋缘突出部、髂前上棘、膝前部、足尖等。

4. 坐位：坐骨结节处。

★四、压疮的分期及临床表现

1. 淤血红润期：表现为红、肿、热、麻木或触痛，皮肤表面无破损，为可逆性改变。

2. 炎性浸润期：受压部位呈**紫红色，皮下产生硬结，表皮可出现水疱**。水疱破溃后，显露出潮湿红润的创面，有痛感。

3. 溃疡期：轻者浅层组织感染，脓液流出，溃疡形成；重者坏死组织发黑，脓性分泌物增多，有臭味，可深达骨骼，甚至出现败血症。

★五、压疮的预防

要做到七勤：勤观察、勤翻身、勤擦洗、勤按摩、勤整理、勤更换、勤交班。

1. 避免局部组织长期受压
   (1)经常更换卧位，一般**每 2 小时翻身 1 次，必要时每 1 小时翻身 1 次。翻身时应将患者身体抬起**，避免拖、拉、推等动作。
   (2)**在身体空隙处垫软枕或海绵垫，不宜使用橡胶气圈和棉圈。**可使用气垫、水褥、羊皮垫、翻身床等。
   (3)使用石膏、夹板、牵引固定的患者，衬垫平整、松紧适度、位置合适。

2. 避免局部理化因素的刺激
   (1)保持皮肤清洁干燥
   　1)有大小便失禁、出汗、呕吐及分泌物多的患者，及时擦洗干净。
   　2)被服污染及时更换。
   　3)**不可让患者直接卧于橡胶单上。**
   (2)保持床单、被褥清洁干燥、平整、无碎屑。
   (3)**严禁使用破损的便盆，使用便盆时应抬起患者腰骶部，不可强塞硬拉。**

锦囊妙记

不同浓度乙醇的使用汇总：

20%～30%乙醇，用于急性肺水肿时湿化氧气后给氧，以降低肺泡内泡沫的表面张力；

25%～35%乙醇，用于酒精拭浴，以降低高热患者体温；

30%乙醇，用于湿润缠结头发，以易于梳理；

50%乙醇，用于皮肤按摩，以促进血液循环；

75%乙醇，用于皮肤消毒及使用碘酒后脱碘；

95%乙醇，用于燃烧法消毒、静脉炎湿敷及紫外线灯管擦拭。

3. 增进局部血液循环	(1)温水擦浴。 (2)按摩:用**50%乙醇或红花酒精**进行局部或全背部按摩 (3)红外线灯照射。	1)局部按摩:蘸少许50%乙醇,用手掌大小鱼际肌(或大拇指指腹)紧贴患者受压部位皮肤,作压力均匀的环形按摩,压力由轻至重,由重至轻,每个部位按摩3~5分钟。 2)全背部按摩:协助患者俯卧或侧卧,暴露背部,先用温水擦洗2次,再以两手掌蘸少许50%乙醇作按摩。从患者骶尾部开始,以环形动作沿脊柱两侧向上按摩,至肩部后转向下至腰部、臀部及尾骨处,如此有节奏地按摩数次。再用拇指指腹由骶尾部开始沿脊柱按摩至第7颈椎处。压力均匀,由轻至重,重至轻,按摩3~5分钟。

4. 改善营养状况:病情许可应给予患者高蛋白、高维生素膳食。

★ 六、压疮的护理

1. 淤血红润期:及时去除病因,积极采取各种预防措施,防止局部继续受压。

2. 炎性浸润期:保护皮肤,避免感染
 - (1)未破小水疱用无菌纱布包扎,减少摩擦,防止破溃感染,让其自行吸收。
 - (2)**大水疱用无菌注射器抽出水疱内液体,不可剪去表皮,涂以消毒液后用无菌敷料包扎。**
 - (3)水疱已破溃,用消毒液消毒创面及其周围皮肤后,用无菌敷料包扎。

3. 溃疡期:解除压迫,清洁创面,祛腐生新,促进愈合。可先用0.9%氯化钠、3%过氧化氢等溶液冲洗创面,去除坏死组织,再外敷抗生素,并用无菌敷料包扎。也可采用红外线灯照射、鸡蛋内膜覆盖、局部纯氧治疗等物理疗法。

第5节　晨晚间护理

★ 一、晨间护理

1. 目的
 - (1)使患者清洁、舒适,预防压疮及肺炎等并发症。
 - (2)保持病室及床单位整洁、舒适、美观。
 - (3)观察和了解病情。
 - (4)心理护理及卫生宣传教育。

2. 护理内容
 - (1)协助患者排便、留取标本,更换引流管。
 - (2)协助进行口腔护理、洗脸、洗手、梳头、翻身,防压疮。
 - (3)整理床单位,需要时更换床单。
 - (4)观察病情,了解患者睡眠情况,进行心理护理和健康教育。
 - (5)整理病室,酌情开窗通风。

锦囊妙记

常用水温汇总:水直接与患者接触时,水温宜低;水间接与患者接触时,水温可稍高。

洗胃液温度:25~38℃;

鼻饲液温度:38~40℃;

灌肠液温度:39~41℃;

床上洗头、淋浴与盆浴、热水坐浴及局部浸泡水温:40~45℃;

床上擦浴及预防压疮擦洗背部水温:50~52℃;

热湿敷水温:50~60℃;

热水袋水温:60~70℃,感知觉异常患者水温<50℃。

★二、晚间护理

1. 目的 { (1)保持病室安静、病床整洁,使患者清洁、舒适,易于入睡。
(2)观察病情,了解患者心理需求。

2. 护理内容 {
(1)协助排便、口腔护理、洗脸、洗手、梳头、**热水泡脚**、会阴清洁。
(2)翻身、按摩、安置舒适卧位。
(3)整理床单位,需要时更换床单或增加毛毯及盖被。
(4)**创造良好的睡眠环境**。保持病室安静,光线暗淡(关大灯,开地灯)。
(5)经常巡视病房,了解患者睡眠情况,观察病情。

模拟试题程——识破命题思路,提升应试能力

一、专业实务

A₁型题

1. 口腔护理的目的**不包括**

A. 清除口腔内一切微生物

B. 去除口臭

C. 观察舌苔和口腔黏膜

D. 清洁口腔

E. 预防口腔感染

2. 患者口腔 pH 偏酸性时,采用的漱口溶液是

A. 0.9%氯化钠溶液　　B. 0.02%呋喃西林溶液

C. 朵贝尔溶液　　　　D. 0.1%醋酸溶液

E. 1%～3%过氧化氢溶液

3. 关于头发护理,下列叙述哪一项是**错误**的

A. 给患者床上洗发时,室温应调节至 24℃左右,
水温调节至 40～45℃

B. 给患者床上梳发时,如患者头发打结成团,可
用 50%的乙醇湿润后再梳理

C. 身体虚弱的患者,不宜实施床上洗发

D. 有头虱的患者,可选用 30%的含酸百部酊进行
灭虱处理

E. 灭虱时,将含酸百部酊擦遍头发后,用治疗巾
包裹头发 24 小时

4. 不宜实施床上洗发的患者是

A. 感冒初愈

B. 肺部分切除术后第 2 天

C. 下肢骨折牵引

D. 慢性肝炎

E. 剖宫产术后第 7 天

5. 床上擦浴时,按摩骨骼隆突处所用的乙醇浓度为

A. 25%　　　　　　　B. 30%

C. 35%　　　　　　　D. 50%

E. 75%

6. 造成压疮最主要的力学因素是

A. 水平压力　　　　　B. 垂直压力

C. 摩擦力　　　　　　D. 剪切力

E. 阻力

7. 护士进行晨间护理的内容**不包括**

A. 问候患者

B. 协助患者排便,收集标本

C. 协助患者进行口腔护理

D. 发放口服药物

E. 开展健康教育

8. 晚间护理的目的是

A. 保持病室美观、整洁

B. 提醒陪护人员离开病室

C. 进行卫生宣传教育

D. 保持患者清洁舒适

E. 做好术前准备

A₂型题

9. 患者,71 岁,因慢性支气管炎合并铜绿假单胞菌感
染入院。患者高热,疲乏无力,护士为其实施口腔
护理时,应选用的漱口溶液是

A. 0.9%氯化钠　　　　B. 0.1%醋酸溶液

C. 0.2%呋喃西林　　　D. 1%～3%过氧化氢

E. 1%～4%碳酸氢钠

10. 患者,男性,30 岁。术后留置胃管负压引流,口腔
pH 值中性。护士选用 0.02%呋喃西林溶液为
其进行口腔护理,该溶液的作用是

A. 遇有机物放出氧分子杀菌

B. 改变细菌生长的酸碱环境

C. 清洁口腔,广谱抗菌

D. 使细菌蛋白质凝固变性

E. 防腐生新,促进愈合

11. 患者,女性,26岁。诊断:白血病。护士为其进行口腔护理时,发现其舌尖部有一小块血痂,**错误**的操作方法是
    A. 协助患者侧卧,头偏向护士
    B. 用过氧化氢溶液漱口
    C. 轻轻擦拭牙齿、舌及口腔各面
    D. 观察口腔黏膜和舌苔的变化
    E. 将舌尖部的小血痂轻轻擦去,涂上甲紫保护创面

12. 患者,女性,17岁。患血小板减少性紫癜,护士发现其口腔黏膜有散在瘀点,右侧下牙龈有瘀斑,为该患者进行口腔护理时,应特别注意
    A. 严格无菌技术操作,以防感染
    B. 动作轻柔,以免损伤牙龈和黏膜
    C. 棉球蘸水不可过湿,以防呛咳
    D. 每次只夹一个棉球,防止棉球遗留在口腔
    E. 擦拭时勿触及咽部,以免引起恶心

13. 患者,男性。颅脑外伤,昏迷,护士为其实施口腔护理时,**错误**的操作是
    A. 协助患者仰卧,头偏向护士
    B. 协助患者用温开水漱口
    C. 使用开口器时,不可使用暴力
    D. 擦洗时棉球不宜过湿,防止溶液误吸入呼吸道
    E. 棉球应用血管钳夹紧,每次1个,必要时清点棉球数量

14. 患者,男性,55岁。诊断:脑出血、昏迷。护士为其实施口腔护理时,应特别注意
    A. 动作轻柔   B. 观察口腔黏膜有无出血
    C. 禁忌漱口   D. 先取下活动义齿
    E. 夹紧棉球

15. 患者,昏迷,牙关紧闭,护士为其实施口腔护理时,应将开口器
    A. 从门齿处放入   B. 从臼齿处放入
    C. 从尖齿处放入   D. 从智齿处放入
    E. 从脸颊处放入

16. 患者,女性,23岁。因高热入院,护士接诊时发现患者的长发已经纠结成团,为其梳理头发时,正确的是
    A. 将头发分成两股,从发梢逐段梳理至发根
    B. 将头发分成两股,从发根逐段梳理至发梢
    C. 先用清水湿润纠结成团的头发后,再梳理
    D. 先用油剂湿润纠结成团的头发后,再梳理

E. 可用力将纠结成团的头发梳顺

17. 患者,女性,生活不能自理,护士为其床上洗发,操作目的**不包括**
    A. 按摩头皮,促进头部血液循环
    B. 保持头发清洁,使患者舒适
    C. 维护患者自尊,建立良好的护患关系
    D. 预防头虱
    E. 进行心理辅导,纠正患者心理缺陷

18. 患者,男性,30岁。因下肢骨折行牵引固定术,护士为其床上洗发时,调节室温和水温适宜的是
    A. 20℃,40~45℃   B. 24℃,40~45℃
    C. 20℃,50~52℃   D. 24℃,50~52℃
    E. 26℃,40~50℃

19. 患者,男性,59岁。急性心肌梗死入院,已治疗2周,护士为其床上洗发过程中,发现患者面色苍白,出冷汗,患者自诉心慌,护士应立即
    A. 通知医生
    B. 尽快把头发冲洗干净,完成操作
    C. 给予患者镇静剂
    D. 停止洗头,让患者平卧
    E. 让患者做深呼吸,减轻症状

20. 患儿,女,8岁。护士发现其长发有头虱,给其进行灭头虱处理,正确的做法是
    A. 动员患儿剪去长发
    B. 严格无菌操作原则,防止交叉感染
    C. 用灭虱液擦遍头发,用手反复揉搓头发5分钟
    D. 使用灭虱液后观察患儿有无皮肤过敏
    E. 12小时后取下包裹头发的帽子,冲洗干净头发

21. 患儿,6岁。护士为其洗脸时,擦拭眼睛的方法,正确的是
    A. 由外眦向内眦擦拭
    B. 由内眦向外眦擦拭
    C. 由外眦向内眦来回擦拭数次
    D. 由内眦向外眦来回擦拭数次
    E. 由上眼睑向下眼睑方向擦拭

22. 患者,女性,76岁,偏瘫,长期卧床,患者神志清楚。护士为其床上擦浴时,**错误**的是
    A. 关门窗、拉围帘遮挡患者
    B. 调节室温:24℃,水温:50~52℃
    C. 擦洗身体时方法是:湿毛巾涂浴皂擦→湿毛巾擦→较干湿毛巾擦→浴巾擦干
    D. 擦洗顺序为:脸和颈部→双上肢→胸腹部→颈背臀部→双下肢→双足→会阴部

E. 用 30％的乙醇,按摩背部

23. 患者,男性,56 岁。诊断:胃癌。行胃大部分切除术后第 2 天,留置胃管、腹腔引流和导尿管,患者神志清楚,极度消瘦,其导致压疮发生的内因是
    A. 皮肤受压太久　　B. 引流液刺激
    C. 营养不良　　　　D. 活动受限
    E. 水肿

24. 患者,女性,78 岁。诊断:肺心病。长期卧床,护士为其实施背部按摩,**错误的**是
    A. 患者侧卧,露出背部
    B. 护士站于患者的一侧
    C. 由骶尾部开始沿脊柱向上按摩至第 1 颈椎
    D. 从骶尾部开始,沿脊柱两侧向上按摩至肩部
    E. 压力均匀,由轻到重,由重到轻

25. 患者,男性,56 岁。股骨骨折内固定术后,长期卧床,正确的护理措施是
    A. 每 4 小时翻身 1 次,必要时每 2 小时翻身 1 次
    B. 翻身时注意节力原则,尽量避免将患者身体抬起
    C. 让患者直接卧于橡胶单上,避免分泌物污染床单、被褥
    D. 定时用 30％乙醇进行局部或全身按摩
    E. 给予患者高蛋白、高维生素膳食

26. 患者,男性,71 岁,因脑血管意外致左侧肢体瘫痪。患者神志清楚,说话口齿不清,大小便失禁。护士帮助患者更换卧位后,在其身体空隙处垫上软枕,作用是
    A. 避免排泄物对局部的直接刺激
    B. 减少皮肤受摩擦刺激
    C. 降低空隙处所承受的压强
    D. 降低局部组织所承受的压力
    E. 促进局部组织的血液循环

27. 患者,男性,67 岁。昏迷,护士发现患者骶尾部皮肤红肿、有小水疱,局部上皮剥落,有渗液,患者诉说疼痛,局部皮肤属于压疮的
    A. 淤血红润期　　B. 炎性浸润期
    C. 浅度溃疡期　　D. 深度溃疡期
    E. 局部皮肤感染

28. 患者,男性,45 岁。右股骨颈骨折,给予石膏固定。2 小时后护士发现患者右趾端皮肤发绀,感觉温度比左侧趾端低,此时护士应立即
    A. 报告医生
    B. 测量体温,继续观察
    C. 拆松石膏,解除压迫

D. 局部按摩,促进血液循环
    E. 局部垫海绵垫,防止压疮

29. 患者,男性,70 岁,脑梗死后导致偏瘫。护士发现其骶尾部有一 3cm×5cm 大小的呈紫红色的皮肤,触之较硬,并有一大水疱。护士对局部皮肤应采取的护理措施是
    A. 涂厚层滑石粉后包扎
    B. 揭去大水疱表皮,创面贴新鲜鸡蛋内膜保护
    C. 剪去大水疱表层皮肤,用无菌纱布包扎
    D. 用 1∶5 000 呋喃西林溶液清洁疮面
    E. 用无菌注射器抽出大水疱内液体,消毒后用无菌敷料包扎

30. 患者,男性,64 岁,瘫痪。骶尾部有一创面,面积 2cm×3cm,深达肌层,脓性分泌物多,有臭味,创面周围有黑色坏死组织。该患者局部皮肤属于压疮的
    A. 淤血红润期　　　B. 炎性浸润期
    C. 浅度溃疡期　　　D. 深度溃疡期
    E. 局部皮肤感染

31. 患者,男性,35 岁。急性心肌炎入院第 2 天,护士为其进行晨间护理,操作目的**不包括**
    A. 使患者清洁舒适　B. 提醒陪护人员离开病室
    C. 观察和了解病情　D. 保持病室美观、整洁
    E. 进行心理护理

32. 患者,女性,46 岁。急性胆囊炎术后第 3 天,护士为其进行晚间护理,内容包括
    A. 经常巡视病房,了解患者睡眠情况
    B. 发放口服药物
    C. 协助患者排便,收集标本
    D. 协助患者进食
    E. 整理病室,开窗通风

A₃/A₄ 型题

(33、34 题共用题干)

　　患者,男性,76 岁。偏瘫,长期卧床。护士帮助该患者床上洗发。

33. 护士操作方法正确的是
    A. 调节室温 26℃左右
    B. 给患者安置侧卧位
    C. 将患者头发充分湿透,用指尖揉搓头发
    D. 洗净头发后,用湿毛巾擦干面部
    E. 用电吹风吹干头发

34. 护士为患者洗发时应注意
    A. 水温调节在 50～52℃,防止患者着凉

B. 随时观察病情变化,如发现患者面色、呼吸异常,应稍等片刻,再洗发

C. 尽量减少和患者沟通,以免污水溅入眼、耳内

D. 洗发时间不宜过长,以免引起患者头部充血、疲劳,造成患者不适

E. 洗净头发后,可用大毛巾擦干头发,不宜用电吹风吹干头发

(35、36题共用题干)

患者,女性,65岁。昏迷,左上肢有伤口,生活不能自理。护士帮助该患者床上擦浴。

35. 擦洗顺序正确的是
   A. 脸、颈部→上肢→胸腹部→颈、背、臀部→会阴部→下肢→双足
   B. 会阴部→脸、颈部→胸腹部→上肢→颈、背、臀部→下肢→双足
   C. 脸、颈部→上肢→胸腹部→会阴部→颈、背、臀部→下肢→双足
   D. 脸、颈部→上肢→胸腹部→颈、背、臀部→下肢→双足→会阴部
   E. 脸、颈部→会阴部→上肢→胸腹部→颈、背、臀部→下肢→双足

36. 擦浴时注意事项正确的是
   A. 开窗通风,保持病室空气流通
   B. 操作过程中,护士两腿并拢,靠近患者,省力
   C. 端水盆时尽量远离身体,防止污水溅湿工作服
   D. 严禁擦洗腹股沟
   E. 如患者出现寒战、面色苍白等情况,应立即停止擦洗,给予适当处理

(37~40题共用题干)

患者,男性,76岁。偏瘫,长期卧床。近日发现其骶尾部皮肤出现红、肿、热、麻木,有触痛,但皮肤表面无破损。

37. 该患者骶尾部皮肤症状属于压疮的
   A. 淤血红润期   B. 炎性浸润期
   C. 浅度溃疡期   D. 深度溃疡期
   E. 坏死期

38. 此期给予患者的护理措施正确的是
   A. 每3~4小时翻身1次,防止局部长时间受压
   B. 定期用生理盐水冲洗受压部位,保持局部清洁
   C. 定时用红外线照射,保持局部干燥
   D. 定时用乙醇局部按摩,促进血液循环
   E. 给予低蛋白、低脂肪、低盐、低糖饮食

39. 若该患者骶尾部皮肤组织转为紫红色,触摸皮下

有硬结,表皮出现小水疱。正确的护理措施是
   A. 剪破小水疱表皮,引流
   B. 呋喃西林溶液冲洗局部皮肤后,无菌纱布擦干
   C. 无菌纱布包裹,减少摩擦,促进小水疱自行吸收
   D. 外喷抗生素,防止感染
   E. 乙醇局部按摩,促进血液循环和炎症吸收

40. 若该患者骶尾部皮肤组织出现坏死,有脓液流出,并伴有臭味。此时采取的护理措施重点是
   A. 积极采取各种预防措施,勤翻身,防止局部继续受压
   B. 保护皮肤,避免感染
   C. 定时用乙醇局部按摩,促进血液循环
   D. 改善全身营养状况,增进组织修复
   E. 清洁创面,祛腐生新,促进愈合

二、实践能力

A₁型题

41. 特殊口腔护理的适用对象,**不包括**
   A. 昏迷患者   B. 产妇
   C. 禁食患者   D. 高热患者
   E. 口腔有疾患者

42. 不宜进行淋浴和盆浴的患者是
   A. 体质衰弱患者   B. 老人患者
   C. 小儿   D. 传染病患者
   E. 精神病患者

43. 长期卧床患者,安置左侧卧位时,压疮好发部位为
   A. 枕骨粗隆处   B. 肩胛
   C. 肋骨   D. 膝前部
   E. 足跟部

44. 压疮的预防中要求做到"七勤",其中**不包括**
   A. 勤观察   B. 勤翻身
   C. 勤按摩   D. 勤交班
   E. 勤记录

A₂型题

45. 患者,女性,65岁。发热原因待查入院,神志清醒,能自理。护士在评估其口腔时,发现其有口臭,护士应指导患者选用下列哪种溶液漱口
   A. 复方硼砂溶液
   B. 1%~3%过氧化氢溶液
   C. 1%~4%碳酸氢钠溶液
   D. 2%~3%硼酸溶液
   E. 0.1%醋酸溶液

46. 患者,女性,28岁。乳腺癌根治术后第3天,护士巡视病房时,发现患者卧床,头发过肩,缠结凌乱

护士计划为其实施床上梳发,需准备乙醇的浓度是
A. 20%　　　　B. 30%
C. 50%　　　　D. 75%
E. 95%

47. 患者,79 岁,偏瘫,长期卧床。社区护士发现其头发有头虱,指导其家属配制灭虱药液为其灭头虱,正确的是
A. 用百部酊 30g 加 50% 乙醇 100ml,加 100% 乙酸 1ml,加盖 24 小时后使用
B. 用百部酊 30g 加 50% 乙醇 100ml,加 100% 乙酸 1ml,加盖 48 小时后使用
C. 用百部酊 30g 加 50% 乙醇 100ml,加 100% 乙酸 1ml,加盖 72 小时后使用
D. 用百部酊 60g 加 50% 乙醇 100ml,加 100% 乙酸 1ml,加盖 24 小时后使用
E. 用百部酊 60g 加 50% 乙醇 100ml,加 100% 乙酸 1ml,加盖 48 小时后使用

48. 某孕妇,妊娠 30 周,护士给予其健康教育,正确的是
A. 饭后需过半小时才能进行沐浴,以免影响消化
B. 不可淋浴,防止受凉
C. 可盆浴,以防滑倒等意外发生
D. 沐浴时水温调节在 50~52℃,防止烫伤
E. 感觉身体不适时,如头晕、心悸、乏力等不宜盆浴和淋浴

49. 患者,糖尿病,年老体弱,生活不能自理,护士为其实施床上擦浴,操作前护士向患者解释操作目的,其中**不包括**
A. 促进皮肤血液循环　B. 增强皮肤排泄功能
C. 使患者清洁舒适　　D. 观察患者病情变化
E. 预防过敏性皮炎

50. 患者,男性,26 岁。因右上臂外伤到外科门诊就诊,医生给予"局麻下行右上臂外伤缝合术",术后护士指导患者回家后自己更换上衣的方法是
A. 先脱左侧,后穿左侧
B. 先脱右侧,后穿左侧
C. 先脱左侧,后穿右侧
D. 先脱右侧,后穿右侧
E. 先脱患侧,后穿健侧

51. 护士小李是 1~5 床患者的责任护士,其评估患者后,确定最易发生压疮的患者是
A. 1 床,昏迷患者
B. 2 床,肥胖患者
C. 3 床,高热出汗患者
D. 4 床,营养不良患者
E. 5 床,上肢骨折夹板固定患者

52. 患者,男性,78 岁。呼吸困难,安置半坐卧位,护士评估该患者最容易导致压疮的力学因素是
A. 水平压力　　　B. 垂直压力
C. 剪切力　　　　D. 摩擦力
E. 反作用力

53. 患者,女性,76 岁,瘫痪 3 年,长期卧床。为预防老人发生压疮,护士指导家属采取正确的措施是
A. 睡木制硬床
B. 每日更换衣服和被褥 2 次
C. 每周物理治疗 1 次
D. 每 2 小时更换体位,进行局部和全背部按摩
E. 局部放置热水袋,促进血液循环

54. 患者,男性,45 岁。因高处坠落后致截瘫,护士告知患者家属应注意预防压疮,并指导患者家属进行局部皮肤按摩,其中**不正确**的是
A. 用手醮 50% 乙醇少许
B. 用手掌大、小鱼际肌按摩
C. 鱼际肌需紧贴皮肤
D. 由轻至重、由重至轻按摩
E. 用力均匀,以皮肤按摩至紫红色为度

55. 患者,男性,69 岁,因脑血管意外致右侧肢体瘫痪,出院后在家长期卧床。患者体质瘦弱,大小便失禁。社区护士告知其家属,为减轻患者骨骼隆突处的压力可用物品置身体空隙处,但**不可**选用的是
A. 气垫　　　　B. 水褥
C. 羊皮垫　　　D. 海绵垫
E. 塑料垫

56. 患者,女性,52 岁。因摔跤导致股骨骨折,行内固定术后,出院在家卧床休养,为防止患者发生并发症,护士应着重指导家属学会的护理技术是
A. 测量血压　　　B. 更换敷料
C. 翻身、被动活动　D. 皮下注射
E. 鼻饲法灌食

A_3/A_4 型题
(57、58 题共用题干)
患者,男性,73 岁,患慢性支气管炎,长期使用抗生素。

57. 护士在给患者进行口腔评估时,应特别注意观察口腔黏膜

A. 有无出血   B. 有无溃疡

C. 有无臭味   D. 有无真菌感染

E. 有无肿胀

58. 护士发现患者有活动义齿,应告知患者

    A. 义齿取下后应用冷水冲洗干净

    B. 义齿取下后应用热水冲洗干净

    C. 义齿取下后应用乙醇冲洗干净

    D. 义齿暂时不用,应浸泡于热水中

    E. 义齿暂时不用,应浸泡于乙醇中

(59,60 题共用题干)

    患者,女性,82 岁。脑血管意外后偏瘫,已出院,在家继续康复治疗,患者神志清楚,大小便失禁,长期卧床。

59. 社区护士评估该患者皮肤,其导致压疮的最主要原因是

    A. 局部组织长期受压

    B. 年老、体弱

C. 营养不良

D. 皮肤受潮湿、摩擦等刺激

E. 偏瘫

60. 护士给患者及其家属进行健康教育时,下列哪一项错误

    A. 每 2 小时翻身 1 次,翻身时将患者身体抬起,避免拖、拉、推等动作

    B. 可在患者身体空隙处垫橡胶气圈和棉圈

    C. 患者衣服、被褥潮湿应及时更换

    D. 经常用 50% 乙醇或红花酒精进行局部或全背部按摩

    E. 应给予患者高蛋白、高维生素膳食

参考答案

1~5 AEBBD   6~10 BDDBC   11~15 EBBCB

16~20 AEBDD   21~25 BECCE   26~30 DBAED

31~35 BAEDD   36~40 EADCE   41~45 BACEA

46~50 BBEEA   51~55 ACDEE   56~60 CDAAB

第7章　生命体征的评估

第1节　体温的评估及护理

一、体温的评估

1. 体温的产生与生理调节

(1)体温的产生:体温是人体新陈代谢和骨骼肌运动过程中不断产生热能的结果。

(2)体温的生理调节:体温是通过大脑与丘脑下部的体温调节中枢的调节和神经体液的作用,使产热和散热保持动态平衡。

(3)散热方式

1)辐射:是指热由一个物体表面通过电磁波的形式传到另一个与之不接触的物体表面的散热方式。在安静状态下及低温环境中,辐射是主要的散热方式。

2)对流:是指通过气体或液体的流动来交换热量的一种散热方式。其散热量与气体或液体的流动速度成正比,如室内通风。

3)蒸发:是指由液体变为气态,同时带走大量热量的一种散热方式。★在环境温度等于或高于皮肤温度时,蒸发是主要的散热方式,如高热患者酒精拭浴时。

4)传导:是指机体的热量直接传到另一个同它直接接触且温度较低的物体的一种散热方式,如高热时使用冰袋、冰帽等降温法,就是利用传导散热。

2. 正常体温及生理性变化

★(1)体温正常值:口腔舌下温度为 **37℃(36.3～37.2℃)**;直肠温度为 37.5℃(36.5～37.7℃);腋下温度为 36.5℃(36.0～37℃)。

(2)生理性变化:体温保持相对恒定,但可随年龄、性别、昼夜、运动和情绪等因素的变化而波动,且波动常在正常范围内

★1)年龄因素:儿童基础代谢率高,体温可略高于成人;老年人基础代谢率低,故体温偏低。

2)性别因素:女性一般较男性稍高。女性在月经前期和妊娠早期,体温可轻度升高,而排卵期较低,这主要与孕激素分泌的周期性变化有关。

★3)昼夜因素:一般 2:00～6:00 时体温最低,14:00～20:00 时体温最高,变化范围约在 0.5～1℃之间。如长期从事夜间工作的人员,则出现夜升昼降的周期性波动。

4)其他:情绪激动、精神紧张、进食均可使体温略有升高。而安静、睡眠、饥饿等可使体温略有下降。

二、异常体温

★(1)发热程度:以口腔温度为标准,发热程度可划分为
- 1)低热:体温 37.3~38.0℃。
- 2)中等度热:体温 38.1~39.0℃。
- 3)高热:体温 39.1~41℃。
- 4)超高热:体温在 41℃ 以上。

★(2)发热的过程(表 7-1)。

★表 7-1　发热临床过程的特征比较

临床过程	特点	临床表现	方式
体温上升期	产热＞散热	★畏寒、无汗、皮肤苍白,有时伴有寒战	骤升,如肺炎球菌性肺炎;渐升,如伤寒
高热持续期	产热和散热在较高水平趋于平衡	颜面潮红、皮肤灼热、口唇干燥、呼吸深快、脉搏加快、尿量减少	持续数小时至数周
退热期	散热＞产热	大量出汗、皮肤温度下降,年老体弱及患心血管疾病的患者,因大量出汗,体液丧失,易出现虚脱或休克	骤退,如大叶性肺炎;渐退,如伤寒

★(3)热型:临床常见的热型(表 7-2)。

表 7-2　临床常见热型的特点与常见疾病的关系

常见热型	特点	常见病
稽留热	体温持续升高达 39.0~40.0℃ 左右,持续数天或数周,24 小时波动范围不超过 1℃	伤寒、肺炎球菌性肺炎
弛张热	体温在 39.0℃ 以上,但波动幅度大,24 小时内体温差达 1℃ 以上,最低体温仍超过正常水平	败血症
间歇热	高热与正常体温交替出现,体温可骤升达 39℃ 以上,持续数小时或更长,又很快下降至正常,经数小时、数天的间歇后,又再次发作	疟疾
不规则热	体温在 24 小时内变化不规则,持续时间不定	流行性感冒、肿瘤性发热

1. 体温过高:临床上最常见的是感染性发热

★(4)体温过高患者的护理

1)密切观察:应★每隔 4 小时测量体温 1 次,待体温恢复正常 3 天后,改为每日 2 次;小儿高热易出现惊厥,应密切观察。

2)卧床休息。

3)降温:方法有物理降温或药物降温,优先选用物理降温。体温超过 39.0℃,可用冰袋冷敷头部;体温超过 39.5℃ 时,可用乙醇或温水拭浴、大动脉冷敷。降温半小时后,应复测体温,并做好记录及交班。

4)保暖:体温上升期如伴寒战,应及时调节室温,注意保暖,必要时可饮热饮料。

5)补充营养和水分:给予患者★高热量、高蛋白、高维生素、易消化的流质或半流质饮食,鼓励患者少食多餐、多饮水。对不能进食的患者,遵医嘱给予静脉输液或鼻饲。

6)口腔护理。

7)皮肤清洁:对长期卧床的患者,应预防压疮的发生。

8)心理护理。

9)健康教育:教会患者及家属正确测量体温、简易物理降温的方法;并告知休息、营养、饮水、清洁的重要性。

2. 体温过低:体温★在 **35.0℃ 以下**。常见于早产儿及全身衰竭的危重患者。其护理措施是

> (1)保暖:应采取全身性保暖措施,如加盖被、喝热饮料、足底及身体其他部位同时放热水袋等(不宜局部放置热水袋,以免局部血流量增大,影响全身血运状况)。对老人、小儿及昏迷患者,要注意防止烫伤。
>
> (2)提高室温:维持室温在 **24～26℃** 为宜。
>
> (3)观察:密切观察病情及生命体征的变化,至少**每小时测量体温 1 次**。
>
> (4)配合抢救。

★三、体温测量的方法

1. 体温计的种类:水银体温计包括口表、肛表、腋表。其他还有如电子体温计、可弃式化学体温计、红外线测温仪等。

(1)操作方法:(表 7-3)

★表 7-3　根据患者病情选择合适的测量体温的方法

方法	测量部位及操作要点	测量时间(min)
口腔测温法	将口表水银端斜含于舌下热窝,**嘱患者紧闭口唇含住口表,用鼻呼吸,勿用牙咬,不要说话**	3
腋下测温法	擦干腋窝汗液,将腋表水银端放于腋窝深处;嘱咐或协助患者屈臂过胸夹紧体温计	10
直肠测温法	协助患者取侧卧、俯卧或屈膝仰卧位,润滑肛表水银端,轻轻插入肛门 3～4cm	3

2. 测量方法

(2)注意事项

> 1)测量体温前后:应清点体温计总数;测量前还需检查体温计的完好程度及水银柱是否在 35℃ 以下。
>
> ★2)根据患者病情选择合适的测量方法:①凡婴幼儿、精神异常、昏迷、口鼻腔手术以及呼吸困难、不能合作的患者,不宜测口腔温度。②凡消瘦不能夹紧体温计、腋下出汗较多、腋下有炎症、创伤或手术的患者,不宜测腋下温度。③凡直肠或肛门手术、腹泻、心肌梗死的患者,不宜测直肠温度。
>
> ★3)应排除测量体温的干扰因素:①患者进食、饮水,进行蒸汽吸入、面颊冷热敷等,须隔 30 分钟后方能测量口腔温度。②腋窝局部冷热敷后,应隔 3 分钟再测量腋下温度。③灌肠、坐浴后,须隔 30 分钟方可测直肠温度。
>
> ★4)患者不慎咬破体温计时的护理:①★立即清除玻璃碎屑。②口服牛奶或蛋清以延缓汞的吸收。③如病情允许,可服大量粗纤维食物(如韭菜等),以加速汞的排出。
>
> 5)凡给婴幼儿、昏迷、危重患者及精神异常者测体温时,应有专人看护,以防意外。
>
> 6)如体温与病情不符,应守护患者身旁重新测量,必要时可同时测口温和肛温作对照。

锦囊妙记

正常体温数值:记住 36.5、37、37.5 几个关键数字。

发热程度划分:记住 37.3、38、39、41 几个关键数字。

四、水银体温计的清洁、消毒和检查法

1. 水银体温计的清洁、消毒:目的是防止交叉感染
   - ★(1)常用消毒液:**70%乙醇、1%过氧乙酸、1%消毒灵**等。
   - (2)消毒方法
     - 1)使用后:分2次全部浸泡于2个不同的消毒液容器内,第1次与第2次之间用冷开水冲洗。
     - 2)浸泡时间:第1次5分钟,第2次30分钟。
     - 3)**消毒液和冷开水须每日更换**,盛放的容器及离心机应每周消毒1次。

2. 水银体温计的检查方法:将所有体温计的水银柱甩至 **35℃** 以下,同时放入已测试过的 **40℃** 以下的温水内,3分钟后取出检视。若读数相差 **0.2℃** 以上、玻璃管有裂隙、水银柱自动下降等,不再使用。

第2节 脉搏的评估及护理

一、脉搏的评估

1. 正常脉搏的观察
   - (1)脉率:在安静状态下,★正常成人的脉率为 **60~100 次/min**。且脉率与心率一致。
   - (2)脉律:正常脉搏的节律均匀、规则,间隔时间相等。
   - (3)脉搏的强弱:脉搏强弱取决于心排血量、动脉的充盈程度、动脉管壁的弹性和脉压大小。正常情况下脉搏强弱一致。
   - (4)动脉管壁的弹性:正常的动脉管壁光滑、柔软,有一定的弹性。

2. 脉搏的生理性变化:一般同年龄女性比男性稍快;幼儿比成人快,老人稍慢;运动、情绪变化时可暂时增快,休息、睡眠时较慢。

二、异常脉搏

1. 异常脉搏的观察(表7-4)

★表7-4 异常脉搏的观察

观察项目	异常变化	常见疾病
频率	**速脉:安静时,成人脉率超过 100 次/min**	发热、甲状腺功能亢进、休克、大出血前期
	缓脉:安静时,成人脉率低于 60 次/min	颅内压增高、房室传导阻滞,甲状腺功能减退
节律	**间歇脉**,亦称过早搏动或期前收缩。在一系列正常均匀的脉搏中,出现一次提前而较弱的搏动,其后有一较正常延长的间歇。	各种心脏病或洋地黄中毒,少数健康人偶尔出现
	二联律:隔1个正常搏动出现1次期前收缩	
	三联律:隔2个正常搏动出现1次期前收缩	
	脉搏短绌:即细绌。在同一单位时间内,脉率少于心率、心律完全不规则,心率快慢不一,心音强弱不等	**心房纤维颤动**
脉搏强弱	洪脉	高热、甲状腺功能亢进
	丝脉:又称细脉	心功能不全、大出血、休克
动脉管壁弹性		动脉硬化

(1)观察患者脉搏的频率、节律、强弱及动脉管壁的弹性以及其他相关症状。

2. 异常脉搏的护理 {
(2)观察药物疗效及不良反应,做好用药指导。
(3)做好心理护理,消除顾虑。
(4)协助进行各项检查。
}

★三、脉搏测量的方法

★1. 测量部位:**最常用的是桡动脉**,其次有颞浅动脉等表浅且靠近骨骼的动脉。

2. 测量脉搏的方法:触诊法,以桡动脉为例 {
(1)诊脉前:患者应稳定情绪,测量前30分钟无过度活动、紧张、恐惧等。
(2)体位及触诊姿势:患者取坐位或卧位。**护士用示指、中指、无名指触诊**。
(3)时间:正常脉搏计数为触诊半分钟所测数值乘以2。如脉搏异常或危重患者等应测**1分钟**。若脉搏细弱而触不清时,应用听诊器听心率1分钟代替触诊。
★(4)脉搏短绌的测量:由两位护士同时测量,一人听心率并发起止口令,另一人测脉率,测**1分钟**。记录方法:**心率/脉率**。
}

3. 注意事项 {
(1)诊脉前:患者有剧烈活动或情绪激动时,应休息**20~30分钟后再测**。
(2)★**不可用拇指诊脉**,以防拇指小动脉搏动与患者脉搏相混淆。
(3)为★**偏瘫**患者测脉搏,应选择健侧肢体。
}

第3节　呼吸的评估及护理

一、呼吸的评估

1. 正常呼吸的观察:安静时,★**正常成人的呼吸频率为16~20次/min**、节律规则、均匀。

2. 生理性变化:正常呼吸的频率和深浅度可受年龄、性别、运动、情绪等因素的影响 {
(1)年龄:年龄越小,呼吸频率越快,老年人稍慢。
(2)性别:同龄的女性较男性稍快。
(3)其他:运动或情绪激动时,呼吸增快;休息和睡眠时,呼吸频率减慢。
}

二、异常呼吸

1. 异常呼吸的观察(表7-5)

★ 表7-5　异常呼吸的观察

观察项目	异常变化	常见疾病
频率异常	**呼吸增快:又称气促。**安静时,成人呼吸频率>24次/min。发热时体温每升高1℃,呼吸增加4次/min	高热、缺氧
	呼吸缓慢:安静时,成人呼吸频率<10次/min	**颅内压增高、巴比妥类药物中毒**
节律异常	**潮式呼吸:又称陈-施呼吸。特点是:呼吸从浅慢开始逐渐加深加快**,达高潮后,又逐渐变浅变慢,然后暂停约5~30s后,重复出现以上呼吸。呈潮水涨落样,周而复始。因血中二氧化碳潴留,刺激颈动脉体和主动脉弓的化学感受器而刺激呼吸	脑炎、颅内压增高、酸中毒、巴比妥类药物中毒
	间断呼吸:又称毕奥呼吸。特点是:呼吸和呼吸暂停现象交替出现	颅内病变、呼吸中枢衰竭
深浅度异常	**深度呼吸:又称库斯莫呼吸。深而规则的大呼吸**	尿毒症、糖尿病所致**代谢性酸中毒**
	浮浅性呼吸:浅表而不规则的呼吸,有时呈叹息样	濒死者
音响异常	**蝉鸣样呼吸:**吸气时有一种高音调的音响,似蝉鸣,多音声带附近阻塞引起	**喉头水肿、痉挛或喉头有异物**
	鼾声呼吸:因气管或支气管有较多的分泌物蓄积所致	**深昏迷者**

观察项目	异常变化	常见疾病
呼吸困难	吸气性呼吸困难:出现明显三凹征,即胸骨上窝、锁骨上窝、肋间隙或腹上角凹陷,多见于上呼吸道部分梗阻	喉头水肿、喉头异物
	呼气性呼吸困难:呼气时间显著长于吸气时间,多见于下呼吸道部分梗阻	支气管哮喘、肺气肿
	混合性呼吸困难:吸气和呼气均感费力	肺部感染

2. 异常呼吸的护理
- (1)密切观察:呼吸及相关症状、体征的变化。
- (2)卧床休息:采取舒适体位,卧床休息。
- (3)保持呼吸道通畅:及时清除呼吸道分泌物。
- (4)吸氧:酌情给予氧气吸入,必要时可用呼吸机辅助呼吸。
- (5)遵医嘱给药:注意观察疗效及不良反应。
- (6)心理护理:消除患者恐惧与不安,主动配合治疗及护理。

三、呼吸测量的方法

★1. 测量方法
- (1)诊脉姿势:护士手仍保持按在患者手腕处,以免患者紧张而影响测量结果。
- (2)测试时间:观察患者胸部或腹部起伏次数,一起一伏为 **1** 次,一般患者观察 **30** 秒,将测得数值乘以 **2**,呼吸异常患者观察 **1** 分钟。
- (3)★危重或呼吸微弱患者,可用少许棉花置于患者鼻孔前,观察棉花被吹动的次数,计数 **1** 分钟。

2. 注意事项
- (1)如患者情绪激动或有剧烈运动,应休息 **30** 分钟后再测量。
- (2)在测量呼吸频率时,应同时注意观察呼吸的节律、深浅度、音响及气味等变化。
- (3)测量呼吸时应注意不要让患者察觉。

第4节　血压的评估及护理

一、血压的评估

1. 正常血压的观察:血压正常值一般以肱动脉血压为标准。在安静状态下,★正常成人收缩压为 **90～139mmHg**(12～18.5kPa),舒张压为 **60～89mmHg**(8～11.8kPa),脉压为 **30～40mmHg**(4～5.3kPa)。

2. 生理性变化
- (1)年龄:动脉血压随年龄的增长而逐渐增高,新生儿血压最低,★儿童血压比成人低。
- (2)性别:同龄女性血压比男性偏低,更年期后,女性血压与男性差别较小。
- (3)昼夜和睡眠:★清晨血压一般最低,傍晚血压最高,夜间睡眠血压降低,休息和睡眠不佳时,血压稍增高。
- (4)环境:★在寒冷刺激下,血压可略升高;在高温环境中,血压可略下降。
- (5)部位:一般★右上肢血压高于左上肢;下肢血压比上肢高。
- (6)其他:紧张、恐惧、害怕、兴奋及疼痛等精神状态的改变,均可导致血压升高;吸烟、饮酒、盐摄入过多及药物等也会影响血压值。

二、异常血压

1. 异常血压的观察
- (1)高血压:成人收缩压≥**140mmHg**(18.7kPa) 和 (或) 舒张压≥ **90mmHg**(12kPa)。
- (2)低血压:成人血压<90/60～50mmHg。常见于 **大量失血、休克**、急性心力衰竭患者。
- (3)脉压的变化:★脉压增大,见于主动脉瓣关闭不全、主动脉硬化等患者;**脉压减小**,见于心包积液、缩窄性心包炎、主动脉瓣狭窄等患者。

2. 异常血压的护理 { (1)应与患者基础血压对照并密切观察血压及其他病情变化,做好记录。
(2)患者血压过高,应卧床休息;血压过低,应迅速取平卧位,并报告医生,作相应的处理。

★三、测量血压的方法

1. 血压测量的方法 {
(1)测量常用部位:**上肢肱动脉、下肢股动脉**。

(2)测量前:嘱患者休息20～30分钟,并取坐位或仰卧位;检查血压计。

(3)血压计位置:打开盒盖呈90°垂直位置;★袖带下缘距肘窝2～3cm,松紧以能放入一指为宜。

(4)听诊器胸件位置:在袖带下缘将紧贴肱动脉搏动最强点(勿塞在袖带内)。

(5)注气:向袖带内打气至股动脉搏动音消失,再上升20～30mmHg。

(6)放气:放气使汞柱以4mmHg/s速度下降,注视水银柱所指刻度,★当从听诊器中听到第一声搏动时水银柱上所指刻度,即为收缩压;随后搏动声逐渐增强,当搏动音突然变弱或消失时水银柱所指刻度是舒张压。

(7)整理血压计:测量完毕,将血压计向右倾斜45°时关闭水银槽开关。

(8)记录方法:**收缩压/舒张压**,变音和消失音之间有差异时,两个读数都应记录。

2. 注意事项 {
(1)测量前:应检查血压计。

(2)需密切观察血压者:应做到★"四定",即定时间、定部位、定体位、定血压计。

(3)测血压:血压计"0"点应与心脏、肱动脉在同一水平位上。★坐位时肱动脉平第4肋软骨,仰卧位时肱动脉平腋中线水平。

(4)排除干扰因素(表7-6)。

★表7-6 血压测量值的干扰因素与其变化

干扰因素	血压值变化
袖带过宽	偏低
袖带过窄	偏高
袖带过紧	偏低
袖带过松	偏高
水银不足	偏低
被测肢体位置过高	偏低
被测肢体位置过低	偏高
测试者眼睛视线低于水银柱弯月面	偏高
测试者眼睛视线高于水银柱弯月面	偏低

(5)重测血压:血压异常或听不清时应先将袖带内的气体驱尽,使水银柱降至"0"点,稍等片刻后,再进行测量。

(6)★为偏瘫患者测血压:应选择健侧。

锦囊妙记

利用压强公式记忆干扰因素对血压值的影响:袖带宽,接触面积大,值偏低;袖带窄,接触面积小,值偏高;袖带过紧,接触面积增大,值偏低;袖带过松,接触面积减小,值偏高。

模拟试题栏——识破命题思路，提升应试能力

一、专业实务

A₁型题

1. 使用乙醇擦浴为高热患者进行物理降温,其散热的方式是
   A. 辐射　　　　　　B. 对流
   C. 蒸发　　　　　　D. 传导
   E. 传递

2. 在安静状态下,人体主要的散热方式是
   A. 辐射　　　　　　B. 对流
   C. 蒸发　　　　　　D. 传导
   E. 传递

3. 伤寒患者的体温升降方式为
   A. 体温骤升　　　　B. 体温骤降
   C. 体温上升与下降速度一致
   D. 体温渐升　　　　E. 体温不变

4. 体温过低是指体温
   A. <37.0℃　　　　B. <36.5℃
   C. <36.0℃　　　　D. <35.5℃
   E. <35.0℃

5. 有关体温生理性变化的**错误**描述是
   A. 一昼夜中以清晨2~6时最低,下午2~8时最高
   B. 儿童体温略高于成人
   C. 老年人体温为正常范围低值
   D. 女性月经前期和妊娠早期体温略降低
   E. 进食、运动后体温一过性增高

6. 以口腔温度为标准,下列哪项发热程度属于高热
   A. 37.0~37.5℃　　B. 37.5~38.0℃
   C. 38.1~39.0℃　　D. 39.1~41.0℃
   E. 41℃以上

7. 检查体温计,**不合格**的误差是
   A. 0.1℃以上　　　　B. 0.2℃以上
   C. 0.3℃以上　　　　D. 0.4℃以上
   E. 0.5℃以上

8. 下列哪种状况的患者需要休息30分钟后方可经直肠测量温度
   A. 进食、饮水后　　　B. 蒸汽吸入后
   C. 面颊冷热敷后　　　D. 腋下冰敷后
   E. 灌肠术后

9. 下列哪项**不是**使血压值升高的生理性因素
   A. 睡眠不佳　　　　B. 寒冷环境

   C. 高温环境　　　　D. 兴奋
   E. 精神紧张

10. 气促是指在安静状态下,成人呼吸频率
    A. >16次/min　　　B. 16~20次/min
    C. >20次/min　　　D. >22次/min
    E. >24次/min

11. 正常成人的脉率是
    A. 20~40次/min　　B. 40~60次/min
    C. 60~120次/min　　D. 80~110次/min
    E. 60~100次/min

12. 体温下降时,最易出现虚脱现象的患者是
    A. 幼儿　　　　　　B. 青年
    C. 女性　　　　　　D. 心血管疾病者
    E. 颅内压升高者

13. 测量脉搏最常用的部位是
    A. 拇指动脉　　　　B. 桡动脉
    C. 肱动脉　　　　　D. 股动脉
    E. 颈动脉

14. 呼气性呼吸困难多见于
    A. 喉头水肿　　　　B. 喉头有异物
    C. 代谢性酸中毒　　D. 支气管哮喘
    E. 脑炎

A₂型题

15. 患者,男性,65岁,患风湿性心脏病10年。查体:心率100次/min,脉率76次/min,强弱不等,极不规则,此脉搏称为
    A. 间歇脉　　　　　B. 二联律
    C. 丝脉　　　　　　D. 细脉
    E. 缓脉

16. 患者,男,65岁,处于濒死期。呼吸表浅微弱,不易观察。此时测量呼吸频率的方法是
    A. 仔细听呼吸声响并计数
    B. 手置患者鼻孔前,以感觉气流通过并计数
    C. 手按胸腹部,以胸腹壁起伏次数计数
    D. 用少许棉花置患者鼻孔前,观察棉花吹动次数计呼吸频率
    E. 测脉率乘以1/4,以推测呼吸次数

17. 患者,男性,34岁。护士为其测量血压,测得数值为132/88mmHg,其血压属于
    A. 理想血压　　　　B. 正常血压

C. 正常高值

D. 收缩压偏低,舒张压偏高

E. 收缩压偏高,舒张压偏低

18. 患者,男性,36 岁。诊断:肺炎。入院时体温 40℃,为观察体温的变化,常规测量体温的时间为

 A. q8h   B. q6h

 C.q4h   D. qd

 E.qn

19. 患者,男性,55 岁。因喉头有异物而前往医院急诊,他吸气时有一种高音调的音响,护士判断其呼吸为

 A. 库斯莫呼吸   B. 呼气性呼吸困难

 C. 鼾声呼吸   D. 蝉鸣样呼吸

 E. 毕奥呼吸

20. 患者,男性,60 岁。因喉头水肿导致吸气性呼吸困难,患者出现明显的三凹征,吸气时下列部位凹陷,其中**不包括**

 A. 胸骨上窝   B. 锁骨上窝

 C. 肋间隙   D. 双颊部

 E. 腹上角

21. 患者,女性,50 岁。因长期患病,极度消瘦,双侧腋下有较大空隙,为该患者测量体温时,**不宜选择**的方法是

 A. 口腔   B. 直肠

 C. 皮肤   D. 耳道

 E. 腋下

22. 患者,女性,35 岁。入院诊断:大叶性肺炎。查体:体温 39.5℃,护士用冰袋为其降温。此方法的主要散热方式是

 A. 辐射   B. 对流

 C. 蒸发   D. 挥发

 E. 传导

23. 患者,女性,30 岁。诊断:伤寒。其体温特点表现为:体温升高达 39.0~40.0℃左右,并持续数天或数周,24 小时波动范围不超过 1℃。此热型属于

 A. 稽留热   B. 弛张热

 C. 间歇热   D. 不规则热

 E. 超高热

24. 患者,男性,70 岁。因外伤而卧床休息 3 个月,近期患者吸气和呼气均感费力,呼吸的频率加快而表浅。此呼吸困难的特点常见于

 A. 喉头异物   B. 肺部感染

 C. 支气管哮喘   D. 肺气肿

E. 酸中毒

25. 患者,男性,74 岁。呼吸微弱,左侧肢体偏瘫,昏迷,大便失禁,测量生命体征的正确方法是

 A. 测口温、右上肢血压和脉搏

 B. 测右腋温、左上肢血压和脉搏

 C. 测左腋温、右上肢血压和脉搏

 D. 看胸部起伏观察呼吸

 E. 置少许棉花于鼻孔前观察呼吸

26. 患者,女,55 岁。诊断:肺心病。因服用洋地黄类药物过量而出现中毒现象,其脉搏多呈

 A. 细脉   B. 缓脉

 C. 间歇脉   D. 洪脉

 E. 丝脉

27. 某急诊男性患者,25 岁,因车祸导致脾脏破裂而出现失血性休克,患者的脉搏特征是

 A. 间歇脉   B. 细脉

 C. 奇脉   D. 洪脉

 E. 丝脉

28. 患者,男性,32 岁。上班后感到心慌,数脉搏时发现每隔 2 个正常的搏动后出现 1 次过早的搏动,此脉搏是

 A. 二联律   B. 三联律

 C. 奔马律   D. 间歇脉

 E. 脉搏短绌

29. 患者,男性,35 岁。因上呼吸道感染入院,体温 39.8℃,在退热过程中护士应注意监测患者可能出现下列哪种情况

 A. 低温   B. 虚脱

 C. 皮肤潮红   D. 呼吸加快

 E. 畏寒

30. 患者,男性,哮喘急性发作,经注射解除支气管痉挛药后效果不佳,此时应首先注意

 A. 让患者休息   B. 心理安慰

 C. 调整患者卧位   D. 进行保健指导

 E. 采集呼吸道标本

解析:情绪紧张会加剧哮喘的发作,故首先应缓解紧张。

31. 患者,女性,65 岁。连续 4 天测血压为 128/95mmHg。此患者属于

 A. 低血压   B. 脉压大

 C. 高血压   D. 正常血压

 E. 收缩压偏高,舒张压偏低

32. 患者,女性,30 岁。体温持续升高达 39℃以上,但波动幅度大,24 小时波动超过 1℃,最低体温仍超过正常水平,属于
    A. 弛张热　　　　　　B. 稽留热
    C. 间歇热　　　　　　D. 波状热
    E. 不规则热

33. 患者,女性,27 岁。诊断:甲状腺功能亢进。患者常测到的脉搏应为
    A. 间歇脉　　　　　　B. 缓脉
    C. 细脉　　　　　　　D. 洪脉
    E. 丝脉

34. 患者,女性,55 岁。诊断:细菌性痢疾。护士测量口腔温度时得知其 5 分钟前饮过热饮料,为此应
    A. 暂停测量 1 次
    B. 改测直肠温度
    C. 参照上次测量值记录
    D. 嘱其用冷开水漱口后再测量
    E. 告知患者 30 分钟后再测口腔温度

35. 患者,男性,30 岁。小时外工作中感染了疟疾。发作时明显寒战,全身发抖,面色苍白,口唇发绀,寒战持续约 8 分钟,体温骤升至 40℃,面色潮红,皮肤干热,烦躁不安,持续约 2.5 小时,体温又骤降至正常,经过几天的间歇期后,又再次发作。此患者发热的热型是
    A. 波浪热　　　　　　B. 稽留热
    C. 弛张热　　　　　　D. 间歇热
    E. 不规则热

36. 患者,女性,45 岁。以充血性心力衰竭入院,医嘱给予洋地黄增强心肌收缩力,护士在观察患者脉搏时,发现在一系列正常均匀的脉搏中,出现 1 次提前而较弱的搏动,其后有一较正常延长的间歇。此脉搏称为
    A. 丝脉　　　　　　　B. 洪脉
    C. 缓脉　　　　　　　D. 间歇脉
    E. 短绌脉

37. 患者,男性,60 岁,高血压、冠心病史 3 年。入院时测得血压 190/130mmHg,经治疗后稍有下降,但时有波动,患者精神紧张焦虑,护理操作中不妥的措施是
    A. 测得血压值偏高时应保持镇静
    B. 安慰患者,保持稳定乐观的情绪
    C. 向患者介绍高血压的保健知识
    D. 将血压计刻度面向患者以便患者观察

    E. 测后与原基础血压对照后作好解释

38. 患者,女性,26 岁。诊断:肺炎。护士为其测量体温后,应使用哪种方法消毒体温计
    A. 煮沸消毒　　　　　B. 2%碘酊擦拭
    C. 70%乙醇浸泡　　　D. 0.1%氯己定浸泡
    E. 戊二醛浸泡

39. 患者,男性,62 岁。连续 3 天测量血压,脉压均为 46～50mmHg,此表现常见于哪种疾病的患者
    A. 心包积液　　　　　B. 主动脉瓣狭窄
    C. 缩窄性心包炎　　　D. 主动脉瓣关闭不全
    E. 甲状腺功能减退

40. 患者,男,72 岁。诊断:主动脉瓣狭窄。其脉压的变化特点是
    A. 脉压增大　　　　　B. 脉压不变
    C. 脉压忽大忽小　　　D. 脉压减小
    E. 脉压先降后升

41. 小儿,5 岁。因吃糖时不慎将糖块吸入,卡在喉头处。其呼吸可呈
    A. 库斯莫呼吸　　　　B. 呼气性呼吸困难
    C. 鼾声呼吸　　　　　D. 蝉鸣样呼吸
    E. 毕奥呼吸

42. 患者,女性,20 岁。因中暑体温上升至 40.2℃左右,面色潮红,皮肤灼热,无汗,呼吸脉搏增快,护士为进行物理降温,再次测量体温的时间是
    A. 15 分钟后　　　　　B. 20 分钟后
    C. 30 分钟后　　　　　D. 40 分钟后
    E. 50 分钟后

44. 患者,女性,40 岁。多次测得血压均为 125/80mmHg,应考虑患者为
    A. 低血压　　　　　　B. 高血压
    C. 脉压大　　　　　　D. 正常血压
    E. 临界高血压

45. 护生小冯在社区进行调研过程中发现:成年女性的体温在月经前期可轻度升高,而在排卵期则较低,其原因主要是
    A. 与睡眠的质量有关
    B. 与孕激素分泌的周期性变化有关
    C. 与雌激素分泌的周期性变化有关
    D. 与雄激素分泌的周期性变化有关
    E. 与心理因素有关

46. 患者,男性,38 岁。诊断:肺炎球菌性肺炎。查体:体温 39.5℃,其体温变化的方式应为
    A. 骤升　　　　　　　B. 骤退

C. 渐升   D. 渐退

E. 渐升并持续数周

47. 患者,男性,28 岁。诊断:大叶性肺炎。查体:体温 39.0℃,其体温变化的方式应为

  A. 骤升   B. 骤退

  C. 渐升   D. 渐退

  E. 渐升并持续数周

48. 患者,女性,45 岁。诊断:败血症。其体温持续在 39.0℃,上下波动幅度较大,但均在体温正常水平以上,此发热热型为

  A. 稽留热   B. 弛张热

  C. 间歇热   D. 不规则热

  E. 猩红热

49. 患者,男,75 岁。诊断:晚期直肠癌。测得体温 38.0℃,且体温在 24 小时内变化不规则,持续时间不定,此发热热型应为

  A. 稽留热   B. 弛张热

  C. 间歇热   D. 不规则热

  E. 猩红热

50. 患者,女,15 岁。因上呼吸道感染而出现高热,体温 40.0℃,疲倦,全身乏力,护理过程中应注意饮食护理,下列哪项饮食要求是**错误的**

  给予高热量饮食   B. 给予低蛋白饮食

  C. 给予高维生素饮食   D. 给予易消化的饮食

  E. 给予流质或半流质饮食

51. 一早产儿,刚出生 2 天,体温持续在 35.0℃以下,护士除每小时测量体温 1 次外,还应将其室温调整至

  A. 20~22℃   B. 22~23℃

  C. 24~26℃   D. 26~28℃

  E. 28~30℃

52. 患者,男,50 岁。现处于昏迷状态,按医嘱需 q2h 测量生命体征,护士小胡**不宜**采用下列哪种方法测量其体温

  A. 经腋下测量   B. 经口腔测量

  C. 经直肠测量   D. 经皮肤测量

  E. 经外耳测量

53. 患者,男,62 岁。诊断:心肌梗死。护士在进行测量生命体征时,**不宜**采用下列哪种方法测量其体温

  A. 经腋下测量   B. 经口腔测量

  C. 经直肠测量   D. 经皮肤测量

  E. 经外耳测量

54. 患儿,女,3 岁。因流行性脑膜炎而入院治疗,入院后病情转危,护士每小时为其测量生命体征,下列哪种做法是错误的

  A. 测量脉搏时间为 1 分钟

  B. 因患儿手腕太细,护士用拇指诊脉

  C. 诊脉前,让患儿稳定情绪

  D. 因患儿 5 分钟前大哭大闹过,应让其休息 20~30 分钟后再测

  E. 因患儿左手背有静脉输液针头并有夹板约束,故应在其右手测量脉搏

55. 患者,男,30 岁,工人。因工伤双上肢肘关节以下截肢,护士为其测量的血压值特点是

  A. 左上肢高于右上肢

  B. 右上肢与左上肢一样

  C. 左下肢高于左上肢

  D. 右下肢低于右上肢

  E. 双下肢均低于双上肢

A₃/A₄ 型题

(56~58 题共用题干)

  患者,女性,65 岁。以"风湿性心脏病、二尖瓣狭窄、心房颤动、高血压"收入院,血压 150/90mmHg。

56. 测量该患者脉搏的正确方法是

  A. 先测心率后测脉率

  B. 一人测心率脉率,另一人计时

  C. 一人听心率发起测量口令,另一人测脉搏,同时测量 1 分钟

  D. 一人测脉率,另一人报告医生

  E. 一人发口令,另一人测脉搏和心率

57. 护士为患者测量血压时,若袖带缠得过紧可使

  A. 血压偏低   B. 脉压加大

  C. 收缩压偏高   D. 舒张压偏高

  E. 舒张压不变

58. 护士为该患者测量血压时,由于动脉搏动微弱而不易辨清,需重复测量,其做法**错误**的是

  A. 将袖带内气体驱尽

  B. 使汞柱降至"0"点

  C. 稍等片刻后重测

  D. 连续加压直到听清楚为止

  E. 测量值先读收缩压,后读舒张压

(59~62 题共用题干)

  患者,女性,60 岁。因外伤所致颅内压升高。检查其生命体征为:口腔体温 37.8℃,呼吸 8 次/min 且节律异常,脉搏 58 次/分钟,血压 80/60mmHg。

59. 该患者的脉搏属于
    A. 间歇脉　　　　　B. 洪脉
    C. 交替脉　　　　　D. 缓脉
    E. 丝脉

60. 该患者的呼吸节律特征应属于
    A. 潮式呼吸　　　　B. 间断呼吸
    C. 库斯莫呼吸　　　D. 蝉鸣样呼吸
    E. 叹息样呼吸

61. 该患者体温的发热程度为
    A. 低热　　　　　　B. 中等度热
    C. 高热　　　　　　D. 超高热
    E. 极低度热

62. 为患者监测血压时需要排除袖带的因素干扰,下列哪项描述是**错误**的
    A. 袖带过宽时测得的血压值偏低
    B. 袖带过窄时测得的血压值偏高
    C. 袖带过紧时测得的血压值偏低
    D. 袖带过松时测得的血压值偏高
    E. 小银不是则测得的血压值偏高

(63、64 题共用题干)

　　患者,男,50 岁,因急性阑尾炎入院。入院时,患者神志清醒,主诉右下腹疼痛,有压痛和反跳痛,新护士小陈第 1 天上班,护士长安排她去为该患者进行入院护理。

63. 小陈选择了常用的部位测量血压,该部位为
    A. 上肢肱动脉　　　B. 上肢桡动脉
    C. 下肢腓动脉　　　D. 下肢胫动脉
    E. 上肢锁骨下动脉

64. 小陈为患者测量血压的操作,哪项是**错误**的
    A. 袖带下缘距肘窝 2～3cm,松紧能放入 2 指
    B. 放气时使汞柱以 4mmHg/s 速度下降
    C. 当从听诊中听到第 1 声搏动时水银柱上所指刻度为收缩压
    D. 当搏动音突然变弱或消失时水银柱所指刻度为舒张压
    E. 采用"收缩压/舒张压"的方式记录血压

(65～67 题共用题干)

　　患者,男性,78 岁。因服用过量巴比妥类药物入院。住院期间,患者呼吸呈周期性变化:呼吸由浅慢逐渐变为深快,然后转为浅慢,经过一段时间呼吸暂停,又重复上述变化,其形态如潮水起伏。

65. 该患者的呼吸节律称为
    A. 陈-施呼吸　　　　B. 毕奥呼吸

C. 浮浅性呼吸　　　D. 鼾声呼吸
E. 库斯莫呼吸

解析:潮式呼吸,又称陈-施呼吸,是一种周期性的呼吸异常,其特点表现为开始呼吸浅慢,以后逐渐加深加快,达高潮后,又逐渐变浅变慢,然后暂停约 5～30 秒后,重复出现以上呼吸。呼吸形态如潮水涨落样。

66. 该呼吸节律中呼吸变为深快的主要机制是
    A. 呼吸中枢兴奋性增强
    B. 高度缺氧刺激颈动脉体化学感受器
    C. 二氧化碳浓度增高刺激颈动脉体和主动脉弓的化学感受器
    D. 二氧化碳浓度降低刺激主动脉弓的化学感受器
    E. 高度缺氧刺激呼吸中枢,使其兴奋性增强

解析:当呼吸中枢兴奋性减弱和高度缺氧时,呼吸减弱至暂停,血中二氧化碳增高到一定程度时,通过颈动脉体和主动脉弓的化学感受器反射性地刺激呼吸中枢,使呼吸恢复,随着呼吸由弱到强,二氧化碳不断排出,使其分压降低,呼吸中枢又失去有效地刺激,呼吸再次减弱至暂停,从而形成了周期性呼吸。

67. 一段时间后,患者表现为呼吸和呼吸暂停现象交替出现,在有规律的呼吸几次后,突然停止呼吸,间隔一段时间后,又开始呼吸,如此反复交替出现。此呼吸称为
    A. 陈-施呼吸　　　　B. 毕奥呼吸
    C. 浮浅性呼吸　　　D. 鼾声呼吸
    E. 库斯莫呼吸

解析:呼吸和呼吸暂停现象交替出现,在有规律的呼吸几次后,突然停止呼吸,间隔一段时间后,又开始呼吸,如此反复交替出现。此种呼吸节律称为间断呼吸,又称毕奥呼吸,是呼吸中枢兴奋性显著降低的表现,发生机制同潮式呼吸,但比潮式呼吸更严重,预后不良,多在呼吸停止前出现。

(68、69 题共用题干)

　　患者,女,26 岁。因工作中不慎受伤,于 1 天前在全麻术下行右上肢截肢术,由于在手术中失血过多,患者术后血压一直在波动,需要密切监测生命体征。

68. 监测患者血压时,要求做到的"四定",其中**不包括**
    A. 定时间　　　　　B. 定部位
    C. 定体位　　　　　D. 定测量者

E. 定血压计

69. 测量血压时,能使血压值偏高的因素是
    A. 袖带过宽　　　　B. 袖带过松
    C. 水银不足　　　　D. 肢体位置过高
    E. 护士眼睛视线高于水银柱弯月面

二、实践能力

A₁ 型题

70. 鼾声呼吸常见于
    A. 慢性阻塞性肺疾病患者
    B. 深昏迷患者　　　C. 高热患者
    D. 喉头水肿患者　　E. 喉头异物

71. 糖尿病引起代谢性酸中毒的患者,其呼吸表现为
    A. 吸气性呼吸困难　B. 呼气性呼吸困难
    C. 呼吸间断　　　　D. 呼吸深大而规则
    E. 呼吸浅表而不规则

72. 生理情况下可使体温有降低的是
    A. 进食时　　　　　B. 女性排卵期
    C. 焦虑时　　　　　D. 运动时
    E. 妊娠早期

73. 正常腋下温度及其波动范围是
    A. 36.3 ℃,36.0 ～36.5 ℃
    B. 36.3 ℃,36.0 ～37.0 ℃
    C. 36.5 ℃,36.0 ～37.0 ℃
    D. 36.6 ℃,36.1 ～37.1 ℃
    E. 37.0 ℃,36.5 ～37.5 ℃

74. 肿瘤性发热常见热型为
    A. 稽留热　　　　　B. 弛张热
    C. 间歇热　　　　　D. 超高热
    E. 不规则热

A₂ 型题

75. 患者,男性,30 岁。高热待查,体温 39.5℃ ,遵医嘱行酒精拭浴降温。为观察降温效果,复测体温应在拭浴后
    A. 10 分钟　　　　　B. 15 分钟
    C. 20 分钟　　　　　D. 30 分钟
    E. 60 分钟

76. 患者,女,60 岁,退休 5 年。因长期服用降压药,故需每天监测血压值,护士告知其关于血压生理性变化的知识,哪项是错误的
    A. 热水澡后测血压稍下降
    B. 寒冷刺激下血压略升高
    C. 清晨血压略高于傍晚
    D. 右上肢血压略高于左上肢

E. 紧张、恐惧时血压可升高

77. 患者,男性,测口腔温度时不慎咬破体温计,护士首先应采取的措施是
    A. 了解咬破体温计的原因
    B. 检查体温计破损程度
    C. 清除口腔内玻璃碎屑
    D. 让患者喝 500ml 牛奶
    E. 给予电动吸引洗胃

78. 患儿,男性,2 岁。因上呼吸道感染出现高热,护士采用直肠测量体温法,其操作错误的是
    A. 协助患者取侧卧、俯卧或屈膝仰卧位
    B. 测量 5 分钟取出
    C. 润滑肛表水银端
    D. 插入肛门 3～4cm
    E. 测量完毕用卫生纸擦净肛门处

79. 患儿,女,3 个月。因"急性上呼吸道感染"入院,现体温为 40.1℃。下列护理措施哪项是对的
    A. 有专人看护测量体温
    B. 因患儿手腕太细,护士可用拇指数脉率
    C. 患儿正在大哭时,应尽快数呼吸
    D. 每天测量体温 3 次
    E. 给予患儿低热量、低蛋白、高维生素、易消化的流质饮食

80. 患者,男性,40 岁。诊断:脑血管意外。查体:体温 39.5℃,脉搏 92 次/min,呼吸 24 次/min,下列哪项护理措施不妥
    A. 卧床休息　　　　B. 测体温 q4h
    C. 鼓励多饮水　　　D. 冰袋放患者头顶、足底处
    E. 每日口腔护理 2～3 次

81. 患者,女,65 岁。诊断:高血压。按医嘱需密切观察其血压值的变化,护士为使血压测量值相对准确的措施不包括
    A. 被测者坐位时,肱动脉平第 4 肋软骨
    B. 缠袖带的松紧度以放入 1 指为宜
    C. 重测血压必须使汞柱降至"0"
    D. 偏瘫患者在健侧肢体测量
    E. 需密切观察血压的患者,应固定测量者

82. 患儿,3 岁。因"上呼吸道炎"入院治疗。入院时,小儿出现畏寒、无汗、皮肤苍白、偶伴寒战,护士判断其发热的过程是
    A. 体温上升期　　　B. 体温持续期
    C. 高热持续期　　　D. 退热期
    E. 体温下降期

83. 患者,男,55 岁。在静脉输入白蛋白 15ml 后出现颜面潮红、皮肤灼热、口唇干燥、呼吸深快。测量体温为 39.2℃。护士判断其发热的过程是
    A. 体温上升期　　　B. 体温持续期
    C. 高热持续期　　　D. 退热期
    E. 体温下降期

84. 患者,女,67 岁。久病体弱,因体温过高,护士为其进行物理降温后,患者体温开始下降,但同时出现大量出汗、血压下降、脉搏细速、四肢湿冷,此时,患者易出现
    A. 寒战　　　　　　B. 着凉
    C. 休克　　　　　　D. 皮肤灼热
    E. 口唇干燥

85. 患者,女性,30 岁。持续高热 3 周,护士在评估过程中,发现患者神志清醒,全身出汗,正处于退热期,该期的特点是
    A. 产热多于散热
    B. 散热大而产热少
    C. 产热和散热趋于平衡
    D. 散热增加,产热趋于正常
    E. 散热和产热在较高水平上平衡

A₃/A₄ 型题

(86、87 题共用题干)

患者,男,60 岁。诊断:脑出血。患者昏迷,长期卧床,并发肺部感染,气管分泌物较多,呼气时发出粗糙的鼾音。

86. 该患者的异常呼吸称为
    A. 蝉鸣样呼吸　　　B. 鼾声呼吸
    C. 浅快呼吸　　　　D. 深慢呼吸
    E. 间断呼吸

87. 护士为患者测量呼吸的方法,下列哪项是**错误的**
    A. 测量脉搏后,手仍按在患者手腕处保持诊脉姿势,以免患者紧张而影响测量结果
    B. 观察患者胸部或腹部起伏次数,一起一伏为 1 次

C. 观察测量 30 秒,将测得的数值乘以 2
D. 如不易观察呼吸,可观察患者鼻孔前棉花被吹动的次数
E. 在测量呼吸频率时,应注意观察其呼吸的节律、深浅度、音响和气味等变化

(88～90 题共用题干)

患者,男性,70 岁。诊断:流行性感冒。主诉怕冷,测体温为 39.5℃,速脉,呼吸粗大,皮肤苍白无汗。

88. 护士为该患者测量体温时,下列做法**错误**的是
    A. 若测量口温,时间为 3 分钟
    B. 若测量肛温,插入肛门 3～4cm
    C. 若测量腋温,时间为 5 分钟
    D. 测量肛温前润滑温度计前端
    E. 若测量肛温,时间为 3 分钟

89. 护士发现该患者体温的特点是:在 24 小时内变化不规则,持续时间不定。其热型属于
    A. 弛张热　　　　　　B. 稽留热
    C. 间歇热　　　　　　D. 不规则热
    E. 波浪热

90. 针对上述症状,护士给予患者以下护理措施,其中**错误**的是
    A. 卧床休息,保持病室安静
    B. 做好皮肤与口腔护理
    C. 鼓励患者多饮水
    D. 进食高热量、高蛋白、高维生素、易消化流质饮食
    E. 放置冰袋于额头、枕后、腋下及腹股沟处

参考答案

1～5 CADED　6～10 DBECE　11～15 EDBDD
16～20 DCCDD　21～25 EEABE　26～30 CEBBB
31～35 CADED　36～40 DDCDD　41～45 DCDDB
46～50 ABBDB　51～55 CBCBC　56～60 CADDA
61～65 AEAAA　66～70 CBDBB　71～75 DBCED
76～80 CCBAD　81～85 EACCD　86～90 BCCDE

第8章 患者饮食的护理

考点提纲栏——提炼教材精华，突显高频考点

第1节 医院饮食

★医院的饮食通常可分三大类，即基本饮食、治疗饮食、试验饮食。

一、基本饮食

医院基本饮食见表8-1。

★表8-1 医院基本饮食

种类	适用范围	每日进餐次数	总热量(MJ)	饮食原则
普通饮食	病情较轻、疾病恢复期、无发热、无消化道疾患、不需限制饮食的患者	3	9.5~11	易消化、无刺激食物
软质饮食	老、幼患者,术后恢复期阶段、咀嚼不便、消化不良和低热的患者	3~4	8.5~9.5	软、烂为主,易咀嚼消化
半流质饮食	体弱、手术后、发热、口腔疾患、咀嚼不便、消化不良等患者	5~6	6.5~8.5	少食多餐
流质饮食	病情危重、高热和各种大手术后、吞咽困难、口腔疾患和急性消化道疾患者	6~7	3.5~5.0	呈液状,易吞咽和消化

★二、治疗饮食

医院常见的治疗饮食,见表8-2。

★表8-2 医院常见的治疗饮食

种类	适用范围	饮食原则
高热量饮食	甲状腺功能亢进、高热、大面积烧伤、产妇、需增加体重的患者	每日总热量约 12.5MJ(3000kcal)
高蛋白饮食	结核、大面积烧伤、严重贫血、营养不良、肾病综合征、大手术后及癌症晚期等患者	蛋白质供应:1.5~2g/(kg·d),总量不超过120g;总热量 10.5~12.5MJ/d
低蛋白饮食	急性肾炎、尿毒症、肝性脑病等患者	成人蛋白质摄入量<40g/d,病情需要时也可<20~30g/d
低脂肪饮食	肝、胆、胰疾病患者、高脂血症、动脉粥样硬化、冠心病、肥胖症和腹泻患者	成人脂肪摄入量<50g/d,肝、胆、胰患者<40g/d
低盐饮食	急慢性肾炎、心脏病、肝硬化腹水、重度高血压但水肿较轻的患者	成人摄入食盐不超过 2g/d(含钠 0.8g),禁食一切腌制食物

右上角：续表

种类	适用范围	饮食原则
无盐低钠饮食	同低盐饮食,但水肿较重的患者	无盐饮食。还须控制食物中自然存在的含钠量的摄入(<0.5g/d),禁用腌制食物,对无盐低钠者,还应禁用含钠多的食物和药物
少渣饮食	伤寒、痢疾、腹泻、肠炎等患者	少用油,选择膳食纤维含量少的食物
高膳食纤维饮食	便秘、肥胖、高脂血症、糖尿病患者	选择膳食纤维含量多的食物
低胆固醇饮食	高胆固醇血症、动脉粥样硬化、冠心病等患者	成人胆固醇摄入量<300g/d,禁用或少用含胆固醇高的食物,如动物内脏、脑、蛋黄、鱼子、饱和脂肪
要素饮食	又称要素膳、化学膳、元素膳,适用于严重烧伤、晚期癌症、低蛋白血症、大手术后胃肠功能紊乱、消化吸收不良、营养不良、急性胰腺炎、胃肠道瘘等患者	温度保持在38~40℃左右,滴速40~60滴/min,最快不宜超过150ml/h

★三、试验饮食

1. 胆囊造影饮食:用于需要进行造影,检查有无胆囊、胆管及肝胆管疾病的患者。其方法是

(1)造影前一日午餐:进高脂肪饮食,使胆囊收缩、排空胆汁,有助于造影剂进入胆囊。

(2)造影前一日晚餐:进无脂肪、低蛋白、高糖类、清淡的饮食,以减少胆汁分泌。晚餐后口服造影剂,禁食、禁水、禁烟至次日上午。

(3)造影检查当日:禁食早餐,第1次摄X线片,如果胆囊显影良好,再让患者进食高脂肪餐(脂肪量不低于50g),待30分钟后第2次摄X线片,观察胆囊收缩情况。

2. 潜血试验饮食:用于配合大便潜血试验,以协助诊断有无消化道出血。其方法是:**试验前3天禁食肉类、动物血、肝脏、含铁剂药物及绿色蔬菜**,以免产生假阳性反应。可食用牛奶、豆制品、冬瓜、白菜、粉丝、马铃薯等。

3. 吸碘试验饮食:用于进行甲状腺功能检查的患者。其方法是:检查或治疗前7~60天,禁食含碘量高的食物

(1)**需禁食60天的食物包括**:海带、海蜇、紫菜、淡菜、苔菜等。

(2)**需禁食14天的食物包括**:海蜒、毛蚶、干贝、蛏子等。

(3)**需禁食7天的食物包括**:带鱼、鲳鱼、黄鱼、目鱼、虾等。

第2节 饮食护理

一、影响饮食的因素

1. 生理因素:年龄、活动、身高和体重、妊娠等特殊时期。
2. 心理因素:情绪、环境、食物感官性状等。
3. 社会文化因素:饮食习惯、营养知识等。

锦囊妙记

潜血试验前:不可进食的食品基本上为暗红色或绿色,可进食的食品基本上为白色或无色。

4. 病理因素：疾病、治疗、用药、酗酒、食物过敏等。

二、饮食护理措施

1. 促进患者食欲
(1) 去除干扰性因素；解除疼痛，必要时于**餐前30分钟给予止痛剂**。
(2) 尊重患者的饮食习惯。
(3) 提供良好就餐环境。

2. 协助患者进餐：需根据病情，依据饮食医嘱，合理地安排患者进餐
(1) 进食前：督促并协助患者行个人卫生护理；协助患者取舒适卧位；护士应着装整洁、洗手；核对饮食种类并检查自带食物。
(2) 进食时：护士督促和协助配餐员正确送餐、解释特殊饮食的原因并**挂好标记**；协助不能自行进餐者进食；对**双目失明或双眼被遮盖的患者，可按钟面图放置食物**，并协助进食；护士应加强巡视病区患者的进餐情况。
(3) 进食后：协助患者洗手、漱口或做口腔护理，整理床单位；做好记录；特殊患者做好交班。

第3节 鼻 饲 法

一、适用范围

★鼻饲法适用于昏迷、口腔疾患、食管狭窄、食管气管瘘、拒绝进食的患者，以及早产儿、病情危重的婴幼儿和某些手术后或肿瘤患者。

二、操作要点

(1) 在评估的基础上，准备用物。准备**流质饮食200ml，温度38～40℃**。
(2) 患者取半坐卧位、坐位或仰卧位，酌情取下义齿。
★(3) 测量插管长度并作标记，**成人插入胃管的长度约45～55cm**，测量方法有两种
1) 从发际到剑突的距离。
2) 从鼻尖至耳垂再到剑突的距离。

★1. 插入胃管的方法
1) 当胃管插至咽喉部（14～16cm处）时，嘱患者做吞咽动作。
★2) 故障排除：如患者出现恶心，应暂停插管，嘱患者做深呼吸或吞咽动作；如插入不畅，应检查口腔，观察胃管是否盘曲在口中；如出现呛咳、呼吸困难、发绀等现象，表示误入气管，应立即拔出胃管，休息片刻后，重新插入胃管。
(4) 插管应注意
3) 为提高**昏迷患者**插管的成功率，应注意：①**插管前应协助患者去枕，将头后仰**。②当胃管插至14～16cm时，用左手将患者头部托起，使其下颌尽量靠近胸骨柄，以增大咽喉部通道的弧度，便于胃管沿咽后壁滑行，顺利通过食管口。

锦囊妙记

吸碘试验前禁食食品：全部为含碘高的海产品，含碘越高禁食时间越长，海藻类60天→贝壳类14天→海鱼类7天。

★1. 插入胃管的方法
- ★(5)证实胃管在胃内的方法有三种
  - 1)抽出胃液。
  - 2)将导管末端放入水中,无气泡溢出。如有大量气泡溢出,证明已误入气管。
  - 3)将听诊器放在患者胃部,用无菌注射器快速注入 10ml 空气,听到有气过水声。
- (6)灌注食物及药物的方法:先注入少量温开水,再缓慢注入流质食物或药物,注入完毕,再注入适量温开水冲洗胃管,以避免造成胃肠炎或堵塞管腔。
- (7)鼻饲用物每餐后清洗,每日消毒 1 次。
- (8)记录:插管时间、患者的反应、鼻饲液的种类及每餐饮食量。

2. 拔出胃管的方法
- (1)用夹子夹紧胃管末端,以避免拔管时,液体反流入呼吸道。嘱患者做深呼吸,★在患者呼气时拔管,到咽喉部时应迅速拔出。
- (2)协助患者漱口,取舒适卧位,整理床单位,洗手、记录。

★3. 注意事项
- (1)插管前:应进行有效沟通,使其愿意合作。
- (2)插管时:当胃管通过食管的 3 个狭窄处,即环状软骨水平处、平气管分叉处、食管通过膈肌处时,动作应轻、慢,以免损伤食管黏膜。
- (3)插管后:必须先证实胃管在胃内,方可灌注食物和药物,药片应先核对、研碎、溶解后再灌。
- (4)鼻饲量每次不超过 200ml,间隔时间不少于 2 小时。
- (5)长期鼻饲的患者,应每日进行口腔护理,胃管每周更换。方法是:晚上最后一次鼻饲后,拔出胃管,翌晨再由另一侧鼻孔插入。
- (6)凡上消化道出血、食管静脉曲张或梗阻,鼻腔、食管手术后的患者禁用鼻饲法。

第 4 节　出入液量的记录

一、适应证

出入液量记录主要用于休克、大面积烧伤、大手术后、心脏病、肾脏病、肝硬化伴腹水等患者。

二、记录的内容和要求

1. 每日摄入量
- ★(1)内容:包括每日饮水量、输液量、输血量、食物中的含水量等。
- (2)要求:患者饮水容器应固定;固体食物应记录其单位数目及所含水量。

2. 每日排出量
- ★(1)内容:包括尿量、粪便量、其他排出液(如胃肠减压吸出液、胸腹腔吸出液、痰液、呕吐液、伤口渗出液、胆汁引流液等)。
- (2)要求:准确、及时。

三、记录方法(各地有差异)

1. 记录:★早 7 时至晚 7 时,用蓝笔;晚 7 时至次晨 7 时,用红笔。(亦可按要求 24 小时均采用蓝(黑)笔记录,12 小时或 24 小时出入液量统计时,用红笔在相应栏画上、下双线标识。)

2. 小结:★晚 7 时,作 12 小时的小结;次晨 7 时,作 24 小时总结,并记录在体温单相应栏内。

3. 要求:准确、及时、具体、字迹清晰。

模拟试题栏——识破命题思路，提升应试能力

一、专业实务

A₁型题

1. 低盐饮食要求每天摄入食盐量少于
   - A. 0.5g
   - B. 2g
   - C. 4g
   - D. 6g
   - E. 12g

2. 高蛋白饮食每日蛋白的摄入总量**不超过**
   - A. 70g
   - B. 80g
   - C. 90g
   - D. 110g
   - E. 120g

3. 下列饮食中属于治疗饮食的是
   - A. 普通饮食
   - B. 高脂肪饮食
   - C. 低蛋白饮食
   - D. 忌碘饮食
   - E. 半流质饮食

4. 下列关于饮食的护理措施哪项是**错的**
   - A. 解除疼痛，必要时于餐前 60 分钟给予止痛剂
   - B. 尊重患者的饮食习惯
   - C. 提供良好的就餐环境
   - D. 餐后协助患者进行口腔卫生护理
   - E. 协助双目失明者自行进餐时，可按钟面图放置食物

5. 昏迷患者插胃管至 15cm 处时，将头部托起的目的是
   - A. 便于观察病情
   - B. 防止胃管盘曲在口中
   - C. 加大咽喉部通道的弧度
   - D. 防止黏膜损伤
   - E. 减轻患者痛苦

> **解析:** 低盐饮食禁食一切腌制食物,如咸菜、咸肉、香肠、火腿、皮蛋等。

6. 下列关于长期鼻饲患者的护理，哪项是**错误的**
   - A. 如需经胃管给药时，应先将药片研碎、溶解后再灌入
   - B. 每日进行口腔护理
   - C. 每次鼻饲前均应先证实胃管在胃内，方可灌注食物
   - D. 胃管每月更换 1 次
   - E. 鼻饲用品每日消毒 1 次

A₂型题

7. 患者，男性，72 岁。诊断:动脉粥样硬化。每日其胆固醇摄入量应低于
   - A. 300g
   - B. 350g
   - C. 380g
   - D. 400g
   - E. 450g

8. 患者，女性，40 岁。因"胆管结石"待排而拟进行胆囊造影检查，下列哪项操作是**错误的**
   - A. 造影前 1 日午餐进高脂肪饮食
   - B. 造影前 1 日晚餐进无脂肪、低蛋白、高糖、清淡饮食
   - C. 造影前 1 日晚餐后口服造影剂，禁食、禁水、禁烟至次日上午
   - D. 造影检查当日，禁食早餐
   - E. 造影检查当日，第 1 次摄 X 线片，如果胆囊显影良好，再让患者进食低脂肪餐

9. 患者，女性，38 岁。产后 10 天出现便秘，应鼓励患者多进食
   - A. 芹菜
   - B. 牛奶
   - C. 鸡蛋
   - D. 肉类
   - E. 蛋糕

10. 患者，男性，26 岁。3 天前在全麻术下行胃大部分切除术，护士按医嘱记录每日排出量，下列哪项**不属于**记录内容
    - A. 尿量
    - B. 胃肠减压吸出液
    - C. 食物中的含水量
    - D. 呕吐液
    - E. 伤口渗出液

11. 患者，男性，65 岁。因心衰引起双下肢水肿，体质虚弱、消瘦，在家卧床 4 周，骶尾部出现压疮，入院后应提供的膳食是
    - A. 高热量、高脂肪、高蛋白
    - B. 高热量、低蛋白、低盐
    - C. 低蛋白、低脂肪、低盐
    - D. 低热量、高蛋白、低盐
    - E. 高蛋白、高维生素、低盐

12. 患者，男性，45 岁。因心理原因而拒绝进食，护士处理正确的是
    - A. 协助患者进食普通饮食
    - B. 给予鼻饲法
    - C. 协助患者进食高热量饮食
    - D. 给予流质饮食，用吸水管吸吮
    - E. 先约束后进食

13. 患者,女性,43 岁。因食管狭窄而不能正常进食,正确的处理是
    A. 协助患者经口进全流饮食
    B. 行胃造瘘手术
    C. 耐心喂食
    D. 鼻饲法灌注流质饮食
    E. 禁食

14. 患者,男性,神志清醒。因口腔术后需要进行鼻饲法,护士在插入胃管至 14～16cm 时,应注意
    A. 嘱患者做吞咽动作
    B. 暂停插管,嘱患者做深呼吸动作
    C. 协助患者去枕,头后仰
    D. 检查口腔,观察胃管是否盘在口中
    E. 休息片刻,再继续插入

15. 患者,女性,30 岁。急性肾炎,轻度水肿,患者最适宜的饮食是
    A. 高蛋白饮食   B. 无盐低钠饮食
    C. 低盐饮食   D. 低蛋白饮食
    E. 高热量饮食

解析:低盐饮食用于急慢性肾炎、心脏病、肝硬化腹水、中度高血压但水肿较轻的患者。

16. 患者,女性,23 岁。因上呼吸道感染高热 2 天,为保证患者足够的营养宜选择的饮食是
    A. 普通饮食   B. 软质饮食
    C. 流质饮食   D. 鼻饲饮食
    E. 半流质饮食

17. 患者,女性,45 岁。因"急性肾炎"入院,应给予
    A. 低蛋白饮食   B. 要素饮食
    C. 低脂饮食   D. 低胆固醇饮食
    E. 少渣饮食

18. 患者,男性,60 岁。行肾移植术后,按医嘱需给予要素饮食治疗,滴入要素饮食的温度和滴速正确的是
    A. 温度 40～45℃,滴速 80～90 滴/min
    B. 温度 39～43℃,滴速 70～90 滴/min
    C. 温度 39～42℃,滴速 60～80 滴/min
    D. 温度 38～41℃,滴速 50～70 滴/min
    E. 温度 38～40℃,滴速 40～60 滴/min

19. 患者,女性,59 岁。习惯性便秘,该患者宜采用的饮食是
    A. 高纤维素饮食   B. 低纤维素饮食
    C. 高蛋白饮食   D. 低蛋白饮食
    E. 低脂肪饮食

20. 患者,女性,67 岁。胃大部切除术后行空肠造瘘,该患者饮食应采取
    A. 低脂肪饮食   B. 半流质饮食
    C. 流质饮食   D. 少渣饮食
    E. 要素饮食

21. 患者,男性,20 岁。患甲状腺功能亢进,需做吸碘试验,在检查前,需禁食 7 天的是
    A. 牛肉   B. 干贝
    C. 肝脏   D. 海蜇
    E. 带鱼

22. 患者,女性,40 岁。因怀疑上消化道出血入院,需做潜血试验,试验期间可进食
    A. 绿色蔬菜   B. 肝脏类
    C. 动物血   D. 豆制品
    E. 肉类

23. 患者,女性,68 岁。因肺炎入院,有数颗牙齿缺失,宜采用
    A. 普通饮食   B. 软质饮食
    C. 流质饮食   D. 要素饮食
    E. 半流质饮食

24. 患者,男性,65 岁。肝硬化伴腹水,护士为其记录摄入液量的项目**不包括**
    A. 饮水量   B. 输血量
    C. 输液量   D. 肌内注射药量
    E. 水果的含水量

A_3/A_4 型题

(25～27 题共用题干)

患者,女性,35 岁。因脑外伤入院,神志不清,意识昏迷。查体:体温 38.5℃,脉搏 102 次/min,呼吸 24 次/min,血压 160/100mmHg,现需通过鼻饲维持营养。

25. 胃管插入长度,正确的是
    A. 14～16cm   B. 35～45cm
    C. 45～55cm   D. 55～65cm
    E. 65～75cm

26. 当胃管插至会厌部时,护士应
    A. 使患者头后仰
    B. 嘱患者做吞咽动作
    C. 将患者的头侧向一边
    D. 将患者的头靠近胸骨
    E. 减慢插管动作

27. 胃管插入后,应验证其在胃内,正确的方法是
    A. 注入少量温开水,于胃部听气过水声
    B. 注入少量温开水,听肠鸣音

C. 注入少量气体,听肠鸣音

D. 注入少量气体,于胃部听气过水声

E. 将胃管末端放入水中,见有气泡溢出

(28～30题共用题干)

　　患者,男性,56岁。身高175cm,体重65kg,因急性消化性溃疡入院检查。

28. 就以上信息,应给予患者的适宜饮食为
    A. 低脂饮食　　　　　　B. 软质饮食
    C. 少渣饮食　　　　　　D. 流质饮食
    E. 低蛋白饮食

29. 为进一步检查有无消化道出血,需做潜血试验,试验前3天患者适宜的食谱是
    A. 洋葱炒猪肝、青菜、榨菜肉丝汤
    B. 芹菜炒肉丝、青椒豆腐干、蛋汤
    C. 鲶鱼烧豆腐、土豆丝、豆腐汤
    D. 鱼、菠菜、豆腐汤
    E. 红烧肉、西红柿鸡蛋、蛋汤

30. 经检查,发现患者有严重贫血,应给予患者
    A. 高蛋白饮食　　　　　B. 低蛋白饮食
    C. 低盐饮食　　　　　　D. 高脂肪饮食
    E. 低脂肪饮食

二、实践能力

A₁型题

31. 需提供低蛋白饮食的是
    A. 恶性肿瘤患者　　　　B. 甲状腺功能亢进患者
    C. 肾病综合征患者　　　D. 孕妇
    E. 肝性脑病患者

32. 影响饮食和营养的病理因素是
    A. 营养知识　　　　　　B. 焦虑
    C. 药物应用　　　　　　D. 活动量
    E. 饮食习惯

> 解析:影响饮食和营养的病理因素包括疾病、治疗、用药、酗酒、食物过敏等。

33. 记录每日排出量**不包括**
    A. 粪便量和尿量　　　　B. 出汗量
    C. 胃肠减压量　　　　　D. 胸腹腔穿刺放液量
    E. 呕吐物量

A₂型题

34. 患者,女性,30岁。体温39.2℃,口腔糜烂、疼痛难忍。根据其病情,应指导患者采用的饮食是
    A. 流质饮食　　　　　　B. 富含营养的软食
    C. 半流质饮食　　　　　D. 低盐饮食

35. 患者,女性,55岁。因肝硬化致食管胃底静脉曲张,护士应指导患者摄入
    A. 低脂饮食　　　　　　B. 低盐饮食
    C. 少渣饮食　　　　　　D. 低蛋白饮食
    E. 低胆固醇饮食

36. 患者,男性,65岁。患冠心病2年,护士应指导患者摄入
    A. 低脂饮食　　　　　　B. 高蛋白饮食
    C. 少渣饮食　　　　　　D. 低蛋白饮食
    E. 低胆固醇饮食

37. 护士小胡,毕业后第1天到消化内科上班,护士长介绍说:"我们科室有部分患者不能经口进食,需要进行鼻饲法",假如你是小胡,你认为下列患者适用于此法的哪项**除外**
    A. 昏迷患者　　　　　　B. 口腔疾患
    C. 高热患者　　　　　　D. 早产儿
    E. 食管气管瘘患者

38. 患者,男性,36岁。有胃溃疡病史3年,近日胃痛发作来院就诊。为了明确诊断,需进行大便潜血试验,实验前3天应指导患者**禁止**摄入的食物是
    A. 牛奶　　　　　　　　B. 土豆
    C. 豆制品　　　　　　　D. 绿色蔬菜
    E. 面条

39. 某患者,因肝硬化腹水,需采取低盐饮食,护士告知其**禁食**的食品是
    A. 油条　　　　　　　　B. 挂面
    C. 汽水　　　　　　　　D. 皮蛋
    E. 馒头

A₃/A₄型题

(40～43题共用题干)

　　患者,男性,50岁。患贲门癌需手术治疗。患者术前行胃肠减压,术后需鼻饲供给营养。

40. 插胃管过程中,操作**不妥**的是
    A. 协助患者取半坐卧位
    B. 测量插入长度为前发际至剑突的距离
    C. 插至14～16cm处嘱患者做吞咽动作
    D. 插入过程中出现恶心、呕吐,应立即将胃管拔出
    E. 用注射器抽出胃液,证明胃管在胃内

41. 插入胃管时,患者出现呛咳、发绀,护士应
    A. 立即拔出胃管
    B. 嘱患者做深呼吸
    C. 指导患者做吞咽动作

D. 安慰患者,这属于正常反应,稍忍耐

E. 稍停片刻后重新插管

42. 鼻饲饮食操作,**不正确**的是

A. 鼻饲液的温度为 38~40℃

B. 间隔时间不少于 2 小时

C. 每次鼻饲量为 200ml

D. 鼻饲完后,注入少量温开水冲净胃管

E. 鼻饲前,先注入生理盐水 20ml 后再听有无气过水声

43. 拔除胃管操作,**不正确**的是

A. 向患者解释

B. 胃管末端夹紧并置于弯盘内

C. 待患者吸气时拔管

D. 胃管至咽喉部时快速拔出

E. 及时记录拔管时间和患者的反应

(44、45 题共用题干)

患者,女性,57 岁。风湿性心脏病伴心功能不全,双下肢及身体下垂部位严重水肿。

44. 护士应指导该患者采用

A. 低蛋白饮食　　　B. 低脂肪饮食

C. 低胆固醇饮食　　D. 低盐饮食

E. 无盐低钠饮食

45. 采用上述饮食后,该患者每日饮食中应控制

A. 摄入盐量不超过 5g　　B. 摄入盐量不超过 2g

C. 摄入盐量不超过 0.5g　D. 摄入钠量不超过 2g

E. 摄入钠量不超过 0.5g

参考答案

1~5 BECAC　6~10 DAEAC　11~15 EBDAC

16~20 CAEAE　21~25 EDBDC　26~30 DDDCA

31~35 ECBAC　36~40 ECDDD　41~45 AECEE

第9章 冷热疗法

第1节 冷 疗 法

一、冷疗的作用

1. **控制炎症扩散**：适用于炎症早期的患者
   - (1)冷可使皮肤血管收缩，局部血流减少，减慢。
   - (2)冷可**降低细胞代谢和细菌活力**，限制了炎症的扩散。

2. **减轻疼痛**：常用于牙痛、烫伤等患者
   - ★(1)冷可抑制细胞活动，**降低神经末梢敏感性而减轻疼痛**。
   - (2)冷可使血管收缩，血管壁的通透性降低，减轻由于组织充血、肿胀而压迫神经末梢所致的疼痛。

3. **减轻局部充血或出血**：常用于扁桃体摘除术后、鼻出血、局部软组织损伤早期的患者。★**冷可使毛细血管收缩，血流量减少，血流速减慢**，从而减轻局部充血、出血。

4. **降低体温**：常用于高热、中暑、脑外伤、脑缺氧等患者
   - (1)冷直接作用于皮肤，通过★**传导、蒸发**等物理作用，来降低体温。
   - (2)可利用局部或全身用冷，降低脑细胞代谢，减少脑细胞耗氧量，以利于脑细胞功能的康复。

二、冷疗的影响因素

1. 冷疗的方式：有干冷法和湿冷法，**湿冷法较干冷法效果好**。使用干冷法时温度应比湿冷法低。

2. 冷疗的部位
   - (1)一般皮肤较薄的部位对冷更为敏感。
   - (2)血液循环良好的部位冷疗效果更好，如在**颈部、腋下、腹股沟**等体表较大血管经过处用冷，效果更好。

3. 冷疗面积：**冷疗的效果与用冷面积大小成正比**，但是冷疗面积越大，机体耐受性越差，越易引起全身反应。

4. 冷疗时间：**冷疗效果与用冷时间不成正比关系**，一般用冷时间为 **15～30 分钟**。时间过长(如超过 1 小时)可引起继发性效应，导致出现冻伤，甚至造成组织细胞死亡等不良反应。

5. 温度差：温度差越大，机体对冷刺激的反应越强；环境温度也影响冷疗效果，如在冷环境中用冷，冷效应会增强。

6. 个体差异：对冷疗的耐受力、反应会因为患者的机体状况、精神状态、年龄、性别的不同而有差异
   - (1)**年老患者**，因感觉功能减退，对冷刺激反应比较迟钝。
   - (2)**婴幼儿**因体温调节中枢未发育完善，**对冷疗反应较为强烈**。
   - (3)女性患者对冷较男性敏感。

锦囊妙记

冷热减轻疼痛的机制："冷末"——冷漠，"热兴"——热心(即冷可降低神经末梢敏感性而减轻疼痛，热能降低痛觉神经的**兴奋性**而减轻疼痛。)

★三、冷疗的禁忌证

★1. 局部血液循环障碍：休克、大面积受损、微循环明显障碍的患者,不宜用冷疗,因会导致组织缺血缺氧而变性坏死。

2. **慢性炎症或深部有化脓病灶**

3. **对冷过敏**：对冷过敏的患者冷疗后可出现皮疹、关节疼痛、肌肉痉挛等现象。

★4. 禁忌用冷的部位
- (1)**枕后、耳郭、阴囊处**：用冷易引起冻伤。
- (2)**心前区**：用冷可反射性引起**心率减慢、心律不齐**。
- (3)**腹部**：用冷易引起**腹泻**。
- (4)**足底**：用冷可反射性引起末梢血管收缩,影响散热;或引起一过性的冠状动脉收缩。

四、冷疗的方法

1. 局部用冷法

(1)冰袋、冰囊的应用

1)目的：多用于降低体温、减少出血及减轻局部疼痛。

★2)操作要点
- A. 用冷水冲去冰块棱角,以免损坏冰袋,使患者不适。
- B. 将冰块装入冰袋或冰囊内约 **1/2 满**。
- C. 高热患者可敷前额及头顶、颈部、腋下、腹股沟等部位。
- D. 扁桃体摘除术后,冰囊可放在**颈前颌下**。
- E. 鼻部冷敷时,可**将冰囊吊起,使其底部接触鼻根**,以减轻压力。
- F. 用冷时间：**30 分钟**。
- G. 用毕将冰袋倒挂晾干,保存时吹入少许空气,拧紧袋口放于干燥阴凉处,以免橡胶粘连。

3)注意事项
- A. 观察冷疗部位血液循环情况,一旦出现局部皮肤苍白、青紫、麻木感等,须立即停止用冷。
- B. 如需反复用冷应间隔 60 分钟;用于降温时,应在**用冷后 30 分钟测体温**,并记录。

(2)冰帽或冰槽的应用

★1)目的：为防治脑水肿,**降低脑细胞的代谢率**,减少耗氧量,提高脑细胞对缺氧的耐受性,减轻脑细胞的损害。

2)操作要点
- A. 将患者头部置于冰帽或冰槽时,**后颈部和两耳处垫海绵垫**,防止受压和冻伤。
- B. 两耳用不脱脂棉花塞住,防止水流入耳内。
- C. 两眼用凡士林纱布覆盖,保护角膜。

3)注意事项
- ★A. **监测肛温**,每 30 分钟测量 1 次,使之维持在 **33℃左右,不宜低于 30℃**。
- B. 观察心率,**防止心房、心室纤颤或房室传导阻滞**等的发生。

(3)冷湿敷法

1)目的：多用于降温、止痛、止血及早期扭伤、挫伤的水肿。

2)操作要点
- A. 在冷敷部位下面垫橡胶单及治疗巾,局部涂以凡士林,上面盖一层纱布。
- B. 每 **2~3 分钟更换敷布 1 次,持续冷敷 15~20 分钟**。
- C. **冷敷部位如为开放性伤口,应按无菌原则处理。**

★1)用物：25%～35%乙醇 200～300ml，温度 32～34℃左右。

A. 头部放置冰袋，以助降温，并可**防止**拭浴时表皮血管收缩，引起头部充血。

B. 足底放置热水袋，使患者舒适，并促进足底血管扩张，有利于散热。

★2)操作要点

C. 拭浴方法：以离心方向拍拭，每侧 3 分钟。

D. **30** 分钟后测量体温，记录在体温单上，如★体温降至 **39**℃以下，应取下冰袋。

★(1)酒精拭浴

A. 拭浴中应注意观察患者情况，如有寒战、面色苍白，或脉搏、呼吸异常时，应立即停止操作，并报告医生。

★B. 拍拭至颈部、腋窝、肘部、腹股沟、腘窝等大血管表浅处，停留时间稍长，以助散热。

3)注意事项

C. 一般拭浴时间为 15～20 分钟。

★D. 禁忌拍拭后颈部、心前区、腹部、足底。

E. 新生儿、血液病患者等禁忌使用。

2. 全身用冷法：多用于高热患者的降温

(2)温水拭浴：水温 32～34℃。

第2节 热 疗 法

一、热疗的作用

1. **促进炎症的消散和局限**：适用于炎症早期和后期的患者

(1)热可使局部血管扩张，血流速度加快，利于组织中毒素的排出。

★(2)**热可促进血液循环，增加血流量，加快新陈代谢，增强白细胞的吞噬功能。**

(3)炎症后期用热，可因白细胞释放蛋白溶解酶溶解坏死组织，有助于坏死组织的清除与组织修复，使炎症局限。

2. **缓解疼痛**：常用于腰肌劳损、肾绞痛、胃肠痉挛等患者

(1)**热能降低痛觉神经的兴奋性**，改善血液循环，减轻炎性水肿，加速致痛物质的排出及渗出物的吸收，从而解除对局部神经末梢的压力。

(2)热能使肌肉、肌腱、韧带等组织松弛，可缓解因肌肉痉挛、关节强直而引起的疼痛。

3. **减轻深部组织充血**：热可使局部血管扩张，体表血流增加，相对减轻了深部组织的充血。

4. **保暖**：常用于危重、年老体弱、小儿及末梢循环不良的患者。

二、热疗的影响因素

★1. **用热方式** 有干热法和湿热法，湿热法由于水传导热的能力比空气强，且渗透性大，热疗效果较干热法好；使用湿热法时，水温应比干热法低。

2. **热疗的部位**

(1)一般皮肤较薄及经常不暴露的部位对热更为敏感。

(2)血液循环良好的部位热疗效果更好。

3. **热疗面积**：**热疗的效果与用热面积大小成正比**，但热疗面积越大，机体耐受性越差，越易引起全身反应。

锦囊妙记

冷疗是减轻局部充血或出血，热疗是减轻深部组织的充血。

冷疗是控制炎症的扩散，热疗是促进炎症的消散。

4. 热疗时间:热疗效果与用热时间不成正比关系,一般用热时间为 10~30 分钟,时间过长(如超过 1 小时)**可引起继发性效应**。

5. 温度差:温度差越大,机体对热刺激的反应越强;环境温度也影响热疗效果,如用热时室温过低,散热就快,热效应也会降低。

6. 个体差异:对热疗的耐受力、反应会因患者的机体状况、精神状态、年龄、性别的不同而有差异
- (1) 年老患者,因感觉功能减退,对热刺激反应比较迟钝。
- (2) 婴幼儿,因体温调节中枢未发育完善,对热疗反应较为强烈。
- (3) 女性患者对热较男性敏感。

★三、热疗的禁忌证

★1. **急腹症尚未明确诊断前**:热疗虽能减轻疼痛,但易掩盖病情真相而贻误诊断和治疗。

★2. **面部危险三角区感染化脓时**:因该处血管丰富又无静脉瓣,且与颅内海绵窦相通;热疗可使血管扩张,导致细菌和毒素进入血液循环,而造成**颅内感染**和败血症。

3. **各种脏器内出血时**:热可使局部血管扩张,增加脏器的血流量和血管的通透性,从而加重出血。

4. **软组织损伤早期**(48 小时):热疗可促进局部血液循环,从而加重皮下出血、肿胀及疼痛。

四、热疗的方法

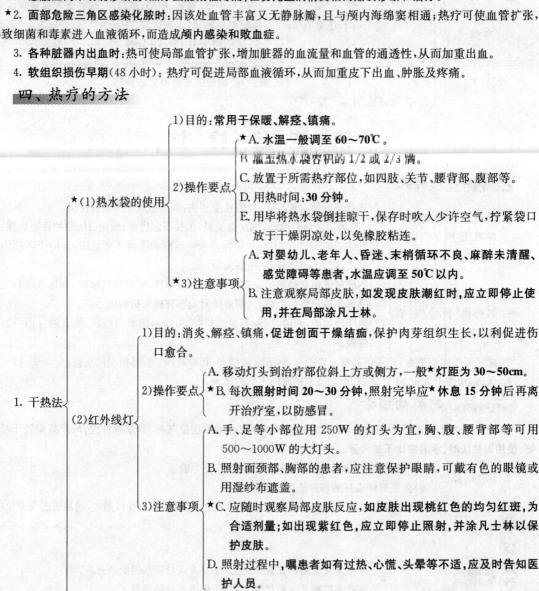

1. 干热法

(1) 热水袋的使用
  - 1) 目的:常用于保暖、解痉、镇痛。
  - 2) 操作要点
    - ★A. 水温一般调至 60~70℃。
    - B. 灌至热水袋容积的 1/2 或 2/3 满。
    - C. 放置于所需热疗部位,如四肢、关节、腰背部、腹部等。
    - D. 用热时间:30 分钟。
    - E. 用毕将热水袋倒挂晾干,保存时吹入少许空气,拧紧袋口放于干燥阴凉处,以免橡胶粘连。
  - ★3) 注意事项
    - A. 对婴幼儿、老年人、昏迷、末梢循环不良、麻醉未清醒、感觉障碍等患者,水温应调至 50℃ 以内。
    - B. 注意观察局部皮肤,如发现皮肤潮红时,应立即停止使用,并在局部涂凡士林。

(2) 红外线灯
  - 1) 目的:消炎、解痉、镇痛,促进创面干燥结痂,保护肉芽组织生长,以利促进伤口愈合。
  - 2) 操作要点
    - A. 移动灯头到治疗部位斜上方或侧方,一般★灯距为 30~50cm。
    - ★B. 每次照射时间 20~30 分钟,照射完毕应★休息 15 分钟后再离开治疗室,以防感冒。
  - 3) 注意事项
    - A. 手、足等小部位用 250W 的灯头为宜,胸、腹、腰背部等可用 500~1000W 的大灯头。
    - B. 照射面颈部、胸部的患者,应注意保护眼睛,可戴有色的眼镜或用湿纱布遮盖。
    - C. 应随时观察局部皮肤反应,如皮肤出现桃红色的均匀红斑,为合适剂量;如出现紫红色,应立即停止照射,并涂凡士林以保护皮肤。
    - D. 照射过程中,嘱患者如有过热、心慌、头晕等不适,应及时告知医护人员。

(3) 鹅颈灯:利用红外线、可见光线的辐射热作用而产生热效应。

1)目的:常用于消炎、消肿、解痉、镇痛。

(1)湿热敷法　　2)操作要点 {
A. 热敷部位涂凡士林,上面盖一层纱布,★用手腕掌侧试敷布温度。
B. 每 3~5 分钟更换敷布 1 次,热敷时间为 15~20 分钟。
C. 热湿敷部位如为开放性伤口,应按无菌原则处理。
}

2. 湿热法 {

(1)湿热敷法

★(2)热水坐浴 {
1)目的:可减轻盆腔、直肠器官的充血,达到消炎、消肿、镇痛和局部清洁、舒适的作用。
2)操作要点 {
A. 倒入坐浴液至浴盆的 1/2 满,将水温调至 40~45℃。
B. 坐浴时间为 15~20 分钟。
}
★3)注意事项:女患者在月经期、妊娠末期、产后 2 周内及阴道出血、盆腔器官有急性炎症时不宜坐浴,以免引起感染。
}

(3)局部浸泡 {
1)目的:用于消炎、镇痛、清洁及消毒伤口等。
2)操作要点 {
A. 配溶液至浸泡盆的 1/2 满,调节水温 40~45℃。
B. 浸泡时间为 30 分钟。
}
}
}

模拟试题栏——识破命题思路,提升应试能力

一、专业实务

A₁ 型题

1. 冷疗减轻疼痛的机制是
   A. 减少局部血流,降低细菌的活力
   B. 降低组织的新陈代谢
   C. 扩张血管,降低肌肉组织的紧张性
   D. 改善血循环,加速对致痛物质的运出
   E. 降低神经末梢的敏感性

2. 可增强冷疗效果的方法是
   A. 采用干冷法
   B. 缩小冷疗的面积
   C. 降低病室温度
   D. 延长冷疗时间(超过 1 小时)
   E. 冷热交替

3. 湿热敷比干热敷的穿透力
   A. 相同　　　　　B. 强
   C. 弱　　　　　　D. 小
   E. 慢

4. 关于热效应的阐述,正确的是
   A. 干热疗效比湿热好
   B. 热疗的效果与用热面积成反比
   C. 热疗的效果与热疗时间成正比
   D. 性别与用热效果无相关性
   E. 环境温度影响用热效果

5. 持续用冷疗超过 1 小时,会引起局部组织损伤,称为

A. 局部效应　　　　　B. 后续效应
C. 远处效应　　　　　D. 继发效应
E. 协同效应

6. 足底禁用冷疗的目的是防止
   A. 末梢循环障碍　　　B. 局部组织坏死
   C. 体温骤降　　　　　D. 一过性冠状动脉收缩
   E. 心律异常

7. 酒精拭浴时在足底放置热水袋的目的是
   A. 防止足底冻伤
   B. 预防一过性冠状动脉扩张
   C. 促进足底血管扩张
   D. 预防心率减慢
   E. 减轻局部疼痛

8. 酒精拭浴时,在头部放置冰袋的目的是
   A. 控制炎症的扩散　　B. 减少脑细胞需氧量
   C. 防止头部充血　　　D. 减轻局部疼痛
   E. 控制毒素吸收

A₂ 型题

9. 护士李某,欲使用冰袋为一发热患者降温,其操作时不妥的是
   A. 将冰块砸成小块,用水冲去棱角
   B. 将小冰块装满冰袋随即拧紧袋口
   C. 擦干袋外水渍,检查有无漏水
   D. 将冰袋装入布套
   E. 置于患者需要部位

10. 患者,男性,27 岁。因车祸导致颅脑外伤,医嘱

应用冰槽防治脑水肿,其主要作用是

A. 增强脑细胞代谢　　B. 降低体温

C. 降低脑血管通透性　D. 降低脑细胞代谢

E. 收缩血管,使血流减慢

11. 患者,男性,35岁。诊断:重型颅脑损伤。应用冰槽防治脑水肿,护士应严密监测患者肛温,使其维持在

A. 正常体温范围内　　B. 30℃以下

C. 33℃　　　　　　　D. 34℃

E. 35℃

12. 患者,女性,46岁。因跌倒致腿部软组织淤血肿胀。3天后,护士为其进行局部湿热敷,操作时不妥的是

A. 局部涂上凡士林

B. 盖上一层纱布

C. 拧干热敷垫用手背测试温度

D. 将敷布敷于患处,加盖棉垫

E. 3～5分钟更换敷布1次,治疗时间15～20分钟

13. 患者,女性,76岁。脑卒中后右侧肢体偏瘫,长期卧床,骶尾部皮肤出现压疮。护士应用烤灯为其照射压疮创面,灯距应调节为

A. 15～25cm　　　　B. 25～30cm

C. 30～50cm　　　　D. 30～50cm

E. 50～60cm

14. 患者,男性,38岁。发热40.2℃,护士给予酒精拭浴,拭浴后取下头部冰袋的标准是患者体温降至

A. 37℃以下　　　　B. 37℃

C. 37.5℃　　　　　D. 38℃以下

E. 39℃以下

15. 患者,女性,24岁。胃痉挛性疼痛,护士应给予患者

A. 乙醇腹部按摩　　B. 红外线局部照射

C. 局部冷湿敷　　　D. 局部热湿敷

E. 热水袋局部热敷

16. 患者,女性,21岁。不慎左踝关节软组织扭伤,3天后来就诊,处理方法正确的是

A. 局部冷湿敷　　　B. 冰袋冷敷

C. 冰囊冷敷　　　　D. 局部热湿敷

E. 局部乙醇按摩

17. 患者,男性,46岁。手术后麻醉未清醒,四肢厥冷,浑身打颤,采用热水袋取暖,不合适的做法是

A. 热水袋水温应控制在60℃以内

B. 热水袋套外再包大毛巾

C. 密切观察局部皮肤颜色

D. 及时更换热水

E. 进行交班

18. 患者,男性,51岁。体温39.4℃,用冰袋降温,利用的散热方式是

A. 辐射　　　　　　B. 对流

C. 蒸发　　　　　　D. 传导

E. 辐射与对流

解析:传导是指机体的热量直接传到另一个同他直接接触且温度较低的物体的一种散热方式,高热时用冰袋降温,就是利用传导散热。

19. 患儿,男性,14岁。篮球比赛时不慎扭伤踝关节,1小时后到校医务室就诊,正确的处理方法是

A. 局部冷敷　　　　B. 局部热敷

C. 冷热交替使用　　D. 热水足浴

E. 局部按摩

解析:冷敷可以使毛细血管收缩,局部血流减少、减慢,从而减轻局部组织充血、出血。

20. 患者,老年女性,全身微循环障碍,临床上禁忌使用冷疗的理由是

A. 引起过敏

B. 引起腹泻

C. 发生冻伤

D. 降低血液循环会影响创面愈合

E. 导致组织缺血缺氧而变性坏死

21. 患者,男性,30岁。诊断为肺炎,体温39.3℃,护士使用冰袋为其降温时,应将冰袋放于

A. 腹部　　　　　　B. 足底、腹股沟

C. 背部、腋下　　　D. 前额、头顶

E. 枕后、耳郭

22. 患者,女性,12岁。行扁桃体摘除术,术后应将冰囊止血,应将冰囊置于

A. 前额　　　　　　B. 颈前颌下

C. 头顶部　　　　　D. 胸部

E. 腋窝处

23. 患者,女性,28岁。突然腹痛,面色苍白,大汗淋漓,护士不应采取的措施是

A. 询问病史　　　　B. 通知医生

C. 给热水袋以缓解疼痛　D. 测量生命体征

E. 安慰患者

24. 患者,男性,50岁。肛裂感染,遵医嘱行热水坐浴,水温应控制在
   A. 30～35℃   B. 35～40℃
   C. 40～45℃   D. 45～50℃
   E. 55～60℃

25. 患者,女性,48岁。因胆囊切除术后返回病房,患者麻醉未完全清醒,护士给予热水袋保暖时,水温应**不超过**
   A. 40℃   B. 50℃
   C. 60℃   D. 70℃
   E. 80℃

26. 患者,男性,55岁。脑出血合并脑水肿,选用降温方法正确的是
   A. 冰袋   B. 湿冷敷
   C. 酒精拭浴   D. 冰帽
   E. 温水拭浴

27. 患者,女性,49岁。大便干结、排便困难,导致肛门充血,可选用
   A. 湿冷敷   B. 湿热敷法
   C. 热水坐浴   D. 热水袋热敷
   E. 红外线照射

28. 患者,女性,75岁。长期卧床,骶尾部出现压疮,压疮创面可选用
   A. 局部浸泡   B. 湿热敷
   C. 热水坐浴   D. 湿冷敷
   E. 红外线照射

29. 患儿,男性,3岁。体温39.6℃,采用温水拭浴降温时,正确的操作方法是
   A. 用力揉擦,按摩局部
   B. 胸、腹、足心延长拍拭时间
   C. 患者发生寒战时应减慢速度
   D. 头部放置热水袋
   E. 以离心方向拍拭

30. 患者,女性,58岁。患腰肌劳损数月,采用热疗法缓解症状的主要机制是
   A. 加速致痛物质的吸收
   B. 减轻组织充血
   C. 促进肌肉、肌腱和韧带等软组织松弛
   D. 降低痛觉神经的兴奋性
   E. 解除局部神经末梢的压力

31. 患者,女性,28岁。鼻息肉摘除术后,体温37.5℃,脉搏96次/分,呼吸21次/分。应将冰囊放置于
   A. 前额
   B. 腋下
   C. 将冰囊吊起,使其底部接触鼻根
   D. 颈前颌下
   E. 头顶

32. 患者,女性,15岁。上呼吸道感染入院,入院时体温39.5℃,遵医嘱行酒精拭浴,应注意
   A. 拭浴时间不超过30分钟
   B. 主要擦拭后颈部
   C. 拍拭足底时间可稍长
   D. 拭浴后10分钟测量体温
   E. 观察面色,监测呼吸、脉搏

A₃/A₄型题

(33～35题共用题干)

患儿,6岁,急性扁桃体炎,查体:体温39.8℃。

33. 最适宜的降温方式为
   A. 额部冷湿敷   B. 头部冰槽
   C. 酒精拭浴   D. 颈部置冰囊
   E. 头部冰帽

34. 反复运用冷疗时,中间必须间隔
   A. 20分钟   B. 30分钟
   C. 50分钟   D. 1小时
   E. 2小时

35. 该患者枕后禁用冷疗的目的是为了防止
   A. 冻伤   B. 反射性心率减慢
   C. 腹泻   D. 一过性冠状动脉收缩
   E. 体温骤降

(36～38题共用题干)

患者,男性,68岁。患老年性慢性支气管炎急性发作收治入院,主诉怕冷,护士为该患者灌热水袋取暖。

36. 适宜的水温是
   A. 40℃   B. 50℃
   C. 60℃   D. 70℃
   E. 75℃

37. 使用热水袋时下列哪项**不妥**
   A. 灌水约2/3满
   B. 排尽空气,旋紧塞子
   C. 擦干后倒提热水袋检查有无漏水
   D. 水温以50℃以内为宜
   E. 套上布套放于头部

38. 使用热水袋时,水温不宜过高,其原因是
   A. 皮肤对热反应敏感   B. 血管对热反应敏感

C. 皮肤抵抗力差　　　D. 可加重病情

E. 老年人感觉较迟钝

（39～42题共用题干）

患者，男性，35岁。因颅脑外伤入院，神志不清，意识昏迷。查体：体温39.6℃，脉搏112次/分，呼吸24次/分，血压100/60mmHg，遵医嘱给予降温。

39. 最适宜的降温方式为

　　A. 额部置冰袋　　　B. 温水拭浴

　　C. 酒精拭浴　　　　D. 腹股沟处置冰囊

　　E. 头部冰槽

40. 患者降温时，需要每30分钟测肛温，温度**不能**低于

　　A. 15℃　　　　　　B. 20℃

　　C. 25℃　　　　　　D. 30℃

　　E. 35℃

41. 采用此法给予降温的主要目的是

　　A. 制止炎症扩散

　　B. 减轻局部充血或出血

　　C. 降低神经末梢的敏感性

　　D. 减慢对脑细胞的损害

　　E. 促进炎症消散

42. 在运用冷疗时，应注意保护

　　A. 后颈、两耳　　　B. 额部、两耳

　　C. 额部、颈部　　　D. 枕部、额部

　　E. 枕部、后颈

（43～45题共用题干）

患者，女性，28岁。因分娩需要，会阴部进行侧切。现切口局部出现红、肿、热、痛，给予红外线灯局部照射。

43. 采用红外线灯进行局部照射时，照射时间宜控制在

　　A. 10分钟以内　　　B. 10～20分钟

　　C. 20～30分钟　　　D. 30～40分钟

　　E. 40～50分钟

44. 在照射过程中，发现局部皮肤出现紫红色，应采取的措施是

　　A. 换用低功率灯头

　　B. 抬高照射灯，增加距离

　　C. 改用热湿敷

　　D. 立即停用，局部涂凡士林

　　E. 局部纱布覆盖

45. 照射完毕，需嘱患者休息15分钟后再离开治疗室，其目的是

A. 观察疗效　　　　B. 预防感冒

C. 防止晕倒　　　　D. 减轻疼痛

E. 促进炎症局限

二、实践能力

A₁型题

46. 热水坐浴禁忌证下列哪项**除外**

　　A. 会阴部充血　　　B. 阴道出血

　　C. 急性盆腔炎　　　D. 女性经期

　　E. 妊娠后期

47. 禁忌用冷的部位**不包括**

　　A. 耳郭　　　　　　B. 心前区

　　C. 腹部　　　　　　D. 足底

　　E. 腹股沟

48. 热疗的适应证**不包括**

　　A. 压疮　　　　　　B. 胃肠痉挛

　　C. 腰肌劳损　　　　D. 鼻出血

　　E. 静脉炎

49. **禁忌**采用冷疗的疾病是

　　A. 急性关节扭伤　　B. 牙痛

　　C. 小腿慢性炎症　　D. 烫伤

　　E. 脑外伤

A₂型题

50. 患者使用热水袋保暖时，如发现局部皮肤潮红，应采取的正确处理方法是

　　A. 热水袋外再包一条毛巾

　　B. 热水袋稍远离局部皮肤

　　C. 立即停用，涂凡士林

　　D. 立即停用，涂70%乙醇

　　E. 立即停用，50%硫酸镁湿热敷

51. 患者，女性，66岁。患牙痛多日，护士告知其可含漱冰水，目的是

　　A. 控制炎症扩散　　B. 减轻充血

　　C. 减轻疼痛　　　　D. 降低体温

　　E. 减轻出血

52. 患者，男性，30岁。不慎扭伤左侧踝关节，淤肿2天，护士交代其采用热湿敷，目的是

　　A. 减轻局部充血或出血

　　B. 减轻疼痛

　　C. 控制炎症扩散

　　D. 促进炎症消散

　　E. 使患者舒适

53. 患儿，女性，5岁。因支气管炎住院，体温38.7℃，脉搏102次/min，呼吸22次/min。可采

用的最佳降温方式是

A. 冰袋额部冷敷　　　B. 冰帽头部冷敷

C. 酒精拭浴　　　　　D. 温水拭浴

E. 冷湿敷

54. 患者,男性,20 岁。高热 3 天,行酒精拭浴时,禁忌擦浴的部位是

A. 面部、腹部、足部　　B. 腘窝、腋窝、腹股沟

C. 面部、背部、腋窝　　D. 胸前区、腹部、足底

E. 肘窝、手心、腹股沟

55. 患者,男性,20 岁。鼻唇沟处有一疖,表现为红肿热痛,前来就诊时护士告诉其禁热敷,其原因是

A. 加重局部疼痛　　　B. 加重局部功能障碍

C. 掩盖病情　　　　　D. 防止出血

E. 防止颅内感染

56. 患者,女性,58 岁。风湿性关节炎,每日红外线照射 20 分钟,护士巡视时发现患者局部皮肤出现桃红色的均匀红斑,说明

A. 照射剂量过大　　　B. 照射剂量过小

C. 照射剂量合适　　　D. 应立即停止照射

E. 应延长照射时间

A₃/A₄ 型题

(57、58 题共用题干)

患者,男性,30 岁。高热待查,体温 39.5 ℃。

57. 遵医嘱行温水拭浴降温,水温应选用

A. 32～34℃　　　　　B. 40～45℃

C. 45～50℃　　　　　D. 50～55℃

E. 55～60℃

58. 心前区禁拭浴的目的是防止

A. 局部用冷

B. 一过性冠状动脉收缩

C. 心率减慢

D. 呼吸节律异常

E. 体温骤降

(59、60 题共用题干)

患者,女性,51 岁。行痔疮手术后,给予热水坐浴。

59. 给予热水坐浴的目的是

A. 消炎、消肿、镇痛　　B. 降温

C. 消炎、解痉、止痛　　D. 解除便秘

E. 促进伤口干燥结痂

60. 护士操作时,方法**不正确**的是

A. 浴盆和溶液需无菌

B. 操作前嘱患者排空膀胱

C. 倒入坐浴液至浴盆 2/3 满

D. 坐浴后更换敷料

E. 坐浴时间 15～20 分钟

(61～64 题共用题干)

患者,女性,24 岁。急性肺炎入院,查体:体温 39.8℃,遵医嘱行酒精拭浴降温。

61. 酒精拭浴降温的主要机理是

A. 蒸发散热　　　　　B. 辐射散热

C. 传导散热　　　　　D. 对流散热

E. 渗透散热

62. 应选用的乙醇浓度为

A. 10％～20％　　　　B. 25％～35％

C. 40％～50％　　　　D. 60％～70％

E. 70％～80％

63. 酒精拭浴时,护士操作**不当**的是

A. 以拍拭方式进行,不用力摩擦

B. 禁忌拍拭后颈部、腹部、足底等部位

C. 腋窝、腹股沟、心前区适当延长拍拭时间

D. 患者发生寒战、面色苍白时应立即停止

E. 体温降至 39℃以下,取下头部冰袋

64. 为了观察降温效果,应在拭浴后多长时间复测体温

A. 10 分钟　　　　　　B. 20 分钟

C. 30 分钟　　　　　　D. 60 分钟

E. 2 小时

参考答案

1～5 ECBED　6～10 DCCBD　11～15 CCDEE

16～20 DADAE　21～25 DBCCB　26～30 DCEEC

31～35 CECDA　36～40 BEEED　41～45 DACDB

46～50 AEDCC　51～55 CDADE　56～60 CACAC

61～64 ABCC

第10章 排泄护理

第1节 排尿的护理

一、尿液的评估

1. 正常尿液

(1) 次数和量:成人一般白天排尿 3~5 次,夜间 0~1 次;每次尿量约 200~400ml,24h 排出尿液约 1000~2000ml。

(2) 颜色和透明度:新鲜尿液尿呈淡黄色,澄清、透明。

(3) 尿相对密度:正常成人为 1.015~1.025;若尿相对密度固定在 1.010 左右提示肾功能严重受损。

(4) 酸碱度:pH 4.5~7.5,平均值为 6。

★2. 尿量异常

(1) 多尿:指 24 小时尿量超过 2500ml,见于糖尿病、尿崩症等患者。

(2) 少尿:指 24 小时尿量少于 400ml 或每小时尿量少于 17ml,见于心、肾疾病和发热、休克患者。

(3) 无尿或尿闭:指 24 小时尿量少于 100ml 或 12 小时内无尿,见于严重心、肾疾病和休克患者。

★3. 颜色异常:红色或棕色为肉眼血尿;酱油色或浓茶色为血红蛋白尿;黄褐色为胆红素尿;白色浑浊为脓尿;乳白色为乳糜尿。

4. 气味异常:新鲜尿有氨臭味提示有泌尿系感染;糖尿病酮症酸中毒患者,尿液因含有丙酮而呈烂苹果味。

5. 膀胱刺激征:主要表现为尿频、尿急、尿痛。常见于膀胱及尿路感染患者。

二、影响排尿的因素

1. 年龄和性别:男性老年人因前列腺增生可引起滴尿和排尿困难。

2. 饮食与气候。

3. 排尿习惯:排尿姿势、排尿环境不适宜会影响排尿活动。

4. 治疗因素:手术中用麻醉剂、术后疼痛会导致尿潴留。

5. 疾病因素。

6. 心理因素:紧张、恐惧可引起尿频、尿急或排尿困难。

锦囊妙记

小儿:学龄前儿童每日尿量少于 300ml,婴幼儿少于 200ml,即为少尿;每日尿量少于 50ml 为无尿。

夜尿增多:指每晚尿量大于 750ml。

三、排尿异常的护理

★1. 尿潴留

(1)临床表现
- 1)大量尿液存留在膀胱内不能排出,膀胱容积可增至 3000~4000ml。
- 2)患者主诉下腹部胀痛、排尿困难。
- 3)体检可见**耻骨上膨隆,可触及囊性包块、叩诊呈实音、有压痛。**

(2)护理要点:机械性梗阻,应给予对症处理;非机械性梗阻,可采用以下护理措施
- 1)心理护理:消除焦虑和紧张情绪。
- 2)提供排尿的环境:关门窗、遮挡患者等。
- 3)调整体位和姿势:病情允许应尽量以习惯姿势排尿。
- 4)利用条件反射诱导排尿(主要措施):如听流水声、用温水冲洗会阴等。
- 5)按摩、热敷。
- 6)药物或针灸:根据医嘱肌内注射卡巴胆碱。
- **★7)经上述措施处理无效时,可根据医嘱采用导尿术。**
- 8)健康教育:指导患者养成及时、定时排尿的习惯。

2. 尿失禁

(1)临床表现
- 1)排尿失去控制,尿液不自主排出。
- 2)根据原因,尿失禁可分为:真性尿失禁(完全性尿失禁)、假性尿失禁(充溢性尿失禁)、压力性尿失禁(不完全性尿失禁)。

★(2)护理要点
- 1)心理护理。
- **★2)皮肤护理(主要措施):保持局部清洁干燥,预防压疮。**
- 3)设法接尿,对长期尿失禁患者给予留置导尿管,观察排尿反应,对慢性病或老年人每 1~2 小时给予便器 1 次,有意识地控制排尿。
- 4)室内环境:定期开窗通风,避免室内有异味。
- **★5)健康教育:①尿失禁患者在病情允许的情况下,每日白天应摄入 2 000~3 000ml 的液体,以促进排尿反射、预防泌尿系感染。② 盆底肌肉的锻炼:指导患者进行收缩和放松盆底肌肉的锻炼,以增强控制排尿的能力。方法为 10 秒/次,连续 10 遍,5~10 次/日,以不觉乏力为宜。**

四、导尿术

1. 目的
- (1)为尿潴留患者放尿以减轻痛苦;取无菌尿标本做细菌培养。
- (2)测量膀胱容量、压力、残余尿;尿道或膀胱造影;
- (3)治疗膀胱和尿道疾病,膀胱肿瘤患者进行化疗。

★2. 操作要点

(1)女患者导尿术
- 1)脱对侧裤腿,盖于近侧裤腿上,对侧大腿用盖被遮盖。
- 2)会阴部初步消毒的原则是:**由上至下、由外向内**;再次消毒的原则是:**由上至下、由内向外。**
- 3)导尿管插入尿道的长度为 **4~6cm**,见尿流出再插入 **1~2cm**。
- **4)留取尿培养标本,用无菌标本瓶或试管留取中段尿 5ml。**

(2)男患者导尿术
- 1)男性尿道特点:①两个弯曲:活动的耻骨前弯和固定的耻骨下弯;②三个狭窄:尿道内口、膜部和尿道外口。
- 2)导尿时应将阴茎提起与腹壁呈 **60°**,以消除**活动的耻骨前弯**,利于插管。
- 3)导尿管插入的长度为 **20~22cm**,见尿流出再插入 **2cm**。

★3. 注意事项
- (1)严格执行无菌操作,预防泌尿系统感染。
- (2)耐心解释,注意遮挡,保护患者自尊。
- (3)导管粗细适宜,动作轻柔。
- **(4)女患者导尿时,若导尿管误插入阴道,应立即拔出,重新更换无菌导管后重新插入。**
- **(5)膀胱高度膨胀且极度衰弱的患者,第一次放尿不应超过 1 000ml,以免引起虚脱和血尿。**

五、导尿管留置术

1. 目的
- (1)抢救休克、危重患者时,正确记录尿量,以观察病情。
- (2)盆腔器官手术前引流尿液,保持膀胱空虚,避免术中误伤膀胱。
- (3)某些泌尿系疾病手术后留置导尿管,便于引流和冲洗,并减轻手术切口的张力,有利于伤口的愈合。
- (4)昏迷、瘫痪或会阴部有伤口者,保留导尿管以保持会阴部清洁干燥。

★2. 操作要点
- (1)使用双腔气囊导尿管时,插入导尿管后,见尿流出后,再插入**5~7cm**。
- (2)根据气囊容积说明向气囊内注入0.9%无菌氯化钠注射液5~10ml,轻拉导尿管有阻力感,证实导尿管已固定。
- (3)将导管末端与集尿袋相连,将集尿袋固定于床旁,低于膀胱(耻骨联合)的位置。

★3. 护理要点
- (1)防止逆行感染
  - 1)**保持尿道口清洁:每日用消毒药液棉球擦拭1~2次。**
  - 2)**每日定时更换集尿袋。**
  - 3)**每周更换一次导尿管。**
  - 4)**集尿袋不可高于耻骨联合,以防尿液反流。**
- (2)保持引流通畅,避免引流管受压、扭曲、阻塞,防止逆行感染。
- (3)如病情允许应鼓励患者多饮水,以达到自然冲洗尿道的目的;每周检查尿常规,**如尿液出现混浊、沉淀或结晶,应及时进行膀胱冲洗。**
- (4)训练膀胱功能:采用间歇性夹管引流方式,使膀胱定时充盈和排空,以促进膀胱功能的恢复,每3~4小时开放引流1次。

第2节 排便的护理

一、粪便的评估

1. 正常排便的观察
- (1)量和次数:正常成人每日1~3次,平均每次的量为150~200g。
- (2)性状:柔软成形。
- (3)颜色:黄褐色或棕黄色,婴儿粪便呈黄色或金黄色。
- (4)气味:有粪便气味。

2. 异常粪便的观察
- (1)次数:成人排便超过每日3次,或每周少于3次,为排便异常。
- ★(2)形状:消化不良或急性肠炎时,排便次数增多,且呈糊状或水样;便秘时粪便坚硬呈栗子样;肛门直肠狭窄或部分肠梗阻时粪便呈扁条状或带状。
- ★(3)颜色:柏油样便见于上消化道出血;暗红色便见于下消化道出血;陶土色便见于胆道完全阻塞;果酱样便见于阿米巴痢疾或肠套叠;粪便表面鲜红或排便后滴血见于肛裂或痔疮出血;脓血便见于痢疾、直肠癌。
- (4)气味:酸臭味便见于消化不良;腐臭味便见于直肠溃疡、肠癌;腥臭味便见于消化道出血。
- (5)混合物:粪便中有大量黏液见于肠炎;粪便中伴有脓血见于痢疾、直肠癌。

二、影响排便的因素

1. 长期应用抗生素可干扰肠道内正常菌群的功能,造成腹泻。

2. 大剂量应用镇静剂可导致便秘。

3. 麻醉药物可使患者胃肠蠕动暂停,一般腹部手术后24~48小时胃肠功能才趋于恢复。

4. 腹部和会阴部伤口疼痛可抑制便意。

5. 长期卧床的患者活动减少,可影响排便。

三、排便异常的护理

1. 腹泻

　(1)表现
　　1)指排便次数增多、粪便稀薄而不成形,甚至呈水样。
　　2)腹泻常伴有腹痛、恶心、呕吐、肠鸣、里急后重等症状。

　★(2)护理要点
　　1)去除病因。
　　2)卧床休息,以减少肠蠕动,减少体力消耗。
　　3)饮食指导:**多饮水**,进食流质或半流质饮食,**腹泻严重时应暂时禁食**。
　　4)防治水、电解质紊乱:遵医嘱给予止泻剂、口服补液盐或静脉输液。
　　5)皮肤护理:便后用温水清洗,肛周涂油膏保护皮肤,防止发生压疮。
　　6)观察记录排便次数和性质。

2. 大便失禁

　(1)概念:大便失禁是指由于肛门括约肌不受意志控制而不由自主地排便。

　(2)护理要点
　　1)皮肤护理:防止褥疮发生。
　　2)重建排便能力:观察患者排便反应,适时给予便盆,训练患者定时排便,以建立排便反射。
　　3)室内环境:定时开窗通风。
　　4)指导患者进行盆底肌收缩运动锻炼。

3. 便秘

　(1)表现
　　1)指排便次数减少,无规律性,粪便干燥、坚硬,排便困难。
　　2)常伴有头痛、腹痛、腹胀、消化不良、食欲不振、疲乏无力等症状。

　★(2)护理要点
　　1)心理护理:解释和指导。
　　2)提供隐蔽排便环境。
　　3)安置适当的体位,如坐位或蹲位,仰卧位患者可酌情抬高床头。
　　4)腹部按摩:**按升结肠→横结肠→降结肠的顺序作环行按摩,以刺激肠蠕动,促进排便。**
　　5)按医嘱给予口服缓泻剂,如番泻叶、果导片等。
　　6)使用简易通便剂,如开塞露、甘油栓等。
　　7)灌肠法:如上述方法无效,可遵医嘱给予灌肠。
　★8)健康教育:指导患者养成定时排便的习惯;多食蔬菜、水果、粗粮等**富含膳食纤维和维生素的食物**;每日饮水 1 500ml 左右;适当的活动;充足的休息与睡眠;正确使用简易通便剂,但不能长期作用。

锦囊妙记

常用插管长度汇总

鼻饲管:发际到剑突,约 45~55cm;

女患者导尿:4~6cm,见尿后再插入 1~2cm;

男患者导尿:20~22cm,见尿后再插入 1~2cm;

留置双腔气囊导尿管:见尿后再插入 5~7cm;

大量不保留灌肠:7~10cm;

小量不保留灌肠:7~10cm;

保留灌肠:10~15cm;

肛管排气:15~18cm;

鼻导管吸氧:鼻尖至耳垂的 2/3。

四、灌肠法

1. 大量不保留灌肠

- (1)目的
  - 1)软化粪便,解除便秘及肠胀气。
  - 2)清洁肠道,为某些手术、检查或分娩作准备。
  - 3)减轻中毒。
  - 4)为高热患者降温。
- (2)常用灌肠溶液:0.9%生理盐水或 0.1%~0.2%肥皂水。
- ★(3)溶液量及温度
  - 1)成人 500~1 000ml,小儿 200~500ml;
  - 2)温度 39~41℃,降温时 28~32℃;中暑患者用 4℃ 0.9%生理盐水。
- ★(4)操作要点
  - 1)患者取左侧卧位。
  - 2)灌肠筒液面距肛门 40~60cm。
  - 3)肛管插入直肠 7~10cm。
  - 4)观察:如液体流入受阻,可稍转动或挤捏肛管;如患者感觉腹胀或有便意,可适当降低灌肠筒高度,以减慢液体流速,并嘱患者做深呼吸,以减轻腹压。
  - 5)灌毕嘱患者保留溶液 5~10 分钟后排便。
  - 6)灌肠后记录,如排便 1 次记为 1/E。
- ★(5)注意事项
  - 1)伤寒患者灌肠,液量不超过 500ml,压力降低,液面距肛门小于 30cm。肝性脑病患者禁用肥皂水灌肠,以减少氨的产生和吸收;充血性心力衰竭患者禁用生理盐水灌肠,以减少钠的吸收。
  - 2)若患者出现面色苍白、出冷汗、剧烈腹痛、脉搏细速、心慌气促等情况,应立即停止灌肠。
  - 3)降温灌肠应保留 30 分钟后排便;
  - 4)禁忌证:急腹症、消化道出血、妊娠、严重心血管疾病等患者禁忌灌肠。

2. 小量不保留灌肠

- (1)目的:为腹盆腔术后、危重、老幼患者及保胎孕妇解除便秘,排除肠道积气,减轻腹胀。
- ★(2)常用溶液
  - 1)1、2、3 溶液(50%硫酸镁 30ml、甘油 60ml、水 90ml)。
  - 2)油剂(甘油 50ml 加等量温开水)。
- ★(3)操作要点
  - 1)溶液量少于 200ml,液面距肛门小于 30cm。
  - 2)肛管插入直肠 7~10cm。
  - 3)灌毕嘱患者尽可能保留 10~20 分钟后排便。

3. 清洁灌肠:是反复多次进行大量不保留灌肠的方法,首次选用的灌肠溶液是 0.1%~0.2%肥皂水,禁忌用清水反复灌洗,以防水、电解质紊乱。

锦囊妙记

灌肠后溶液保留时间和肛管插入深度

类型	保留时间	肛管插入深度
大量不保留灌肠	5~10 分钟	7~10cm
小量不保留灌肠	10~20 分钟	7~10cm
保留灌肠	1 小时以上	10~15cm
肛管排气	不超过 20 分钟	15~18cm

(1)目的:用于镇静、催眠及治疗肠道感染。

(2)常用溶液:液量小于 200ml,温度 39～41℃。

4. 保留灌肠
(3)操作要点
★1)体位:慢性细菌性痢疾,病变多在乙状结肠和直肠,患者应取左侧卧位;阿米巴痢疾,病变多在回盲部,患者应取右侧卧位,以提高治疗效果。

2)臀部抬高 10cm。

3)肛管插入直肠 10～15cm。

4)灌毕嘱患者尽可能保留 1 小时以上。

(4)注意事项
1)确定病变部位以便确定适当的卧位和插管深度。

2)在睡眠前灌入为宜。

3)肛门、直肠、结肠手术后患者及排便失禁患者不宜作保留灌肠。

五、排气护理

1. 肠胀气患者的护理要点
(1)勿食产气食物,如豆类、糖、油炸类食物及碳酸饮料。

(2)按摩:在腹部进行热敷和按摩以促进排气,必要时行肛管排气。

2. 肛管排气法的操作要点
(1)肛管插入肛门 15～18cm。

(2)保留肛管在 20 分钟以内,因长时间留置肛管,有可能导致肛门括约肌永久性松弛,如需重复插管排气,应间隔 2～3 小时。

模拟试题栏——识破命题思路,提升应试能力

一、专业实务

A₁ 型题

1. 成人正常情况下,尿相对密度为
   A. 1.000～1.005　　　　　B. 1.005～1.010
   C. 1.010～1.015　　　　　D. 1.015～1.025
   E. 1.020～1.030

2. 尿潴留患者叩诊耻骨上部呈
   A. 鼓音　　　　　　　　　B. 实音
   C. 浊音　　　　　　　　　D. 清音
   E. 啰音

3. 属于机械性梗阻导致的尿潴留是
   A. 前列腺肥大　　　　　　B. 麻醉后
   C. 神经系统疾病　　　　　D. 分娩后
   E. 排尿环境的改变

解析:麻醉后、神经系统疾病、分娩后和排尿环境的改变引起的尿潴留属于非机械性梗阻尿潴留。

4. 下列哪种情况不需留置导尿
   A. 膀胱镜检查　　　　　　B. 子宫肌瘤切除术
   C. 休克患者　　　　　　　D. 大面积烧伤
   E. 前列腺肥大切除术

5. 正常人尿液的 pH 值为
   A. 3.5～5.5　　　　　　　B. 3.5～6.5
   C. 4.0～8.0　　　　　　　D. 4.5～7.5

   E. 4.5～8.0

6. 成年男性尿道有三个狭窄,分别为尿道内口、尿道外口和
   A. 前部　　　　　　　　　B. 后部
   C. 颈部　　　　　　　　　D. 膜部
   E. 根部

7. 女性尿道与男性尿道相比,下列表述正确的是
   A. 女性尿道 3～4cm,男性尿道 15～18cm
   B. 女性尿道较男性尿道细
   C. 女性尿道有两个弯曲和三个狭窄
   D. 男性尿道较女性尿道富于扩张性
   E. 女性尿道较男性尿道直

8. 中暑患者的灌肠溶液温度为
   A. 4℃　　　　　　　　　　B. 5℃
   C. 6℃　　　　　　　　　　D. 7℃
   E. 8℃

9. "1、2、3 溶液"配方正确的是
   A. 甘油 30ml、温开水 60ml、50%硫酸镁 90ml
   B. 温开水 30ml、甘油 60ml、50%硫酸镁 90ml
   C. 温开水 30ml、50%硫酸镁 60ml、甘油 90ml
   D. 50%硫酸镁 30ml、甘油 60ml、温开水 90ml
   E. 50%硫酸镁 30ml、温开水 60ml、甘油 90ml

10. 下列情况可实施大量不保留灌肠的患者是

A. 高热患者降温　　　　B. 心肌梗死患者

C. 急腹症患者　　　　　D. 消化道出血患者

E. 妊娠早期患者

11. 肝性脑病患者灌肠时禁用肥皂水是因为

 A. 肥皂水易引起腹胀

 B. 肥皂水易造成肠穿孔

 C. 减少氨的产生和吸收

 D. 避免引起腹泻

 E. 引起电解质平衡失调

12. 属于排便异常的是

 A. 每日排便 2 次,连续 1 年

 B. 每日排便 3 次,连续 1 年

 C. 每周排便 2 次,连续 1 年

 D. 每周排便 3 次,连续 1 年

 E. 每周排便 4 次,连续 1 年

13. 与粪便气味产生有关的是食物

 A. 蛋白质　　　　　　B. 脂肪

 C. 矿物质　　　　　　D. 水分

 E. 微量元素

14. 便秘患者排便时,可进行腹部按摩,顺序为

 A. 升结肠、横结肠、降结肠

 B. 横结肠、升结肠、降结肠

 C. 升结肠、降结肠、横结肠

 D. 降结肠、升结肠、横结肠

 E. 降结肠、横结肠、升结肠

15. 清洁灌肠时,首次选用的灌肠溶液是

 A. 清水　　　　　B. 0.9%氯化钠溶液

 C. 0.1%~0.2%肥皂水　D. 0.5%~1%新霉素

 E. 10%水合氯醛

16. 肛管排气时,保留肛管一般不超过 20 分钟的原因是

 A. 防止肠道感染

 B. 防止肛管与黏膜粘连

 C. 减轻患者的不适

 D. 防止肛门括约肌反应性降低

 E. 不影响患者活动

A₂ 型题

17. 患者,女性,51 岁。因术后尿潴留,护士为其进行导尿术,初次消毒时,首先消毒的部位是

 A. 大阴唇　　　　　　B. 小阴唇

 C. 肛门　　　　　　　D. 尿道口

 E. 阴阜

18. 某泌尿科护士,为一女性患者导尿术时,会阴部第 2 次消毒,应首先消毒的部位为

A. 大阴唇　　　　　　B. 小阴唇

C. 肛门　　　　　　　D. 尿道口

E. 阴阜

19. 患者,男性,46 岁。已 10 小时未排尿,腹胀,经评估为非尿路阻塞引起的尿潴留,护士采用温水冲洗会阴,其目的是

A. 分散注意力,减轻紧张心理

B. 利用条件反射促进排尿

C. 清洁会阴防止尿路感染

D. 利用温热作用预防感染

E. 使患者感觉舒适

20. 患者,男性,72 岁,休克,护士遵医嘱留置导尿管,其目的是

A. 做尿培养检查　　　B. 引流潴留的尿液

C. 训练膀胱功能　　　D. 保持会阴部清洁干燥

E. 记录尿量观察病情变化

21. 患者,女性,因行子宫肌瘤切除术需进行术前准备。护士准备为其进行留置导尿管术,患者不同意,此时护士应

A. 嘱患者自行排尿

B. 请示护士长改用其他办法

C. 请家属协助劝说

D. 耐心解释,说明留置导尿管的重要性,并用屏风遮挡

E. 报告医生择期手术

22. 患者,男性,62 岁。先是夜间尿频,后逐步排尿时间延长,尿不净。至下午排不出尿,小腹胀痛来院就诊。护士应如何处理

A. 膀胱穿刺抽尿　　　B. 膀胱造瘘

C. 导尿并留置导尿管　D. 压腹部排尿

E. 做前列腺摘除术

23. 患者,女性,58 岁。高位截瘫,排便失禁多日,其护理重点是

A. 鼓励患者多饮水

B. 给予患者高蛋白饮食

C. 观察患者排便时的心理反应

D. 保护臀部防止发生皮肤破溃

E. 观察记录粪便性质、颜色及量

24. 患者,男性,74 岁。诊断:脑出血。已留置导尿管 2 周,护士观察发现患者尿液混浊、沉淀。正确的护理措施是

A. 经常清洗尿道口　　B. 热敷下腹部

C. 膀胱内滴药　　　　D. 及时更换卧位

E. 多饮水,并进行膀胱冲洗

25. 患者,女性,32 岁。阑尾切除手术后,因麻醉导致术后尿潴留,下列措施中哪一项是**错误**的
　　A. 帮助患者坐起排尿　　B. 让其听流水声
　　C. 口服利尿剂　　D. 给予床帘遮挡
　　E. 用温水冲洗会阴

26. 患者,女性,拟行子宫肌瘤切除术,需进行术前留置导尿管,操作中**错误**的是
　　A. 严格无菌操作
　　B. 患者取仰卧屈膝位
　　C. 插管动作宜轻缓
　　D. 导管插入尿道 4～6cm
　　E. 导管误插入阴道,应立即拔出,用原管重插

27. 患者,女性,68 岁。盆腔肿瘤手术前,护士为其导尿,操作中第 2 次消毒的原则为
　　A. 由上至下,由外向内
　　B. 由上至下,由内向外
　　C. 由下至上,由内向外
　　D. 由下至上,由外向内
　　E. 根据患者的要求进行消毒

28. 患者,女性,28 岁。因截瘫导致尿失禁,护理措施**错误**的是
　　A. 床上铺橡胶单和中单
　　B. 定时按摩受压部位
　　C. 嘱患者少饮水,以减少尿量
　　D. 会阴部经常用温水冲洗
　　E. 定时开窗通风,保持空气清新

29. 患者,女性,68 岁。膀胱高度膨胀且极度虚弱,为其导尿时,首次放尿的量不应超过
　　A. 500ml　　B. 800ml
　　C. 1000ml　　D. 1200ml
　　E. 1500ml

30. 患者,女性,35 岁。长期留置导尿管,护士帮助患者锻炼膀胱反射功能的主要护理措施是
　　A. 温水冲洗外阴 2 次/日　　B. 每周更换导尿管
　　C. 间隙性夹管引流　　D. 定时给患者翻身
　　E. 鼓励患者多饮水

31. 患者,男性,56 岁。前列腺严重肥大,体质虚弱,膀胱高度膨胀,护士帮助其排尿的最佳方法是
　　A. 热敷下腹部　　B. 按摩下腹部
　　C. 针灸　　D. 导尿
　　E. 听流水声

32. 患者,男性,41 岁。浅昏迷 2 日,护士为患者行留

置导尿术最主要的目的是
　　A. 保持床单位清洁干燥
　　B. 测量尿量及比重,了解肾血流灌注情况
　　C. 收集尿液标本,作细菌培养
　　D. 防止尿潴留
　　E. 持续引流尿液,促进有毒物质排出

33. 患者,女性,80 岁。膀胱高度膨胀至脐部。护士遵医嘱给予导尿,操作正确的是
　　A. 备好用物携至床边,开窗通风,保证操作环境干净无味
　　B. 插管时须用力,以便插入
　　C. 导尿管不慎插入阴道,应立即拔出,用酒精棉球擦拭后,再插入
　　D. 见尿液流出后,再插入 1～2cm
　　E. 第 1 次放尿量约 2000ml

34. 患者,男性,54 岁。因外伤致尿失禁,行留置导尿,尿液引流通畅,但尿色黄、混浊,医嘱:抗感染治疗。护士护理患者时应注意
　　A. 记录尿量
　　B. 及时更换尿管
　　C. 必要时清洗尿道口
　　D. 指导患者练习排空膀胱
　　E. 鼓励患者多饮水并行膀胱冲洗

35. 患者,男性,24 岁。肠道内积聚过量气体不能排出,伴腹胀及腹痛。下列护理措施**错误**的是
　　A. 向患者解释出现肠胀气的原因
　　B. 指导患者进食易消化的食物,多食用豆类
　　C. 鼓励患者进行适当活动
　　D. 进行腹部热敷
　　E. 必要时行肛管排气

36. 患者,男性,50 岁。按医嘱进行保留灌肠,下列护理措施正确的是
　　A. 为保证疗效,在晨起时灌入
　　B. 选择较粗的肛管
　　C. 插入要浅
　　D. 药量为 200ml
　　E. 提高压力,确保灌肠液进入肠道

37. 患者,男性,45 岁。诊断:脑出血。因长期卧床,发生便秘。护士遵医嘱给予其大量不保留灌肠,灌肠后患者解大便 1 次,下列记录正确的是
　　A. E　　B. ※
　　C. 1/E　　D. 1E
　　E. 1^1/E

38. 某患者诊断为慢性菌痢,需作保留灌肠,正确的操作是
    A. 在晚间睡眠前灌入
    B. 灌肠时取右侧卧位
    C. 肛管插入直肠 7～10cm
    D. 液面距肛门 40cm
    E. 灌肠后宜保留 10～20 分钟

39. 患者,男性,26 岁。慢性痢疾,对其进行保留灌肠,为达到药物治疗目的,宜采取体位是
    A. 头低脚高位
    B. 头高脚低位
    C. 左侧卧位
    D. 右侧卧位
    E. 屈膝位

40. 患者,女性,45 岁,教师。慢性阿米巴痢疾,用2％小檗碱灌肠治疗,操作正确的是
    A. 灌肠前臀部抬高 15cm
    B. 灌肠时患者取右侧卧位
    C. 液面与肛门的距离 40～60cm
    D. 灌入药液量应少于 500ml
    E. 灌入药液后保留 30 分钟

41. 患者,女性,23 岁。诊断:伤寒。现体温正常,护士按医嘱给予其大量不保留灌肠,操作正确的是
    A. 准备灌肠溶液 800ml
    B. 溶液温度为 37～39℃
    C. 嘱患者取右侧卧位
    D. 用小垫枕将臀部抬高 10cm
    E. 液面与肛门的距离不超过 30cm

42. 某患者肠胀气需做肛管排气,下列操作哪项**不妥**
    A. 协助患者取仰卧位或侧卧位
    B. 肛管插入直肠 17cm
    C. 肛管所连接的橡胶管末端插入水瓶中
    D. 按结肠解剖位置做离心按摩
    E. 保留肛管 1 小时

43. 患者,男性,34 岁。阿米巴痢疾,护士为其进行保留灌肠时,采取右侧卧位,其目的是
    A. 提高治疗效果
    B. 减少对患者刺激
    C. 使患者舒适安全
    D. 缓解患者痛苦
    E. 减轻药物毒副作用

44. 患者,女性,30 岁。次日拟进行结肠 X 线摄片检查。正确的肠道准备方法是
    A. 大量不保留灌肠
    B. 小量不保留灌肠
    C. 保留灌肠
    D. 清洁灌肠
    E. 肛管排气

45. 患者,女性,26 岁。出现肠胀气,予肛管排气后缓

解不明显,再次进行排气时应间隔
    A. 2～3 小时
    B. 60 分钟
    C. 40 分钟
    D. 30 分钟
    E. 15 分钟

46. 患者,男性,66 岁。因直肠癌将于次日手术,手术前做肠道清洁准备,护士正确的做法是
    A. 行大量不保留灌肠 1 次,排出粪便
    B. 行小量不保留灌肠 1 次,排出粪便
    C. 行保留灌肠 1 次,刺激肠蠕动,促进排便
    D. 反复多次行大量不保留灌肠,至排出澄清液
    E. 采用开塞露通便法,排出粪便及气体

A₃/A₄ 型题

(47～50 题共用题干)

患者,男性,65 岁。因外伤导致尿失禁,现遵医嘱为该患者进行双腔气囊导尿管留置导尿术。

47. 为患者留置导尿的目的是
    A. 测量尿相对密度
    B. 预防泌尿系感染
    C. 记录每小时尿量
    D. 持续保持膀胱空虚状态
    E. 引流尿液保持会阴部清洁干燥

48. 实施导尿管留置术后,护士正确的护理措施是
    A. 将引流管弯曲后,用别针固定在患者衣服上,使其高于耻骨联合
    B. 经常观察尿液,每日检查尿常规
    C. 用消毒棉球擦拭外阴及尿道口,每日 1～2 次
    D. 嘱患者卧床休息,减少翻身,防止引流管脱落
    E. 24 小时开放引流管,保证及时排空尿液,防止感染

49. 为防止泌尿系逆行感染,留置导尿管应
    A. 每日更换
    B. 每 3 天更换
    C. 每周更换
    D. 每 2 周更换
    E. 每 3 周更换

50. 为避免泌尿系感染和尿盐沉积而阻塞尿管,在病情许可下,患者每日应摄取足够的液体以使尿量维持在
    A. 1 000ml 以上
    B. 1 500ml 以上
    C. 2 000ml 以上
    D. 2 500ml 以上
    E. 3 000ml 以上

(51～53 题共用题干)

患者,男性,60 岁。胃癌晚期,恶病质,膀胱高度膨胀,现遵医嘱给予导尿。

51. 导尿时,提起阴茎使之与腹壁呈 60°的目的是
    A. 使耻骨前弯消失
    B. 使耻骨下弯消失

C. 扩张尿道内口　　　D. 扩张尿道外口

E. 扩张尿道膜部

52. 导尿时不宜大量放尿,以免导致该患者出现
    A. 血尿　　　　　　　B. 尿闭

    C. 尿痛　　　　　　　D. 尿频

    E. 尿崩

53. 若插导尿管时遇到阻力,护士应
    A. 做好患者的心理护理

    B. 提起阴茎,使耻骨下弯消失

    C. 稍等片刻,嘱患者深呼吸

    D. 放平阴茎,使耻骨前弯消失

    E. 快速用力插入

(54~58 题共用题干)

    患者,女性,55 岁。主诉腹胀,4 天未排大便,触诊发现腹部较硬且紧张,可触及包块,肛诊可触及粪块。

54. 为该患者提供的最主要的护理措施是
    A. 清洁灌肠　　　　　B. 保留灌肠

    C. 调整排便姿势　　　D. 腹部环行按摩

    E. 大量不保留灌肠

55. 灌肠筒内液面距离肛门约
    A. 10~20cm　　　　　B. 20~30cm

    C. 30~40cm　　　　　D. 40~60cm

    E. 60~80cm

56. 肛管插入直肠的深度是
    A. 3~6cm　　　　　　B. 7~10cm

    C. 11~13cm　　　　　D. 14~16cm

    E. 18~20cm

57. 当液体灌入 300ml 时患者感觉腹胀有便意,正确的护理措施是
    A. 停止灌肠　　　　　B. 协助患者平卧

    C. 嘱患者张口深呼吸　D. 提高灌肠筒高度

    E. 移动肛管或挤捏肛管

58. 灌肠中若患者出现脉速、面色苍白、出冷汗、腹痛,正确的处理是
    A. 移动肛管　　　　　B. 停止灌肠

    C. 挤捏肛管　　　　　D. 调整灌肠筒高度

    E. 嘱患者放松长呼气

二、实践能力

A₁ 型题

59. 多尿是指 24 小时尿量超过
    A. 500ml　　　　　　　B. 2 000ml

    C. 2 500ml　　　　　　D. 3 000ml

    E. 3 500ml

60. 膀胱刺激征的主要症状有
    A. 高热、尿频、尿急　B. 高热、尿少、尿急

    C. 尿频、尿急、尿痛　D. 尿频、尿急、腹痛

    E. 血尿、尿急、尿痛

61. 肉眼血尿为
    A. 棕色　　　　　　　B. 淡黄色

    C. 黄褐色　　　　　　D. 乳白色

    E. 酱油色

62. 血红蛋白尿为
    A. 棕色　　　　　　　B. 淡黄色

    C. 黄褐色　　　　　　D. 乳白色

    E. 酱油色

63. 当发生阿米巴痢疾时,粪便呈
    A. 柏油样便　　　　　B. 陶土样便

    C. 果酱样便　　　　　D. 暗红色便

    E. 粪便表面有鲜血

64. 阻塞性黄疸患者的大便颜色呈
    A. 黑色　　　　　　　B. 黄褐色

    C. 陶土色　　　　　　D. 暗红色

    E. 鲜红色

A₂ 型题

65. 患者,男性,65 岁。尿失禁,给予留置导尿术,并定期进行膀胱冲洗。操作中需要停止冲洗并报告医生的情况是
    A. 剧烈腹痛　　　　　B. 感觉不适

    C. 冲洗液浑浊　　　　D. 冲洗不畅

    E. 冲洗速度过快

66. 患者,女性,28 岁。近日出现尿急、尿频,排出的新鲜尿液有氨臭味,提示为
    A. 尿毒症　　　　　　B. 膀胱炎

    C. 肾结石　　　　　　D. 肾积水

    E. 糖尿病酮症酸中毒

67. 患者,女性,56 岁。近日来出现咳嗽、打喷嚏时不自主排尿的现象,这种现象称为
    A. 压力性尿失禁　　　B. 反射性尿失禁

    C. 急迫性尿失禁　　　D. 功能性尿失禁

    E. 部分尿失禁

68. 护士巡视病房时,发现某患者排出的尿液含有烂苹果味,该患者很可能是
    A. 膀胱炎　　　　　　B. 尿道炎

    C. 前列腺炎　　　　　D. 急性肾炎

    E. 糖尿病酮症酸中毒

69. 患者,男性。胃溃疡出血,经对症治疗后出血已

停止,大便隐血阳性,出血期间,患者大便可能呈

A. 鲜红色　　　　　B. 暗红色

C. 柏油色　　　　　D. 果酱色

E. 黄褐色

70. 患者,女性,60 岁。长期便秘,护士对其进行健康教育,其中**错误**的是

A. 告知患者选择合适的时间,养成定时排便的习惯

B. 增加富含维生素的食物,多饮水

C. 鼓励患者打太极拳

D. 保证充足的睡眠

E. 教会患者简易通便剂的使用方法,并长期使用

71. 患者,男性,70 岁。便秘多日,护士告知其多吃水果能帮助通便,水果中起通便作用的营养素是

A. 糖类　　　　　　B. 纤维素

C. 维生素 C　　　　D. 蛋白质

E. 胶原物质

72. 患者,女性,35 岁。膀胱高度膨胀且又极度虚弱,护士为其导尿,第 1 次放尿量过多而导致血尿,血尿产生的原因是

A. 腹压急剧下降,大量血液滞留于腹腔血管内

B. 膀胱内压突然降低,导致膀胱黏膜急剧充血

C. 血压下降,虚脱

D. 尿道黏膜损伤

E. 放尿时操作不当,损伤尿道内口

73. 患者,男性,66 岁。诊断:尿毒症。患者精神委靡,下腹无胀满,24 小时尿量为 200ml。请问该患者的排尿状况属于

A. 正常　　　　　　B. 尿闭

C. 少尿　　　　　　D. 尿潴留

E. 尿量偏少

74. 患者,女性。子宫全切术后 3 日,出现腹胀、便秘,最佳的灌肠方法是

A. 清洁灌肠

B. 甘油加温开水小量不保留灌肠

C. 保留灌肠

D. 0.2%肥皂水大量不保留灌肠

E. 0.9%氯化钠大量不保留灌肠

75. 某患者躁动、意识不清,怀疑为肝性脑病前期表现,护士为其进行灌肠时,忌用哪种溶液

A. 0.1%肥皂水　　　B. 0.9%氯化钠溶液

C. 1,2,3 溶液　　　　D. 油剂

E. 液状石蜡

76. 患者,女性,65 岁。诊断:充血性心力衰竭。患者

主诉多日未解大便,护士遵医嘱给予灌肠,应禁忌选用的溶液是

A. 清水　　　　　　B. 0.9%氯化钠溶液

C. 0.1%~0.2%肥皂水　D. 0.5%~1%新霉素

E. 10%水合氯醛

77. 患者,女性,43 岁。中暑,体温 41.5℃,遵医嘱灌肠为患者降温,正确的做法是

A. 选用 0.1%~0.2%肥皂水

B. 选用 4℃ 0.9%氯化钠溶液

C. 灌肠液量每次<500ml

D. 灌肠时患者取右侧卧位

E. 灌肠后保留 1h 再排便

78. 患者,男性,35 岁。因外伤致尿失禁,现遵医嘱为该患者进行留置导尿,导尿管插入的深度为

A. 4~6cm　　　　　B. 8~12cm

C. 12~16cm　　　　D. 16~20cm

E. 20~22cm

A₃/A₄ 型题

(70~81 题共用题干)

患者,男性,28 岁。因急腹症需立即送手术室手术,术前护士为患者留置导尿管。

79. 操作过程中,护士处理正确的是

A. 动作迅速,情况紧急可不执行无菌操作

B. 帮助患者取右侧卧位,铺一次性尿布于臀下

C. 消毒尿道口时,一个棉球可用 2 次

D. 见尿液流出后,为防止尿管脱落,再插入 5~10cm

E. 如需留置培养标本,用无菌试管接取中段尿 5ml

80. 插入导尿管时,见尿液流出,应再插入

A. 3~5cm　　　　　B. 5~7cm

C. 7~9cm　　　　　D. 9~11cm

E. 11~13cm

81. 插管时为使耻骨前弯消失,应提起阴茎与腹壁呈

A. 60°　　　　　　　B. 50°

C. 40°　　　　　　　D. 30°

E. 20°

(82、83 题共用题干)

患者,女性,30 岁。术中不慎损伤膀胱括约肌,导致尿失禁。

82. 此患者尿失禁属于

A. 真性尿失禁　　　B. 假性尿失禁

C. 压力性尿失禁　　D. 充溢性尿失禁

E. 不完全性尿失禁

83. 针对此患者的尿失禁,适宜的护理措施是

A. 长期使用接尿装置

B. 鼓励患者睡前适当增加饮水量

C. 留置导尿管引流

D. 限制饮水量,以减少尿量

E. 定时使用便器,开始时白天每隔 30 分钟送 1
次便器

(84、85 题共用题干)

患儿,男性,5 岁。腹泻 3 天后,出现腹部膨隆,胀痛。

84. 护士应采取的措施是

A. 肛管排气　　　　B. 生理盐水灌肠

C. 10% 水合氯醛灌肠　　D. 开塞露肛门注入

E. 口服硫酸镁

85. 进行上述操作时,肛管保留的时间**不宜超过**

A. 5 分钟　　　　B. 10 分钟

C. 15 分钟　　　　D. 20 分钟

E. 25 分钟

参考答案

1~5 DBAAD　6~10 DEADA　11~15 CBAAC

16~20 DEDBE　21~25 DCDEC　26~30 EBCCC

31~35 DADEB　36~40 DCACB　41~45 EEADA

46~50 DECCC　51~55 AACED　56~60 BCBCC

61~65 AECCA　66~70 BAECE　71~75 BBCBA

76~80 BBEEB　81~85 AACAD

第11章 药物疗法和过敏试验法

第1节 给药的基本知识

一、药物的领取和保管

1. 药物的领取
- (1)病区应设药柜,备有一定基数的常用药物,由专人负责保管,根据消耗定期到药房领取补充。
- (2)★剧毒药和麻醉药应备有固定数量,凭医生处方和空安瓿领取补充。
- (3)日常口服药,一般根据医嘱由中心药房负责核对、配药,病区护士负责领取,经再次核对后发药。

2. 药物的保管
- (1)药柜应放在通风、干燥、光线充足但避免阳光直射处,药柜有专人负责管理,保持整洁。
- (2)★各种药品按内服、外用、注射、剧毒等分类放置,并按有效期先后顺序排列,先领先用,以免失效。剧毒药和麻醉药应加锁保管,专人负责,专本登记,班班交接。
- (3)★药瓶应有明显标签,标签颜色应根据药物种类进行选择,一般内服药用蓝色边、外用药用红色边、剧毒药用黑色边的标签。标签应注明中英文药名、剂量或浓度,要求字迹清晰,标签完好。
- (4)药品质量应定期检查,如发现药品有浑浊、沉淀、变色、潮解、变性、异味等现象,或超过有效期,均不能使用。
- (5)根据药物的不同性质,妥善保存。常用药物保存方法见表11-1。

★表11-1 常用药物保存方法

药物类型	保存方法	常用药物
易挥发、潮解、风化	密封瓶、盖紧	乙醇、糖衣片、酵母片等
易氧化和遇光变质	深色瓶、黑纸遮盖、置阴凉处	盐酸肾上腺素、维生素C、氨茶碱等
易燃、易爆	单独存放、密闭置阴凉处、远离明火	乙醚、乙醇、环氧乙烷等
易被热破坏	2~10℃冰箱冷藏	疫苗、抗毒血清、白蛋白、青霉素皮试液等
个人专用	注明床号、姓名单独存放	

二、药物治疗原则

1. 应根据医嘱给药。对有疑问的医嘱,应确认无误后方可给药。

2. 严格执行查对制度
- ★(1)严格执行查对制度,做到"三查七对"
  - 1)三查:操作前、操作中、操作后查(查"七对"的内容)。
  - 2)七对:对床号、姓名、药名、浓度、剂量、方法、时间。
- (2)严格检查药物质量,以保证药物不变质,并在有效期内。

3. 正确实施给药
- (1)★做到及时准确用药,药名、给药浓度、给药剂量、给药方法、给药时间及患者准确。
- (2)药物备好后及时分发使用,避免放置过久造成药效降低或污染。
- (3)★对易引起过敏的药物,给药前应询问有无过敏史,按需做药物过敏试验,并加强观察。

4. 密切观察药物的疗效和不良反应,并做好记录。

5. 做好用药指导。

三、给药的途径

给药的途径是根据药物的性质、剂型、组织对药物的吸收情况、治疗需要而决定的。给药途径包括:口服、吸入、舌下含化、外敷、直肠给药、注射(皮内、皮下、肌内、静脉注射)等。

四、给药的次数和时间

给药的次数和时间取决于药物的半衰期和人体的生理节奏,以维持血液中有效的血药浓度,发挥最大药效。临床给药的次数、时间和部位常用外文缩写来描述,见表 11-2。

★表 11-2　医院常用外文缩写及中文译意

外文缩写	中文译意	外文缩写	中文译意
qm	每晨 1 次	St	立即
qn	每晚 1 次	prn	需要时(长期)
qd	每日 1 次	SOS	必要时(限用 1 次,12 小时内有效)
bid	每日 2 次	DC	停止
tid	每日 3 次	am	上午
qid	每日 4 次	pm	下午
qod	隔日 1 次	12n	中午 12 点
biw	每周 2 次	12mn	午夜 12 点
qh	每小时 1 次	Hs	临睡前
q2h	每 2 小时 1 次	po	口服
q3h	每 3 小时 1 次	ID	皮内注射
q4h	每 4 小时 1 次	H	皮下注射
q6h	每 6 小时 1 次	IM/im	肌内注射
ac	饭前	IV/iv	静脉注射
pc	饭后	iv drip	静脉滴注

锦囊妙记

记忆外文缩写时,结合英文单词首字母进行记忆。如 iv 中的 v 是 vein(静脉)的首字母;biw 中的 w 是 week(星期、周)的首字母;Hs 中的 s 是 sleep(睡眠)的首字母等。

第2节　口服给药法

一、方法

1. 备药
(1)根据服药本上的床号、姓名、药名、浓度、剂量、时间,按床号顺序进行配药。
(2)一般先配固体药,再配液体药。
(3)固体药用药匙取,药粉或含化药应用纸包好。
(4)液体药用量杯取,倒液时,左手持量杯,拇指置于所需刻度,**举量杯使所需刻度与视线平行**,右手持药瓶,将瓶签朝掌心,缓缓倒入所需药量。同时服用几种药液时,应分别倒入不同药杯,更换药液品种时,应洗净量杯。
(5)★**药液不足1ml、油剂或按滴计算的药液用滴管吸取**,应先在杯中加入少量的温开水,以免药液附着在杯壁,影响药液剂量。滴药时应稍倾斜滴管,**1ml按15滴计算**。

2. 发药
(1)发药前两人核对。
(2)确认患者服药后方可离开。
(3)对危重患者及不能自行服药者应喂服;★**鼻饲患者应将药物研碎、溶解后,由胃管注入**。

3. 发药后的护理
(1)服药后回收药杯,先用含氯消毒剂浸泡消毒,再冲洗清洁,消毒后备用。盛油剂的药杯,应先用纸擦净再浸泡消毒。
(2)注意观察疗效和不良反应。

二、注意事项

1. 发药前了解情况,如因特殊检查或行手术而禁食者,暂不发药,并做好交班。
2. 发药时,如患者提出疑问,应虚心听取,**重新核对**,确认无误后给予解释,再给患者服下。

★3. 按药物性能,掌握服用中的注意事项
(1)对牙齿有腐蚀作用和使牙齿染色的药物,如酸类、**铁剂,服用时可用饮水管吸入**,服药后漱口;服用铁剂禁忌饮茶,以免铁盐形成,妨碍药物的吸收。
(2)刺激食欲的**健胃药应饭前服**,以增进食欲。
(3)**助消化药及对胃黏膜有刺激性的药物应饭后服**,有利于食物消化或减少对胃壁的刺激。
(4)止咳糖浆对呼吸道黏膜有安抚作用,服后不宜立即饮水,以免降低疗效。若同时服用多种药物,应最后服用止咳糖浆。
(5)磺胺类药服后应多饮水,防止尿少时析出结晶引起肾小管阻塞。
(6)发汗退热药服后应多饮水,以增强药物疗效。
(7)强心苷类药物,服用前应先测脉率、心率,并注意节律变化,如脉率低于60次/分(婴幼儿低于80次/分)或节律不齐,应停止服用,并报告医生。

第3节　雾化吸入疗法

一、超声雾化吸入法

1. 特点:雾量大小可以调节;雾滴小而均匀,直径 $5\mu m$ 以下;药液随深而慢的吸气可到达终末细支气管及肺泡。

2. 目的
(1)湿化呼吸道,稀释痰液,帮助祛痰,改善通气功能。
(2)预防和控制呼吸道感染,以消除炎症,减轻呼吸道黏膜水肿,保持呼吸道通畅。
(3)解除支气管痉挛,改善通气状况。
(4)治疗肺癌,间歇吸入抗癌药物以达到治疗效果。

3. 超声波雾化吸入器的结构
- (1)超声波发生器。
- (2)水槽和晶体换能器:水槽盛冷蒸馏水;水槽底部有晶体换能器,可将发生器输出的高频电能转化为超声波声能。
- (3)雾化罐和透声膜:雾化罐盛药液,底部为透声膜,声能可通过透声膜作用于罐内药液,使其产生雾滴喷出。
- (4)螺纹管和口含嘴(或面罩)。

4. 原理:应用超声波声能,使药液变成细微的气雾,由呼吸道吸入。

★5. 常用药物及其药理作用
- (1)预防和控制呼吸道感染,如庆大霉素等抗生素。
- (2)解除支气管痉挛,如沙丁胺醇、氨茶碱等。
- (3)稀释痰液,帮助祛痰,如α-糜蛋白酶、痰易净等。
- (4)减轻呼吸道黏膜水肿,如地塞米松等。

★6. 操作要点
- (1)水槽内加冷蒸馏水至浸没雾化罐底部的超声膜,将药液稀释至30～50ml注入雾化罐内。
- (2)先开电源开关,调节定时器,再开雾量调节开关。
- (3)嘱患者将口含嘴放入口中,或将面罩置于口鼻部,指导患者紧闭口唇深吸气,吸入气雾,时间15～20分钟。
- (4)治疗毕,先关雾化开关,再关电源开关。
- (5)雾化罐、口含嘴和螺纹管浸泡消毒1小时,再清洗擦干备用。

★7. 注意事项
- (1)严格执行查对制度和消毒隔离制度。
- (2)水槽和雾化罐切忌用热水,在使用过程中,水槽内水温超过50℃或水量不足,应关机换冷蒸馏水。若雾化罐内药液过少,影响雾化,可从雾化罐盖上的小孔加药液,不必关机。
- (3)清洗时动作应轻柔,以防损坏晶体换能器和透声膜。
- (4)需连续使用,中间应间歇30分钟。

二、氧气雾化吸入法

1. 原理:利用氧气的高速气流将药液吹成气雾状,随患者的呼吸进入呼吸道而达到治疗目的。

2. 操作要点
- (1)将药液稀释至5ml以内,注入氧气雾化器内。调节氧气流量至6～8L/min。
- (2)患者手持雾化器,把口含嘴放入口中,紧闭双唇,用力吸气的同时以手指堵住出气管,呼气时放开出气管处手指,用鼻呼气。

3. 注意事项
- (1)氧气湿化瓶内不放水,以免稀释药液。
- (2)注意用氧安全,远离烟火和易燃易爆物品。

第4节 注射给药法

一、注射原则

1. 严格遵守无菌操作原则
- (1)环境整洁,符合无菌技术要求。
- (2)操作者衣帽整洁、注射前后洗手、戴口罩。
- (3)注射器的空筒内面、活塞、乳头及针头的针梗、针尖均应保持无菌。
- (4)规范消毒注射部位皮肤:用棉签蘸消毒液,从注射点中心由内向外成螺旋形涂擦,直径在5cm以上。

2. 严格执行查对制度
- (1)在注射前、中、后"三查七对"。
- (2)检查药物质量及安瓿完整。
- (3)注意药物配伍禁忌。

3. 严格执行消毒隔离制度 { (1)一人一套用物,包括注射器、针头、棉垫、止血带。
(2)一次性物品严格分类处理,不随意丢弃。

4. 选择合适的注射器和针头 {
(1)根据药物剂量、黏稠度、刺激性、注射部位选择。
(2)注射器完整无裂痕、不漏气,针头锐利、无钩、无弯,注射器与针头衔接紧密。
(3)一次性注射器在有效期内,包装完好。

5. 选择合适的注射部位 {
(1)防止损伤血管、神经。
(2)局部皮肤无损伤、炎症、硬结、瘢痕和皮肤病,长期注射者应经常更换注射部位。

6. 注射药液现配现用,以防药液效价降低或被污染。

7. 注射前排尽空气,防止空气进入血管,形成栓塞。

8. 掌握合适的进针角度和深度,不可将针梗全部刺入注射部位。

9. 注药前检查回血 {
(1)皮下、肌内注射应无回血,若有回血,应拔出针头,更换针头重新注射。
(2)静脉注射必须见回血,方可推注药液。

★10. 应用减轻患者疼痛的注射技术 {
(1)解除患者思想顾虑,分散其注意力,取合适体位。
(2)进针、拔针快,推药速度缓慢且均匀。**(两快一慢)**
(3)刺激性较强的药物选用较长针头,进针要深。同时注射多种药物,先注射刺激性较弱的药物,再注射刺激性强的药物,以减轻疼痛感。

二、注射前准备

1. 护士洗手、戴口罩,备齐用物,查对药物。

2. 药液抽吸法 {
(1)自安瓿内抽吸药液法 {
1)轻弹安瓿,将安瓿尖端药液弹至体部;消毒后折断安瓿。
2)将针头斜面向下放入安瓿的液面以下,抽吸药液。**吸药时不得用手握住活塞,只能持活塞柄。**
3)排气时使气泡聚集在注射器乳头口,如注射器乳头偏向一侧,应将乳头向上倾斜,使气泡集中在乳头根部再驱出。

(2)自密封瓶内抽吸药液法:常规消毒瓶塞,将针头插入瓶塞,往瓶内注入所需药液等量的空气,增加瓶内压力,倒转药瓶和注射器,抽吸药液。

(3)吸取结晶、粉剂、油剂、混悬液等注射剂法 {
1)吸取结晶、粉剂先用无菌 0.9%氯化钠溶液(注射用水,或专用溶媒)将药物充分溶解后吸取。
2)吸取黏稠油剂先稍加温或用双手对搓药瓶(易被热破坏药液除外),然后用较粗的针头吸药。
3)吸取混悬液应先摇匀后,立即吸取,并用较粗的针头。

三、常用注射法

1. 皮内注射法(ID):将少量无菌药液或生物制剂注射于表皮与真皮之间的方法。

★(1)目的 {
1)药物过敏试验。
2)预防接种。
3)局部麻醉起始步骤。

★(2)部位 {
1)药物过敏试验选前臂掌侧下段,易于进针和观察反应。
2)预防接种常选上臂三角肌下缘,如卡介苗接种。
3)局部麻醉在所需部位。

★(3)操作要点 {
1)进针角度:针头斜面向上,与皮肤呈 5°。
2)进针深度:针头斜面完全进入皮肤。
3)药量准确:局部皮丘隆起呈半球状,皮肤变白,毛孔显露。

1. **皮内注射法（ID）**：将少量无菌药液或生物制剂注射于表皮与真皮之间的方法。

　★(4)注意事项
　　1)**拔针后勿按揉、摩擦局部**，药物过敏试验 20 分钟后观察、判断结果。
　　2)做药物过敏试验消毒皮肤时用 **70%乙醇**，忌用碘酊，以免影响结果判断。
　　3)如需做对照试验，在对侧手臂相同部位注入 0.9%氯化钠 0.1ml，20 分钟后观察反应。

2. **皮下注射法（H）**：将少量药液或生物制剂注入皮下组织的方法。

　★(1)目的
　　1)不宜口服给药，且需在一定时间内发挥药效者。
　　2)**预防接种**。
　　3)局部麻醉用药。

　★(2)部位：**上臂三角肌下缘、腹部、后背、大腿前侧及外侧**。

　★(3)操作要点
　　1)进针角度：**针头斜面向上，与皮肤呈 30°～40°**。
　　2)进针深度：**刺入针梗的 1/2～2/3**。

　★(3)注意事项
　　1)少于 1ml 药液要用 1ml 注射器，保证注入剂量准确。
　　2)刺激性强的药物一般不宜皮下注射。
　　3)**进针角度不宜超过 45°**，以免刺入肌层；过于消瘦者可捏起局部组织，适当减小穿刺角度。
　　4)需长期皮下注射者应有计划更换注射部位。

3. **肌内注射（IM）**：将无菌药液注入肌肉组织的方法。

　(1)目的：不宜或不能口服、皮下注射、静脉注射，且要求迅速产生药效者。

　★(2)部位：应选择肌肉丰厚，且离大神经、大血管较远的部位，**最常用的是臀大肌**，其次是臀中肌、臀小肌、股外侧肌及上臂三角肌。

　　★1)臀大肌注射定位法
　　　A. **十字法**：从臀裂顶点向左或右划一水平线，再从髂嵴最高点作一垂直平分线，将一侧臀部分为四个象限，其外上象限避开内角为注射部位。
　　　B. **连线法**：取髂前上棘和尾骨连线的外上 1/3 处。

　　2)臀中肌、臀小肌注射定位法
　　　A. 以示指尖与中指尖分别置于髂前上棘和髂嵴下缘处，使示指、中指与髂嵴下缘构成一个三角区域，该区域为注射部位。
　　　B. 髂前上棘外侧三横指处为注射部位(以患者本人手指宽度为标准)。

　　3)股外侧肌定位法：大腿外侧中段，取膝关节上 10cm，髋关节下 10cm 处，约 7.5cm 宽的范围为注射部位。适用于多次注射者。

　　4)上臂三角肌注射定位法：上臂外侧，**肩峰下 2～3 横指处**，宜小剂量注射。

　(3)体位：使肌肉放松
　　1)侧卧位：**上腿伸直并放松，下腿稍弯曲**。
　　2)俯卧位：**足尖相对，足跟分开**，头偏向一侧。
　　3)仰卧位：臀中肌、臀小肌注射时采用，常用于危重和不能翻身患者。
　　4)坐位：常用于门诊、急诊患者。

　★(4)操作要点
　　1)进针角度：**与皮肤呈 90°**。
　　2)进针深度：**刺入针梗的 2/3**。

　(5)注意事项
　　1)两种药物同时注射时，注意配伍禁忌。
　　★2)**2 岁以下婴幼儿可选择臀中肌、臀小肌注射，不宜选用臀大肌注射**，以防局部肌肉萎缩及损伤坐骨神经。
　　3)长期注射者应交替更换注射部位，以避免或减少硬结的发生，必要时可行热敷或理疗。

★(1)目的
　1)药物不宜口服、皮下、肌内注射,且需迅速发挥药效者。
　2)静脉注入药物作某些诊断性检查。
　3)静脉输液或输血,静脉营养治疗。

(2)常用的静脉:四肢浅静脉(如贵要静脉、正中静脉、头静脉、手背静脉、大隐静脉、小隐静脉、足背静脉等)、头皮静脉、股静脉等。

★(3)操作要点
　1)选择静脉后在穿刺部位上方约 **6cm** 处扎止血带。
　2)进针角度:针头斜面向上,与皮肤呈 **15°~30°**。

4. 静脉注射法(Ⅳ):自静脉注入无菌药液的方法。

(4)注意事项
　1)应选择粗、直、弹性好、易于固定的静脉,避开关节和静脉瓣,需长期静脉给药者,应有计划地从远心端到近心端选择静脉。
　2)药液推注的速度应根据患者的年龄、病情、药物性质掌握。
　3)对组织有强烈刺激性的药物,应**先抽吸 0.9%氯化钠试穿刺**,穿刺成功后,注入少量 0.9%氯化钠,证实针头确实在血管内,再更换抽有药液的注射器缓慢推注,在推药过程中应定期抽回血以证实针头在血管内,以防药液外溢,引起组织坏死。

★(5)静脉注射常见失败原因及表现,见表 11-3。

表 11-3　静脉注射常见失败原因及表现

失败原因	表现
针头斜面未完全刺入静脉,一半在静脉内,一半在静脉外	抽吸有回血,推药时局部皮肤隆起,有痛感
针头刺入较深,针头斜面一半穿透对侧静脉壁	抽吸有回血,注药时局部不一定隆起,有痛感
针头刺入过深,穿破对侧静脉壁	抽吸无回血,注药时局部不一定隆起,有痛感
针头刺入过浅,针尖在静脉外	抽吸无回血,推药时局部皮肤隆起,有痛感

(1)目的:抢救危重患者,注入药物、加压输血、输液、采集血标本等。

★(2)部位:股三角区,髂前上棘和耻骨联合结节连线的中点与股动脉相交,**股动脉内侧0.5cm 处**,即为股静脉。

5. 股静脉注射法

★(3)操作要点
　1)患者体位:仰卧位,下肢伸直略外展外旋。
　2)消毒局部皮肤,操作者消毒左手示指和中指或戴无菌手套,在股三角区按定位法扪及股动脉搏动最明显处,并加以固定。
　3)操作者右手持注射器,**针头与皮肤呈 90°或 45°,在股动脉内侧 0.5cm处刺入**,抽动活塞,见暗红色血液,提示针头已达股静脉;固定针头,根据需要推注药液。
　4)注射完毕,快速拔针后局部用无菌纱布加压止血 **3~5 分钟**,以防出血或形成血肿。

(4)注意事项:股静脉穿刺时,如抽出鲜红色血液,则提示针头刺入股动脉,应立即拔出针头,用无菌纱布紧压穿刺处 **5~10 分钟**,直至无出血。

第 5 节　药物过敏试验法

一、青霉素过敏试验法

青霉素任何年龄、任何途径、任何剂型和剂量、任何给药时间均可发生过敏反应,因此,使用前必须先做过敏试验,结果阴性者方可给药。

1. 原因:青霉素是一种半抗原物质,进入机体后其**降解产物(青霉噻唑酸和青霉烯酸)**与组织蛋白结合形成**全抗原(青霉噻唑蛋白)**,刺激机体产生**特异性抗体 IgE**。IgE 黏附在某些组织,如皮肤、鼻、咽喉、声带、支气管黏膜下微血管周围的肥大细胞上和血液中的白细胞表面,使机体处于致敏状态。当机体再次接受该抗原刺激后,抗原即与特异性抗体(IgE)结合,**发生抗原抗体反应**,导致细胞破裂,释放组胺、缓激肽、5-羟色胺等血管活性物质。这些物质分别作用于效应器官,引起平滑肌痉挛、微血管扩张、毛细血管通透性增高、腺体分泌增多,从而产生一系列过敏反应的临床表现。

★2. 预防
- (1)过敏试验前问"三史":用药史、过敏史、家族史,有过敏史者禁做过敏试验。
- (2)以前未用过青霉素、使用过但停药超过 3 天及用药过程中更换药物批号者,均须做过敏试验。试验结果阴性者方可用药。
- (3)青霉素过敏试验和注射前均要做好急救准备,备好盐酸肾上腺素及注射器等。
- (4)皮试结果阳性者禁用青霉素,应告知患者与家属,并报告医生;同时在体温单、医嘱单、病历、床头卡、门诊病历上醒目注明。
- (5)药液现用现配,防止产生降解产物导致过敏反应。
- (6)首次注射青霉素后观察 30 分钟,防止发生迟缓性过敏反应。
- (7)严格执行"三查七对"制度。

★3. 试验方法
- (1)皮试液标准:**每毫升含青霉素 200～500 U**。
- (2)试验方法:**皮内注射 0.1ml(含青霉素 20～50 U)**,20 分钟后观察、判断,记录。
- ★(3)结果判断
  - 1)阴性:皮丘大小无改变,周围无红肿,无红晕,无自觉症状,无不适表现。
  - 2)阳性:皮丘隆起增大,出现红晕硬块,直径大于 1cm,周围有伪足,局部有痒感。可有头晕、心慌、恶心,严重时发生过敏性休克。

★4. 青霉素过敏反应的临床表现
- (1)过敏性休克:是最严重的反应,可发生在试验过程中或注射后,一般数秒或数分钟内呈闪电式发生,也有的发生在半小时后,极少数患者发生在连续用药过程中。
  - 1)呼吸道阻塞症状:由喉头水肿、肺水肿引起,表现为胸闷、气促、发绀、呼吸困难、喉头堵塞伴濒死感。
  - 2)循环衰竭症状:由于周围血管扩张和通透性增加,导致循环血容量不足,表现为面色苍白、出冷汗、脉细弱、血压急剧下降。
  - 3)中枢神经系统症状:由于脑组织缺血缺氧,表现为头昏眼花、面部及四肢麻木、躁动不安、抽搐、意识丧失、大小便失禁等。
  - 4)皮肤过敏症状:由于毛细血管通透性增高引起,有**皮肤瘙痒、荨麻疹及其他皮疹**。

  以上症状常以呼吸道症状或皮肤瘙痒最早出现,故必须注意倾听患者的主诉。

锦囊妙记

表 11-4　各种注射法比较

注射法	常用注射部位	进针角度与深度	操作特殊点
皮内注射(ID)	前臂掌侧下段	5°,针头斜面完全进入皮肤	用70％乙醇消毒,忌用碘酊;拔针后勿按揉
皮下注射(H)	上臂三角肌下缘、腹部、后背、大腿前侧及外侧	30°～40°,刺入针梗的 1/2～2/3	药液少于 1ml 用 1ml 注射器;进针不超过 45°
肌内注射(IM)	臀大肌、臀中肌、臀小肌、股外侧肌及上臂三角肌	90°,刺入针梗的 2/3	2岁以下婴幼儿不宜选用臀大肌注射,可选用臀中、小肌
静脉注射(IV)	四肢浅静脉、头皮静脉	15°～30°,见回血,再进针少许	注射强刺激性的药物前先用 0.9％氯化钠试穿刺
股静脉注射	股动脉内侧 0.5cm 处	90°或 45°	见暗红色回血:拔针按压 3～5 分钟;见鲜红色回血提示刺入股动脉,拔针按压 5～10 分钟

★4. 青霉素过敏反应的临床表现

(2)血清病型反应：一般用药后 **7～12** 天发生，患者有发热、**皮肤瘙痒、荨麻疹、腹痛、关节肿痛、全身淋巴结肿大。**

(3)各器官或组织的过敏反应

　1)皮肤过敏反应：皮肤瘙痒、皮疹、荨麻疹、皮炎、严重者可发生剥脱性皮炎。

　2)呼吸道过敏反应：可引起哮喘或诱发原有哮喘。

　3)消化系统过敏反应：可引起过敏性紫癜，出现腹痛、便血。

★5. 青霉素过敏性休克处理

(1)立即停药，平卧，保暖，报告医生，就地抢救。

(2)按医嘱皮下注射 **0.1%盐酸肾上腺素 0.5～1ml**，小儿酌减。症状不缓解，可每隔半小时皮下或静脉注射该药 0.5ml，直至脱离危险期。此药可收缩血管、增加外周阻力、兴奋心肌、增加心排血量、松弛支气管平滑肌，是抢救过敏性休克的首选药。

(3)纠正缺氧，给予氧气吸入。如呼吸受抑制，立即进行人工呼吸，按医嘱给予尼可刹米、洛贝林等呼吸兴奋剂。喉头水肿影响呼吸时，应配合医生准备气管插管或施行气管切开。

(4)根据医嘱用药

　1)静脉注射地塞米松 5～10mg 或氢化可的松 200～400mg 加入 5％～10％葡萄糖溶液 500ml 内静脉滴注。

　2)按病情使用多巴胺、间羟胺等升压药。

　3)应用抗组胺类药及纠正酸中毒药物。

(5)若发生呼吸心搏骤停，立即进行复苏抢救。

(6)密切观察病情，记录生命体征、神志和尿量等变化。**病情未稳定不宜搬动。**

二、链霉素过敏试验法

★1. 皮试液标准：每毫升含链霉素 2500 U。(配制时一瓶链霉素 100 万 U 加 0.9%氯化钠溶液 3.5ml 溶解后为 4ml。)

2. 试验方法：皮内注射 **0.1ml(含链霉素 250 U)**，20 分钟后观察、判断、记录。结果判断同青霉素。

3. 过敏反应的临床表现：同青霉素。常伴有毒性反应，表现为全身麻木、抽搐、肌肉无力、眩晕、耳鸣、耳聋等症状。

★4. 过敏反应处理：同青霉素。同时可用 **10%葡萄糖酸钙或 5%氯化钙溶液**缓慢静脉注射，使钙离子与链霉素络合而减轻毒性反应。

三、破伤风抗毒素过敏试验及脱敏注射法

破伤风抗毒素(TAT)用药前应做过敏试验，曾使用过但超过 1 周者，须重做过敏试验。

★1. 皮试液标准：**每毫升含 TAT 150 IU。**

★2. 试验方法：皮内注射 **0.1ml(含 TAT 15 IU)**，20 分钟后观察、判断、记录。

★3. 结果判断

(1)阴性：局部无红肿、全身无异常反应。

(2)阳性：**局部皮丘红肿、硬结直径大于 1.5cm，红晕范围直径超过 4cm**，有时出现伪足、有痒感。全身过敏反应、血清病型反应同青霉素过敏反应。

★4. 脱敏注射法：TAT 过敏试验阳性时，通常采用脱敏注射法。即将所需要的 TAT 剂量分多次少剂量注入体内

(1)原理：小剂量注射 TAT 时，变应原所致生物活性介质的释放量少，不至于引起临床症状。短时间内连续多次药物注射可以逐渐消耗体内已经产生的抗体 IgE，最终可以全部注入所需药量而不致产生过敏反应。

★(2)方法：分 **4 次肌内注射，剂量逐渐增加，每 20 分钟一次。**具体方法见表 11-5。

表 11-5　TAT 脱敏注射法

次数	TAT（ml）	加 0.9%氯化钠溶液（ml）	注射途径
1	0.1	0.9	肌内注射
2	0.2	0.8	肌内注射
3	0.3	0.7	肌内注射
4	余量	稀释至 1ml	肌内注射

★4. 脱敏注射法:TAT 过敏试验阳性时,通常采用脱敏注射法。即将所需要的 TAT 剂量分多次少剂量注入体内

(3)脱敏注射过程中,如患者出现面色苍白、气促、发绀、荨麻疹等全身反应或过敏性休克,应立即停止注射,并通知医生迅速处理。如反应轻微,可待反应消退后酌情减少剂量、增加次数,以全部注入所需药液。

四、普鲁卡因过敏试验法

1. 试验方法:皮内注射 0.25%普鲁卡因溶液 0.1ml(含 0.25mg),20 分钟后观察、判断、记录。
2. 试验结果判断及过敏反应表现与处理均同青霉素。

五、细胞色素 c 过敏试验法

1. 皮内试验法 ★(1)皮试液标准:**1ml 含细胞色素 c 0.75mg**。
★(2)试验方法:皮内注射 **0.1ml(含细胞色素 c 0.075mg)**。20 分钟后观察、判断、记录。

2. 划痕试验法 (1)试验液标准:取细胞色素 c 原液(每 1ml 含细胞色素 c 7.5mg)
(2)试验方法:在前臂掌侧下段皮肤滴细胞色素 c 原液 1 滴,在该处用无菌针头在表皮上划痕两道,长度约 0.5cm,深度以微量渗血为宜。20 分钟后观察结果。

3. 结果判断:局部发红、直径大于 1cm、出现丘疹者为阳性。

六、碘过敏试验法

1. 试验方法及观察:见表 11-6。

表 11-6　碘过敏试验方法及观察

试验名称	剂量用法	阳性结果
口服法	5%～10%碘化钾 5ml,每日 3 次,口服,共 3 天	口麻、头晕、心慌、恶心、呕吐、流泪、流涕、荨麻疹等
皮内注射法	碘造影剂 0.1ml,皮内注射,20 分钟后观察	局部有红肿、硬块,直径超过 1cm
静脉注射法	30%泛影葡胺 1ml,静脉注射,5～10 分钟后观察	有血压、脉搏、呼吸及面色等改变

2. 注意事项 ★(1)静脉注射造影剂前,先做皮内试验,结果阴性再行静脉注射试验,两者均阴性,方可静脉造影。
(2)少数过敏试验阴性者造影时仍可发生过敏反应,造影时必须备急救药物。过敏反应处理同青霉素。

表 11-7　各种药物过敏试验法比较

药物	试验方法	皮试注射量	操作特殊点
青霉素	ID	20～50U	阳性者禁用,在体温单、医嘱单、病历、床头卡、门诊病历醒目注明
链霉素	ID	250U	用钙剂减轻毒性反应
破伤风抗毒素 TAT	ID	15IU	阳性者行脱敏注射法
普鲁卡因	ID	0.25mg	
细胞色素 c	ID 或划痕试验	0.075mg 或原液 1 滴	
碘造影剂	PO、ID、IV	5%～10% 碘化钾 5ml PO;0.1ml ID;1ml IV	皮内试验阴性再行静脉注射试验,两者均阴性,方可静脉造影

模拟试题栏——识破命题思路，提升应试能力

一、专业实务

A₁型题

1. 发挥药效最快的给药途径是
   - A. 口服
   - B. 皮下注射
   - C. 吸入
   - D. 静脉注射
   - E. 外敷

   解析:给药途径不同,药物吸收速度不同,一般规律是:静脉>吸入>肌内>皮下>直肠>口服>皮肤,静脉给药发挥药效最快。

2. 应放在深色密盖瓶内的药物是
   - A. 易氧化的药物
   - B. 易挥发的药物
   - C. 易潮解的药物
   - D. 易燃烧的药物
   - E. 易风化的药物

3. 下列易氧化及遇光变质的药物是
   - A. 地高辛
   - B. 乙醇
   - C. 十酵母
   - D. 盐酸肾上腺素
   - E. 地西泮

4. 发口服药时,**不符合**要求的是
   - A. 根据医嘱给药
   - B. 做好心理护理
   - C. 鼻饲患者暂缓发药
   - D. 患者提出疑问须重新核对
   - E. 危重患者要喂服

   解析:鼻饲患者须将药研碎、溶解后从胃管灌入。

5. 青霉素过敏引起的血清病型反应的表现是
   - A. 胸闷气促
   - B. 面色苍白、脉细弱、血压下降
   - C. 头晕眼花、四肢麻木
   - D. 发热、关节肿痛、全身淋巴结肿大
   - E. 意识丧失、大小便失禁

6. 超声雾化吸入的正确操作步骤是
   - A. 水槽内加温水
   - B. 药液用温水稀释后放入雾化罐
   - C. 先开雾化开关,再开电源开关
   - D. 添加药液不必关机
   - E. 停用时先关电源开关

   解析:添加药液不必关机,从雾化罐盖上的小孔加药液即可。

7. 氧气雾化吸入时,下述步骤哪项**不妥**

8. A. 患者吸入前漱口
   B. 药物用蒸馏水稀释在 5ml 以内
   C. 湿化瓶内不能放水
   D. 嘱患者吸气时松开出气口
   E. 氧流量用 6~8L/min

   解析:氧气雾化吸入时,患者手持雾化器,把口含嘴放入口中,紧闭双唇,用力吸气的同时以手指堵住出气管,呼气时放开出气管处手指,用鼻呼气。

8. 实施无痛肌内注射的措施,下列哪项**不妥**
   - A. 患者侧卧位时上腿弯曲
   - B. 患者俯卧位时足尖相对,足跟分开
   - C. 推注药液速度缓慢
   - D. 同时注射两种药液时,应后注射刺激性强的药液
   - E. 不在有硬结的部位进针

   解析:侧卧位时上腿伸直,下腿稍弯曲,可使臀部肌肉放松,是肌内注射常用体位。

9. 皮下注射给药时,下述哪项步骤是**错误**的
   - A. 药液不足 1ml 可选择 1ml 注射器
   - B. 注射部位可选择三角肌下缘
   - C. 针头与皮肤呈 10°~20°进针
   - D. 抽吸无回血后推注药液
   - E. 注射毕,用干棉签轻压进针处,快速拔针

   解析:皮下注射时针头与皮肤呈 30°~40°进针为宜。

10. 静脉注射**不正确**的步骤是
    - A. 在穿刺点上方约 6cm 处扎止血带
    - B. 常规消毒皮肤后嘱患者握拳
    - C. 针头与皮肤呈 20°进针
    - D. 见回血后即推注药液
    - E. 注射后用干棉签按压拔针

    解析:进针后见回血,应松开止血带后推注药液。

11. 下列皮试液 1ml 含量**错误**的是
    - A. 青霉素:500U
    - B. 链霉素:2500U
    - C. 破伤风抗毒素:150U
    - D. 细胞色素 c:7.5mg
    - E. 普鲁卡因:2.5mg

    解析:细胞色素 c 注射液配制:取细胞色素 c 注射液 0.1ml 加等渗盐水至 1ml,每毫升 0.75mg。

12. 发生青霉素过敏性休克时,临床最早出现的症状是
    A. 烦躁不安、血压下降
    B. 四肢麻木、头晕眼花
    C. 腹痛、腹泻
    D. 意识丧失、尿便失禁
    E. 喉头水肿、呼吸道症状

解析: 过敏性休克临床表现为:①呼吸道阻塞症状:为首发症状,喉头水肿、胸闷、气促、窒息感、呼吸困难、发绀等;②循环衰竭症状:面色苍白、四肢厥冷、脉搏细弱、血压下降、尿少等;③中枢神经系统症状:烦躁不安、昏迷、抽搐、大小便失禁等。

13. **不符合**破伤风抗毒素皮试结果阳性的表现是
    A. 局部皮丘红肿扩大
    B. 硬结直径为 1cm
    C. 红晕大于 4cm
    D. 皮丘周围有伪足、痒感
    E. 患者出现气促、发绀、荨麻疹

解析: 破伤风抗毒素皮试结果判断:阴性为局部皮丘无红肿。阳性表现为局部皮丘红肿,硬结大于 1.5cm,红晕超过 4cm,有时出现伪足,主诉痒感。全身过敏反应、血清病型反应同青霉素。

14. 下列有关超声雾化吸入的目的,**不正确**的叙述是
    A. 预防感染　　　　B. 解除痉挛
    C. 消除炎症　　　　D. 稀释痰液
    E. 缓解缺氧

解析: 超声雾化吸入的目的:①湿化呼吸道,稀释痰液,帮助祛痰,改善通气功能;②预防和控制呼吸道感染,以消除炎症,减轻呼吸道黏膜水肿,保持呼吸道通畅;③解除支气管痉挛,改善通气状况;④治疗肺癌。缓解缺氧是氧气吸入疗法的目的。

15. 即使药物过敏试验阳性,但还必须注射的药物是
    A. 青霉素　　　　B. 链霉素
    C. 头孢菌素　　　D. 普鲁卡因
    E. 破伤风抗毒素

16. 准备口服药时,**错误**的是
    A. 固体药用药匙取药
    B. 液体药应用量杯量取
    C. 油剂可滴在杯内冷开水中
    D. 不足 1ml 的药液用滴管吸取药液

E. 鼻饲患者不备固体药

17. 超声波雾化器在使用中,水槽内水温超过一定温度应调换冷蒸馏水,此温度是
    A. 30℃　　　　　　B. 40℃
    C. 50℃　　　　　　D. 60℃
    E. 70℃

18. 关于碘过敏试验,正确的是
    A. 静脉注射造影剂前,不必作皮内注射试验
    B. 碘过敏试验的方法有口服法、皮内注射法、静脉注射法、眼结膜试验法
    C. 皮内注射试验时皮丘直径超过 2cm 即可判断为阳性
    D. 静脉注射后出现眩晕、心慌等表现即可判断为阳性
    E. 过敏试验阴性者,造影时不会发生过敏反应

19. 通常不做过敏试验即可使用的药物是
    A. 链霉素　　　　B. 头孢菌素
    C. 氨茶碱　　　　D. 破伤风抗毒素
    E. 普鲁卡因

20. 抽吸药液的方法正确的是
    A. 自安瓿内抽药,应首先轻弹安瓿,将药液流至颈部
    B. 自密封瓶内抽药,注射器内应先抽吸 1ml 空气注入瓶内
    C. 吸取混悬液应先稍加温,并选择细长针头
    D. 吸取油剂,应选择较粗针头
    E. 在安瓿内吸药时,针尖斜面向上伸入液面下

A₂ 型题

21. 患儿,男性,6 个月。诊断:佝偻病。医嘱给予鱼肝油 6 滴,po,qd,取药前护士在杯中放少量温开水的目的是
    A. 防止药物刺激　　B. 避免油腻
    C. 减少药量损失　　D. 促进服后吸收
    E. 避免药液挥发

解析: 取油剂或按滴计算的药液,为免药液附着在杯上,影响服下的剂量,应先在杯中加入少量的温开水。

22. 患者,男性,60 岁。慢性支气管炎,痰黏稠不易咳出,为帮助患者祛痰,给予氧气雾化吸入,下列操作错误的是
    A. 湿化瓶中加蒸馏水
    B. 患者漱口以清洁口腔

C. 氧气流量调至 6～8L/min

D. 喷气管口放入口中,紧闭口唇

E. 指导患者深呼吸

23. 患者,女性,19 岁。诊断:肺结核。长期肌内注射链霉素治疗,注射前要特别注意

A. 评估患者局部组织状态

B. 针梗不可全部刺入

C. 询问患者有无过敏史

D. 认真消毒患者局部皮肤

E. 协助患者取舒适体位

24. 患者,男性,45 岁。医嘱予口服磺胺药抗感染,护士嘱其服药后需多饮水,其目的是

A. 避免损害造血系统　B. 维持血液 pH

C. 减轻胃肠道刺激　　D. 增强药物疗效

E. 增加药物溶解度,避免结晶析出

解析: 磺胺类药服后多饮水,防止尿少时药物析出结晶引起肾小管阻塞。

25. 患者,女性,37 岁。哮喘发作伴咳嗽,医嘱予超声雾化吸入。正确的操作是

A. 接通电源,先开雾量开关,再调节定时开关 15～20 分钟

B. 将面罩置于患者口鼻部,指导其闭口深呼吸

C. 若水槽内水温超过 70℃,立即停止使用

D. 治疗结束先关电源开关,再关雾化开关

E. 呼吸面罩应在消毒液中浸泡 30 分钟后再清洗晾干备用

26. 患者,女性,39 岁。护士为其静脉注射时发现推注药液受阻,抽无回血,无明显疼痛感。可能的原因是

A. 针头斜面一半在血管外

B. 针头堵塞

C. 针头刺入过深,药物注入组织间隙

D. 针头斜面紧贴血管壁

E. 针头穿透血管壁

27. 患者,男性,31 岁。青霉素皮试 1 分钟后出现胸闷、心慌、气急,皮肤瘙痒,大汗淋漓,血压 85/55mmHg。护士应首先采取下列哪项措施

A. 氧气吸入

B. 立即皮下注射去甲肾上腺素

C. 立即心肺复苏

D. 静脉注射地塞米松

E. 应用呼吸兴奋剂

28. 患者,女性,41 岁。切菜时不慎割伤手指。医嘱予注射 TAT。患者 TAT 过敏试验阳性,正确的处理是

A. 停止注射 TAT

B. 采用脱敏疗法注射 TAT

C. 再次做过敏试验并做对照试验

D. 注射肾上腺素等药物抗过敏

E. 先准备好抢救器械,然后直接注射 TAT

29. 患者,男性,56 岁。发热咳嗽 3 天,诊断为急性肺炎,需静脉注射药物。为该患者扎止血带时应距穿刺部位上方

A. 2cm　　　　　B. 4cm

C. 6cm　　　　　D. 8cm

E. 10cm

30. 患者,女性,68 岁。慢性充血性心力衰竭。医嘱地高辛 0.25mg,po,qd。护士发药时应

A. 嘱患者服药后多饮水

B. 先测脉率、心率,注意节律

C. 看患者服下后多饮水

D. 将药研碎后喂服

E. 嘱患者服药后不宜饮水

31. 患者,男性,49 岁。在静脉注射过程中发现局部疼痛、肿胀、抽有回血,可能的原因是

A. 针头穿透血管壁

B. 针头斜面一半在血管外

C. 针头刺入过深,药物注入组织间隙

D. 针头斜面紧贴血管壁

E. 针头堵塞

32. 患者,男性,30 岁。医嘱每晚 1 次直肠内用吲哚美辛栓。其中每晚 1 次的外文缩写是

A. qh　　　　　　B. qd

C. qm　　　　　　D. qn

E. qod

33. 患者,女性,39 岁。哮喘发作伴咳嗽,医嘱超声雾化吸入。正确的操作是

A. 接通电源,先开雾量开关,再调整定时开关 30 分钟

B. 将面罩置于患者口鼻部,指导张口呼吸

C. 若水槽内水温超过 70℃立即停止使用

D. 治疗结束后关电源开关,再关雾化开关

E. 用毕,呼吸面罩应在消毒液中浸泡 60 分钟后清洗备用

34. 患者,女性,76 岁。诊断:急性肺炎。医嘱予青霉

素治疗,进行皮肤试验局部呈阳性反应,下列做法**不正确**的是

A. 及时报告医生

B. 告知患者及家属禁用青霉素

C. 严格交班,并写入交班报告

D. 在另一侧前臂掌侧用生理盐水做对照试验

E. 在治疗单、门诊病历、床头卡等处注明青霉素阳性标记

35. 患者,女性,30岁。青霉素输液过程中出现胸闷、心慌、气急,皮肤瘙痒,血压95/55mmHg,首先应采取的措施是

A. 给予氧气吸入

B. 立即报告医生

C. 立即停止输入青霉素

D. 静脉注射地塞米松

E. 应用呼吸兴奋剂

36. 患者,男性,40岁。手术后3小时,诉切口疼痛。医嘱:哌替啶50mg im St.。选择臀大肌注射时,正确的定位方法是

A. 髂前上棘外侧三横指处

B. 髂嵴与尾骨连线的外1/3

C. 髂嵴与脊柱连线的外1/3

D. 髂前上棘与尾骨连线的外上1/3

E. 髂前上棘与脊柱连线的外1/3

解析:肌内注射最常用的部位为臀大肌,定位的方法有两种。十字法:从臀裂顶点向左或向右划一水平线,自髂嵴最高点作一垂线,将一侧臀部分为四个象限,其外上象限避开内角处;连线法:取髂前上棘与尾骨连线外上1/3处为注射部位。

37. 患者,女性,23岁。在门诊注射青霉素过程中呼吸急促,面色苍白,继而神志不清。抢救措施**不当**的是

A. 立即停药,送抢救室抢救

B. 立即皮下注射盐酸肾上腺素0.5ml

C. 给予氧气吸入

D. 遵医嘱给抗过敏药物

E. 严密观察,保暖

解析:青霉素过敏性休克发生迅猛,一旦发生必须立即采取有效措施,分秒必争,就地抢救,未脱离危险期不宜搬动。

38. 患者,男性,40岁。诊断:肺结核。肌内注射链霉

素每日2次。注射后该患者发生中毒反应,应选用的药物是

A. 异丙肾上腺素皮下注射

B. 地塞米松静脉注射

C. 氯苯那敏口服

D. 葡萄糖酸钙静脉注射

E. 盐酸肾上腺素皮下注射

39. 某患者,急性化脓性扁桃体炎,高热,来院就诊。医嘱:青霉素80万U im bid,每天正确的执行时间为

A. 8am,3pm　　　　B. 8am,4pm

C. 12n,4pm　　　　D. 9am,2pm

E. 8am,5pm

40. 患者,58岁。患糖尿病多年,护士为其注射胰岛素中**错误**的是

A. 在饭前30分钟注射

B. 用1ml注射器,5号针头

C. 注射部位可选大腿外侧

D. 用70%乙醇消毒

E. 以10°进针,无回血后注射

41. 患儿,1岁,在臀部肌内注射数种药物,下列操作正确的是

A. 多种药物可同时注射

B. 注射时,针梗切勿全部刺入

C. 刺激性强的药物先注射

D. 该病儿适宜选用臀大肌

E. 消毒直径应小于5cm

42. 患者急性喉炎,予超声雾化吸入减轻呼吸道黏膜水肿常用的药物是

A. 地塞米松　　　　B. 氨茶碱

C. 庆大霉素　　　　D. 沙丁胺醇

E. α-糜蛋白酶

43. 某患者需上臂三角肌肌内注射药物,护士为其注射时正确的部位是

A. 上臂外侧、三角肌上均可

B. 上臂外侧、自肩峰下2～3横指

C. 上臂三角肌上2～3横指

D. 肩关节以下、肘关节以上均可

E. 上臂肩峰下均可

44. 患者需静脉滴注细胞色素c,为其皮内注射进行药物过敏试验时,正确的做法是

A. 常选择上臂三角肌下缘作为药物过敏试验部位

B. 用 2%碘酊消毒 1 遍,70%乙醇脱碘 2 遍

C. 进针角度为 25°左右

D. 拔针时勿按压

E. 拔针后按压至不出血

45. 患者,女性,46 岁。诊断:慢性阻塞性肺病(COPD)。需要做雾化吸入,医嘱使用氨茶碱,其目的是

A. 消除炎症　　　　B. 减轻黏膜水肿

C. 解除支气管痉挛　D. 保持呼吸道湿润

E. 稀释痰液使其易于咳出

46. 患儿,7 岁。咳嗽、咳痰 5 天,医嘱给予氧气雾化吸入治疗。执行操作时**错误**的是

A. 氧气雾化吸入器与氧气装置连接紧密,不漏气

B. 氧气湿化瓶内放 1/2 冷蒸馏水

C. 调节氧流量 6～8L/min

D. 口含嘴放入患儿口中,嘱其紧闭口唇深吸气

E. 吸入完毕,先取下雾化器再关氧气开关

47. 患者,男性,64 岁。患糖尿病 10 年,常规胰岛素 6U 餐前 30 分钟用药,合适的注射部位是

A. 腹部脐周　　　　B. 前臂外侧

C. 股外侧肌　　　　D. 臀中肌

E. 臀大肌

48. 患者,女性,23 岁。使用青霉素 10 天后出现发热、关节肿痛、荨麻疹、全身淋巴结肿大、腹痛等症状,该患者可能出现

A. 过敏性休克　　　B. 血清病型反应

C. 皮肤过敏反应　　D. 呼吸道过敏反应

E. 消化系统过敏反应

49. 患者,女性,48 岁。诊断:肺结核。应用链霉素抗结核治疗。皮试时出现链霉素过敏反应,为减轻链霉素毒性,可应用

A. 氯化钾　　　　　B. 氯化镁

C. 氯化钙　　　　　D. 维生素 C

E. 维生素 D

50. 患者,男性,67 岁。患慢性支气管炎,近几天咳嗽加剧,痰液黏稠,不易咳出,给予超声雾化吸入治疗,首选的药物是

A. 青霉素　　　　　B. 氨茶碱

C. 地塞米松　　　　D. 沙丁胺醇

E. α-糜蛋白酶

51. 患者,男性,60 岁。慢性肾衰竭,需长期静脉注射给药,以下叙述正确的是

A. 一般从远端静脉开始

B. 先选用较大静脉

C. 从左侧肢体开始选用静脉

D. 先选择下肢静脉注射

E. 先选颈外静脉穿刺

解析:为保护和合理使用静脉,需长期静脉注射者由远端末梢小静脉开始选择使用。

52. 患者,女性,40 岁。手术后 2 小时。医嘱:哌替啶 50mg im q6h SOS。医嘱中的"SOS"中文意思是

A. 需要时(长期)　　B. 需要时(临时)

C. 停止　　　　　　D. 即刻

E. 每晚

53. 患者,女性,50 岁。因患呼吸系统疾病,需同时服用几种药物,最后服用的药物是

A. 维生素　　　　　B. 罗红霉素

C. 维生素 B　　　　D. 复方甘草口服液

E. 乙酰半胱氨酸胶囊

54. 患者,女性,50 岁。糖尿病,需注射胰岛素,护士对其进行的注射指导中,正确的是

A. 饭后 30 分钟注射　B. 注射时只需乙醇消毒

C. 应选用 5ml 注射器　D. 注射部位可选在腹壁

E. 进针时针头与皮肤呈 5°

55. 患者,女性,49 岁。护士为其进行静脉注射时发现推注药液不畅,抽有回血,无明显疼痛。可能的原因是

A. 针头斜面一半在血管外

B. 针头堵塞

C. 针头刺入过深,药物注入组织间隙

D. 针头斜面紧贴血管壁

E. 针头穿透血管壁

56. 患者,女性,35 岁。诊断:带状疱疹。医嘱:抗病毒溶液静脉注射。正确的操作是

A. 选择细、弹性好的血管穿刺

B. 0.5%碘伏消毒注射部位 1 次

C. 见回血再进针少许固定

D. 注射时推注速度宜快

E. 拔针后勿按压

57. 患者,女性,24 岁。诊断:肺炎。医嘱:青霉素治疗。患者在青霉素皮试 2 分钟后突然出现休克,护士首先应

A. 观察生命体征　　B. 应用升压药

C. 让患者平卧　　　D. 通知医生

E. 给患者吸氧

58. 患者,女性,39 岁。咳嗽,咳痰不畅,医嘱超声雾化吸入,**不正确**的操作是
    A. 接通电源,先开定时开关 15 分钟,再开雾量开关
    B. 将面罩放于患者口鼻部,指导其闭口深呼吸
    C. 若水槽内水温超过 50℃立即停止使用
    D. 治疗结束后关电源开关,再关雾化开关
    E. 呼吸面罩应在消毒液中浸泡 60 分钟后清洗备用

59. 患者,男性,24 岁。诊断:结核病。医嘱:链霉素治疗,链霉素皮试发生过敏性休克而出现中枢神经系统症状,其原因是
    A. 肺水肿
    B. 肾衰竭
    C. 脑组织缺氧
    D. 有效循环血容量锐减
    E. 毛细血管扩张,通透性增加

60. 患儿,玩耍时不慎割破手指。医嘱:TAT im St。患儿行 TAT 过敏试验 20 分钟后皮丘直径为 2cm,正确的处理是
    A. 禁用 TAT 注射
    B. 先准备好抢救物品,然后直接注射 TAT
    C. 再做过敏试验并在对侧手臂做 0.9%氯化钠溶液对照试验
    D. 吸氧,注射抗过敏药物
    E. 采用脱敏疗法注射 TAT

61. 患者需注射用药,在使用一次性注射器时,护士首先应检查
    A. 注射器是否在有效期内
    B. 注射器针头衔接是否紧密
    C. 注射器的针头型号是否合适
    D. 注射器针头有无弯曲、带钩
    E. 注射器的名称、外包装是否完好

62. 患者,急性感染,医嘱予青霉素静脉注射给药,配制青霉素皮肤试验液宜选择的溶媒是
    A. 0.9%氯化钠溶液
    B. 苯甲醇
    C. 注射用水
    D. 5%葡萄糖氯化钠溶液
    E. 5%葡萄糖溶液

63. 患儿,20 个月,护士为其喂药时,下列哪项是**错误**的

A. 哭时不可喂药
B. 不可将药物与乳汁混合哺喂
C. 可捏住幼儿双侧鼻孔喂药
D. 喂药应抬高其头及肩部
E. 不合作患儿可轻轻捏动双颊,使之吞咽

解析:婴幼儿喂药时不可捏住双侧鼻孔,以免药液吸入呼吸道造成气管异物,甚至发生窒息。

64. 某癌症患者,需静脉注射化疗药物,护士采取正确的方法是
    A. 先注射少量止痛药物,后注入刺激性强的药物
    B. 将刺激性强的药物稀释后注入
    C. 注入少量等渗盐水,确认针头在血管内,再注入药物
    D. 注入刺激性强的药物应快速推注,缩短药物刺激的时间
    E. 选择短而粗的针头,以便于推药,减少刺激

解析:静脉注射强刺激药物时,应另备一无菌等渗盐水的注射器,穿刺后,先注入少量等渗盐水,确认针头在血管内,再接上抽吸药液的注射器进行注射,以免药液外漏而发生组织受损。

65. 患者,男性,20 岁。诊断:缺铁性贫血。医嘱:予肌内注射铁剂。护士用臀大肌注射“十字定位法”:从臀裂顶点向左或右划一水平线,然后从髂嵴最高点作一垂直线,将臀部分为四个象限,其正确的注区域是
    A. 内上象限,避开内角
    B. 内下象限,避开内角
    C. 外上象限,避开内角
    D. 外下象限,避开内角
    E. 中心部分

66. 患者,58 岁。左肺下叶切除术后 4 日,为防止呼吸道及肺部感染,护士选用最佳的护理措施是
    A. 协助患者翻身,拍背
    B. 氧气吸入
    C. 吸痰
    D. 氧气雾化吸入
    E. 超声波雾化吸入

67. 患者,男性,41 岁。胆囊切除手术后,医嘱:哌替啶 50mg im q6h prn。正确的执行时间是
    A. 每 6 小时使用 1 次,连续使用
    B. 术后 6 小时使用 1 次

C. 术后 6 小时使用 1 次,只用 2 次

D. 每 6 小时使用 1 次,连用 2 天

E. 必要时使用,两次间隔时间 6 小时

68. 患者,女性,18 岁。青春期功能性子宫出血,医嘱:苯甲酸二醇和酚磺乙胺 im。操作中**错误**的是

A. 选择臀大肌注射

B. 两种药分开注射

C. 先注酚磺乙胺,后注射苯甲酸二醇

D. 注射时做到"两快一慢"

E. 均选择 2ml 注射器 6 号针头

69. 患者,女性,34 岁。因胆囊炎需做碘化物胆囊造影,应在造影前多长时间做过敏试验

A. 6 小时

B. 8~12 小时

C. 12~24 小时

D. 24~48 小时

E. 72 小时

70. 护士为患者分发药物时,"三查七对"的内容**不包括**

A. 床号、姓名

B. 药名

C. 剂量

D. 方法、时间

E. 配伍禁忌

71. 患儿,6 岁。诊断:营养性缺铁性贫血。医嘱:予口服铁剂。正确的给药方法是

A. 直接口服

B. 和茶水同饮

C. 用吸水管吸入

D. 饭前服用

E. 和牛奶同饮

72. 某患者服用抗心律失常药时,服药前护士数患者脉搏为 52 次,正确的护理是

A. 给患者服下后加强观察

B. 服药后数脉搏

C. 停药并报告医生

D. 准备抢救用物

E. 仔细询问,患者主诉无不适可给药

73. 患者,女性,22 岁。上呼吸道感染需用青霉素治疗,在做青霉素皮试时,发生下列何种情况为最严重的反应

A. 过敏性休克

B. 剥脱性皮炎

C. 荨麻疹

D. 呼吸困难

E. 恶心呕吐

74. 患者,男性,85 岁。青霉素皮试 20 分钟后出现胸闷、气急、皮肤瘙痒,其可能的原因为

A. 患者年老体弱

B. 抵抗力差

C. 皮试液放置过久

D. 皮试液剂量过大

E. 皮试液被污染

75. 患者在每日 2 次肌内注射青霉素过程中,下列哪种情况应重做皮试

A. 漏注射 1 次

B. 停药 1 天后再用

C. 更换药品批号

D. 患者主诉胸闷

E. 注射部位发生硬结

A₃/A₄ 型题

(76~78 题共用题干)

某患者,做破伤风抗毒素皮试 20 分钟后,观察结果为:局部皮丘红肿,硬结大于 1.5cm,红晕超过 4cm,并有伪足,痒感。护士拟采用脱敏注射法为患者注射。

76. 脱敏注射法的机制是

A. 逐步消耗体内 IgE

B. 使抗原所致活性介质释放量增多

C. 封闭体内 IgE,阻断与抗体结合

D. 与体内 IgE 竞争变应原

E. 阻断组胺的释放

77. 破伤风抗毒素脱敏注射法是

A. 分 2 次肌内注射

B. 分 4 次逐渐增量稀释肌内注射

C. 分 2 次平均稀释肌内注射

D. 分 4 次平均稀释肌内注射

E. 1 次缓慢注入

78. 破伤风抗毒素脱敏注射中,有轻微反应症状时的处理措施是

A. 立即停止脱敏注射

B. 立即减量增次注射

C. 待症状消退后减量增次注射

D. 待反应消退后按原量注射

E. 立即配合抢救

解析:阳性脱敏注射法:分多次、小剂量、间隔 20 分钟、密切观察下进行。注射中如反应轻微,待症状消退后,酌情增加次数,减少剂量,注入所需的全量。如发现患者有全身反应,如气促、发绀、荨麻疹及过敏性休克时立即停止注射。

(79~82 题共用题干)

某患儿,19 个月。淋巴结核,肌内注射数种药物,其中链霉素 im bid。

79. bid 的中文意译是

A. 每日 4 次

B. 每日 3 次

C. 每日 2 次

D. 每日 1 次

E. 每晚 1 次

80. 为该病儿注射时,**不恰当**的是
    A. 宜选择肌肉肥厚的臀大肌
    B. 注射时应固定好肢体,以防断针
    C. 切勿把针梗全部刺入
    D. 注意更换注射部位
    E. 注意药物配伍禁忌

81. 护士实施链霉素皮试时,下述方法**错误**的是
    A. 用等渗盐水 4ml 溶解 1g(100 万 U)瓶装的链霉素
    B. 皮试液 1ml 含 2500U
    C. 注入皮内 0.1ml 含 250U
    D. 注射后 20 分钟观察结果
    E. 配制时注意将链霉素充分溶解

82. 若皮试时,患儿发生过敏性休克,抢救应首选的是
    A. 异丙肾上腺素,H　　B. 地塞米松,IV
    C. 氯苯那敏,PO　　　D. 异丙嗪,IM
    E. 盐酸肾上腺素,H

(83、84 题共用题十)

　　患者,20 岁。因上呼吸道感染需青霉素治疗。皮试后 5 分钟患者出现胸闷、气急、皮肤瘙痒、面色苍白、脉搏细弱、血压下降、烦躁不安。

83. 请问患者发生何种反应
    A. 青霉素毒性反应　　B. 血清病型反应
    C. 呼吸道过敏反应　　D. 过敏性休克
    E. 皮肤组织过敏反应

解析: 休克的主要表现有四肢发凉、面色苍白、发绀、脉搏细速、尿量减少、血压下降、淡漠或定向障碍等。患者在青霉素皮试后发生上述反应,是由于发生了过敏性休克。

84. 根据病情,首先选择的关键性措施是
    A. 立即平卧,皮下注射盐酸肾上腺素
    B. 立即皮下注射异丙肾上腺素
    C. 立即静脉注射地塞米松
    D. 立即注射呼吸兴奋剂
    E. 立即静脉输液,给予升压药

解析: 发生过敏性休克时,应立即让患者平卧,解开衣带,保暖;予以吸氧;皮下注射盐酸肾上腺素;应用抗过敏药;其他对症措施。

(85、86 题共用题干)

　　患者,男性,35 岁。支气管哮喘发作,咳喘严重不能平卧,医嘱予超声雾化吸入治疗。

85. 为了给患者解痉平喘,应选用的药物是
    A. 地塞米松　　　　B. 氨茶碱
    C. 庆大霉素　　　　D. 沐舒坦
    E. α-糜蛋白酶

86. 正确操作超声雾化吸入的方法是
    A. 水槽内加冷蒸馏水要浸没雾化罐底部的透声膜
    B. 治疗结束先关电源开关,再关雾化开关
    C. 当水槽内水温超过 60℃ 应关机更换冷蒸馏水
    D. 每次治疗 30~40 分钟
    E. 雾化罐、螺纹管及口含嘴应在消毒液中浸泡 20 分钟再清洗备用

(87、88 题共用题干)

　　患者,女性,51 岁。因糖尿病需用胰岛素药物治疗,控制血糖,医嘱:胰岛素 4U H ac 30min。

87. ac 指的是
    A. 早上 8:00　　　　B. 晚上 8:00
    C. 临睡前　　　　　D. 饭前
    E. 必要时

88. H 指的是
    A. 皮下注射　　　　B. 口服
    C. 临睡前　　　　　D. 皮内注射
    E. 肌内注射

(89~91 题共用题干)

　　患者,女性,25 岁。工作时突然出现面色苍白、出冷汗、全身无力来院就诊。医嘱:50% 葡萄糖 50ml iv St.。

89. 选择最佳的注射部位是
    A. 手背静脉　　　　B. 贵要静脉
    C. 小隐静脉　　　　D. 股静脉
    E. 锁骨下静脉

90. 注射过程中,患者主诉注射部位疼痛、局部肿胀、抽之无回血,考虑是
    A. 针头阻塞
    B. 针头滑出血管外
    C. 针头斜面一半在血管内
    D. 静脉痉挛
    E. 药液黏稠度大

91. 此时护士应如何处理
    A. 拔出针头,更换针头重新穿刺
    B. 加强观察
    C. 缓慢注射

D. 快速推注

E. 穿刺点上方热敷

（92～94 题共用题干）

患者，男，52 岁。因哮喘发作前来急诊。医嘱：予氨茶碱 0.25g 加入 25％葡萄糖 20ml 静脉注射。

92. 静脉注射时穿刺的角度通常为

    A. 5°～10°   B. 15°～30°

    C. 30°～40°   D. 40°～50°

    E. 50°～60°

93. 在注射过程中发现局部肿胀，抽有回血，患者诉疼痛明显，可能的原因是

    A. 针头穿透血管壁

    B. 针头斜面一半在血管外

    C. 针头刺入过深，药物注入组织间隙

    D. 针头斜面紧贴血管壁

    E. 针头堵塞

94. 上述情况，正确的处理方法是

    A. 嘱患者忍耐片刻

    B. 继续注射，加强观察局部肿胀情况

    C. 拔除注射针头，更换针头及部位再行注射

    D. 调整针头角度后再注射

    E. 注射部位上方热敷

（95～97 题共用题干）

患者，女，50 岁。因低血糖休克前来急诊。医嘱：予 50％葡萄糖 40ml 静脉注射。护士选择股静脉为其穿刺。

95. 股静脉的穿刺部位是

    A. 股动脉内侧 0.5cm 处

    B. 股动脉外侧 0.5cm 处

    C. 股神经内侧 0.5cm 处

    D. 股神经外侧 0.5cm 处

    E. 股动脉与股神经之间

96. 股静脉注射拔针后局部立即用无菌纱布加压止血

    A. 1～2 分钟   B. 2～3 分钟

    C. 3～5 分钟   D. 5～7 分钟

    E. 8～10 分钟

97. 注射过程中，下列正确的是

    A. 如抽出鲜红色血液，提示刺入股动脉，应立即退出针头少许，换个角度穿刺

    B. 误入股动脉后拔针，局部立即用无菌纱布加压止血 3 分钟

    C. 见暗红色血液，提示进入股静脉

D. 在股神经外侧 0.5cm 处刺入股静脉

E. 注射完毕，快速拔针，局部立即用无菌纱布加压止血 1 分钟

（98～100 题共用题干）

患者，男性，30 岁。因淋雨后咳嗽发热前来就诊，医嘱给予青霉素 80 万 U 肌内注射，每日 2 次。

98. 护士为患者首先进行青霉素皮试，执行操作时错误的是

    A. 皮试前详细询问用药史、过敏史

    B. 配制青霉素皮试液用注射用水进行稀释

    C. 因常温下易降解，所以皮试液一定要现用现配

    D. 在皮试盘内准备盐酸肾上腺素和注射器等急救物品

    E. 按皮内注射的要求在前臂掌侧下段注射皮试液 0.1ml

99. 青霉素皮试液的注射剂量为

    A. 10U   B. 50U

    C. 100U   D. 150U

    E. 500U

100. 皮试后 3 分钟，患者出现胸闷、气急伴濒危感，面色苍白出冷汗，皮肤瘙痒。考虑患者出现了

    A. 青霉素毒性反应   B. 血清病型反应

    C. 呼吸道过敏反应   D. 青霉素过敏性休克

    E. 皮肤过敏反应

二、实践能力

A_1 型题

101. 剧毒药及麻醉药的最主要保管原则是

    A. 药名用中、英文对照

    B. 加锁并由专人保管

    C. 需装于密封瓶中保存

    D. 于阴凉处存放

    E. 与内服药分别放置

102. 指导患者服药，**不正确**的方法是

    A. 服铁剂忌饮茶

    B. 服酸类药物需用吸水管吸入

    C. 服止咳糖浆后不宜饮水

    D. 助消化药饭前服

    E. 对胃有刺激的药物饭后服

解析：助消化药及对胃黏膜有刺激性的药物应饭后服，利于消化及减少对胃壁的刺激。

103. 超声波雾化治疗结束后，先关雾化开关再关电

源开关,是防止损坏
- A. 电晶片
- B. 透声膜
- C. 电子管
- D. 雾化罐
- E. 晶体管

解析:超声波雾化治疗结束后,必须先关雾化开关,而后再关电源开关,否则电子管易损坏。

104. 不符合药物保管原则的是
- A. 药柜应放在通风、干燥、阳光直射处
- B. 各种药品按有效期放置,先领先用
- C. 药瓶上标签明显,标签应注明中、英文药名、剂量或浓度,要求字迹清晰,标签完好
- D. 药物质量应定期检查,如有浑浊、沉淀、变色、潮解、变性、异味等现象,不能使用
- E. 个人专用的特种药物,应单独存放

105. 内服药药瓶的标签边颜色为
- A. 红色
- B. 蓝色
- C. 黑色
- D. 黄色
- E. 绿色

106. 需要冷藏在 2～10℃冰箱的药物是
- A. 维生素 C
- B. 糖衣片
- C. 疫苗
- D. 酵母片
- E. 甘油

107. 白班护士不提前为夜班护士配置静脉注射药物,应现用现配,目的是
- A. 防止发生差错
- B. 防止出现配伍禁忌
- C. 减少毒性反应
- D. 防止降低药物的效价
- E. 防止浪费药液

108. 注射过程中能用手直接接触的注射器的部位是
- A. 活塞
- B. 针尖
- C. 针梗
- D. 针栓外侧
- E. 乳头

109. 皮内注射是将药液注入
- A. 表皮
- B. 真皮
- C. 皮下组织
- D. 表皮与真皮间
- E. 真皮与皮下组织间

110. 肌内注射时,为使臀部肌肉松弛,应采取的姿势为
- A. 俯卧位,足尖分开,足跟相对
- B. 侧卧位,上腿伸直,下腿稍弯曲
- C. 仰卧位,双腿稍弯曲
- D. 坐位时,躯干与大腿呈 90°
- E. 立位时,身体需笔直

A₂ 型题

111. 某患者在注射青霉素时突然发生过敏性休克,首先选用的药物是
- A. 盐酸肾上腺素
- B. 异丙肾上腺素
- C. 去甲肾上腺素
- D. 地塞米松
- E. 多巴胺

112. 患者,55 岁。诊断:肺结核。护士为其进行链霉素皮肤试验前首先应了解
- A. 心理反应
- B. 治疗需要
- C. 护理要求
- D. 有无过敏史
- E. 经济承受能力

113. 患者需服用下列药物,其中宜饭后或进餐过程中服用的药物是
- A. 维生素 C
- B. 氨茶碱
- C. 酵母片
- D. 痰易净
- E. 蛇胆川贝膏

114. 某病区护士,在存放药物时,需存放在有色密盖瓶中的药物是
- A. 维生素 C
- B. 糖衣片
- C. 疫苗
- D. 酵母片
- E. 甘油

115. 患者,女性。患粒细胞减少症,为防止感染,护士为其注射时,最重要的措施是
- A. 不在有硬结处进针
- B. 针头刺入宜深
- C. 针头无锈无钩,锐利
- D. 注射前洗手戴口罩
- E. 皮肤消毒,直径大于 5cm

116. 护士在给患者发药时,应遵循给药原则中,其中放在首位的是
- A. 遵医嘱给药
- B. 给药途径要准确
- C. 给药时间要准确
- D. 注意用药的不良反应
- E. 给药中要经常观察疗效

117. 某支气管炎患者,口服青霉素 10 天后自觉皮肤瘙痒,腹痛,关节肿痛,全身淋巴结肿大,考虑患者发生了
- A. 皮肤过敏反应
- B. 消化系统过敏症状
- C. 血清病型反应
- D. 呼吸道过敏症状
- E. 循环系统衰竭症状

118. 患者,女性,25 岁。医嘱:口服磺胺药抗感染。为增加药物溶解度,避免结晶析出,护士应
    A. 嘱其卧床休息　　　B. 嘱其多运动
    C. 嘱其饭前服　　　　D. 嘱其饭后服
    E. 嘱其服药后需多饮水

119. 患儿,18 个月。上呼吸道感染需用青霉素治疗,在做青霉素皮试时突然发生了青霉素过敏性休克,其原因可能是
    A. 过敏体质　　　　　B. 抵抗力差
    C. 毒性反应　　　　　D. 皮试液剂量过大
    E. 皮试液被污染

120. 患者,男性,53 岁。慢性支气管炎,痰黏稠不易咳出,医嘱给予氧气雾化吸入,氧气流量应调至
    A. 1~2L/min　　　　B. 3~4L/min
    C. 6~8L/min　　　　D. 10L/min
    E. 5L/min

121. 患者,女性,30 岁。肺部感染需用青霉素治疗,护士在做青霉素皮试时需要准备的是
    A. 地塞米松　　　　　B. 异丙嗪
    C. 盐酸肾上腺素　　　D. 气管切开包
    E. 生理盐水

122. 患者,38 岁。因疾病需做肾盂造影,碘过敏试验为阴性,在造影时,护士下列做法正确的是
    A. 备好急救药物
    B. 试验阴性肯定不会发生过敏现象
    C. 无须准备物品
    D. 先肌内注射地塞米松
    E. 先行静脉注射肾上腺素

123. 某患者,上呼吸道感染,高热。医嘱予服用退热剂,护士给予服药指导,正确的是
    A. 饭前服　　　　　　B. 饭后服
    C. 睡前服　　　　　　D. 服药后多饮水
    E. 服药后少饮水

124. 某病区护士,在指导患者服用健胃药时,告知患者正确的是
    A. 饭前服　　　　　　B. 饭后服
    C. 睡前服　　　　　　D. 服药后多饮水
    E. 服药后少饮水

125. 护士在发药过程中,患者提出疑问,应如何处理
    A. 找医生来为患者解释
    B. 告诉患者先服药再说
    C. 让患者去问医生
    D. 重新核对,确认无误后给予解释,再给患者服下
    E. 认真听取主诉,耐心劝说患者服药

126. 患者,男,30 岁。车祸致失血性休克,需加压输血,应选择何处穿刺
    A. 股静脉　　　　　　B. 手背静脉
    C. 大隐静脉　　　　　D. 贵要静脉
    E. 头静脉

127. 护士在为患者进行注射时,为防止交叉感染最重要的是
    A. 护士戴口罩　　　　B. 一人一套注射用物
    C. 勤洗手　　　　　　D. 患者戴口罩
    E. 注射时严格执行查对制度

128. 某门诊患者,需肌内注射,护士可指导患者取
    A. 侧卧位　　　　　　B. 俯卧位
    C. 仰卧位　　　　　　D. 立位
    E. 坐位

129. 患者,女性,30 岁。在注射青霉素时发生过敏性休克,医嘱予 0.1‰盐酸肾上腺素皮下注射,其目的不包括下列哪项
    A. 扩张血管　　　　　B. 增加外周阻力
    C. 兴奋心肌　　　　　D. 增加心输出量
    E. 松弛支气管平滑肌

130. 患儿,1 岁半。诊断:再生障碍性贫血。护士按医嘱为其进行维生素 B_{12} 肌内注射,正确的定位方法是
    A. 髂嵴外侧三横指
    B. 髂后上棘外侧三横指
    C. 髂前上棘下三横指
    D. 髂前上棘外侧三横指
    E. 髂嵴下三横指

131. 患者,女性,30 岁。因哮喘发作需雾化吸入氨茶碱,其目的是
    A. 扩张血管　　　　　B. 消除炎症
    C. 湿化气道　　　　　D. 解除支气管痉挛
    E. 稀释痰液

132. 患者因再次外伤后需注射破伤风抗毒素,停药超过多长时间应重新做药物过敏试验
    A. 24 小时　　　　　B. 7 天
    C. 5 天　　　　　　　D. 3 天
    E. 14 天

133. 患者青霉素皮试结果为局部皮肤红肿,直径1.2cm,自觉无不适,下列处理正确的是
    A. 可以注射青霉素

B. 禁用青霉素,报告医生

C. 可以注射青霉素,但需减少剂量

D. 暂停使用,下次使用前重新做过敏试验

E. 在对侧肢体做对照试验

A₃/A₄ 型题

(134～136 题共用题干)

患者,女,16 岁。因食欲下降 3 个月来院就诊。患者面色苍白,血红蛋白(Hb):90g/L。诊断:营养性缺铁性贫血。需补充铁剂治疗。

134. 为提高疗效可同时服用

　　A. 维生素 B₁　　　　B. 维生素 B₂

　　C. 维生素 C　　　　D. 维生素 D

　　E. 维生素 E

135. 服用铁剂的最佳时间是

　　A. 餐前　　　　　　B. 餐后

　　C. 晨起时　　　　　D. 临睡时

　　E. 两餐之间

136. 若同时服用下列药物,应最后服用的是

　　A. 谷维素　　　　　B. 硫酸亚铁

　　C. 维生素 C　　　　D. 感冒通

　　E. 蛇胆川贝液

(137～140 题共用题干)

患者,女性,32 岁。颅脑损伤后昏迷 1 周,现测得体温 39.8℃。医嘱:复方氨基比林针 2ml im St.。

137. im 的中文译意为

　　A. 皮下注射　　　　B. 肌内注射

　　C. 皮内注射　　　　D. 静脉注射

　　E. 口服

138. St 的意思为

　　A. 立即执行　　　　B. 多饮水

　　C. 必要时使用 1 次　D. 睡前

　　E. 每天 1 次

139. 护士选择股外侧肌作为注射部位,正确的注射范围是

　　A. 大腿外侧,膝关节以上

　　B. 髋关节以下,膝关节以上大腿外侧

　　C. 髋关节以下 10cm,膝关节以上 10cm,大腿外侧

　　D. 大腿内侧,膝关节以上 10cm

　　E. 髋关节以下 10cm,膝关节以上 10cm,大腿内侧

140. 为其注射时,进针深度为

　　A. 针头斜面　　　　B. 针梗的 1/4～1/3

C. 针梗的 1/3～1/2　D. 针梗的 1/2～2/3

E. 全部针梗

(141、142 题共用题干)

某新生儿,出生 15 天,护士为其进行预防接种。

141. 接种卡介苗正确方法是

　　A. 前臂掌侧下段,ID　B. 三角肌下缘,ID

　　C. 三角肌下缘,H　　D. 股外侧,H

　　E. 臀大肌,IM

142. 接种乙肝疫苗正确的方法是

　　A. 前臂掌侧下段,ID　B. 三角肌下缘,ID

　　C. 三角肌下缘,H　　D. 上臂三角肌,IM

　　E. 臀大肌,IM

(143～146 题共用题干)

患者,女性,40 岁。诊断:破伤风。医嘱:TAT治疗。患者 TAT 过敏试验阳性。

143. TAT 过敏试验阳性局部的表现是

　　A. 硬结直径大于 1cm,红晕范围直径超过 2cm

　　B. 硬结直径大于 1cm,红晕范围直径超过 3cm

　　C. 硬结直径大于 1cm,红晕范围直径超过 4cm

　　D. 硬结直径大于 1.5cm,红晕范围直径超过 3cm

　　E. 硬结直径大于 1.5cm,红晕范围直径超过 4cm

144. 正确的处理是

　　A. 停止注射 TAT

　　B. 采用脱敏疗法注射 TAT

　　C. 再次做过敏试验并用生理盐水做对照实验

　　D. 注射肾上腺素等药物抗过敏

　　E. 先准备好抢救器械,然后直接注射 TAT

145. 正确的注射方式是

　　A. 分 4 次肌内注射,每次注 1/4 支

　　B. 采用皮下注射法

　　C. 分 4 次肌内注射,每次相隔 20 分钟

　　D. 注射后患者如有不适则停止注射,改用其他药物

　　E. 注射后患者无不适感,可减少注射次数,将余量 1 次注完

146. 注射时,针头与注射部位通常所成角度为

　　A. 20°　　　　　　　B. 30°

　　C. 45°　　　　　　　D. 60°

　　E. 90°

(147～150 题共用题干)

患者,女性,55 岁。患糖尿病多年,按医嘱使用胰岛素治疗。

147. 常采用的给药方式为

A. iv drip   B. H   C. 睡前   D. 两餐之间

C. ID   D. IV   E. 自觉饥饿时

E. IM

148. 注射时进针的角度为

A. 5°   B. 30°

C. 45°   D. 15°

E. 90°

149. 注射时进针的深度为

A. 针头斜面

B. 针梗的1/4～1/3

C. 见回血后再进针少许

D. 针梗的1/2～2/3

E. 全部针梗

150. 注射的时间应选择在

A. 饭前30分钟   B. 饭后30分钟

参考答案

1～5 DADCD   6～10 DDACD   11～15 DEBEE

16～20 ECDCD   21～25 CACEB   26～30 BABCB

31～35 BDEDC   36～40 DADBE   41～45 BABDC

46～50 BABCE   51～55 ABDDD   56～60 CCDCE

61～65 EACCC   66～70 EEEDE   71～75 CCACC

76～80 ABCCA   81～85 AEDAB   86～90 ADABB

91～95 ABBCA   96～100 CCBBD   101～105 BDCAB

106～110 CDDDB   111～115 ADCAE

116～120 ACEAC   121～125 CADAD

126～130 ABEAD   131～135 DBBCE

136～140 EBACD   141～145 BDEBC

146～150 EBBDA

第12章 静脉输液和输血法

第1节 静脉输液法

一、定义

静脉输液是利用**大气压**和★**液体静压**的原理,将大量无菌溶液或药液输入静脉的方法。

二、静脉输液的目的

1. 补充水分和电解质,维持水、电解质、酸碱平衡。常用于各种脱水、酸碱平衡失调等。

2. 补充营养,供给热能。常用于慢性消耗性疾病、不能经口进食等。

3. ★**输入药物**,控制感染,治疗疾病。常用于各种中毒、严重感染等。

4. 补充血容量,改善微循环,维持血压。常用于严重烧伤、大出血、休克等。

5. 输入脱水剂,降低颅内压,达到利尿消肿的作用。

★三、常用溶液和作用

1. 晶体溶液
   - (1)葡萄糖溶液:**5%~10%葡萄糖溶液**,可供给水分和热能。
   - (2)等渗电解质溶液:0.9%氯化钠、5%葡萄糖氯化钠、复方氯化钠溶液,可供给水分和电解质。
   - (3)碱性溶液:**5%碳酸氢钠**、11.2%乳酸钠溶液,可纠正酸中毒,调节酸碱平衡。
   - (4)高渗溶液:★**20%甘露醇**、25%山梨醇、25%~50%葡萄糖溶液,可利尿脱水。

2. 胶体溶液
   - (1)右旋糖酐
     - ★1)**中分子右旋糖酐:可提高血浆胶体渗透压,扩充血容量。**
     - ★2)**低分子右旋糖酐:可降低血液黏稠度,改善微循环。**
   - (2)代血浆:羟乙基淀粉(706)、氧化聚明胶、聚维酮溶液,可增加血浆渗透压及循环血量。
   - (3)浓缩白蛋白注射液:可提高胶体渗透压,补充蛋白质,减轻组织水肿。
   - (4)水解蛋白注射液:可补充蛋白质,纠正低蛋白血症,促进组织修复。

3. 静脉营养液:复方氨基酸、脂肪乳剂溶液,可供给热能,维持正氮平衡,补充维生素和矿物质。

锦囊妙记

右旋糖酐的作用为:**中高,两低**。即中分子右旋糖酐可提高血浆胶体渗透压,低分子右旋糖酐可降低血液黏稠度。

四、常用静脉输液法

1. 周围静脉输液法
- (1) 密闭式静脉输液法的操作要点
  1) 两人核对。
  2) 茂菲滴管内液面达 1/3～1/2 满。
  3) 确定穿刺点,注意避开关节及静脉瓣。
  4) 在穿刺点上方 6cm 处扎止血带。
  5) 穿刺成功后"三松"即松开止血带和调节器,嘱患者松拳。
  6) 调节滴速:一般成人 40～60 滴/min,儿童 20～40 滴/min。
  7) 交代患者如发现溶液不滴、输液部位肿胀、疼痛及全身不适等,应及时呼叫。

- (2) 开放式输液法:此法能灵活变换输液种类及数量,常用于手术患者、抢救危重患者及患儿等。其操作要点为
  1) 用 30～50ml 溶液冲洗输液瓶和橡胶管。
  2) 加药时,将吸好药液的注射器,针头取下,在距瓶口 1cm 处将药液注入。

- (3) 静脉留置针输液法
  1) 优点:其外套管的材料与血管相容性好,且柔软,无刺激,可减少穿刺的次数。适用于需长期静脉输液及静脉穿刺困难的患者。
  ★2) 操作要点
    A. 在穿刺点上方 10cm 处扎止血带;皮肤消毒范围应大于 8cm×10cm。
    B. 绷紧皮肤,手持针翼,以 15°～30° 直接刺入血管。
    C. 在透明膜上记录留置日期、时间。
    D. 正压封管,即边推注封管液边退针。

- ★(4) 注意事项
  1) 对长期输液者应注意保护静脉,合理使用,★一般先从四肢远端小静脉开始。
  2) 根据病情、用药原则、药物性质,有计划地安排药物输液的顺序。
  ★3) 输入对血管刺激性大的药物时,输入药物前后均要输入一定量的 0.9%氯化钠溶液,以保护静脉。
  4) 加强巡视,耐心听取患者主诉,密切观察注射部位有无肿胀、疼痛、输液滴注是否通畅等。
  5) 严防空气栓塞:输液前排净空气;及时换瓶或拔针;加压输液时在旁看守。
  6) 连续输液超过 24 小时应每日更换输液器。
  7) 防止交叉感染,应做到"一人一巾一带",即每人一块治疗巾和一条止血带。
  8) ★留置针一般可保留 3～5 天,最多不超过 7 天。

2. 颈外静脉插管输液法
- (1) 目的
  1) 需要长期输液,而周围静脉不易穿刺的患者。
  2) 周围循环衰竭的危重患者,用以测量中心静脉压。
  3) 长期静脉内滴注高浓度、刺激性强的药物,或采用静脉营养疗法的患者。
- ★(2) 操作要点
  1) 穿刺部位:在下颌角与锁骨上缘中点连线的上 1/3 处,颈外静脉外侧缘进针。
  2) 体位:去枕平卧位,将头部转向对侧,肩下垫小枕。
  3) 进针角度:与皮肤呈 45°进针,进入皮肤后改为 25°。
- (3) 注意事项
  1) 置管后,★如发现硅胶管内有回血,应立即用肝素液冲洗,以免堵塞管腔。
  2) 每天更换敷料,并用碘伏消毒穿刺点及周围皮肤。

★五、输液速度的调节

1. 调节输液速度的原则
- (1)输液速度应根据年龄、病情、药物性质进行调节。
- ★(2)对年老、体弱、婴幼儿、有心肺疾患的患者输液速度宜慢;对严重脱水、心肺功能良好的患者输液速度可适当加快。
- (3)一般溶液输入速度可稍快,高渗盐水、含钾药物、升压药物等输入速度宜慢。

2. 输液速度的计算
- (1)已知输入液体的总量和预计输完所用的时间,求每分钟滴速。
  - ★**每分钟滴速＝液体的总量(ml)×滴系数(滴/ml)/输液所用时间(min)**
- (2)已知输入液体的总量和每分钟滴速,求输完液体所用的时间。
  - ★**输液所用时间(h)＝液体的总量(ml)×滴系数(滴/ml)/每分钟滴速(滴/min)×60(min)**

3. 输液泵的使用:可将药液均匀、精确、持续地输入体内。常用于输入升压药物、抗心律失常药物等。

★六、常见输液故障和处理

★1. 溶液不滴
- (1)**针头滑出静脉外**:表现为局部肿胀、疼痛,**应更换针头,另选静脉重新穿刺。**
- (2)**针头斜面紧贴静脉壁**:表现为液体滴入不畅或不滴,应调整针头或变换体位。
- (3)**针头阻塞**:表现为药液不滴且无回血,**应更换针头,重新穿刺。**
- (4)**压力过低**:可适当抬高输液架高度,升高输液瓶,或放低患者肢体。
- (5)**静脉痉挛**:可局部热敷、按摩,使静脉扩张,促进血液循环。
- (6)输液管扭曲受压:排除扭曲、受压因素,保持输液管通畅。

2. 茂菲滴管内液面异常
- (1)液面过高:将输液瓶取下并倾斜,使瓶内针头露出液面,待液面降至所需高度。
- (2)液面过低:夹住茂菲滴管下端的输液管,用手挤压滴管,待滴管液面升至所需高度。
- ★(3)**液面自行下降**:检查滴管上端输液管与茂菲滴管有无漏气或裂隙,必要时更换输液器。

七、常见输液反应及护理

★1. 发热反应
- (1)临床表现:多发生于输液后数分钟至1小时,主要表现为发冷、寒战及发热,可伴有恶心、呕吐、头痛、脉速、全身不适等症状。
- (2)原因:★是最常见的输液反应,常因输入致热物质;输入的液体或药物不纯、灭菌不彻底或过期、变质;输液过程中未严格遵守无菌操作原则等引起。
- (3)护理要点
  - 1)预防:严格执行查对制度和无菌操作原则,尤其对药液与输液器要严格检查。
  - 2)反应轻者可减慢输液速度,重者须立即停止输液。
  - 3)除对症处理外,遵医嘱给予抗过敏药物或激素治疗。
  - 4)保留剩余药液及输液器,进行检测,查找原因。

锦囊妙记

滴速的汇总

静脉输液:成人40～60滴/min;儿童20～40滴/min;

急性心力衰竭、肺癌患者术后20～30滴/min;20%甘露醇125滴/min。

要素饮食:40～60滴/min。

化脓性骨髓炎开窗引流:50～60滴/min。

膀胱冲洗:60～80滴/min。

★2. 循环负荷过重（急性肺水肿）

(1)临床表现: 患者突然出现呼吸困难,感到胸闷、气促、咳嗽、**★咳粉红色泡沫痰**,严重时痰液可由口鼻涌出,**肺部可闻及湿啰音**,心率快、心律不齐。

(2)原因: 输液速度过快,短时间内输入液体量过多。

(3)护理要点
1)预防:严格控制输液速度和量,对心肺功能不良、年老体弱、婴幼儿等患者更应慎重。
2)立即停止输液,协助患者**★取端坐位**,两腿下垂,以减少静脉回流,减轻心脏负担。
3)给予**★高流量吸氧**,使肺泡内压力增高,从而减少肺泡内毛细血管渗出液的产生。
4)**★湿化瓶内水放入20%～30%乙醇**,以减低肺泡内泡沫的表面张力,使泡沫破裂消散,从而改善肺部气体交换,减轻缺氧症状。
5)遵医嘱给予扩血管药、平喘药、强心剂、利尿剂等。
6)必要时进行**★四肢轮扎止血带**,须每隔**5～10分钟**轮流放松一侧肢体,有效地减少回心血量。

3. 静脉炎

(1)临床表现:★沿静脉走向出现条索状红线,局部组织发红、肿胀、灼热、疼痛,**可伴畏寒、发热等全身症状**。

★(2)原因
1)**长期输入高浓度、刺激性较强的药液。**
2)静脉内放置刺激性强的留置管,或**导管放置时间过长**,引起局部静脉壁的化学性炎症反应。
3)输液过程中无菌操作不严,引起局部静脉感染。

(3)护理要点
1)预防:以避免感染,减少对血管壁的刺激为原则。
2)对血管壁有刺激的药物应充分稀释,防止药物溢出静脉外。
3)应有计划使用静脉,经常更换输液部位。
4)**★抬高患肢并制动,局部用95%乙醇或50%硫酸镁进行热湿敷。**
5)用中药如意金黄散外敷、超短波理疗等,合并感染应遵医嘱给予抗生素治疗。

4. 空气栓塞

(1)临床表现: 患者感觉**★胸部异常不适或胸骨后疼痛**,随即出现呼吸困难,严重发绀,伴濒死感,**★心前区听诊可闻及响亮、持续的"水泡声"**,心电图可表现心肌缺血和急性肺心病的改变。

(2)原因
1)输液管内空气未排尽,导管连接不紧密或有裂隙。
2)连续输液时,未及时添加药液或添加后未及时排尽空气。
3)加压输液、输血时,无专人在旁看守。
4)**★致死原因:** 空气阻塞动脉入口。

(3)护理要点
1)**★预防:** 输液前必须排尽输液管内空气,并检查输液通路是否衔接紧密。
2)**及时更换或添加药液,液体将要输完时应及时拔针。**
3)如需**加压输液或输血时,应专人守护在床旁**,不得离开患者。
4)发生空气栓塞,应立即停止输液,立即使患者**★取左侧卧位和头低足高位**。
  A.左侧卧位可使肺动脉的位置低于右心室,使气泡向上飘移至右心室尖部,避开肺动脉入口,由于心脏跳动,空气可被混成泡沫,分次小量进入肺动脉内。
  B.头低足高位在吸气时可增加胸内压力,以减少空气进入静脉。
5)给予高流量氧气吸入。

锦囊妙记

输液滴速及所用时间计算技巧
先计算出液体的总滴数,即液体总量×滴系数(如15滴/ml)
求每分钟滴速:总滴数÷所用时间(min)
求所用时间(min):总滴数÷每分钟滴速

第 2 节　静脉输血法

一、目的

★1. **补充血容量**:常用于急性大出血、休克患者。

2. **补充血红蛋白,纠正贫血**:常用于严重贫血患者。

3. **补充抗体,增加机体免疫力**:常用于严重感染患者。

4. **补充白蛋白,维持胶体渗透压**:常用于低蛋白血症的患者。

5. **补充各种凝血因子和血小板**:常用于凝血机制障碍的患者。

二、血液制品的种类

1. 全血
- ★(1)**新鲜血**:保留了血液中原有的所有成分。主要适用于血液病患者。
- ★(2)**库存血**:指保存在 **4℃冰箱内,有效期 2～3 周的血液。大量输库存血时,要防止酸中毒与高钾血症**。主要用于各种原因引起的大出血。
- (3)自体输血
  - 1)术中失血回输:多见于手术中出血较多者,如脾切除、宫外孕等。
  - 2)术前预存自体血:选择体质好的患者,术前 2～3 周内抽血存于血库,以备本人手术时急需。如进行体外循环的患者。

2. 成分血:纯度高、体积小、可节约血源、一血多用;治疗效果好、不良反应少;便于保存和运输
- (1)红细胞
  - 1)★**浓缩红细胞:用于血容量正常而需补充红细胞的贫血患者。分离后应在 24 小时内使用。**
  - 2)洗涤红细胞:用于免疫性溶血性贫血、脏器移植后、需反复输血的患者。
  - 3)红细胞悬液:经离心提取后加入等量红细胞保养液制成,适用于战地急救和中、小手术患者。
- (2)白细胞浓缩悬液:于 **4℃冰箱保存,48 小时内有效**,用于粒细胞减少合并严重感染的患者。
- (3)血小板浓缩悬液:在 ACD 保养液中,**22℃保存,24 小时内有效**,用于血小板减少和功能障碍所致的出血患者。
- (4)血浆:主要为血浆蛋白,不含血细胞
  - 1)新鲜血浆:含正常量的全部凝血因子,适用于凝血因子缺乏的患者。
  - 2)保存血浆:适用于低血容量和低血浆蛋白的患者。
  - 3)冰冻血浆:−30℃保存,有效期 1 年,应用时在 37℃温水中融化。适用于维持血容量、补充血浆蛋白的患者。
  - 4)干燥血浆:用 0.9%氯化钠溶液或 0.1%枸橼酸钠溶液溶解后使用。
- (5)其他血液制品
  - 1)白蛋白液:适用于低蛋白血症患者。
  - 2)纤维蛋白原:适用于纤维蛋白缺乏症、DIC 患者。
  - 3)抗血友病球蛋白浓缩剂:适用于血友病患者。

三、静脉输血法

★1. 输血前准备
- (1)备血:填写输血申请单,抽取 2ml 血送血库做血型鉴定及交叉配血试验。
- (2)取血:凭取血单与血库人员共同做好"三查八对"。"三查"即查血液的有效期、血液质量和输血装置。"八对"即对患者姓名、床号、住院号、血袋号、血型、交叉配血试验结果、血液种类和剂量。
- (3)取血后:★**勿振荡,勿加温,在室温中放置 15～20 分钟,在 4 小时内输完。**
- (4)输血前:再次两人核对,确定无误方可输入。

2. 直接输血法
(1)适用于无血库又急需输血时,以及婴幼儿少量输血。
(2)★每50ml血液中加3.8%枸橼酸钠5ml
(3)操作时需三人合作:一人抽血,一人传递,另一人输血。在连续抽血时,不必拔出针头,只需更换注射器。

3. 间接输血法
(1)操作要点
1)★两位护士再次"三查"、"八对",将血液轻轻摇匀,勿剧烈震荡。
★2)开始输入速度宜慢,应少于20滴/min,观察10～15分钟有无不良反应,根据病情调节滴速,成人40～60滴/min,老人及儿童酌减。
3)输血后将血袋送回输血科保留24小时,以备出现意外情况时核查。

★(2)注意事项
1)根据医嘱和输血申请单采集血标本,每次只能为1位患者采集,禁止同时采集两位以上患者血标本,避免发生差错。
2)输血前须两人核对无误后方可输入。库存血输入前必须认真检查血液质量。
①正常库存血分为2层:上层血浆呈淡黄色,半透明;下层血细胞均匀,呈暗红色,两者界线清楚,无凝块。
②如血细胞呈暗紫色,血浆颜色变红,血细胞与血浆界线不清,提示血液变质,不能使用。
3)★输血前、后及输两袋血液之间,应输入少量0.9%氯化钠溶液。
4)★输入血液内不得随意加入其他药物,如钙剂、酸或碱性药物、高渗或低渗液,防止血液变质。
5)输血中加强巡视,听取患者的主诉,密切观察有无输血反应,输血是否通畅,如有不良反应立即报告、处理和记录,将原袋血液密封送回保管,查找原因。
6)冷藏血制品不能加温,以免血浆蛋白凝固变性引起不良反应。
7)加压输血时,必须有专人在旁监护,以免发生空气栓塞。
8)同时输入多种血液制品时,输注的顺序是:成分血→新鲜血→库存血。

四、常见输血反应及护理

1. 发热反应
(1)临床表现:发冷、发热、寒战,体温38～41℃,可伴有皮肤潮红、头痛、恶心、呕吐等全身症状。
(2)原因
1)输入致热原,如血制品、保养液或输血器被污染。
2)违反无菌操作原则。
3)与多次输血后受血者血液中产生白细胞抗体和血小板抗体有关。
(3)护理要点
1)预防:严格管理血液制品及输血器,严格执行无菌操作原则,防止污染。
2)出现发热反应时,症状轻者可减慢输血速度或暂停输血,重者应立即停止输血,维持静脉通道。
3)对症处理,发冷、寒战时给予保暖,高热时给予物理降温。
4)遵医嘱给予解热镇痛药、抗过敏药物或肾上腺皮质激素等。
5)保留余血及输血器,以便查明原因。

2. 过敏反应
(1)临床表现:多数患者发生在输血后期或即将结束时
1)轻者出现★皮肤瘙痒、荨麻疹、轻度血管神经性水肿(眼睑、口唇水肿)。
2)重者喉头水肿、支气管痉挛而导致呼吸困难,两肺可闻及哮鸣音,甚至发生过敏性休克。
(2)原因
1)患者为过敏体质。
2)输入的血液中含有致敏物质。
3)患者多次接受输血,体内已产生过敏性抗体,再次输血时抗原、抗体互相作用产生过敏反应。

2. 过敏反应

★(3)护理要点

1)预防
①勿选用有过敏史的供血者。
②供血者在采血前4小时内不宜进食高蛋白和高脂肪食物,可饮糖水或进食少量清淡饮食,不宜服用易致敏药物。
③有过敏史患者,输血前给予抗过敏药物。

2)轻者减慢输血速度;重者立即停止输血,通知医生。

3)出现呼吸困难者,给予氧气吸入,喉头水肿严重时可配合气管插管或气管切开。

4)遵医嘱给予皮下注射0.1%盐酸肾上腺素0.5～1ml,或给予抗过敏药物治疗。

5)保留余血及输血器等,送检查明原因。

★3. 溶血反应:是最严重的输血反应

★(1)临床表现:通常输入10～15ml血后出现症状。

★1)开始阶段:因红细胞凝集成团,阻塞部分小血管,从而造成组织缺血、缺氧,表现为头胀痛、四肢麻木、胸闷、腰背剧烈疼痛等。

2)中间阶段:凝集红细胞发生溶解,大量血红蛋白散布到血浆中,患者出现黄疸和★血红蛋白尿(酱油色),伴有寒战、高热、呼吸急促和血压下降等。

3)最后阶段:大量血红蛋白进入肾小管,与酸性物质而变成结晶,阻塞肾小管。患者出现少尿、无尿等急性肾衰竭症状。

(2)原因
1)输入异型血:指供血者和受血者血型不符,而造成溶血,且反应迅速。
2)输入变质血:输血前红细胞已被破坏,发生溶解变质,如血液储存过久、血液保存时温度过高或过低、或受到剧烈震荡等。
3)Rh血型不合所致溶血:一般发生在Rh阴性者再次输入Rh阳性血液时。

(3)护理要点
1)预防:加强责任心,认真做好血型鉴定和交叉配血试验,严格执行"三查八对"和血液保存规则。
2)立即停止输血,并通知医生,进行紧急处理;保留余血,采集患者血标本,重新做血型鉴定和交叉配血试验。
3)维持静脉输液以备抢救时静脉给药。
4)保护肾脏:双侧腰部封闭,或用热水袋热敷双侧肾区,防止肾小管痉挛。
5)碱化尿液:口服或静脉滴注碳酸氢钠溶液,以碱化尿液,增加血红蛋白的溶解度,减少结晶。

4. 大量输血后反应:24小时内紧急输血量大于或相当于患者的血液总量

(1)肺水肿(心脏负荷过重):同静脉输液反应。

(2)出血倾向
1)临床表现:皮肤、黏膜出现瘀点或瘀斑,穿刺部位可见大块瘀斑或手术伤口渗血、牙龈出血等。
2)原因:输入大量库存血,库存血的血小板基本已被破坏,凝血因子不足。
3)护理要点
①预防:如大量输库存血,应间隔输入新鲜血液或血小板浓缩悬液或凝血因子。
②密切观察患者出血倾向,注意皮肤、黏膜及伤口有无出血;同时观察患者生命体征、意识等变化。

4. 大量输血后反应：24 小时内紧急输血量大于或相当于患者的血液总量

　★(3)枸橼酸钠中毒反应
　　1)临床表现：患者表现**手足抽搐**、出血倾向、**心率缓慢**、血压下降甚至心搏骤停。
　　2)原因：大量输入库存血时，也输入了过量的枸橼酸钠，枸橼酸钠尚未氧化即可与血中钙离子结合，使血钙下降。
　　3)护理要点：①预防：每输入库存血 **1000ml** 以上时，须按医嘱静脉注射 **10％葡萄糖酸钙或氯化钙 10ml**，以补充钙离子。
　　　②严密观察患者反应。
　(4)酸中毒和高钾血症：**大量输入库存血，可使血钾升高，酸性增高，导致高钾血症和酸中毒。**

5. 其他反应
　(1)空气栓塞。
　(2)输血传染的疾病：病毒性肝炎、艾滋病、疟疾、梅毒等。
　(3)细菌污染反应：各个环节不遵守无菌操作规程，均可导致血液被细菌污染。

模拟试题栏——识破命题思路，提升应试能力

一、专业实务

A₁ 型题

1. 静脉输液、输血时液体输入是利用
　A. 负压原理　　　　B. 正压原理
　C. 虹吸原理　　　　D. 空吸原理
　E. 液体静压原理

2. 静脉输液的目的**不包括**
　A. 补充营养，供给热能
　B. 纠正水和电解质失调，维持酸碱平衡
　C. 输入药物，治疗疾病
　D. 利尿、脱水
　E. 增加血浆蛋白，纠正贫血

3. 中分子右旋糖酐的主要作用是
　A. 维持酸碱平衡
　B. 补充营养和水分
　C. 提高血浆胶体渗透压，扩充血容量
　D. 补充蛋白质
　E. 降低血液黏稠度，改善微循环

4. 静脉输液时输入 5％碳酸氢钠的目的是
　A. 扩充血容量　　　B. 供给电解质
　C. 调节酸碱平衡　　D. 维持胶体渗透压
　E. 改善微循环

5. 可供给患者水分和热量的溶液是
　A. 5％～10％葡萄糖溶液
　B. 10％葡萄糖注射液
　C. 复方氯化钠溶液
　D. 0.9％氯化钠
　E. 各种代血浆

6. 水解蛋白注射液的主要作用是
　A. 保持酸碱平衡
　B. 补充营养和水分
　C. 提高血浆胶体渗透压
　D. 补充蛋白质
　E. 降低血液黏稠度，改善微循环

7. 属于高渗晶体溶液的是
　A. 5％的葡萄糖溶液　　B. 低分子右旋糖酐
　C. 20％甘露醇　　　　D. 羟乙基淀粉
　E. 复方氨基酸

8. 为改善患者微循环，应选用的溶液是
　A. 中分子右旋糖酐　　B. 低分子右旋糖酐
　C. 5％碳酸氢钠　　　 D. 10％的葡萄糖溶液
　E. 0.9％氯化钠

9. 输液时预防发生静脉炎的措施**不包括**
　A. 严格执行无菌操作
　B. 有计划的更换输液部位
　C. 防止药液溢出血管外
　D. 刺激性强的药物应充分稀释后应用
　E. 输液前给予激素治疗

10. 输液时，与认真检查液体质量无关的项目是
　A. 检查地点光线充足
　B. 输液器包装完好
　C. 容器瓶口无松动
　D. 药液无沉淀、无混浊、无变色
　E. 容器无裂纹或破损

11. 静脉输液引起发热反应的常见原因是输入液体
　A. 量过多　　　　　B. 速度过快

C. 温度过低　　　D. 时间过长

E. 制剂不纯

12. 预防空气栓塞的措施**不包括**

A. 排尽输液导管内空气

B. 溶液滴尽前应及时拔针

C. 输液中要及时更换输液瓶

D. 加压输液时应有护士在旁守候

E. 应控制输液总量

13. 静脉输液引起急性肺水肿的最典型的症状是

A. 发绀,烦躁不安

B. 呼吸困难,两肺可闻及干啰音

C. 心前区可闻及响亮的、持续的水泡音

D. 咳嗽,咳粉红色泡沫痰

E. 哮喘发作

14. 以下关于静脉输血的叙述,**错误**的是

A. 输血前需两人核对无误方可输入

B. 可在血中加药物防止过敏反应的发生

C. 如血浆变红,界限不清不能使用

D. 每次只能为 1 位患者采血标本配血

E. 两袋血之间需输入少量 0.9%氯化钠溶液

15. 预防输血时发生过敏反应的措施,**不正确的**是

A. 勿选用有过敏史者的献血员

B. 献血前 8 小时不宜进高蛋白质和高脂肪食物

C. 献血员宜用清淡饮食

D. 献血员宜用糖水

E. 有过敏史的患者输血前给予抗过敏药物

16. 输入异型血多少毫升即可发生溶血反应

A. 10ml　　　B. 20ml

C. 30ml　　　D. 40ml

E. 50ml

17. 有关库存血的描述,**错误**的一项是

A. 库血成分以红细胞和血浆蛋白为主

B. 在 4℃冰箱内冷藏

C. 大量输入库存血时要防止高血钙

D. 大量输入库存血时要防止酸中毒和高血钾

E. 库存血保存时间 2～3 周,保存时间越长其成分变化越大

18. 输血时发生过敏反应的临床表现是

A. 寒战、发热

B. 手足抽搐

C. 皮肤瘙痒、荨麻疹、眼睑、口唇水肿

D. 四肢麻木、腰背痛

E. 咳粉红色泡沫痰

19. 保存白细胞悬液的适宜温度和有效期是

A. 0℃,24 小时　　　B. 0℃,48 小时

C. 4℃,24 小时　　　D. 4℃,48 小时

E. 20℃,24 小时

20. 普通冰冻血浆保存于－30℃的低温下,其有效期为

A. 3 个月　　　B. 半年

C. 1 年　　　D. 一年半

E. 2 年

A₂ 型题

21. 某患者,需静脉输入冰冻血浆,以补充血浆蛋白、维持血容量,护士操作方法正确的是

A. 置热源上加温融化后使用

B. 加入 100ml 蒸馏水溶解后用

C. 加入生理盐水稀释后用

D. 放在 37℃温水中融化后用

E. 加入等量 3.8%枸橼酸钠后用

22. 患者,女性,28 岁。宫外孕大出血,手术中护士采用开放式输液法,操作中**不正确**的是

A. 应倒入少量无菌溶液冲洗输液瓶和橡胶管

B. 应排尽管内空气

C. 中途加药时将注射器针头紧贴输液瓶壁注入

D. 添加溶液时溶液瓶不可触及输液瓶口

E. 严格无菌操作原则,防止污染

23. 患者,静脉输液时,出现液体滴入不畅,局部肿胀,检查无回血,此时护士应

A. 改变针头位置　　　B. 更换针头重新穿刺

C. 提高输液瓶　　　D. 局部热敷

E. 加压输液

24. 患者,男性。采用留置针静脉输液,输液第 3 天留置针所在静脉出现静脉炎症状,护士采用的护理措施**错误**的是

A. 患肢制动

B. 患肢用 50%硫酸镁湿敷

C. 超短波理疗

D. 如意金黄散加醋外敷

E. 将患肢下垂并用硫酸镁热敷

25. 护士张某,遵医嘱准备为患者行输血治疗,其在输血前的准备工作中,**错误**的是

A. 需做血型鉴定和交叉配血试验

B. 需由两人进行三查八对

C. 血液取出后应加温后输入,以防止患者不适

D. 血液从血库取出后勿剧烈震荡

E. 输血前先静脉滴入 0.9%氯化钠溶液

26. 患儿,7 岁。诊断:白血病。护士为其直接输血 200ml,血液中需加 3.8%枸橼酸钠
   A. 5ml
   B. 10ml
   C. 15ml
   D. 20ml
   E. 25ml

27. 某 ICU 患者,需连续输液,护士为其更换输液器的时间是
   A. 2 天更换 1 次
   B. 3 天更换 1 次
   C. 每天更换 1 次
   D. 每周更换 1 次
   E. 4 天更换 1 次

28. 患者,女性,46 岁,输液过程中突然呼吸困难,感到胸闷、气促、咳嗽、咳粉红色泡沫痰,肺部闻及湿啰音。护士给患者进行四肢轮流结扎,其主要目的是
   A. 减少肺泡内毛细血管漏出液的产生
   B. 减少静脉回心血量
   C. 改善缺氧症状
   D. 使患者舒适
   E. 改善末梢血液循环

29. 患者,男性,50 岁。急性肺炎,输液时自行把输液速度调快,导致进行肺水肿,护士给患者四肢轮流结扎时,正确的是
   A. 每隔 1~5 分钟轮流放松一侧肢体的止血带
   B. 每隔 5~10 分钟轮流放松一侧肢体的止血带
   C. 每隔 1~5 分钟放松四肢止血带
   D. 每隔 5~10 分钟放松四肢止血带
   E. 每隔 10~15 分钟轮流放松一侧肢体的止血带

30. 某患者输液时发生空气栓塞,护士立即为其安置头低足高位,其目的是为了避免气栓阻塞在
   A. 主动脉入口
   B. 肺静脉入口
   C. 肺动脉入口
   D. 上腔静脉入口
   E. 下腔静脉入口

31. 患儿,女性,3 岁。因肺炎给予红霉素静脉滴注,用药 3 日后注射部位出现沿静脉走行方向条索状红线,伴红、肿、热、痛等症状,出现上述反应的主要原因可能是
   A. 输入药液刺激性强
   B. 输液总量大
   C. 输液速度快
   D. 静脉内置刺激性管
   E. 无菌操作不严格

32. 某患者,输血时出现皮肤瘙痒、眼睑水肿、呼吸困难等症状,护士采取的护理措施中,错误的一项是

A. 轻者减慢输血速度,重者立即停止输血
B. 碱化尿液
C. 保留余血送检
D. 给予吸氧
E. 皮下注射 0.1%盐酸肾上腺素 0.5~1ml

33. 患者,男性,38 岁。因车祸致脾脏破裂大出血急诊送手术室手术。手术中给予输血治疗,输血即将结束时,患者感到全身皮肤瘙痒并出现荨麻疹,出现上述反应的原因可能是
   A. 血液中含有对患者致敏的物质
   B. 血液中含有致热物质
   C. 输血速度过快
   D. 血液温度过低
   E. 输入异型血

34. 某病区护士,遵医嘱准备为一手术后患者进行输血治疗,为防止患者出现溶血反应,该护士采取了下列措施,其中不正确的是
   A. 做好交叉配血试验
   B. 输血前认真查对
   C. 做好血型鉴定
   D. 严格执行血液保存原则
   E. 输血前给予抗过敏药物

35. 患者,女性,77 岁。输液过程中发生了急性肺水肿,护士给予患者高流量吸氧,并在湿化瓶内放入 20%~30%乙醇,目的是
   A. 预防肺部感染
   B. 提高吸入氧的浓度
   C. 减少回心血量
   D. 扩张肺部毛细血管
   E. 降低肺泡内泡沫的表面张力

36. 患儿,3 个月。支气管炎,需输液治疗,护士选用头皮静脉输液,其操作不正确的是
   A. 需两人核对
   B. 用 2%碘酊消毒皮肤
   C. 操作者站于患儿头侧
   D. 患儿可仰卧或侧卧
   E. 护士右手持针沿静脉向心方向平行刺入

37. 患者,女性,40 岁。急性阑尾炎术后,需输液 2 000ml,为不影响其睡眠,要求 10 小时输完,其输液速度为
   A. 50 滴/min
   B. 60 滴/min
   C. 70 滴/min
   D. 80 滴/min
   E. 90 滴/min

38. 患者,男性,26 岁。因车祸导致肝破裂急诊入院。患者面色苍白、四肢厥冷、血压 65/40mmHg、脉搏 150 次/min,急需大量输血。输血过程中**错误**的护理措施是
    A. 严格查对制度
    B. 输血开始 15 分钟内,速度宜慢
    C. 输入两袋以上血液时,两袋血之间需输入少量 0.9％氯化钠溶液
    D. 输入血液内不得随意加入药液
    E. 输血完毕不需再输入 0.9％氯化钠溶液

39. 患者,女性,39 岁。宫外孕大出血,急诊入院。入院时血压 80/50mmHg,为其输血时,应选择哪种溶液
    A. 0.9％氯化钠溶液　　B. 羟乙基淀粉
    C. 10％葡萄糖溶液　　D. 4％碳酸氢钠溶液
    E. 复方氯化钠溶液

40. 患者,男性,36 岁。在输液时因液体输入过快发生肺水肿,下列护理措施中**不正确**的是
    A. 立即通知医生
    B. 立即停止输液
    C. 采用端坐位、两腿下垂、减少回心血量
    D. 低流量吸氧
    E. 选用血管扩张剂和强心剂

41. 患者,男性,24 岁。因一氧化碳中毒住院,医嘱给予输血治疗,选择最佳血液种类为
    A. 全血　　　　　　B. 血浆
    C. 浓缩红细胞　　　D. 血小板混悬液
    E. 白细胞混悬液

42. 患者,女性,35 岁。突然出现头晕、头疼,伴恶心、呕吐,以高血压、脑出血收住院,血压 190/110mmHg,立即给予脱水剂治疗,首选液体为
    A. 20％甘露醇　　　B. 0.9％氯化钠溶液
    C. 10％葡萄糖　　　D. 复方氯化钠
    E. 5％碳酸氢钠

43. 患者,男性,68 岁。输液时患者出现发绀、胸闷、呼吸困难,咳粉红色泡沫样血痰,应立即协助其采取
    A. 半坐卧位　　　　B. 中凹卧位
    C. 端坐位　　　　　D. 头高足低位
    E. 头低足高位

44. 患者,女性,56 岁。输血过程中诉头胀、四肢麻木、胸闷、腰背部剧痛,检测脉搏细弱而快,血压下降,处理**错误**的是

A. 停止输血
B. 碱化尿液
C. 按需要用升压药
D. 双侧腰部封闭,或用热水袋热敷
E. 尿闭者增加入水量

45. 患者,女性,26 岁。因患急性胃肠炎,输液 30 分钟后畏寒,测体温为 39.5℃,应采取的护理措施哪项**除外**
    A. 停止输液　　　　B. 报告医生
    C. 物理降温　　　　D. 按医嘱给抗过敏药物
    E. 协助患者端坐位

46. 患者,男性,72 岁。患慢性支气管炎、肺心病来门诊输液,半小时后输入 300ml 液体,突然出现呼吸困难,气促,咳嗽,咳泡沫血性痰,肺部闻及湿啰音。下列急救措施中哪项不妥
    A. 立即停止输液
    B. 高流量吸氧
    C. 置左侧卧位和头低足高位
    D. 四肢轮流结扎
    E. 遵医嘱给予强心剂和利尿

47. 患儿,5 岁。为其调节输液滴速应每分钟不超过
    A. 20 滴　　　　　　B. 30 滴
    C. 40 滴　　　　　　D. 50 滴
    E. 60 滴

48. 患者,男性,43 岁。因脾破裂出现失血性休克,急需大量输血,正确的措施是
    A. 为防止大量输血引起的不良反应,应在 200ml 血袋内加入 10 ％葡萄糖酸钙 10ml
    B. 库存血如有明显的血凝块,应将血凝块取出后再用
    C. 如两袋血是同一供血者的血液,中间不必输入 0.9％氯化钠溶液
    D. 输血前应输入少量 0.9％氯化钠溶液,输血后则不必
    E. 加压输血时应安排专人在旁看护

49. 患者,男性,55 岁。因车祸致失血性休克,采用静脉输液治疗的目的是
    A. 补充水分及电解质
    B. 补充营养,供给热量
    C. 输入药物,治疗疾病
    D. 增加循环血量,改善微循环
    E. 改善心脏功能

50. 患者,男性,35 岁。因病情需要监测中心静脉压。

为其进行颈外静脉插管输液,其穿刺部位位于下颌角与锁骨上缘中点连线的

A. 上 1/3   B. 下 1/3

C. 中 1/2   D. 上 1/4

E. 下 1/4

51. 患者,女性,67 岁。因长期补液,考虑用留置针输液,留置针保留时间**不超过**

A. 3 天   B. 5 天

C. 7 天   D. 10 天

E. 15 天

52. 患者,女性,58 岁。因严重腹泻在医院急诊就医,遵医嘱补液,注射时穿刺的角度为

A. 紧贴皮肤   B. 5°～10°

C. 15°～30°   D. 35°～38°

E. 40°～45°

53. 患者,男性,49 岁。输血时发生溶血反应,经核查原因是由于 Rh 因子所致的溶血反应,这是因为

A. Rh 阳性者输入 Rh 阴性血液

B. Rh 阴性者初次输入 Rh 阳性血液

C. Rh 阴性者再次输入 Rh 阳性血液

D. O 型血 Rh 阴性初次输入 Rh 阳性血液

E. AB 型血 Rh 阳性输入 Rh 阴性血液

54. 患者,男性,19 岁。在门诊静脉输液治疗,在输液过程中,护士巡视发现茂菲滴管内液面过低,护士正确的处理是

A. 立即更换输液瓶

B. 拔出针头,重新穿刺

C. 分离输液器和针头,排出多余液体

D. 立即更换输液器

E. 夹紧茂菲滴管下端,挤压茂菲滴管使药液留入至所需高度

A₃/A₄ 型题

(55、56 题共用题干)

患者,男性,37 岁。因上呼吸道感染入院,遵医嘱给予补液抗感染治疗。护士在巡视病房时发现输液不滴,注射部位无肿胀,挤压无回血,有阻力。

55. 该患者可能发生了何种情况

A. 针头斜面紧贴血管壁

B. 针头堵塞

C. 压力过低

D. 针头滑出血管外

E. 静脉痉挛

56. 正确的处理方法是

A. 抬高输液瓶

B. 另选静脉更换针头重新穿刺

C. 变换肢体位置

D. 输液局部湿热敷

E. 用力挤压输液管直至输液通畅

(57、58 题共用题干)

患者,男性。因发热、咳嗽入院治疗。遵医嘱用 0.9％氯化钠溶液 1 000ml 加青霉素 800 万 U 静脉滴注。

57. 该患者输液的目的是

A. 补充血容量   B. 控制感染

C. 供给热量   D. 利尿消肿

E. 补充水分和电解质

58. 该患者输液过程中**错误**的护理措施是

A. 加强巡视及时更换输液瓶

B. 注意输液管有无扭曲

C. 观察滴速是否合适

D. 溶液不滴应立即拔针,更换针头重新穿刺

E. 耐心听取患者主诉

(59、60 题共用题干)

患者,男性,40 岁。因急性再生障碍性贫血入院治疗。实验室检查:红细胞 $2.0 \times 10^{12}/L$,血红蛋白 60g/L,白细胞 $2.9 \times 10^{9}/L$,血小板 $50 \times 10^{9}/L$。

59. 该患者最适宜静脉输注的是

A. 新鲜血   B. 新鲜冰冻血浆

C. 5％血清蛋白液   D. 浓缩白细胞悬液

E. 库存血

60. 输血前准备工作中,**错误**的一项是

A. 需做血型鉴定和交叉配血试验

B. 血液从血库取出后,勿剧烈震荡

C. 需由两人进行"三查七对"

D. 血液冰箱取出后不能加温

E. 输血前先静脉滴入 0.9％氯化钠溶液

(61～63 题共用题干)

患者,男性,79 岁。在输血 15 分钟后主诉头胀痛、胸闷、腰背剧烈疼痛,随后出现酱油色尿。

61. 根据上述临床表现,该患者可能出现了

A. 过敏反应   B. 急性肺水肿

C. 发热反应   D. 溶血反应

E. 空气栓塞

62. 患者出现酱油色尿,是因为尿中含有

A. 红细胞   B. 白细胞

C. 血红蛋白   D. 胆红素

E. 血小板

63. 分析出现上述反应的原因,下列哪项可**除外**
   A. 输入异型血
   B. 血液保存温度不当
   C. 血液储存过久
   D. Rh 阴性者首次输入 Rh 阳性血液
   E. 血液振荡过剧

(64～67 题共用题干)

患者,男性,40 岁。有胃溃疡史多年,因饮食不当发生上消化道出血入院。入院时,查体:血压 80/50mmHg,脉搏 110 次/min,脉搏细弱,表情淡漠,尿少,护士遵医嘱给予输血 400ml。

64. 该患者进行输血的目的是
   A. 补充血容量,提高血压
   B. 增加血红蛋白
   C. 供给各种凝血因子
   D. 增加白蛋白
   E. 增加抵抗力

65. 该患者应选用哪种血液制品
   A. 全血　　　　　B. 血浆
   C. 洗涤红细胞　　D. 白蛋白
   E. 浓缩血小板悬液

66. 患者输血过程中,血液滴入速度较慢,护士检查患者输血肢体冰冷,此时护士应
   A. 更换针头重新穿刺
   B. 另选血管重新穿刺
   C. 提高输液瓶位置
   D. 热敷注射部位
   E. 调整针头位置或适当变换肢体位置

67. 在输血即将结束时,患者出现皮肤瘙痒、眼睑水肿、呼吸困难,该患者发生了
   A. 发热反应　　　B. 过敏反应
   C. 肺水肿　　　　D. 出血倾向
   E. 溶血反应

(68～71 题共用题干)

患者,男,73 岁。因慢性阻塞性肺气肿住院治疗,今晨 9 时开始静脉输入 5‰葡萄糖溶液 500 ml 及 0.9‰氯化钠溶液 500ml,滴速 70 滴/min,10 时护士巡视病房,发现患者咳嗽、呼吸急促、大汗淋漓、咳粉红色泡沫痰。

68. 根据上述临床表现,患者可能发生了
   A. 发热反应　　　B. 过敏反应
   C. 空气栓塞　　　D. 细菌污染反应

E. 心脏负荷过重反应

69. 护士首先应采取的措施是
   A. 安慰患者　　　　B. 给患者吸氧
   C. 立即通知医生　　D. 立即停止输液
   E. 协助患者坐起两腿下垂

70. 为减轻患者呼吸困难的症状,护士可采用乙醇湿化加压给氧,选用乙醇浓度为
   A. 10%～20%　　　B. 20%～30%
   C. 30%～40%　　　D. 40%～50%
   E. 50%～70%

71. 为缓解症状,可协助患者采取的体位是
   A. 仰卧,头偏向一侧
   B. 左侧卧位,头高足低
   C. 端坐位,两腿下垂
   D. 抬高床头 15～30cm
   E. 抬高床头 20°～30°

二、实践能力

A₁ 型题

72. 输液速度可适当加快的情况是
   A. 严重脱水、血容量不足、心肺功能良好者
   B. 输入升压药物
   C. 静脉补钾
   D. 风湿性心脏病
   E. 1 岁幼儿

73. 静脉输液时导致静脉炎的原因**不包括**
   A. 长期输入高浓度溶液
   B. 静脉内留置导管时间过长
   C. 无菌操作不严格
   D. 长期输入刺激性强药物
   E. 输液速度过快

74. 输液过程中,导致静脉痉挛的原因是
   A. 输液速度过快
   B. 输入药液温度过低
   C. 液体注入皮下组织
   D. 针头阻塞
   E. 患者肢体抬举过高

75. 颈外静脉输液适应证**不包括**
   A. 长期输液周围静脉不易穿刺
   B. 周围循环衰竭需测中心静脉压
   C. 长期静脉内滴注高浓度刺激性强的药物
   D. 不能进食,需行静脉内高营养治疗者
   E. 临时放入心内起搏器

76. 输液时发生发热反应的原因**不包括**

A. 输液瓶清洁、灭菌不彻底

B. 药物刺激性强

C. 无菌操作不严格

D. 输液器被污染

E. 输入药物制品不纯

77. 发生溶血反应后,为增加血红蛋白在尿中的溶解度,常用

　A. 枸橼酸钠　　　　　B. 氯化钠

　C. 乳酸钙　　　　　　D. 葡萄糖酸钙

　E. 碳酸氢钠

78. 输血前可不做血型鉴定的成分血制品是

　A. 白蛋白　　　　　　B. 红细胞

　C. 血浆　　　　　　　D. 白细胞浓缩悬液

　E. 血小板浓缩悬液

79. 导致输血发热反应的原因**不包括**

　A. 血液被污染

　B. 多次输血

　C. 输血前红细胞已变质溶解

　D. 输液器被污染

　E. 违反无菌操作原则

80. 以下**不属于**输血传播的疾病是

　A. 乙型肝炎　　　　　B. 梅毒

　C. 疟疾　　　　　　　D. 艾滋病

　E. 肺结核

A₂型题

81. 某患者,补液 1 000ml,60 滴/min,从 8:20 开始滴注,估计何时可滴完

　A. 11:30 时　　　　　B. 12:10 时

　C. 12:30 时　　　　　D. 13:30 时

　E. 14:10 时

82. 静脉输液时,茂菲滴管内液面自行下降的原因是

　A. 室温低

　B. 患者肢体位置不当

　C. 输液速度过快

　D. 压力过大

　E. 滴管漏气或有裂缝

83. 患者,男性,44 岁。因患急性肠炎入院,根据医嘱进行输液治疗。在输液过程中患者突然主诉胸部异常不适,伴有呼吸困难,心前区可闻及一个响亮持续的"水泡声"。护士应考虑发生的情况是

　A. 右心衰竭　　　　　B. 发热反应

　C. 过敏反应　　　　　D. 肺水肿

　E. 空气栓塞

84. 患者,女性,34 岁。因车祸致右股骨干骨折急诊入院,因患者失血较多,遵医嘱输血。在输血过程中,患者出现手足抽搐、血压下降、出血倾向。此患者可能出现的情况是

　A. 过敏反应　　　　　B. 溶血反应

　C. 发热反应　　　　　D. 休克

　E. 枸橼酸钠中毒反应

85. 护士巡视病房,发现患者静脉输液的溶液不滴,挤压松手时有回血,移动针头位置溶液继续下滴,此种情况是

　A. 输液压力过低　　　B. 针头滑出血管外

　C. 静脉痉挛　　　　　D. 针头斜面紧贴血管壁

　E. 针头阻塞

86. 患者,女性,45 岁。静脉输注红霉素 3 天后出现注射侧肢体疼痛、灼热、红肿,该患者可能发生了

　A. 过敏反应　　　　　B. 肺水肿

　C. 发热反应　　　　　D. 静脉炎

　E. 空气栓塞

87. 患者,男性,23 岁。肝部分切除术后,需输血治疗。患者输血时出现腰背剧痛、四肢麻木、头部胀痛等症状,其原因可能是

　A. 红细胞凝集成团,阻塞肾血管

　B. 红细胞凝集成团,阻塞肾小管

　C. 红细胞凝集成团,阻塞部分小血管

　D. 红细胞凝集成团,大量溶解后变成结晶阻塞肾小管

　E. 红细胞凝集成团,大量溶解后变成结晶阻塞肾单位

88. 患者,男性,10 岁。患急性白血病,为纠正病儿贫血最适合输入的是

　A. 水解蛋白　　　　　B. 库存血

　C. 新鲜血　　　　　　D. 新鲜冰冻血浆

　E. 血细胞

89. 患者,男性,58 岁。因脑挫裂伤入院。入院后为防止颅内压增高,遵医嘱给予甘露醇 250ml 静脉滴注,要求 30 分钟滴完。护士应调节滴速为

　A. 125 滴/min　　　　B. 130 滴/min

　C. 135 滴/min　　　　D. 140 滴/min

　E. 145 滴/min

90. 患儿,女性,10 个月。诊断为"急性肺炎"收住院,医嘱给予抗生素静脉滴注,护士选择适宜的输液部位是

　A. 手背静脉　　　　　B. 贵要静脉

C. 颈外静脉 　　D. 头皮静脉

E. 足背静脉

A. 15 滴 　　B. 20 滴

C. 25 滴 　　D. 30 滴

E. 35 滴

91. 患者,男性,28 岁。右下肢骨折入院,心肺功能正常。调节输液的速度应为每分钟

A. 20～30 滴 　　B. 30～40 滴

C. 40～60 滴 　　D. 60～80 滴

E. 80～100 滴

92. 患者,女性,28 岁。手术后大量输血,现出现手足抽搐、血压下降,可静脉缓慢注射

A. 10%氯化钙 10ml 　B. 4%碳酸氢钠 10ml

C. 0.9%氯化钠 10ml 　D. 盐酸肾上腺素 2ml

E. 地塞米松 5mg

93. 患者,男性,40 岁。需输注血液 800ml(共 4 袋),每两袋血之间应滴注

A. 0.9%氯化钠 　　B. 5%葡萄糖

C. 5%葡萄糖氯化钠 　D. 3.8%枸橼酸钠

E. 复方氯化钠

94. 患者,男性,49 岁。在静脉输液过程中发现局部肿胀、疼痛、抽有回血,可能的原因足

A. 针头穿透血管壁

B. 针头斜面一半在血管外

C. 针头刺入过深,药物注入组织间隙

D. 针头斜面紧贴血管壁

E. 针头堵塞

A₃/A₄ 型题

(95～97 题共用题干)

患者,女性,75 岁。遵医嘱 60 分钟内静脉滴注 5%葡萄糖氯化钠 100ml＋头孢拉定 3.0g。

95. 护士选择静脉输液的穿刺部位,**不正确**的是

A. 选择粗、直、弹性好的静脉

B. 避开关节部位

C. 避开有静脉瓣的部位

D. 由近心端向远心端选择静脉

E. 避开有皮肤炎症部位

96. 静脉穿刺时,患者自诉穿刺部位疼痛,推注稍有阻力,局部无肿胀,无回血,应考虑为

A. 静脉痉挛

B. 针刺入过深,穿破对侧血管壁

C. 针头斜面一半在血管外

D. 针头斜面紧贴血管内壁

E. 针头刺入皮下

97. 选用滴系数为 15 的输液器,应调节输液滴速为每分钟

(98、99 题共用题干)

患者,女性,30 岁,阑尾炎术后第 5 天,体温 36.5℃,伤口无渗血渗液。今早 9 时许,继续静脉点滴青霉素。半个小时后,患者突然寒战,继之高热,测得体温 40℃,并伴有头痛、恶心、呕吐。

98. 根据上述临床表现,判断此患者可能出现了哪种情况

A. 发热反应

B. 过敏反应

C. 心脏负荷过重的反应

D. 空气栓塞

E. 静脉炎

99. 护士给予下列处理措施,其中哪一项是**错误**的

A. 减慢输液速度

B. 立即停止输液

C. 物理降温

D. 给予抗过敏药物或激素治疗

E. 保留输液器具和溶液进行检测以查找原因

(100～103 题共用题干)

患者,男性,65 岁,因病情需要行加压静脉输液。当护士去治疗室取物品回到患者床前时,发现患者呼吸困难,有严重发绀。患者自述胸闷、胸骨后疼痛、眩晕,护士立即给患者测量血压,血压 80/50mmHg。

100. 该患者可能出现了

A. 心脏负荷过重 　　B. 心肌梗死

C. 空气栓塞 　　D. 过敏反应

E. 心绞痛

101. 护士应立即协助患者

A. 取右侧卧位

B. 取左侧卧位,头低足高

C. 取仰卧位,头偏向一侧

D. 取半卧位

E. 取端坐卧位

102. 取上述卧位的目的包括

A. 减轻心脏负担

B. 增加回心血量

C. 使吸气时,增加胸内压力

D. 减少静脉回流

E. 使膈肌下降,增加肺活量

103. 预防发生上述反应,最有效的措施是
    A. 正确调节滴速
    B. 预防性服用舒张血管的药物
    C. 预防性服用抗过敏药物
    D. 加压输液时护士应在患者床旁守候
    E. 严格控制输液量

参考答案

1~5 EECCA 6~10 DCBEB 11~15 EEDBB

16~20 ACCDC 21~25 DCBEC 26~30 DCBBC
31~35 ABAEE 36~40 BAEBD 41~45 CACEE
46~50 CCEDA 51~55 CCCEB 56~60 BBDAC
61~65 DCDAA 66~70 DBEDB 71~75 CAEBE
76~80 BEACE 81~85 CEEED 86~90 DCCAD
91~95 CAABD 96~100 BCAAC 101~103 BCD

第13章　标本采集

第1节　标本采集的原则

一、按医嘱采集标本

二、做好采集前准备

1. 采集标本前,应明确检验项目、目的以及采集的方法和量,并了解注意事项。

2. 根据检验目的,选择适当的标本容器,并在容器外贴上标签,★标明科别、病室、床号、姓名、住院号、检验目的、送检日期等。

3. 采集标本前应仔细查对医嘱,核对检验申请单,核对患者,以防发生差错。

4. 做好解释,向患者说明检验目的及注意事项,以消除顾虑,取得患者配合。

三、保证标本的质量

1. 采集方法、采集量和采集时间要正确。如★做妊娠试验要留晨尿。

2. 要及时采集,按时送检,不应放置时间过久,以免影响检验结果。

四、培养标本的采集

1. ★应在患者使用抗生素前采集,如已使用,应在血药浓度最低时采集,并在检验单上注明。

2. 采集时严格执行无菌操作,标本须放入无菌容器内,且容器无裂缝,瓶塞干燥,不可混入防腐剂、消毒剂及其他药物,培养基应足量,无浑浊、变质,以保证检查结果的准确性。

第2节　各种标本采集法

★一、静脉血标本采集方法

★1. 静脉血标本的种类
- (1)全血标本:用于测定血液中某些物质的含量,如血糖、血氨、尿素氮等。
- (2)血清标本:用于测定血清酶、脂类、电解质、肝功能等。
- (3)血培养标本:用于查找血液中的病原菌。

★2. 操作要点
- (1)血培养标本:一般血培养取血5ml。亚急性细菌性心内膜炎患者,应取血10~15ml,以提高细菌培养阳性率。
- (2)全血标本:立即取下针头,将血液沿管壁缓慢注入盛有抗凝剂的试管内,轻轻摇动防止血液凝固。
- (3)血清标本:立即取下针头,将血液沿管壁缓慢注入干燥试管内,勿将泡沫注入,并避免震荡,以防红细胞破裂溶血而直接影响检验结果的准确性。

★3. 注意事项
- (1)血标本做生化检验,应在患者空腹时采集,并事先通知患者。
- (2)同时抽取几项检验血标本,应注意注入容器的顺序:血培养瓶→抗凝管→干燥试管,动作应迅速准确。
- (3)严禁在输液、输血的针头处或同侧肢体抽取血标本,以免影响检验结果。

★二、尿标本采集方法

1. 常规尿标本

(1)目的:检查尿液的颜色、透明度、细胞及管型,测定比重,并做尿蛋白及尿糖定性。

(2)操作要点:

1)取患者**晨起第一次尿约100ml**留于清洁玻璃瓶内,因晨尿浓度较高,未受饮食影响,故检验较准确。

2)尿潴留或昏迷的患者可通过导尿术留取标本,女患者**在经期不宜留取尿标本**。

3)不可将粪便混入尿标本,以免粪便中的微生物使尿液变质。

2. 尿培养标本

(1)目的:采集未被污染的尿液作细菌培养。采集方法包括导尿术和留取中段尿法。

(2)操作要点:留中段尿法:按导尿术清洁、消毒外阴,不必铺洞巾;嘱患者自行排尿,弃去前段;用试管夹夹住无菌试管,接取**中段尿**,约**5ml**。

★3.12小时或24小时尿标本

(1)目的:用于尿的各种定量检查,如钠、钾、氯、17-羟类固醇、17-酮类固醇、肌酐、肌酸、尿糖、尿蛋白定量及尿浓缩查结核杆菌等。

★(2)操作要点:

1)将标本容器贴标签并注明起止时间。

2)24小时尿标本:嘱患者于**晨7时排空膀胱(弃去尿液)后开始留尿**,至次日晨7时留取最后一次尿,将24小时全部尿液送检。

3)12小时尿标本:嘱患者自晚7时至次晨7时止。

4)留尿过程中将盛尿容器置阴凉处。

5)根据检验要求加入防腐剂,常用防腐剂的作用及用法见表13-1。

★表13-1 常用防腐剂的作用及用法

名称	作用	用法	举例
甲醛	固定尿中有机成分,防腐	24小时尿液中加40%甲醛1~2ml	艾迪计数
浓盐酸	防止尿中激素被氧化,防腐	24小时尿液中加5~10ml	**17-酮类固醇** **17-羟类固醇**
甲苯	保持尿液的化学成分不变,防腐	每100ml尿中加0.5%~1%甲苯2ml,应在第一次尿液倒入后再加	**尿蛋白定量;尿糖定量;尿钠、钾、氯、肌酐、肌酸定量**

4. 注意事项

(1)昏迷或尿潴留患者可通过导尿术留取尿标本。

(2)如会阴分泌物过多,先先清洁,再留取标本。

(3)留置导尿的患者留取常规尿标本,可打开集尿袋下方引流口的橡胶塞进行采集。

锦囊妙记

血标本容器选择:血培养标本→培养瓶;全血标本→抗凝管;血清标本→干燥试管。

注入容器顺序:先无菌,少暴露,不污染;再抗凝,轻摇匀,防凝固;后干燥,忌泡沫,勿震荡。

三、粪便标本采集方法

1. 常规标本
- (1)目的:检查粪便的性状、颜色及寄生虫等。
- ★(2)操作要点
  - 1)**在粪便中央部分留取或留取黏液、脓血等异常部分。**
  - 2)量约5g(相当于蚕豆大小)。
  - 3)避免混入尿液,以免影响检验结果。
  - 4)腹泻患者,应将水样便盛于容器中送检。

2. 培养标本
- (1)目的:检查粪便中的致病菌。
- ★(2)操作要点
  - 1)用无菌棉签在**粪便中央部分留取或留取黏液、脓血等异常部分**,量约2～5g,放入无菌培养瓶内,盖紧瓶塞,立即送检。
  - 2)如患者无便意时,用长棉签蘸无菌生理盐水,由肛门插入约6～7cm,顺一方向轻轻旋转并退出棉签,置于无菌培养管中送验。

3. 寄生虫及虫卵标本
- (1)目的:检查寄生虫成虫、幼虫及虫卵。
- ★(2)操作要点
  - 1)**查寄生虫卵**,在不同部位留取带血及黏液的粪便5～10g于蜡纸盒内送检。
  - 2)患者★服用驱虫药或作血吸虫孵化检查,应留取全部粪便。
  - 3)**查蛲虫**:嘱患者在**晚上睡觉前或早晨未起床前**,将透明胶带贴在肛门周围;取下透明胶带,将粘有虫卵的一面贴在载玻片上,或相互对合。
  - 4)**查阿米巴原虫**:应在采集标本前将便盆加温,留取标本后连同便盆一起立即送验。因阿米巴原虫在低温下可失去活力而难以查到。

4. 隐血标本
- (1)目的:检查粪便内的微量血液。
- ★(2)操作要点
  - 1)嘱患者在**检查前3天禁食肉类、动物血、肝脏、含铁剂药物及绿色蔬菜**,以避免出现假阳性。
  - 2)**第4天按常规标本法留取粪便**,及时送检。

四、痰标本采集方法

1. 常规标本
- (1)目的:用于检查痰液的一般性状,检查细菌、虫卵或癌细胞等。
- ★(2)操作要点
  - 1)嘱患者晨起在未进食前,先用**清水漱口**。
  - 2)深呼吸后用力咳出**气管深处**的第一口痰液,留于清洁容器内送检。
  - ★3)如**查找癌细胞**,应立即送检,也可用**95%乙醇或10%甲醛固定后送检**。
  - 4)采集标本过程中,应嘱患者不可将漱口液、唾液、鼻涕等混入标本。

2. 痰培养标本
- (1)目的:检查痰液中的致病菌。
- ★(2)操作要点
  - 1)应于清晨采集,因此时痰量较多,痰内细菌也较多。
  - 2)嘱患者早晨起来,在未进食前,★**先用朵贝尔溶液漱口**,再用**清水漱口**。
  - 3)深吸气后用力咳嗽,将痰吐入无菌培养盒内,加盖立即送验。

锦囊妙记

定性检查采集常规尿,定量检查采集12小时或24小时尿。

3.24 小时痰标本
- (1)目的:检查 24 小时的痰量,观察痰液的性状,协助诊断。
- (2)操作要点
  - 1)患者早晨起来,在未进食前,漱口后,从 7 时开始,至次日晨 7 时止,将全部痰液留于集痰器中。
  - 2)集痰器内应加少量清水。

五、咽拭子标本采集方法

1. 目的.从咽部或扁桃体采集分泌物作细菌培养或病毒分离,以协助临床诊断、治疗和护理。

★2. 操作要点
- (1)嘱患者张口发“啊”音,以暴露咽喉部。
- (2)用无菌长棉签蘸无菌生理盐水,快速擦拭两侧腭弓、咽及扁桃体上的分泌物。
- (3)用酒精灯消毒培养管口及塞子,将长棉签放入培养管,盖紧塞子,送检。

★3. 注意事项
- (1)应避免在进食后 2 小时内采集,采集时动作轻稳,以防止呕吐。
- (2)采集真菌培养标本,应在口腔溃疡面上采取分泌物。

模拟试题栏——识破命题思路,提升应试能力

一、专业实务

A₁型题

1. 符合标本采集原则的是
   - A. 所有标本注明采集时间
   - B. 细菌培养标本应加防腐剂
   - C. 所有容器必须无菌
   - D. 护士填写检查申请单
   - E. 及时采集,按时送检

2. 作口腔真菌培养时,采取分泌物的部位宜在
   - A. 两侧腭弓
   - B. 扁桃体
   - C. 腭垂
   - D. 溃疡面
   - E. 咽部

   解析:采集真菌培养标本,应在口腔溃疡面上采取分泌物。

3. 采集细菌培养标本时,正确的做法是
   - A. 容器中加防腐剂
   - B. 餐前取标本
   - C. 采用干燥试管
   - D. 在使用抗生素前采集标本
   - E. 已用抗生素的患者,不可采集标本

   解析:采集细菌培养标本应在患者使用抗生素之前,如已用药,应在血药浓度最低时采集,并在检验单上注明。采集时严格执行无菌技术,标本应放入无菌容器内,且容器干燥无裂缝,不可混入防腐剂、消毒剂或药物,培养液应足量。

4. 尿标本采集方法错误的是
   - A. 尿培养标本留取中段尿
   - B. 昏迷患者可通过导尿术留取标本

C. 检查尿中细胞留取 12 小时或 24 小时尿
D. 常规标本收集晨尿 100ml
E. 月经期不可以留取尿标本

5. 有关痰标本采集,正确的是
   - A. 晨起进食后,用清水漱口后取
   - B. 留 24 小时痰标本时,应加入防腐剂
   - C. 痰培养标本应留入盛有消毒液的无菌培养瓶内
   - D. 留 24 小时痰标本应将唾液及痰液一起送检
   - E. 找癌细胞的标本应立即送检

6. 需用抗凝管采集血标本的是
   - A. 三酰甘油的测定
   - B. 肝功能检查
   - C. 血清酶测定
   - D. 血氨测定
   - E. 血钠测定

7. 下列哪项检验须采取血清标本
   - A. 血氨
   - B. 血沉
   - C. 非蛋白氮
   - D. 胆固醇
   - E. 血糖

8. 防止血标本溶血的方法中,**不正确**的是
   - A. 选用干燥注射器和针头
   - B. 避免过度震荡
   - C. 立即送检
   - D. 需采全血标本时,可采用抗凝管
   - E. 采血后取下针头,沿试管壁将血液和泡沫缓慢注入试管

9. 关于标本采集,正确的是
   - A. 尿糖定性,留 12 小时尿标本
   - B. 尿妊娠试验,睡前留尿
   - C. 痰培养标本,先用复方硼砂溶液漱口再留取

D. 查蛲虫,便盆应先加温

E. 咽拭子培养标本,在两侧腭弓、扁桃体及咽部留取分泌物

10. 以下何种检验标本必须注明采集时间

A. 粪便常规标本

B. 血常规标本

C. 红斑狼疮细胞检验标本

D. 咽拭子培养标本

E. 尿常规标本

解析:红斑狼疮细胞检验,要求整个操作时间不超过3小时,而其他选项没有时间要求。

A₂型题

11. 患者,男性,62岁。初步诊断为"糖尿病",护士为其采集血标本测血糖含量时,正确的是

A. 采集量一般为 10ml

B. 血液注入后轻轻摇动

C. 用干燥试管

D. 采血后将针头靠近管壁缓慢注入

E. 从输液针头处取血

12. 患者,男性,20岁。高热5天,疑为败血症,医嘱做血培养,其目的是

A. 查血中白细胞数量　　B. 查血中红细胞数量

C. 测转氨酶活性　　　　D. 查心肌酶活性

E. 找致病菌

13. 患者,男性,50岁。近一周感乏力、食欲不振、巩膜黄染,医嘱要求查碱性磷酸酶,取血的时间是

A. 饭前　　　　　　　B. 饭后两小时

C. 即刻　　　　　　　D. 睡前

E. 晨起空腹时

解析:碱性磷酸酶为生化检验,应在空腹时采集血标本,以确保检验结果的准确性。

14. 患者,女性,35岁。下肢急性蜂窝组织炎伴全身感染症状,需要抽血做血培养和抗生素敏感试验,最佳采血时间是

A. 发热初期、寒战时　　B. 空腹时

C. 发热间歇期　　　　　D. 静脉滴注抗生素时

E. 抗生素使用后

解析:采集血培养标本的最佳时机应在:①尽可能在抗生素使用前;②对已使用抗生素的患者,最好在血药浓度最低时;③寒战和发热初起时,可提高培养阳性率;④怀疑血液感染时应尽早采血,不要强调体温超过39℃才采血,而错过时机。

15. 患者,男性,33岁。持续高热,疑为败血症,护士为其采集血培养标本时,**错误**的是

A. 选择干燥试管

B. 检查容器有无裂缝

C. 检查瓶塞是否干燥

D. 检查培养基是否干燥

E. 采集时严格执行无菌操作

16. 患者,男性,45岁。因"尿路感染"入院,需留取中段尿作尿培养,留取尿量应**不少于**

A. 2ml　　　　　　　　B. 5ml

C. 10ml　　　　　　　 D. 15ml

E. 20ml

17. 患者,男性,14岁。晨起眼睑水肿,排尿不适,疑为急性肾小球肾炎,需作尿蛋白定量检验,留取标本时,应加入的防腐剂为

A. 甲醛　　　　　　　B. 冰醋酸

C. 甲苯　　　　　　　D. 浓硫酸

E. 浓盐酸

18. 患儿,男性,3岁。诊断:细菌性痢疾。护士为其留取粪便标本,正确的方法是

A. 留取脓血或黏液部分

B. 将粪便盛于蜡纸盒内送检

C. 留取全部粪便,及时送检

D. 将水样便盛于容器中送检

E. 将粪便置于加温便盆内,连同便盆一起送检

19. 患者,男性,30岁。因"急性肠炎"入院,入院后医嘱予粪便常规检查,采集标本时应

A. 留取少许粪便

B. 将粪便置于加温便盆内,连同便盆一起送检

C. 留取脓血或黏液部分

D. 留全部粪便,及时送检

E. 留取不同部位的粪便

20. 患者,女性,56岁。近日大便次数增加,每日10次左右,便中带血及黏液,呈果酱样,疑为阿米巴痢疾,留取的标本应置于

A. 无菌蜡纸盒内　　　B. 培养管内

C. 加盖的便盆内　　　D. 加温的容器内

E. 普通便盆内

21. 患者,男性,36岁。咳嗽、咳痰半月余,医嘱:检查痰常规,其目的**不包括**的是

A. 查找细菌　　　　　B. 查找癌细胞

C. 查找虫卵　　　　　D. 观察痰性状

E. 查肉眼不易察觉的微量血液

22. 患者,女性,60 岁。因"咳嗽、咳痰伴气促 1 个月"入院,入院后医嘱予痰常规检查,采集痰标本时间宜为

A. 随时采集　　　　B. 清晨
C. 睡前　　　　　　D. 饭前
E. 饭后

23. 患者,男性,58 岁。为查找癌细胞需留痰标本,固定标本的溶液宜选用

A. 75%乙醇　　　　B. 5%苯酚
C. 95%乙醇　　　　D. 40%甲醛
E. 稀盐酸

24. 患儿,5 岁。扁桃体发炎,医嘱要求采集咽拭子标本,正确的做法是

A. 先用清水漱口
B. 用力擦拭,留取足量分泌物
C. 用无菌长棉签蘸无菌生理盐水
D. 将棉签前端剪下置入试管中
E. 送检试管不需盖紧

25. 患者,女性,60 岁。白血病,化疗过程中因口腔溃疡作咽拭子培养,采集标本的部位应选

A. 两侧腭弓　　　　B. 扁桃体
C. 腭垂　　　　　　D. 溃疡面
E. 咽部

26. 患者,男性,33 岁。慢性咽炎,医嘱予采集咽拭子标本,护士不宜把时间安排在

A. 清晨　　　　　　B. 上午 9 时
C. 餐后 2 小时内　　D. 午后 4 时
E. 睡前

27. 患儿,男性,4 岁。初步诊断为"急性扁桃体炎",采集咽拭子标本作细菌培养,采集标本的部位应选

A. 两侧腭弓　　　　B. 扁桃体
C. 腭垂　　　　　　D. 溃疡面
E. 咽部

28. 患者,男性,支气管扩张患者。医生需根据痰培养本结果选择合适的抗生素,护士在采集标本时不正确的方法是

A. 可以随时采集
B. 应用抗生素前采集
C. 采集后加盖立即送检
D. 采集时严格执行无菌技术操作
E. 标本应放在无菌培养盒内

A₃/A₄ 型题

(29、30 题共用题干)

患者,女性,30 岁,慢性肾小球肾炎。护士根据医嘱为其留取尿标本。

29. 该患者需留取尿常规标本,留取尿量为

A. 50ml　　　　　　B. 100ml
C. 150ml　　　　　D. 200ml
E. 250ml

30. 该患者需做尿肌酐定量检查,采集标本的正确方法是

A. 留清晨第一次尿约 100ml
B. 随时留取 100ml
C. 留 24 小时尿
D. 睡前留取 100ml
E. 留中段尿 100ml

(31～35 题共用题干)

患者,女性,23 岁,学生。10 天前出现发热、腰痛。体温 39.1℃、脉搏 140 次/分、血压 110/70mmHg,急性面容,全身皮肤有多处出血斑及出血点。入院诊断:亚急性细菌性心内膜炎。

31. 为患者抽取血培养标本时,取血量为

A. 1～3ml　　　　　B. 2～5ml
C. 5～10ml　　　　D. 10～15ml
E. 15～18ml

32. 应在什么时间采集血培养标本最佳

A. 定时　　　　　　B. 空腹
C. 夜间熟睡　　　　D. 畏寒发热时
E. 经降温处理后

33. 患者还需查心肌酶红细胞沉降率、血培养标本分别选择的容器是

A. 干燥试管、抗凝试管、血培养瓶
B. 干燥试管、血培养瓶、抗凝试管
C. 抗凝试管、干燥试管、血培养瓶
D. 血培养瓶、抗凝试管、干燥试管
E. 血培养瓶、干燥试管、抗凝试管

34. 同时采集上述标本时,注入容器的顺序是

A. 抗凝试管→干燥试管→血培养瓶
B. 干燥试管→血培养瓶→抗凝试管
C. 干燥试管→抗凝试管→血培养瓶
D. 血培养瓶→抗凝试管→干燥试管
E. 血培养瓶→干燥试管→抗凝试管

35. 为该患者进行静脉采血拔针后,穿刺点局部按压

时间为
A. 1分钟   B. 2分钟
C. 5分钟   D. 10分钟
E. 15分钟

二、实践能力

A₁型题

36. 采集24小时痰标本时,**错误的是**
    A. 准备大口玻璃瓶
    B. 容器贴标签,并注明留痰的起止时间
    C. 向患者解释留取目的
    D. 嘱患者不可将鼻涕和唾液混入
    E. 咳痰前需用漱口液漱口

37. 留取痰培养标本前,应嘱患者先
    A. 用朵贝尔溶液漱口 B. 用清水漱口
    C. 刷牙   D. 进食
    E. 用力咳出气管深处的第一口痰

38. 采集咽拭子的时间**不宜**安排在餐后2小时内,其原因是
    A. 防止污染   B. 防止呕吐
    C. 减轻疼痛   D. 减少口腔细菌
    E. 保持细菌活力

39. 采集粪便标本检查阿米巴原虫前,将便盆加热的目的是
    A. 减少污染   B. 保持原虫活力
    C. 降低假阳性率   D. 降低假阴性率
    E. 使患者舒适

A₂型题

40. 患者,女性,39岁。因呕血、黑便5天入院。入院后需作隐血试验,护士应嘱患者在检查前3天禁食
    A. 牛奶   B. 西红柿
    C. 肉类   D. 豆制品
    E. 土豆

41. 患者,男性,48岁。因最近肝区不适住院,疑为肝炎,医嘱查肝功能,护士采血时应注意
    A. 用抗凝试管   B. 用干燥试管
    C. 注入血液速度宜快 D. 餐后采血
    E. 轻轻摇动试管防止血凝固

42. 患者,女性,28岁。近日晨起呕吐,月经停止,疑为妊娠早期,为确诊需采集尿标本,护士指导患者留取尿标本时间是
    A. 饭前   B. 饭后2小时
    C. 即刻   D. 睡前
    E. 晨起

43. 患者,女性,28岁。疑为急性肾小球肾炎,留24小时尿标本时,**不正确的是**
    A. 备清洁带盖的大容器
    B. 贴上标签,按要求注明各项内容
    C. 选用合适的防腐剂
    D. 告知患者晨7时开始留尿于容器内
    E. 次晨7时排最后一次尿于容器内

44. 患者,男性,18岁。需留取粪便标本检查蛲虫,护士应告知患者标本采集的时间为
    A. 晚上睡觉前   B. 餐后2小时内
    C. 上午9时   D. 午休后2小时
    E. 早餐后立即采集

45. 患儿,女,2岁。需留取粪便标本检查寄生虫虫卵,护士在对其父母进行标本留取指导时,应告知
    A. 留取新鲜粪便,立即送检,注意保暖
    B. 留取新鲜粪便最上少许
    C. 留取中央部分
    D. 留取全部粪便
    E. 不同部位留取带血或黏液部分粪便

46. 患者,男性,25岁。按医嘱服用驱虫药后,需留粪便标本检查寄生虫,护士告知患者留取粪便的正确方法是
    A. 留取全部粪便   B. 取不同部位粪便
    C. 取边缘部位粪便 D. 取前段粪便少许
    E. 取带血或黏液部分粪便

47. 患者,女性,34岁。血吸虫感染,现需留取粪便标本做血吸虫孵化检查,护士告知患者标本留取的正确方法是
    A. 于进试验饮食3～5天后留便
    B. 留全部粪便并及时送检
    C. 将便盆加热后留取全部粪便
    D. 用竹签取脓血黏液粪便置培养管内
    E. 取少量异常粪便置蜡纸盒内送检

48. 患者,女性,38岁。晨起眼睑、下肢水肿一周入院。医嘱予尿常规检查,护士应向患者说明采集晨尿的原因是
    A. 未受活动影响   B. 尿液浓度较高
    C. 未受药物的影响 D. 尿液澄清、不浑浊
    E. 尿液未变质

49. 患者,女性,45岁。需收集24小时尿标本进行肌酐定量测定,护士采集标本时应采取哪些措施来防止尿液变质
    A. 选择广口无盖的容器

B. 容器的容量为 1000ml

C. 应置于光线充足的地方

D. 根据检查项目加入防腐剂

E. 如混入粪便,可将尿滤过后留取

50. 患者,女性,54 岁。需留取 24 小时尿标本进行 17-羟类固醇检验,护士向患者解释需在尿中加入浓盐酸的目的是

　　A. 防止尿中激素被氧化

　　B. 保持尿液的碱性环境

　　C. 保持尿液的化学成分不表

　　D. 防止尿液变色

　　E. 固定尿中有机成分

A₃/A₄ 型题

(51～53 题共用题干)

　　患者,男性,67 岁。1 年前诊断为心绞痛,今日午后无明显诱因出现心前区疼痛,服硝酸甘油不能缓解,急诊入院,医嘱要求检查肌酸磷酸激酶(CPK)。

51. 采血前一天护士应告知患者适宜的采血时间为

　　A. 即刻　　　　　　　B. 睡前

　　C. 晚饭前　　　　　　D. 服药后 2 小时

　　E. 次日晨起空腹

52. 护士采集血标本时,正确的措施是

　　A. 取血 1ml

　　B. 采血后避免振荡,防止溶血

　　C. 采血后更换针头再注入试管内

　　D. 可在静脉留置针处取血

　　E. 快速将血液注入试管内

53. 采血试管外标签应注明的内容**不包括**

　　A. 科室　　　　　　　B. 床号

　　C. 姓名　　　　　　　D. 取血量

E. 送检目的

(54～56 题共用题干)

　　患者,女性,28 岁。1 周来晨起眼睑水肿,排尿不适,尿色发红,血压偏高,疑为急性肾小球肾炎,需留 12 小时尿作艾迪计数。

54. 留取尿液时,应告知患者正确的方法是

　　A. 晨 7 时开始留尿,至晚 7 时弃去最后一次尿

　　B. 晨 7 时排空膀胱,弃去尿液,开始留尿,至晚 7 时留取最后一次尿

　　C. 晚 7 时开始留尿,至晨 7 时弃去最后一次尿

　　D. 晚 7 时排空膀胱,弃去尿液,开始留尿,至晨 7 时留取最后一次尿

　　E. 任意留取连续的 12 小时尿均可

55. 为了防止尿液久放变质,需在尿液中加入

　　A. 甲醛　　　　　　　B. 稀盐酸

　　C. 浓盐酸　　　　　　D. 乙酸

　　E. 乙醛

56. 为进一步明确肾功能情况,需采血查尿素氮,正确的做法是

　　A. 采集量一般为 10ml

　　B. 用抗凝试管

　　C. 从输液针头处取血

　　D. 采集后将针头靠近管壁缓慢注入

　　E. 血液注入试管后不能摇动

参考答案

1～5 EDDCE　6～10 DDEEC　11～15 BEEAA

16～20 BCDCD　21～25 EBCCD　26～30 CBABC

31～35 DDADC　36～40 EABBC　41～45 BEDAE

46～50 ABBDA　51～55 EBDDA　56 B

第14章 病情观察及危重患者的抢救和护理

```
╔══════════════════════════════════════════╗
  考点提纲挈——提炼教材精华，突显高频考点
╚══════════════════════════════════════════╝
```

第1节 病情观察和危重患者的支持护理

危重患者是指病情严重、随时可能发生生命危险的患者。

一、病情观察

病情观察的方法:视诊、听诊、触诊、叩诊、嗅诊、其他。

1. 一般情况的观察
　(1)面容与表情。
　(2)饮食与营养状态。
　(3)姿势与体位。
　(4)皮肤与黏膜。
　(5)休息与睡眠。
　(6)呕吐。
　(7)排泄物。

2. 生命体征的观察:包括对体温、脉搏、呼吸、血压的监测。

3. 意识状态的观察:意识障碍是指个体对外界环境刺激缺乏正常反应的精神状态。★根据其轻重程度可分为:嗜睡、意识模糊、昏睡、昏迷(可分为浅昏迷、深昏迷),其中嗜睡是最轻的意识障碍,也可出现谵妄。谵妄是一种以兴奋性增高为主的高级神经中枢的急性失调状态。

4. 瞳孔的观察:瞳孔的变化是许多疾病,尤其是颅脑疾病、药物中毒、昏迷等病情变化的一个重要指征。观察瞳孔时,应注意两侧瞳孔的形状、大小、对称性、对光反应等情况。

　(1)瞳孔形状和大小
　　1)正常情况下:在自然光线下,★瞳孔直径为 2.5～5mm,圆形,两侧等大等圆,边缘整齐。
　　2)瞳孔缩小:★瞳孔直径小于2mm 称为瞳孔缩小,小于1 mm 称为针尖样瞳孔。★双侧瞳孔缩小,常见于有机磷农药、氯丙嗪、吗啡等中毒。单侧瞳孔缩小常可提示同侧小脑幕裂孔疝早期。
　　3)瞳孔散大:★瞳孔直径大于5mm 称为瞳孔散大。双侧瞳孔散大,常见于颅内压增高、颅脑损伤、颠茄类药物中及濒死状态;一侧瞳孔扩大、固定,常提示同侧颅内血肿或脑肿瘤等颅内病变致的小脑幕裂孔疝的发生。

　(2)对光反应:正常情况下,瞳孔对光反应灵敏。瞳孔对光反应消失,常见于危重或深昏迷患者。

5. 自理能力:是指患者进行自我照顾的能力。

6. 心理状态:危重患者常见的心理反应包括紧张、焦虑、悲伤、抑郁、恐惧、猜疑、绝望等。

7. 特殊检查或药物治疗的观察
　(1)特殊检查后的观察。
　(2)药物治疗后反应的观察。
　(3)特殊治疗后的反应观察。

二、危重患者的支持性护理

1. 密切观察生命体征。

2. ★保持呼吸道通畅
- (1)清醒患者:指导并协助定时做深呼吸、变换体位或轻叩背部,以促进痰液的排除。
- (2)昏迷患者:头偏向一侧,及时吸出呼吸道分泌物,保持呼吸道通畅,以防误吸而导致呼吸困难,甚至窒息。

3. 确保安全:★对谵妄、躁动不安、意识丧失的患者,必合理使用保护具,以确保其安全;牙关紧闭或抽搐的患者,可用压舌板裹上数层纱布,放于上下臼齿之间,以免舌咬伤;室内光线宜暗,工作人员动作要轻,避免因外界刺激而引起抽搐。

4. 加强临床护理
- (1)眼的保护:★眼睑不能自行闭合的患者,可涂金霉素眼膏或覆盖凡士林纱布,以免角膜干燥,预防角膜溃疡和结膜炎。
- (2)口腔护理:保持口腔清洁,每天口腔护理2~3次。
- (3)皮肤护理:长期卧床患者,定时协助患者翻身、擦洗、按摩,保持皮肤清洁干燥,预防发生压疮。
- (4)肢体活动:长期卧床患者,如病情允许,应指导并协助患者★做肢体被动运动或主动运动,每天2~3次,同时进行按摩,促进血液循环,增加肌张力,★防止出现肌肉萎缩、关节强直、静脉血栓等并发症。

5. 补充营养及水分:帮助自理缺陷的患者进食;不能经口进食者,可给予鼻饲或静脉营养;对体液不足的患者,应补充足够的水分。

6. 维持排泄功能:对尿潴留、尿失禁患者,应先采取诱导入法,必要时应用导尿术,以减轻患者痛苦;对于留置导尿管的患者,应保持尿管通畅,预防泌尿系统感染;便秘者酌情导泻;大便失禁者,做好皮肤护理。

7. 保持引流管通畅:应妥善放置各引流管,防止扭曲、受压、脱落,确保引流通畅。

8. 心理护理。

第2节　抢救室的管理与抢救设备

一、抢救室的管理

1. 抢救工作的组织管理
- (1)立即指定抢救负责人,组成抢救小组。
- (2)制定抢救方案。
- (3)制定抢救护理计划。
- (4)做好查对工作和抢救记录。
- (5)安排护士每次参加医生组织的查房、会诊、病例讨论。
- (6)抢救室内应备有完善的抢救器械和药品。
- (7)抢救用物的日常管理。
- (8)做好交接班工作。

2. 抢救室的管理:要求有专人负责,环境宽敞、整洁、安静、光线充足。一切急救药品、器械等应保持齐全,严格执行"五定"制度,完好率达100%。

二、抢救设备管理

1. 抢救床。

2. 抢救车
- (1)急救药品。
- (2)一般用物。
- (3)各种无菌物品。

3. 急救器械。

第3节　氧气疗法

一、缺氧程度的判断和吸氧适应证

1. ★**缺氧程度的判断**：根据病史、临床表现、血气分析结果等判断缺氧程度(表14-1)。

表 14-1　缺氧程度的判断

程度	呼吸困难	发绀	神志	血气分析	
				氧分压 PaO_2(kPa)	二氧化碳分压 $PaCO_2$(kPa)
轻度	不明显	轻度	清楚	6.6～9.3	>6.6
中度	明显	明显	正常/烦躁不安	4.6～6.6	>9.3
重度	严重,三凹征明显	显著	昏迷或半昏迷	<4.6	>12.0

2. 吸氧适应证：动脉血氧分压(PaO_2)的正常值为 10.6～13.3 kPa,当患者的**动脉血氧分压低于 6.6 kPa 时,则应当给予吸氧**。吸氧适应证包括

(1)呼吸系统疾患：如哮喘、支气管肺炎、气胸、肺气肿、肺不张等。

(2)心功能不全：如心力衰竭,可使肺部充血而导致呼吸困难。

(3)各种中毒引起的呼吸困难。

(4)昏迷患者。

(5)其他：如某些外科手术前后患者,大出血休克的患者以及分娩时产程过长或胎心音异常等。

二、氧气筒和氧气表装置

1. 氧气筒：无缝钢筒,可耐受高压达 14.7MPa(150kg/cm_2)容纳氧气 6000L

(1)总开关：将总开关沿逆时针方向旋转 1/4 周即可放出足够的氧气。

(2)气门：氧气输出的途径。

2. 氧气表：由压力表、减压器、流量表、湿化瓶及安全阀组成

(1)压力表：表示筒内压力。

(2)减压器：能将来自氧气筒内的压力★减至 0.2～0.3MPa(2～3kg/cm^2),使流量平稳,保证安全。

(3)流量表：测量每分钟氧气的流出量,浮标上端平面所指刻度即为每分钟氧气的流出量。

(4)湿化瓶：内装★1/3～1/2 冷开水或蒸馏水。

(5)安全阀：当氧流量过达、压力过高时,安全阀内的活塞自行上推,过多的氧气由四周小孔流出米,以确保安全。

3. 装表法

(1)吹尘：★**防止灰尘吹入氧气表内。**

(2)装氧气表。

(3)连接湿化瓶。

(4)检查：开总开关,开流量开关,检查氧气流出是否通畅、有无漏气,关上流量开关备用。

三、吸氧法

吸氧常用方法：鼻导管给氧法(单侧鼻导管法、双侧鼻导管法)、鼻塞法、面罩法、氧气头罩法、氧气枕法等。

1. 鼻导管法 {
  (1)单侧鼻导管法:节省氧气,但因刺激鼻腔黏膜,长时间应用,患者会感觉不适。 {
    1)环境:确保安全。
    2)长度:约为★鼻尖到耳垂的 2/3,核对解释。
    3)方法:★先调氧流量,后插鼻导管。
    4)★停用氧气:拔出鼻导管,关总开关,放余氧,关流量开关。
  }
  (2)双侧鼻导管给氧法:★适用于长期吸氧的患者。双侧鼻导管插入双鼻孔内约 1cm,将导管固定稳妥。
}

2. 鼻塞法:★适用于长期吸氧的患者。将鼻塞塞入一侧鼻孔鼻前庭内给氧,两侧鼻孔可交替使用。

3. 面罩法:可影响患者的饮水、进食、服药、谈话等。★用于张口呼吸及病情较重、氧分压明显下降者。面罩置于患者的口鼻部供氧,★氧流量一般需 6~8 L/min。

4. 漏斗法:使用简单,无刺激,但耗氧量大,★适用于婴幼儿或气管切开的患者。漏斗置于距患者口鼻 1~3cm 处。

5. 头罩法:简便、无刺激,长时间吸氧不会发生氧中毒,透明头罩便于观察,★主要用于小儿吸氧。患者头部置于头罩里,罩面上有多个孔,可以保持罩内一定的氧浓度、温度和湿度。

6. 氧气枕法:适用于家庭氧疗、危重患者的抢救或转运途中。

7. 氧气管道装置(中心供氧装置):医院氧气集中由供应站供给,设管道至病房、门诊、急诊。供应站有总开关控制,各用氧单位配氧气表,打开流量表即可使用。

8. 注意事项 {
  (1)严格遵守操作规程,注意用氧安全,★切实做好"四防",即防火、防震、防热、防油 {
    1)搬运氧气筒时避免倾倒、勿撞击,以防爆炸。
    2)★氧气筒应放在阴凉处,距明火 5m 以上,距暖气 1m 以上。
  }
  (2)★使用氧气时,应先调节流量后应用;停用氧气时,应先拔出导管,再关闭氧气开关;中途改变氧流量时,先分离鼻导管,调好流量再接上。
  (3)在用氧过程中注意观察氧疗效果。
  (4)★持续鼻导管给氧的患者,每日更换鼻导管 2 次以上,双侧鼻孔交替插管;鼻塞给氧应每日更换;面罩给氧 4~8h 更换 1 次。
  (5)氧气筒内氧勿用尽,★压力表至少要保留 0.5kPa(5kg/cm^2)。
  (6)★对未用或已用空的氧气筒,应分别悬挂"满"或"空"的标志。
}

四、氧气吸入的浓度及公式的换算方法

1. 氧气吸入的浓度 {
  (1)★氧浓度低于 25%时,则和空气中的氧含量相似,无治疗价值。
  (2)★氧浓度高于 60%时,持续时间超过 24h,则会发生氧中毒。表现为胸骨下不适、疼痛、灼热感;继而出现呼吸增快、恶心、呕吐、烦躁、断续的干咳。
  (3)★对于缺氧和二氧化碳滞留同时存在者,应给予低流量、低浓度持续吸氧。原因:慢性缺氧的而患者,由于 $PaCO_2$ 长期处于高水平,呼吸中枢失去了对二氧化碳的敏感性,呼吸的调节主要依靠缺氧对周围化学感受器的刺激来维持,如果吸入高浓度氧,解除了缺氧对呼吸的刺激作用,使呼吸中枢抑制加重,甚至呼吸停止。
}

2. 氧浓度和氧流量的换算法:★吸氧浓度(%)=21+4×氧流量(L/min)

第4节 吸 痰 法

一、目的

将呼吸道分泌物或误吸的呕吐物吸出,以保持呼吸道通畅,预防吸入性肺炎、呼吸困难、发绀,甚至窒息。适用于危重、年老、昏迷及麻醉后等患者。患者因咳嗽无力、咳嗽反射迟钝或会厌功能不全而导致痰液不能咳出或将呕吐物误吸。

二、方法

1. 电动吸引器吸痰法

(1)原理:**负压原理。**

(2)操作要点
- 1)负压调节:★**一般成人吸痰负压为 40.0～53.3kPa,小儿小于 40 kPa。**
- 2)方法:反折吸痰管末端,用无菌镊或**止血钳夹住吸痰管前端,插入口腔咽部,放松吸痰管末端,将口腔咽部分泌物吸尽。气管内有痰时,另换无菌吸痰管,经咽喉进入气管,然后吸引。★吸痰时动作轻柔,左右旋转,向上提拉,吸净痰液。**
- 3)时间:★**每次吸痰时间不超过 15 秒。**

2. 注射器吸痰法。

3. 中心吸引器装置吸痰法。

三、注意事项

1. 密切观察病情,按需吸痰。
2. 昏迷患者:先将口开启再行吸痰;气管插管或气管切开患者:严格无菌操作。
3. 吸痰管粗细适宜。
4. 吸痰负压适宜。
5. 吸痰前后增加氧气的吸入,★**每次吸痰时间小于 15 秒。**
6. 严格执行无菌操作,治疗盘内★**吸痰用物应每天更换 1～2 次,吸痰导管每次更换。**
7. 痰液黏稠时应先稀释痰液,或变换体位、拍背等振动气管,使痰液松动易于吸出,退出吸痰管须吸少量 0.9%氯化钠溶液,冲洗内腔防止阻塞。
8. 储液瓶须及时倾倒,一般**不超过瓶的 2/3。**

第 5 节 洗 胃 法

一、目的

1. 解毒:清除胃内毒物或刺激物,以避免毒物吸收。★**6 小时内洗胃效果最好。**
2. 减轻胃黏膜水肿。
3. 手术或某些检查前的准备。

二、方法

1. 操作前评估:有无洗胃禁忌证等。
2. 用物准备:★**洗胃溶液量 10 000～20 000ml,温度 25～38℃。**
3. 操作要点
- (1)口服催吐法:**适用于清醒能配合的患者。**患者自饮大量洗胃液,刺激咽喉吐出,反复进行直至吐出液体澄清无味。
- (2)漏斗胃管洗胃法:将漏斗胃管经鼻腔或口腔插入胃内,利用虹吸原理,将洗胃溶液灌入胃内,再吸引出来的方法。
  - 1)体位:★**中毒较轻者取坐位或半坐卧位,中毒较重者取左侧卧位,昏迷患者取平卧位,头偏向一侧。**
  - 2)标记长度:鼻尖至耳垂再至剑突下的距离,成人约 45～55cm。
  - 3)证实胃管在胃内后,**先将胃内容物吸出**,必要时留取标本。
  - 4)洗胃:★**每次灌入液体 300～500ml,直至洗出液澄清无味。**
- (3)电动吸引器洗胃法:利用**负压吸引**的原理,用电动吸引器连接胃管吸出胃内容物的洗胃方法。适用于抢救急性中毒患者。★**调节负压在 13.3kPa 左右。**
- (4)自动洗胃机洗胃法:是利用正压冲洗和负压吸引,迅速、有效地清除胃内毒物的方法。★**适用于食物或药物中毒的患者。**
- (5)注洗器洗胃法:★**适用于幽门梗阻和胃手术前准备的患者。**洗胃时每次注入约 200ml 液体,再抽出弃去,反复冲洗至清洁为止。

三、注意事项

1. ★急性中毒患者应迅速采取口服催吐法,必要时进行胃管洗胃。

2. 中毒物质不明时,洗胃前先抽出胃内容区送检,以明确毒物性质;★洗胃溶液可先选用温开水或0.9%氯化钠溶液。

3. 根据毒物性质选用洗胃液(表14-2)。

表14-2 ★各种药物中毒的灌洗溶液(解毒剂)及禁忌药物

中毒药物	灌洗溶液	禁忌药物
酸性物	牛奶、蛋清水、镁乳	强碱药物
碱性物	5%醋酸、白醋、牛奶、蛋清水	强酸药物
氰化物	口服3%过氧化氢后引吐;1:15 000～1:20 000高锰酸钾洗胃	
敌敌畏	2%～4%碳酸氢钠、1%盐水、1:15 000～1:20 000高锰酸钾	
1605、1059、乐果	2%～4%碳酸氢钠	高锰酸钾(1605、1059、乐果遇高锰酸钾可氧化成毒性更强的物质)
敌百虫	1%盐水或清水、1:15 000～1:20 000高锰酸钾	碱性药物(敌百虫遇碱性药物可分解出毒性更强的敌敌畏)
DDT、666	温开水或0.9%氯化钠溶液洗胃,50%硫酸钠导泻	
巴比妥类(安眠药)	1:15 000～1:20 000高锰酸钾洗胃,硫酸钠导泻	硫酸镁
异烟肼(雷米封)	1:15 000～1:20 000高锰酸钾,50%硫酸钠导泻	
灭鼠药(磷化锌)	1:15 000～1:20 000高锰酸钾、0.1%硫酸铜洗胃;0.5%～1%硫酸铜10ml饮用后催吐,每5～10min重复1次	鸡蛋、牛奶、脂肪及其他油类食物(以免加速磷的溶解,促进其吸收,加重中毒症状)

4. ★误服强碱或强酸等腐蚀性药物时,禁忌洗胃,以免造成胃穿孔。可遵医嘱给予药物解毒或物理性对抗剂,如牛奶、豆浆、蛋清水、米汤等以保护胃黏膜。

5. ★肝硬化伴食管、胃底静脉曲张、近期有上消化道出血、胃穿孔的患者,禁忌洗胃;食管阻塞、消化性溃疡、胃癌等患者一般不洗胃。昏迷患者洗胃时应谨慎,可采用去枕平卧位,头偏向一侧。

6. 电动吸引器洗胃时,★调节负压在13.3kPa左右。

7. 洗胃液★每次灌入量300～500ml为宜,不能超过500ml,灌入液量与引出量应平衡,以免易引起窒息;以及导致急性胃扩张,胃内压升高,促进毒物快速排入肠道,增加毒物吸收量;或因胃扩张兴奋迷走神经,反射性引起心脏骤停。

8. 幽门梗阻患者洗胃宜在★饭后4～6小时或空腹时进行,记录胃内潴留量,以了解梗阻情况。

9. 洗胃中密切观察患者的病情、洗出液性质及有无腹痛的情况,发现异常及时通知医生处理。

第6节 人工呼吸器

一、简易呼吸器

常用于各种原因导致的呼吸停止或呼吸衰竭的抢救。

1. 目的 { (1)维持和增加机体通气量。
(2)纠正威胁生命的低氧血症。

2. 结构:呼吸囊、呼吸活瓣、面罩、衔接管。

3. 操作要点
- (1)患者取去枕平卧位,取下活动义齿。
- (2)解开衣领、领带、腰带,清除上呼吸道异物或呕吐物,使患者头后仰,托起下颌,打开气道,保持呼吸道通畅。
- (3)将面罩紧扣患者的口鼻部,有规律挤压气囊。★**一般速率为 16～20 次/min,送气量约为 500～1000ml/次。**
- (4)观察。

二、人工呼吸机

人工呼吸机常用于抢救各种原因所致的呼吸停止或呼吸衰竭及手术麻醉中的呼吸管理。

1. **呼吸机的工作原理:**利用机械动力建立肺泡与气道通口的压力差。

2. **呼吸机类型:**分定压型、定容型、混合型。

3. 操作要点
- (1)检查机器性能,连接管道。
- (2)选择通气参数。
- (3)连机后注意观察呼吸机运行情况及患者两侧胸壁运动是否对称、呼吸音是否一致等。机器与患者呼吸一致,提示呼吸机工作正常。
- (4)调整使用参数(表 14-3)。

★表 14-3　呼吸机主要参数的调节

项目	数值
★**呼吸频率(R)**	**10～16 次/分**
每分通气量(VE)	8～10L/min
★**潮气量(Vt)**	**600～800ml(10～15ml/kg)**
★**吸呼时间比率(I/E)**	**1:1.5～3.0**
呼气压力(EPAP)	0.147～1.96kPa(一般<2.94kPa)
呼气末正压(PEEP)	0.49～0.98kPa
供氧浓度	30%～40%(一般<60%)

4. 注意事项
- (1)密切观察病情变化,了解通气量是否恰当
  - ★1)通气量合适:吸气时胸廓隆起,呼吸音清晰,生命体征平稳;
  - 2)通气量不足:皮肤潮红、多汗、烦躁、血压升高、脉搏加快、表浅静脉充盈消失;
  - ★3)通气过度:患者可出现昏迷、抽搐等碱中毒症状。
- (2)观察呼吸机工作状态,防止漏气和管道脱落。
- (3)保持呼吸道通畅,充分湿化吸入气体,促进痰液排出。
- (4)定期监测血气分析及电解质变化。
- (5)预防和控制感染。呼吸机管道等消毒 1 次/日;病室空气紫外线消毒 1～2 次/日;病室设备用消毒液擦拭 2 次/日。
- (6)做好生活护理,特别是口腔和皮肤的护理。

模拟试题栏——识破命题思路，提升应试能力

一、专业实务

A₁型题

1. 最轻的意识障碍为
   A. 嗜睡
   B. 意识模糊
   C. 昏睡
   D. 浅昏迷
   E. 深昏迷

2. 以兴奋性增高为主的高级神经中枢的急性失调状态为
   A. 嗜睡
   B. 意识模糊
   C. 昏睡
   D. 昏迷
   E. 谵妄

3. 在自然光线下，正常瞳孔的直径一般为
   A. 1～2mm
   B. 2.5～5mm
   C. 5～8mm
   D. 8～10mm
   E. 10～12mm

4. 下列哪项不属于吸氧的适应证
   A. CO中毒
   B. 心力衰竭
   C. 颅脑损伤
   D. 哮喘发作时
   E. 急性肠炎

5. 减压器可使氧气筒内的压力减低至
   A. 0.1～0.2MPa
   B. 0.2～0.3MPa
   C. 0.3～0.4MPa
   D. 0.4～0.5MPa
   E. 0.5～0.6MPa

6. 吸氧时，湿化液占湿化瓶内体积的
   A. 1/3～1/2
   B. 1/3～2/3
   C. 1/3～1/4
   D. 1/4～1/2
   E. 1/2～3/4

7. 氧气筒内氧气不可再用时，筒内压力应不低于
   A. 0.2MPa
   B. 0.5MPa
   C. 1.0MPa
   D. 2.0MPa
   E. 5.0MPa

8. 为保证安全用氧，氧气筒应远离暖气
   A. 1m以上
   B. 2m以上
   C. 3m以上
   D. 4m以上
   E. 5m以上

9. 电动吸引器吸痰的原理是
   A. 虹吸作用
   B. 负压作用
   C. 正压作用
   D. 空吸作用
   E. 重力作用

10. 漏斗胃管洗胃的原理是
    A. 虹吸作用
    B. 负压作用
    C. 正压作用
    D. 坚吸作用
    E. 重力作用

11. 下列哪种情况禁忌洗胃
    A. 幽门梗阻者
    B. 昏迷者
    C. 肝硬化伴食管胃底静脉曲张者
    D. 胆囊炎患者
    E. 巴比妥类药物中毒患者

12. 适宜洗胃的是
    A. 幽门梗阻患者
    B. 肝硬化伴食管胃底静脉曲张者
    C. 胃癌患者
    D. 食管阻塞患者
    E. 消化性溃疡患者

13. 禁忌服用蛋清水的情况是
    A. 敌百虫中毒
    B. 敌敌畏中毒
    C. 磷化锌中毒
    D. 硫酸中毒
    E. 乐果中毒

14. 洗胃液的适宜温度是
    A. 20～25℃
    B. 25～30℃
    C. 25～38℃
    D. 38～41℃
    E. 41～43℃

15. 使用人工呼吸机时，吸呼比为
    A. 1:1.0～2.0
    B. 1:1.5～2.0
    C. 1:1.5～2.5
    D. 1:1.5～3.0
    E. 1:2.0～3.0

A₂型题

16. 护士在为某患者体查时，发现患者双侧瞳孔扩大，提示患者可能为
    A. 颅内压增高
    B. 有机磷农药中毒
    C. 吗啡中毒
    D. 氯丙嗪中毒
    E. 深昏迷

17. 某患者因误服毒物被送医院就诊，医生嘱用2%～4%碳酸氢钠溶液为其洗胃。提示该患者可能是
    A. 敌百虫中毒
    B. 异烟肼中毒
    C. 磷化锌中毒
    D. 硝酸中毒
    E. 乐果中毒

18. 某患儿,因误服毒物被送医院就诊,为其洗胃忌
　　用碳酸氢钠溶液。提示该患儿可能误服
　　A. 敌百虫　　　　　　B. 敌敌畏
　　C. 乐果　　　　　　　D. 1605 农药
　　E. 1059 农药

19. 护士为某中毒患者行电动洗胃机洗胃时,负压调
　　节至
　　A. 7.6kPa 左右　　　　B. 9.3kPa 左右
　　C. 12.3kPa 左右　　　 D. 13.3kPa 左右
　　E. 15.3kPa 左右

20. 患者,78 岁。肺部感染,护士为其准备吸痰用物。
　　治疗盘内吸痰用物更换时间为
　　A. 每次吸痰以后　　　B. 每天 4 次
　　C. 每天 1~2 次　　　　D. 每 2 天 1 次
　　E. 每周 1 次

21. 护士在为某患者行护理体检是,发现患者出现双
　　侧瞳孔缩小。提示该患者可能
　　A. 颅内压增高　　　　B. 颅脑损伤
　　C. 吗啡中毒　　　　　D. 颠茄类药物中毒
　　E. 阿托品药物反应

22. 某患者,护士判断为轻度缺氧。**不符合轻度缺氧**
　　的表现是
　　A. 轻度发绀　　　　　B. 神志清楚
　　C. 明显呼吸困难
　　D. 动脉血氧分压 7.2kPa
　　E. 动脉血二氧化碳分压 6.8kPa

23. 患者,女性,70 岁。腹部手术后第 3 天,护士在观
　　察病情时获得资料:患者的肠鸣音每分钟 4 次。
　　护士收集资料的方法属于
　　A. 视觉观察法　　　　B. 触觉观察法
　　C. 听觉观察法　　　　D. 嗅觉观察法
　　E. 味觉观察法

24. 患者,55 岁。面色苍白或灰暗、面容憔悴,精神委
　　靡、双目无神。该患者的表现称为
　　A. 慢性病容　　　　　B. 危重病容
　　C. 满月病容　　　　　D. 二尖瓣病容
　　E. 急性病容

25. 车祸现场有一男性患者,40 岁,意识清楚,面色苍
　　白,表情淡漠,目光无神,主诉腹痛。该患者可能
　　出现了
　　A. 急性腹膜炎　　　　B. 大出血
　　C. 大叶性肺炎　　　　D. 甲亢
　　E. 脱水

26. 患者,男性,68 岁。脑出血,现患者处于持续睡眠
　　状态,但能被语言或轻度刺激唤醒,刺激去除后
　　又很快入睡,此时患者处于
　　A. 嗜睡　　　　　　　B. 昏睡
　　C. 浅昏迷　　　　　　D. 深昏迷
　　E. 意识模糊

27. 患者,男性,68 岁。患尿毒症,护士查房时发现患
　　者表情冷漠,反应迟钝,此种表现是
　　A. 意识模糊　　　　　B. 深昏迷
　　C. 浅昏迷　　　　　　D. 嗜睡
　　E. 谵妄

28. 患者,女,45 岁。头颅 CT 显示脑出血。呼之不
　　应,心跳 70 次/min,无自主运动,对声、光刺激无
　　反应。该患者的意识状态为
　　A. 嗜睡　　　　　　　B. 意识模糊
　　C. 昏睡　　　　　　　D. 浅昏迷
　　E. 深昏迷

29. 某患者,处于昏迷状态。观察其昏迷程度最可靠
　　的指标是
　　A. 肌张力　　　　　　B. 皮肤颜色
　　C. 皮肤温度　　　　　D. 瞳孔对光反应
　　E. 对疼痛刺激的反应

30. 患者,男性,30 岁。服敌敌畏自杀,被家人及时发
　　现,送医院诊治。反映患者病情变化的最主要观
　　察指征是
　　A. 表情　　　　　　　B. 面容
　　C. 瞳孔　　　　　　　D. 呕吐物
　　E. 皮肤与黏膜

31. 患者,男性,50 岁。因心肌梗死入院。护士按医
　　嘱予以给氧,下列氧浓度无治疗意义的是
　　A. 23%　　　　　　　B. 29%
　　C. 33%　　　　　　　D. 37%
　　E. 41%

32. 患者,2 岁。因呼吸困难需要氧疗。合适的给氧
　　方法是
　　A. 单侧鼻导管法　　　B. 双侧鼻导管法
　　C. 鼻塞法　　　　　　D. 头罩法
　　E. 氧气枕法

33. 某患者吸氧流量 3L/min 时,其吸氧浓度为
　　A. 25%　　　　　　　B. 29%
　　C. 33%　　　　　　　D. 37%
　　E. 41%

34. 患者,行人工呼吸机治疗,吸氧浓度为 65%,该患

者在氧疗过程中发生了氧中毒。提示该患者吸氧持续多长时间以上

A. 6h   B. 8h

C. 12h   D. 15h

E. 24h

35. 患者,75岁。COPD合并感染入院,患者呼吸困难,发绀,烦躁不安。合适的吸氧方法是

A. 高压给氧

B. 高流量持续给氧

C. 高浓度间断给氧

D. 低流量、低浓度持续给氧

E. 乙醇湿化给氧

36. 患者,70岁。COPD合并感染入院,患者呼吸困难,发绀,烦躁不安,PaO_2 5.4kPa,$PaCO_2$ 10.3kPa。氧疗时合适的给氧浓度是

A. 23%   B. 29%

C. 37%   D. 41%

E. 47%

37. 患者,男性,55岁。呼吸困难,张口呼吸,拟置鼻给予了氧疗,合适的方法是

A. 鼻导管法   B. 鼻塞法

C. 面罩法   D. 氧气枕法

E. 头罩法

38. 患者男性,64岁。诊断:"肺气肿"。吸入氧浓度为33%,应调节氧流量为

A. 1L/min   B. 2L/min

C. 3L/min   D. 4L/min

E. 5L/min

39. 患者,女性,76岁。高浓度吸氧2天,提示患者可能出现氧中毒的表现是

A. 轻度发绀   B. 显著发绀

C. 三凹征明显   D. 干咳、胸痛

E. 动脉血二氧化碳分压>12.0kPa

40. 患者,男性,78岁。气管切开后,吸痰时负压应调节为

A. 10~23.3kPa   B. 20~33.3kPa

C. 30~43.3kPa   D. 40~53.3kPa

E. 50~63.3kPa

41. 患儿,女,10岁。半小时前误服农药,被急送入院。现患者意识清醒,能准确回答问题,护士首选的处理方法是

A. 口服催吐   B. 注洗器洗胃

C. 漏斗胃管洗胃   D. 电动吸引器洗胃

E. 自动洗胃机洗胃

42. 某患者,误服盐酸来院就诊。正确的处理措施

A. 采用口服催吐法洗胃

B. 尽快洗胃

C. 只用生理盐水洗胃

D. 禁忌洗胃

E. 采用拮抗剂洗胃

43. 某患者,因服安眠药自杀,现需要洗胃。对于该患者,**禁**用的洗胃液或药物是

A. 碱性药物   B. 高锰酸钾

C. 硫酸镁   D. 硫酸钠

E. 蛋清水

44. 某患者因误服DDT,为该患者洗胃时禁用的药物是

A. 碱性药物   B. 高锰酸钾

C. 硫酸镁   D. 硫酸钠

E. 油性泻药

45. 患者,女性,35岁。误食灭鼠药中毒。为该患者洗胃首选

A. 生理盐水   B. 1∶15 000高锰酸钾

C. 2%~4%碳酸氢钠   D. 1%盐水

E. 温开水

46. 患者,女性,52岁。与家人争吵后服下敌敌畏自杀。洗胃时每次灌入的溶液量为

A. 100~200ml   B. 200~300ml

C. 300~500ml   D. 400~600ml

E. 500~700ml

47. 患者,男性,53岁。诊断:幽门梗阻。为其洗胃的适宜时间是

A. 饭前半小时   B. 饭后半小时

C. 饭前2小时   D. 饭后2小时

E. 空腹时

48. 脑水肿患者进行脱水治疗时,可选用

A. 尼可刹米   B. 阿托品

C. 哌替啶   D. 间羟胺

E. 20%甘露醇

49. 某呼吸衰竭患者,行人工呼吸机治疗。下列哪项提示患者通气量合适

A. 皮肤潮红   B. 血压升高

C. 表浅静脉充盈消失   D. 吸气时胸廓起伏

E. 抽搐

50. 患者,女性,50岁。因呼吸衰竭入院。现患者无自主呼吸,应用简易呼吸器行抢救。挤压呼吸气

囊的频率和每次挤压的气体量应为

A. 16～20 次/min,500～1000ml

B. 16～20 次/min,300～500ml

C. 12～16 次/min,300～500ml

D. 12～16 次/min,500～1000ml

E. 10～12 次/min,500～1000ml

A₃/A₄ 型题

(51、52 题共用题干)

急诊要配备完好的急救物品及药品,完整无缺处于备用状态。做到及时检查维修和维护,以确保患者的及时使用和护理安全。

51. 急救物品和药品在保管使用中**错误**的环节是

A. 定人保管　　　B. 定时检查

C. 定点放置　　　D. 定人使用

E. 定期消毒

52. 急救物品的合格率应保持在

A. 100%　　　　B. 99%以上

C. 98%以上　　　D. 95%以上

E. 90%以上

(53、54 题共用题干)

患者,女性,56 岁。住院期间突然呼吸停止,紧急气管插管,并辅以定容型呼吸机辅助通气。

53. 合适的供氧浓度是

A. 20%～30%　　B. 30%～40%

C. 60%～70%　　D. 70%～80%

E. 80%～90%

54. 下列哪项提示患者通气量不足

A. 血气分析显示呼吸性碱中毒

B. 皮肤潮红、多汗

C. 出现抽搐、昏迷

D. 肺部听诊呼吸音清晰

E. 观察胸部起伏较规律

(55～57 题共用题干)

患者,女性,53 岁。自服敌百虫引起中毒,发现后急送急诊科。患者意识清楚。

55. 为患者洗胃时,禁忌的洗胃液是

A. 2%～4%碳酸氢钠　B. 1%盐水

C. 1:15 000～20 000 高锰酸钾

D. 5%乙酸　　　　E. 清水

56. 为患者洗胃时,如果选择了禁忌使用的洗胃液,可导致

A. 损伤胃黏膜　　B. 反射性引起心脏骤停

C. 增加毒物的溶解度　D. 抑制毒物

E. 分解成毒性更强的敌敌畏

57. 为该患者洗胃时,每次灌洗液的量约

A. 200～300ml　　B. 300～500ml

C. 500～800ml　　D. 800～1000ml

E. 1000～1200ml

(58～60 题共用题干)

患者女性,67 岁。无自主呼吸,气管切开使用呼吸机辅助通气。

58. 呼吸机的湿化器应定期消毒,常用的方法是

A. 消毒液浸泡　　B. 压力蒸气灭菌

C. 甲醛熏蒸　　　D. 环氧乙烷灭菌

E. 过滤除菌

59. 准备好的吸痰盘有效时间为

A. 2h　　　　　B. 3h

C. 4h　　　　　D. 5h

E. 6h

60. 为该患者吸痰时,下列哪项不妥

A. 吸痰负压为 40.0～53.3kPa

B. 吸痰时先吸净口咽部分泌物,再吸净气管内分泌物

C. 吸痰用物应每天更换 1～2 次,吸痰导管每次更换

D. 吸痰时左右旋转吸痰管向上抽吸

E. 每次吸痰时间不超过 25s

二、实践能力

A₁ 型题

61. 当患者的动脉血氧分压低于多少时需给予吸氧

A. 15kPa　　　　B. 12kPa

C. 10.6kPa　　　D. 8.6kPa

E. 6.6kPa

62. 装氧气表前,打开总开关放出少量氧气的目的是

A. 检查氧气筒内是否有氧气

B. 检测氧气筒内氧气压力

C. 了解氧气流出是否通畅

D. 清洁气门,防止灰尘吹入氧气表内

E. 检测氧气流量

63. 关于用氧的方法,正确的是

A. 氧气筒应至少距火炉 1m、暖气 5m

B. 氧气表及螺旋口上涂油润滑

C. 用氧时,先插入鼻导管再调节氧流量

D. 停用氧时,先拔出鼻导管再关闭氧气开关

E. 持续用氧者,每周更换鼻导管 2 次

64. 使用电动吸引器吸痰时,储液瓶内的吸出液应及时倾倒,不应超过瓶的
    A. 1/3　　　　　　　　　B. 2/3
    C. 1/2　　　　　　　　　D. 1/4
    E. 3/4

65. 使用电动吸引器吸痰时正确的是
    A. 使用前先调节负压,成人的吸痰负压为300~43.3 kPa
    B. 吸痰前应将患者头部转向护士,妥善固定好活动的义齿
    C. 吸痰时先吸净气管内分泌物,再吸净口咽部分泌物
    D. 吸痰时左右旋转吸痰管向上抽吸
    E. 每次吸痰时间不超过 25s

A₂ 型题

66. 患者,男,65 岁。因"脑血管意外"入住 ICU。关于患者的护理,下列哪项措施**不妥**
    A. 患者谵妄、躁动不安、意识丧失时,合理使用保护具
    B. 定时协助患者更换体位
    C. 定时为患者作肢体被动运动,每天 2~3 次
    D. 患者牙关紧闭、抽搐时,病室光线应较暗
    E. 发现患者心搏骤停,首先通知医生

67. 某患者,因误服农药需要洗胃。为该患者洗胃时,洗胃液每次灌入量为
    A. 100~200ml　　　　　B. 200~300ml
    C. 300~500ml　　　　　D. 500~700ml
    E. 700~900ml

68. 患者,女,67 岁,因"肺气肿合并肺部感染"入院。先患者呼吸道分泌物较多,需使用电动吸引器吸痰,下列操作中,哪项**不妥**
    A. 使用前先调节负压一般成人的吸痰负压为40~53.3kPa
    B. 吸痰前应将患者头部转向护士,取下活动的义齿
    C. 吸痰时先吸净气管内分泌物,再吸净口咽部分泌物
    D. 吸痰时一定要左右旋转吸痰管向上抽吸
    E. 每次吸痰时间不超过 15s

69. 患者,65 岁,肺气肿合并感染入院。按医嘱予以氧疗。预防患者发生氧中毒的有效措施是
    A. 避免患者长时间高浓度吸氧
    B. 经常改变患者体位

C. 鼓励患者做深呼吸
D. 充分的氧气湿化
E. 指导患者有效咳嗽

70. 患儿,男性,5 岁。因误服药物,被家人急送医院。为患儿洗胃时,先抽吸再灌洗的主要目的是
    A. 减少毒物的吸收
    B. 防止胃管堵塞
    C. 防止急性胃扩张
    D. 送检毒物测其性质
    E. 防止灌入气管

71. 患者,男性,25 岁。因服毒自杀未遂,被家人急送医院。中患者毒物质不明,用电动吸引法洗胃,下述哪项**不妥**
    A. 洗胃液用等渗盐水
    B. 电动吸引器压力为 13.3kPa
    C. 插管动作轻快
    D. 每次灌入量以 200ml 为限
    E. 洗胃过程患者诉腹痛或流出血性灌洗液,应立即停止

72. 患者,女性,50 岁,昏迷? 天,眼睑不能闭合,护理眼部首选的措施是
    A. 按摩双眼睑　　　　　B. 热敷眼部
    C. 干纱布遮盖　　　　　D. 滴眼药水
    E. 凡士林纱布覆盖

73. 患者,男性,56 岁。因心肌梗死入院。医嘱鼻导管给氧,给氧操作正确的是
    A. 氧气筒放置距暖气应 5m
    B. 给氧前用干棉签清洁鼻孔
    C. 导管插入长度为鼻尖到耳垂的 1/2
    D. 给氧时,调节氧流量后插入鼻导管
    E. 停止给氧时,应先关氧气开关

74. 患者,男性,59 岁。慢性支气管炎,鼻导管吸氧后病情好转,按医嘱停用氧气。停用氧时首先应
    A. 关闭氧气筒总开关　　B. 关闭氧气流量开关
    C. 取下湿化瓶　　　　　D. 拔出鼻导管
    E. 记录停氧时间

75. 患者,男,55 岁。大面积烧伤,半小时内输入500ml 液体后出现气促、呼吸困难、咳粉红色泡沫样痰。为该患者吸氧时,湿滑瓶内宜放入
    A. 乙醇　　　　　　　　B. 温开水
    C. 蒸馏水　　　　　　　D. 注射用水
    E. 生理盐水

76. 患者,女性,49 岁。行气管切开术,使用电动吸

引器吸痰时正确的是

A. 使用前先调节负压为 20～33.3kPa

B. 插管过程中，注意边插边吸引

C. 严格无菌操作，每次更换吸痰管

D. 吸痰时一定要上下移动吸痰管抽吸

E. 每次吸痰时间不超过 20 秒

77. 患者，男性，48 岁。巴比妥类药物中毒至昏迷，入院后为其洗胃，正确的是

A. 洗胃时应谨慎，取左侧卧位

B. 洗胃时应谨慎，取去枕仰卧位，头偏向一侧

C. 先用硫酸镁导泻

D. 洗胃时每次灌入液体 800ml

E. 自动洗胃机洗胃后，管道不必消毒处理

78. 患者，男性，40 岁。自主呼吸微弱，应用呼吸机辅助呼吸。**错误**的做法是

A. 经常检查呼吸机各管道的连接，观察有无脱落和漏气

B. 定期抽血检查血气分析及电解质变化

C. 每周更换呼吸机各管道并用消毒液浸泡消毒

D. 病室每日消毒空气 1～2 次

E. 吸入的气体要加温湿化，必要时帮助患者吸痰

79. 患者，女性，50 岁。呼吸衰竭入院，现患者无自主呼吸，应用简易呼吸器抢救。正确的做法是

A. 协助患者取去枕仰卧，固定活动义齿

B. 护士站在患者头侧，使患者尽量前倾，开放气道

C. 有规律地挤压、放松呼吸气囊，8～12 次/min

D. 每次挤压不少于 400ml 气体

E. 注意观察患者，如有自主呼吸，应在吸气时挤压气囊

80. 患儿，男性，8 岁。误服灭鼠药，急诊予以洗胃。洗胃过程中，护士发现有血性液体流出，应立即采取的措施是

A. 减低吸引压力

B. 灌入止血剂止血

C. 更换洗胃液重新灌洗

D. 灌入蛋清水以保护胃黏膜

E. 立即停止操作并通知医生

A_3/A_4 型题

(81、82 题共用题干)

患者，男性，32 岁。因车祸颅脑损伤，病情观察时发现患者呼吸突然停止。

81. 应用简易呼吸器辅助患者呼吸，挤压、放松气囊的频率是

A. 16～20 次/min　　B. 14～18 次/min

C. 12～16 次/min　　D. 10～14 次/min

E. 8～12 次/min

82. 每次挤压的气体量为

A. 100～300ml　　B. 200～400ml

C. 300～500ml　　D. 400～600ml

E. 500～1000ml

(83、84 题共用题干)

患儿，6 岁。因肺部感染入院，现咳嗽咳痰困难，面色青紫。

83. 为该患儿吸痰，负压不宜超过

A. 20.0kPa　　B. 30.0kPa

C. 40.0kPa　　D. 53.3kPa

E. 60.0kPa

84. 每次吸痰时间应小于

A. 5s　　B. 10s

C. 15s　　D. 20s

E. 25s

(85～87 题共用题干)

患者，男性，71 岁。诊断为慢性阻塞性肺疾病，血气分析结果显示：动脉血氧分压 4.3kPa，二氧化碳分压 12.4kPa。

85. 判断该患者的缺氧程度为

A. 无缺氧　　　　B. 轻度缺氧

C. 中度缺氧　　　D. 重度缺氧

E. 极重度缺氧

86. 为该患者给氧时，适宜的方法是

A. 高浓度、高流量、持续给氧

B. 高浓度、高流量、间断给氧

C. 低浓度、低流量、持续给氧

D. 低浓度、低流量、间断给氧

E. 低浓度与高流量交替持续给氧

87. 吸氧过程中需要调节氧流量时，正确的是

A. 先关总开关，再调氧流量

B. 先关流量表，再调氧流量

C. 先拔出吸氧管，再调氧流量

D. 先分离吸氧管与氧气连接管，再调氧流量

E. 先拔出氧气连接管，再调氧流量

(88～90 题共用题干)

患者，男性，68 岁。脑血管意外入院，现患者处于昏迷状态。

88. 为获取患者意识状态的资料,护士最适宜采取的资料收集方法为
    A. 视觉观察法　　　 B. 触觉观察法
    C. 听觉观察法　　　 D. 嗅觉观察法
    E. 味觉观察法

89. 护士在收集资料过程中,发现患者意识大部分丧失,对声光刺激无反应,疼痛刺激有痛苦表情,瞳孔对光反射存在。提示该患者处于
    A. 嗜睡　　　　　　 B. 昏睡
    C. 意识模糊　　　　 D. 浅昏迷
    E. 深昏迷

90. 对于该患者的护理,下列哪项措施不妥

A. 头偏向一侧,及时吸出呼吸道分泌物
B. 合理使用保护具,以确保其安全
C. 眼睑不能自行闭合时,用无菌纱布覆盖
D. 定时协助患者翻身、擦洗、按摩
E. 做肢体被动运动或主动运动,每天2～3次

参考答案

1～5 AEBEB　6～10 ABABA　11～15 CACCD
16～20 AEADC　21～25 CCCAB　26～30 AAEEC
31～35 ADCED　36～40 BCCDD　41～45 ADCEB
46～50 CEEDA　51～55 DABBA　56～60 EBACE
61～65 EDDBD　66～70 ECCAD　71～75 DEDDA
76～80 CBCEE　81～85 AECCD　86～90 CDADC

第15章 临终患者的护理

第1节 概 述

一、死亡的概念

1. 死亡是指个体生命活动和新陈代谢的**★永久停止**。临床上，**★当患者呼吸、心跳停止，瞳孔散大而固定，所有反射均消失，心电波平直时，即可宣布死亡**。

2. 脑死亡：随着医学科技的发展，当前医学界提出以"脑死亡"作为判断死亡标准。

3. **★脑死亡的判断标准：**
- (1)**不可逆的深度昏迷**。
- (2)**自发呼吸停止**。
- (3)**脑干反射消失**。
- (4)**脑电波消失**。

二、死亡过程的分期

1. 濒死期：又称临终状态，**★是生命活动的最后阶段**。脑干以上功能处于抑制状态，呼吸急促困难，出现陈-施呼吸，脉搏不规则、且快而弱，血压降低或测不到。

2. 临床死亡期：又称躯体死亡期或个体死亡期。**★延髓处于深度抑制，临床表现为心跳、呼吸停止，各种反射消失、瞳孔散大**。

3. 生物学死亡期：**★是死亡过程的最后阶段**，整个神经系统以及各器官的新陈代谢相继停止，出现不可逆的变化。相继出现尸体现象
- (1)尸冷：是最先发生的尸体现象，体表温度经过24小时同环境温度接近。
- (2)尸斑：出现在尸体的最低部位，在死亡2~4小时后出现。
- (3)尸僵：死后1~3小时开始出现，多从小块肌肉开始，以下发展最为多见，先下颌至躯干。
- (4)尸体腐败：一般死亡24小时后发生(气温高时发生较早)，常见的表现有尸臭、尸绿等。

第2节 临终患者的护理

一、临终患者的躯体状况和心理反应

1. 临终患者的躯体状况
- (1)循环与呼吸：多有循环和呼吸功能减退。
- (2)饮食与排泄：常表现为恶心、呕吐、食欲不振、口干、腹胀、脱水，便秘或腹泻，可出现大小便失禁、尿潴留等。
- (3)皮肤与骨骼：常表现为皮肤苍白、湿冷、四肢冰凉、发绀、肌张力降低、肢体软弱无力、不能自主活动等。

1. 临终患者的躯体状况

(4)面容及感知觉:常表现为**希氏面容**,面肌瘦削、面部呈铅灰色、嘴微张、下颌下垂、眼眶凹陷、双眼半睁呆滞、瞳孔固定。视力逐渐减退、模糊至丧失,语言逐渐混乱、发音困难,★**听觉是临终患者最后消失的感觉**。

(5)神经系统:意识改变,表现为嗜睡、昏睡、昏迷等。

(6)临近死亡的体征。

2. 临终患者的心理反应:美国的心理学家罗斯博士(Dr. Elisabeth Kubler Ross)提出临终患者通常经历★**五个心理反应阶段**

(1)否认期:当患者得知自己病重即将面临死亡时,常会说,"★**不,可能搞错了,不是我**"。抱着侥幸的心理,希望是误诊,有些人甚至会持续否认至死亡。是一种防卫机制。

(2)愤怒期:当否认难以维持,患者常表现为★**生气与激怒,充满怨恨与嫉妒的心理**,变得难以接近或不合作,★**常迁怒于周围的人**,向医护人员、家属、朋友等发泄愤怒。

(3)协议期:愤怒的心理消失后,★**患者开始接受自己患了不治之症的事实,变得非常和善、宽容**,对自己的病情抱有希望,能积极配合治疗。

(4)忧郁期:随着病情的进展,患者清楚地看到自己正接近死亡,任何努力都无济于事,★**表现为情绪低落、消沉、退缩、悲伤、沉默、哭泣等**,产生很强的失落感,甚至有轻生的念头。

(5)接受期:患者对死亡已有所准备,恐惧、焦虑、悲哀也许都已消失,★**显得很平静安详**,身心均已极度衰弱,对周围事物丧失兴趣,有的患者进入嗜睡状态。

二、临终患者的护理措施

1. 躯体支持性护理

(1)控制疼痛:帮助患者选择最有效的止痛方法,必要时使用药物止痛。

(2)改善循环与呼吸功能:密切观察体温、脉搏、呼吸及血压变化。必要时给氧气吸入和吸痰。

(3)促进食欲,增进营养:提供易消化的饮食,保证患者营养的供给。

(4)促进舒适
1)做好口腔:每天做口腔护理2~3次。
2)加强患者皮肤护理,被服的整洁、干燥,特别是大小便失禁者,应妥善使用保护器具,保持会阴部皮肤清洁、干燥,预防压疮的发生。
3)帮助患者保持头发清洁、发型美观。

(5)减轻感、知觉改变的影响
1)提供单独病室,环境安静,光照适宜,以增加安全感。
2)注意眼部的清洁。
3)语言亲切、柔和。

(6)保障安全,必要时使用保护具。

2. ★**心理护理**

(1)否认期的护理:★护士应以真诚态度,保持和患者的坦诚沟通。不要轻易揭露患者的防卫机制,维持患者适当的希望。

(2)愤怒期的护理:★允许患者发怒、抱怨,给患者机会宣泄心中的忧虑和恐惧;认真倾听患者的心理感受;必要时辅以药物,稳定情绪;给予家属心理支持。

(3)协议期的护理:★鼓励其说出内心的感受,尽可能满足他们提出的各种要求,指导患者配合治疗;创造条件,实现患者的愿望。

(4)忧郁期的护理:★护士应经常陪伴患者,给予更多的同情和照顾,允许患者表达其失落、悲哀的情绪;尽可能满足患者的合理要求,让家属陪伴;加强安全保护。

(5)接受期的护理:应提供安静、舒适的环境,保持与患者的沟通,并给予适当的支持。

第3节　尸体护理

一、目的

1. 使尸体整洁,姿势良好,易于辨认。

2. 给家属以安慰。

二、操作要点

1. 确认患者死亡后,★由医生开具死亡诊断书,护士应尽快进行尸体护理。环境安排单独的房间或用屏风遮挡。

2. 请家属暂离病房。

3. 撤去一切治疗用物。

4. 将床放平,★使尸体仰卧,头下垫一枕,以防面部淤血变色。

5. 装上义齿,眼睑不能闭合者,用湿毛巾敷或于上眼睑下垫少许棉花。口不能闭合者,轻揉下颌或用绷带托住。

6. ★用棉花填塞口、鼻、耳、阴道、肛门等身体孔道,以免液体外溢,注意棉花勿外露。有伤口者更换敷料,如有引流管应拔除,缝合伤口。

7. 第一张尸体识别卡系在死者右手腕部,第二张尸体识别卡系在包裹尸体的尸单上,第三张尸体卡交太平间工作人员。

8. 死者患传染病,应按传染患者终末消毒处理。

9. 清点遗物交给家属,若家属不在,应由两人共同清点,将贵重物品列出清单,交护士长保存。

三、注意事项

1. 尸体护理应在死亡后尽快进行,以防尸体僵硬。

2. 尸体识别卡应正确放置。

3. 如为传染患者,尸体护理应按隔离技术进行。★用消毒液清洁尸体,孔道用浸有1%氯胺溶液的棉球进行填塞,包裹尸体用一次性尸单或尸袍,并装入不透水的袋子中,外面作传染标志。

4. 态度严肃认真,表示对死者的尊重,满足家属的合理要求。

模拟试题栏——识破命题思路,提升应试能力

一、专业实务

A₁型题

1. 患者的临终状态又称为

　A. 临床死亡期　　　　　B. 脑死亡期

　C. 生物学死亡期　　　　D. 濒死期

　E. 代谢衰退期

2. 临床死亡期的主要临床特征是

　A. 循环衰竭　　　　　　B. 心跳停止

　C. 肌张力丧失　　　　　D. 神志不清

　E. 呼吸衰竭

3. 只出现在生物学死亡期的特征是

　A. 循环停止　　　　　　B. 呼吸停止

　C. 各种反射消失　　　　D. 神志不清

　E. 尸斑出现

4. 尸斑多出现在尸体

　A. 身体的头顶　　　　　B. 身体的面部

　C. 身体的腹部　　　　　D. 身体的胸部

　E. 身体的最低部位

5. 下列哪项是脑死亡的标准之一

　A. 无自主呼吸　　　　　B. 无肢体活动

　C. 脑电波消失　　　　　D. 对各种刺激均无反射

　E. 无血压

A₂型题

6. 某患者,现处于濒死状态。下列哪项可能**不是**该

患者的临床表现

A. 意识不清或谵妄　　　B. 潮式呼吸或点头
呼吸

C. 血压下降脉搏细弱　　D. 胃肠蠕动增快

E. 肌张力下降大小便失禁

7. 患者,男性,75岁,现处于临终状态。有关该患者
的躯体状况,下列叙述哪一项是**错误的**

A. 由于循环功能减弱,皮肤苍白,肢体末端变冷

B. 常表现为希氏面容

C. 因失去肌肉张力减退,不能维持功能性体位

D. 因肠蠕动增加,造成大便失禁

E. 听觉则是临终患者最后消失的感觉

8. 某死者,死后出现尸僵。关于尸僵的陈述,下列哪
一项描述是正确的

A. 尸僵通常在死亡后6～8h发生

B. 尸僵多因体温下降而引起

C. 尸僵发生多由头颈部开始

D. 尸体僵硬感会在死后24小时开始减弱

E. 尸僵发生多由躯干开始

9. 患者,男性,66岁。车祸撞伤脑部,出血后出现深
昏迷,脑干反射消失,脑电波消失,无自主呼吸,患
者以上表现应属于

A. 濒死期　　　　　　　B. 临床死期

C. 生物学死期　　　　　D. 疾病晚期

E. 脑死亡期

10. 患者,男性,肝癌晚期,临床症状和表现显示患者
已进入临床死亡期,判断指标主要是

A. 肌张力松弛　　　　　B. 心跳呼吸停止

C. 瞳孔对光反射迟钝　　D. 桡动脉搏动未触及

E. 机体新陈代谢障碍

11. 患者,癌症晚期,住院期间常常说:"我还有心愿未
了,希望老天能再给我一年时间完成我的心愿,
我会多作善事的"。请问此时患者正处哪一个心
理反应阶段

A. 愤怒期　　　　　　　B. 否认期

C. 协议期　　　　　　　D. 接受期

E. 忧郁期

12. 患者,女性,80岁。肝癌晚期,肝区疼痛剧烈、腹
水,患者感到痛苦、悲哀,欲轻生。该患者的心理
反应处于

A. 协议期　　　　　　　B. 愤怒期

C. 忧郁期　　　　　　　D. 接受期

E. 否认期

13. 某临终患者,现处于协议期。下列哪项符合协议
期的表现

A. 患者很和善很合作

B. 患者有侥幸心理

C. 患者愤怒渐渐消失

D. 患者祈祷医务人员能妙手回春挽救其生命

E. 患者开始接受自己患不治之症的事实

14. 患者,女性,45岁。宫颈癌末期,常自言自语"这
不公平,为什么是我"。这种心理反应的出现,提
示该患者处于

A. 否认期　　　　　　　　　　　B. 愤怒期

C. 协议期　　　　　　　　　　　D. 忧郁期

E. 接受期

15. 患者,女性,78岁。多器官功能衰竭。现患者表
现为意识模糊,肌张力消失,心音低钝,血压70/
40mmHg,潮式呼吸。提示患者处于

A. 濒死期　　　　　　　　　　　B. 临床死亡期

C. 机体死亡期　　　　　　　　　D. 生物学死亡期

E. 脑死亡期

A₃/A₄型题

(16、17题共用题干)

患者,女性,得知自己患宫颈癌以后,反应强烈,
表示"不可能,不会是我!一定搞错了!这不是真
的!",并四处求医,拒绝接受事实。

16. 该患者的反应提示患者处于

A. 否认期　　　　　　　　　　　B. 愤怒期

C. 协议期　　　　　　　　　　　D. 忧郁期

E. 接受期

17. 对于该患者,护士应

A. 以真诚态度,保持与患者的坦诚沟通

B. 辅以药物,稳定患者情绪

C. 协助患者完成角色义务

D. 安排亲朋好友会面

E. 加强生活护理

(18～20题共用题干)

患者,男性,50岁,体检时B超发现肝脏有8cm×
7cm包块,初步诊断为原发性肝癌。患者感觉自己身
体状况良好,对检查结果不相信,并想到其他医院再
作检查。

18. 患者此时心理反应为

A. 否认期　　　　　　　　　　　B. 愤怒期

C. 协议期　　　　　　　　　　　D. 忧郁期

E. 接受期

19. 对患者的护理正确的是
    A. 告诉他已确诊无须再作检查
    B. 附和他说检查结果不可信
    C. 安慰他是良性肿瘤不用担心
    D. 与医生、家属统一口径并协助其作进一步检查
    E. 对患者的任何反应不表态、不作为

20. 患者最后确诊为肝癌,数月后癌肿扩散,感到不久于人世,十分悲哀,向亲友交代后事,此时心理反应为
    A. 否认期   B. 愤怒期
    C. 协议期   D. 忧郁期
    E. 接受期

二、实践能力

A₁型题

21. 目前医学界主张以下列哪一项标准作为判断死亡的依据
    A. 呼吸停止   B. 心跳停止
    C. 各种反射消失   D. 脑死亡
    E. 呼吸心跳均停止

22. 濒死患者最后消失的感觉是
    A. 视觉   B. 听觉
    C. 嗅觉   D. 味觉
    E. 触觉

23. 下列**不属于**临终患者循环衰竭的表现是
    A. 皮肤苍白湿冷   B. 四肢发绀
    C. 血压下降   D. 心音低而无力
    E. 脉搏洪大

解析:临终患者多有循环功能减退。常表现为脉搏快而弱、不规则并逐渐消失,血压下降或测不到。

24. 濒死期患者的心理表现第三期是
    A. 否认期   B. 愤怒期
    C. 协议期   D. 忧郁期
    E. 接受期

25. 濒死期患者临终阶段的心理反应,一般排列顺序为
    A. 否认期、忧郁期、协议期、愤怒期、接受期
    B. 否认期、协议期、愤怒期、接受期、忧郁期
    C. 否认期、愤怒期、协议期、忧郁期、接受期
    D. 忧郁期、愤怒期、否认期、协议期、接受期
    E. 忧郁期、否认期、愤怒期、协议期、接受期

A₂型题

26. 患者,男,78岁,因晚期肝癌住院。现患者处于临终阶段,对于该患者护理的叙述,哪一项是**不正确的**
    A. 采用保暖、按摩,改善患者血循环变慢的情形
    B. 避免患者使用止痛剂,预防成瘾
    C. 护理患者时说话要清楚、缓慢,以免增加其焦虑
    D. 多陪伴、触摸患者,满足其精神方面的需要
    E. 注意皮肤护理,必要时给予适当的保暖

解析:临终病患的护理以减轻疼痛,促进舒适为其主要目标,故不必考虑成瘾问题。

27. 患者,女性。得知患宫颈癌以后,四处求医,拒绝接受事实。对于该患者,下列哪项措施较为合适
    A. 不轻易揭穿防卫机制,使患者逐步适应
    B. 辅以药物,稳定患者情绪
    C. 指导配合治疗
    D. 注意安全,观察有无自杀倾向
    E. 加强生活护理

28. 患者,男,45岁,晚期肺癌。关于患者的心理变化及其护理,下列哪一项描述是**不正确的**
    A. 第一期为否认期,初期的否认是一种暂时的自我防卫,可缓冲情绪上的冲击
    B. 当患者处于愤怒期,护理人员应接受患者的情绪表现,不要理他,只需让患者独处即可
    C. 当患者进入接受期,表示患者已经接受即将死亡的事实
    D. 当患者处于忧郁期,应多加陪伴
    E. 当患者处于协议期,应鼓励其说出内心的感受,尽可能满足他们提出的各种要求

29. 患者,女性,48岁。因乳腺癌住院,常常哭泣,焦虑不安,首要的护理措施是
    A. 通知主管医生   B. 让家属探视
    C. 同意家属陪伴   D. 给服镇静剂
    E. 倾听并给予安慰

30. 患者,男性,48岁。肺癌晚期,处于临终状态,感到恐惧与绝望,当患者发怒时,护士应
    A. 热情鼓励,帮助其树立信心
    B. 指导用药,减轻患者痛苦
    C. 说服患者理智面对病情
    D. 理解、陪伴、保护患者
    E. 同情、照顾,满足患者要求

31. 患者,女性,65 岁,因病逝去。护士为其进行尸体护理的依据是
    A. 呼吸停止　　　　　　B. 各种反射消失
    C. 心跳停止　　　　　　D. 意识丧失
    E. 医生做出死亡诊断后

解析:尸体护理是临终关怀的重要内容,是整体护理的最后步骤。确认患者死亡后,由医生开具死亡诊断书,护士应尽快进行尸体护理。

32. 患者,男,81 岁,因病逝去。护士为其进行尸体料理时发现死者有义齿,对死者义齿的处理方法,正确的是
    A. 取下丢弃　　　　　　B. 装入口中
    C. 取下浸泡在冷水中　　D. 取下交给死者家属
    E. 取下以便于在口中填塞棉花

33. 患者,男,65 岁,因病去世。护士为其进行尸体护理,哪一项描述是**错误**的
    A. 可以热敷死者僵硬关节,以协助穿衣
    B. 使尸体仰卧,并置放枕头
    C. 移除义齿,以防脱落
    D. 将棉球塞入鼻孔、耳朵及肛门
    E. 侵入性导管拔除后,伤口需缝合,以维护死者皮肤完整性

34. 患者,男性,65 岁,因病逝去。护士在进行尸体护理时,**不正确**的是
    A. 患者如有义齿应装上,避免脸部变形
    B. 尸体仰卧,头下垫一软枕
    C. 传染患者按隔离技术进行尸体护理
    D. 洗脸,闭合眼睑
    E. 家属如不在,护士应清点遗物,而后交予家属

35. 某传染病患者,在医院病故。护士用消毒液清洁尸体后,填塞尸体孔道的棉球应浸有
    A. 过氧化氢溶液　　　　B. 生理盐水
    C. 乙醇　　　　　　　　D. 1%氯胺溶液
    E. 碘酊

A₃/A₄ 型题

(36、37 题共用题干)
　　患者,男,32 岁。车祸大出血至多器官衰竭,抢救无效死亡,护士小王准备为其做尸体料理。

36. 尸体护理时,将尸体放平,头下垫一软枕的目的是
    A. 保持良好姿势
    B. 防止下颌骨脱位
    C. 便于进行尸体护理操作
    D. 避免头面部淤血变色
    E. 接近自然状态

37. 小王对死者家属的护理,**不包括**
    A. 说明患者的病情及抢救过程
    B. 对患者遗物的整理与移交
    C. 态度真诚,表达同情、理解
    D. 有条件者,做好对死者家属的随访
    E. 尸体护理时,请家属在旁以便安慰

(38～40 题共用题干)
　　患者,女性,48 岁。因乳腺癌住院,现患者情绪低落,常常哭泣,焦虑不安。

38. 患者此时心理反应为
    A. 否认期　　　　　　　B. 愤怒期
    C. 协议期　　　　　　　D. 忧郁期
    E. 接受期

39. 对于患者的护理,正确的是
    A. 说服患者理智面对病情
    B. 热情鼓励,帮助其树立信心
    C. 指导用药,减轻患者痛苦
    D. 安排患者与亲朋好友会面,让家属陪伴在身旁
    E. 对患者的任何反应不表态、不作为

40. 患者最后因癌肿全身扩散逝去。护士为其进行尸体护理,**不妥**的是
    A. 尸体放平,头下垫一软枕
    B. 装上义齿
    C. 用棉花填塞孔道
    D. 对患者遗物的进行清点并移交家属
    E. 尸体护理时,请家属在旁以便安慰

参考答案

1～5 DBEEC　6～10 DDCEB　11～15 CCEBA
16～20 AAADE　21～25 DBEBC　26～30 BABED
31～35 EBCED　36～40 DEDDE

第16章　医疗与护理文件书写

```
考点提纲栏——提炼教材精华，突显高频考点
```

第1节　概　　述

一、医疗和护理文件的重要性

1. 提供患者的治疗信息
2. 提供教学和科研的重要资料
3. 提供评价依据
4. 提供法律的证明文件

★二、医疗和护理文件的书写要求

1. 及时：应实时记录，若因抢救危重患者，未能及时记录时，应在抢救后6小时内补记。
2. 准确：记录内容应准确、真实，不可主观臆断。
3. 完整：眉栏、页码及各项记录填写完整，记录者应签全名。
4. 简明扼要：记录内容应简明扼要、语句通顺、重点突出，使用医学术语应确切。
5. 清晰：字体清楚、端正，不出格、不跨行，不可任意涂改或剪贴。若书写错误时，应在相应文字上画双横线，就近书写正确文字，并签全名。

三、医疗和护理文件保管要求

1. 按规定放置。
2. 保持清洁、完整，防止污染、破损、拆散和丢失。
3. 患者及家属有权复印体温单、医嘱单及护理记录单。
4. 妥善保管。★住院期间病历由病房保管，出院病历应送病案室保存，保存时间为30年。

第2节　护理文件的书写

一、体温单

1. 住院期间排在病历首页位置。

★2. 体温单上各项目的记录方法
- （1）眉栏用蓝笔或黑笔填写。
- （2）在40～42℃横线之间：★用红笔在40～42℃横线之间相应时间栏内，纵向填写入院、手术、分娩、转入、转科、出院、死亡等项目，除手术不写具体时间外，其余均按24小时制用中文填写时间，如"×时×分"。

1)口温符号为蓝"●",腋温符号为蓝"×",肛温符号为蓝"○",相邻两种符号用蓝线相连。

2)降温半小时后所测得的温度,绘在降温前温度符号的同一纵格内,用红"○"表示,以红虚线与降温前的温度符号相连。

(3)**体温曲线**
的绘制

3)体温不升(≤35℃)者,于35℃线处画蓝"●",于蓝点处向下画"↓"表示,长度不超过两小格。亦可在35℃以下相应时间栏内用黑(蓝)笔纵向写上"体温不升"。

4)有疑义的体温经核实后用蓝笔在其上方标上"v"字。

5)如因患者拒测、外出进行诊疗活动或请假等,未测量体温,应在34~35℃之间用黑(蓝)笔纵向写上"拒测"、"外出"、"请假"等,前后两次体温断开不连接。

1)脉搏符号用红"●"表示,相邻脉搏符号用红线连接。

2)当体温与脉搏符号重叠时,先绘制体温符号,再将脉搏符号用红圈画于其外。

★**(4)脉搏曲线的绘制**

3)脉搏短绌时,需同时绘制心率和脉率。心率用红"○"表示,相邻心率符号之间用红直线相连,在心率与脉搏曲线之间用红直线填满。

★**2. 体温单上各项**
目的记录方法

(5)呼吸曲线的绘制:呼吸次数用蓝笔以阿拉伯数字记录,相邻两次呼吸次数应上下错开;也可绘制呼吸曲线,符号为蓝"●";患者使用辅助呼吸时,用黑(蓝)笔在35℃以下,相应的时间栏内纵向写上"辅助呼吸"或"停辅助呼吸",亦可用黑色"A"表示。

1)除皮试阳性结果用红笔填写外,其余各项用蓝笔填写,数据用阿拉伯数字记录,免写计量单位。

★2)大便次数的记录:每24小时填写前1日大便的次数。**未解大便记"0"**;大便失禁或假肛用"※"表示,灌肠用"E"表示,灌肠后大便1次用"1/E"表示,灌肠1次后无大便用"0/E"表示,灌肠前有1次大便,灌肠后又大便2次用"1 2/E"表示。

(6)体温单底栏
填写要点

3)出入液量:在相应栏内填写前1日24小时的总入量或总出量。

4)尿量:填写前1日24小时的总尿量。

5)体重:新入院患者当日应测体重并记录,住院期间每周至少记录1次。若因病情不能测量,可填写"卧床"。

★二、医嘱单的处理

(1)长期医嘱:★有效时间在24小时以上,医生注明停止后失效。

(2)临时医嘱:★有效时间在24小时以内,应在短时间内执行,一般仅执行**1次**。即刻执行医嘱(即"St"医嘱),需在15分钟内执行。

1. 医嘱的种类

★1)长期备用医嘱(prn):有效时间在24小时以上,必要时用,由医生注明停止时间后失效。

(3)备用医嘱

★2)临时备用医嘱(SOS):仅在医生开写时起12小时内有效,必要时执行1次,过期尚未执行则失效。

2. 医嘱处理的原则:★先急后缓,先临时后长期,先执行后抄写。即先执行临时医嘱,再执行长期医嘱,最后转抄到治疗单上,执行者签全名。

(1)临时医嘱:医生直接写在临时医嘱单上。护士先将其转抄到各种临时治疗单或治疗卡上,需立即执行临时医嘱应安排护士马上执行,注明执行时间并签全名。

(2)长期医嘱:医生直接写在长期医嘱单上。护士先将其分别抄至各种长期治疗单或治疗卡上,核对后签全名。

(3)长期备用医嘱:医生直接写在长期医嘱单上。需要时,护士每次执行后在临时医嘱单上记录,注明执行时间并签全名。

3. 医嘱的处理方法

(4)临时备用医嘱:医生直接写在临时医嘱单上,12 小时内有效。执行后注明执行时间并签全名。**过期未执行**自动失效,★由护士在该医嘱后用红笔注明"未用"两字。

(5)停止医嘱:医生在医嘱单某项医嘱停止栏内注明停止日期、时间,并签名后,该项医嘱即失效。护士应在各种医嘱执行单或治疗卡上注销该项医嘱,注明停止日期、时间,并签全名。

(6)重整医嘱:长期医嘱调整项目较多,或患者转科、手术、分娩时,需重整医嘱。医生重整医嘱后,护士应两人核对该患者所有医嘱执行单和各种治疗卡,核对无误后,签名。

4. 医嘱处理的注意事项

(1)医嘱必须经医生签名后方为有效,★一般情况下不执行口头医嘱,**在抢救或手术过程中医生提出口头医嘱时,护士必须向医生复诵一遍,双方确认无误后方可执行,抢救或手术后医生需及时补写医嘱**,医护双方补签名,并注明执行时间。

(2)严格医嘱查对制度,做到执行核对,每班查对,每日总核对。

(3)凡需要下一班执行的临时医嘱要交班,并在护士交班记录本上注明。

二、特别护理记录单的记录要点

1. 常用于危重、抢救、大手术后、特殊治疗后需要严密观察病情变化的患者。

2. 记录内容包括:生命体征、意识、瞳孔、出入液量、用药情况、病情变化、各种治疗、护理措施及其效果等。

3. 详细记录患者的病情动态、治疗和护理措施,并签全名。★上午 7 时至下午 7 时用蓝笔记录,下午 7 时至**次晨 7 时用红笔记录**。亦可按要求 24 小时均采用蓝笔记录,12 小时或 24 小时出入液量统计时,用红笔在相应栏目上、下双线标识。

4. 24 小时出入液量应于次晨总结,并填写在体温单相应栏内。

四、病室护理交班报告

书写顺序

(1)填写眉栏各项:用蓝笔填写。

(2)书写交班报告的顺序:★**按出院、转出、死亡、新入院、转入、病危、病重、手术、分娩等顺序逐项填写**,每项依床号顺序排列。

模拟试题栏——识破命题思路,提升应试能力

一、专业实务

A_1 型题

1. 医疗文件的书写要求**不**包括
　　A. 描述生动形象　　B. 记录及时准确
　　C. 内容简明扼要　　D. 医学术语正确
　　E. 记录者签全名

2. 出院后医疗护理文件应保管于
　　A. 出院处　　B. 住院处

锦囊妙记

书写交班报告顺序:先出后入再危重,术后、分娩、准备、突变化。

C. 医务处   D. 护理部

E. 病案室

3. 患者出院后,病历保存时间为

   A. 5 年   B. 10 年

   C. 15 年   D. 20 年

   E. 30 年

4. 在体温单上,人便失禁的记录符号为

   A. "○"   B. "●"

   C. "×"   D. "E"

   E. "※"

5. 关于执行医嘱的原则描述,错误的是

   A. 执行中必须认真核对

   B. 医嘱必须有医生签名

   C. 医嘱均需立刻执行

   D. 如有疑问的医嘱必须核对清楚后再执行

   E. 护士执行医嘱后需签全名

6. 病区报告书写顺序是

   A. 离开病区患者→新入院患者→重危患者→一般患者

   B. 新入院患者→重危患者→离开病区患者→一般患者

   C. 一般患者→重危患者→新入院患者→离开病区患者

   D. 重危患者→新入院患者→离开病区患者→一般患者

   E. 重危患者→新入院患者→一般患者→离开病区患者

A₂ 型题

7. 护士李某,在给病区一名病情危重的患者实施抢救后,补写护理记录,书写过程中发现有错别字,她应该采用的处理方法是

   A. 用双线划在错字上,就近书写正确的文字,签全名

   B. 把原记录涂黑,在旁边写上正确的字

   C. 采用刮、粘、涂等方法掩盖或去除原来的字迹

   D. 用红笔注明"取消"字样并签全名

   E. 为了保持病历美观,重抄整页护理记录单

8. 某病区护士,配合医生为一名病情危重的患者实施抢救,执行口头医嘱时,不妥的是

   A. 一般情况下不执行口头医嘱

   B. 在抢救或手术过程中可执行

   C. 护士必须向医生复诵一遍医嘱

   D. 双方确认医嘱无误后方可执行

E. 抢救后,护士须及时补写医嘱,并签全名

9. 护士张某在为患者书写体温单时,填写方法错误的是

   A. 有疑义的体温经核实后用蓝笔在其上方标上"v"字。

   B. 底栏除皮试阳性用红笔填写"(＋)"外,其余均用黑(蓝)笔填写

   C. 用蓝笔在 40～42℃横线之间相应时间栏内,纵行填入院时间

   D. 脉搏与体温重叠时,则先画体温,再将脉搏用红圈画于其外

   E. 呼吸次数用蓝笔以阿拉伯数字记录,相邻两次呼吸次数应上下错开

10. 患者,男性,35 岁。生食毛蚶后患甲型病毒性肝炎。医嘱:消化道隔离。此项医嘱属于

   A. 临时医嘱   B. 长期医嘱

   C. 临时备用医嘱   D. 长期备用医嘱

   E. 即刻执行的医嘱

11. 患者,男性,37 岁。急性胰腺炎伴意识模糊入住 ICU,其特护记录单记录的内容不包括

   A. 护理措施   B. 生命体征

   C. 出入液量   D. 神志、瞳孔

   E. 患者社会关系

12. 患者,男性,50 岁。行胃大部切除手术,于 14:00 时返回病房,生命体征稳定。医嘱:哌替啶 50mg im q6h prn。此医嘱属于

   A. 临时医嘱   B. 长期医嘱

   C. 长期备用医嘱   D. 即刻执行的医嘱

   E. 临时备用医嘱

13. 患者,女性,40 岁。行背部手术后感到疼痛,为减轻患者疼痛,14:00 时医生开出医嘱:安那度(阿法罗定)10mg im SOS。此项医嘱的失效时间是

   A. 晚 8 时   B. 第 2 日下午 2 时

   C. 晚 12 时   D. 第 2 日凌晨 2 时

   E. 医生注明的停止时间

14. 患者,男性,36 岁。拟于次日行阑尾切除手术,术前晚患者主诉入睡困难,医生开出医嘱:地西泮 5mg SOS po。护士正确执行该医嘱的方法是

   A. 可执行多次

   B. 需立即执行

   C. 12 小时未执行即失效

   D. 24 小时以内都视为有效

   E. 在医生未注明失效时可随时执行

15. 患者，男性，因阑尾切除术后，医生为其开写"术后医嘱"，以下哪项不妥
 A. 在最后一项医嘱下划一红线
 B. 线下止中用蓝(黑)笔写"手术后医嘱"
 C. 红线以上长期医嘱仍有效
 D. 开写术后医嘱者签全名
 E. 护士两人认真核对后执行

16. 患者，女性，38 岁。因车祸入院，现处于昏迷状态，10:00 时医生开出医嘱:吸痰 prn。此项医嘱的失效时间是
 A. 当日 18:00 时　　　B. 当日 20:00 时
 C. 当日 22:00 时　　　D. 次日 10:00 时
 E. 医生在该医嘱停止栏注明停止时间

17. 患者，男性，59 岁。疑为"十二指肠溃疡并发出血"而入院。医生开出下列医嘱，其中属于长期医嘱的是
 A. 奥美拉唑(洛赛克)20mg po bid
 B. 血常规
 C. 大便隐血试验
 D. 5%葡萄糖 500mL 西咪替丁 0.4mg ivdrip St
 E. 胃镜检查

18. 护士李红在 16:00 时巡视病室后，书写交班报告，首先应写的是
 A. 5 床,李某,于 10:30 时转科
 B. 10 床,张某,于 15:00 时入院
 C. 13 床,王某,于 8:20 时手术
 D. 27 床,吴某,病情危重
 E. 30 床,肖某,于 14:30 时行胸腔穿刺术

A₃/A₄ 型题

(19、20 题共用题干)

 患者，男性，68 岁。因"肝癌晚期"入院，入院后第 1 天出现肝区疼痛，医嘱:哌替啶 10mg im SOS。

19. 该医嘱属于
 A. 临时医嘱　　　B. 长期医嘱
 C. 长期备用医嘱　　　D. 临时备用医嘱
 E. 立即执行医嘱

20. 对该医嘱描述正确的是
 A. 一般只执行 1 次
 B. 有效时间在 24 小时以上
 C. 在医生注明停止时间后失效
 D. 有效时间在 12 小时以内
 E. 两次执行之间需有时间间隔

(21、22 题共用题干)

 患者，男性，55 岁。诊断:胃癌。入院行胃癌择期手术，手术当天 8:00 时送手术室在全麻下行胃癌根治术，14:00 时术后返回病室。

21. 患者回病室后，护士处理医嘱时，应先执行哪一项
 A. 吸氧 St
 B. 0.9%氯化钠 100ml 头孢拉定 3g ivdrip bid
 C. 测血压 bid
 D. 一级护理
 E. 外科护理常规

22. 当天护士书写交班报告时，应将患者作为下述哪类患者进行交班
 A. 危重患者　　　B. 转入患者
 C. 新入院患者　　　D. 转出患者
 E. 手术患者

(23～26 题共用题干)

 患者，男性，69 岁。有高血压病史 10 年，患者在家看足球时，突然出现剧烈头痛伴呕吐，随即昏迷，家人将其送入医院，查体:两侧瞳孔对光反射消失，不等大。

23. 医生立即开出下列医嘱，其中属于临时医嘱的是
 A. 吸氧　　　B. 测血压 qh
 C. 安置头高足低位
 D. 5%葡萄糖氯化钠 500ml ivdrip qd
 E. 20%甘露醇 250ml ivdrip St

24. 医生决定立即送患者至手术室进行手术，术前医嘱"阿托品 0.5mg H St"，护士接到医嘱首先做的是
 A. 即刻给患者皮下注射阿托品 0.5mg
 B. 将医嘱转抄至长期治疗单上
 C. 将医嘱转抄至临时治疗单上
 D. 在该项医嘱前用红笔打"√"
 E. 将医嘱转抄至交班报告上,以便下一班次护士查阅

25. 手术后，医生给患者开出长期医嘱"测量血压 qh"，护士接到医嘱后正确的处理方法是
 A. 将医嘱转抄至注射单上
 B. 将医嘱转抄至口服药单上
 C. 将医嘱转抄至长期治疗单上,并建立"危重患者护理记录单"
 D. 将医嘱转抄至临时治疗单上,并建立"危重患者护理记录单"
 E. 将医嘱转抄至输液卡上,交执行护士执行

26. 护士给患者处理医嘱时,下列哪项不妥
    A. 一般先执行临时医嘱,后执行长期医嘱
    B. 一般不执行口头医嘱
    C. 转抄医嘱后须两人核对无误后执行
    D. 为确保执行医嘱准确,所有医嘱必须先转抄医嘱后执行
    E. 严格查对制度,做到班班核对,每班查对,每日总核对

二、实践能力

A₁型题

27. 因抢救危急患者,未能及时书写护理记录,应在抢救结束后多长时间内据实补记
    A. 2h   B. 3h
    C. 4h   D. 6h
    E. 8h

28. 护理记录单的记录方法正确的是
    A. 眉栏用铅笔填写
    B. 日间用红笔
    C. 夜间用蓝笔
    D. 护理记录单不属于病案
    E. 总结24小时出入量后记录于体温单上

A₂型题

29. 患者,男性,43岁。因"肺部感染"入院,入院后测体温39.6℃,护士给予患者物理降温措施,半小时后测量体温38.3℃,降温后体温的绘制符号是
    A. 红虚线红点   B. 红虚线红圈
    C. 蓝虚线蓝点   D. 蓝虚线蓝圈
    E. 红实线红圈

30. 患者,男性,72岁。护士观察病情时发现其"脉搏短绌",在体温单上绘制所测得心率与脉搏的方法是
    A. 心率红点,脉搏红圈,两者之间蓝直线相连
    B. 心率红点,脉搏红圈,两者之间红直线相连
    C. 脉搏红点,心率红圈,两者之间红直线相连
    D. 脉搏红点,心率红圈,两者之间蓝直线相连
    E. 心率红点,脉搏红圈,两者之间红虚线相连

31. 患者,男性,68岁。因"直肠癌"入院,需行直肠癌根治术,术前进行大量不保留灌肠,护士在体温单上记录为"1 2/E",其表示
    A. 灌肠后排便1次,自行排便2次
    B. 灌肠后排便一天2次
    C. 灌肠后排便两天1次
    D. 两次灌肠后排便1次

E. 自行排便1次,灌肠后排便2次

32. 患者,男性,45岁。行肺叶切除术,术后返回病室。责任护士对患者进行一级护理,书写特别护理记录单的方法正确的是
    A. 眉栏填写用蓝笔
    B. 上午7时至下午7时用红笔填写
    C. 总结12小时出入液量后记录于体温单上
    D. 护理记录采用PO格式
    E. 总结24小时出入液量时,在相应文字栏用蓝笔画上、下双线标识

33. 患者,男性,60岁。今日行胃大部切除术。为减轻患者伤口疼痛,医生开出术后医嘱:哌替啶50mg im q6h prn。执行该项医嘱时,护士做法不正确的是
    A. 执行医嘱时,需两人核对
    B. 执行前需了解上次的执行时间
    C. 在临时医嘱栏内记录执行时间
    D. 两次执行的间隔时间在6小时以上
    E. 24小时未执行,护士用红笔写"未用"

34. 患者,男性,因骨折住院接受手术,手术第1天有q4h prn给予止痛剂的医嘱,护士在执行此医嘱时做法正确的是
    A. 将医嘱转抄在临时医嘱单
    B. 每隔4小时有规律地给予患者止痛剂
    C. 每当患者主诉疼痛时,立即给予止痛剂
    D. 患者主诉疼痛时,每间隔4小时可给予1次止痛剂
    E. 当患者提出服药要求时,立即给予止痛剂

35. 患者,女性,64岁。入院后择期行肝叶切除术,护士在处理其医嘱时需注意的以下事项中,哪一项是不正确的
    A. 医嘱必须经医生签名后方有效
    B. 医嘱须每日核对
    C. 凡需下一班执行的医嘱要交班
    D. 需交班的医嘱要写在病区交班记录本上
    E. 饮食单、透视单、会诊单、检验单等要立刻送有关科室

A₃/A₄型题

(36~38题共用题干)

患者,女性,75岁。近日因天气变化,急性哮喘发作急诊入院治疗。

36. 当医生检查患者后,开出医嘱:吸氧 St。该医嘱属于
    A. 长期医嘱   B. 立即执行的医嘱

C. 长期备用医嘱   D. 临时备用医嘱

E. 定期执行医嘱

37. 护士在执行该项医嘱时,必须在多长时间内完成

A. 15 分钟   B. 30 分钟

C. 4 小时   D. 12 小时

E. 24 小时

38. 评估患者的情况后,护士下班时最需要交班的内容是

A. 患者食欲下降   B. 患者尿量增多

C. 患者烦躁不安   D. 患者睡眠不佳

E. 患者呼气时有哮鸣音

(39~41题共用题干)

患者,女性,56 岁。2 小时前因上腹部剧烈疼痛伴恶心、呕吐 1 次,30 分钟后突然晕厥、出冷汗伴濒死感于 14:30 急诊入院。入院时查体:体温 38.5℃,脉搏 102 次/min,呼吸 22 次/min,血压 70/50mmHg。

39. 护士为该患者填写入院时间时,正确的记录方法是

A. 在体温单 40·~42℃ 横线之间,相应时间栏内用蓝笔纵行书写

B. 在体温单 <35℃ 横线下,相应时间栏内用红笔纵行书写

C. 在体温单 40~42℃ 横线之间,相应时间栏内用红笔纵行书写

D. 在体温单 <35℃ 横线下,相应时间栏内用蓝笔纵行书写

E. 在体温单底栏书写

40. 护士把所测得的生命体征填写在体温单上,正确的绘制方法是

A. 呼吸的记录符号为红"○"

B. 体温的记录符号为蓝"×"

C. 脉搏的记录符号为红"○"

D. 物理降温后的体温以蓝"×"表示

E. 血压用红笔填写在体温单的底栏

41. 入院后,护士给患者复查体温,T 39.6℃,立即报告医生,并遵医嘱给予物理降温,30min 后复测体温为 38.7℃,此时应

A. 在降温前体温的相应纵栏内以红"○"表示,并用红虚线与降温前体温相连

B. 在降温前体温的相应纵栏内以蓝"○"表示,并用蓝虚线与降温前体温相连

C. 在降温前体温的相应纵栏内以蓝"×"表示,并用蓝虚线与降温前体温相连

D. 在降温前体温的相应纵栏内以红"×"表示,并用红虚线与降温前体温相连

E. 在降温前体温的相应纵栏内以红"○"表示,并用红直线与降温前体温相连

42. 结合实验室检查:白细胞 11.9×10^9/L,血沉 26mm/h。心电图 $V_1 \sim V_5$ 导联 ST 段抬高。诊断为急性广泛性前壁心肌梗死。护士需为患者立即执行的医嘱是

A. 禁食

B. 记录 24 小时出入液量

C. 一级护理

D. 哌替啶 50mg im St

E. 10% 葡萄糖 500ml 10% 氯化钾 15ml 胰岛素 8U ivdrip qd

参考答案

1~5 AEEEC   6~10 AACEB   11~15 ECDCC

16~20 EAADD   21~25 ACEAC   26~30 DDEBC

31~35 EAEDE   36~40 BAECB   41~42 AD

第2篇 法律法规与护理管理

第17章 与护士执业注册相关的法律法规

考点提纲栏——提炼教材精华，突显高频考点

第1节 护 士 条 例

★《护士条例》于2008年5月12日开始实施，《护士条例》对护士执业注册、权利和义务、医疗卫生机构的职责、法律责任等进行了详细的规定。护士必须经执业注册取得护士执业证书，依照《护士条例》规定从事护理活动。

一、护士执业注册应具备的基本条件

按照《护士条例》的要求，申请护士执业注册应当具备以下四个条件：

1. 具有完全民事行为能力。

2. 在中等职业学校、高等学校完成教育部和卫生部规定的**普通全日制3年以上**的护理、助产专业课程学习，包括在教学、综合医院★完成**8个月以上**护理临床实习，并取得相应学历证书；强调凡申请护士注册资格必须具备两个基本条件：一是专业的要求，必须接受过护理专业教育；二是学历要求，必须取得普通中等卫(护)校的毕业文凭或高等医学院校专科以上毕业文凭。

3. 通过卫生部组织的护士执业资格考试。

4. 符合国务院卫生主管部门规定的健康标准 { (1)无精神病史。
(2)无色盲、色弱、双耳听力障碍。
(3)无影响履行护理职责的疾病、残疾或者功能障碍。

二、护士执业中的医疗卫生机构的职责

护士条例中规定了医疗卫生机构三方面的职责：

1. 按照卫生部要求配备护理人员。

2. 保障护士合法权益 { (1)应当为护士提供卫生防护用品，并采取有效的卫生防护措施和医疗保健措施。
(2)应当执行国家有关工资、福利待遇等规定，按照国家有关规定为在本机构从事护理工作的护士足额缴纳社会保险费用。
(3)对在艰苦边远地区工作，或者从事直接接触有毒有害物质、有感染传染病危险工作的护士，所在医疗卫生机构应当按照国家有关规定给予津贴。
(4)应当制定、实施本机构护士在职培训计划，并保证护士接受培训；根据临床专科护理发展和专科护理岗位的需要，开展对护士的专科护理培训。

3. 加强护士管理

(1) 应当按照卫生部的规定,设置专门机构或者配备专(兼)职人员负责护理管理工作;★不得允许未取得护士执业证书的人员、未依照条例规定办理执业地点变更手续的护士以及护士执业注册有效期满未延续执业注册的护士在本机构从事诊疗技术规范规定的护理活动;在教学、综合医院进行护理临床实习的人员应当在护士指导下开展有关工作。

(2) 应当建立护士岗位责任制并进行监督检查。

三、护士执业中的法律责任

1. 医疗卫生机构的法律责任

(1) 医疗卫生机构违反条例规定,护士配备数量低于配备标准的;或允许未取得护士执业证书的人员或者允许未依照条例规定办理执业地点变更手续、延续执业注册的护士在本机构从事诊疗技术规范规定的护理活动的,由县级以上地方人民政府卫生主管部门责令限期改正,给予警告;逾期不改正的,将会受到核减其诊疗科目,或者暂停 **6 个月以上 1 年以下**执业活动处理。

(2) 医疗卫生机构未执行国家有关工资、福利待遇等规定的;对在本机构从事护理工作的护士,未按照国家有关规定足额缴纳社会保险费用的;未为护士提供卫生防护用品,或者未采取有效的卫生防护措施、医疗保健措施的;对在艰苦边远地区工作,或者从事直接接触有毒有害物质、有感染传染病危险工作的护士,未按照国家有关规定给予津贴的,将会受到有关法律、行政法规的规定给予处罚。

2. 护士执业中的法律责任

(1) 护士执业过程中违反法定义务应当承担的法律责任《护士条例》规定,护士在执业活动中有下列情形之一的,由县级以上地方人民政府卫生主管部门依据职责分工责令改正,给予警告;情节严重的,暂停其 6 个月以上 1 年以下执业活动,直至由原发证部门吊销其护士执业证书

1) 发现患者病情危急未立即通知医师的。

2) 发现医嘱违反法律、法规、规章或者诊疗技术规范的规定,未依照本条例第十七条的规定提出或者报告的。

3) 泄露患者隐私的。

4) 发生自然灾害、公共卫生事件等严重威胁公众生命健康的突发事件,不服从安排参加医疗救护的。护士在执业活动中造成医疗事故的,依照医疗事故处理的有关规定承担法律责任。

(2) 承担法律责任有三种形式:警告、暂停执业活动和吊销其护士执业证书的,并且一旦被吊销其执业证书的,自执业证书被吊销之日起 **2 年**内不得申请执业注册。同时所受到的行政处罚、处分的情况被记入护士执业不良记录。

第 2 节　护士的执业注册申请与管理

一、护士首次执业注册

护士首次执业注册应当自通过护士执业资格考试之日起★**3 年**内提出执业注册申请,提交学历证书及专业学习中的临床实习证明、护士执业考试成绩合格证明、健康体检证明以及医疗卫生机构拟聘用的相关材料,接受审核。★**护士执业注册有效期为 5 年。**

二、护士变更执业注册

执业地点发生变化的,应办理执业注册变更。护士变更执业注册也需提交护士变更注册申请审核表和申请人的《护士执业证书》,受理及注册机关应在 7 个工作日内进行审查,护士变更注册后其执业许可期限也为★**5 年。**

三、护士延续执业注册

护士执业注册有效期届满需要继续执业的,应当在护士执业注册有效期届满前 30 日向执业地省、自治区、直辖市人民政府卫生主管部门申请延续注册。

四、护士重新执业注册

对注册有效期届满未延续注册的、吊销《护士执业证书》处罚,自吊销之日起满 2 年的护理人员,需要重新进行执业注册。

模拟试题栏——识破命题思路,提升应试能力

专业实务

A₁ 型题

1.《护士条例》的根本宗旨是
   A. 维护护士合法权益
   B. 促进护理事业发展,保障医疗安全和人体健康
   C. 规范护理行为
   D. 保持护士队伍稳定
   E. 保证护理专业性

2. 申请注册的护理专业毕业生,应在教学或综合医院完成临床实习,其时限至少为
   A. 6 个月　　　　　　B. 3 个月
   C. 8 个月　　　　　　D. 10 个月
   E. 12 个月

3.《护士条例》实施的时间是
   A. 1993 年 3 月 26 日　　B. 1994 年 1 月 1 日
   C. 2008 年 1 月 31 日　　D. 2008 年 5 月 12 日
   E. 2004 年 5 月 20 日

4. 以下可作为申请护士执业注册的学历证书是
   A. 成人高等学校全日制护理专业专升本毕业证书
   B. 普通中等专业学校三年全日制普通中专毕业证书
   C. 普通高等学校夜大护理学专业大专毕业证书
   D. 高等教育自学考试护理学专业本科毕业证书
   E. 重点高等医学教育机构网络教育毕业证书

5. 护士执业注册的有效期为
   A. 2 年　　　　　　　B. 5 年
   C. 8 年　　　　　　　D. 10 年
   E. 终生

6. 取得以下哪种法律文书就代表持有者具备护士执业资格,可以从事护理专业技术活动
   A. 护士执业证书
   B. 高等医学院校护士专业毕业证书
   C. 专科护士培训合格证书
   D. 护士资格证书
   E. 护理员合格证书

7. 护士申请延期注册的时间应为
   A. 有效期届满前半年　　B. 有效期届满前 30 天
   C. 有效期届满日　　　　D. 有效期届满后 30 天
   E. 有效期届满后半年

8.《护士条例》中规定
   A. 护士注册的有效期为 1 年且需连续注册
   B. 中断注册者如再注册必须按有关规定参加临床实践 6 个月
   C. 中断注册 3 年以上者将不予再次注册
   D. 护生进行专业实习须在护士的指导下进行
   E. 护士严禁泄露就医者隐私

9. 申请护士执业注册应具备的条件,下列哪项**除外**
   A. 具有完全民事行为能力
   B. 在中等职业学校、高等学校完成教育部和卫生部规定的普通全日制 3 年以上的护理专业并取得相应学历证书
   C. 通过卫生部组织的护士执业资格考试
   D. 符合卫生部规定的健康标准
   E. 有 1 年临床护理工作经验

10. 护士在执业过程中,应当遵守的法律法规,**不包括**
    A. 卫生法律　　　　　　B. 卫生法规
    C. 卫生部门规章　　　　D. 卫生诊疗技术规范
    E. 卫生监督

11.《护士条例》规定的医疗卫生机构的职责**不包括**
    A. 按照卫生部的要求配备护士
    B. 为护士办理执业注册
    C. 保障护士合法权益
    D. 明确护理责任

E. 加强护士管理

12. 关于《护士条例》,以下说法正确的是
   A. 自公布之日起生效
   B. 只对护士有规范
   C. 没有约束力
   D. 由全国人大常委会公布实施
   E. 属于专业规章

13. 护士从事护理活动唯一合法的法律文书是
   A.《护士条例》
   B. 护士执业证书
   C. 护理或助产专业毕业证书
   D.《护士管理办法》
   E. 医疗事故处理条例

14. 关于医疗机构对护士在职培训的义务,叙述**不正确**的是
   A. 应当制定本机构护士在职培训计划
   B. 应当实施本机构的护士在职培训计划
   C. 保证接受培训
   D. 医疗机构仅应对本机构执业护士进行职培训
   E. 根据临床专科护理发展开展对护士的专科护理培训

15. 针对护士在职业活动中面临职业危害的问题,《护士条例》中**未做**以下规定
   A. 护士应当获得与其所从事的护理工作相适应的卫生防护、医疗保健服务
   B. 从事有感染传染病危险工作的护士,应当接受职业健康监护
   C. 不得要求护士从事直接接触有病毒有害物质的危险工作
   D. 护士患职业病的,有依照有关法律、行政法规的规定获得赔偿的权利
   E. 从事直接接触有毒有害物质的护士,应当按照国家有关规定给予津贴

16. 以下高(中)等医学院不同学制毕业生,**不能**申请护士执业注册的是
   A. 5年制大学本科　　B. 3年制大学专科
   C. 3年制中专　　D. 2年中专
   E. 2年研究生

17. 医疗卫生机构出现下列情形且逾期没有改正,可以暂停其6个月以上、一年以下执业活动的是
   A. 未为护士提供卫生防护用品
   B. 对从事直接接触有毒物质的护士,未按照国家有关规定给予津贴

C. 未按照国家有关规定为护士足额缴纳社会保险费用
   D. 允许未依照条例规定办理执业变更手续的护士在机构从事诊疗技术规范规定的护理活动
   E. 没有专科护士培训制度

18. 护士配备是否合理对其**无直接**影响的是
   A. 医院的工作质量　　B. 护理质量
   C. 患者安全　　D. 医院的经济效益
   E. 对患者的服务水准

19. 以下法规性文件,法律效力**最低**的是
   A.《护士条例》
   B.《中华人民共和国宪法》
   C.《中华人民共和国执业医师法》
   D.《医院感染管理办法》
   E.《中华人民共和国传染病法》

20. 医疗卫生机构配备护士的标准按照以下文件的相关规定,但**不包括**
   A.《综合医院组织编制原则(试行草案)》
   B.《突发公共卫生时间应急条例》
   C.《医疗机构基本标准》
   D.《医院管理评价指南》
   E.《卫生部医院质量管理评价指南》

21. 以下情形中,应撤销护士执业注册的,哪项除外
   A. 非卫生行政部门进行的护士执业注册
   B. 以欺骗、贿赂等不正当手段取得的护士执业注册
   C. 违反法定程序作出的护士执业注册
   D. 护士死亡或者丧失行为能力
   E. 违反护士管理办法

22. 护士在执业活动中出现的情形,**不适合**依照护士条例进行处罚的是
   A. 泄露患者隐私
   B. 发生公共卫生事件不服从安排参加医疗救护
   C. 因工作疏忽造成医疗事故
   D. 发现患者病情危急未及时通知医师
   E. 违反了医院诊疗技术规范,未出现明显不良反应

23. 取得以下哪种法律文书,就代表持有者具备护士执业资格,可以从事护理专业技术活动
   A. 护士执业证书
   B. 高等医学院校护理专业毕业证书
   C. 专科护士培训合格证书
   D. 护士资格证书
   E. 护理员资格证书

24. 关于护士执业注册的原则，正确的是
    A. 护士执业资格考试成绩合格者
    B. 依法注册后，终身有效
    C. 依法注册两年后才能从事护理工作
    D. 大学本科护理专业毕业的人员，可直接注册
    E. 有国外护士执业证书，可直接在中国执业

25. 以下属于行政法规的是
    A.《中华人民共和国民法通则》
    B.《护士条例》
    C.《中华人民共和国残疾人保障法》
    D.《中华人民共和国职业病防治法》
    E.《医院感染管理办法》

26. 我国对护士管理的法律是
    A.《护士法》
    B.《护士注册法》
    C.《护士考试法》
    D.《中华人民共和国护士管理办法》
    E.《护士条例》

27. 关于护士执业资格考试，正确的是
    A. 实行全国统考，但试卷各地不一
    B. 每年有春夏两次考试
    C. 各地、市根据自己实际情况组织考试
    D. 实行全国统一办法、统一组织、统一标准
    E. 每两年举行一次考试

A₂型题

(28、29 题共用题干)

护士小李首次护士执业注册时间是 2005 年 7 月 6 日。

28. 她再次申请延续注册的时间是
    A. 2007 年 7 月 6 日前　　B. 2010 年 7 月 6 日前
    C. 2011 年 7 月 6 日前　　D. 2010 年 6 月 6 日前
    E. 2011 年 6 月 6 日前

29. 申请延续注册应向哪个部门提出申请
    A. 当地派出所
    B. 所管辖的公安局
    C. 就业的医疗机构
    D. 执业地省、自治区、直辖市卫生主管部门
    E. 当地人事局

A₃/A₄型题

(30~32 题共用题干)

小陈 2007 年 7 月中专毕业，2008 年通过护士执业资格考试。

30. 她提出执业注册申请有效期是
    A. 2009 年 7 月前　　B. 2010 年 7 月前
    C. 2011 年 7 月前　　D. 2012 年 7 月前
    E. 不受时间限制

31. 护士执业注册申请需提交的资料，下列哪项**除外**
    A. 学历证书
    B. 专业学习中的临床实习证明
    C. 护士执业考试成绩合格证明
    D. 健康体检证明以及医疗卫生机构拟聘用的相关材料
    E. 婚姻证明

32. 护士执业注册的有效期
    A. 2 年　　　　　　　　B. 3 年
    C. 4 年　　　　　　　　D. 5 年
    E. 10 年

(33~35 题共用题干)

护士小张，从北京市某三甲医院调动到广州市某三甲医院担任护士长工作。

33. 小张到广州市某三甲医院工作，必须办理
    A. 护士变更执业注册
    B. 人事变动手续
    C. 健康证明
    D. 审核护士执业资格考试合格证明
    E. 医疗卫生机构拟聘用材料

34. 执业注册变更受理及注册机关在多少个工作日内审查
    A. 2 个工作日　　　　　B. 5 个工作日
    C. 7 个工作日　　　　　D. 10 个工作日
    E. 15 个工作日

35. 护士变更注册后其执业许可期限
    A. 1 年　　　　　　　　B. 2 年
    C. 3 年　　　　　　　　D. 4 年
    E. 5 年

参考答案

1~5 BCDBB　6~10 ABDEE　11~15 DABDC

16~20 DDDDB　21~25 DCAAB　26~30 EDEDC

31~35 EDACE

第18章 与护士临床工作相关的医疗法规

第1节 传染病防治法

《中华人民共和国传染病防治法》是在 1989 年 9 月起施行的传染病防治法的基础上,总结了传染病防治实践的经验与教训进行修订,2004 年 12 月 1 日起施行的。

修订后的传染病防治法列入的法定传染病共同 37 种,其中甲类 2 种,乙类 25 种,丙类 10 种。传染性非典型肺炎和人感染高致病性禽流感被列入乙类传染病,但按照甲类传染病管理。

一、立法目的和方针

制定本法的目的是为了预防、控制和消除传染病的发生与流行,保障人体健康和公共卫生。国家对传染病防治实行**预防为主的方针**,防治结合、分类管理、依靠科学、依靠群众。

二、医疗机构的职责

1. 医疗机构必须严格执行国务院卫生行政部门规定的管理制度、操作规范,防止传染病的医源性感染和医院感染。

2. 确定**专门的部门或者人员**,承担传染病疫情报告、本单位的**传染病预防、控制以及责任区域内的传染病预防工作**;承担医疗活动中与医院感染有关的危险因素监测、安全防护、消毒、隔离和医疗废物处置工作。

3. 医疗机构的基本标准、建筑设计和服务流程,应当符合预防传染病医院感染的要求。

4. 应当按照规定对使用的医疗器械进行消毒;按照规定对一次性使用的医疗器具进行废物处置。

5. 医疗机构应当按照国务院卫生行政部门规定的传染病诊断标准和治疗要求,采取相应措施,提高传染病医疗救治能力。

6. 医疗机构应当对传染病患者或者疑似传染病患者提供医疗救护、现场救援和接诊治疗,书写病历记录以及其他有关资料,并妥善保管。

7. 医疗机构应当实行传染病**预检、分诊制度**;对传染病患者、疑似传染病患者,应当引导至相对**隔离的分诊点进行初诊**。

三、传染病疫情报告、通报和公布

法律新设立了传染病疫情信息通报制度。隐瞒、谎报、缓报者将受惩处。**任何单位和个人发现传染病患者或疑似传染病患者时,应当及时向附近的疾病预防控制机构或者医疗机构报告。**依照本法的规定负有传染病疫情报告职责的人民政府有关部门、疾病预防控制机构、医疗机构、采供血机构及其工作人员,**不得隐瞒、谎报、缓报传染病疫情**。

四、疫情控制

1. 医疗机构发现甲类传染病时,应当及时采取下列措施
- (1) 对患者、病原携带者,予以隔离治疗,隔离期限根据医学检查结果确定;
- (2) 对疑似患者,确诊前在指定场所单独隔离治疗;
- (3) 对医疗机构内的患者、病原携带者、疑似患者的密切接触者,在指定场所进行医学观察和采取其他必要的预防措施。
- (4) 患甲类传染病、炭疽死亡的,应当将尸体立即进行卫生处理,就近火化。

2. 发生传染病疫情时,疾病预防控制机构和省级以上人民政府卫生行政部门指派的其他与传染病有关的专业技术机构,可以进入传染病疫点、疫区进行调查、采集样本、技术分析和检验。

第2节　医疗事故处理条例

国务院发布了新《医疗事故处理条例》,该条例于2002年9月1日起施行。条例就医疗事故的范围、鉴定、赔偿和处理作了详细的规定。

★一、医疗事故的构成要素

医疗事故是指医疗机构及其医务人员在医疗活动中,违反医疗卫生管理法律、行政法规、部门规章和诊疗护理规范、常规,过失造成患者人身损害的事故。"医疗事故"构成包括以下三方面内容。

1. 主体是医疗机构及其医务人员。

2. 行为的违法性:医疗事故是医疗机构及其医务人员因违反医疗卫生管理法律、行政法规、部门规章和诊疗护理规范、常规而发生的事故。

3. 过失造成患者人身损害:两个含义,一是"过失"造成的,即是医务人员的过失行为,而不是有伤害患者的主观故意,二是对患者要有"人身损害"后果。这是判断是否是医疗事故至关重要的一点。

4. 过失行为和后果之间存在因果关系:虽然存在过失行为,但是并没有给患者造成损害后果,这种情况不应该被视为医疗事故;虽然存在损害后果,但是医疗机构和医务人员并没有过失行为,也不能判定为医疗事故。

★二、医疗事故的分级

《医疗事故处理条例》第四条将医疗事故分为四级:

一级医疗事故:造成患者死亡、重度残疾的;

二级医疗事故:造成患者中度残疾、器官组织损伤导致严重功能障碍的;

三级医疗事故:造成患者轻度残疾、器官组织损伤导致一般功能障碍的;

四级医疗事故:造成患者明显人身损害的其他后果的。

对医疗事故进行分级,是公平公正处理医疗事故的关键。其直接涉及对患者的赔偿;涉及卫生行政部门对医疗事故的责权划分;也涉及对发生医疗事故的医疗机构和负有责任的医务人员的行政处罚。

三、医疗事故的预防与处置

1. 医疗机构及其医务人员在医疗活动中,必须严格遵守医疗卫生管理法律、行政法规、部门规章和诊疗护理规范、常规,恪守医疗服务职业道德。

2. 强调病历在诊疗中的重要性与病历书写的时效性。

3. 根据《病历书写基本规范(试行)》要求,病历书写应当客观、真实、准确、及时、完整。因抢救急危患者,未能及时书写病历的,有关医务人员应当在★抢救结束后6小时内据实补记,并加以注明。

4. 要保持病历完整权,★患者有权复印或者复制其门诊病历、住院志、体温单、医嘱单、化验单(检验报告)、医学影像检查资料、特殊检查同意书、手术同意书、手术及麻醉记录单、病理资料、护理记录以及国务院卫生行政部门规定的其他病历资料。

5. 严禁涂改、伪造、隐匿、销毁或者抢夺病历资料。

6. 医务人员在医疗活动中发生或者发现医疗事故、可能引起医疗事故的医疗过失行为或者发生医疗事故争议的,应当立即逐级上报,立即进行调查、核实,将有关情况如实向本医疗机构的负责人、所在卫生行政部门报告,并向患者通报、解释。

四、医疗事故的技术鉴定

条例规定医疗事故技术鉴定的法定机构是各级医学会。鉴定结论主要是分析

①医疗事故等级;
②医疗过失行为在医疗事故损害后果的责任程度;
③对医疗事故患者的医疗护理医学建议。

其中医疗事故中医疗过失行为责任程度分为:

★1. **完全责任**:指医疗事故损害后果完全由医疗过失行为造成。

2. 主要责任:指医疗事故损害后果主要由医疗过失行为造成,其他因素起次要作用。

3. 次要责任:指医疗事故损害后果主要由其他因素造成,医疗过失行为起次要作用。

4. 轻微责任:指医疗事故损害后果绝大部分由其他因素造成,医疗过失行为起轻微作用。

★不属于医疗事故的几种情形:

1. 在紧急情况下为抢救垂危患者生命而采取紧急医学措施造成不良后果的;

2. 在医疗活动中由于患者病情异常或者患者体质特殊而发生医疗意外的;

3. 在现有医学科学技术条件下,发生无法预料或者不能防范的不良后果的;

4. 无过错输血感染造成不良后果的;

5. 因患方原因延误诊疗导致不良后果的;

6. 因不可抗力造成不良后果的。

五、罚则

医务人员由于严重不负责任,造成就诊人死亡或者严重损害就诊人身体健康的,处三年以下有期徒刑或者拘役。该条文的罪名为(重大)医疗事故罪。

第3节 侵权责任法

《侵权责任法》自2010年7月1日起施行。该法主要解决民事权益受到侵害时引发的责任承担问题,对明确医疗损害责任,化解医患矛盾纠纷有重要意义。

★第55条规定:

1. 医务人员在诊疗活动中应当向患者**说明病情和医疗措施**
(1)需要实施手术、特殊检查、特殊治疗的,医务人员应当及时向患者说明医疗风险、替代医疗方案等情况,并**取得其书面同意**;
(2)**不宜向患者说明的,应当向患者的近亲属说明,并取得其书面同意**。

2. 医务人员未尽到前款义务,造成患者损害的,医疗机构应当承担赔偿责任。

第56条规定:因抢救生命垂危的患者等紧急情况,不能取得患者或者其近亲属意见的,经医疗机构负责人或者授权的负责人批准,可以立即实施相应的医疗措施。

第57条规定:医务人员在诊疗活动中未尽到与当时的医疗水平相应的诊疗义务,造成患者损害的,医疗机构应当承担赔偿责任。

★ 第58条规定:患者有损害,因下列情形之一的,推定医疗机构有过错:

1. 违反法律、行政法规、规章以及其他有关诊疗规范的规定;

2. 隐匿或者拒绝提供与纠纷有关的病历资料;

3. 伪造、篡改或者销毁病历资料。

第59条规定：因药品、消毒药剂、医疗器械的缺陷，或者输入不合格的血液造成患者损害的，患者可以向生产者或者血液提供机构请求赔偿，也可以向医疗机构请求赔偿。

第61条规定：医疗机构及其医务人员应当按照规定填写并妥善保管住院志、医嘱单、检验报告、手术及麻醉记录、病理资料、护理记录、医疗费用等病历资料。患者要求查阅、复制前款规定的病历资料的，医疗机构应当提供。如果医院隐匿或者拒绝提供与纠纷有关的病历资料；或者伪造、篡改或者销毁病历资料，可推定医疗机构有过错。

第62条规定：医疗机构及其医务人员应当对患者的隐私保密。泄露患者隐私或者未经患者同意公开其病历资料，造成患者损害的，应当承担侵权责任。

以下情形就可以属于侵犯患者隐私：第一，未经患者许可而允许学生观摩；第二，未经患者同意公开其病历资料；第三，乘机窥探与病情无关的身体其他部位；第四，其他与诊疗无关故意探秘和泄露患者隐私。但如患者有传染病、职业病以及其他涉及公益和他人利益的疾病就不应当隐瞒。

第4节 献 血 法

1.《中华人民共和国献血法》（以下简称《献血法》）自1998年10月1日起施行。

2. 我国★**实行无偿献血制度**，提倡18周岁至55周岁的健康公民自愿献血。

3. 血站是采集、提供临床用血的机构，是不以营利为目的的★**公益性组织**。

4. 血站对采集的血液必须进行检测；**未经检测或者检测不合格的血液，不得向医疗机构提供**。

第5节 其他相关条例

一、疫苗流通和预防接种管理条例

国务院**2005年3月16日**通过《疫苗流通和预防接种管理条例》，自**2005年6月1日**起施行。

1. 国家对儿童实行预防接种证制度
 (1) 在儿童出生后1个月内，其监护人应当到儿童居住地承担预防接种工作的接种单位为其办理预防接种证。
 (2) 接种单位对儿童实施接种时，应当查验预防接种证，并做好记录。

2. 医疗卫生人员在实施接种前，应当告知受种者或者其监护人所接种疫苗的品种、作用、禁忌、不良反应以及注意事项，询问受种者的健康状况以及是否有接种禁忌等情况，并如实记录告知和询问情况。受种者或者其监护人应当了解预防接种的相关知识，并如实提供受种者的健康状况和接种禁忌等情况。

二、艾滋病防治条例

2006年1月29日，国务院颁布《艾滋病防治条例》，于2006年3月1日起施行。艾滋病防治条例突出以下要点：

1. 社会因素在艾滋病的传播中起着重要的作用，这意味着对艾滋病的防治，需要全社会的参与。

2. 加强宣传教育。预防为主，**宣传教育为主是我国艾滋病控制的工作方针**。

3. 严格防控医源性感染，条例规定医疗机构和出入境检验检疫机构应当按照卫生部的规定，遵守标准防护原则，严格执行操作规程和消毒管理制度，防止发生艾滋病医院感染和医源性感染。

4. 条例明确规定了艾滋病病毒感染者、艾滋病患者及其家属的权利和义务。不得歧视艾滋病病毒感染者和艾滋病患者，要保障艾滋病病毒感染者和艾滋病患者的权利。

5. 财政保障艾滋病防治费用，免费提供多项医疗救助。

三、人体器官移植条例

中华人民共和国国务院常务会议通过《人体器官移植条例》，自2007年5月1日起施行。本条例强调以下重点：

(1) 公民享有捐献或者不捐献其人体器官的权利；任何组织或者个人不得强迫、欺骗或者利诱他人捐献人体器官。

(2) 捐献人体器官的公民应当具有完全民事行为能力。公民捐献其人体器官应当有书面形式的捐献意愿。

(3) 公民对已经表示捐献其人体器官的意愿的，有权随时予以撤销。

1. ★捐献人体器官，要严格遵循自愿、无偿的原则

(4) 公民生前表示不同意捐献其人体器官的，任何组织或者个人不得捐献、摘取该公民的人体器官；公民生前未表示不同意捐献其人体器官的，该公民死亡后，其配偶、成年子女、父母可以以书面形式共同表示同意捐献该公民人体器官的意愿。

(5) 任何组织或者个人不得摘取未满18周岁公民的活体器官用于移植。任何组织或者个人不得强迫、欺骗或者利诱他人捐献人体器官，也不得通过捐献人体器官牟取经济利益，这是开展人体器官捐献工作者必须遵守的两项基本原则。

2. 明确规定活体器官的接受人限于活体器官捐献人的配偶、直系血亲或者三代以内旁系血亲，或者有证据证明与活体器官捐献人存在因帮扶等形成亲情关系的人员。

3. 条例明确规定任何组织或个人**不得以任何形式买卖人体器官**，不得从事与买卖人体器官有关的活动。

4. 条例规定为了确保医疗机构提供的个人器官移植医疗服务安全、有效，条例对人体器官移植医疗服务规定了准入制度；同时，从医疗机构主动申报和卫生主管部门监督两个方面，规定了不再具备条件的医疗机构的退出制度。

模拟试题栏——识破命题思路，提升应试能力

专业实务

A₁型题

1. 法定传染病共有几种
   A. 2种 　　　　　　　　 B. 37种
   C. 25种 　　　　　　　　 D. 10种
   E. 30种

2. 《中华人民共和国传染病防治法》实施的时间
   A. 1989年9月1日 　　 B. 1994年1月1日
   C. 2008年1月31日 　　 D. 2004年12月1日
   E. 2004年5月12日

3. 《中华人民共和国传染病防治法》的传染病分为
   A. 甲类、乙类 　　　　　 B. 甲类、乙类、丙类
   C. 乙类、丙类 　　　　　 D. 甲类、乙类、丙类、丁类
   E. 甲类、乙类、丁类

4. 人感染高致病性禽流感是属于哪类法定传染病，发生流行时按哪类传染病管理？
   A. 属于乙类传染病，流行是按甲类传染病管理
   B. 属于乙类传染病，流行是按乙类传染病管理
   C. 属于甲类传染病，流行是按甲类传染病管理
   D. 属于丙类传染病，流行是按乙类传染病管理
   E. 属于丙类传染病，流行是按甲类传染病管理

5. 传染性非典型肺炎被列入哪类传染病，按照哪类传染病管理
   A. 列入乙类传染病，流行时按甲类传染病管理
   B. 列入甲类传染病，流行时按乙类传染病管理
   C. 列入丙类传染病，流行时按甲类传染病管理
   D. 列入乙类传染病，流行时按丙类传染病管理
   E. 列入丙类传染病，流行时按乙类传染病管理

6. 执行职务的保健人员、卫生防疫人员发现下列哪类疾病时，必须按照国务院卫生行政部门规定的时限向当地卫生防机构报告疫情
   A. 甲类传染患者和病原携带者
   B. 乙类传染病患者和病原携带者
   C. 丙类传染病患者
   D. 甲类、乙类和监测区域内的丙类传染病患者、病原携带者疑似传染病的患者
   E. 疑似甲类、乙类、丙类患者

7. 哪种患者死亡后必须将尸体立即消毒，就近火化
   A. 甲类传染病、炭疽死亡的
   B. 传染病
   C. 乙类传染病
   D. 丙类传染病

E. 甲、乙、丙类传染病

8. 任何单位和个人发现传染患者或疑似传染病患者应

A. 及时向本单位领导报告

B. 向附近的疾病预防控制机构或医疗机构报告

C. 向市人民政府报告

D. 向当地卫生局报告

E. 向省卫生厅报告

9. 对医疗机构内的患者、病原携带者、疑似患者的密切接触者应

A. 在指定场所单独隔离

B. 在指定场所接受标本采集

C. 在指定场所进行医学观察

D. 在指定场所接受调查

E. 在指定场所治疗

10. 《传染病防治法》规定,各级各类医疗卫生机构在传染防治方面的职责是

A. 对传染病防止工作实行统一监督治理

B. 发生传染病疫情时,对疫点、疫区进行调查和分析

C. 确定专人承担传染病疫情报告、本单位的传染病与预防和控制工作

D. 领导所管辖区域传染病防治工作

E. 负责所管辖区域内传染病预防、控制、监督工作的日常经费

11. 遵照《医疗事故处理条例》的规定,造成患者中度残疾、器官组织损伤导致严重功能障碍的医疗事故,属于

A. 四级医疗事故　　B. 二级医疗事故

C. 三级医疗事故　　D. 一级医疗事故

E. 严重医疗事故

12. 医疗事故是指

A. 虽有诊疗护理差错,但未造成患者死亡、残疾、功能障碍

B. 由于患者或患者病情体质特殊而发生难以预料的不良后果

C. 在诊疗护理中,因医务人员诊疗护理过失,直接造成患者死亡、残疾、功能障碍

D. 发生难以避免的并发症

E. 医务人员在医疗护理中存在失误,导致患者不满意

13. 造成患者死亡、重度残疾的医疗事故属于

A. 一级医疗事故　　B. 二级医疗事故

C. 三级医疗事故　　D. 四级医疗事故

E. 五级医疗事故

14. 以下属于医疗事故的是

A. 在紧急情况下为抢救垂危患者生命而采取紧急医学措施造成不良后果

B. 无过错输血感染造成不良后果

C. 用药不当造成不良后果

D. 因患方原因延误诊疗导致不良后果

E. 患者行动不慎造成不良后果

15. 造成患者轻度伤残、器官组织损伤导致一般功能障碍的医疗事故的级别是

A. 五级　　　　　　B. 四级

C. 三级　　　　　　D. 二级

E. 一级

16. 造成患者明显的人身损害等其他后果的医疗事故的级别是

A. 五级　　　　　　B. 四级

C. 三级　　　　　　D. 二级

E. 　级

17. 护士发现医师医嘱可能存在错误,但仍然执行错误医嘱,对患者造成严重后果。该后果的法律责任承担的是

A. 开写医嘱的医师

B. 执行医嘱的护士

C. 医师护士共同承担

D. 医师护士无需承担责任

E. 医疗机构承担责任

18. 《医疗事故处理条例》对医疗事故划分的等级是

A. 二级　　　　　　B. 三级

C. 四级　　　　　　D. 五级

E. 八级

19. 《中华人民共和国献血法》实施的时间

A. 1989 年 9 月 1 日　B. 1994 年 1 月 1 日

C. 2008 年 1 月 31 日　D. 1998 年 10 月 1 日

E. 2004 年 5 月 12 日

20. 我国健康公民自愿献血的年龄是

A. 16 周岁至 55 周岁

B. 18 周岁至 55 周岁

C. 16 周岁至 60 周岁

D. 18 周岁至 60 周岁

E. 20 周岁至 60 周岁

21. 《献血法》规定:血站是

A. 采集、提供临床用血的机构

B. 负责本辖区内无偿献血组织发动

C. 采集、提供临床用血的机构，是不以营利为目的的公益性组织

D. 不以营利为目的的公益性组织

E. 自收自营利机构

22.《疫苗流通和预防接种管理条例》实施的时间

A. 2005年3月16日　B. 2004年1月1日

C. 2002年9月1日　D. 1998年10月1日

E. 2005年6月1日

23. 我国艾滋病控制的工作方针是

A. 治疗为主　　B. 宣传教育为主

C. 隔离治疗为主　D. 预防接种疫苗为主

E. 隔离为主

24. 我国提倡通过哪些途径获得供体移植器官

A. 自愿捐献　　B. 互换器官

C. 器官买卖　　D. 强行摘取

E. 继承

25. 关于紧急救护，以下说法**错误**的是

A. 遇有患者病情危急时，护士应立即通知医生

B. 医师不能马上赶到时，护士应当先行实施必要的紧急救护

C. 护士实施必要的抢救措施，要避免对患者造成伤害

D. 护士有权独立抢救危重患者

E. 必须依照诊疗技术规范救治患者

A₂型题

26. 护士给患者静脉输液时，忘记取下止血带，导致患肢因长时间缺血缺氧而截肢属于

A. 侵权　　　　B. 犯罪

C. 护理事故　　D. 渎职罪

E. 护理差错

27. 急诊一患者在就诊过程中，护士没有询问患者有无青霉素过敏史，即为患者做青霉素试验，造成患者休克死亡。护士的医疗过失行为责任程度是

A. 完全责任　　B. 主要责任

C. 同等责任　　D. 次要责任

E. 轻微责任

28. 某患者因上呼吸道感染静脉点滴青霉素，护士按照操作规程给药。第2天用完药后，患者回到家中感到不适，3小时后病情加重，紧急送到医院抢救，抢救无效死亡。家属认为患者是青霉素过敏致死，反映到市卫生局。市卫生局委托市医学会组织专家进行医疗事故鉴定，鉴定结论为：**不属于医疗事故**。依据首次鉴定的结论，患者死亡的性质为

A. 医疗事故　　B. 医疗差错

C. 医疗意外　　D. 医疗纠纷

E. 难以避免的并发症

A₃/A₄型题

(29～31题共用题干)

患者，女性，28岁，因患结核性胸膜炎入院。住院后经治疗病情好转。于住院第10天上午查房时，患者诉说有便秘，经管医师医嘱："液状石蜡30ml口服，即刻"。值班护士将此医嘱抄在纸上，交给实习护士。实习护士只看到一个"石"字，即从标有"石炭酸"的药瓶中倒出30ml药液，给患者口服。患者口服后即感口麻，吐白沫。经管医师发现后立即组织抢救，给予鸡蛋清、牛奶洗胃，静脉滴注能量合剂等，治疗20余天痊愈，X线钡餐透视胃肠无异常发现。但继后出现食管轻度狭窄症状，为食管黏膜烧灼后瘢痕挛缩所致。

29. 值班护士的医疗过失行为责任程度是

A. 完全责任　　B. 主要责任

C. 同等责任　　D. 次要责任

E. 轻微责任

30. 实习护士的医疗过失行为责任程度是

A. 直接责任　　B. 主要责任

C. 同等责任　　D. 次要责任

E. 轻微责任

31. 该医疗事故的级别是

A. 五级　　　　B. 四级

C. 三级　　　　D. 二级

E. 一级

参考答案

1～5 BDBAA　6～10 DABCC　11～15 BCACC

16～20 BCCDB　21～25 CEBAD　26～30 CACBA

31 C

第19章 护理管理

第1节 医院护理管理的组织原则

一、等级和统一指挥的原则

将组织的职权、职责按照上下级关系划分，★**上级指挥下级，下级听从上级指挥组成垂直等级结构**，实现统一指挥。

二、专业化分工与协作的原则

分工是根据组织的任务、目标，按照专业进行合理分工，使每一个部门和个人明确各自任务、完成的手段、方式和目标。但要更好地实现组织目标，还要进行有效的合作，协作是以明确各部门之间的关系为前提，协作是各项工作顺利进行的保证，协调则是促进组织成员有效协作的手段。

★三、管理层次的原则

组织层次的多少与管理宽度相关，相同人数的组织，**管理宽度大则组织层次少，反之则组织层次多**。如近年来护理管理模式由原来三级管理变成扁平式二级管理模式。

四、有效管理幅度的原则

管理幅度是指不同层次管理人员能直接领导的隶属人员人数应是合理有限的。层次越高，管理的下属人数应相应减少。护理管理中，护理部主任、科护士长、护士长的管理幅度要适当和明确，管理幅度过宽，管理的人数过多，任务范围过大，使护理人员接受的指导和控制受到影响，管理者则会感到工作压力大；如果管理幅度过窄，管理又不能充分发挥作用，造成人力浪费。

★五、职责与权限一致的原则

权利是完成任务的必要工具，职位和权利是相对等的。为了实现职、责、权、利的对应，要做到**职务实在、责任明确、权利恰当、利益合理**。遵循这一原则，要有正确的授权，组织中的一些部门或者人员所负责的任务，应赋予相应的职权。

六、集权分权结合原则

集权是把权力相对集中在高层领导者手中，使其最大限度地发挥组织的权威。集权能够强化领导的作用，有利于协调组织的各项活动。分权是把权力分配给每一个管理层和管理者，使他们在自己的岗位上就管理范围内的事情做出决策。分权能够调动每一个管理者的积极性，使他们根据需要灵活有效地组织活动。

七、任务和目标一致的原则

★**强调各部门的目标与组织的目标总保持一致**，各部门或者科室的分目标必须服从组织的总目标。只有目标一致，才能同心协力完成工作。

八、稳定适应的原则

稳定是指组织内部结构要有相对的稳定性,这是组织工作得以正常运转的保证,但组织的稳定是相对的,建立起来的组织不是一成不变的,随着组织内外环境的变化而作出适应性的调整。

九、精干高效原则

组织必须形成精简高效的组织结构形式,以社会效益和经济效益作为自身生存和发展的基础。

十、执行与监督分设原则

执行机构与监督机构分开设立,赋予监督机构相对独立性,才可能发挥作用。监督的力度及切实有效性,取决于它有多大的独立性。

第 2 节　临床护理工作的组织结构

一、护理组织结构

1. 我国医院护理组织结构主要的几种形式
   - (1)在院长领导下,设护理副院长→护理部主任→科护士长→护士长,实施垂直管理。
   - (2)在主管医疗护理副院长领导下,设护理部主任→科护士长→护士长。
   - (3)床位不满 300 张的医院,不设护理部主任,只设立总护士长→护士长的二级管理。
   - (4)在主管院长的领导下,设立护理部主任→科护士长→护士长,但科护士长纳入护理部合署办公,实行扁平化的二级管理模式。此种模式在今年由卫生部组织开展的优质护理服务示范工程中明确提出及倡导。

2. 职责
   - (1)护理部:对全院护理人员进行统一管理,实行目标管理,制定各种护理技术操作规程、护理常规、确立各项护理质量目标,建立完备的工作制度和规范;合理地配备和使用护理人力资源;对不同层次的护理人员进行培训、考核和奖惩,保证各项护理工作的落实和完成,并不断提高护理质量。提高临床教学和护理科研的水平;策划护理学科建设等。
   - (2)科护士长:在护理部主任领导下,全面负责所管辖科室的业务及管理工作,并且参与护理部对全面护理工作的指导和促进工作。
   - (3)护士长:是医院病房和基层单位的管理者,负责对护理单元的人、财、物、时间、信息进行有效管理,保证护理质量的稳定性。在护理单元设有护士长、护士、护理员。

★二、护理工作模式

1. 个案护理:是★指一个患者所需要的全部护理由一名当班护士全面负责,护理人员直接管理某个患者,即由专人负责实施个体化护理。常用于危重症患者、大手术后需要特殊护理的患者。在这种工作模式下,护理人员责任明确,责任心较强。护士掌握患者的病情变化,全面掌握和满足患者的需求。缺点是需要护理人员有一定的工作能力,护理人员轮班所需要的人力较大、成本高。

2. 功能制护理:★是以工作中心为主的护理方式,根据工作的特点和内容划分为几个部分。换岗位分工,可分为护理医嘱的主班护士、治疗护士、药疗护士、生活护理护士等。其优点是,护理分工明确,工作效率高,所需要护理人员较少,易于组织管理,护士长能够依照护理人员的工作能力和特点分派工作。缺点是护理人员对患者的病情和护理缺乏整体性概念,容易忽略患者的整体护理和需求。

3. 小组护理:是将护理人员和患者分成若干小组,一个或一组护士负责一组患者的护理方式。小组成员由不同级别的护理人员组成,小组组长负责制定护理计划及措施,指导小组成员共同参与和完成护理任务。小组护理的优点是,小组任务明确,成员需求彼此合作,互相配合,维持良好工作氛围;小组中发挥不同层次护理人员的作用,调动积极性,护理人员能够获得较为满意的效果。其缺点是护理工作是责任到组,而不是责任到人,护士的责任感受到影响。

4. **责任制护理**:是由责任护士和相应辅助护士对患者进行有计划有目的的整体护理,要求患者从入院到出院,由责任护士和其辅助护士负责。

责任制护理有的特点
- (1)**整体性**,即护理评估及护理计划包括对患者的生理、心理、社会方面的护理问题。
- (2)**连续性**,即患者从入院到出院由一个固定的责任护士负责全部护理活动。
- (3)**协调性**,责任护士为患者负责与其他医务人员沟通、联系、协调各种事物满足患者需要。
- (4)**个体化**,护理活动依照患者个体化需求制定。护士能够全面了解患者的情况,**为患者提供连续、整体的个体化护理**;护理人员责任感增强;患者安全感增强;护患之间关系比较熟悉密切,增加了交流,护士独立性强。但要求责任护士有更高的业务水平;护理人力需求也会大一些。

5. **系统性整体护理**:整体护理是以患者和人的健康为中心,以现代护理观为指导,以护理程序为核心,为**患者提供心理、生理、社会、文化等全方位的最佳护理**,并将护理临床业务和护理管理环节系统化的工作模式。

6. **临床路径**:是指医疗机构里的一组成员,包括医生、护士、医技人员、辅助人员等,共同针对某一病种的诊断和手术,从入院到出院制定最佳的、有准确时间要求的、有严格工作顺序的整体诊疗照顾计划,并通过**多个专业人员合作,使患者得到最恰当的诊疗护理过程**,以减少康复的延迟的资源的浪费,使服务对象得到最佳的医疗和护理服务质量。

第3节 医院常用的护理质量标准

护理质量标准是衡量护理质量的准则,是规范护理行为的依据,使护理工作科学化、制度化、规范化。

一、护理质量标准体系结构

护理质量标准体系结构包括要素质量、环节质量和终末质量。

1. **要素质量**
- (1)指提供护理工作的基础条件质量,是构成护理服务的基本要素。
- (2)内容包括
  - ①人员配备如编制人数、职称、学历构成等;
  - ②可开展业务项目及合格程度的技术质量、仪器设备质量、药品质量、器材质量、环境质量、排班、值班传呼等时限质量、规章制度等基础管理质量。

2. **环节质量**
- (1)指各种要素通过组织管理形成的工作能力、服务项目、工作程序和工序质量。主要指护理工作活动过程质量。
- (2)包括管理工作及护理业务技术活动过程,如执行医嘱、观察病情、患者管理、护理文件书写、技术操作、心理护理、健康教育等。

3. **终末质量**
- (1)指患者所得到的护理效果质量。
- (2)如压疮发生率、差错发生率、一级护理合格率、住院满意度、出院满意度等患者对护理服务的满意度调查结果等。

二、护理质量标准

护理质量标准包括:护理技术操作质量标准、护理管理质量标准、护理文书书写质量标准及临床护理质量标准四大类。

1. **护理技术操作质量标准**
- (1)包括基础护理技术操作和专科护理技术操作。
- (2)总标准:实施以患者为中心的整体护理,严格执行三查七对,操作正确及时、安全节力、省时、省力、省物。严格执行无菌原则及操作程序,操作熟练。

锦囊妙记

个案护理:一对一(一名护士全面照顾一名患者)

功能制护理:流水线作业(护士按任务分工)

小组护理:一组对一组(一组护士照顾一组患者)

责任制护理:一人主责其他协助(管床护士负主要责任,其他护士协助实施)

（1）护理部管理质量标准。

2. 护理管理质量标准

　　（2）病房护理工作质量标准，包括：①病房管理；②基础护理与重症护理，患者六洁（口腔、头发、皮肤、指趾甲、会阴、床单位）、四无（无压疮、无坠床、无烫伤、无交叉感染）；③无菌操作及消毒隔离；④岗位责任制健全；⑤护士素质。

　　（3）门诊护理工作质量标准：包括门诊管理及服务台工作。

　　（4）手术室质量标准：无菌手术感染率小于 0.5%。

　　（5）供应室质量标准：包括无菌操作和消毒隔离，物品供应。

　　3. 护理文件书写的质量标准：护理记录书写客观、真实、可靠、准确、及时、完整，使用黑笔或蓝笔书写，病情描述确切、简要、动态反应病情变化、重点突出，运用医学术语。字迹清晰、端正、无错别字，不得用刮、粘、涂等方法掩盖或去除原字迹。体温单绘制清晰，不间断、无漏项。执行医嘱时间准确，双人签名。

★4. 临床护理的质量标准

　　（1）特级、一级护理。①特护患者：**设专人 24 小时护理**，备齐各种急救药品、器材。制订并执行护理计划，严格观察病情。正确及时做好各项治疗、护理，并做好特护记录。做好各项基础护理，患者无并发症。②一级护理患者：按病情需要准备急救用品，制订并执行护理计划，每小时巡视，密切观察病情变化，并做好记录。

　　（2）急救物品：配备完好的急救物品及药品、物品完好，完整无缺处于备用状态。做到及时检查维修、及时领取报销，★**定专人保管、定时检查核对、定点放置、定量供应、定期消毒**，合格率 100%。

　　（3）基础护理：包括晨晚间护理、口腔护理、皮肤护理、出入院护理等，标准为：**患者清洁、整齐、舒适、安全、安静、无并发症**。

　　（4）消毒灭菌：各项无菌物品灭菌合格率 100%。

第 4 节　医院护理质量缺陷及管理

一、相关概念

　　护理质量缺陷是指在护理活动中，出现技术、服务、管理等方面的失误。一切不符合质量标准的现象都属于质量缺陷。护理质量缺陷表现为患者对护理的不满意、医疗事故、医疗纠纷，包括护理事故、护理差错、护理投诉等。

　　根据《中华人民共和国医疗事故处理条例》对医疗事故的定义，医疗事故是指医疗机构及其医务人员在医疗活动中，违反医疗卫生管理法律、行政法律、部门规章和诊疗护理规范、常规、过失造成患者人身损害的事故。根据对患者的人身损害程度，**医疗事故分 4 级**：

　　一级医疗事故为造成患者死亡、重度残疾的；

　　二级医疗事故是造成患者中度残疾，器官组织损伤，导致严重功能障碍的；

　　三级医疗事故是造成患者轻度残疾，器官组织损伤，导致一般功能障碍的；

　　四级医疗事故是造成患者明显人身损害或其他后果的。

　　医疗事故中医疗过失行为责任程度的判定是按照导致患者人身损害后果的诸多因素中，★医疗过失行为所占的比重依次为**完全责任、主要责任、同等责任、次要责任和轻微责任**。

锦震妙记

　　　　　　五定：定专人保管、定时检查核对、定点放置、定量供应、定期消毒

护理差错是指护理活动中，由于责任心不强、工作疏忽、不严格执行规章制度、违反医疗卫生管理法律、行政法规、部门规章和诊疗护理规范、常规、★过失造成患者直接或间接的影响，但未造成严重后果，未构成医疗事故的。护理差错一般分为严重护理差错和一般护理差错。严重护理差错是指在护理工作中，由于技术或者责任原因发生错误，虽然给患者造成了身心痛苦或影响了治疗工作，但未造成严重后果和构成事故者。一般护理差错是指在护理工作中由于责任或技术原因发生了错误，造成了患者轻度身心痛苦或无不良后果。

二、护理质量缺陷的预防和处理

护理质量缺陷的控制**关键在于预防**。预防为主的思想是整个质量管理的**核心**。运用风险管理措施有效降低护理缺陷的发生。

认真履行差错事故上报制度。发生护理事故后，当事人应立即报告科室护士长及科室领导，科室护士长应立即向护理部报告，护理部应随即报告给医务处或者相关医院负责人。

发生护理差错后，当事人应立即报告护士长及科室相关领导，★护士长应在 **24 小时内填写报表上报护理部**。护理单元应在一定时间内组织护理人员认真讨论发生差错的原因，分析提出处理和改进措施。护理部应根据科室上报材料，深入临床进行核实调查，作出原因分析，帮助临床找出改进的方法和措施，改进工作。

三、护理质量缺陷的控制

★在护理安全管理中，要本着预防第一的原则，做好环节安全的管理，重视事前控制，做好流程改造和系统改进。抓住隐患苗头，重点分析，改进工作。对容易出现差错的人、环境、环节、时间、部门要做持续的改进。

严格执行和落实差错事故上报处理制度，不隐报、瞒报，要认真对待发生的问题，积极改进。正确评价护理差错的发生情况，不宜简单地以差错多少评价一个护理单元的工作优劣，要做多原因的分析，要从个人原因和责任找问题，也要从护理管理指导等多方面寻求原因，吸取经验教训。

建立健全护理不良事件上报制度和流程，提倡真实反应临床中存在和发现的各种不良事件和隐患。积极发现可能存在的各种隐患，提出可行的改良措施，起到预防为主的有效作用。

坚持全面质量管理的思想，运用品质圈活动，对工作环境、影响质量的因素，运用 PDCA 循环的护理管理的基本方法，对护理质量和安全持续改进。

★**P:计划**，即检查质量状况，找出存在问题，查出产生质量问题的原因，针对主要原因定出具体实施计划。

★**D:实施**，即贯彻和实施预定的计划和措施。

★**C:检查**，即检查预定目标执行情况。

★**A:处理**，即总结经验教训，存在问题转入下一个管理循环中。

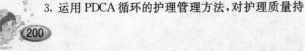

模拟试题栏——识破命题思路，提升应试能力

专业实务

A₁型题

1. 全面质量管理的特点中**不正确**的是

A. 关注顾客   B. 持续改进

C. 全程管理   D. 强调标准

E. 全员参与

2. 对手术医护人员的手、物品进行定期细菌培养的周期是

A. 每天   B. 每周

C. 每两周   D. 每月

E. 每季度

3. 运用 PDCA 循环的护理管理方法，对护理质量持续改进，其中"D"的含义是

A. 计划   B. 检查

C. 实施   D. 循环

E. 处理

4. 病房护士发生护理差错后，护士长应及时上报护理部，上报的时间**不超过**

A. 12h   B. 24h

C. 36h   D. 48h

E. 72h

5. 无菌物品灭菌合格率是

A. 100%   B. 99%以上

C. 98%以上   D. 95%以上

E. 90％以上

6. 一级护理患者巡视的时间是
   A. 每半小时　　　　　　B. q1h
   C. q2h　　　　　　　　D. q3h
   E. 随时

7. 手术室的无菌手术感染率要求小于
   A. 0.1％　　　　　　　B. 0.5％
   C. 1.0％　　　　　　　D. 1.5％
   E. 2.0％

8. 体现护理质量标准体系结构中终末质量的条目是
   A. 仪器设备质量　　　　B. 药品质量
   C. 住院满意度　　　　　D. 健康教育
   E. 技术操作

9. 护士长每周对病房急救物品完好情况进行检查,这种质量控制手段属于
   A. 要素质量控制　　　　B. 环节质量控制
   C. 过程质量控制　　　　D. 结果质量控制
   E. 终末质量控制

10. 病区护理管理的核心是
    A. 护理质量管理　　　　B. 患者管理
    C. 病区环境管理　　　　D. 探视管理
    E. 陪护的指导与管理

11. 护理质量控制以预防为主,鼓励上报分析的是
    A. 差错事故　　　　　　B. 护理纠纷
    C. 护理事故　　　　　　D. 不良事件
    E. 护理缺陷

12. 从患者得到的护理效果评价是
    A. 环境质量　　　　　　B. 观察病情
    C. 患者管理　　　　　　D. 心理护理
    E. 出院满意度

13. 环节质量控制的项目是
    A. 护理文件书写　　　　B. 住院满意度
    C. 药品质量　　　　　　D. 规章制度
    E. 护士职称

A₂ 型题

14. 患者,男性,20 岁,建筑工人。不慎从脚手架跌下,造成严重颅脑损伤,需随时观察、抢救。应给予
    A. 特别护理　　　　　　B. 一级护理
    C. 二级护理　　　　　　D. 三级护理
    E. 个案护理

15. 运用 PDCA 循环的护理管理的基本方法,检查质量状况,找出产生质量问题的原因,定出具体实施计划,实施预定的计划和措施,检查预定目标执行情况,总结经验教训,存在问题则转入下一个管理循环中,这种方式起到的作用是
    A. 监督指导　　　　　　B. 循环管理
    C. 持续改进　　　　　　D. 目标管理
    E. 检查落实

16. 新的一年即将到来,问诊护士长准备做新的护理管理目标,她拿出护理部的管理目标认真阅读,并根据护理部的要求制定了门诊的管理目标。这种做法遵循的原则是
    A. 管理层次的原则
    B. 有效管理幅度的原则
    C. 职责与权限一职的原则
    D. 精干高效的原则
    E. 任务和目标一致的原则

17. 某病房近期出现护理投诉和差错,两位科护士长介入帮助整改,病房护士长针对问题和整改建议进行工作,但是对于两位科护士长的部分不同要求感到无所适从。从管理的角度来看,违背的组织原则是
    A. 管理层次的原则
    B. 专业化分工与协作的原则
    C. 有效管理幅度的原则
    D. 职责与权限一致的原则
    E. 等级和统一指挥的原则

18. 王主任是某护理部主任,她把工作分配给总护士长等管理人员,对于例行性业务按照常规措施和标准执行,她加以必要的监督和指导,只有特殊情况时她来处理。她可集中精力研究及解决全局性管理问题,也调动了下级的工作积极性。这种工作方式遵循的组织原则是
    A. 集权分权结合原则
    B. 任务和目标一致的原则
    C. 精干高效原则
    D. 专业化分工与协作的原则
    E. 执行与监督分设原则

19. 李护士长是重症监护病房的护士长,近期被分派护理学院的专科护士培训、科内质量控制、医院建设新病房的筹划工作等,她感到工作压力很大,病房接受的指导和控制也受到影响。这种情况说明在管理上没有得到有效遵循的原则是
    A. 等级和统一指挥的原则
    B. 管理层次的原则

C. 有效管理幅度的原则

D. 职责与权限一致的原则

E. 专业化分工与协作的原则

20. 小杨是儿科儿童组的护士,工作表现突出,护士长经常指派她负责一些工作,但小杨工作起来常缩手缩脚,护士长意识到没有给小杨职权,有责无权,造成了限制,遂任她为儿童组组长,提高了小杨工作的积极性和创造性。这种做法体现的组织原则是

A. 职责与权限一致的原则

B. 集权分权结合原则

C. 任务和目标一致的原则

D. 稳定适应的原则

E. 精干高效原则

21. 陈护士长是门诊眼科的副护士长,近期医院开展护士长岗位竞聘,全部取消了副护士长的职位,陈护士长改为竞聘其他职位。这种情况反映的组织原则是

A. 等级和统一指挥的原则

B. 职责与权限一致的原则

C. 精干高效的原则

D. 执行与监督分设原则

E. 稳定适应的原则

22. 由责任护士和其辅助护士负责一定数量患者从入院到出院,以护理计划为内容,包括入院教育、各种治疗、基础护理和专科护理、护理病历书写、观察病情变化、心理护理、健康教育、出院指导。这种形式的护理方式是

A. 个案护理　　　　　B. 功能制护理

C. 责任制护理　　　　D. 小组护理

E. 临床路径

23. 某妇产科护士,针对子宫肌瘤的患者,从入院到出院按照时间要求和工作顺序,与医生等合作团队,为患者提供整体照顾计划。该护士采用的这种护理方式是

A. 个案护理　　　　　B. 功能制护理

C. 责任制护理　　　　D. 小组护理

E. 临床路径

24. 对于一个护理人力严重不足的医院,护士长只能选择哪种工作方式是能够有效地开展工作

A. 小组护理　　　　　B. 责任制护理

C. 综合护理　　　　　D. 功能制护理

E. 个案护理

25. 某院高干病房收治病种繁杂,但是护理人力比较充足,70%的护理人员具有大专以上的学历,且工作年限均在5～8年以上,该病房适合采用的护理工作方式为

A. 个案护理　　　　　B. 功能制护理

C. 小组护理　　　　　D. 责任制护理

E. 综合护理

26. 患者,男性,因高血压,在路上行走突然晕倒,经CT检查发现为高血压脑出血,急诊行开颅手术,术后送入神经外科病房,神志不清,脏器功能紊乱,给予监护。这样的患者采取的最佳护理方式是

A. 个案护理　　　　　B. 功能制护理

C. 责任制护理　　　　D. 小组护理

E. 临床路径

27. 护士小张和小王在同一个病房工作,病房护理人员分为两组,每组3人,她们分别为组长。带领护士为患者提供服务,护士们互相配合完成工作。这种工作模式是

A. 个案护理　　　　　B. 功能制护理

C. 责任制护理　　　　D. 小组护理

E. 临床路径

28. 小张、小王、小刘、小李均是医院综合内科的护士,小张是处理医嘱的主班护士,小王是治疗护士,小李是药疗护士,小刘是生活护理护士。她们每隔一段时间就会由护士长安排进行调换岗位。这种工作方式被称为

A. 个案护理　　　　　B. 功能制护理

C. 责任制护理　　　　D. 小组护理

E. 临床路径

29. 由责任护士和其辅助护士负责一定数量患者从入院到出院,以护理计划为内容,包括入院教育、各种治疗、基础护理和专科护理、护理病历书写、观察病情变化、心理护理、健康教育、出院指导。这种形式的护理方式是

A. 个案护理　　　　　B. 功能制护理

C. 责任制护理　　　　D. 小组护理

E. 临床路径

30. 小高在上夜班巡视时,发现一位二级护理的患者倒在床旁,此时夜班值班人员只有她一个人。此时针对患者发生的坠床情况,小高应首先采取的措施是

A. 向患者解释和道歉

B. 马上通知医生到病房

C. 初步检查判定患者伤情

D. 上报不良事件的发生

E. 通知护士长

31. A病区是普通外科,每个病室收治3名患者。小王是刚进临床的护校实习学生,小张是她的带教老师,在见习病房清洁、消毒工作时,小张发现小王错误的做法是
    A. 氧气湿化瓶用消毒液浸泡
    B. 扫床套"一人一套"
    C. 小桌擦布"一室一巾"
    D. 便器用后消毒
    E. 餐具用后消毒

32. 小王是刚进临床的护校实习学生,小张是她的带教老师,在提问小王关于医疗垃圾处理问题时,小王回答错误的是
    A. 换药敷料放在黄塑料袋中
    B. 针头放在利器盒中
    C. 医用垃圾使用红塑料袋
    D. 医用垃圾专人回收
    E. 垃圾处理时防止针刺伤

33. 护士小王在上夜班时,有一位患者的家属在熄灯后执意要进入病房探视,小王担心影响患者休息加以阻拦,但患者家属不听劝阻并和小王发生争执,第2天还投诉到护士长。护士长应首先做的工作是
    A. 向家属解释
    B. 向家属道歉
    C. 训斥小王
    D. 了解情况
    E. 告诉医生

A₃/A₄型题

(34、35题共用题干)

在工作中,一位护士晚上下班交班时发现,遗漏了上午某个患者的一份口服药,药物包括降压药、维生素C等。

34. 护士首先应采取的措施是
    A. 补发药物即可
    B. 汇报护士长
    C. 向患者解释
    D. 向患者道歉
    E. 寻求医生帮助

35. 此事应上报护理部的时间不超过
    A. 12h
    B. 24h
    C. 36h
    D. 48h
    E. 72h

(36、37题共用题干)

急诊要配备完好的急救物品及药品,保证物品完好,完整无缺,处于备用状态。做到及时检查维修和维护,以确保患者的及时使用和护理安全。

36. 急救物品和药品在保管使用中错误的环节是
    A. 定人保管
    B. 定时检查
    C. 定点放置
    D. 定人使用
    E. 定期消毒

37. 急救物品的合格率应保持在
    A. 100%
    B. 99%以上
    C. 98%以上
    D. 95%以上
    E. 90%以上

(38~40题共用题干)

小刘是ICU护士,从毕业工作3年来,基本上是一个人护理某个患者,患者需要的全部护理由她全面负责,实施个体化护理。

38. 在ICU常运用的护理方式是
    A. 个案护理
    B. 功能制护理
    C. 责任制护理
    D. 小组护理
    E. 临床路径

39. 对ICU的重症患者护理以下错误的是
    A. 一对一24小时特级护理
    B. 备齐各种急救设施和药品
    C. 制定并执行护理计划
    D. 正确及时做好各项治疗
    E. 半小时巡视患者1次

40. 对ICU的重症患者进行护理记录时不宜采取的做法是
    A. 字迹端正清晰
    B. 动态反映病情变化
    C. 使用蓝笔书写
    D. 写错可刮涂后重写
    E. 体现以患者为中心

(41~45题共用题干)

护理质量控制以预防为主。护理部质控组运用PDCA的管理办法,定期到临床进行查找存在问题。在检查中注重要素质量、环节质量和终末质量及发现产生质量问题的原因,针对主要原因定出具体实施计划,贯彻和实施预定的计划和措施,反馈预定目标执行情况,并总结经验教训,将存在问题转入下一个管理循环中。

41. 护理质量控制的作用是
    A. 监督指导
    B. 循环管理
    C. 持续改进
    D. 目标管理
    E. 检查落实

42. 护理质量控制的依据是
    A. 统计数据
    B. 质量标准

C. 个人观察   D. 问卷调查

E. 书面报告

43. 护理质量控制以预防为主,鼓励上报分析的是

     A. 差错事故   B. 护理纠纷

     C. 护理事故   D. 不良事件

     E. 护理缺陷

44. 从患者得到的护理效果评价是

     A. 环境质量   B. 观察病情

     C. 患者管理   D. 心理护理

F. 出院满意度

45. 环节质量控制的项目是

     A. 护理文件书写   B. 住院满意度

     C. 药品质量   D. 规章制度

     E. 护士职称

参考答案

1～5 DDCBA   6～10 BBCAA   11～15 DEAAC

16～20 EAACA   21～25 CBEDD   26～30 ADBCC

31～35 CCDBB   36～40 DAAED   41～45 CBDEA

第3篇 护理伦理

第20章 护士执业中的伦理具体原则

护理伦理基本原则是在护理活动中调整护理人员与患者、其他医务人员、社会相互关系的最基本的出发点和指导原则。★**具体原则包括：自主原则、不伤害原则、公正原则、行善原则等。**

第1节 自主原则

一、自主原则的含义

1. 自主是指自我选择、自主行动或依照个人意愿作自我的管理和决策。

2. 自主原则★**是指尊重患者自己做决定的原则**，指医护人员在为患者提供医疗照护活动之前，事先向患者说明医护活动的目的、益处以及可能的结果，然后征求患者的意见，由患者自己作决定。

3. 承认患者有权根据自己的考虑就他自己的事情作出合乎理性的决定。

二、自主原则的表达方式

1. 将患者自我决定视为护患关系中的最高价值。

2. ★**最能代表尊重患者自主的方式是"知情同意"。**在医疗护理实践中，具有法律效力的同意是知情同意，即患者或法定代理人在获得医护人员提供足够的信息以及完全了解的情况下，自愿同意或应允给予某些检查、治疗、手术或实验。

三、自主原则的行使与限制

1. **自主原则适用于能够做出理性决定的患者。**

2. **对于缺乏或丧失自主能力的患者，应当尊重患者家属、监护人的选择权。**若他们的选择违背患者的意愿或权利时，应向患者单位或社会有关机构寻求帮助。不能行使自主原则的患者包括 ⎱ (1)因年幼、或精神状态尚未发育成熟的未成年人。(2)因精神疾病致使精神状态不健全的精神疾病患者。(3)已丧失意识，无法做出合理判断的意识障碍患者。(4)严重智障患者。

3. **患者处于生命危险时刻，出于患者的利益和护理人员的责任，护理人员可以本着护理专业知识，行使护理自主权。**

4. 限制行使自主权的患者：当患者的选择对自身、他人的健康和生命构成威胁，或对社会产生危害时，应对患者的自主权加以限制。如 SARS 患者拒绝隔离时，可采取强制隔离和治疗。

第2节 不伤害原则

一、不伤害原则的含义

1. 不伤害是指不给患者带来本来可以避免的肉体和精神上的痛苦、损伤、疾病甚至死亡。

2. 医护人员在执行每一项医疗照护之前，都应详加分析，不要使该处置对患者的伤害大于好处，而在医疗照护过程中，亦应加强保护患者，预防患者遭受伤害。

3. **不伤害原则实质上是"权衡利害"原则的运用**，它要求医护人员对诊疗照顾措施进行危险与利益、伤害与利益分析。

二、不伤害原则对医护人员的要求

1. 培养为患者健康和维护患者利益的工作动机。

2. 积极了解和评估各项护理活动可能对患者造成的影响。

3. 重视患者的愿望和利益，提供应有的最佳照顾。

第3节 公正原则

一、公正原则的含义

1. 公正是指调节个人之间的利益关系。

2. 医疗上的公正是指每一个社会成员都应具有平等享受卫生资源合理或公平分配的权利，而且对卫生资源的使用和分配，也具有参与决定的权利。

3. 公正包括两方面的内容：**一是平等对待患者，二是合理分配医疗资源**。

二、公正原则对医护人员的要求

1. 平等对待每一位患者。

2. 尊重和满足每一位患者的正当愿望和合理要求。

3. 尊重和维护患者平等的基本医疗照护权。

第4节 行善原则

一、行善原则的含义

行善是指**医护人员对患者直接或间接履行仁慈、善良和有力的德行**。

二、行善原则对医护人员的要求

行善原则要求护理人员积极做对患者有益的事，包括：

1. 采取措施，防止可能发生的危害（排除既存的损伤、伤害、损害或丧失能力等情况）。

2. 权衡利害的大小，尽力减轻患者受伤害的程度。

3. 执行对患者有益的医疗处置（应该做的事），不做对患者有害的医疗处置（不应该做的事）。

模拟试题栏——识破命题思路，提升应试能力

专业实务

A₁型题

1. 护理伦理学的研究对象**不包括**
   A. 医护之间的关系
   B. 护理人员和护理专业发展之间的关系
   C. 政府行政部门之间的关系
   D. 护理人员和社会的关系
   E. 护理人员和患者的关系

2. 护患关系有狭义和广义之分，狭义的护患关系是指
   A. 护士和患者之间的关系
   B. 护士和其他医务人员的关系
   C. 护士和护士之间的关系
   D. 护士和社会之间的关系
   E. 护士与医学科学发展之间的关系

3. 目前我国护理伦理学主要的研究方向是
   A. 生命科学的发展
   B. 公共道德的学说和体系
   C. 临床护理问题
   D. 公民道德问题
   E. 护理实践中的道德意识、规范和行为问题

4. 护理伦理学基本原则**不包括**
   A. 不伤害原则　　　B. 公正原则
   C. 自主原则　　　　D. 照顾原则
   E. 行善原则

5. 护理伦理基本原则中的自主原则要求护理人员
   A. 建立信任，帮助患者确认健康问题，自主决定
   B. 重视患者的愿望和利益，提供应有的最佳照顾
   C. 重视患者愿望，不给患者带来精神上的任何伤害
   D. 尊重和满足患者的正当愿望和合理要求
   E. 坚决维护患者的愿望和决定

6. 对患者自主与医护人员做主之间关系的最正确的理解是
   A. 患者自主与医护人员做主是对立的
   B. 患者自主与医护人员做主不是对立的
   C. 强调医护人员决定，兼顾患者自主
   D. 强调患者自主，也充分看到医护人员做主的存在价值
   E. 强调患者自主，目的在于减轻医护人员的责任

7. 为了切实做到尊重患者自主性或决定，医护人员向患者提供信息时要**避免**
   A. 适度　　　　　　B. 诱导
   C. 理解　　　　　　D. 适量
   E. 开导

8. 尊重患者自主性或决定，在患者坚持己见时，可能要求医护人员
   A. 放弃自己的责任
   B. 不伤害患者
   C. 无需具体分析
   D. 必要时限制患者自主性
   E. 听命于患者

9. 治疗要获得患者的知情同意，其实质是
   A. 尊重患者自主性
   B. 尊重患者社会地位
   C. 尊重患者人格尊严
   D. 患者不会作出错误决定
   E. 患者提出的要求总是合理的

10. 下列关于尊重患者自主原则的描述，**不正确的是**
    A. 医护人员提供足够的、正确的和可理解的信息
    B. 患者的情绪处于稳定状态
    C. 患者必须有一定的自主能力
    D. 患者的自主性决定是他独自做出的
    E. 患者的自主性决定不会与他人和社会的利益发生严重冲突

11. 下列哪些做法最能体现尊重患者的自主权
    A. 提供的信息掺入虚假成分
    B. 提供的信息隐其害扬其利
    C. 想当然地向患者提供相关信息
    D. 向患者提供关键、适量的信息
    E. 提供信息时恐吓患者，以强制患者接受治疗

12. 下列做法中**不违背**护理伦理学不伤害原则的是
    A. 造成本可避免的人格伤害
    B. 发生故意伤害
    C. 造成本可避免的患者自杀
    D. 造成本可避免的残疾
    E. 因急于手术抢救患者，未由家属或患者签手术同意书

13. 下列措施，**不会**对患者造成伤害的是
    A. 医务人员的行为疏忽和粗枝大叶
    B. 医务人员的知识和技能低下

C. 医务人员强迫患者接受检查和治疗

D. 医务人员对患者的呼叫或提问置之不理

E. 医务人员为治疗疾病适当地限制或约束患者的自由

14. 公正不仅指形式上的类似,更强调公正的
   A. 基础　　　　　　　B. 内容
   C. 本质　　　　　　　D. 内涵
   E. 意义

15. 在卫生资源分配上,公正是根据每个人
   A. 都享有公平分配的权利
   B. 社会贡献的多少
   C. 实际的需要
   D. 能力的大小
   E. 在家庭中的角色地位

16. 在医务人员的行为中,**不符合**行善原则的是
   A. 与解除患者的疾苦有关
   B. 使患者受益,但却给别人造成了较大的伤害
   C. 可能解除患者的疾苦
   D. 使患者受益且产生的副作用很小
   E. 在人体实验中,可能使受试者暂不得益,但却使社会、后代受益很大

A₂ 型题

17. 每位患者做侵入性的检查或治疗前,都需要填写知情同意书,这是哪一项伦理原则的实现
   A. 公平原则　　　　　B. 自主原则
   C. 行善原则　　　　　D. 不伤害原则
   E. 守信原则

18. 告知患者手术的目的及可能的危险性,然后征求患者的意见,并尊重患者的决定。这一"尊重患者决定"的情况,主要应用哪种伦理原则
   A. 公平原则　　　　　B. 行善原则
   C. 自主原则　　　　　D. 不伤害原则
   E. 尊重原则

19. 南丁格尔誓言中"不用或不故意使用有害之药物"是依据基本伦理中的
   A. 公平原则　　　　　B. 自主原则
   C. 行善原则　　　　　D. 不伤害原则
   E. 尊重原则

20. 护士张某,在执行护理工作时,不只是遵从医嘱行事,而是先了解和评估各项护理活动可能对患者造成的影响,再予实施。此乃依据护理伦理中的
   A. 自主原则　　　　　B. 不伤害原则

C. 行善原则　　　　　D. 公平原则
E. 尊重原则

21. 患者,女性,76 岁。诊断:肺气肿。入院时患者曾口头告知护士,她不想接受气管内插管术。入院 2 小时后,患者因血液中 CO_2 浓度过高,意识丧失,急诊值班医师在紧急状况下,为其置放了人工气道及实施机械性通气治疗。医师作如此决策,符合下列哪一项伦理原则
   A. 公平原则　　　　　B. 自主原则
   C. 行善原则　　　　　D. 不伤害原则
   E. 守信原则

22. 门诊护士小李在常规情况下,依据医院规定,按照挂号顺序安排患者就诊,这是基于下列哪一项护理伦理原则
   A. 自主原则　　　　　B. 不伤害原则
   C. 行善原则　　　　　D. 公平原则
   E. 尊重原则

23. WHO 提出:"2000 年人人享有初级卫生保健"的战略目标,体现了
   A. 自主原则　　　　　B. 不伤害原则
   C. 行善原则　　　　　D. 公平原则
   E. 尊重原则

24. 当妊娠危及胎儿母亲的生命时,可允许行人工流产或引产,这符合
   A. 自主原则　　　　　B. 不伤害原则
   C. 行善原则　　　　　D. 公平原则
   E. 尊重原则

25. 某中年男患者因心脏病发作被送到急诊室。症状及检查结果均明确提示心肌梗死。患者很清醒,但拒绝住院,坚持要回家。此时医护人员应该
   A. 尊重患者自主权,医护人员无任何责任,同意他回家
   B. 尊重患者自主权,但应尽力劝导患者住院,无效时办好相关手续
   C. 尊重患者自主权,但应尽力劝导患者住院,无效时行使干涉权
   D. 行使医护人员自主权,为治救患者,强行把患者留在医院
   E. 行使家长权,为治病救人,强行把患者留在医院

26. 患者,女性,26 岁。诊断:左侧乳腺癌。住院行根治术。术中发现其右侧乳房有一个不明显的硬

节,给予常规冰冻病理切片,结果提示:右侧乳房小肿块部分癌变。此时,医生的最佳伦理选择是
　A. 依人道原则,立即行右乳大部分切除术
　B. 依不伤害原则,立即行右乳根治术
　C. 依救死扶伤原则,立即行右乳大部分切除术
　D. 依行善原则,立即行右乳根治术
　E. 依知情同意原则,立即行右乳大部分切除术

27. 某患者,患糖尿病多年,右足部出现严重溃疡,经治疗病情未减轻,且有发生败血症的危险,为保证患者的生命,需对患者行截肢术。此案例包含的冲突是
　A. 行善原则与公正原则的冲突
　B. 行善原则与尊重原则的冲突
　C. 不伤害原则与行善原则的冲突
　D. 不伤害原则与公正原则的冲突
　E. 不伤害原则与尊重原则的冲突

28. 患儿,男性,2岁。诊断:急性菌痢,入院。经治疗病情已好转,即将出院。患儿父母认为小儿虚弱,要求医生给予输血。医生认为这是患儿父母主动提出的请求,同意给患儿输血。因接近下班时间,护士提议给予患儿静脉推注输血。输血时患儿哭闹,医护齐动手约束患儿执行操作。在输血过程中,患儿突发心搏骤停,抢救无效死亡。此案例中医护人员的伦理过错主要是
　A. 无知,无原则,违背了有利患者的原则
　B. 无知,无原则,违背了人道主义原则
　C. 曲解家属自主权,违反操作规程,违背了有利患者的原则
　D. 曲解家属自主权,违反操作规程,违背了不伤害患者的原则
　E. 曲解家属自主权,违反操作规程,违背了人道主义原则

29. 患者,男性,55岁。诊断:肝癌晚期。患者家属要求医护人员向患者隐瞒病情,并告知患者诊断为"肝硬化",患者寄希望于治疗,但病情进展和疼痛发作时,多次要求医护人员给予明确的说法和采取积极有效的治疗措施。此时,医护人员最佳的伦理选择是
　A. 正确对待保密与讲实话的关系,经家属同意后可告知实情,重点减轻疼痛
　B. 恪守保密原则,继续隐瞒病情,直至患者死亡
　C. 尊重患者自主原则,全面满足患者要求
　D. 依据知情同意原则,告知患者所有疾病信息

　E. 依据不伤害原则,劝导患者试用各种民间土方

30. 患者,女性,45岁。发热、头疼1天。医生准备为其做腰穿检查,以明确诊断,患者告诉护士,对腰穿感到很恐惧。从伦理要求考虑,护士应向患者做的主要工作是
　A. 得到患者知情同意
　B. 告知患者做腰穿的必要性,要求患者配合
　C. 告知患者做腰穿时的注意事项
　D. 因诊断需要,先动员,后检查
　E. 动员家属给患者做思想工作

31. 某病区护士长认为赵护士经常以带孩子为由请假而影响工作,对其不满;赵护士则认为护士长不体谅下属、缺乏人情味,为此两人关系一直处于紧张状态。影响她们关系的主要原因是
　A. 期望值差异　　B. 角色压力过重
　C. 经济压力过重　　D. 角色责任模糊
　E. 角色权利争议

A₃/A₄型题

(32、33题共用题干)

老年科护士小王,遵医嘱给患者发药。待患者服药后,小王走出病房,发现自己发错药了,于是惊讶地对另一名护士大喊:"我给患者发错药了!"。此话被患者听到,急忙自己寻来肥皂水喝下,想把"吃错的药"洗出来。结果,患者引发严重呕吐,导致心力衰竭死亡。事后调查,护士小王给患者服下的药是维生素B₆。

32. 对于此案,下列说法正确的是
　A. 维生素B₆是有益身体健康的,吃错了无妨
　B. 患者喝肥皂水致死,是他自己的责任,与医护人员无关
　C. 医护人员的语言和行为必须从有利于患者和不伤害患者的角度出发
　D. 患者缺乏相应的医学知识而造成了这样的恶果
　E. 护士小王不应该把真相说出来

33. 护士小王的言行违反下列哪一项伦理原则
　A. 自主原则　　B. 不伤害原则
　C. 行善原则　　D. 公平原则
　E. 尊重原则

(34、35题共用题干)

监护病房一位患者心跳突然停止,护士小王立即给予电击。

34. 护士小王执行电击前不需患者或家属填写知情同意书,其理由是

A. 监护病房有内部规定,可以不必填写知情同意书

B. 因心跳停止可能对患者的生命和健康有急迫性威胁

C. 来不及通知家属,所以不填写知情同意书

D. 情况紧急先做急救,等患者病情稳定后再填写知情同意书即可

E. 知情同意书只适用于慢性病患者

35. 护士小王采取的处理措施,符合护理伦理的

A. 自主原则 　　　　B. 不伤害原则

C. 行善原则 　　　　D. 公平原则

E. 尊重原则

解析: 此案例以行善原则为优先,因患者生命危险,应首先实施抢救。

参考答案

1~5 CAEDA　6~10 DBBAD　11~15 DEEBA

16~20 BBCDB　21~25 CDDBC　26~30 ECDAA

31~35 ACBBC

第21章　护士的权利与义务

第1节　护士在医疗实践过程中依法应当享有的权利

一、享有获得物质报酬的权利

1. 有按照国家有关规定获取工资报酬、享受福利待遇、参加社会保险的权利。

2. 任何单位或者个人不得克扣护士工资，降低或者取消护士福利等待遇。

二、享有安全执业的权利

1. 有获得与其所从事的护理工作相适应的卫生防护、医疗保健服务的权利。

2. 从事直接接触有毒有害物质、有感染传染病危险工作的护士，有依照有关法律、行政法规的规定接受职业健康监护的权利。

3. 患职业病的，有依照有关法律、行政法规的规定获得赔偿的权利。

三、享有学习、培训的权利

1. 有按照国家有关规定获得与本人业务能力和学术水平相应的专业技术职务、职称的权利。

2. 有参加专业培训、从事学术研究和交流、参加行业协会和专业学术团体的权利。

四、享有获得履行职责相关的权利

1. 有获得疾病诊疗、护理相关信息的权利和其他与履行护理职责相关的权利。

2. 有对医疗卫生机构和卫生主管部门的工作提出意见和建议的权利。

五、享有获得表彰、奖励的权利

1. 受到表彰、奖励时，有享受相应规定待遇的权利。

2. 对长期从事护理工作的护士应当颁发荣誉证书。

六、享有人格尊严和人身安全不受侵犯的权利

1. 对扰乱医疗秩序，阻碍护士依法开展执业活动，侮辱、威胁、殴打护士，或者其他侵犯护士合法权益的行为者，由公安机关依照治安处罚的规定给予处罚。

2. 构成犯罪的，依法追究刑事责任。

第2节　护士的义务

★一、依法进行临床护理义务

1. 护士执业，应当遵守法律、法规、规章和诊疗技术规范的规定。**这是护士执业的根本准则**，即合法性原则。

2. 正确书写护理文件。

3. 正确查对、执行医嘱。

★二、紧急救治患者的义务

1. 发现患者病情危急,应立即通知医师。

2. 在紧急情况下为抢救垂危患者生命,应当先行实施必要的紧急救护。

★三、保护患者隐私的义务

1. 尊重、关心、爱护患者,不向与患者疾病治疗、护理无关的人员透露患者隐私。

2. 在实行告知义务时,注意保护性医疗措施,避免对患者产生不利后果。

四、积极参加公共卫生应急事件救护的义务

发生自然灾害、公共卫生事件等严重威胁公众健康的突发事件时,护士应服从安排,参加医疗救护。

第3节 护士违反法定义务的表现及应当承担的法律责任

一、违反法定义务的表现

1. 发现患者病情危急未立即通知医师。

2. 发现医嘱违反法律、法规、规章或者诊疗技术规范的规定,未依照有关规定提出或者报告。

3. 泄露患者隐私。

4. 发生自然灾害、公共卫生事件等严重威胁公众生命健康的突发事件,不服从安排参加医疗救护。

二、违反法定义务应当承担的法律责任

1. 《护士条例》规定,护士在执业活动中有上述违反法定义务的情形之一的,由县级以上地方人民政府卫生主管部门依据职责分工责令改正,给予警告;情节严重的,暂停其6个月以上1年以下执业活动,直至由原发证部门吊销其护士执业证书。

2. 承担法律责任有三种形式:警告、暂停执业活动和吊销其护士执业证书,并且一旦被吊销执业证书的,**自执业证书被吊销之日起2年内不得申请执业注册**。

3. 所受到的行政处罚、处分的情况将被记入护士执业不良记录。护士执业不良记录包括护士因违反《护士条例》以及其他卫生管理法律、法规、规章或者诊疗技术规范的规定受到行政处罚、处分的情况等内容。

模拟试题程——攻破命题思路,提升应试能力

专业实务

A₁型题

1. 有关护士的权利与义务的叙述,下列正确的是

　　A. 护理人员所执行的所有业务均应有医嘱指示

　　B. 患者的保健措施与执行,不属于护理记录范畴

　　C. 护理人员的记录不需要保存

　　D. 遇有危急患者,必要时先行给予紧急救护处理

　　E. 为了科研的需要,可以暴露患者的一切信息

2. 以下属于护士权利的是

　　A. 遵守法律、法规、规章和诊疗技术规范的规定

　　B. 保护患者隐私

　　C. 对医疗卫生机构和卫生主管部门的工作提出意见和建议

　　D. 发现患者病情危急,立即通知医生

　　E. 能力不足时不能参加患者的抢救

3. 以下属于护士义务的是

　　A. 按照国家有关规定获取工资报酬、享受福利待遇,参加社会保险

　　B. 获得与本人业务能力和学术水平相应的专业技术职务、职称

　　C. 参与公共卫生和疾病预防控制

　　D. 对医疗卫生机构和卫生主管部门的工作提出

意见和建议

E. 从事有感染传染病危险工作的护士,应当接受职业健康监护

4. 针对护士在执业活动中面临职业危害的问题,《护士条例》中**未作规定**的是

A. 护士应当获得与其所从事的护理工作相适应的卫生防护、医疗保健服务

B. 从事有感染传染病危险工作的护士,应当接受职业健康监护

C. 不得要求护士从事直接接触有毒有害物质的危险工作

D. 护士患职业病的,有依照有关法律、行政法规的规定获得赔偿的权利

E. 从事直接接触有毒有害物质的护士,应当按照国家有关规定给予津贴

A₂ 型题

5. 某病区护士,确诊患有职业病,其应享受的权利,下列哪一项**不妥**

A. 依法享受国家规定的职业病待遇

B. 诊疗、康复费用按照国家有关工伤社会保险的规定执行

C. 被诊断患有职业病,但用人单位没有依法参加工伤社会保险的,其医疗的生活保障由用人单位承担

D. 用人单位除负责该护士的生活保障外,不负责其他经济损失,护士不得向用人单位提出赔偿要求

E. 明确职业病诊断,可由工伤社会保险给付

6. 患者,男性,27 岁。因深夜酒后驾驶发生车祸,全身多处骨折、严重颅脑损伤,被送至某医院急诊科,值夜班护士处理措施**错误**的是

A. 应立即通知医师

B. 医师不能马上到达,护士应先行实施必要的紧急救护

C. 护士实施必要的抢救措施,但要避免对患者造成伤害

D. 因为值夜班,护士有权独立抢救危重患者

E. 护士必须依照诊疗技术规范救治患者

7. 某消化内科护士,从事护理工作 30 年,其应享受护士的权利,下列哪一项**除外**

A. 按规定获取工资报酬

B. 保护患者隐私

C. 对医疗卫生机构和卫生主管部门的工作提出

意见和建议

D. 享受专业知识能力的教育和培训

E. 应获得荣誉护士表彰

8. 护士小李,是某医院产科护士,其有一朋友从事婴儿奶粉销售工作,该朋友经常在小李单独值班时,以探视好友为名,到科室找小李聊天,小李因此经常热心地将产妇的联系电话告知该朋友,其行为属于

A. 未尽护理患者义务

B. 未尽保护患者隐私义务

C. 未尽紧急救治患者义务

D. 享有获得物质报酬的权利

E. 享有履行护士职责的权利

9. 某感染科护士,向卫生主管部门投诉其所在医院侵犯其护士权益,该护士投诉的理由,**不妥**的是

A. 医院未为其提供卫生防护用品

B. 医院未按照国家有关规定给予其津贴

C. 医院未按照国家有关规定为其足额缴纳社会保险费用

D. 医院以"未办理执业变更手续"为理由拒绝其在该医院继续从事护理工作

E. 医院以"护理人员不足"为理由,限制其参加护士职称晋升考试

10. 某医院护士,被卫生主管部门处予"暂停其 6 个月以上、1 年以下执业活动"的处罚,其最有可能的原因是

A. 发现患者病情发生变化未立即通知医师

B. 发现医嘱违反法律、法规、规章或诊疗技术规范的规定,未向卫生主管部门汇报

C. 向患者隐瞒疾病诊断

D. 与另一护士谈论患者隐私

E. 由于发生火灾,大批伤病员等待救援,其不服从医院安排,拒绝参加医疗救护。

A₃/A₄ 型题

(11、12 题共用题干)

患者,女性。进餐时不慎吞下鱼刺,刺伤咽部,由于处理不当导致喉头水肿,呼吸困难被家人送至急诊科。

11. 值班护士处理**不当**的是

A. 依照诊疗技术规范处理

B. 立即通知医师

C. 根据患者的实际情况和自身能力水平进行力所能及的救护

D. 处理时避免对患者造成伤害

E. 等待医师到场,方可实施抢救

12. 抢救患者时,护士对医师的医嘱,处理**错误**的是

    A. 医师到达之前,电话告知的医嘱,不执行

    B. 口头医嘱,应在抢救结束后6h内要求医师补写医嘱,并签名

    C. 护士发现医嘱剂量错误,但医师坚持己见,护士有权拒绝执行

    D. 发现医嘱违反诊疗技术规范规定,如有必要,可向该医师所在科室负责人报告

    E. 发现医嘱违反法律、法规、规章或者诊疗技术规范规定,可向开具医嘱的医师提出

(13、14题共用题干)

    某门诊输液室护士,给一腹泻患儿执行静脉输液治疗时,因患儿血管塌陷,导致静脉穿刺失败,患儿哭闹严重,患儿父亲认为护士技术不娴熟,以致增加患儿痛苦,并对护士进行殴打。

13. 患儿父亲的行为属于

    A. 犯罪   B. 不尊重护士

    C. 侵犯护士人身安全 D. 可以理解

    E. 正当防卫

14. 经调查后,给予患儿父亲行政处罚,给予处罚的部门是

    A. 医疗卫生机构保卫部门

    B. 卫生管理机构

    C. 医疗卫生机构

    D. 公安机关

    E. 劳动保障部机构

参考答案

1~5 DCCCD 6~10 DBBDE 11~14 EACD

第22章　患者的权利与义务

第1节　患者的权利

★一、有个人隐私和个人尊严被保护的权利

1. 患者有权要求有关其病情资料、治疗内容与记录，如同个人隐私，须保守秘密。
2. 患者有权要求对其医疗计划，如病例讨论、会诊、检查和治疗等，审慎处理，未经患者同意，不得泄露。
3. 患者的姓名、身体状况、私人事务等不允许任意公开，更不能与其他不相关人员讨论患者的病情与治疗。

★二、有获得全部实情的知情权

1. 患者有权获知关于自己的诊断、治疗和预后的最新信息。
2. 医护人员应当将患者的病情、医疗措施、医疗风险等如实告知患者，及时解答患者咨询，但应避免对患者产生不利后果。

★三、有平等享受医疗的权利

1. 患者有解除病痛，要求医疗照顾的权利，有继续生存的权利。
2. 任何医护人员和医疗机构都不得拒绝患者的求医要求。
3. 医护人员应平等地对待每一位患者，自觉维护每一位患者的权利。

四、有参与决定有关个人健康的权利

1. 患者有权在接受治疗前，如手术、重大的医疗风险、医疗处置有重大改变等情形时，得到正确的信息。只有患者完全了解可选择的治疗方案并同意后，方可执行。
2. 患者有权在法律允许的范围内拒绝治疗。医护人员应向患者说明拒绝治疗对生命和健康可能造成的危害。
3. 患者有权维护自己身体组织的完整和器官的正常机能。如医院计划实施与患者治疗相关的研究时，患者有权知道详情，并有权拒绝参与研究。

五、有权获得住院时及出院后完整的医疗权

1. 医院对患者合理的服务需求要有回应。
2. 医院应依患者病情的紧急程度，对患者提供评价、医疗服务和转院。
3. 即将转至的医院必须已同意接受该患者。

六、有服务的选择权、监督权

1. 患者有比较、鉴别和选择医疗机构、就诊方式、检查项目、治疗方案，甚至医师和护士的权利。
2. 患者有权对医院的医疗、护理、管理、后勤保障、医德医风等各方面进行监督，并有权提出意见和建议。

七、有免除一定社会责任和义务的权利

1. 有权根据病情的实际,暂时或长期免除一定的社会责任,如免服兵役、精神病患者对自身的行为可以不负责任等。

2. 有权利得到各种福利保障,如带薪休病假等。

八、有获得赔偿的权利

当发生由于医疗机构及其工作人员行为不当,而造成患者人身损害后果的情况时,患者有通过正当程序获得经济赔偿的权利。

九、有请求回避权

在进行医疗事故鉴定之前,患者有权以口头或者书面的形式申请他不信任的鉴定委员回避。

第2节 患者的义务

一、积极配合医疗护理的义务

1. 患者有义务接受医疗护理,和医务人员合作,共同治疗疾病,恢复健康。

2. 患者在同意治疗方案后,有遵循医嘱的义务。

二、自觉遵守医院规章制度的义务

1. 患者有遵守医院各种规章制度的义务,包括探视制度、卫生制度、陪护制度等。

2. 患者有按规定交纳医疗费用的义务。

三、自觉维护医院秩序的义务

1. 患者有保持医院安静、清洁、有序,以保证正常医疗活动的义务。

2. 患者有不损坏医院财产的义务。

四、保持和恢复健康的义务

1. 患者有责任积极参与自我保健,尽快恢复健康。

2. 患者有责任选择合理的生活方式,养成良好的成活习惯,保持健康,减少疾病的发生。

模拟试题栏——识破命题思路,提升应试能力

专业实务

A₁型题

1. 下列**不属于**侵犯患者隐私权的行为有
   A. 谈论患者的个人信息时有意识地避开其他无关人员
   B. 在公共场合随意散播患者的信息
   C. 将患者的个人信息与家人分享
   D. 在闲谈中无意泄漏患者的个人隐私
   E. 在闲谈中故意泄漏患者的个人隐私

2. 关于患者的权利,下述说法中正确的是
   A. 患者都享有稀有卫生资源分配的权利
   B. 患者都有要求开假休息的权利

   C. 护士在任何情况下都不能剥夺患者要求保密的权利
   D. 患者被免除社会责任的权利是随意的
   E. 知情同意是患者自主权的具体形式

3. 以下哪项**不是**患者的义务
   A. 如实提供病情和与疾病相关的信息
   B. 尊重医师和他们的劳动
   C. 避免将疾病传播给他人
   D. 不可以拒绝医学科研试验
   E. 在医师指导下对治疗作出负责的决定,并与医师合作执行

4. 患者的权利受到关注的社会背景是

A. 人的权利意识、参与意识增强和对人的本质的进一步认识

B. 医患间医学知识的差距逐渐缩小

C. 对人的本质有了进一步认识

D. 意识到医源性疾病的危害

E. 世界性的医患关系冷漠化

A₂ 型题

5. 某患者因消化性溃疡到某二级医院住院治疗,医生经检查后告知患者需手术治疗。患者不同意在该院手术,提出转院,到某三级医院治疗,医院经患者签名后同意其出院,该案例体现了患者的

　　A. 知情同意权　　　　B. 疾病认知权

　　C. 医疗选择权　　　　D. 平等医疗权

　　E. 免除责任权

6. 某患者急性外伤至多脏器衰竭,需进入 ICU 进一步治疗,进入 ICU 前,医护人员告知家属有关患者的治疗目的、治疗方案、预后和费用,经家属同意后,患者被送入 ICU 治疗。此案例体现了患者的

　　A. 知情同意权　　　　B. 疾病认知权

　　C. 隐私权　　　　　　D. 平等医疗权

　　E. 免除责任权

7. 某病区护士长,为了促进护理工作中护患关系,充分尊重护患双方的权利与义务,提出了下列口号和做法,其中**不可取**的是

　　A. 护理人员不是上帝

　　B. 患者是上帝

　　C. 把维护患者正当权利放在第一位

　　D. 护理人员的正当权益必须得到保证

　　E. 患者的权利往往意味着护理人员的义务

8. 某患者因乳腺肿块,为进一步明确诊断和治疗入院,住院期间其**不能拒绝**的是

　　A. 公开病情　　　　　B. 治疗

　　C. 手术　　　　　　　D. 参与实验研究

　　E. 遵守医院制度

9. 某患者因车祸至重伤被送至某医院急救科,因没带押金,医护人员拒绝为患者办理住院手续,当患者家属拿钱赶到时,已错过了抢救的最佳时机,导致患者死亡。本案例医护人员违背了患者应该享有的

　　A. 自主权　　　　　　B. 知情同意权

　　C. 保密和隐私权　　　D. 基本的医疗权

　　E. 参与治疗权

10. 患者,女性,25 岁,未婚。因子宫出血过多住院。

患者诉子宫出血与她月经有关,曾发生过多次,医生按其主诉施行相应的治疗。实习护士小红与患者十分投机,成为无话不谈的好朋友,在一次聊天中患者告诉小红其子宫出血是因为服用了流产药物而造成,并要求小红为其保密。实习护士小红正确的处理是

　　A. 遵守保密原则,不将患者真情告诉医生

　　B. 因不会威胁到患者生命,所以保密

　　C. 拒绝为患者保密的要求

　　D. 为了患者能得到正确的治疗,说服患者将真实情况告诉医生,并为患者保密

　　E. 了解病因、病史是医生的事,与护士无关,所以尊重患者的决定

A₃ /A₄ 型题

(11～13 题共用题干)

　　患者,男性,24 岁。因右下腹剧烈疼痛,急诊拟"急性阑尾炎"收入院。入院后,查体:患者神志清楚,腹肌紧张,麦氏点有压痛、反跳痛,结合实验室检查结果,医生确定患者需立即行手术治疗。

11. 手术前,医护人员需征得患者知情同意,该患者知情权,**不包括**的是

　　A. 有权自主选择手术方式

　　B. 有同意手术的合法权利

　　C. 有明确决定的理解力

　　D. 有家属代为决定的权利

　　E. 有做出决定的认知力

12. 征得患者的知情同意,其道德价值**不包括**

　　A. 维持社会公正　　　B. 保护患者自主权

　　C. 解脱医生责任　　　D. 协调医患关系

　　E. 保证医疗质量

13. 下列哪项**不属于**该患者应尽的义务

　　A. 积极配合医护活动

　　B. 尊重医护人员

　　C. 修订医院的规章制度

　　D. 自我保健、促进健康

　　E. 及时寻求医护帮助

(14、15 题共用题干)

　　患者,男性,36 岁。诊断:肝癌。患者告诉医护人员,自己是家庭经济的顶梁柱,上有年迈体弱的老母亲,下有尚未成年的儿子,妻子刚下岗在家待业,因此,必须坚持工作,一边工作一边接受治疗,并要求医护人员为其保密。

14. 医护人员为患者保密的重要性,**不包括**下列哪

一项

A. 不引起医患矛盾

B. 不危害他人及社会

C. 不引起患者家庭纠纷

D. 不导致患者自残等后果

E. 不引起对患者的歧视

15. 患者病情日益加重,医护人员为患者保密的原则,在必要时下列哪项可以**除外**

A. 保护患者隐私

B. 保护患者家庭隐私

C. 告知患者家属必要信息

D. 不公开患者提出保密的不良诊断

E. 不公开患者提出保密的预后判断

参考答案

1～5 AEDAC　6～10 ABEDD　11～15 DCCBC

第4篇　人际沟通

第23章　人际沟通的概述

第1节　人际沟通的基本概念

★一、人际沟通的含义

1. 沟通：沟通是信息发送者遵循一系列共同规则，凭借一定媒介将信息发给信息接收受者，并通过反馈以达到**相互理解**的过程。

2. 人际沟通：是指人们运用语言或非语言符号系统进行信息(思想、观念、动作等)交流沟通的过程。

二、人际沟通的类型

人际沟通主要分为两种类型，即语言沟通和非语言沟通。

1. 语言沟通：是以**语言文字为媒介**的一种的沟通形式。根据表达形式，可分为口头语言和书面语言沟通两种形式。

2. 非语言沟通：是通过非语言媒介，如**服饰、表情、眼神、姿势、动作、距离**等类语言实现的沟通。

★三、人际沟通的模式与构成要素

人际沟通是信息的传送者通过选定的媒介把信息传递给接受者的过程(图 23-1)。**一个完整的沟通过程一般由 6 个基本要素构成**：

1. 沟通当时的情景：是指沟通发生的场所或环境。

2. 信息的发出者：指发出信息的人，也称为信息来源。

3. 信息：指沟通时所要传递和处理的信息内容。

4. 信息的接受者：指接收信息的人。

5. 途径：是指信息传递的手段。

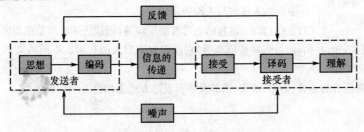

图 23-1　人际沟通过程

6. 反馈:有效、及时的反馈在沟通过程中极为重要。

四、人际沟通在护理工作中的主要作用

1. 连接作用:沟通是人与人之间情感连接的主要桥梁。
2. 精神作用:沟通可以加深积极的情感体验,而减弱消极的情感体验。
3. 调节作用:沟通可增进人与人之间的理解。

第2节 人际沟通的影响因素

在人际沟通的过程中,主要的影响因素包括环境因素和个人因素。

★一、环境因素

环境因素包括物理环境(如安静度、距离)和心理环境(如隐秘性)。

1. **安静度**:安静的环境是保证沟通效果的重要条件之一,与沟通无关的噪声将分散沟通者的注意力,干扰沟通信息的传递。

★2. **距离**:沟通者之间的距离不仅会影响沟通者的参与程度,还会影响沟通过程中的气氛。一般而言,沟通者之间较近的距离宜易形成合作的气氛,而较远的距离则易形成防御,甚至敌对的气氛。

(1)**亲密距离**:一般为 **0~0.45m**,护士如果因为工作需要须进入此距离时,应先向患者说明原因,方能进入。

(2)**个人距离**:一般为 **0.45~1.2m**,是一般交往时保持的距离。也是护患之间较为理想的人际距离。

(3)**社会距离**:一般为 1.2~3.5m,主要用于个人社会交际或商贸谈判。

(4)**公共距离**:一般为 3.5m 以上,主要适合于群体交往。

3. **隐秘性**:当沟通内容涉及个人隐私时,若有其他无关人员在场,如同事、朋友、亲友等,将影响沟通的深度和效果。因此,沟通者应特别注意环境的隐秘性,有条件时,最好选择无其他人员在场的环境;无条件时,应注意减低声音,避免让他人听到。

★二、个人因素

个人因素主要包括生理因素、心理因素、文化因素和语言因素。

1. 生理因素:沟通者的生理因素包括永久性生理缺陷和暂时性生理不适

(1)**永久性生理缺陷**:是指感官功能不健全,如听力、视力障碍;智力不健全,如弱智、痴呆等。需采用特殊沟通方式。

(2)**暂时性生理不适**:包括**疼痛、饥饿、疲劳**等暂时性生理不适因素,将暂时影响沟通的有效性。

2. 心理因素:在沟通过程中,其效果还受到沟通者情绪、个性、态度等心理因素的影响

(1)**情绪**:情绪是指一种具有感染力的心理因素,可直接影响沟通的有效性。轻松、愉快的情绪可增强沟通者沟通的兴趣和能力;焦虑、烦躁的情绪将干扰沟通者传递和接受信息的能力。

(2)**个性**:热情、开放、善解人意的人容易与人沟通;而冷漠、拘谨、孤僻、以自我为中心的人很难与人沟通。

(3)**态度**:真心、诚恳的态度有助于沟通,而缺乏实事求是的态度可导致沟通障碍。

3. 文化因素:包括知识、信仰、习俗和价值观等,它规定和调节人的行为。不同的文化背景很容易使沟通双方产生误解,造成沟通障碍。

4. 语言因素:沟通者的语音、语法、语义、措辞及语言表达方式等均会影响沟通效果。

专业实务

A₁ 型题

1. 下列表述**不正确**的是

    A. 沟通原指两水相通,后泛指两方相通

    B. 人际沟通是有效果的,但并非万能的

    C. 人际沟通是一个双向的互动过程

    D. 人际沟通必须使用语言才能进行

    E. 人际沟通随时都有可能发生,不管你愿不愿意

2. 以下对沟通概念的阐述**不妥**的是

    A. 沟通首先是信息的传递

    B. 沟通中信息不仅要被传递到,还要被理解

    C. 沟通都是面对面的,不需要借助媒介

    D. 沟通是一个双向、互动的反馈和理解过程

    E. 有效的沟通并不是沟通双方达成一致意见,而是准确地理解信息的含义

3. 下列哪一项**不属于**非语言沟通的类型

    A. 仪表和身体的外观   B. 面部表情

    C. 目光的接触   D. 触摸

    E. 文字和符号

4. 下列哪一项**不属于**沟通的基本要素

    A. 信息的发现者和接受者

    B. 沟通的技巧

    C. 沟通的背景

    D. 信息的内容

    E. 信息反馈过程

A₂ 型题

5. 某患者处在焦虑状态,烦躁不安,对护士的询问"视而不见,听而不闻",护患沟通过程中,哪一个环节出现了问题

    A. 发送者   B. 信息

    C. 途径   D. 接受者

    E. 环境

6. 患者,男性,23岁。因肺结核入院,护士张某是其责任护士,护士与患者的有效沟通应建立在

    A. 有一方情绪处于兴奋状态

    B. 护士可用说教语气,提高沟通效果

    C. 护士采用真诚相助的态度和彼此能懂的语言

    D. 患者处于主动状态中

    E. 沟通时双方距离尽量靠近

7. 患者,男性,76岁,肝硬化。护士为了了解病情,与患者进行沟通,影响护患沟通效果的环境因素是

    A. 沟通者情绪烦躁   B. 沟通者听力障碍

    C. 沟通双方距离较远   D. 沟通双方信仰不同

    E. 沟通双方价值观不同

8. 患者,女性,46岁。诊断:乳腺癌。行乳腺切除术后,护士给予患者健康教育时,影响护患沟通效果的隐秘性因素是

    A. 沟通场所阴暗

    B. 沟通者双方距离较远

    C. 沟通者一方情绪悲哀

    D. 沟通者一方性格内向

    E. 沟通过程中有其他人员在场

9. 患者,2岁。因急性扁桃体炎,需静脉输液治疗,护士操作时,与患儿保持距离适宜的是

    A. 0~0.45m   B. 0.45~1.2m

    C. 1.2~3.5m   D. 3.5~5.2m

    E. >5.2m

10. 患者,女性,58岁。诊断:高血压。护士在与患者沟通时,了解到患者常因家务小事与儿媳妇发生摩擦,护士针对该现象,向患者说明情绪可影响血压,并分别给予患者及其儿媳妇心理疏导。护患沟通在此案例中起到的主要作用是

    A. 连接作用   B. 精神作用

    C. 调节作用   D. 鼓励作用

    E. 反馈作用

A₃ /A₄ 型题

(11、12题共用题干)

    患者,男性,69岁,农民,文盲。入院诊断为"胃癌",行胃大部切除术后,责任护士利用探视时间采取交谈的方式进行术后护理评估。在交谈过程中,护士手机突然响起,护士立刻将手机关闭;患者诉伤口阵阵疼痛,并表现出十分烦躁,其女儿在旁轻轻地给予安慰;最终交谈无法继续,不得不终止。

11. 影响此次护患沟通的隐秘性因素是

    A. 患者伤口疼痛   B. 患者为文盲

    C. 护士手机未关闭   D. 患者女儿在场

    E. 患者年龄较大

12. 导致此次交谈失败的个人生理因素是

    A. 文盲   B. 情绪烦躁

    C. 年龄较大   D. 伤口疼痛

E. 女儿在场

（13、14题共用题干）

患者，女性，18岁，因胃溃疡入院。

13. 护士与患者沟通时，最适宜采取的距离是

　　A. 零距离　　　　　　B. 亲密距离

　　C. 个人距离　　　　　D. 社会距离

　　E. 公共距离

14. 采取上述距离，要求护士与患者之间保持

　　A. 0～0.45m　　　　　B. 0.45～1.2m

　　C. 1.2～3.5m　　　　　D. 3.5～5.2m

　　E. ＞5.2m

参考答案

1～5 DCEBD　6～10 CCFAC　11～14 DDCB

第 24 章　护理工作中的人际关系

第 1 节　人际关系的基本概念

一、人际关系的定义

人际关系是指人们在社会生活中，通过相互认知、情感互动和交往行为所形成和发展起来的人与人之间的相互关系。

★二、人际关系的特点

1. 社会性：人是社会的产物，社会性是人的本质属性，**是人际关系的基本特点**。
2. 复杂性：人际关系是不断变化的多方面因素联系起来的，具有高度个性化和以心理活动为基础的特点。
3. 多重性：人际关系具有多因素和多角色的特点。
4. 多变性：人际关系随年龄、环境、条件等变化而不断变化。
5. 目的性：人际关系的建立与发展，均有不同的目的。

★三、人际关系与人际沟通的关系

1. 建立和发展人际关系是人际沟通的目的和结果。
2. 良好的人际关系是人际沟通的基础和条件，将保障沟通的顺利进行及其有效性。
3. 人际沟通和人际关系在研究侧重点上有所不同。人际沟通重点研究人与人之间联系的形式和程序；人际关系则重点研究在人与人沟通基础上形成的心理和情感关系。

第 2 节　影响人际关系的因素

★一、仪表

仪表是指人的外表，可影响人们彼此间的吸引，从而影响人际关系的建立和发展。**特别是在初次见面时，在人际关系中占有重要地位**。

二、空间距离与交往频率

人与人在空间距离上越近，交往的频率越高，则双方更容易了解和熟悉，人际关系更密切。

三、相似性与互补性

1. 当双方在教育水平、社会地位、宗教信仰等方面具有相似性时，容易相互吸引。
2. 当双方在性格等方面需要互补时，会产生强烈的吸引力。

四、互惠

交往双方在感情、物质、精神和能量上能够互助互利时，更容易互相吸引，建立亲密关系。

五、个性品质与能力

1. 优良个性品质,如正直、真诚、善良等,更具有持久的人际吸引力。
2. 人们一般愿意与聪明能干者交往,而讨厌愚蠢无知者。

第3节 护理人际关系

构建团结、和谐的人际关系是护士的主要工作内容之一。护理人际关系包括护士与患者的关系、护士与患者家属的关系、护士与医生的关系以及护际关系。

一、护患关系

★1. **护患关系的特点**:是护士通过医疗、护理等活动与患者建立起来的一种特殊的人际关系。具有五个特点

(1)**护患关系是帮助系统与被帮助系统的关系**:护患关系不仅仅代表护士与患者个人的关系,而是两个系统之间关系的体现。

(2)**护患关系是一种专业性的互动关系**:护患关系不是护患之间简单的相遇关系,而是护患双方相互影响、相互作用的专业性互动关系。

(3)**护患关系是一种治疗性的工作关系**:治疗性关系是护患关系职业行为的表现,具有一定强制性。无论护士是否愿意,也无论患者的身份、职业和素质如何,作为一名帮助者,有责任与患者建立良好的治疗性关系,以利于患者疾病治疗、恢复健康。

(4)**护士是护患关系后果的主要责任人**:护士是促进护患关系向积极方向发展的推动者,也是护患关系发生障碍的主要责任承担者。

(5)**护患关系的实质是满足患者的需要**:护士通过提供护理服务满足患者需要,是护患关系区别于一般人际关系的重要内容。

★2. **护患关系的基本模式**:护患关系主要分为三种基本模式,在临床护理实践中,护士应根据患者的具体情况、患病的不同阶段,选择适宜的护患关系模式

(1)**主动-被动型**:最古老的护患关系模式。受传统生物医学模式的影响,忽视人的心理、社会属性

1)特点:"护士为患者做治疗",其原型为"母亲与婴儿"的关系,护士常以"保护者"的形象出现,处于专业知识的优势地位和治疗护理的主动地位,而患者则处于服从安排与处置的被动地位。此模式强调护士的权威性,忽略了患者的主动性,因而不能取得患者的主动配合,影响护理质量。

2)主要适用于不能表达主观意愿、不能与护士进行沟通交流的患者,如神志不清、休克、痴呆以及某些精神病患者。

(2)**指导-合作型**:是目前护患关系的主要模式。将人视为具有生物、心理、社会属性的有机整体,护患双方都处于主动地位

1)特点:"护士告诉患者应该做什么和怎么做",其原型为"母亲与儿童"的关系。护士常以"指导者"的形象出现,根据患者病情确定护理方案和护理措施,对患者给予健康教育和指导;患者则积极配合医疗护理工作,处于"满足护士需要"的被动配合地位。

2)主要适用于急性患者和外科手术后恢复期的患者。

★2. 护患关系的基本模式：护患关系主要分为三种基本模式,在临床护理实践中,护士应根据患者的具体情况、患病的不同阶段,选择适宜的护患关系模式

(3)**共同参与型**：是一种双向、平等、新型的护患关系模式。此模式以护患间平等合作为基础,强调护患双方具有平等权利,共同参与决策和治疗护理过程

1)**特点**："护士积极协助患者进行自我护理",其原型为"成人与成人"的关系。护士常以"同盟者"的形象出现,为患者提供合理的建议和方案,患者则主动配合治疗护理,积极参与护理活动,双方共同分担风险,共享护理成果。

2)**主要适用于具有一定文化知识的慢性疾病患者。**

3. **护患关系的发展过程**：护患关系的发展过程是动态的,一般分为初始期、工作期和结束期三个阶段,三个阶段相互重叠,各有重点

(1)**初始期**：亦称熟悉期,是初识阶段,是护患之间开始建立信任关系的关键时期。**工作重点是建立信任关系,确认患者的需要。**

(2)**工作期**：是护士为患者实施治疗护理的主要阶段。工作重点是通过护士高尚的医德、娴熟的技术和良好的服务态度,**赢得患者的信任、取得患者合作,满足患者的需要。**

(3)**结束期**：**患者病情好转或出院**即转入结束期。工作重点是与患者共同评价护理目标的完成情况,并根据尚存的问题或可能出现的问题制订相应的对策。

4. **影响护患关系的因素**

(1)**信任危机**：信任感是建立良好护患关系的前提和基础。

(2)**角色模糊**：是指个体(护士或患者)由于对自己充当的角色不明确或缺乏真正的理解而呈现的状态。

(3)**责任不明**：是指护患双方对自己应当承担的责任与义务不了解。

(4)**权益影响**：寻求安全、优质的健康服务是患者的正当权益。护士则容易倾向于维护自身利益和医院利益。

(5)**理解差异**：护患双方在年龄、职业、教育程度、生活环境等方面存在差异,在沟通过程中容易产生差异。

5. **护士在促进护患关系中的作用**

(1)明确护士的角色功能：使护士言行符合患者对护士角色的期待。

(2)帮助患者认识角色特征：使患者尽快适应患者角色。

(3)主动维护患者的合法权益：遵循患者第一原则。

(4)减轻或消除护患之间的理解分歧：注意沟通内容的准确行、针对性和通俗性,根据患者特点,选择适合的沟通方式和语言。

二、护士与患者家属的关系

1. **影响护士与患者家属关系的主要因素**

(1)**角色期望冲突**：家属希望护士有求必应、随叫随到、操作准确娴熟,而护士往往因为工作繁重、人员不足或职业倦怠等原因无法满足患者家属的需要。

(2)**角色责任模糊**：有的家属将照顾患者的全部责任推给护士,自己扮演监督者或旁观者角色,而个别护士也将本该护士完成的工作推卸给家属处理,影响护理质量。

(3)**经济压力过重**：患者家属支付了高额的医疗费用,却未见患者有明显的治疗效果时,往往会产生不满情绪。

2. **护士在促进护士与患者家属关系中的作用**

(1)尊重患者家属：对患者家属表示理解和尊重,给予必要的帮助和指导。

(2)指导患者家属参与患者治疗、护理的过程：患者家属一般不具备医疗护理的专业知识,护士应给予正确的指导,耐心的解释,必要时给予生动的示范,鼓励其积极参与照顾和帮助患者。

(3)给予患者家属心理支持：对患者家属的处境表示同情和体谅,提供必要的心理支持,减轻其心理负担。

三、护士与医生的关系

1. 影响医护关系的主要因素
- (1)**角色心理差位**:受传统观念影响,医生瞧不起护士或护士对医生产生依赖、服从心理;年长护士觉得年轻医生没有经验等。
- (2)**角色压力过重**:医护人员比例失调、岗位设置不合理或医护待遇悬殊等导致护士心理失衡、变得脆弱、紧张、易怒等。
- (3)**角色理解欠缺**:医护双方对彼此的专业、工作模式、工作特点和工作要求等缺乏了解,导致相互埋怨、指责。
- (4)**角色权利争议**:医护双方对彼此应该承担的责任和应该享有的自主权有分歧。

2. 护士在促进医护关系中的作用
- (1)主动介绍专业:护士应主动向医生介绍护理专业的特点和新进展,必要时邀请医生参加护理查房和护理教学查房,以获得医生的理解支持。
- (2)相互学习理解:医护工作各有特点,侧重点不同,应互相学习,互通信息,共同参与,协调合作。
- (3)加强双方沟通:护士应积极、主动地与医生沟通,医护间互相虚心听取意见,善意地提出合理化意见。

四、护际关系

护际关系包括护理管理者与护士之间、护际之间,以及护士与实习护生之间的关系。

1. 护理管理者与护士之间关系的主要影响因素:主要来源于双方从不同的角度在要求、期望值上的差异
- (1)护理管理者对护士的要求:
  - A. 希望护士有较强的工作能力,能按要求完成各项护理工作。
  - B. 希望护士能够服从管理,支持科室工作。
  - C. 希望护士能够处理好家庭与工作的关系,全身心地投入工作。
  - D. 希望护士有较好的身体素质,能够胜任繁忙的护理工作。
- (2)护士对护理管理者的期望:
  - A. 希望护理管理者具有较强的业务能力和组织管理能力,能够在各方面给予自己帮助和指导。
  - B. 希望护理管理者能严格要求自己,以身作则。
  - C. 希望护理管理者能够公平公正地对待每一位护士,关心每一位护士。

2. 护际之间关系的其他方面及影响因素
- (1)新、老护士之间关系及影响因素:由于年龄、身体状况、学历、工作经历等影响因素导致矛盾。
- (2)不同学历护士之间关系及影响因素:主要由于学历、待遇的不同等影响因素导致矛盾。
- (3)护士与实习护生之间关系及影响因素:带教护士对实习护生态度冷淡、不耐心、不指导,实习护生不虚心学习、不懂装懂、性情懒散等,易引发矛盾。

3. 建立良好护际关系的策略
- (1)营造民主和谐的人际氛围:护理管理者应多用情、少用权,知人善用、以理服人;护士应尊重领导、服从管理和理解管理者的难处;年长护士多帮助、指导年轻护士,年轻护士多体谅年长护士;护士间互相帮助、学习,和睦相处。
- (2)创造团结协作的工作环境:护士间既要分工负责,又要团结协助,遇到困难互相帮助,遇到问题互相提醒、补救,共同完成护理工作。

模拟试题程——识破命题思路，提升应试能力

专业实务

A₁型题

1. 在护患关系中，下列哪一项是合作信任时期的主要任务
   A. 应用护理程序解决服务对象的身心问题，满足服务对象的需要
   B. 护患双方彼此熟悉并建立初步的信任关系
   C. 护理人员需要全面收集资料，了解服务对象的病情
   D. 向服务对象介绍病区的环境及设施、医院的各种规章制度
   E. 预计护患关系结束后服务对象可能面临的新问题

2. 在护患关系建立初期，护患关系发展的主要任务是
   A. 对患者收集资料
   B. 确定患者的健康问题
   C. 为患者制订护理计划
   D. 与患者建立信任关系
   E. 为患者解决健康问题

3. 下列关于护患关系的理解**不正确**的是
   A. 护患关系是一种帮助与被帮助的关系
   B. 护患关系是一种治疗关系
   C. 护患关系是以护士为中心的关系
   D. 护患关系是多方面、多层面的专业性互动关系
   E. 护患关系是在护理活动中形成的

4. 以下关于护患沟通的观点**不正确**的是
   A. 护患之间的影响力是不平衡的
   B. 护理人员是决定护患关系好坏的关键
   C. 护理人员与患者主要通过语言感知对方
   D. 语言既是生理也是心理的治疗因素
   E. 患者尊重护士工作也是建立良好护患关系的关键

5. 指导-合作型护患关系适用于
   A. 脑出血患者
   B. 老年痴呆患者
   C. 骨质疏松患者
   D. 阑尾炎术后患者
   E. 病理性黄疸的新生儿

6. 影响医护关系的主要因素**不包括**
   A. 角色心理差位
   B. 角色期望冲突
   C. 角色压力过重
   D. 角色权利争议
   E. 角色理解欠缺

A₂型题

7. 患者，男性，59岁，大学教授。长期患有慢性支气管炎，护士与患者相处时，应采用哪种护患关系模式
   A. 主动-被动系统
   B. 指导-合作型
   C. 部分补偿系统
   D. 支持-教育系统
   E. 共同参与型

8. 患者，男性，46岁。突发心肌梗死急诊入院，抢救无效死亡。患者家属指责接诊护士没有及时联系医生从而延误抢救导致患者死亡，而护士则坚持自己已尽职尽责。为此双方发生争执，其主要原因为
   A. 理解差异
   B. 角色期望冲突
   C. 经济压力过重
   D. 角色责任模糊
   E. 角色权利争议

9. 某病区护士长认为赵护士经常以带孩子为由请假而影响工作，对其不满；赵护士则认为护士长不体谅下属、缺乏人情味，为此两人关系一直处于紧张状态。影响她们关系的主要原因是
   A. 期望值差异
   B. 角色压力过重
   C. 经济压力过重
   D. 角色责任模糊
   E. 角色权利争议

10. 某住院患者因便秘请求其主治医生给予通便药，医生答应患者晚上给药，但未开临时医嘱。第2天早晨，护士因晚上没有给予患者通便药而受到埋怨，护士为此对该医生产生极大的不满。导致医护关系冲突的主要原因为
    A. 角色心理差位
    B. 角色压力过重
    C. 角色理解欠缺
    D. 角色权利争议
    E. 角色期望冲突

11. 某病区护士，业务水平高、为人热情，但脾气急躁，经常导致护患关系紧张。有利于该护士建立良好护患关系的措施是
    A. 做好患者心理护理
    B. 加强工作责任心
    C. 刻苦练习各项操作技术
    D. 尽量减少与患者的交流和沟通
    E. 学会控制情绪，耐心解释患者的疑问

12. 护士陈某，正在为一位即将出院的患者进行出院

前的健康指导。此时护患关系处于

A. 准备期   B. 初始期

C. 工作期   D. 结束期

E. 熟悉期

13. 患儿,男,7岁。因发热、咳嗽、气促,诊断"肺炎"入院,与患者建立良好的护患关系,实质是

A. 满足患者的需求

B. 促进患者的配合

C. 规范患者的遵医行为

D. 强化患者的自我护理能力

E. 帮助患者熟悉医院规章制度

14. 患者,女性,63岁。诊断:心肌炎。患者脾气暴躁、抱怨家人不常陪伴,且不断向护士诉说心慌、气促,提出各种要求,护士逐渐表现出厌倦情绪,护患关系变得紧张,此时主要责任人是

A. 医生   B. 护士

C. 患者   D. 患者家属

E. 护士和患者

15. 患者,男性,65岁。因肺气肿入住老年病区,入院后觉得护士小王与自己足迹乡里,可以用家乡话交流,于是向护士长提出请求,让王护士为自己执行各项护理,其提出该请求的主要原因应是

A. 异性相吸   B. 年龄互补

C. 同乡相似   D. 距离相近

E. 交往密切

16. 某患者病情危重,烦躁不安,常自己拔除输液管,并不停地发出呻吟声音,与该患者建立良好的护患关系,最重要的是

A. 同情患者   B. 关心患者

C. 不表示厌恶   D. 尊重患者人格

E. 满足患者一切要求

17. 某病区护士,深受患者欢迎,其与患者建立良好护患关系的基础应该是

A. 个性真诚   B. 善于说教

C. 感情深厚   D. 观点独特

E. 善用命令

A₃/A₄型题

(18~20题共用题干)

患者,男性,78岁,退休老干部。因冠心病住院治疗,住院前2天与护士们关系融洽。第3天,年轻护士张某在为其进行静脉输液治疗时,静脉穿刺3次均失败,之后更换护士李某为其静脉穿刺成功。患者非常不满,其家属向护士长投诉护士技术不过关,并拒绝张护士为其执行操作。

18. 针对该患者的特点,采取最佳的护患关系模式应为

A. 指导型   B. 被动型

C. 共同参与型   D. 指导-合作型

E. 主动-被动型

19. 护患关系发生冲突的主要因素是

A. 角色压力   B. 责任不明

C. 角色模糊   D. 信任危机

E. 理解差异

20. 护患关系冲突的主要责任人是

A. 患者   B. 张护士

C. 李护士   D. 护士长

E. 患者家属

(21~23题共用题干)

患者,男性,45岁,司机,初中文化,诊断:腰椎间盘突出症(入院治疗)。患者因疼痛、肢体活动受限,需暂时卧床休息。

21. 针对该患者的特点,采用最佳的护患关系模式应为

A. 指导型   B. 被动型

C. 共同参与型   D. 指导-合作型

E. 主动-被动型

22. 在患者住院期间,护患关系的主要任务是

A. 建立信任感   B. 发现护理问题

C. 双方进一步熟悉   D. 为患者解决问题

E. 护患双方相互评价

23. 经治疗,患者症状好转,准备出院,此时护患关系的主要任务是

A. 与患者建立信任关系

B. 确认患者的需要

C. 解决患者问题

D. 实施护理措施

E. 评价护理目标实现的情况

参考答案

1~5 ADCCD   6~10 BEBAC   11~15 EDABC

16~20 DACDB   21~23 DDE

第25章　护理工作中的语言沟通

第1节　语言沟通的基本知识

★一、语言沟通的类型

1. 口头语言沟通：是人们利用**有声的自然语言符号系统**，通过**口述和听觉**来实现的，即人与人之间通过对话来交流信息、沟通心理。

2. 书面语言沟通：是用**文字符号**进行的信息交流，是对有声语言符号的标注和记录，是有声语言沟通由"可听性"向"可视性"的转换。

★二、护患语言沟通的原则

语言沟通是护患交往中的主要沟通形式，应遵循以下六个原则：

1. 目标性：护患之间的语言沟通是一种有意识、有目标的沟通活动。

2. 规范性：护士与患者沟通时，应注意语音清晰、用词准确、语法规范、精练，要有系统性和逻辑性。

3. 尊重性：**尊重是确保沟通顺利进行的首要原则** — （1）护士与患者沟通时，应将尊重患者放在首位，不可伤害患者尊严、侮辱患者人格。（2）护士既要尊重患者的知情权，又必须尊重患者的隐私权，对生理缺陷、精神疾病、性病等要保密。

4. 治疗性：护士语言应起到辅助治疗、促进康复的作用，避免使用任何刺激性语言伤害患者。

5. 情感性：护士应真心诚意、用心与患者进行情感的交流，做到态度和蔼、语气温和、语言文雅，使患者感到亲切和温暖。

6. 艺术性：有效的语言沟通可拉近护患距离、化解护患矛盾，护士应注意提高自己的语言修养和艺术性。

三、常用的护理语言

1. 符合礼仪的日常护理用语：包括招呼用语、介绍用语、电话用语、安慰用语和迎送用语等。

2. 护理操作中的解释用语：包括操作前解释、操作中指导、操作后嘱咐等用语。

第2节　交谈的基本概念

一、交谈的含义

1. 交谈是语言沟通的一种形式，是以口头语言为载体进行的信息传递。

2. **交谈是护理工作中最主要的语言沟通形式。**

★二、交谈的基本类型

1. 个别交谈与小组交谈：**根据参与交谈人员的数量分为** — （1）个别交谈：是指在特定环境中两个人之间进行的交谈。（2）小组交谈：是指3人或3人以上的交谈。最好有人组织，**参与人员数量最好控制在3～7人，最多不超过20人。**

2. 面对面交谈与非面对面交谈:根据交谈的场所和接触的情况分为
- (1)面对面交谈:交谈双方同处一个空间,均在彼此视觉范围内,可以借助表情、动作等肢体语言帮助表达观点和意见。**护患交谈多采用此种形式。**
- (2)非面对面交谈:人们通过电话、互联网等方式进行的交谈,交谈双方可不受空间和地域的限制,心情更加放松、话题更加自由。

★3. 一般性交谈与治疗性交谈:根据交谈的主题和内容分为
- (1)一般性交谈:一般用于解决一些个人或家庭的问题。交谈的内容比较广泛,一般不涉及健康与疾病问题。
- (2)治疗性交谈:一般用于解决健康问题或减轻病痛、促进康复等问题。护患之间交谈多为治疗性交谈。

★三、护患交谈的技巧

★1. 倾听:倾听是指全神贯注地接受和感受交谈对象发出的全部信息,并做出全面的理解。倾听将伴随整个交谈过程,是获取信息的重要渠道,应特别注意以下几点
- (1)目的明确:交谈前护士可先列出提纲,交谈时善于寻找患者传递信息的价值与含义。
- (2)控制干扰:护士应做好准备,避免外界干扰,如关闭手机。
- (3)目光接触:应保持良好的目光接触,护士应保持**30%～60%**的时间注视患者面部,并面带微笑。
- (4)姿势投入:应面向患者,保持合适的距离和姿势。身体稍向患者方向倾斜,表情不要过于丰富、手势不要过多。
- (5)及时反馈:护士应适时适度地给患者发出反馈信息。**通过微微点头、轻声应答"嗯"、"哦"、"是"等,以表示自己正在倾听。**
- (6)判断慎重:在倾听时,不要急于做出判断,应让患者充分诉说,以全面了解情况。
- (7)耐心倾听:**不要随意插话或打断患者的话题。**

2. 核实:核实是指在交谈过程中,为了验证自己对内容的理解是否准确所采用的沟通策略,是一种反馈机制。核实既可以确保护士接受信息的准确性,也可以使患者感受到自己的谈话得到护士的重视。核实的方式有
- (1)重述:包括患者重述和护士重述两种情况。
- (2)澄清:护士根据自己的理解,**将患者一些模棱两可、含糊不清或不完整的陈述描述清楚,与患者进行核实,**从而确保信息的准确性。

★3. 提问:在护患交流过程中,**提问是收集信息和核对信息的重要方式,**也是确保交谈围绕主题持续进行的基本方法。为了保证提问的有效性,护士可根据具体情况采用开放式提问或封闭式提问
- (1)**开放式提问:即所问问题的回答没有范围限制,患者可根据自己的感受、观点自由回答,护士可从中了解患者的真实想法和感受。**
  - 1)优点:护士可获得更多、更真实的资料。
  - 2)缺点:需要的时间较长。
- (2)**封闭式提问:又称限制性提问,是将问题限制在特定的范围内,患者回答问题的选择性很小,可以通过简单的"是"、"不是"、"有"、"无"等即可回答**
  - 1)优点:护士可以在短时间内获得需要的信息。
  - 2)缺点:患者没有机会解释自己的想法。

4. 阐释:即解释,其基本原则包括
- (1)尽可能全面地了解患者的基本情况。
- (2)以通俗易懂的语言向患者阐述。
- (3)使用委婉的语气向患者阐释自己的观点和看法。

5. 移情:是指从他人的角度感受、理解、分享他人的感情,而不是表达自我感情,也不是同情、怜悯他人。

6. 沉默:是非语言行为,在交谈过程中要恰当使用沉默。恰当的沉默起到以下四个方面的作用
- (1)表达自己对患者的支持。
- (2)给患者提供思考和回忆的时间,或诉说和宣泄的机会。
- (3)缓解患者过激的情绪和行为。
- (4)给自己提供思考、冷静和观察的时间。

7. 鼓励:护士适时的鼓励,可以增进患者战胜疾病的信心。

模拟试题栏——汉破命题思路,提升应试能力

专业实务

A₁ 型题

1. 护患沟通的首要原则是
   A. 治疗性　　　B. 保密性
   C. 规范性　　　D. 尊重性
   E. 艺术性

2. 沟通技巧中可以给对方提供思考和调适机会的是
   A. 沉默　　　B. 倾听
   C. 微笑　　　D. 抚摸
   E. 提问

3. 当患者病情危重时,应采取何种方式进行提问
   A. 提问封闭性问题　　B. 提问开放性问题
   C. 使用姿势语言提问　D. 不断地提出问题
   E. 不提问,凭自己经验判断

4. 护士与患者进行语言沟通时,护理用语原则不**包括**
   A. 语言的规范性　　B. 语言的情感性
   C. 语言的艺术性　　D. 语言的治疗性
   E. 语言的生动性

5. 在进行沟通时,影响沟通并使双方产生不信任感的行为是
   A. 双眼注视对方
   B. 全神贯注倾听
   C. 倾听中特别注意对方的弦外音
   D. 语言简单清晰
   E. 经常评论对方所谈内容

6. 倾听过程中,下列哪一项做法**不妥**
   A. 要全神贯注　　B. 给予及时反馈
   C. 保持目光接触　D. 保持适当距离
   E. 使患者仰视

7. 关于语言沟通技巧,描述**错误**的是
   A. 倾听通常由提问所引发
   B. 交谈过程中要恰当使用非语言技巧
   C. 反应始终伴随倾听过程
   D. 移情与同情的实质是一样的
   E. "您的感觉和昨天一样吗?"这种提问属于限制性提问

8. 在与患者沟通时,应给予及时反馈,对于及时反馈的理解下面哪一项**错误**

A. 及时提出一些相关问题
B. 对于有疑问的问题应当及时沟通
C. 不断地提出新问题
D. 提出一些适当有益的问题
E. 反馈也可使用非语言

A₂ 型题

9. 某患者因诊断为晚期癌症,情绪受到打击而不停哭泣,护士走到患者病床边,对其说:"如果您不想说话,可以不用说,我希望坐在这里陪您一会,好吗?"此时护士运用了哪一种交流技巧
   A. 保证　　　B. 反馈
   C. 扩展　　　D. 倾听
   E. 沉默

10. 患者,女性,45 岁。诊断:胃癌,入院。患者情绪忧郁,经常哭泣,此时护士应选择哪一项护理措施最合适
    A. 通知医生,对其病情给予解释
    B. 增加陪客,使其有安全感
    C. 注射镇痛剂,使其情绪稳定
    D. 耐心听取患者倾诉,给予解释和安慰
    E. 不予理睬

11. 某内分泌科护士,组织该病区糖尿病患者,进行小组交谈,患者数量最好控制在
    A. 1~2 人　　　B. 3~7 人
    C. 8~10 人　　　D. 10~15 人
    E. 16~20 人

12. 护士采用交谈法收集入院患者资料时,下列患者的陈述哪一项需要护士进一步澄清
    A."我每天抽 2 包烟,已经 5 年了"
    B."我每天都喝少量的酒"
    C."我每天只吃 2 两米饭"
    D."我咳嗽有血丝的痰已经 1 个星期了"
    E."我这次住院的费用要全部自费"

13. 护士与患者交谈过程中,需要核实交谈内容,护士采用简单、概括的方式将患者的话再叙述一遍,该核实方法属于
    A. 重述　　　B. 改述
    C. 澄清　　　D. 总结
    E. 叙述

14. 某病区护士,采用提问的方式了解患者病情,护士提问时,患者只需用"是"或"不是"就能回答,该问题属于
    A. 一般性问题　　　　B. 特殊性问题
    C. 封闭式问题　　　　D. 开放式问题
    E. 涉及隐私问题

15. 护士对患者进行入院护理评估时,对患者说:"您能说说这次发病的原因吗?",该问题属于
    A. 一般性问题　　　　B. 特殊性问题
    C. 封闭式问题　　　　D. 开放式问题
    E. 情感性问题

16. 某患者因脊椎损伤导致截瘫,需终身坐轮椅。患者自暴自弃,拒绝接受任何治疗,并有自杀倾向。对该患者下列沟通技巧目前最恰当的是
    A. 开导患者,鼓励其接受复健运动,有望改善失能状态
    B. 介绍积极的病友与其分享感受,并指出其行为让家人失望
    C. 首先引导与倾听患者诉说,了解其对下半身不遂的感受以及对未来的期望
    D. 劝其面对现实,告知患者"坐在轮椅上还可以有一片自己的天地"
    E. 与患者家属一起劝说其接受治疗

17. 晨间护理时,一位术后处于康复阶段,即将出院的患者对护士说:"我昨晚睡得不好,全身不舒服。"护士应如何回答才能最恰当运用"澄清"的谈话技巧
    A. "没事的,出院回家就可以睡个好觉了。"
    B. "您是说昨晚因为全身不舒服睡得不好,还是因为睡得不好而现在全身不舒服呢?"
    C. "应该是因为马上要出院了,所以睡不着吧?"
    D. "昨晚伤口疼痛影响睡眠了吗?"
    E. "情绪是会影响睡眠的。"

18. 患者,女性。手术的前一天下午,护士巡视病房,发现其情绪低落,关心地问道:"您好像心情不太好?"患者回答说:"我很担心明天的手术。"此时,护士的最佳反应是
    A. 保持沉默,继续巡视其他患者
    B. 悄然离开病房
    C. 对患者说:"您不必担心,手术肯定会成功的。"
    D. 对患者说:"您能告诉我,您担心的问题是什么吗?"
    E. 对患者说:"如果您不去想这件事,您的心情

很快就会好起来的。"

19. 患者告诉护士:"我每天抽烟,已经抽了很多年了。"护士问:"请您告诉我,您每天抽多少支烟?抽了多少年,好吗?"。上述对话中,护士应用了哪一种沟通技巧
    A. 改述　　　　B. 重述
    C. 总结　　　　D. 澄清
    E. 反映

20. 护士小刘在巡视病房时,看到患者因为一实习护士不小心将其自费药液打碎,而大声责骂该实习护士,小刘此时首先应采取的交谈技巧是
    A. 阐述　　　　B. 移情
    C. 沉默　　　　D. 开放性提问
    E. 鼓励

21. 某病区护士在与一位胃溃疡患者交谈时,患者说:"我今天早上大便颜色特别黑",护士问:"您刚才说,您早上大便怎么了?"。该护士运用了交谈技巧中的
    A. 耐心倾听　　　　B. 仔细核实
    C. 详细阐述　　　　D. 及时鼓励
    E. 封闭式提问

22. 某病区护士在与患者交谈中,希望了解更多患者对其疾病的真实感受和治疗的看法。最适合采取的交谈技巧为
    A. 认真倾听　　　　B. 仔细核实
    C. 及时鼓励　　　　D. 封闭式提问
    E. 开放式提问

23. 护士给患者执行护理操作,操作后嘱咐的内容**不包括**
    A. 本次操作的目的　　B. 询问患者的感觉
    C. 已达到预期效果　　D. 必要的注意事项
    E. 感谢患者的配合

24. 某抑郁症患者告诉其主管护士:"别再在我身上浪费时间了,去和那些值得你花费时间的人谈谈吧。"责任护士最佳的反应是
    A. "您这样说话可不对了"
    B. "不要担心,我有的是时间"
    C. "您这样拒人千里之外,对您没有好处"
    D. "别这么说,您应该振作一点"
    E. "如果您不想说话,我们就在这坐一会儿吧"

A₃/A₄ 型题

(25、26 题共用题干)

　　某病区护士长,巡视病房以了解患者情况,在与

一位患者交谈过程中,当谈到住院收费问题时,患者情绪异常激动、愤愤不满。

25. 在与患者交谈过程中,护士长应注意的行为,**不包括**下列哪一项
   A. 环境适宜
   B. 注意倾听
   C. 让患者多诉说
   D. 帮助患者取舒适体位
   E. 及时更正患者不正确的观念

26. 为了缓解患者的情绪,护士长此时可采用的交谈技巧为
   A. 倾听   B. 核实
   C. 提问   D. 阐释
   E. 沉默

(27、28 题共用题干)

患者,女性,32 岁。诊断:乳腺癌。患者对未满 4 周岁的儿子非常牵挂,反复请求医护人员尽力救治自己,并经常哭泣。

27. 以下哪一种沟通技巧的运用可使患者感到被尊重和理解
   A. 阐述   B. 提问
   C. 倾听   D. 核实
   E. 复述

28. **不必**特别注意保密的情况是
   A. 患者的隐私   B. 患者有心理障碍
   C. 患者感染性病   D. 癌症诊断
   E. 患者的生理缺陷

(29～31 题共用题干)

患者,男性,患有骨癌,已多处转移。家属不愿意患者知道病情。晨间护理时,患者对其主管护士说:"我骨头疼了一个晚上,我要坐着才喘得过气来,我想我一定是快死了。"

29. 此时其主管护士最适宜的处理是
   A. 回答患者:"不会的,过几天你肯定能好起来"
   B. 默默不语,等待患者情绪稳定
   C. 安慰患者,并转移话题
   D. 告知患者情绪不好,会影响病情
   E. 先澄清患者的想法,以了解他对疾病和生命的看法

30. 主管护士希望了解更多患者对其疾病的真实感受和对治疗护理的看法。最适合采取的交谈技巧是
   A. 认真倾听   B. 仔细核实
   C. 开放式提问   D. 封闭式提问
   E. 及时鼓励

31. 经过沟通,主管护士了解到患者对自己的疾病诊断感到非常困惑,并有"如果疾病无法痊愈,还不如早点结束生命"的念头,护士的处理方法,哪一项**不妥**
   A. 委婉地向患者解释病情
   B. 尊重患者的隐私权,不与不相关人员谈论其病情
   C. 与患者家属共同商讨应对方法
   D. 直言告诉患者一切病情,减轻其心理负担
   E. 患者不愿陈诉的内容不要一直追问

(32～34 题共用题干)

患者,男性,36 岁。因患急性肺炎,需要静脉输液治疗。

32. 护士为其进行静脉输液操作时应该做到
   A. 操作前解释、操作中指导和操作后鼓励
   B. 操作前解释、操作中指导和操作后嘱咐
   C. 操作前指导、操作中鼓励和操作后解释
   D. 操作前指导、操作中解释和操作后鼓励
   E. 操作前鼓励、操作中嘱咐和操作后指导

33. 下列哪项**不属于**护士操作前解释用语
   A. 本次操作目的
   B. 患者应做的准备
   C. 讲解简要的方法和需要患者的配合
   D. 护士对患者的承诺
   E. 谢谢患者的合作

34. 患者痊愈出院,护士送患者至病区门口,此时应采用何种语言
   A. 安慰用语   B. 介绍用语
   C. 送别用语   D. 招呼用语
   E. 迎接用语

参考答案

1～5 DAAEE   6～10 EDCED   11～15 BBACD
16～20 CBDDC   21～25 BEAEE   26～30 ECDEC
31～34 DBEC

第26章　护理工作中的非语言沟通

第1节　非语言沟通的基本知识

★一、非语言沟通的含义

1. 非语言沟通是借助非语词符号,如人的仪表、服饰、动作、表情等,以非自然语言为载体所进行的信息传递。

2. 非语言语沟通是语言沟通的自然流露和重要补充,使沟通信息的含义更明确、圆满。

二、非语言沟通的功能

1. 表达意义:如"微笑"代表喜欢,"嗤之以鼻"显示不喜欢。

2. 修正语言信息:和语言信息相结合,发挥补充、强调、重复、替代或抵触的作用。

3. 调节语言互动的流畅性。

★三、非语言沟通的主要特点

1. 真实性:非语言沟通比语言沟通更能表露和传递信息的真实含义。非语言行为常常是无意识的。

2. 广泛性:非语言沟通应用广泛,即使在语言差异很大的环境中,人们也可以通过非语言信息了解对方的想法和感觉。

3. 持续性:非语言沟通是一个持续的过程。在一个互动的环境中,非语言沟通作为载体,自始至终自觉不自觉地传递着信息。

4. 情景性:在不同的情境中,相同的非语言符号表示不同的含义。

第2节　护士非语言沟通的主要形式

在护患沟通过程中,护士主要使用的非语言沟通形式包括仪表、姿态和触摸等。

一、表情

表情不仅能给人以直观的印象,而且能感染人,是人际沟通的有效形式。人的表情具有变化快、易察觉、可控制的特点。

1. 目光　(1) 目光的作用
1) 表达情感:可以准确、真实地表达内心微妙和细致的情感,是"心灵的窗口"。
2) 调控互动:沟通双方可根据对方的目光判断其对谈话主题和内容是否感兴趣、对自己的观点和看法是否赞同。在护患交谈中,如果护士发现患者左顾右盼、东张西望,目光游离不定,应及时调整谈话的内容或方式。
3) 显示关系:不仅显示亲疏程度,还可以显示支配与被支配的地位。

1. 目光

★(2)护士目光交流技巧：应特别注意注视的角度、部位和时间

1)注视角度：护士注视患者时，最好是平视，以显示平等关系。与患儿交谈时，护士可采取蹲式、半蹲式或坐位；与卧床患者交谈时，可采取坐位或身体尽量前倾。

2)注视部位：护患沟通时，护士注视患者的部位宜采用社交凝视区域，即以双眼为上线、唇心为下顶角所形成的倒三角区内，使患者产生一种恰当、有礼貌的感觉。注视范围过小，会产生紧张、不自在的感觉；注视范围过大或不正眼对视患者，则会产生不被重视的感觉。

3)注视时间：护患沟通过程中，护士与患者目光接触的时间应不少于全部谈话时间的**30%**，也不超过谈话全部时间的**60%**；如果是异性患者，每次目光对视时间应不超过10s。长时间目不转睛地注视对方是失礼的表现。

2. 微笑：微笑是一种最常用、最自然、最容易为对方接受的面部表情

(1)在护理工作中的作用

1)传情达意：微笑可传达护士对患者的关心和尊重。

2)改善关系：护士发自内心的微笑可化解护患之间的矛盾。

3)优化形象：微笑可美化护士形象，陶冶护士情操。

4)促进沟通：微笑可缩短护患之间的心理距离，缓解患者紧张、疑虑和不安心理。

(2)护士微笑的艺术：微笑是最有吸引力、最有价值的面部表情，但只有**真诚、自然、适度、适宜的微笑**才能真正发挥其作用。

二、触摸

触摸是非语言沟通的一种特殊形式，**包括抚摸、握手、拥抱等。**

★1. 触摸的作用

(1)有利于儿童生长发育：触摸对儿童生长发育、智力发育和良好性格的形成起明显的刺激作用。

(2)有利于改善人际关系：沟通双方的触摸程度可以反映其情感上相互接纳的水平。

(3)有利于传递各种信息：如护士触摸高热患者额头，传达护士关心患者和对工作负责任的态度。

★2. 触摸在护理工作中的作用

(1)**健康评估**：用于触诊，如触摸患者腹部，了解患者有无腹肌紧张、压痛和反跳痛。

(2)**给予心理支持**：触摸是一种无声的安慰和重要的心理支持方式。可以传递关心、理解、安慰和体贴等信息。

(3)**辅助疗法**：触摸可以激发人体免疫系统，减轻因焦虑、紧张而加重的疼痛，有时还能缓解心动过速、心律不齐等症状，具有一定的保健和辅助治疗作用。

3. 触摸的注意事项：护士在运用触摸沟通方式时，应保持敏捷和谨慎，特别应注意以下几点

(1)根据情境、场合等不同的实际情况，采取不同的触摸方式。

(2)根据患者性别、年龄、病情等特点，采取患者易于接受的触摸方式。

(3)根据沟通双方关系的程度，选择恰当的触摸方式。

第3节　护士非语言沟通的基本要求

一、尊重患者

平等对待患者，尊重患者尊严和人格。

二、适度得体

护士应姿态端庄大方、笑容适度自然、举止礼貌热情。

三、因人而异

护士应根据患者的特点,采用不同的非语言沟通方式,以保证沟通的有效性。

模拟试题栏——识破命题思路,提升应试能力

专业实务

A₁型题

1. 下列**不属于**非语言沟通技巧的是
   A. 倾听　　　　　　　B. 提问
   C. 沉默　　　　　　　D. 触摸
   E. 眼神交流

2. 下列关于非语言性沟通的描述**错误**的是
   A. 是无声的交流
   B. 获取的信息较真实
   C. 是有意识进行的
   D. 是不使用语言的交流
   E. 包括体语、空间效应、反应时间等形式

3. 非语言沟通的特点是
   A. 持续性　　　　　　B. 局限性
   C. 专业性　　　　　　D. 生动性
   E. 多变性

4. 在护患交往中,护士微笑的作用**不包括**
   A. 改善护患关系　　　B. 化解护患矛盾
   C. 优化护士形象　　　D. 缩短护患之间距离
   E. 缓解患者不安心理

   解析:微笑可以传情达意、改善关系、优化形象、促进沟通,缩短护患之间的心理距离,缓解患者紧张、疑虑和不安的心理。故答案是D。

5. 关于语言沟通和非语言沟通,下列哪种说法是**错误**的
   A. 语言沟通和非语言沟通是相互联系的
   B. 非语言沟通可以强化语言沟通的含义
   C. 语言沟通可以澄清非语言沟通的含义
   D. 非语言信息往往比语言信息更可靠
   E. 语言信息比非语言信息更能准确地表达一个人的感情

A₂型题

6. 患儿,2岁,哭闹不止,护士适宜采用的沟通技巧是
   A. 倾听　　　　　　　B. 阐述

C. 亲切的抚摸或拥抱　　D. 微笑
E. 目光注视

7. 人们要说话时,往往先"清清喉咙"以表示自己有话要说。该行为说明,非语言行为对语言行为具有
   A. 补强作用　　　　　B. 重复作用
   C. 替代作用　　　　　D. 驳斥作用
   E. 调整作用

8. 某患者向护士描述其心绞痛发作、胸痛的情形时,面部同时展示痛苦状,使护士更加了解其所承受的痛苦。患者该行为,这说明非语言行为对语言行为具有
   A. 补强作用　　　　　B. 重复作用
   C. 替代作用　　　　　D. 驳斥作用
   E. 调整作用

9. 有时候,人们一言不发,比个手势就能把信息传递出去,如"翘起大拇指"表示"了不起",这说明非语言行为对语言行为具有
   A. 补强作用　　　　　B. 重复作用
   C. 替代作用　　　　　D. 驳斥作用
   E. 调整作用

10. 某病区护士,与患者交谈时,应用非语言沟通技巧正确的是
    A. 交谈时,身体稍向患者倾斜
    B. 边和患者交谈,边写病历
    C. 交谈时,使患者处于仰视位
    D. 谈话时直视对方的眼睛
    E. 双方的距离越近越好

11. 护士与患者交谈时,目光注视患者的时间,应占总交谈时间的
    A. 30%～60%　　　　B. 40%～60%
    C. 45%～55%　　　　C. 50%～70%
    E. 60%～80%

12. 护士给某手术患者安置体位时,发现患者精神紧张,手脚冰凉,护士采用专业性抚触辅助治疗,其主要作用是

A. 镇痛　　　　　　　B. 止咳

C. 提升体温　　　　　D. 促进血液循环

E. 缓解紧张情绪

13. 某产妇,在生产过程中,感到疼痛难忍,大声呻吟,护士采用触摸的方法,其主要作用是

A. 激发产妇的血液系统

B. 刺激产妇食欲

C. 使肌肉紧张

D. 稳定血压

E. 缓解因焦虑和紧张而引起的疼痛

14. 患儿,4 岁,急性肺炎入院,护士与其交谈时,应采取体位及注视角度为

A. 蹲式,仰视　　　　B. 半蹲式,俯视

C. 蹲式,平视　　　　D. 坐位,俯视

E. 坐位,仰视

15. 护士与患者沟通时,目光应注视患者的社交凝视区域,该区域是指

A. 发际至双眉区域

B. 以双眼为上线、唇心为下顶角所形成的倒三角区内

C. 以双眉为上线、下巴为下顶角所形成的倒三角区内

D. 下巴至胸前的区域

E. 嘴唇至下巴区域

16. 护士与患者交谈时,容易使患者产生不被重视感觉的情形是

A. 长时间注视患者

B. 长时间注视患者某个部位

C. 不正眼看患者

D. 身体尽量倾向患者

E. 与患者保持适当距离

A₃/A₄ 型题

(17、18 题共用题干)

患者,男性,25 岁,建筑工人。急性阑尾炎入院,护士询问其是否感觉腹部疼痛时,患者表示只是轻微疼痛,可以忍耐。但护士观察患者额头冒汗、手一直按压腹部不放、弯腰坐于床上,面部呈现痛苦状。

17. **不属于**体态语言的是

A. 患者额头冒汗　　　B. 用手按压腹部

C. 面部呈现痛苦状　　D. 诉说有轻微疼痛

E. 弯腰坐位

18. 该案例说明,相比较之下,非语言沟通比语言沟通更加

A. 真实　　　　　　　B. 规范

C. 通俗　　　　　　　D. 艺术

E. 目标明确

(19、20 题共用题干)

某婴儿,出生 16h,因出生时吸入羊水,导致吸入性肺炎,被送入新生儿重症病房。

19. 为了避免婴儿"皮肤饥饿",护士可采用的有效方式为

A. 专业皮肤接触、抚摸　B. 面部表情丰富

C. 倾听　　　　　　　D. 沉默

E. 服饰鲜艳

20. 该方式对婴儿来说是一种无声的

A. 感觉和刺激　　　　B. 安慰和关爱

C. 微笑和鼓励　　　　D. 表情

E. 命令

参考答案

1～5 BCADE　6～10 CBACA　11～15 AEECB

16～20 CDAAB

第27章　护理工作中的礼仪要求

第1节　礼仪的基本概念

一、礼仪的概念

礼仪是在人际交往过程中得到共同认可的行为规范和准则，是对礼貌、礼节、仪表、仪式等具体形式的统称。礼仪的完整含义包括四个方面：

1. 礼仪是一种行为准则或规范。

2. 礼仪受文化传统、风俗习惯、宗教信仰以及时代潮流的直接影响。

3. 礼仪是个人学识修养、品质的外在表现。

4. 礼仪的目的是通过社交各方的相互尊重，达到人际关系的和谐状态。

★二、礼仪的原则

1. **遵守原则**：应自觉自愿地遵守礼仪规则，以礼仪规范自己的言行举止。

2. **自律原则**：应做到自我要求、自我约束、自我控制、自我检点、自我反省。

3. **敬人原则**：人际交往中，应将重视、恭敬、友好对待对方放在首位。

4. **宽容原则**：要严于律己、宽以待人，多理解、体谅和容忍他人。

5. **平等原则**：**平等是礼仪的核心**，对人应以诚相待、一视同仁，不因年龄、性别、种族、职业、地位和财富等不同而厚此薄彼、区别对待。

6. **从俗原则**：在人际交往中，往往因国情、民俗、文化背景等差异导致礼仪要求的不同。应尊重对方、入乡随俗。

7. **真诚原则**：真诚是人与人相处的基本态度，是一个人外在行为与内在道德的统一。应做到以诚待人、表里如一、言行一致。

8. **适度原则**：注意把握分寸，符合规范
   - (1)感情适度：彬彬有礼，不低三下四。
   - (2)谈吐适度：坦诚真诚，不言过其实。
   - (3)举止适度：优雅得体，不夸张做作。

第2节　护理礼仪的基本概念

一、护理礼仪的含义

护理礼仪是护理工作者在进行医疗护理和健康服务过程中，形成的被大家公认和自觉遵守的行为规范和准则。

二、护理礼仪的特征

护理礼仪的主要特征**包括规范性、强制性、综合性、适应性和可行性**。

1. **规范性**：护理礼仪是护士必须遵守的行为规范。

2. 强制性：护理礼仪中的各项内容对护士具有一定的约束力和强制性。

3. 综合性：护理礼仪作为一种专业文化，体现出护士的科学态度、人文精神和文化内涵。

4. 适应性：护士对不同的服务对象或不同的文化礼仪具有适应能力。工作中尊重患者的信仰、文化和习俗。

5. 可行性：应注重礼仪的有效性和可行性，要得到护理对象的认可和接受。

第3节　护士的仪表与行为礼仪要求

★一、护士仪容礼仪要求

1. 面部仪容礼仪：在工作期间应保持面部仪容自然、清新、高雅、和谐。在保持面部清洁的基础上，**可以化淡妆**。

2. 头饰礼仪：基于职业的特点，**工作期间的发式要求是：头发前不过眉，侧不过耳，后不过领**。如果是长发，应盘起或戴网罩；如果是短发，也不应超过耳下 3cm。对于男性护士，不应留长发，一般情况下，不应剃光头。

★二、护士服饰礼仪要求

1. 护士服着装原则
- （1）端庄大方：护士工作期间**必须穿工作装**，即护士服，这是护理职业的基本要求。做到端庄实用、简约朴素、线条流畅。
- （2）**干净整齐：是护士工作装的基本要求。**
- （3）搭配协调：穿护士服时，**要求大小、长短和型号适宜**，并注意与其他服饰的统一，如护士帽、护士鞋等。

2. 护士服着装具体要求
- （1）护士服：要求式样简洁、美观，穿着合体，松紧适度，操作灵活。
- （2）护士鞋：要求软底、坡跟或平跟，防滑，颜色以白色或奶白色为宜；护士应注意保持鞋面清洁。
- （3）袜子：袜子以肉色、白色等浅色、单色为宜。
- （4）饰物：护士工作期间不宜佩戴过多饰物，如戒指、手链、手镯及各种耳饰。**可以佩戴胸表。**

★三、护士基本行为礼仪要求

1. **站姿**：抬头、颈直，下颌微收、嘴唇自然闭合；双眼平视前方，面带微笑；两肩外展，双臂自然下垂；挺胸，收腹；双腿直立，两膝和脚跟并拢，脚尖分开。

2. **坐姿**：抬头，上身挺直，下颌微收，目视前方；挺胸立腰，双肩平正放松；上身与大腿、大腿与小腿均呈90°；双膝自然并拢，双脚并拢，平落于地或一前一后；坐在椅子的前部 1/3 或 2/3 处即可；双手交叉相握于腹前。

3. **走姿**：上身正直、抬头，下颌微收，双眼目视前方，面带微笑；挺胸收腹，立腰；足尖向前，双臂自然摆动；步态轻盈、稳健，步幅适中、匀速前进。

4. **蹲姿**：站到要捡或要拿的物品旁，一脚后退半步，双手理顺工作服，屈膝下蹲，上身保持挺拔，可略向前倾，身体的重心放稳，臀部向下。

5. 推治疗车：护士位于治疗车后，与其保持一定的距离，双手扶住车缘两侧，两臂均匀用力，把稳住方向，抬头、挺胸收腹、直背，躯干略前倾，重心集于前臂，使车平稳的行进或停放。

6. 端治疗盘：在站姿或走姿的基础上，双手托于治疗盘两侧边缘的中 1/3 处，拇指在盘缘中部，其他四指自然分开，托住盘底。盘内缘距躯干约 2～3cm，双肘靠近两侧腋中线，肘关节弯曲呈90°，前臂同上臂及手一起用力，保持治疗盘平稳。

7. 持病历夹
(1)手持病历夹行走时:一手握住病历夹边缘中部,夹在肘部和腰部之间或者一手握住病历夹的前1/3,病历夹的前部略上翘,放在前臂内侧,另一手自然下垂或摆动。

(2)手持病历夹翻阅或书写时:一手前臂托住病历夹在胸前并且稍外展,另一手可翻阅或书写。

模拟试题栏——识破命题思路,提升应试能力

专业实务

A₁型题

1. 构成护士的仪表美,下列哪项除外
   A. 端庄稳重的仪容　　B. 高雅大方的妆饰
   C. 和蔼可亲的态度　　D. 款式流行的服装
   E. 训练有素的举止

2. 在护士姿态训练中,最基础的是
   A. 站姿　　　　　　　B. 坐姿
   C. 走姿　　　　　　　D. 躺姿
   E. 睡姿

解析:在护士姿态训练中,站姿是基础,是保护良好姿态的关键。

3. 礼仪的原则**不包括**
   A. 遵守原则　　　　　B. 宽容原则
   C. 从俗原则　　　　　D. 统一原则
   E. 适度原则

4. 礼仪的核心是
   A. 真诚　　　　　　　B. 平等
   C. 宽容　　　　　　　D. 敬人
   E. 自律

5. 护理礼仪的特征为
   A. 规范性　　　　　　B. 专业性
   C. 服从性　　　　　　D. 操作性
   E. 灵活性

6. 下面对于护士的站姿,描述**不正确**是
   A. 身体各部位尽量舒展、挺拔
   B. 男护士可双腿分开,但不超过肩宽
   C. 双手可交叉于胸前
   D. 男护士可双手垂握于背部
   E. 两脚尖张开60°

A₂型题

7. 对待他人抱着"知错能改,善莫大焉"的态度,这体现礼仪基本原则中的
   A. 遵守的原则　　　　B. 平等的原则
   C. 自律的原则　　　　D. 真诚的原则

E. 宽容的原则

8. 古语云"欲为人师先修礼",这是指礼仪基本原则中的
   A. 遵守的原则　　　　B. 平等的原则
   C. 自律的原则　　　　D. 真诚的原则
   E. 宽容的原则

9. 坐姿端庄,不仅给人以文雅、稳重的感觉,且能展现良好的气质。因此下列护士坐姿**不妥**的是
   A. 臀部占座位的2/3
   B. 双膝靠拢或微分开
   C. 双脚并齐
   D. 双手分别放在座位两侧的扶手上
   E. 双脚跟前后放,后脚尖勾前脚跟

10. 某导诊护士,站于导诊台旁,面带微笑,接待患者,其站姿**不妥**的是
    A. 头正、颈直　　　　B. 两肩平齐
    C. 挺起胸腹　　　　　D. 两肩外展放松
    E. 立腰提臀

11. 护士小张,给患者测量生命体征后,准备坐下给患者绘制体温表,其坐姿下列哪项**不符合要求**
    A. 头正、颈直　　　　B. 把衣裙下端抹平
    C. 轻轻落座椅面全部　D. 双膝并拢
    E. 上身挺直

12. 护士准备好物品,放于治疗盘内,前往病房危者执行操作,护士双手握托治疗盘,肘关节与躯干的角度为
    A. 20°　　　　　　　　B. 30°
    C. 50°　　　　　　　　D. 70°
    E. 90°

13. 护士小陈,从护士站前往病房,巡视患者,其**不规范**的走姿是
    A. 头正颈直
    B. 行走时以胸带步
    C. 步履轻捷、自然
    D. 两臂前后的摆幅超过30°
    E. 小步前进

14. 护士不小心把记录笔掉在地上,其立即蹲下,把
记录笔捡起。护士蹲姿正确的是
A. 站到要捡的记录笔后面
B. 一脚后退一步
C. 双手理顺工作服,屈膝下蹲
D. 上身弯曲,向前倾
E. 身体的重心放稳,臀部向上

15. 护士手持病历夹行走时,**不正确**的姿态是
A. 一手握住病历夹边缘中部
B. 一手握住病历夹的前 1/3
C. 将病历夹夹在肘部和腰部之间
D. 病历夹的前部略朝下
E. 另一手臂自然下垂或摆动

A₃ /A₄ 型题

(16～18 题共用题干)

护士小芳是门诊护士,她每天到达医院后,上班
前均按职业要求穿着护士工作装。

16. 护士工作装的最基本要求是
A. 简约朴素　　　B. 干净整齐
C. 线条流畅　　　D. 搭配协调
E. 端庄大方

17. 穿护士鞋的要求,**不正确**的是
A. 样式简洁
B. 以平跟和浅坡跟为宜
C. 注意是否防滑

D. 夏天应光脚穿鞋
E. 注意行走时是否轻声

18. 护士可以佩戴的饰物是
A. 手镯　　　　　B. 胸表
C. 手链　　　　　D. 戒指
E. 耳环

(19、20 题共用题干)

某病区护士小李,推治疗车前去为患者执行静
脉输液操作。

19. 护士推治疗车方法,不正确的是
A. 位于治疗车后,与其保持一定的距离
B. 双手扶住车缘两侧
C. 两臂均匀用力,把稳住方向
D. 抬头、挺胸收腹、直背,躯干略向后倾
E. 重心集于前臂,使车平稳的行进或停放

20. 在进行输液操作过程中,另外一位患者要求护士
协助其上厕所,护士回答符合礼仪要求的是
A. 请稍候
B. 我正忙着呢
C. 你自己慢慢走过去好吗
D. 我没有分身术啊,现在怎么帮你
E. 我没空,你叫其他护士帮你吧

参考答案
1～5 DADBA　6～10 CECEC　11～15 CEDCD
16～20 BDBDA

模 拟 试 卷

专 业 实 务

一、以下每道题下面有 A、B、C、D、E 五个备选答案，
请从中选择一个最佳答案。

1. 一般患者入院进行卫生处置的主要目的是
   A. 皮肤清洁　　　　　B. 换上患者服装
   C. 隔离处理　　　　　D. 讲究卫生
   E. 防止医院内交叉感染

2. 有关嗜睡症的说法，下面哪项是错误的
   A. 脑器质性疾病或躯体疾病引起的嗜睡，不能诊断为嗜睡症
   B. 因睡眠不足而出现的睡眠过多，也可诊断为嗜睡症
   C. 患者有时有睡眠发作，但频率不高，患者能有意识地阻止其发生
   D. 嗜睡症可运用小剂量的精神振奋药物治疗
   E. 患者无夜间睡眠的时间减少，但白天睡眠过多

3. 引起慢性胃炎的主要病因是
   A. 幽门螺杆菌感染　　B. 自身免疫反应
   C. 机械因素影响　　　D. 化学因素影响
   E. 黏膜退变

4. 长效口服避孕药服药一次可避孕
   A. 1个月　　　　　　B. 2个月
   C. 3个月　　　　　　D. 6个月
   E. 1年

5. 中医藏象所提"六腑"是指
   A. 胆、胃、大肠、小肠、肝、子宫
   B. 胆、胃、大肠、脾、肝、子宫
   C. 心、肺、大肠、小肠、肝、子宫
   D. 胆、胃、大肠、小肠、膀胱、三焦
   E. 心、肺、脾、胰、肝、肾

6. 患者自身无改变卧位的能力，躺在被安置的卧位，属于
   A. 主动卧位　　　　　B. 被动卧位
   C. 被迫卧位　　　　　D. 强迫卧位
   E. 自主卧位

7. 关于护士执业资格考试，阐述正确的是

A. 实行全国统考，但试卷各地不一
B. 每年有春夏2次考试
C. 各地、市根据自己实际情况组织考试
D. 实行全国统一办法、统一组织、统一标准
E. 每2年举行1次考试

8. 下列循环系统疾病中，患者最常出现呼吸困难的是
   A. 急性心肌梗死　　　B. 高血压性心脏病
   C. 急性右心衰竭　　　D. 心包压塞
   E. 急性左心衰竭

9. 脑血栓发病常在
   A. 剧烈运动时　　　　B. 安静睡眠时
   C. 静坐工作时　　　　D. 情绪激动时
   E. 用力排便时

10. 血肿局限于某一颅骨，以骨缝为界且有波动感的是
    A. 硬膜外血肿　　　　B. 硬膜下血肿
    C. 骨膜下血肿　　　　D. 皮下血肿
    E. 帽状腱膜下血肿

11. 传染性非典型肺炎被列入哪类传染病，按照哪类传染病管理
    A. 列入乙类传染病，流行时按甲类传染病管理
    B. 列入甲类传染病，流行时按乙类传染病管理
    C. 列入丙类传染病，流行时按甲类传染病管理
    D. 列入乙类传染病，流行时按丙类传染病管理
    E. 列入丙类传染病，流行时按乙类传染病管理

12. 发生细菌性肝脓肿时，细菌侵入肝脏最主要的途径是
    A. 门静脉　　　　　　B. 肝动脉
    C. 肝静脉　　　　　　D. 胆道系统
    E. 十二指肠

13. 在护患交往中，护士微笑的作用不包括
    A. 改善护患关系　　　B. 化解护患矛盾
    C. 优化护士形象　　　D. 缩短护患之间距离
    E. 缓解患者不安心理

14. 诱发和加重心力衰竭最常见因素是
    A. 劳累　　　　　　B. 情绪激动
    C. 呼吸道感染　　　D. 输液过快过多
    E. 心律失常

15. 胃癌的好发部位是
    A. 贲门部　　　　　B. 胃大弯
    C. 胃小弯　　　　　D. 幽门部
    E. 胃窦部

16. 医院内感染主要发生于
    A. 门诊患者　　　　B. 探视者
    C. 陪护家属　　　　D. 医务人员
    E. 住院患者

17. 护士进行晨间护理的内容不包括
    A. 问候患者
    B. 协助患者排便,收集标本
    C. 协助患者进行口腔护理
    D. 发放口服药物
    E. 开展健康教育

18. 原发性肝癌最早、最常见的转移途径是
    A. 肝外血行转移　　B. 肝内血行转移
    C. 肝内淋巴转移　　D. 肝外淋巴转移
    E. 种植转移

19. 小肠扭转多见于
    A. 晚期妊娠者　　　B. 习惯性便秘者
    C. 排尿困难者　　　D. 长期负重者
    E. 饱餐后剧烈运动者

20. 《献血法》规定:血站是
    A. 采集、提供临床用血的机构
    B. 负责本辖区内无偿献血组织发动
    C. 采集、提供临床用血的机构,是不以营利为目的的公益性组织
    D. 不以营利为目的的公益性组织
    E. 自收自支营利机构

21. 急性肾炎小儿可以上学的标准是
    A. 尿常规正常
    B. 红细胞沉降率(血沉)正常
    C. 血压正常
    D. 尿艾迪计数正常
    E. 抗链球菌溶血素"O"滴定度正常

22. 蛛网膜下腔出血最常见的原因
    A. 血液病　　　　　B. 高血压动脉硬化
    C. 外伤　　　　　　D. 先天性脑动脉瘤
    E. 脑血管畸形

23. 大肠癌最常见的转移方式为
    A. 胎盘垂直转移　　B. 血行转移
    C. 淋巴转移　　　　D. 种植播散
    E. 直接浸润

24. 强迫症与恐惧症的区别在于
    A. 出现焦虑反应　　B. 是否回避
    C. 明知不对难以控制　D. 有无精神因素
    E. 有无自主神经症状

25. 预防产后乳房胀痛,下列措施不正确的是
    A. 分娩后马上吸吮　B. 确保正确的含接姿势
    C. 坚持按时喂哺　　D. 做到充分有效的吸吮
    E. 按需哺乳

26. 留置针输液一般保留不超过
    A. 3天　　　　　　B. 5天
    C. 7天　　　　　　D. 10天
    E. 15天

27. 采集细菌培养标本时,正确的做法是
    A. 容器中加防腐剂
    B. 餐前取标本
    C. 已用抗生素的患者,不可采集标本
    D. 在血药浓度最低时采标本
    E. 采用干燥试管

28. 急性乳腺炎最常见的病因是
    A. 乳管堵塞　　　　B. 乳汁淤积
    C. 乳头破损　　　　D. 乳腺手术
    E. 乳头内陷

29. 十二指肠溃疡的好发部位是
    A. 球部　　　　　　B. 升部
    C. 水平部　　　　　D. 降部
    E. 降部和升部

30. 腹膜炎引起的肠梗阻属于
    A. 血运性肠梗阻
    B. 机械性单纯性肠梗阻
    C. 麻痹性肠梗阻
    D. 机械性绞窄性肠梗阻
    E. 痉挛性肠梗阻

31. 濒死患者最后消失的感觉是
    A. 视觉　　　　　　B. 听觉
    C. 嗅觉　　　　　　D. 味觉
    E. 触觉

32. 在病情观察中,运用中医的"四诊"方法是
    A. 视、触、扣、听　B. 望、触、问、切
    C. 望、闻、问、切　D. 视、摸、按、压

E. 触、摸、扣、听

33. 有关宫内节育器避孕原理，正确的是
   A. 改变宫颈黏液性状
   B. 阻止精子进入宫腔及输卵管
   C. 干扰受精卵着床
   D. 干扰下丘脑-垂体-卵巢轴
   E. 抑制卵巢排卵

34. 护士执业注册的有效期为
   A. 2 年　　　　　　　　B. 5 年
   C. 8 年　　　　　　　　D. 10 年
   E. 终生

35. 2~3 岁正常小儿的心率为
   A. 120~140 次/分　　　B. 110~130 次/分
   C. 100~120 次/分　　　D. 80~100 次/分
   E. 70~90 次/分

36. 中医五行学说最基本的概念是
   A. 阴、阳、气、血、精　B. 青、红、黄、蓝、紫
   C. 金、木、水、火、土　D. 心、肝、脾、肺、肾
   E. 生、长、化、收、藏

37. 腹部受到冲击伤时，最容易发生碎裂的脏器是
   A. 肺　　　　　　　　　B. 胃
   C. 肝　　　　　　　　　D. 脾
   E. 肾

38. 成人排便时肛门滴血，有痔核脱出，便后自行回纳，属于
   A. 一期内痔　　　　　　B. 二期内痔
   C. 三期内痔　　　　　　D. 四期内痔
   E. 血栓性外痔

39. 某白血病患者，诉胸骨下端常有压痛，提示该患者
   A. 合并心绞痛
   B. 合并气胸
   C. 合并肺栓塞
   D. 胸骨下端骨髓内白血病细胞浸润
   E. 合并冠心病

40. 患者，男性，55 岁。有风湿性心脏病史。入院时出现气促、咳嗽、咳白色泡沫样痰、乏力、出汗较多。查体：口唇发绀，两侧肺底部可闻及湿啰音。该患者出现乏力的原因是
   A. 心排血量减少　　　　B. 血容量负荷过重
   C. 压力负荷过重　　　　D. 肺循环淤血
   E. 体循环淤血

41. 某产妇，胎儿、胎盘娩出后，护士应安排其在产房内观察
   A. 30 分钟　　　　　　B. 1 小时
   C. 2 小时　　　　　　　D. 3 小时
   E. 4 小时

42. 患者，男性，19 岁。中耳炎半年，3 天前感冒，出现发热体温 38.1℃，继而出现剧烈头痛、呕吐、抽搐和意识障碍，送到医院查血白细胞 $13×10^9/L$，颈项强直，并抽取脑脊液检查，医生诊断化脓性脑膜炎。其典型的化脓性脑脊液变化是
   A. 细胞数增高，蛋白增高，外观浑浊
   B. 细胞数增高，蛋白升高，外观清亮
   C. 细胞数增高，糖下降，外观浑浊
   D. 细胞数下降，蛋白升高，外观脓性
   E. 细胞数下降，蛋白降低，外观浑浊

43. 患者，男性，76 岁。慢性支气管炎 24 年，护士收集的资料中属于主观资料的是
   A. 体温 38.7℃
   B. 肺部听诊可闻及干、湿啰音
   C. 咳嗽无力
   D. 咳黄色黏痰
   E. 氧分压 60mmHg

44. 患者，女性，患有急性宫颈炎，医生给予全身抗生素治疗。患者询问护士不给她阴道上药治疗的原因。护士正确的回答是
   A. 避免炎症扩散，引起盆腔炎
   B. 为患者节省医疗费用
   C. 局部用药刺激太大
   D. 抗生素作用快
   E. 阴道上药太麻烦，不好操作

45. 患儿，男，1 岁。阵发性哭闹，进乳后呕吐，排果酱样粪便，右中上腹扪及 6cm×5cm×4cm 腊肠样肿块，首先考虑
   A. 肠扭转　　　　　　　B. 肠道畸形
   C. 蛔虫性肠梗阻　　　　D. 肠套叠
   E. 盲肠肿瘤

46. 护士为患者实施心肺复苏时，判断及评价呼吸的时间不得超过
   A. 3 秒　　　　　　　　B. 5 秒
   C. 6 秒　　　　　　　　D. 10 秒
   E. 15 秒

47. 由责任护士和其辅助护士负责一定数量患者从入院到出院，以护理计划为内容，包括入院教育、各种治疗、基础护理和专科护理、护理病历书写、

观察病情变化、心理护理、健康教育、出院指导。这种形式的护理方式是

A. 个案护理　　　　B. 功能制护理

C. 责任制护理　　　D. 小组护理

E. 临床路径

48. 患者,男性,怀疑急性脑血管病,首选的检查项目是

A. 脑脊液检查　　　B. CT

C. MRI　　　　　　D. 脑电图

E. 头颅X线摄片

49. 患者,女性,38岁,已婚,阴道分泌物增多伴外阴瘙痒10天,妇科检查分泌物呈豆渣样,阴道黏膜有白色膜状物,轻轻擦去后可见糜烂及浅表溃疡。该患者首选辅助检查是

A. 所有患者都应做分泌物细菌培养

B. 取分泌物前可以先做双合诊检查

C. 进行氨臭味试验

D. 取分泌物进行革兰染色

E. 取分泌物前应先用0.2‰碘伏消毒会阴部

50. 某地区发生大规模灾难事件,护士在灾难现场应首先抢救的伤员是

A. 头部开放伤

B. 股骨干骨折

C. 腹部开放伤有肠管脱出

D. 动脉破裂大出血

E. 腰椎骨折合并截瘫

51. 患者,男性,56岁,有肝硬化病史10余年。近日食欲明显减退,黄疸加重。今晨因剧烈咳嗽突然呕咖啡色液体约1200ml,黑便2次,伴头晕、眼花、心悸。急诊入院。体检:神志清楚,面色苍白,血压80/60mmHg,心率110次/分。患者上消化道出血最可能的原因是

A. 消化性溃疡出血

B. 食管胃底静脉曲张出血

C. 急性糜烂出血性胃炎

D. 应激性溃疡

E. 胃癌出血

52. 护士巡视病房时,发现某患者的胸膜腔闭式引流管脱出,该护士应首先

A. 通知医师紧急处理

B. 将脱出的引流管重新置入

C. 嘱患者缓慢呼吸

D. 给患者吸氧

E. 用手指捏闭引流口周围皮肤

53. 护士在给某患者执行输液操作过程中,另一位患者要求护士协助其上厕所,此时,护士回答符合礼仪要求的是

A. "请稍候"

B. "我正忙着呢。"

C. "你自己慢慢走过去好吗?"

D. "我没有分身术啊,现在怎么帮你?"

E. "我没空,你叫其他护士帮你吧!"

54. 患者,女性,16岁,因急性心肌炎入院。患者意识清醒,语言表达准确,此时收集资料的直接来源是指

A. 患者亲属　　　　B. 患者本人

C. 门诊病历　　　　D. 文献资料

E. 医生

55. 某患者深静脉血栓形成,护士告知患者急性期应绝对卧床休息10~14天,床上活动时避免动作幅度过大,禁止按摩患肢。其目的是

A. 防止血栓脱落　　B. 防止再次血栓形成

C. 促进静脉回流　　D. 缓解局部疼痛

E. 预防局部出血

56. 患者,女性,31岁。测体温39℃,医嘱即刻肌肉注射复方氨基比林2ml。护士执行此项医嘱属于

A. 非护理措施　　　B. 独立性护理措施

C. 协作性护理措施　D. 依赖性护理措施

E. 预防性护理措施

57. 患者,女性,从分娩后第3天起,持续3天体温在37.9℃左右,子宫收缩好,无压痛,会阴伤口红肿、疼痛,恶露淡红色,无臭味,双乳软,无硬结。其发热的原因最可能是

A. 会阴伤口感染　　B. 乳腺炎

C. 产褥感染　　　　D. 上呼吸道感染

E. 乳头皲裂

58. 男性,患者,46岁。有慢性肝病史20余年。近1个月自觉腹胀,尤以近1周明显加重。B超示大量腹水。腹水发生的主要原因是

A. 肾衰竭

B. 黄疸

C. 门脉高压和血浆蛋白降低

D. 饮水过多

E. 高钠饮食

59. 门诊护士小李在常规情况下,依据医院规定,按照挂号顺序安排患者就诊,这是基于下列哪一项

护理伦理原则

A. 自主原则　　　　　B. 不伤害原则

C. 行善原则　　　　　D. 公平原则

E. 尊重原则

60. 新生儿,女,出生 4 天,近 2 天家长发现其尿液放置后有红褐色沉淀,原因应是

　　A. 尿酸盐结晶　　　　B. 盐类结晶

　　C. 红细胞　　　　　　D. 管型沉淀

　　E. 白细胞

61. 某产妇,护士将其送入产房,准备接生的指征正确的是

　　A. 初产妇、经产妇有规律宫缩时

　　B. 初产妇宫口开至 3~4cm,经产妇宫口开大 3~4cm,宫缩好

　　C. 初产妇宫口开至 3~4cm,经产妇宫口开大10cm,宫缩好

　　D. 初产妇宫口开至 10cm,经产妇宫口开大10cm,宫缩好

　　E. 初产妇宫口开至 10cm,经产妇宫口开大 3~4cm,宫缩好

62. 患者,男性,25 岁。左侧腹股沟斜疝 2 年。6 小时前提重物时,疝块突然增大、不能回纳,出现阵发性腹痛伴频繁呕吐,查疝块明显压痛。根据临床表现该嵌顿性疝被嵌顿的内容物可能是

　　A. 小肠　　　　　　　B. 大网膜

　　C. 膀胱　　　　　　　D. 结肠

　　E. 乙状结肠

63. 患者,男性,39 岁,因车祸致右下肢外伤,伤口大量出血,被送至急诊室,在医生到来之前,值班护士首先应

　　A. 通知病房,准备暂空床

　　B. 详细询问发生车祸的原因

　　C. 向保卫部门报告车祸的情况

　　D. 注射镇痛剂,减轻伤口疼痛

　　E. 止血,测血压,配血、建立静脉通道

64. 护士小红为产房护士,在巡视过程中,发现产房的温度与相对湿度有偏差,应将其调节为

　　A. 15~16℃,40%~50%

　　B. 16~18℃,40%~50%

　　C. 18~20℃,40%~50%

　　D. 20~22℃,50%~60%

　　E. 22~24℃,50%~60%

65. 患者,男性,33 岁,因近 1 周食欲减退、上腹部不

适、疲乏无力。伴巩膜及皮肤黄染 2 天。既往体健。入院 3 天后出现嗜睡,有扑翼样震颤,肝未扪及。血清总胆红素 $200\mu mol/L$,血清丙氨酸氨基转移酶 150U/L,血清 HBsAg(+),此患者的肝炎类型是

　　A. 急性黄疸型乙型肝炎

　　B. 慢性重型乙型肝炎

　　C. 急性重型乙型肝炎

　　D. 亚急性重型乙型肝炎

　　E. 淤胆型肝炎

66. 某 ICU 护士,毕业工作 3 年来,基本上是一个人护理某个患者,患者需要的全部护理由她全面负责,实施个体化护理。该护理工作方式是

　　A. 个案护理　　　　　B. 功能制护理

　　C. 责任制护理　　　　D. 小组护理

　　E. 临床路径

67. 护士甲在参与抢救失血性休克的患者时需要电话联系上级主管医师,在执行电话医嘱时应注意

　　A. 听清医嘱立即执行

　　B. 听到医嘱后直接执行

　　C. 迅速执行自己听到的医嘱

　　D. 听到医嘱应简单复述 1 次

　　E. 重复 1 次,确认无误后执行

68. 某患者诊断为系统性红斑狼疮,其皮肤红斑主要的原因是

　　A. 皮肤过敏

　　B. 日晒过多

　　C. 长期使用免疫抑制剂

　　D. 青春痤疮

　　E. 免疫复合物沉积

69. 患者,女性,34 岁,不规则发热伴大小关节疼痛月余。查体:面部未见红斑,口腔、鼻腔有溃疡,右膝及左踝关节轻度红肿,有压痛,但无畸形。实验室检查:尿蛋白(+),颗粒管型(+),外周血白细胞计数 $3.5\times10^9/L$,网织红细胞 0.021,抗核抗体(+),抗 ds-DNA 抗体(+),LE 细胞(-),该患者可诊断为

　　A. SLE　　　　　　　B. 类风湿性关节炎

　　C. 肾小球肾炎　　　　D. 上呼吸道感染

　　E. 风湿性关节炎

70. 患者,男性,65 岁,胃癌,行胃大部切除术,术中生命体征正常,术后回病房。护士应遵照医嘱给予该患者

A. 特级护理　　　　B. 一级护理

C. 二级护理　　　　D. 三级护理

E. 四级护理

71. 患者,50岁,因腰椎骨折住院,要去B超室检查,护士搬运患者的正确方法是

A. 护理人员双臂将患者抱起,移至平车上

B. 甲托颈肩背,乙托臀膝部,搬运至平车上

C. 甲托头肩部胛部,乙托背臀部,丙托膝腿部,搬运至平车上

D. 甲托头颈肩,乙托两腿,丙丁分别站床和平车两侧,握中单四角合力搬运至平车上

E. 护理人员帮助患者将上身、下肢、臀部移向平车

72. 患者,女,40岁,因急性阑尾炎手术后出院,护士整理患者出院病历时,首页是

A. 体温单　　　　B. 护理记录单

C. 病史首页　　　D. 住院病历首页

E. 手术记录首页

73. 患者,男性,36岁,甲状腺大部分切除术后出现饮水呛咳,发音时音调无明显改变,可能的原因是

A. 气管塌陷　　　　B. 伤口内出血

C. 单侧喉返神经损伤　D. 喉上神经外侧支损伤

E. 喉上神经内侧支损伤

74. 患者,女性,30岁。颈椎骨折行骨牵引,现需更换卧位,错误的是

A. 核对患者　　　　B. 做好解释

C. 固定床轮　　　　D. 放松牵引后再翻身

E. 翻身动作应轻巧

75. 患儿,男,2岁,神志清楚,二便正常。查体:头围48cm,胸围49cm,身长85cm。该患儿的体重应是

A. 6kg　　　　B. 8kg

C. 10kg　　　D. 12kg

E. 14kg

76. 某手术室护士,使用2%戊二醛浸泡手术刀片,为了防止刀片生锈,应在消毒液中加入

A. 1%～2%碳酸氢钠　B. 5%亚硝酸钠

C. 5%碳酸氢钠　　　D. 0.5%亚硝酸钠

E. 0.5%醋酸钠

77. 患者,男性,27岁,因深夜酒后驾驶发生车祸,全身多处骨折、严重颅脑损伤,被送至某医院急诊科,值夜班护士处理措施错误的是

A. 应立即通知医师

B. 医师不能马上到达,护士应先行实施必要的紧急救护

C. 护士实施必要的抢救措施,但要避免对患者造成伤害

D. 因为值夜班,护士有权独立抢救危重患者

E. 护士必须依照诊疗技术规范救治患者

78. 患儿,男,4岁。自幼青紫,生长发育落后,杵状指(趾),喜蹲踞,诊断为法洛四联症。20分钟前,在剧烈活动后突然发生昏厥,其可能为

A. 癫痫　　　　B. 重度贫血

C. 缺氧发作　　D. 呼吸衰竭

E. 心力衰竭

79. 24cm长的无菌持物镊浸泡于盛有2%戊二醛的无菌容器内,其液面应浸泡镊子的高度为

A. 9cm　　　　B. 11cm

C. 12cm　　　D. 13cm

E. 14cm

80. 护士小王,选用纯乳酸对外科门诊小手术室进行熏蒸法空气消毒,该小手术室长5m,宽4m,高3m,应取用纯乳酸的量是

A. 0.12ml　　B. 0.72ml

C. 1.2ml　　 D. 7.2ml

E. 72ml

81. 患者,71岁,因慢性支气管炎合并铜绿假单胞菌感染入院,患者高热,疲乏无力,护士为其实施口腔护理时,应选用的漱口溶液是

A. 0.9%氯化钠　　B. 0.1%醋酸溶液

C. 0.2%呋喃西林　D. 1%～3%过氧化氢

E. 1%～4%碳酸氢钠

82. 患儿,女,8个月,体重6.4kg,人工喂养未及时添加辅食,被诊断为婴儿营养不良,引起本病最常见的原因是

A. 铁缺乏　　　　B. 缺乏锻炼

C. 喂养不当　　　D. 疾病影响

E. 免疫缺陷

83. 患者,男性,78岁。呼吸困难,安置半坐卧位,护士评估该患者最容易导致压疮的力学因素是

A. 水平压力　　　B. 垂直压力

C. 剪力　　　　　D. 摩擦力

E. 反作用力

84. 患者,男性,30岁。体温持续升高达39℃以上,但波动幅度大,24小时波动超过1℃,最低体温仍超过正常水平,属于

A. 弛张热　　　　　　B. 稽留热

C. 间歇热　　　　　　D. 不规则热

E. 波浪热

85. 某患者急性外伤至多脏器衰竭,需进入ICU进一步治疗,进入ICU前,医护人员告知家属有关患者的治疗目的、治疗方案、预后和费用,经家属同意后,患者被送入ICU治疗。此案例体现了患者的

A. 知情同意权　　　　B. 疾病认知权

C. 隐私权　　　　　　D. 平等医疗权

E. 免除责任权

86. 患者,男性,66岁。因心房纤维颤动入院,护士在测脉搏前推断患者的脉搏最可能为

A. 间歇脉　　　　　　B. 二联律

C. 三联律　　　　　　D. 绌脉

E. 洪脉

87. 患者,男性,47岁。因误服大量巴比妥类药物入院。住院期间,患者呼吸呈周期性变化:呼吸由浅慢逐渐变为深快,然后转为浅慢,经过一段时间呼吸暂停,又重复上述变化,其形态如潮水起伏。该患者的呼吸节律称为

A. 陈-施呼吸　　　　B. 毕奥呼吸

C. 浮浅性呼吸　　　　D. 鼾声呼吸

E. 库斯莫呼吸

88. 患儿,2岁,因急性扁桃体炎,需静脉输液治疗,护士操作时,与患儿保持距离适宜的是

A. 0～0.45m　　　　B. 0.45～1.2m

C. 1.2～3.5m　　　　D. 3.5～5.2m

E. ＞5.2m

89. 患儿,女,2岁,1天前出现发热、声音嘶哑、喉鸣音和吸气性呼吸困难、双肺可闻及喉传导音或管状呼吸音,心率加快,该患儿最可能的诊断是

A. 喘憋性肺炎

B. 支气管哮喘

C. 急性感染性喉炎

D. 支气管肺炎合并心衰

E. 腺病毒性肺炎合并心衰

90. 患者,女性,69岁。连续3天测血压85/50mmHg,该患者血压属于

A. 低血压

B. 正常血压

C. 临界低血压

D. 收缩压正常,舒张压降低

E. 收缩压降低,舒张压正常

91. 患者,女性,43岁。因头晕头痛原因待查入院,医嘱测血压每日3次。为其测血压时,应

A. 定血压计、定部位、定时间、定护士

B. 定血压计、定部位、定时间、定听诊器

C. 定听诊器、定部位、定时间、定体位

D. 定血压计、定部位、定时间、定体位

E. 定听诊器、定护士、定时间、定体位

92. 患者,男性,59岁,大学教授,长期患有慢性支气管炎,护士与患者相处时,应采用哪种护患关系模式

A. 主动-被动系统　　B. 指导-合作型

C. 部分补偿系统　　　D. 支持-教育系统

E. 共同参与型

93. 患者,男性,35岁。因"急性肾炎"入院,应给予

A. 低蛋白饮食　　　　B. 要素饮食

C. 低脂饮食　　　　　D. 低胆固醇饮食

E. 少渣饮食

94. 患者,女性,46岁,风湿性心脏病伴心功能不全,双下肢及身体下垂部位严重水肿,该患者每日饮食中应控制

A. 摄入盐量不超过8.0g

B. 摄入盐量不超过6.0g

C. 摄入盐量不超过5.0g

D. 摄入盐量不超过2.0g

E. 摄入盐量不超过1.0g

95. 患者,女性,22岁,患甲状腺功能亢进,需做吸碘试验。在检查前7～60天需忌食

A. 河鱼　　　　　　　B. 紫菜

C. 牛奶　　　　　　　D. 鸡蛋

E. 白菜

96. 某抑郁症患者告诉其主管护士:"别再在我身上浪费时间了,去和那些值得你花费时间的人谈谈吧。"责任护士最佳的反应是

A."您这样说话可不对了"

B."不要担心,我有的是时间"

C."您这样拒人千里之外,对您没有好处"

D."别这么说,您应该振作一点"

E."如果您不想说话,我们就在这坐一会儿吧"

97. 护士巡视病房时,发现某患者正在挤压面部"危险三角区"内的疖,护士应告知患者,该动作容易导致

A. 全身性感染　　　　B. 颅内感染

C. 局部脓肿形成　　　D. 面神经瘫

E. 破伤风

98. 患者,男性,45 岁,因脑外伤入院,神志不清,意识昏迷。查体:体温 39℃,脉搏 108 次/分,呼吸 24 次/分,血压 195/120mmHg,现需通过鼻饲维持营养。当胃管插至会厌部时,护士应

A. 使患者头后仰

B. 嘱患者做吞咽动作

C. 将患者的头侧向一边

D. 将患者的头靠近胸骨

E. 减慢插管动作

99. 患者,男性,45 岁,因脑外伤入院,神志不清,意识昏迷。查体:体温 39℃,脉搏 108 次/分,呼吸 24 次/分,血压 195/120mmHg,现需通过鼻饲维持营养。胃管插入后,应验证其在胃内,正确的方法是

A. 注入少量温开水,于胃部听气过水声

B. 注入少量温开水,听肠鸣音

C. 注入少量气体,听肠鸣音

D. 注入少量气体,于胃部听气过水声

E. 将胃管末端放入水中,见有气泡溢出

100. 患者,男性,45 岁。因关节疼痛,需每日红外线照射 1 次,在照射过程中,应随时观察局部皮肤反应,出现紫红色

A. 为适宜剂量,继续照射

B. 应立即停止照射,涂凡士林保护皮肤

C. 应停止照射,改用热敷

D. 应改用小功率灯头

E. 应改用大功率灯头

101. 患者,女性,68 岁,膀胱高度膨胀而又极度虚弱,为其导尿时,首次放尿的量不超过

A. 500ml　　　　　　B. 800ml

C. 1000ml　　　　　D. 1200ml

E. 1500ml

102. 患者,男性,49 岁。医嘱口服磺胺药抗感染,护士嘱其服药后需多饮水,目的是

A. 避免损害造血系统　B. 维持血液 pH 值

C. 减轻胃肠道刺激　　D. 增强药物疗效

E. 增加药物溶解度,避免结晶析出

103. 患儿,男,7 岁。咳嗽、咳痰 5 天,医嘱给予氧气雾化吸入治疗。执行操作时错误的是

A. 氧气雾化吸入器与氧气装置连接紧密,不漏气

B. 氧气湿化瓶内放 1/2 冷蒸馏水

C. 调节氧流量 6 ～8L/min

D. 口含嘴放入患儿口中,嘱其紧闭口唇深吸气

E. 吸入完毕,先取下雾化器再关氧气开关

104. 患者,男性,25 岁。患化脓性扁桃体炎,在注射青霉素数秒钟后出现胸闷、气促、面色苍白、出冷汗。护士首先应

A. 给予氧气吸入

B. 应用呼吸兴奋剂

C. 开放静脉通道,大量快速输液

D. 皮下注射 0.1‰盐酸肾上腺素 1ml

E. 静脉注射地塞米松 5mg

105. 患者,男性,45 岁,护士为其静脉注射 25％葡萄糖溶液时,患者自述疼痛,推注时稍有阻力,推注部位局部隆起,抽无回血,此情况应考虑是

A. 静脉痉挛

B. 针头部分阻塞

C. 针头滑出血管外

D. 针头斜面紧贴血管壁

E. 针头斜面部分穿透血管壁

106. 患者,男性,76 岁。需输 500ml 液体,用滴数为 20 的输液器,每分钟 40 滴,输完需用

A. 2 小时 10 分　　　B. 2 小时 30 分

C. 3 小时 10 分　　　D. 3 小时 30 分

E. 4 小时 10 分

107. 患者,男性,14 岁。晨起眼睑水肿,排尿不适,疑为急性肾小球肾炎,需作尿蛋白定量,在标本中应加入的防腐剂为

A. 福尔马林　　　　　B. 冰醋酸

C. 甲苯　　　　　　　D. 浓硫酸

E. 浓盐酸

108. 患者,女性,49 岁。行气管切开术,使用电动吸引器吸痰时正确的是

A. 使用前先调节负压为 20～33.3kPa

B. 插管过程中,注意边插边吸引

C. 严格无菌操作,每次更换吸痰管

D. 吸痰时一定要上下移动吸痰管抽吸

E. 每次吸痰时间不超过 20 秒

109. 患者男性,因敌百虫中毒急送医院,护士为其洗胃。禁用的洗胃溶液是

A. 高锰酸钾　　　　　B. 生理盐水

C. 碳酸氢钠　　　　　D. 温开水

E. 牛奶

110. 护士张某,给病区一名病情危重的患者实施抢救后,补写护理记录,书写过程中发现有错别字,她应该采用的处理方法是
    A. 用双线划在错字上,注明修改时间,签全名
    B. 把原记录涂黑,在旁边写上正确的字
    C. 采用刮、粘、涂等方法掩盖或去除原来的字迹
    D. 用红笔注明"取消"字样并签全名
    E. 为了保持病历美观,重抄整页护理记录单

二、以下提供若干个案例,每个案例下设若干个考题,请根据各考题题干所提供的信息,在每题下面 A、B、C、D、E 五个备选答案中选择一个最佳答案。

(111、112 题共用题干)

患者,女性,40 岁。手术后 2h。医嘱:哌替啶 50mg,肌内注射 q6h prn。

111. 医嘱中的"prn"中文意思是
    A. 需要时(长期)   B. 需要时(临时)
    C. 停止   D. 即刻
    E. 勿施

112. 选择臀大肌肌内注射时,用连线法定位,正确的是
    A. 髂前上棘外侧三横指处
    B. 髂嵴与脊柱连线的外 1/3
    C. 髂嵴与尾骨连线的外 1/3
    D. 髂前上棘与脊柱连线的外 1/3
    E. 髂前上棘与尾骨连线的外 1/3

(113~115 题共用题干)

患者,男性,71 岁。诊断为慢性阻塞性肺疾病,血气分析结果显示:动脉血氧分压 4.6kPa,二氧化碳分压 12.4kPa。

113. 该患者吸氧适宜的是
    A. 高浓度、高流量、持续给氧
    B. 高浓度、高流量、间断给氧
    C. 低浓度、低流量、持续给氧
    D. 低浓度、低流量、间断给氧
    E. 低浓度与高流量交替持续给氧

114. 装氧气表时,先打开总开关是为了
    A. 检查氧气筒内有无氧气
    B. 观察氧气流出是否通畅
    C. 估计氧气筒内氧气量
    D. 清洁气门,保护压力表
    E. 测定氧气筒的压力

115. 吸氧过程中需要调节氧流量时,正确的是
    A. 先关总开关,再调氧流量
    B. 先关流量表,再调氧流量
    C. 先拔出吸氧管,再调氧流量
    D. 先分离吸氧管与氧气连接管,再调氧流量
    E. 先拔出氧气连接管,再调氧流量

(116、117 题共用题干)

患者,男,55 岁,体检时 B 超发现肝脏有 6cm×5cm 包块,初步诊断为"原发性肝癌"。患者感觉自己身体状况良好,对检查结果不相信,打算到其他医院再作检查。

116. 患者此时的心理反应处于
    A. 否认期   B. 愤怒期
    C. 协议期   D. 忧郁期
    E. 接受期

117. 对患者的护理正确的是
    A. 告诉他已确诊无需再作检查
    B. 附和他说检查结果不可信
    C. 劝慰他患的是肿瘤不用担心
    D. 与医生、家属统一口径并协助其作进一步检查
    E. 对患者的任何反应不表态、不作为

(118~120 题共用题干)

患者,男性,76 岁。偏瘫,长期卧床。近日发现其骶尾部皮肤出现红、肿、热、麻木、有触痛,但皮肤表面无破损。

118. 该患者骶尾部皮肤症状属于压疮的
    A. 淤血红润期   B. 炎性浸润期
    C. 浅度溃疡期   D. 深度溃疡期
    E. 坏死期

119. 此期给予患者的护理措施正确的是
    A. 每 3~4 小时翻身 1 次,防止局部长时间受压
    B. 定期用 0.9％氯化钠溶液冲洗受压部位,保持局部清洁
    C. 定时用红外线照射,保持局部干燥
    D. 定时用乙醇局部按摩,促进血液循环
    E. 给予低蛋白、低脂肪、低盐、低糖饮食

120. 若该患者骶尾部皮肤组织转为紫红色,触摸皮下有硬结,表皮出现小水疱。正确的护理措施是
    A. 剪破小水疱表皮,引流
    B. 呋喃西林溶液冲洗局部皮肤后,无菌纱布擦干

C. 无菌纱布包裹,减少摩擦,促进小水疱自行吸收

D. 外喷抗生素,防止感染

E. 乙醇局部按摩,促进血液循环和炎症吸收

(121、122题共用题干)

患儿,男,6岁,因不规则发热、出血,肝、脾、淋巴结肿大,为进一步明确诊断收入院。

121. 在护理患儿的过程中,体现护士照顾者角色的护理行为是

A. 做好入院介绍

B. 对患儿和其陪护的母亲进行健康教育

C. 与陪护患儿的母亲共同制定护理计划

D. 做好病区内物品的管理

E. 帮助患儿做好清洁、饮食等护理

122. 在为患儿执行治疗时,最容易让患儿接受治疗的语言沟通技巧是

A. 问候式语言　　　B. 夸赞式语言

C. 命令式语言　　　D. 关心式语言

E. 安慰式语言

(123～125题共用题干)

患者,男性,25岁。因左腰部被刺伤入院,血压70/50mmHg,伤口持续溢出淡红色液体。左上腹触痛,但无肌紧张

123. 诊断首先考虑

A. 脾破裂　　　　　B. 胃穿孔

C. 肾损伤　　　　　D. 肠破裂

E. 胰腺损伤

124. 为了进一步明确诊断,首选的检查是

A. B超检查　　　　B. 钡餐检查

C. 胃镜检查　　　　D. 钡剂灌肠

E. 伤口溢出液淀粉酶测定

125. 该患者的处理原则是

A. 非手术治疗

B. 立即手术探查

C. 抗休克

D. 出现肉眼血尿时手术探查

E. 出现腹膜炎时手术探查

(126、127题共用题干)

患者,男性,42岁,间歇性上腹痛3年,有嗳气、反酸、食欲不振,冬春季节较常发作。近3天来腹痛加剧,且突然呕血300ml。

126. 该患者出血的原因,最有可能的是

A. 慢性胃炎　　　　B. 消化性溃疡

C. 胃癌　　　　　　D. 胃肠道黏膜糜烂

E. 肝硬化

127. 为确诊原因,应首选

A. X线钡餐检查　　B. 超声检查

C. 大便隐血试验　　D. 纤维内镜检查

E. 胃液分析

(128、129题共用题干)

患者,女,8个月。因肺炎入院,现突然烦躁不安,发绀且进行性加重。体查:呼吸60次/分,脉搏180次/分,心音低钝,两肺布满细湿啰音。

128. 目前患儿最可能发生了什么情况

A. 心力衰竭　　　　B. 感染性休克

C. 脓气胸　　　　　D. 呼吸窘迫综合征

E. 感染性心内膜炎

129. 该患儿宜选择的体位是

A. 平卧位　　　　　B. 侧卧位

C. 半卧位　　　　　D. 端坐位

E. 头低卧位

(130～133题共用题干)

患者,男性,72岁,因慢性阻塞性肺气肿住院治疗,今晨9:00时开始静脉输入5%葡萄糖溶液500ml及0.9%氯化钠溶液500ml,滴速70滴/分,10:00时护士巡视病房,发现患者咳嗽、呼吸急促、大汗淋漓、咳粉红色泡沫痰。

130. 根据患者症状表现,患者可能发生了

A. 发热反应　　　　B. 过敏反应

C. 空气栓塞　　　　D. 细菌污染反应

E. 心脏负荷过重反应

131. 护士首先应做的事情是

A. 安慰患者　　　　B. 给患者吸氧

C. 立即通知医生　　D. 立即停止输液

E. 协助患者坐起两腿下垂

132. 为减轻患者呼吸困难的症状,护士可采用乙醇湿化加压给氧,选用乙醇的浓度应为

A. 10%～20%　　　B. 20%～30%

C. 30%～40%　　　D. 40%～50%

E. 50%～70%

133. 为缓解症状,护士可协助患者采取的体位是

A. 仰卧,头偏向一侧

B. 左侧卧位,头高足低

C. 端坐位,两腿下垂

D. 抬高床头15～30cm

E. 抬高床头20°～30°

参考答案

实践能力

一、以下每道题下面有 A、B、C、D、E 五个备选答案，请从中选择一个最佳答案。

1. 小脑幕裂孔疝早期，瞳孔可表现为
   A. 大小正常
   B. 双侧瞳孔缩小
   C. 单侧瞳孔缩小
   D. 双侧瞳孔扩大
   E. 单侧瞳孔扩大

2. 自发性气胸最常见的症状是
   A. 呕吐
   B. 胸痛
   C. 心悸
   D. 咳嗽
   E. 发热

3. 结核菌素试验注射后，观察结果的时间为
   A. 12 小时
   B. 12~24 小时
   C. 24~48 小时
   D. 48~72 小时
   E. 72 小时后

4. 前置胎盘孕妇，产科检查的结果是
   A. 子宫大小与停经月份一致，胎方位清楚，先露高浮
   B. 子宫大于停经月份，胎方位清楚，先露已入盆
   C. 子宫小于停经月份，胎方位清楚，先露高浮
   D. 子宫小于停经月份，胎方位清楚，先露已入盆
   E. 子宫大于停经月份，胎方位清楚，先露高浮

5. 癔症治疗的最有效方法是
   A. 行为治疗
   B. 镇静治疗
   C. 抗精神病药物治疗
   D. 暗示治疗
   E. 抗抑郁药物治疗

6. 降低颅内压的首选药物是
   A. 呋塞米
   B. 20%甘露醇
   C. 50%甘露醇
   D. 50%葡萄糖
   E. 氢氯噻嗪

7. 属于客观资料的是
   A. 肢体麻木
   B. 肢端肥大

C. 恶心呕吐
D. 心悸头晕
E. 浑身无力

8. 急性肾小球肾炎最重要的临床表现是
   A. 蛋白尿、氮质血症、高血压
   B. 水肿、少尿、血尿、高血压
   C. 水肿、少尿、蛋白尿、血尿
   D. 水肿、少尿、高血压、蛋白尿
   E. 血尿、少尿、高血压、氮质血症

9. 中耳炎患者的临床表现，下列哪项除外
   A. 耳痛
   B. 耳鸣
   C. 听力减退
   D. 眩晕、头痛
   E. 鼻窦压痛

10. 静脉补钾的浓度一般不超过
    A. 0.3‰
    B. 0.3%
    C. 3%
    D. 2‰
    E. 2%

11. 失眠患者最常见的形式，下列哪一项正确
    A. 睡眠缺失
    B. 入睡困难
    C. 睡眠表浅
    D. 早醒
    E. 维持睡眠困难

12. 3 岁小儿的平均身长为
    A. 71cm
    B. 75cm
    C. 81cm
    D. 85cm
    E. 91cm

13. 用新九分法评估成人的烧伤面积，错误的是
    A. 头、面、颈部各为 3%
    B. 双上臂为 8%
    C. 双臀为 5%
    D. 双前臂为 6%
    E. 躯干为 27%

14. 下列不属于新生儿常见的正常生理状态的是
    A. 马牙
    B. 乳腺肿大
    C. 假月经
    D. 臀红
    E. 生理性黄疸

15. 精神分裂症的特异临床表现为
    A. 思维奔逸
    B. 情绪低落

C. 焦虑　　　　　　D. 恐怖

E. 强制性思维

16. 根据小儿运动功能的发育,正常小儿开始会爬的年龄是

A. 3~4 个月　　　B. 5~6 个月

C. 8~9 个月　　　D. 10~11 个月

E. 11~12 个月

17. 判断心脏骤停的最可靠而最早出现的临床征象是

A. 意识与大动脉搏动消失

B. 呼吸停止

C. 无应答

D. 口唇苍白

E. 瞳孔散大

18. 下列哪项不属于新生儿卡介苗接种的禁忌

A. 早产儿、难产儿

B. 新生儿体重低于 2500g 或伴有明显先天性畸形的新生儿

C. 发热≥37.5℃

D. 生理性黄疸

E. 感染性疾病

19. 膀胱刺激征的主要症状有

A. 高热、尿频、尿急　　B. 高热、尿少、尿急

C. 尿频、尿急、尿痛　　D. 尿频、尿急、腹痛

E. 血尿、尿急、尿痛

20. 二尖瓣面容的特点是

A. 两颊部紫红,口唇轻度发绀

B. 两颊部蝶形红斑

C. 午后两颊潮红

D. 两颊黄褐斑

E. 面部毛细血管扩张

21. 对人工肛门患者的护理,错误的是

A. 左侧卧位

B. 用氧化锌软膏保护瘘口周围皮肤

C. 保护腹部切口不被污染

D. 肛袋用后洗净、消毒

E. 肛袋应坚持长期使用

22. 患者使用人工呼吸机时,若通气不足可出现

A. 皮肤潮红、出汗　　B. 昏迷

C. 抽搐　　　　　　　D. 呼吸音清晰

E. 呼吸性碱中毒

23. 对颅内高压患者的处理哪项是错误的

A. 密切观察病情变化　　B. 便秘时高压灌肠

C. 应用脱水剂　　　　D. 限制液体入量

E. 呼吸不畅可行气管切开

24. 90%慢性粒细胞白血病患者血液中会出现

A. 大量原始粒细胞　　B. 大量早幼粒细胞

C. 嗜酸粒细胞　　　　D. 巨核细胞

E. Ph 染色体

25. 大面积烧伤患者 24 小时内主要的护理措施是

A. 镇静　　　　　　　B. 止痛

C. 保证液体输入　　　D. 保持呼吸道通畅

E. 预防感染

26. 急性肾盂肾炎患者出院指导错误的是

A. 低盐饮食　　　　　B. 避免劳累

C. 多饮水、勤排尿　　D. 禁止盆浴

E. 保持大便通畅

27. 内痔的早期症状是

A. 排便时出血　　　　B. 痔核脱出

C. 排便时疼痛　　　　D. 肛门瘙痒

E. 里急后重

28. 下列情况首选取出宫内节育器的是

A. 节育器无移位者　　B. 带器妊娠

C. 绝经半年者　　　　D. 轻微下腹坠胀

E. 阴道炎

29. 某患者,使用长春新碱后引起末梢神经炎、手足麻木,应采取的措施是

A. 停药

B. 缓慢静滴

C. 0.5 %普鲁卡因含漱

D. 多饮水

E. 应用亚叶酸钙对抗其毒性

30. 某儿科护士,为小儿测量体重时,方法错误的是

A. 晨起空腹时、排尿后测量

B. 进食后立即测量

C. 脱去外套后测量

D. 测量时应先在矫正正确磅秤为零点

E. 每次测量应在同一磅秤上

31. 患者,男性,69 岁,诊断为"前列腺增生",其最早出现的症状应是

A. 尿滴沥　　　　　　B. 尿频及夜尿次数增多

C. 急性尿潴留　　　　D. 尿线变细

E. 尿失禁

32. 为保证老年人的居家安全,社区护士指导其家人正确的照顾方法是

A. 沐浴时调节水温不宜过高,以 40~45℃为宜

B. 冬季房间尽量减少通风时间,避免着凉

C. 夜晚入睡时开灯,以保证夜间如厕安全

D. 老年人皮肤感觉迟钝,使用热水袋保暖时水温宜稍高

E. 家中行走通道的两侧应尽量摆放家具,便于老人行走时扶持

33. 患者,女性,45 岁。转移性右下腹痛,诊断为"急性阑尾炎"行阑尾切除术。术后第 4 天,患者自诉伤口疼痛,体温 38.4℃,局部红肿,有脓性分泌物。患者可能是

A. 切口裂开　　　B. 切口疼痛

C. 腹腔脓肿　　　D. 切口感染

E. 肺炎

34. 患儿,2 岁,哭闹不止,护士适宜采用的沟通技巧是

A. 倾听　　　　　B. 阐述

C. 亲切的抚摸或拥抱　D. 微笑

E. 目光注视

35. 某患者,因化疗后白细胞 1.0×10⁹/L,对该患者应进行

A. 严格隔离　　　B. 接触隔离

C. 消化道隔离　　D. 呼吸道隔离

E. 保护性隔离

36. 患者,男,56 岁,行肺段切除术后,护士应给予患者

A. 仰卧位　　　　B. 头低足高仰卧位

C. 健侧卧位　　　D. 俯卧位

E. 患侧卧位

37. 患者,男性,47 岁。久站后左下肢出现酸胀感,小腿内侧可见静脉突起,诊断为下肢静脉曲张。对此患者健康教育中不正确的是

A. 尽量避免久站　　B. 尽量避免患肢外伤

C. 休息时抬高患肢　D. 使用弹力袜

E. 尽量减少下肢活动

38. 患儿,女,2 岁,需留取粪便标本做细菌培养,护士在对其父母进行标本留取方法指导时,应告知

A. 留取新鲜粪便,立即送检,注意保暖

B. 留取新鲜粪便最上部少许

C. 留取中央部分

D. 留取全部粪便

E. 不同部位留取带血或黏液部分粪便

39. 患者,女性,35 岁,诊断为"肝外胆管结石",出现重度黄疸及皮肤瘙痒,对其皮肤的护理措施不妥

的是

A. 温水擦洗皮肤　　B. 防止皮肤损伤

C. 保持皮肤清洁　　D. 遵医嘱适当用药

E. 瘙痒时可用手抓挠

40. 某产妇,临产 4 小时,宫缩 25～35 秒,间隔 4～5 分钟,胎心 142 次/分,先露部头、高浮,突然阴道流水,色清,宫口开大 1 指。护士的处理错误的是

A. 立即听胎心

B. 记录破膜时间

C. 卧床,抬高臀部

D. 鼓励产妇在宫缩时运用腹压加速产程进展

E. 若超过 12 小时尚未分娩,加用抗生素

41. 患者,男性,26 岁,阑尾炎术后第 2 天,为预防术后肠粘连,护士指导患者应采取的最关键的措施为

A. 合理饮食　　　B. 取半坐卧位

C. 进行深呼吸运动　D. 早期下床活动

E. 腹部放松

42. 患者,女性,64 岁,诊断为"肺气肿"入院,患者感觉呼气费力,护士在护理该患者时不妥的是

A. 经常巡视,满足患者安全需要

B. 调节病室内温度和湿度,保持舒适

C. 测量呼吸时,做好解释,以便配合

D. 协助患者取舒适体位,减少耗氧量

E. 必要时给予吸痰或吸氧

43. 患者,男,32 岁,车祸大出血至多器官衰竭,抢救无效死亡,护士小王为其做尸体料理时,先将尸体放平,头下垫一软枕,目的是

A. 保持良好姿势

B. 防止下颌骨脱位

C. 便于进行尸体护理操作

D. 避免头面部淤血变色

E. 接近自然状态

44. 患者,女性,48 岁,因乳腺癌住院,患者情绪低落,常常哭泣,焦虑不安。护士正确的处理是

A. 说服患者理智面对病情

B. 热情鼓励,帮助其树立信心

C. 指导用药,减轻患者痛苦

D. 安排患者与亲朋好友会面,让家属陪伴在身旁

E. 对患者的任何反应不表态、不作为

45. 患者,男性,61 岁,近 1 周食欲减退、呕吐、疲乏无

力,尿黄。自昨日起烦躁不安,呼气中有腥臭味,巩膜、皮肤黄染,皮肤见散在瘀斑,肝未扪及,腹水征阳性。目前患者最主要的护理问题是

A. 体液过多

B. 活动无耐力

C. 皮肤完整性受损

D. 营养失调:低于机体需要量

E. 潜在并发症:肝性脑病

46. 患者,女,36 岁,诊断为"滴虫性阴道炎",其白带的特点下列哪项正确

A. 白带增多,呈稀薄泡沫样,伴外阴瘙痒

B. 白带不多,呈凝乳状、豆渣样,伴外阴奇痒

C. 白带增多,呈黄水样或脓血性,阴道黏膜萎缩

D. 白带增多,呈乳白色黏液状或淡黄色脓性

E. 白带增多,呈黄色、脓性,常伴急性尿道炎症状

47. 患者,男,26 岁,左下肢发生气性坏疽,其换下的敷料应

A. 紫外线消毒   B. 高压蒸汽灭菌

C. 过氧乙酸浸泡   D. 焚烧

E. 甲醛熏蒸

48. 患者,男性,34 岁。右胫骨骨折行石膏管型固定后 5 小时,诉石膏型内非骨折部位疼痛难忍,不正确的护理措施是

A. 及时使用止痛药

B. 继续观察病情变化

C. 禁忌向石膏型内填棉花

D. 在疼痛部位石膏开窗

E. 鼓励患者功能锻炼

49. 患者,女性,婚后 3 个月,停经 40 天,轻度腰酸,右腹部疼痛,阴道多量出血,查体:子宫孕 40 天大小,宫口未开,宫体质软。尿妊娠试验(+),诊断可能性最大为

A. 宫外孕   B. 先兆流产

C. 葡萄胎   D. 完全流产

E. 过期流产

50. 患者,女性,27 岁,妊娠 34 周,突感有较多液体自阴道流出,诊断为"胎膜早破",为防止脐带脱垂,应给予其采用的卧位是

A. 膝胸位   B. 中凹卧位

C. 头高足低位   D. 头低足高位

E. 屈膝仰卧位

51. 患者,男,31 岁,2 个月来出现发热、乏力、盗汗、食欲不振等症状,查体:体重减轻。实验室检查:痰结核分枝杆菌阳性。初步诊断为"肺结核"收住入院,医嘱行 PPD 试验。试验结果阳性,其判定标准为皮肤硬结直径达

A. ≤4mm   B. 5～9mm

C. 10～19mm   D. ≥20mm

E. ≥25mm

52. 患者,女,手术的前一天下午,护士巡视病房,发现其情绪低落,关心地问道:"您好像心情不太好?"患者回答说:"我很担心明天的手术。"此时,护士的最佳反应是

A. 保持沉默,继续巡视其他患者

B. 悄然离开病房

C. 对患者说:"您不必担心,手术肯定会成功的。"

D. 对患者说:"您能告诉我,您担心的问题是什么吗?"

E. 对患者说:"如果您不去想这件事,您的心情很快就会好起来的。"

53. 患儿,女,6 个月,人工喂养,平日多汗、烦躁易惊、睡眠不安。因突然出现惊厥入院,查血钙 1.3mmol/L,诊断为"维生素 D 缺乏性手足搐搦症"。当前患儿首要的护理问题是

A. 知识缺乏   B. 有感染的危险

C. 营养失调   D. 有窒息的危险

E. 焦虑

54. 患者,女性,30 岁。诊断特发性血小板减少性紫癜。血常规显示红细胞 3.6×10^{12}/L,血红蛋白 90g/L,白细胞 6.8×10^9/L,血小板 15×10^9/L,目前该患者最大的危险是

A. 贫血   B. 继发感染

C. 颅内出血   D. 心衰

E. 牙龈出血

55. 患者,女性,39 岁,既往体健,近 1 个月来发现记忆力减退、反应迟钝、乏力、畏寒,住院检查:体温 35℃,心率 60 次/分,黏液水肿,血 TSH 升高,血 FT_4 降低,可能的诊断是

A. 甲状腺功能亢进   B. 甲状腺功能减退

C. 呆小症   D. 痴呆

E. 幼年型甲减

56. 患者,女性,68 岁。有肝硬化病史 5 年,因呕血、黑便 3h 入院。初步诊断为"门静脉高压症"。手术前护理措施,不妥的是

A. 避免劳累　　　B. 暂禁食
C. 绝对卧床　　　D. 放置胃管
E. 避免腹压增加

57. 患者,男性,76 岁。以"COPD"收住院。护士在收集资料时认为目前存在以下问题,属于首优问题的是
　　A. 舒适的改变:疼痛　　B. 恐惧
　　C. 清理呼吸道无效　　D. 知识缺乏
　　E. 营养不良

58. 患者,男性,29 岁。车祸致重症颅脑外伤,护士接诊时首先应
　　A. 检查神志、瞳孔
　　B. 给予止血剂和抗感染药物
　　C. 测量呼吸、脉搏、血压
　　D. 应用脱水剂
　　E. 保持呼吸道通畅

59. 某患者输液过快导致急性肺水肿,护士采取的措施中,哪项是错误的
　　A. 端坐位,两腿下垂
　　B. 高流量、30%乙醇湿化给氧
　　C. 口服地高辛
　　D. 静脉注射呋塞米
　　E. 静脉滴注硝普钠

60. 患者,男性,35 岁。吸烟15年,出现右下肢麻木、发凉、间歇性跛行8年。患者初次门诊,尤为重要的措施是
　　A. 使用抗生素　　B. 使用激素
　　C. 使用免疫抑制药物　　D. 嘱患者防止受寒
　　E. 嘱患者戒烟

61. 某孕妇,妊娠30周,护士给予其健康教育,正确的是
　　A. 饭后需过半小时才能进行沐浴,以免影响消化
　　B. 不可淋浴,以免受凉
　　C. 可盆浴,以防滑倒等意外发生
　　D. 沐浴时水温调节在50～52℃,防止烫伤
　　E. 感觉身体不适时,如头晕、心悸、乏力等不宜盆浴和淋浴

62. 患儿,女,7 个月,确诊为营养性缺铁性贫血,需服用铁剂。护士指导家长口服铁剂的最佳方法是
　　A. 加大剂量　　B. 餐前服药
　　C. 与牛乳同服　　D. 与维生素C同服
　　E. 使用三价铁

63. 患者,女性,26 岁,诊断为白血病,护士为其进行口腔护理时,发现其舌尖部有一小块血痂,错误的操作方法是
　　A. 协助患者侧卧,头偏向护士
　　B. 用过氧化氢溶液漱口
　　C. 轻轻擦拭牙齿、舌及口腔各面
　　D. 观察口腔黏膜和舌苔的变化
　　E. 将舌尖部的小血痂轻轻擦去,涂上甲紫保护创面

64. 患者,男性,70 岁。以"风湿性心脏病、心房纤颤动、左侧肢体偏瘫"收住院。护士为其测量心率、脉率的正确方法是
　　A. 先测心率,再在健侧测脉率
　　B. 先测心率,再在患侧测脉率
　　C. 一人同时测心率和脉率
　　D. 一人听心率,一人在健侧测脉率,同时测1分钟
　　E. 一人听心率,一人在患侧测脉率,同时测1分钟

65. 患儿,男,6 岁,因面部水肿2周,拟诊"肾病综合征"入院。现患儿阴囊水肿明显,并有少许渗液。正确的护理措施为
　　A. 严格控制水、盐摄入量
　　B. 用丁字带托起阴囊,保持干燥
　　C. 绝对卧床休息
　　D. 高蛋白饮食
　　E. 保持床铺清洁、干燥、柔软

66. 患者,女性,73 岁。高血压病史30年,在做家务活动时突发头晕,随即倒地,急送医院检查,患者呈昏迷状态,左侧肢体偏瘫,CT检查见高密度影。最可能的诊断是
　　A. 脑梗死　　　　B. 脑出血
　　C. 脑血栓形成　　D. 短暂性脑缺血发作
　　E. 蛛网膜下腔出血

67. 患者,男,63 岁,处于濒死期,患者呼吸表浅微弱,不易观察。此时测量呼吸频率的方法是
　　A. 仔细听呼吸声响并计数
　　B. 手置患者鼻孔前,以感觉气流通过并计数
　　C. 手按胸腹部,以胸腹壁起伏次数计数
　　D. 用少许棉花置患者鼻孔前观察棉花飘动次数计呼吸频率
　　E. 测量30秒,再乘以2

68. 患者,男性,50 岁,既往有高血压病史15年,护士

对其进行饮食指导,错误的是

A. 低盐、低脂　　　　B. 低胆固醇

C. 清淡、宜少量多餐　D. 富含维生素和蛋白质

E. 高热量、高纤维素饮食

69. 患儿,男,早产儿,出生1天,有窒息史,烦躁不安,高声尖叫,惊厥,诊断为新生儿颅内出血,护士护理该患儿时,错误的一项是

A. 保持安静,避免各种惊扰

B. 头肩部抬高15°~30°,以减轻脑水肿

C. 注意保暖,必要时给氧

D. 经常翻身,防止肺部淤血

E. 喂乳时应卧在床上,不要抱起患儿

70. 患者,男性,68岁,高血压。突然出现气促,不能平卧,双肺满布湿啰音,测血压200/120mmHg。该患者治疗时,首选的血管扩张剂是

A. 酚妥拉明　　　　B. 硝酸甘油

C. 硝普钠　　　　　D. 硝酸异山梨酯

E. 卡托普利

71. 患者,男性,68岁。发作性晕厥5次入院。心电图检查:三度房室传导阻滞,心室率40次/min。首选的治疗是

A. 利多卡因临时　　B. 肾上腺素

C. 胺碘酮　　　　　D. 心脏起搏

E. 心外按压

72. 患者,女性,30岁。胃溃疡出血入院,经治疗病情缓解,现需做潜血试验,适宜的食谱是

A. 洋葱炒猪肝、青菜、榨菜肉丝汤

B. 鱼、菠菜、豆腐汤

C. 芹菜炒肉丝、青椒豆腐干、蛋汤

D. 鲶鱼烧豆腐、土豆丝、豆腐汤

E. 红烧肉、西红柿鸡蛋、蛋汤

73. 患儿,男,14岁。篮球比赛时不慎扭伤踝关节,1小时后到校医务室就诊,正确处理方法是

A. 冷敷　　　　　　B. 热敷

C. 冷热交替使用　　D. 热水足浴

E. 局部按摩

74. 患者,男,58岁。诊断为破伤风,抽搐频繁,呼吸道分泌物多,有窒息的可能。下列护理措施哪项有误

A. 床边常规放置抢救用品

B. 放置牙垫防止舌咬伤

C. 加床栏防止坠床

D. 各种护理操作要轻柔

E. 保持室内光线明亮

75. 患者,男性,59岁。车祸头部受伤致颅内出血,继发颅内压增高,其最危急的并发症是

A. 失血性休克　　　B. 脑疝

C. 癫痫　　　　　　D. 肢体功能障碍

E. 肺部感染

76. 某患者,诊断为"心绞痛",护士给予其用药指导,错误的是

A. 坚持服用预防心绞痛发作的药物

B. 运动和情绪激动前含服硝酸甘油预防胸痛发作

C. 随身携带硝酸甘油片

D. 硝酸甘油应避光保存,放置在固定地方

E. 每年更换1次药物

77. 某患者,因上消化道出血,出现休克症状,此时护士应采取的首要护理措施为

A. 准备急救用品和药物

B. 迅速配血备用

C. 去枕平卧,头偏向一侧

D. 遵医嘱应用止血药

E. 建立静脉通道

78. 患儿,7个月,腹泻2天,稀水便,每日5~6次,呕吐2次,医生建议口服补液,护士指导家长正确的喂服方法是

A. 少量多次　　　　B. 1次全量

C. 配制后再加糖　　D. 服用期间不饮水

E. 用等量水稀释

79. 患者,男性,30岁,患阿米巴痢疾,其病变部位在回盲部,对其进行保留灌肠时,应取

A. 仰卧位　　　　　B. 头低脚高位

C. 头高脚低位　　　D. 左侧卧位

E. 右侧卧位

80. 患者,女性,68岁。慢性充血性心力衰竭。医嘱:地高辛0.25mg po qd。护士发药时应

A. 嘱患者服药后多饮水

B. 先测脉率、心率,注意节律

C. 看患者服下后多饮水

D. 将药研碎后喂服

E. 嘱患者服药后不宜饮水

81. 患者,女性,50岁,1型糖尿病,需注射胰岛素,护士对其进行的注射指导中,正确的是

A. 饭后30min注射　B. 注射时只需乙醇消毒

C. 应选用5ml注射器　D. 注射部位可选在腹壁

E. 进针时针头与皮肤呈 5°

82. 患者,男,62岁。右上腹持续性胀痛、阵发性加重 10小时,疼痛向右肩背部放射,伴发热、黄疸。既往有"肝内胆管结石"病史。查体:体温 38.8℃,呼吸 22次/分,脉搏 110次/分,血压 60/40mmHg 昏迷,巩膜深度黄染。B超提示胆总管明显扩张。诊断为急性梗阻性化脓性胆管炎。该患者目前最合适的治疗方案是
A. 行 PTCD 术
B. 消炎利胆治疗
C. 急诊手术行胆总管切开引流
D. 解痉、镇痛、抗炎
E. 抗休克治疗

83. 患者,女性,诊断为"急性胰腺炎",护士观察病情时,提示患者为重症及预后不良的临床表现为
A. 低钾血症
B. 低镁血症
C. 高血糖
D. 代谢性碱中毒
E. 低钙血症

84. 某患者,诊断为"消化性溃疡",其最常见的并发症为
A. 出血
B. 穿孔
C. 癌变
D. 幽门梗阻
E. 急性腹膜炎

85. 患儿,男,5岁。体重 12kg,身高 96cm,经常烦躁不安,皮肤干燥苍白,肌肉松弛,腹部皮下脂肪 0.3cm。对该患儿的诊断首先考虑为
A. 中度脱水
B. 营养不良性贫血
C. 轻度营养不良
D. 中度营养不良
E. 重度营养不良

86. 护士巡视病房时,发现某患者出现面色苍白、四肢厥冷、脉搏减慢、眩晕等低血糖表现,护士首先应执行的治疗措施是
A. 肌内注射地西泮
B. 吸氧
C. 静脉输入 0.9%氯化钠
D. 静脉推注 10%葡萄糖酸钙
E. 静脉缓慢推注 25%葡萄糖

87. 患者,男,42岁,诊断为"胃溃疡活动期",其最可能的腹痛特点是
A. 夜间腹痛明显
B. 空腹时腹痛明显
C. 餐后半小时腹痛明显
D. 餐后即刻腹痛明显

E. 进餐时腹痛明显

88. 某患者,因呼吸困难应用呼吸机辅助通气。若患者通气过度,通常表现为
A. 皮肤潮红、多汗
B. 抽搐,昏迷
C. 烦躁,脉率快
D. 血压升高
E. 胸部起伏规律

89. 患儿,男,母乳喂养,体重 8kg,身长 72cm,坐稳并能左右转身,能发简单的"爸爸"、"妈妈"的音节,刚开始爬行,其月龄可能是
A. 3~5个月
B. 6~7个月
C. 8~9个月
D. 10~11个月
E. 12个月

90. 护士巡视病房时,发现某患者呼之不应,但压迫其眶上神经有痛苦表情,该患者的意识障碍程度是
A. 嗜睡
B. 昏睡
C. 意识模糊
D. 浅昏迷
E. 深昏迷

91. 患者,女,26岁,心跳呼吸突然消失 3分钟,对其进行简易人工呼吸器 1 次可挤压入肺的空气量为
A. 100~200ml
B. 300~400ml
C. 500~1000ml
D. 1200~1500ml
E. 1800~2000ml

92. 患者,女,30岁,汽车撞伤左侧大腿,致股骨中段闭合性骨折,行骨牵引复位固定。牵引术后,下列护理能防止牵引过度的是
A. 将床尾抬高 15~30cm
B. 每天用 70%乙醇滴牵引针孔
C. 定时测定肢体长度
D. 保持有效的牵引作用
E. 鼓励功能锻炼

93. 某患者因腹股沟直疝行疝修补术后 5天,护士为患者进行出院前健康教育,应告知术后避免重体力劳动
A. 15天
B. 1个月
C. 2个月
D. 3个月
E. 半年

94. 某患者,乳癌根治术后第 3天,患侧手臂出现皮肤发绀、手指发麻、皮温下降,脉搏不能扪及等情况。正确的处理是
A. 患处用沙袋加压
B. 及时调整包扎胸带的松紧度

C. 立即拆除患处的包扎胸带

D. 给予高流量吸氧

E. 继续观察,无需做特殊处理

95. 婴儿,男,出生 3 个月,护士指导其母亲最好给予的喂养方法是

A. 混合喂养　　　　B. 纯母乳喂养

C. 奶粉喂养　　　　D. 牛奶喂养

E. 羊奶喂养

96. 某患者,诊断为"幽门梗阻",其呕吐的临床表现下列哪项除外

A. 呕吐量大

B. 多为隔夜宿食

C. 病人常自行诱发呕吐

D. 呕吐物呈粪臭味

E. 呕吐后腹胀减轻

97. 某患者,暴饮暴食导致胃穿孔,采用非手术疗法时,最重要的护理措施是

A. 取半坐卧位　　　B. 禁食、静脉输液

C. 准确记录出入量　D. 有效的胃肠减压

E. 按时应用抗生素

98. 某患者因肝硬化腹水,需采取低盐饮食,护士告知其应禁食的食品是

A. 油条　　　　　　B. 挂面

C. 汽水　　　　　　D. 皮蛋

E. 馒头

99. 患者,男性,57 岁,直肠癌行 Miles 手术。术后 10 天,患者出现腹部胀痛,恶心。腹壁造口检查:肠壁浅红色,弹性差,可伸入一小指。该患者可能出现的术后并发症是

A. 造口肠段血运障碍　B. 吻合口瘘

C. 肠粘连　　　　　　D. 造口狭窄

E. 便秘

100. 患者,男性,44 岁,有吸烟史 16 年,在全麻下行腹腔镜胆囊切除术,术后已拔除气管插管,患者意识模糊,针对该患者,护士应给予的最重要的护理措施是

A. 保持呼吸道通畅　　B. 监测生命体征

C. 约束肢体活动　　　D. 防止输液针头脱出

E. 保暖

101. 患者,男性,34 岁,因外伤致开放性气胸,送至急诊室,护士给予处理时,首要的措施是

A. 保持呼吸道通畅　　B. 穿刺放气

C. 多块棉垫加压包扎　D. 封闭伤口

E. 止痛

102. 患者,男性,45 岁,反复发作咳嗽、咳脓痰 2 年,加重 2 日,门诊以"支气管扩张"收入院。住院后患者突然出现喷射性咯血,并突然中止,护士采取的下列措施,其中不正确的是

A. 置患者于半坐卧位

B. 轻拍其背部

C. 给予高流量吸氧

D. 遵医嘱使用呼吸兴奋剂

E. 使用鼻导管或气管插管进行负压吸引

103. 患者,女性,妊娠 28 周,产前检查均正常,咨询护士监护胎儿情况最简单的方法,护士应指导其采用

A. 胎心听诊　　　　B. 自我胎动计数

C. 测宫高、腹围　　D. B 超检查

E. 电子胎心监护

104. 患者,男性,36 岁,有胃溃疡病史 3 年,近日胃痛发作来院就诊。为了明确诊断,需进行大便潜血试验,实验前 3 天应指导患者禁止摄入的食物是

A. 牛奶　　　　　　B. 土豆

C. 豆浆　　　　　　D. 青菜

E. 面条

105. 患者,男性,35 岁,心搏骤停,护士对其行胸外心脏按压,错误的方法是

A. 患者仰卧背部垫板

B. 急救者用手掌根部按压

C. 按压部位在心尖区

D. 使胸骨下陷 5cm

E. 按压每分钟 100 次

106. 某孕妇,孕 38 周,产前检查时 B 超显示:羊水过少。该孕妇羊水量应少于

A. 300ml　　　　　　B. 400ml

C. 500ml　　　　　　D. 800ml

E. 1000ml

107. 患者,女,37 岁,诊断为"甲亢",接受放射性[131]I 治疗,治疗后护士嘱患者定期复查,其目的是有利于及早发现

A. 突眼恶化

B. 粒细胞减少

C. 诱发甲状腺危象

D. 甲状腺癌变

E. 永久性甲状腺功能减退

二、以下提供若干个案例,每个案例下设若干个考题,
请根据各考题题干所提供的信息,在每题下面 A、
B、C、D、E 五个备选答案中选择一个最佳答案。

(108、109 题共用题干)

患儿,男,1 岁。发热,流涕,咳嗽 3 天就诊,查体:
体温 39.5℃,耳后发际处可见红色斑疹,疹间皮肤正
常,在第一臼齿相对应的颊黏膜处可见灰白色点。

108. 护士考虑该患儿为麻疹,最重要的症状是

    A. 体温高热

    B. 疹间皮肤正常

    C. 皮疹为红色斑疹

    D. 皮疹从耳后发际处开始出现

    E. 在第 1 白齿相对应的颊黏膜处可见灰白
      色点

109. 护士指导家长采取的隔离措施中正确的是

    A. 对患儿宜采取呼吸道隔离至出疹后 3 天

    B. 对患儿宜采取呼吸道隔离至出疹后 5 天

    C. 如有并发症,隔离至出疹后 15 天

    D. 患儿的玩具应清洁后再保管起来

    E. 患儿的衣被应曝晒 1 小时

(110、111 题共用题干)

患者,男性,47 岁。出现口渴、多饮、消瘦 3 个
月,诊断"糖尿病入院"。入院后患者突发昏迷,检
查:血糖 30mmol/L,血钠 132mmol/L,血钾
4.0mmol/L,尿素氮 9.8mmol/L,CO_2 结合力
18.3mmol/L,尿糖、尿酮体强阳性。

110. 根据检查结果,护士考虑该患者最可能的健康
    问题是

    A. 高渗性昏迷

    B. 糖尿病酮症酸中毒

    C. 糖尿病乳酸性酸中毒

    D. 糖尿病合并脑血管意外

    E. 应激性高血糖

111. 护士应首先采取的护理措施是

    A. 每 2h 监测血糖、神志和生命体征

    B. 皮肤护理

    C. 监测尿量

    D. 预防感染

    E. 口腔护理

(112~114 题共用题干)

患者,男性,30 岁。右侧腹股沟区肿块 1 年,渐
增大,平卧后肿块可消失。今弯腰搬重物时突感右
下腹疼痛,伴呕吐 2 次,2 小时后来院。体查:右下腹
压痛,肠鸣音 12~14 次/分,右腹股沟区有一梨形肿
块约 7cm×4cm×3cm,有明显压痛,不能回纳,局部
皮肤无红肿。

112. 最可能的诊断是

    A. 右侧腹股沟斜疝

    B. 右侧可复性腹股沟斜疝

    C. 右侧难复性腹股沟斜疝

    D. 右侧嵌顿性腹股沟斜疝

    E. 右侧绞窄性腹股沟斜疝

113. 此时最合适的处理是

    A. 抗生素静脉滴注   B. 使用解痉镇痛药

    C. 急症手术   D. 胃肠减压

    E. 手法复位

114. 如果继续观察,最可能发生

    A. 腹腔脓肿   B. 疝内容物缺血坏死

    C. 脓毒血症   D. 水电解质紊乱

    E. 休克

(115~117 题共用题干)

患者,女性,48 岁。春住平房,晚上睡觉时生煤
火取暖,晨起感到头痛、头晕、视物模糊而摔倒,被他
人发现后送至医院。急查血液碳氧血红蛋白试验呈
阳性,诊断为 CO 中毒。

115. 为了纠正缺氧,应给予吸氧的流量为

    A. 4~6L/min   B. 5~7L/min

    C. 6~8L/min   D. 8~10L/min

    E. 7~9L/min

116. 患者有可能出现的并发症是

    A. 迟发性脑病   B. 水电解质紊乱

    C. 肺水肿   D. 昏迷

    E. 脑水肿

117. 出现上述并发症时,患者主要的临床表现是

    A. 呼吸循环衰竭   B. 去大脑皮质状态

    C. 意识障碍   D. 大小便失禁

    E. 震颤麻痹

(118、119 题共用题干)

患者,男性,28 岁。突然出现意识丧失,全身抽
搐,眼球上翻,瞳孔散大,牙关紧闭,小便失禁,持续
约 3min,清醒后抽搐全无记忆。

118. 根据临床征象,该患者可能为

    A. 癔症   B. 精神分裂症

    C. 癫痫   D. 脑血管意外

    E. 吉兰-巴雷综合征

119. 对该患者急性发作时的急救处理首先是

A. 遵医嘱快速给药,控制发作

B. 注意保暖,避免受凉

C. 急诊做CT、脑电图检查,寻找原因

D. 保持呼吸道通畅,防止窒息

E. 移走身边危险物体,防止受伤

(120~122题共用题干)

患者,男性,43岁。因大量饮酒后突然发生中上腹持续性胀痛,伴反复恶心、呕吐,呕吐物为胃内容物,来院急诊。查体:体温37.7℃,脉搏90次/分,呼吸18次/分,血压105/80mmHg,血淀粉酶明显升高。

120. 该患者最可能的诊断为

A. 急性胆囊炎、胆石症

B. 胃溃疡穿孔

C. 十二指肠壶腹部溃疡

D. 急性胰腺炎

E. 肝癌结节破裂

121. 该患者现存的最主要的护理问题是

A. 体液不足　　　B. 疼痛

C. 体温升高　　　D. 焦虑

E. 知识缺乏

122. 针对患者目前的情况,护士应采取的首要护理措施是

A. 监测生命体征　　B. 遵医嘱补液输血

C. 禁食、胃肠减压　　D. 应用抗生素

E. 解痉镇痛

(123~125题共用题干)

患者,女,38岁,被自行车撞伤左上腹就诊,自诉心慌、胸闷、腹痛。查体:神志清,面色苍白,血压90/60mmHg,腹部膨胀,左上腹压疼明显。门诊以"腹部闭合性损伤、皮肤挫裂伤"收入院。

123. 患者观察期间,不正确的做法是

A. 尽量少搬动患者

B. 禁饮食

C. 疼痛剧烈时,应用止痛药

D. 绝对卧床休息

E. 随时做好术前准备

124. 入院半小时后,患者出现全腹压痛,左下腹抽出不凝固血,需急诊手术。术前准备内容不包括

A. 注射破伤风抗毒素　B. 皮肤准备

C. 交叉配血　　　　D. 皮肤过敏试验

E. 留置胃管、尿管

125. 手术后第2天,患者神志清醒,血压平稳,宜采取的体位是

A. 平卧位　　　　B. 侧卧位

C. 半卧位　　　　D. 去枕平卧

E. 头高足低位

(126~129题共用题干)

患儿,女,3岁。自幼发现心脏杂音,经常患肺炎,查体:胸骨左缘第3~4肋间Ⅳ级粗糙的收缩期杂音,心电图左室及右室均肥大,X线肺充血。

126. 该患儿的诊断可能是

A. 室间隔缺损　　B. 房间隔缺损

C. 动脉导管未闭　　D. 法洛四联症

E. 肺动脉狭窄

127. 该病最常见的并发症是

A. 脑出血　　　　B. 脑栓塞

C. 脑脓肿　　　　D. 呼吸衰竭

E. 呼吸道感染

128. 患儿出现心力衰竭时,护士给予正确的饮食指导是

A. 低脂饮食　　　B. 低盐饮食

C. 半流食　　　　D. 普通饮食

E. 无渣饮食

129. 若患儿服用强心苷,护士正确的护理措施是

A. 服药前数脉搏　　B. 服药后数脉搏

C. 药物饭中服用　　D. 药物饭后服用

E. 与果汁同时服用

(130~133题共用题干)

患者,女性,45岁,发现左侧乳房内无痛性肿块3个月。查体:左侧乳房外上象限扪及一直径为5cm的肿块,表面不光滑,边界不清,质地硬。活组织病理学检查结果为乳癌。拟行乳癌改良根治术。

130. 乳癌淋巴转移的最早和最常见部位是

A. 胸骨旁淋巴结　　B. 颈部淋巴结

C. 腋窝淋巴结　　　D. 锁骨下淋巴结

E. 锁骨上淋巴结

131. 乳癌改良根治术的主要特点是

A. 保留乳头　　　B. 切除部分肋骨

C. 保留胸肌　　　D. 切除整个乳房

E. 仅切除肿瘤

132. 乳癌根治术后,为了预防皮下积液,采取的主要措施是

A. 半坐卧位　　　B. 高蛋白、高热量饮食

C. 患肢抬高制动　　D. 切口用沙袋压迫

E. 皮瓣下置管负压引流

133. 乳癌根治术后,护士给予患者的下列护理措施

中,不正确的是

A. 患侧垫软枕,抬高患肢制动

B. 观察患侧肢端的血液循环

C. 保持伤口引流管通畅

D. 指导患侧肩关节尽早活动

E. 禁止在患侧手臂测量血压、输液

(134~137 题共用题干)

患者,男性,20 岁,在海中游泳时不慎溺水,神志不清,心跳、呼吸骤停。被他人送至急诊室,当时医生不在场。

134. 作为一名急诊科护士,你首先给予患者的处理是

A. 立即呼叫医生,等待医生到达立即开始急救

B. 立即将头偏向一侧,清理口腔异物,行人工呼吸

C. 立即进行心外按压,并且双人交替

D. 立即心电监护,静脉补液

E. 立即进行心外按压,除颤

135. 护士为其实施心肺复苏,错误的方法是

A. 首先必须畅通气道

B. 吹气时不要按压胸廓

C. 吹气频率为 8~10 次/分钟

D. 胸外心脏按压与人工呼吸的比例为 30:2

E. 吹气时捏紧患者鼻孔

136. 判断心肺复苏的有效指征,下列哪项除外是

A. 心跳、呼吸恢复,可扪及颈动脉、股动脉搏动

B. 口唇、皮肤黏膜由苍白青紫转为红润

C. 瞳孔由大变小

D. 意识恢复,收缩压在 60mmHg 以上

E. 心电图恢复正常

137. 在实施胸外心脏按压时,可能出现的主要并发症下列哪项除外

A. 肋骨骨折　　　　　B. 胸骨骨折

C. 血气胸　　　　　　D. 胃扩张

E. 肝破裂

参考答案

1~5 CBDAD　6~10 BBBEB　11~15 BEBDE

16~20 CADCA　21~25 EABEC　26~30 DABAB

31~35 BADCE　36~40 CEEED　41~45 DCDDE

46~50 ADABD　51~55 CDDCB　56~60 DCECE

61~65 EDEDB　66~70 BDEDC　71~75 DDAEB

76~80 EEAEB　81~85 DCEAD　86~90 ECBCD

91~95 CCDBB　96~100 DDDDA

101~105 DADDC　106~110 AEEBB

111~115 ADEBD　116~120 ABCDD

121~125 BCCAC　126~130 AEBAC

131~135 CEDBC　136~137 ED